BENIM ADIM KIRMIZI

By Orhan Pamuk

オルハン・パムク

わたしの名は紅(あか)

和久井 路子 訳

藤原書店

日本の読者へ

一九九〇年に書き始めたものの、二年間を費やした後、書き出しが誤っていたと中断し、さらにその後に他の小説の仕事が入ったので、『わたしの名は紅(あか)』の大部分は一九九四年から九八年の間に、幸せな四年間の仕事として書きあげました。この小説の最初のアイデアは書き了(お)わる十年前に頭の中にありました。わたしは画家、特にトルコの画家に関する小説を書くことを長い間考えていました。最初は近代のトルコの画家の世界を書くことが頭の中にありました。しかし近代のトルコの絵画があまりにも西洋絵画の影響下にはいってしまったことが、わたしの主人公たちを写実主義、独創性、真実性などの面で、この上なく悩ませることでしょう。主人公たちは大多数の今日のトルコの画家のように、あまりにも西洋絵画に影響されて、そしてそのためにも、いささか「模倣的かつ真摯でない」立場に陥るであろうと感じました。それでこの小説の舞台を、イスタンブルが西の文明や文化の影響下にではなく、まだ東の文明や文化の影響下にあった時代に持って行くことに決めました。十六世紀の末は、オスマン・トルコのこの小説に登場する細密画師たちや今日のトルコの画家たちが痛切に感じた「写実的」とか「自分であること」とかいった問題がはじめて出て来る時代でもあり、敗北感、壊滅感にあまりとらわれることなく議論できるからでした。トルコの中学校に行く子供の誰もが知っているが、ほとんど誰もあまり気にも留めない絵の知識をこの小説の細密画師たちも持っただろうと考えました。当時、十六世紀においては、オスマン・トルコ帝国は世界で最強の権力の一つだったのです。

七歳から二十二歳まで、わたし自身も画家になりたいと思っていました。近著『イスタンブル』で書いたように、一九六〇年代の半ばごろは、イスタンブルの通りに出て、ピサロやユトリロ風の街の景色を描いたものでした。二十二歳の時、自分でもはっきりわからないいくつかの理由で、突然画家になることを止めて小説を書き始めていました。この小説は、それ故に、単にオスマン・トルコやイランの細密画師たちの苦悩を書いている本としてではなく、西洋文明の外にあるが、しかしその力の影響下にある世界で、西洋以外のどこかで生きている創造的芸術家たちの写実主義と芸術（創造性、嫉妬、幸福、死）の苦悩の物語として読まれるべきものです。

イスラム教が弾圧と害悪を加えた最たるものは、女性達に対してですが、もう一つは、世界や人間をあるがままに見て、それを描いたり、その絵や肖像画を壁にかけて眺め愉しむことに対してでした。わたしの小説でわたしが語った細密画師たちの大きな苦悩は、単に、してはならないことで囲まれた小さい狭い伝統がイスラム絵画芸術の領域内で存続したものの、この伝統もまたルネッサンス以後西洋画の抗い難い力によって終焉を告げるのを見たということだけではなく、西洋の外にある強力で豊かな他の絵画の伝統をも全く識らなかったことでした。絵描きになることをあきらめた後、わたしが識った中国や日本の絵画の傑作を眺めることは、それ故にわたしに西洋の外にもう一つの天国があることを知る幸せを常に与えて

くれました。山や森や木や川を人間の魂の苦しみや悦びによって変化するものとして表現するあの詩的風景や、遠近法の人間中心の計算に屈服することのない無数の巻き物の絵を、『わたしの名は紅（あか）』の細密画師たちも識ることができたらと思いました。絵画芸術のする仕事が、本当はこの世を媒介にしてあの全く目には見えないもの、つまり人間の魂を描くことであるのならば、中国や日本の絵画はわたしたちにもう一つの異なる「人間性」の存在を証明してくれます。西の影響によっても傑作を創りだした日本の近代絵画は西の人間性と東の人間性が互いに幸せに調和できることをも示しました。この調和の中でしかるべき知識と能力と自信があったら、オスマン・トルコ－ペルシアの絵画の伝統もまたこのことに成功し、存続して、物語の中の細密画師たちもお互いを殺すこともなかったでしょう。

　しかし、日本人の読者を畢（つい）には死や無に至るこの「哲学」議論によっても怖がらせようとは思いません。これはわたしの一番幸せな本です。子供のように色や絵について思うままに語ったからだけではありません。この小説で語った母親と二人の男の子の物語は、彼らの名前に至るまで自分自身の生活から取ることができたからでもあります。もちろんわたしの父親は一五九一年にペルシアとの戦争で今日のイランへ行きはしませんでしたが、一九五〇年代の始めに、実存主義者やサルトルにかぶれて、わたしたちをおいてパリに行って長い間戻りませんでした。

オルハン・パムク

二〇〇四年六月

「一人の人間を殺して、互いに罪をおしつけ合った」

コラーン「バカラ」章　七二節

「盲と目明は同じではない」

コラーン「天使」章　一九節

「東も西もアラーのものなり」

コラーン「バカラ」章　一一五節

主な登場人物

ムラト三世……オスマン・トルコ帝国のスルタン。スレイマン大帝の子である第十一代スルタン・セリム二世の子。

エニシテ……元高官。スルタンより『祝賀本』作成の命をうける。シェキュレの父。カラの義理の叔父で子供のカラに細密画の手ほどきをした。エニシテとは、トルコ語でおばの夫や姉妹の夫に対する尊称だが、他の絵師たちからもエニシテとよばれる。

カラ……エニシテの義理の甥。シェキュレを十二年間慕い続けてきた。

シェキュレ……エニシテの美貌の一人娘。夫は戦場に行って行方不明のまま。

シェヴケト……シェキュレの長男。七歳。

オルハン……シェキュレの次男。六歳。

シェキュレの舅……紳士的なアブハジア人。

ハッサン……シェキュレの夫の弟で、シェキュレに恋している。

ハイリエ……エニシテ家の召使。

オスマン……名人の細密画師で、皇帝の細密画の工房の頭。

〝優美〟……皇帝の細密画の工房に属する名人の細密画師。何者かに殺される。

カルビエ……〝優美〟の妻。

〝オリーヴ〟……皇帝の細密画の工房に属する名人の細密画師。本名ヴェリジャン。

〝蝶〟……皇帝の細密画の工房に属する名人の細密画師。肥満気味で楽観的。

〝コウノトリ〟……皇帝の細密画の工房に属する名人の細密画師。野心が強く自信家。

エステル……ユダヤ人の小間物の行商女。手紙の仲介など男女の仲を取りもつ仕事もする。
ネシム……エステルの夫。
ヌスレト師……エルズルム出身の説教師。イスラム原理主義者たちの旗頭。
ジェズミ長老……宮殿内の宝物殿の鍵番をしている一寸法師。七十歳を越えている。

用語解説

金角湾……ボスフォラス海峡のヨーロッパ側の入り江。
コラーン……イスラム教の聖典。コーランとも。
ベフザト……ペルシアの細密画の巨匠、画聖。ビヒザートとも。
イマム……礼拝を司る者の意で、通例は各モスクに一人いる。職業でない場合もある。
スルタン……オスマン・トルコの支配者。高貴な女性の尊称として使われることもある。
シャー……ペルシアやイランの支配者。
パシャ……本来は軍司令官の意。しかし、(元) 軍人の尊称としても使われる。
メヴリット……預言者の降誕を語る韻文。しばしば、死後七日目や四十日目や命日などの特定の日に死者の冥福を祈って唱えさせる。
風呂屋……大衆浴場、但し蒸し風呂。ハマムといわれる。
ウド……リュートに似た楽器。ウードとも。
カフタン……長袖の長衣。
ヘルヴァ、**バクラヴァ**……甘い菓子。

ロシア
アラル海
シルダリア川
トランスオクソニア
タシュケント
カスピ海
ブハラ
サマルカンド
タブリーズ
アムダリア川
アストラバード
メシェド
テヘラン
カズヴィン
ヘラート
カーブル
ガズニ
アフガニスタン
ペルシア
ティグリス川
イスファハン
ホラサン
シーラーズ
インダス川
デリー
アグラ
ペルシア湾
ヒンドスタン
0
100
200
マイル

その周辺(16世紀末)

ヴェネツィア
イタリア
アドリア海
オスマン帝国
黒海
コーカサス
グルジア
エディルネ
イスタンブル
チフリス
(現トビリシ)
エーゲ海
アンカラ
レパント
ブルサ
シヴァス
アゼルバイジャン
アテネ
オスマン帝国
エルズルム
マラーズギルト
(マンジケント)
アナトリア
チャルドゥラン
地中海
コンヤ
白羊朝
クレタ
黒羊朝
アレッポ
サファヴィー朝
キプロス
シリア
ユーフラテス川
バグダッド
ダマスカス
イェルサレム
カイロ
イラク
エジプト
アラビア
ナイル川
N
紅海
メディナ
メッカ

オスマン帝国と

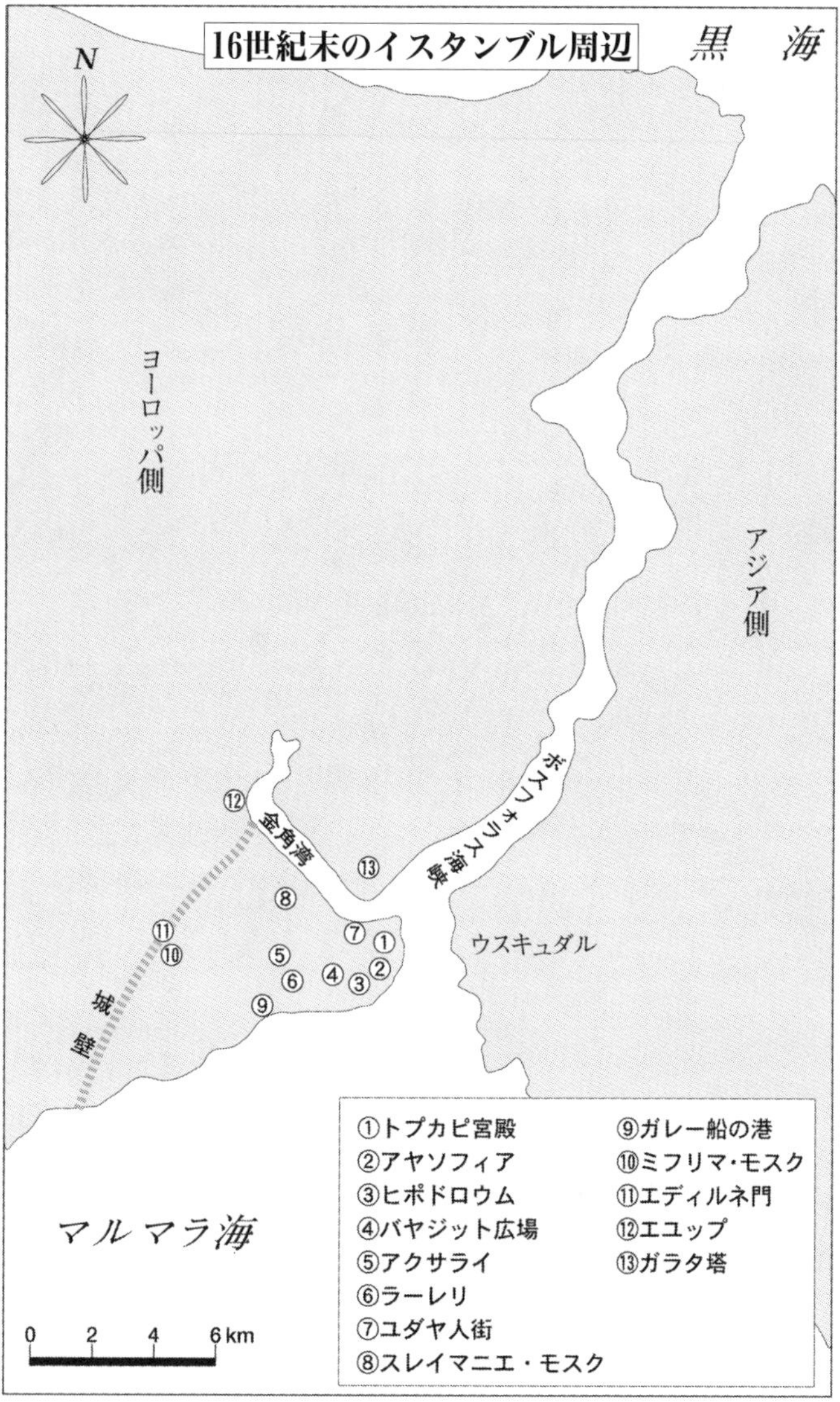
16世紀末のイスタンブル周辺
黒　海
N
ヨーロッパ側
アジア側
ボスフォラス海峡
金角湾
ウスキュダル
城壁
マルマラ海
0 2 4 6 km
①トプカピ宮殿
②アヤソフィア
③ヒポドロウム
④バヤジット広場
⑤アクサライ
⑥ラーレリ
⑦ユダヤ人街
⑧スレイマニエ・モスク
⑨ガレー船の港
⑩ミフリマ・モスク
⑪エディルネ門
⑫エユップ
⑬ガラタ塔

1　わたしは屍

いまや死体だ、わたしは。屍だ、この井戸の底で。最後の息を吐いてからかなりになる。心臓もずっと前にとまった。だがあの憎き人殺しのほかにはわたしがどんな目にあったか誰も知らない。奴は、あの卑しい下郎は死んだのを確かめるために、まだ息があるかどうかを調べ、脈をみた。それから脇腹を蹴り上げ井戸のところまで運んでいって下に投げ込んだ。井戸に落ちた時、その前に石で割られた頭蓋骨がバラバラになって、顔も額も頬もつぶれて見分けがつかなくなった。骨も折れて、口の中に血があふれた。

これで四日になる、家に戻らなくなってから。妻や子供たちはわたしのことを探していることだろう。娘は涙もかれはてて、ぼんやり庭の木戸を眺めていることだろう。皆がわたしの帰りを、わたしが入り口から入ってくるのを待っているにちがいない。だが本当に待っているだろうか。それも確かではない。もしかしたら、もういないのに慣れてしまったかもしれない。なんたること！　こんな所にいると、以前の生活が元のように続いているかのような気がする。わたしが生まれる前にも、それまで無限の時間があったのだ。わたしが死んだ後も、尽きることの無い時間があるのだ。生きている間はこんなことは少しも考えてみなかった。明るい光の中で生きていた訳だ、二つの闇の狭間で。

幸せだった。幸せだったのが今わかる。スルタンの細密画の工房で一番いい仕事はわたしが手がけていた。芸の上でわたしに近い者すらいなかった。工房の外でした仕事は金貨九百枚にもなった。こんなことを考えると死んだことがさらに耐えがたくなる。

細密画の写本の装飾だけをしていた。頁の縁に金泥を塗り、その内側に色とりどりの葉、枝、薔薇、花々、小鳥たちを描いたものだ。縮れた中国風の雲、からみあった蔦、色の森、その中に隠れる鹿、ガレー船、スルタン諸侯、樹々、城、馬、狩人……以前は皿の中に細密画を描いたこともある。時には鏡の後ろに、木の匙の中に、時にはボスフォラス海峡に面したお屋敷の天井に描いたこともあった。しかし最近は写本の頁の仕事だけをしていた、スルタン様は細密画を描いた写本に大金を下賜くださったから。今となっても、金が無意味だとは言わない。人間というものは死んでからでも、金の価値を知っているのであるから。

さて今わたしの声を聞いて、この奇蹟をご覧になっておられる皆さんがなにを考えておられるかわかります。お前が生きていた時いくらか稼いでいたかなどどうでもいい。それより、そこで見たことが聞きたいと。死んだ後、何がおこるのか、魂はどこに、天国と地獄はどんなか、そこで何が見えるか、死ぬとはどんなことか、苦しいかとか。ごもっともです。生きている者は向こう側で何がおこるかとても気になるものです。好奇心に駆られて血にまみれた戦場で死体の間を歩き回った男の話を聞いたことがありました……。瀕死の、傷ついた戦士たちの間に、死んでからまた生き返った者がいるかもしれない。そいつが向こう側の世界の秘密を話してくれるかもしれないと探し回っていたこの男を、チムールの兵士たちがまっぷたつにしてしまったのです。当人は向こう側の世界では人間はまっぷたつになると思ったそうです。

　そんなことはありません。それどころか生きていたとき二つに切り離された霊魂がこちらでは一つになることさえあります。しかし神を信じない者たちや無神論者や悪魔にだまされた罰当たりが言っていたのとは逆に、ありがたいことに、あの世があるのです。わたしが向こう側からみなさんに声がかけられることがその証です。わたしは死にました。しかし無くなっていません。とはいうものの、コラーンで書かれている、金や銀で造られている宮殿とか、熟れた果実のなった大きい葉をつけた樹木とか、美しい処女たちに会えなかったことも申し上げなければなりません。とはいえ、コラーンの「ヴァクア」章に書かれている天国の大きい目をした天女たちをよく描いたことをおぼえています。コラーンではなくて、イブン・アラビーが広大な想像力を駆使して説いたミルクとワインと甘い水と蜜からなる四つの川にも、もちろん出会いませんでした。そちらで夢と期待とで生きている多くの人々を不信心者にしたくありませんから、さきにお話ししたようなことはわたし個人の場合に限ると言わねばなりません。死後の生活について少しでも知識がある人なら、わたしの場合は不幸な出来事のせいで天国の川が見えなかったのだと思うことでしょう。

　要するに細密画の部門の名人たちの中で、〝優美（ザリフ・エフェンディ）〟さんとして知られていたわたしは死んだのです。しかし埋葬されていません。だから霊魂は肉体を完全には離れていないのです。天国あるいは地獄、そのいずれであれ、霊魂がそこへ行けるためには穢れた肉体から出なければなりません。他の人の上にもおこりうるこの特殊な状況はわたしの心を深く苦しめます。頭蓋骨がバラバラになったことも、骨折や傷だらけの体の半分は氷のように冷たい水の中で朽ちるようにも感じないのですが、肉体を抜け出そうとしてもがいている魂の苦しみがわかります。あたかも、全世界がわたしの体内の一箇所に詰まっているかのようです。

この窮屈な感じは、死の瞬間のあのなんとも言いようのない驚くべき解放感とのみ比べられます。思いもかけない石の撃打によって頭蓋骨の端がつぶされた時、あの野郎がわたしを殺そうとしているのがわかったものの、まだわたしが死ぬとは思いませんでした。工房と家の間を行き来する地味な生活をしていた時には気がつかなかったのですが、わたしにも夢がありました。どうやっても生きのびようと思って奴にかみつきました。二度目の石の攻撃のことをお話しして皆さんをうんざりさせますまい。

苦痛の中で悲しいが死ぬとわかった時、体内に信じがたい豊かな解放感が拡がったのです。移ろいの瞬間、この広大な感じを体験したのです。こちら側に移るのは、夢の中で自分が眠っているのを見るように穏やかでした。あの卑劣な人殺しの泥や雪にまみれた靴を見たのが最後です。眠る時のように目をとじて、甘美な移ろいがあってこちら側につきました。

今の唯一の悩みは、血だらけの口の中で豆のようにボロボロと抜け落ちた歯でもなく、顔が判明できないほど潰れたことでもなく、あるいはまた、井戸の底に詰め込まれていることでもなくて、わたしがまだ生きていると思われていることなのです。わたしを愛する者たちがわたしのことを度々考えてくれて、イスタンブルのどこかで馬鹿なことをやっているとか、はては、どこかの女の後についていったとか思われるのは、ただでさえ穏やかでないわたしの魂をひどく苦しめます。一刻も早く死体をみつけ、祈祷をして、葬式をして、埋葬してほしい！　それよりも大事なのは、あの人殺しをみつけてください！　あの下郎が見つからない限り、一番立派な墓石の下に埋めてくれても、悔しくて、墓の下でのたうちまわっていて、世の人々を信仰から遠ざけようとしていることをお忘れなく。わたしを殺したあの畜生をどうか見つけてください。そうすればわたしもあの世で見るものを逐一お話ししましょう。だが、その前にあの人殺し野郎を見つけ出して、八つ裂き車輪の拷問にかけて、八本か十本の骨が折れて、できれば肋骨が折れて、金串が頭皮をうがち、奴の薄汚い脂ぎった髪が一本一本抜かれて奴に悲鳴をあげさせなければならない。

　これほどまでにわたしが憤りを感じている人殺しとは誰であろうか。どうしてまったく予期しない形でわたしを殺したのだろうか。こういうことに疑問をもってください。この世には役に立たない劣悪なる人殺しがいっぱいいる。こいつかも、あいつかもわかりっこないなどと言わないでください。今のうちに申しあげておきますが、わたしの死の背後にはあなたの宗教や伝統や世界観に敵対する恐るべき陰謀が隠されているのです。目を開けてください。あなた方の信じている今の生活やイスラムの敵がどうしてわたしを殺したのか、そして、そいつがいつの日かあなた自身にも同じことをするかもしれないということをわかってください。以前そのお説教の一語一語を涙ながらに聞いた偉大なるエルズルムのヌスレト師のいわれたことが、ひとつひとつ現実におこっています。わたしたちの身の上におこった出来事を一冊の本に書いたならば、一番いい絵師でもそれに挿絵を描くことはできないでしょう。コラーンの言う如く——どうか誤解されませんように——このような書の強大な力は決して絵に描けないところからきています。多分皆さんはよくおわかりにならないかもしれませんが。

　見習いの頃からわたしも又、深いところにある真実や彼方より聞こえる声を恐れたり、無視したり、馬鹿にしたりしてきました。その結果この惨めな井戸の底で果てています。あなた自身の身にも起こりうることです。お気をつけなされ。いまや、腐敗が進んでいやな臭いがすれば、人々がわたしを発見してくれることを期待するばかりです。そして、あの人殺しが見つかった時に、情け深い誰かが奴にかけてくださる拷問を期待するのみです。

2　わたしの名はカラ

生まれて、育ったこの町イスタンブルに夢遊病者のように入った。死に近い人を「土がよぶ」というが、わたしをも死がこの町に呼び戻したのだった。イスタンブルにはじめて入った時はあるのは死のみだと思っていた。後になって愛にも出遭うのであるが。愛とはしかしこの町での思い出のように遠く遙かで忘れ去られたものだった。十二年前若い従妹にむなしい恋をしたのはこのイスタンブルであった。

イスタンブルをはじめて離れてから四年後、ペルシアで尽きることのない荒野や雪をかぶった山々や憂いを含んだ町をさまよい、書簡を届けたり、税を徴収したりしていた頃、イスタンブルに残した恋しい人の顔が次第に薄れていったのに気がついた。愕然として、必死になってその顔を思い出そうとした。しかしどんなに深く愛していようとも、全く会うことのない人の顔はしだいに忘れていくのがわかった。東国で地方長官に書記として仕えていた六年目には、夢の中で思い出すその顔はもうイスタンブルの恋しい人の顔ではないことに気がついた。六年目に思い出した本人とは違うその顔も、八年目にはそれさえも忘れて、全く別の顔を思い出していた。こうして十二年たった今、三十六歳でこの町に戻った時、悲しいことに恋しい人の顔はずっと前に忘れてしまっていたことに気がついたのだった。

この十二年の間に友人たちも、親類も、近所の知り合いも大方死んでしまっていた。金角湾を見下ろす墓地に行った。わたしの留守中に死んだ母とおじたちの墓におまいりした。土のにおいが昔の思い出にまじった。母の墓の端で誰かが土の水差しを壊したらしく、その破片を見ていたらなぜか泣けてきた。亡くなった人たちのために泣いているのだろうか、あるいは、これほどの年月のあとでまだ人生の始まりにいる自分に泣いているのだろうか、あるいはその逆に、人生の旅路が終着点に来たのを感じたためなのかわからなかった。時々雪がちらつき始めた。あちこち飛び交う雪の片をぼんやり眺めていたら、自分の生活の不安のなかで道に迷ったらしく、気がつくと墓地の薄暗い片隅に来ていて、黒い犬がわたしを見ていた。涙もとまっていた。鼻を拭いた。わたしに親しげに尾を振る黒い犬を見て墓地を出た。そのあとで、父方の親類の一人が昔住んでいた家のひとつを借りてこの地区に居をかまえた。家主は女で、ペルシアとの戦争で死んだ息子にわたしが似ているといい、家事と食事の面倒をみてくれることになった。

町に出て長い間心ゆくまで歩き回った。あたかもここがイスタンブルではなくて、この世の果てのアラブの町に一時住んだ人間が、そこがどんな町か知りたいと思っているかのように。昔に比べて道が狭くなったのだろうか。あるいはわたしにそう思えたのだろうか。あるところでは両側からつき出た家々の間に挟まれた狭い道を、荷を載せた馬にぶつからないように、家々の壁や戸口に体をこするようにして歩かねばならなかった。金持ちが増えたのだろうか。あるいはわたしにそう感じられたのか。飾りたてた馬車をみた。こんなものはアラビアでもペルシアでもない。誇り高い馬の引く荷は城塞のようだった。チェンベルリタシュの所で、鶏市場の悪臭の中で身を寄せ合うぼろ着のこじきを見た。一人は盲で降りしきる雪に微笑んでいた。昔のイスタンブルはもっと貧しくて小さかったが人々はより幸せだったと言ったら、自分でも信じなかったかもしれない。だがわたしの心はそう言っていた。

昔の恋人の家は菩提樹と栗の木の中にちゃんとあった。しかし他の人が住んでいた。戸口で聞いたところ、恋人の母親つまりわたしの叔母は死んだそうだ。その夫エニシテと娘は引っ越したそうだ。こういう状況でこちらの気持ちや夢が無残にも壊されたとも気がつかないその男は何か不運な出来事があったらしいと言った。読者のみなさんにこのことはお話ししますまい。ただ、庭の菩提樹の木の枝に小指大のつららがぶら下がっていたことと、そして、暑い太陽の光の中で濃い緑と夏の日を思い出させたこの庭が、今は憂いのためか、雪のためか、あるいは、手入れをしていないせいか、なぜか死を思わせるのだったとだけ申しましょう。

親類の者たちの身に起こったことは、一部エニシテがタブリーズに送ってきた手紙から知っていた。その手紙でエニシテはスルタンのために密かにある写本を作成していること、そしてわたしにイスタンブルに戻って手伝うようにと書いていた。わたしがある時期、タブリーズでオスマン・トルコのパシャや知事やイスタンブルの金持ちのために写本を作成したのを聞いたのだった。タブリーズでわたしがやった仕事というのは、写本の装飾を注文する人から前金で金を受け取って、戦乱やら、兵士たちから迷惑をこうむっていた細密画師や書家のうちで、まだペルシアの町に逃げ出さずにこの町にいる芸術家を見つけて、金や仕事のなさをかこつ、かつてのすぐれた名人たちに頁を描かせて、挿絵を入れさせ、装丁させた本をイスタンブルに送ることだった。若い頃、エニシテがわたしに教えてくれた、細密画や美しい写本を愛する心なくしてはできない仕事だった。

エニシテがかつて住んでいた、商店街に通じる通りの端にある床屋のおやじが同じ店で、同じ鏡、かみそりの刃、職人たち、水差し、石鹸ブラシの中で、わたしと目が合ったが、気がついたかどうかわからなかった。髪を洗うための湯を入れた金属のおけが天井からぶら下がった鎖の端で昔と同じような弧を描いて行ったり来たりゆれているのを見るのはうれしかった。

若い時に歩いた辺りは、十二年の間に焼けて灰になってしまっていて、野犬が群れをなしていて、こどもたちが怖がるような場所となっていた。所々にわたしのような遠路から来た者を吃驚させるような大金持ちの屋敷が建っていた。あるものは窓に高価なヴェネツィアのステンドグラスをはめ込んでいた。わたしがイスタンブルにいない間に、高い壁の上にのびた出窓のついた二階建ての家が沢山建てられているのを見た。

他の多くの都市でもそうであるが、イスタンブルでも金の価値が全くなくなっていた。わたしが東国に行った頃は銀貨一枚で四百ドラクマの大きなパンを売っていたパン屋はいまや同じ金でその半分の、しかもその味たるや子供の頃覚えているパンとは似ても似つかないパンを売っていた。亡くなった母が、卵十二個に銀貨三枚払わなければならないのを聞いたら、鶏がこれ以上甘やかされて地面にではなく頭の上にフンをしないうちに、ほかの国へ行こうというだろう。だが金の価値がないのはいずこも同じなのはわかっていた。ベルギーやヴェネツィアから来た商船は贋金を詰めた箱でいっぱいだという噂であった。造幣所は以前は百ドラクマの銀から銀貨五百枚を鋳造していたのに、ペルシアとの終わることのない戦争のせいでいまや銀貨八百枚鋳造し始めたそうだ。皇帝の親衛隊であるイェニチェリ兵士は給料として払われた銀貨が金角湾に落ちた時、野菜桟橋から海にこぼれた干し豆さながらに沈まずに浮いたといって、スルタンの城に向かって、あたかもそれが敵の城塞であるかのように攻撃したということだ。

バヤジットのモスクで説教していて、預言者ムハンマドの家系から来ていると信じられているヌスレトという名の説教師もまた、こういう不道徳、物価高、殺人、強盗等のさなかで有名になった。エルズルム出身といわれるこの説教師によれば、この十年間にイスタンブルでおこった全ての災難や、バフチェカプとカザンチレル地区で起こった大火も、流行るたびに何万という死者を出す疫病も、あれほどの数の戦死者にも拘らずペルシアとの戦で成果がえられないことも、西ではキリスト教徒が反乱をおこして、小さなオスマンの城塞を奪い返したことも、全てこれらは預言者ムハンマドの説いた道をはずれたせいで、コラーンの命じたところから遠ざかったせいであり、キリスト教徒を容認し、ぶどう酒を売ることを許し、宗教に楽器をとり入れたせいであるというのだった。

このエルズルム出身の説教師のことを熱をこめて話すピクルス売りによれば、町にあふれるチェルケズ人、アブハジア人、ミンゲリア人、ボスニア人、グルジア人、アルメニア人のように、市場にあふれる贋金の新ドゥカットやライオンの絵の描かれた贋のフローリン、その銀の割合がますます少なくなっている銀貨などによってもう戻ることのできない廃頽に向かっておし流されているという。

甘美なウドの音が聞こえたせいであろうか、あるいは混沌とした過去の記憶のせいであろうか、あのうるさいピクルス売りの声に我慢しきれなくなって話を切り上げて、音のする方をたどった。ある町を愛してそこを度々歩き回っていると、その町の道々を、頭だけでなく体も覚えてしまうということ、これはたしかだ。雪が物憂く降り交う、この物憂い瞬間にも、足が勝手にわたしを気に入っていた丘につれて行くのだった。
こうして馬蹄市場から別れて、スレイマニエ・モスクのすぐそばから金角湾に降る雪を眺めていた。北側の屋根では、北東の風が吹きつけるドームの片隅にはすでに雪が積もっていた。入ってくる船は帆をおろして、パタパタという音でわたしに挨拶を送っていた。帆の色は金角湾の水面の霧のかかった鉛色と同じだった。

糸杉やすずかけの木、屋根の風景、夕暮れの憂い、下の方から来る音、物売りたちの声、モスクの中庭で遊ぶ子供たちの騒ぎ、これらがみなひとつになって、わたしはこれからこの町以外では生きていけないだろうと感じた。一瞬、昔の恋しい人の長い間忘れていた面影が眼前に見えたかと思った。

坂道を下りた。雑踏の中に入った。モスクから聞こえる夕刻の礼拝の時刻を知らせる呼び声の後、レバーを料理する店で腹ごしらえした。客のない店で、猫にえさをやるかのように、わたしが食べるのを暖かい目で眺めていた主人の言うことに耳をかたむけた。

彼に教わったとおり、道が十分暗くなってから、奴隷市場のうしろの狭い小径のひとつに入り、そこでコーヒーハウスをみつけた。中は混んでいて暖かかった。タブリーズやペルシアの町でこれと似たものを見たことがある。ただあちらでは咄し家ではなく語り屋がいたが。この咄し家が後方の薪ストーヴの脇の高い所に、粗末な紙に急いで、しかしながら確かな筆遣いで描かれた、たった一枚の絵を、犬の絵を掛けて、時々絵の犬を指さしながら犬の口調で語っていた。

3　わたしは犬

ご覧のとおり、わたしの牙はたいそう長くて尖っていて辛うじて口に入ります。そのせいで怖そうな顔になります。でもわたしは気にいっています。ある時、肉屋がこの牙の大きいのを見て、「おやまあ、これでは犬でなくて豚だわい」と言ったのです。

奴の脚を噛んでやりましたよ。歯の先端が脂肪のついた肉がおわったところで、太腿骨の硬い所を感じました。犬にとってはなんでもないことで、内から湧く怒りで強い敵の肉に歯をつけることほど壮快なことはありません。こういう機会があると、たとえば噛まれても仕方がないような者が馬鹿みたいにぼんやりと前を通りかかると、うれしくて歯はガクガクして頭はクラクラして、喉からあの皆さんを怖がらせる唸り声が出てしまいます。

わたしは犬です。人間の皆さんは、わたしほど理知的な生き物ではないから、犬が話すかなどと言われるのです。その一方では死んだ者が話したとか、舞台で登場人物が自分では知るはずのない言葉を口にしたなどと言うことを信じておられるようですね。犬も話すのです。ただし聞くことができる者にだけですが。

昔々、あるところに、都の一番大きいモスクの一つに、その名を、とりあえずバヤジット・モスクとしましょう、田舎から生意気な説教師が来たそうです。名前を言うわけにはいかないから、フスレト師としましょう。でもここからは本当の話です。奴は愚かな説教師だったのです。脳みその中身が少ない分、舌がその分を補うのです。毎金曜日、気を失ったり、倒れたりする者がでるほど、聴衆を興奮させ、涙を流させるということです。でも間違わないでください。説教力があるといっても、他の説教師のようには決して泣かないそうな。逆に皆が泣いている時、まつげすら動かさず、会衆を叱りつけるかのようにますます強く話すそうです。叱られるのが好きな人がいるのでしょう。庭師、小間使い、菓子職人、くずのような輩、奴さんのような説教師たちなど、皆がこの男の奴隷になるのです。そうです。奴は人間です――人間だから罪をおかします。この膨大な信奉者たちを前にして自分でもうっとりして、会衆を泣かせることと同じくらい畏れさせることは面白く、しかも多大な金になるとわかると、いい気になりきってこんなことを言ったのです。

物価高、疫病、戦争での敗北、これらの唯一の原因は、人々が預言者ムハンマドの頃のイスラムの教えを忘れて、イスラム教だといって他の書物や虚言を信じたためだ。預言者ムハンマドの時代に、死者のためにメヴリットを唱えてもらうなどということがあっただろうか？　死者のために四十日目の儀式をして死んだ者の霊魂のためだといって甘いヘルヴァや揚げ菓子をくばるなどということがあったか？　コラーンを歌のように節をつけて詠むなんてことがあっただろうか？　モスクの尖塔に上って、わたしのアラビア語はほんとに上手でアラビア人みたいだとひけらかしたり、女みたいになよなよと節をつけて礼拝の時間が来たことを知らせるなどということがあっただろうか？　墓地にいって嘆願して死者たちから助けを乞ったりしている。聖人といわれる人の墓石のところに行って偶像崇拝者のように石を拝んだり、木に布切れを結んだり、何か願い事が実現したらお礼に動物の生贄を捧げるなどという。預言者ムハンマドの時代にこういうことを言う宗教集団があったであろうか？　この集団の指導者イブン・アラビーは、異端のファラオが信仰者として死んだと宣言して自ら罪人となった。メヴレヴィやハルヴェトやカレンデリ宗派などの教団は楽器の伴奏でコラーンを詠んだり子供や少年たちと一緒に祈るといって踊ることを認める。これらはみな異端だ。修行団の館は取り壊してその基盤は五メートルほど掘り返し、そこから出た土は海に捨てなければ、その穢れた地ではお祈りをすべきではない。このフスレト師はさらに興奮して、口からはよだれを垂らし、信者たちにコーヒーを飲むことは罪悪だとのたまったそうです。預言者様はコーヒーは頭脳をしびれさせ、胃に穴をあけ、腰がぬけたり、子供ができなくなったりするのがわかっていたからお飲みにならなかった。コーヒーは悪魔の所業であるから飲まれなかったのだと。さらにコーヒーハウスは快楽を追い求める者たちや、金持ちのできそこないがひざを交えて座って悪さをしている場所だから修行団の館よりも先にコーヒーハウスを禁じるべしとのたまうのです。貧しい人々にコーヒーを飲む金があるでしょうか。コーヒーハウスに行ってはコーヒーでいい気持ちになって最後には犬ふぜいが語ることを本当だと思って聴いていると。自分や自分たちの教えの悪口を言うやからは犬どもであるとフスレト師は言われるのです。

失礼して、この説教師の最後の言葉にお答えさせてください。メッカに巡礼に行った者であるハッジ、ホジャ（師）、ヴァーイズ（説教師）、イマムからなる一連のグループがわたしども犬をひどく嫌っていることはよく知られています。わたしに言わせれば、本当は、預言者ムハンマドがその上で寝ていた猫を起こすまいとして、ご自分の服の裾を切って立ち上がったことから始まったのです。猫に示したこの心遣いをわたしども犬には決してみせてくれないのです。一番愚かな人間でさえ恩知らずなことを知っているこの動物を宿敵としているせいで、預言者様は犬を嫌いだったということにされています。何世紀もの間、お祈りの前に清めた身体を汚すといって、モスクに入ることを禁じられたり、モスクの中庭の番人から庭箒で殴られたりしたのは、悪意でされたこの間違った解釈の結果なのです。

「洞窟」というコラーンの中で一番美しい章を思い出してください。

この結構なコーヒーハウスにおられる方々がコラーンを読んだことがないなどと申しているのではありません。ただちょっと記憶をよびおこして下さい。この章は偶像崇拝者の中で生きているのがいやになった七人の青年の話です。この七人はある洞穴に隠れ、そして寝てしまう。すると、アラーの神が彼らの耳に栓をして、彼らを三百九年間眠らせてしまう。目が覚めてから、この七人の青年の一人が外で人に遭って手元にある銭がもう通用しないことを知り、この間にそれほどの時が過ぎたのを知ってひどく驚く。人間のアラーの神に対する信仰、その奇蹟、時の経過、深い眠りの心地よさなどを説くこの章の第十八節を、僭越ながらお話ししますと、そこで、この七人が眠った洞穴の入り口で寝ている犬にふれているのです。もちろん誰でもコラーンに自分のことが書いてあると誇らしく思います。一匹の犬としてこの章を誇りに思います。そして敵を見ては、イヌと言えなくて、エヌどもというエルズルム者が正気を取り戻しますようにと願います。

とすれば、犬に対する敵愾心とは本当は何だったのでしょう。犬は汚らわしいものといわれ、家の中に犬が入れば上から下まで洗って清めなおすのですか。犬に触れると、お祈りの前に清めた身体が汚れるとか、服の裾が、犬の濡れた毛に触れたといっては、頭のおかしい女みたいに、その服は七回洗わなければならないなどというのですか。犬が鍋をなめたといっては、その鍋は捨てなければとか、内側を錫めっきしなおせなどというホラをふくのは錫めっき屋しかありません。もしかしたら猫かも。

農村や田舎からあるいは放牧生活から都会に住み着くようになって、羊飼いの犬は農村に残されました。すると犬は汚らわしいといわれるようになったのです。イスラムが始まる前は十二の月の一つは犬の月でした。それが今は縁起の悪いことを犬といいます。この夕べをわたしの話をきいて、何かをえようとなさる皆さんを私事の問題で煩わせたくありません。ただわたしは、あの説教師がコーヒーハウスを攻撃することに腹を立てているのです。

このエルズルムのフスレトの父親は誰かもわからないと言ったら何とおっしゃるでしょうか。わたしにも言いましたよ、お前は変な犬だ。絵の名人がコーヒーハウスに犬の絵を掛けてくれたからといって、咄し家にでもなったと思っているのか。名人を守るために説教師の悪口をいうのかと。こら！　犬、出ていけ。めっそうもないことです。悪口など申しません。わたしはコーヒーハウスが大好きなのです。わたしの絵がこんな安っぽい紙に描かれたとか、犬だということを嘆いているのではありません。わたしはただ皆さんと一緒に座って、人並みにコーヒーが飲めないのが悲しいのです。わたし共はコーヒーやコーヒーハウスが死ぬほど好きです……おやまあ……ご主人様がわたしにコーヒーを注いでくださる。犬がコーヒーを飲むかって？　ごらんくださいさい。犬がゴクゴクとコーヒーを飲んでいるではありませんか。

ああ、おいしかった。おかげで身体が暖まった。目もはっきり見えるようになった。頭もすっきりした。

ヴェネツィア総督はスルタン様の娘御であられるヌルハト姫に贈り物として何巻もの絹や青い花柄のついた陶器のほかに、何を贈られたかご存知ですか。絹よりもテンよりも柔らかい毛の、あの高慢ちきな西洋犬を贈ったそうです。この犬はひどく気位が高かったそうです。それに赤い絹の服をきていたそうです。わたしの友達の一匹が彼女とやったそうで、奴からきいたのですが、この犬は交尾の時ですら服を脱がないそうです。西洋では犬はみなこういう服を着ているそうです。聞いたところによると、西洋のあるお上品な上流社会の女が服を着ていない犬を見たそうです。あるいは犬のあそこを見たのかも。いずれにしても彼女は「まあ大変、この犬は裸だわ」と悲鳴を上げて気絶したそうです。

異教徒の西洋では、もともと犬には飼い主がいるそうです。哀れな犬たちの首に、みじめな奴隷のように鎖をつないで引っ張り引っ張り外を歩かせるそうです。この人たちはそのあとで、哀れな犬たちを無理に家の中に入れたり、時には寝床にまで入れるそうです。犬は他の犬と一緒に歩くことも、においを嗅ぎあったり、遊ぶことも許されないそうです。鎖でつながれて、あのみじめな状態で外で他の犬と出会った時は、悲しげなまなざしでお互いを遠くから眺めるだけだそうです。イスタンブルの通りを群れをなして自由に闊歩したり、だれかれを怖がらせたり、暖かそうな片隅を見つけて丸くなったり、日陰でスヤスヤ寝たり、好きなところでおしっこをしたり、好きな奴に噛みついたり、こんな犬を異教徒たちは考えもつかないのです。もしかしたらこのせいで、エルズルム派の徒党がイスタンブルの通りで、施しとして犬に肉をやるなとか、そのための基金を作るなとわめいているのもわからないわけではありません。もし奴等の意図が犬を敵視するだけでなく、異端だというのであれば、犬の敵になることも異端であることも同じことだとだけ申しあげておきます。この不埒なやからの死刑の際に（それがあまり遠くないことを願って

わたしの名は紅（あか）

ルーヤーに

います が)、見せしめのためといって以前時々やってくれたように、死刑執行人の友だちが、わたしたちを一口ありつくために招んでくれますように。

このお話をして最後にします。この前のわたしのご主人は大変公正なお方でした。夜、泥棒に出かけると仕事を分担しました。わたしが吼え始めると彼が獲物ののど元を切るのです。こうすれば悲鳴は聞こえないのです。その報酬として処罰した罪人を切って煮て、食べるようにとくれたのです。わたしは生の肉は嫌いです。エルズルムの説教師の死刑執行人もこのことを忘れないでくれて、肉を煮てくれますように。生の肉を食べて腹をこわしたくありませんから。

4　人殺しとよぶだろう、俺のことを

あの阿呆を殺す直前まで、俺が誰かの命をとるなどということは信じられなかった。だから、してしまったことも、水平線のかなたに消えていったガレオン船の様に、時には俺の記憶から遠ざかってゆく。時には全く罪を犯さなかったかのようにすら感じる。兄弟みたいだった哀れな〝優美〟をやむなく殺してから四日がすぎて、やっとすこし慣れてきた。

目の前に現れたこの最悪の問題を、人を殺さないで解決したいと心から願った。だがそれしか方法がないことが直ちにわかった。歴然だった。それですぐその場でやってしまった。すべての責任は俺にある。一人の愚か者の告白で細密画師全員を危険にさらすことは許せなかった。

とはいえ殺人に慣れるのは容易ではない。通りに出てみるがいたたまれない。次の通りを歩く。それから又、次の通りを歩く。人々の顔を見ると、まだ人を殺す機会がなかったというだけで自分を無垢だと思っているのがわかる。この小さな不幸な出来事のせいで、世間の人々の多くが俺よりいい人間だとか高潔だとかは信じ難い。せいぜいまだ人を殺していないのでもう少し愚かしい顔をしているというところだ。愚か者はすべて善人のように見える。あの哀れな男を殺してからイスタンブルの通りを四日も歩けば、目が知的に輝いている者や顔に魂を映す影を宿すものはみな密かに人を殺しているのがわかる。愚か者だけが無垢である。

たとえば今宵、奴隷市場の後ろのコーヒーハウスで熱いコーヒーで暖まり、舞台の犬の絵を見ながら、犬が語ることを皆と一緒に耳を傾けて笑っていた時、突然隣に座っている男が俺のように人殺しだという思いにとらわれた。その男も俺のようにただ咄し家の言うことに笑っていた。だが、俺の腕のそばにある奴の腕のせいか、あるいは絶えず不安げにコーヒー茶碗をたたいている奴の指のせいか、なぜかわからないが、俺と同じ輩だと決めた。そして突然振り返って、奴の顔をジロジロ見てやった。すると奴はすぐ恐れをなして、おろおろした。やがて舞台が終わって、人々が立ち上がると、奴の知り合いが近づいて、「きっとヌスレト師の一派がここを襲う」と言った。

もう一人は目顔で黙らせた。奴等の恐怖心が俺にもうつった。誰も信じられない。いつ目の前にいる者からひどい目にあわされるかわからないのだ。

外はさっきより寒くなっていた。道の隅や塀の下には雪が高く積もっていた。真っ暗闇の中で、道を手探りですすんだ。時々よろい戸をぴったりしめたり、窓を黒い板で囲ったりしている家のひとところからまだついているランプのかすかな灯りが外に漏れて雪に映っていた。しかし大方は何も見えず、見回りの杖が石にぶつかる音と犬の遠吠えと家の中からくる物音に耳を傾けて歩を運んだ。時にはこの町の狭い怖い通りを、夜半の雪があたかもその内部から来るかのような妙なる光で照らしていた。時には、闇の中で瓦礫や木々の間に何百年もの間イスタンブルを薄気味悪い場所としている幽霊を見たかと思った。時には家の中から、幸薄い人々がゴホンゴホンと咳き込んだり、鼻をかんだり、夢にうなされて悲鳴をあげたり、子供たちがそばで泣いているにもかかわらず喚きあう夫婦の声などが聞こえた。

人殺しになる前の幸せだった生活を思い出して気分を晴らそうと、この一、二晩コーヒーハウスに咄し家を聴きに来た。殆ど一生を共にしてきた細密画師の兄弟の多くは毎晩来る。子供の頃より一緒に絵を描いてきたあの愚か者を殺ってからというもの、もう誰にも会いたくなかった。会って一緒に噂話をせずにはいられない兄弟たちの生活や、ここの惨めな娯楽の雰囲気には、はずかしくなるようなことが多い。えらそうにしているといっていやがらせされまいと、俺もあの咄し家のために絵を一枚描いてやったこともある。でもそれで彼らの嫉妬が終わったわけではない。

だが嫉妬するのも無理はない。色を混ぜたり、定規で線を引いたり頁を采配したり、テーマを択んだり、顔を描いたり、戦場や狩りの場面で大勢の人の位置を決めたり、動物、スルタン、船、馬、戦士、恋人たちの絵を描いたりするのに、俺以上の者はない。装飾画の中に魂の詩を描くことにかけて一番の名人は俺だから。こんなことを、自慢するために言っているのではない。俺を解ってほしいからだ。嫉妬心はやがて細密画師の生活で絵の具と同じくらい不可欠な要素となるのだ。

不安の念からますます歩き続けていると、時には純粋無垢の信心深い者とぶつかる。突然妙な感じにとらわれる。自分はいまや人殺しだと考えると、この目の前にいる者はそれがわかるだろう。

だから無理に他のことを考えるようにした。それはちょうど若い頃礼拝をする時に女のことを考えないように恥ずかしさで必死になって無理をしたときのように。しかしごく若い時の瘧(おこり)の際にはどうしても媾合を忘れきれなかったのに、人を殺したことは忘れることができた。

俺の今の窮状と関係あるからこんなことを話しているのだ。もし俺が何か頭の中で考えれば、すぐそれがわかってしまうあなた方だ。とすれば、正体不明で幽霊のようにここいらをうろつく人殺しであることをやめて、捕まってまもなく首を刎ねられるのを待っているただの罪人になってしまう。だから、何も考えまい。もうなにも言わせないでください。あなたのような繊細な方は足跡から泥棒を捕まえることができるように、俺の言葉から、色彩からわたしが誰であるか見つけてごらんなさい。これはまさに今はやりの様式(スタイル)の問題になります——細密画師に自分の様式、自分特有の色や声があるか、あるいはあるべきかという。

名人中の名人、細密画の画聖ベフザトの絵を例にとりましょう。この絵は殺人の場面で、今の俺の状況ともよくあっています。王位継承問題からむごくも殺されたペルシアの王子の書庫から出てきたもので、九十年前に造られたヘラト派の完璧な写本のヒュスレヴとシリンの物語を描いた頁を見たことがあります。ヒュスレヴとシリンの運命はご存知ですね。フィルデウスのではなくてニザーミの書いたものからお話しします。

二人の恋人はさまざまの苦労や嵐をくぐって結婚する。しかしヒュスレヴの前妻との間の息子シルエは悪魔のようで、彼らをそっとしてはおかない。父親の王位とその若い妻のシリンをねらっている。ニザーミが書いているように「ライオンのような臭い口」のシルエは策を講じて父親の王位に座る。ある晩父親がシリンと寝ている寝室に入る。暗闇の中を手探りで寝床を見出し父親の内臓に刀を刺す。父親の血は朝まで流れ、スヤスヤ眠る美しいシリンの傍らで死ぬ。

偉大な名人ベフザトの絵は、この物語のように、長い年月俺の心の中にあった。本当の恐怖を描いている。夜半闇の中で目が覚めて、真っ暗闇の中で誰かがいることに気がついたときの恐怖を！　その誰かの手に短刀があって、もう一方の手があなたののど元にまわったことを考えてもみてください。詳細に描かれた部屋の壁、窓、縁の装飾、締めつけられた喉から出る声にならない叫び声の色をした赤い絨緞の曲線と円の柄、殺人鬼があなたを殺そうとして薄汚い裸足でズカズカ踏んだ高価な掛け布団の信じ難いほど細かに刺繍された黄や紫の花々、これらが全て同じ目的のために仕えるのです。見ている絵の美しさに心をうたれている時、あなたが死に瀕している部屋や今去ろうとしているこの世の美しさを思いおこさせるのです。絵の美しさやこの世の美しさはあなたの死とは関係ないこと、たとえ奥さんがそばに居ても死ぬ時は一人ぼっちであること、これらがこの絵を見て愕然とする本当の意味なのです。

二十年ほど前、俺が震える手でささげたこの写本を見ていた年老いた名人は言ったのです、「署名は必要ではない。これはベフザト以外ではありえないから」と。その目は、傍らの蝋燭のせいではなく、その絵を見る悦びで輝いていました。ベフザトもこのことを知っていたので、絵のどこにもこっそりとも署名しなかったのです。この年老いた名人によれば、ベフザトのこのやり方には困惑と羞恥があるといいます。真の芸・技とはこの他の追随を許さない絵を描き、同時にこの腕の立つ細密画師が誰であったかをわからせるところにあるのです。

自分が助かりたいために、あの哀れな犠牲者を平凡なむごたらしい形で殺した。その仕事に俺を暗示する個人的な印がないかどうか調べるために夜毎にこの焼け跡に来たが、次第に様式の問題が頭をもたげてきた。様式というのは個人的な痕跡を遺すことになる失敗にほかならない。

降った雪の明るさがなくとも、ここはみつけられる。この場所は二十五年来の友人を屠った焼け跡なのだから。雪は俺の署名と思われる全ての跡を覆ってなくしてしまっていた。このことは様式と署名の問題について俺とベフザトにアラーの神が同意してくれたことの証だ。四日前の夜、あの愚か者が主張したように例の写本に挿絵を入れた時、たとえ知らずにとはいえ、許されざる罪をおかしていたのだったのなら、アラーの神は俺たち細密画師をかくほどに愛してはくださらなかったであろうから。

あの晩、〝優美〟とこの焼け跡に入った時、雪はまだ降っていなかった。遠くからこだましている犬のほえ声がきこえた。

「どうしてここへ来たの。こんな時間にここで何をみせるというの」と奴は訊いた。

「少し先に井戸がある。その十二歩先に俺が長い年月ためた金が埋めてある」と俺は言った。「今言ったことを誰にも言わないなら、エニシテも俺もお前をたっぷり喜ばせるよ。」

「つまり、最初から何をやっているか知っていたことを認めるんだね……」と喜んで言った。

「認めるよ」とやむなくうそを言った。

「お前の描いた絵はとても罪深いものだと知っていたの？」と無邪気にきいた。「お前がしたことはまともな人間なら考えもしない大罪で異端で地獄の底で焼かれるよ。そして苦痛・苦悶は尽きることがない。そんな中に俺をも引き入れたんだ。」

こういう言葉を聞いているうちに、世の多くの人は彼の言うことを信じるだろうと解ってぞっとした。なぜなら、それらの言葉は本当に力強く、人を惹きつけるのだった。関心を持っていようとなかろうと、気になって、自分以外の悪い奴に本当にそういうことがおこればいいとさえ思うのだ。もともと作成している写本が秘密であることや払われる金のせいで、エニシテに関してこの種の噂はよくでていた。細密画師の頭名人オスマンはエニシテを嫌っていた。兄弟弟子の〝優美〟は、この事実をずるがしこくも利用して告発していることに気がついた。どこまで奴が信じられるだろうか。俺たちを敵対させている言葉をもう一度いわせた。何度も何度もうまく言えなかった。一緒にすごした徒弟時代にオスマン親方から殴られないようにと失敗をかくそうとしていた時のように。その瞬間、本心から言っているように思われた。徒弟の頃もこんな風に大きく目を見開くのだった。後の修業のせいでまだ目が小さくなっていなかったから。当時の懐かしい思い出を遠ざけて心を強くした。なぜなら奴は全てを他の人々に言いつけようとしているのだから。

「ほら」と無理して穏やかに俺は言った。「昔写本に装飾を施す時、縁を飾り、定規で線を引き、頁を色や金泥で飾って、一番いい絵を俺たちが描いただろ。衣装箪笥や箱を飾っただろ。何年もやってきた。これは俺たちの天職だ。人は俺たちに註文をだす。この額縁の枠のなかに船を、鹿を、スルタンを描いてそれからこういう鳥を、こんな人々を入れて、物語のこの場面を、その人たちはいらないから、などと言っては。俺たちはそのようにした。今度は、エニシテが思ったままに馬の絵を描くようにと言った。三日間俺は『思ったままの馬の絵』が何であるかを理解するために、昔の名人たちのように何百枚も馬を描いた。」手を慣らすために粗末なサマルカンド紙に描いた一連の馬の絵をあの人にみせた。関心を示してそれをうけとって、弱い月の光の中で目を近づけて黒と白の馬の絵に見入った。「シーラーズやヘラトの昔の名人たちは『アラーの神がご覧になった馬の絵を描くためには細密画師の手が五十年馬の絵を描き続けなければならない』と言う。『所詮一番いい絵は暗闇で描かれたものだ』と付け加える。『なぜなら、五十年間で真の細密画師は描き続け描き続けて盲になる。しかしその手は描く馬を覚えているのだから』」と俺は言った。

その昔、子供の頃見た奴の無邪気な表情は、俺の描いた馬の絵に吸いつけられていた。「俺たちは註文されたら、最も神秘的な、他の追随を許さない馬を、昔の名人たちが描いたように描こうと努力する。それだけだ。註文された物の責任を取れとは理不尽なことだ。」

「わからない、そうだろうか」と彼は言った。「俺たちにも責任や意思がある。俺はアラーの神以外の何者をも恐れない。神は善と悪を区別せよといって知性をくれたのだ。」

いい返答だった。「アラーは全てをご覧になり、知っておられる」と俺はアラビア語で言った。「お前が、俺が、俺たちがこの仕事を知らずにやったのをわかってくださる。エニシテを誰に密告するつもりか。この仕事の背後にはスルタンの御意思があることを知らないのか。」

奴は黙っていた。本当にこれほど脳みそなしだったのだろうか。心の中で神を畏れるあまり冷静さを失っておかしくなっているのだろうかと考えた。

井戸のそばでたち止った。暗闇の中で一瞬奴の目を見たように感じた。怖がっているのがわかった。奴がかわいそうになった。だがひとたび矢は弓から放たれたのだ。目の前にいるのが単なる愚かな臆病者ではなくて、悪党だという証をくださいとアラーに祈った。

「ここから十二歩数えて掘りおこすんだ」と俺はいった。

「それからどうするんだ。」

「エニシテに申し上げて絵を焼く。それ以外に方法があるか。こんなことがエルズルムのヌスレト師の一派の耳に入ったら、俺たちも工房もただではすまない。あいつ等を知っているかい。お前がこの金を今受け取れば、奴等に密告しないことがわかるから。」

「金は何の中にはいっているの。」

「古い漬物甕の中に。ヴェネツィア金貨で七十五枚だ。」

ヴェネツィア金貨はわかるが、漬物甕はどこから思いついたものやら。全く馬鹿げたことだが彼は信じた。こうしてアラーの神が俺の側におられるのがわかった。年がたつにつれてますます貪欲になっていったこの徒弟時代からの友は興奮して十二歩を数え始めていた。

この瞬間俺の頭の中には二つのことがあった。土の中にヴェネツィア金貨など全くない。金をやれなければこの馬鹿者が俺たちを破滅させるだろう。一瞬この馬鹿者に、徒弟時代に時々したように、だきついて口づけしたい気がした。しかし年月は二人を遠ざけてしまっていた。地面をどうやって掘るのか気になった。爪でか。こんなことを考えた（これを考えるというのなら）のはまばたきをする間だった。井戸のそばにあった岩を両手でつかんだ。奴がまだ七歩目、八歩目の時、うしろから追いついて、頭の後部を全身の力をこめてうった。あっという間に石は頭をひどくうちつけた。一瞬自分の頭に打ち落とされたかのようにぎくっとした。痛みさえ感じた。

だがしたことを悩んだりするよりも、始めた仕事を一時も早く了えたかった。なぜなら奴は倒れてひどくもがき始めていたから。われ知らず慌てふためいて奴を井戸に投げ落としてから、かなりたってから、俺のしたことは優雅な細密画師には全くふさわしくない粗野な面があると考えることができた。

5　わしはお前たちのエニシテだ

わしはカラの義理の叔父、つまりエニシテだ。だが、他の者もわしをエニシテとよぶ。カラの母親は息子にわしをこうよぶように言っていた。その後、カラだけでなく誰もがそういうようになった。カラがわしの家に出入りするようになったのは、今から三十年前、アクサライの後ろの方の栗と菩提樹の木が鬱蒼と生えている湿っぽい通りに引っ越した頃始まった。そこは今のこの家の前の家だ。

毎夏マフムウト・パシャについて地方旅行に出かけて秋になってイスタンブルに戻ると、カラと母親がわしのうちに移って来てしまっているのだった。彼の母親はわしの亡き妻の姉だった。時には冬の晩家に帰ると、彼の母親とうちのやつが、涙に濡れた目で抱き合って慰めあっているのを見たものだった。カラの父親は町はずれの小さな宗教学校で先生をしていたが、長く続かず、かんしゃくもちで、機嫌が悪く、大そう飲んだ。カラは当時六歳で、母親が泣いているといっては泣き、母親が黙ったといっては黙る子で、わしを、エニシテを怖そうに見ていた。

いまその子を、成長した、意志の強い、礼儀正しい甥として見るのは嬉しいことだった。わしに対する敬意、わしの手に口づける時の注意深さ、贈り物として持ってきた蒙古のインク壺を渡す時の「紅インクだけです」という言い方、わしの向かいに両膝をきちんとそろえて座る様子、全てこれらは彼が望ましい賢い成人の姿であるというだけでなく、わしとてもが老人としてなりたいと思っている姿でもあった。

一、二度会ったことのある父親に似ていた。背の高い、痩せぎすで、手を神経質に動かす、だがそれも彼には似合う。両手を膝に置いた様子、わしが大事なことを言うと、「わかります、拝聴しています」という眼差しで熱心にきく様子、わしの言葉にあった微かなリズムでうなずく様子はいずれもふさわしいものであった。この年になると、真の尊敬は内心からではなくて、微かなきまりや首の曲げ方からくるのがわかる。

母親がこの家に息子の将来を見たが故に、何かにつけてここにしばしば連れてきていた間に、彼が本好きなのがわかって、これがお互いを結びつけた。家の者たちが言うように弟子入りした。彼に、シーラーズの細密画師は地平線を絵のかなり上部に引くことによってシーラーズに新しい様式ができたことなどを説明したりした。レイラへの恋に狂ったメジュヌンを描く時に、誰しもが砂漠で弱っているところを描くのに、偉大な名人ベフザトは、料理をしたり、薪に火をつけるためにフーフーと火を吹いていたり、テントの間を行き交う女たちの雑踏のなかでメジュヌンの寂寥感をよりよく表現したことを説明した。ヒュスレヴが夜半湖で沐浴するシリンの裸体を覗き見た瞬間を描いた細密画師の多くはニザーミの詩を読まずに描いたから、恋人たちや馬や衣服を思いつくままの色で彩色したが、それがいかほどに馬鹿らしいことであるかを、挿絵を描く本文を注意深く、知的に読めないほど無頓着ならば、その細密画師にとって紙や筆を手に取ることは金以外の何物をも意味しないことなどを説明した。

いまやカラが他の基礎知識をも身につけたのを嬉しく思った。細密画や芸術に失望したくないなら、決してそれを職業にしてはいけない。どんなに才能があろうとも金や権力は他のところで見つけるべきだ。そうすれば才能と努力の結果が報われなくとも、芸術がいやになることはないであろう。

　イスタンブルや地方のペルシアの金持ちたちが写本を作らせた時に知り合った細密画の名人たちや書家が貧困と絶望の中で生きていると話した。タブリーズのみならずメシェドでもアレッポでも貧困と人々の関心のなさ故に極めて多くの細密画師が写本の挿絵を描くことをやめて、一枚の絵を描いたり、ヨーロッパの旅行者を喜ばせるような奇妙なものや淫らな絵を描き始めたそうだ。うわさによれば、タブリーズで和平協定を締結した時、シャー・アッバスがトルコのスルタンに贈った写本はすでにばらばらになってその頁は他の書物のために使われ始めたという。インドの王様アクバルは新しい大きい写本を作るために非常な大金を使い始めたので、タブリーズやカズヴィンの一番腕のたつ細密画師は、やっていた仕事をやめてその宮殿に急いだそうだ。

　こういう話をする間にも、にこやかに他の話もさしはさんだ。例えば偽の救世主のおもしろおかしい話とかペルシアがウズベク人との間の和平を保つために送った人質の愚かな王子が三日のうちに熱を出して死んでしまったので先方があわてたとかを話して微笑んだ。だが彼のまなざしの中にある翳から二人ともが口に出すことを恐れているあの問題はまだ解決されていないのがわかった。

　当時うちに出入りしていた者やわしたちの噂をきいた者や遠くからでもその存在を聞いた全ての者たちと同じく彼もまた、当然ではあるが、わしのただ一人の娘シェキュレに恋をしていた。美しさで評判の娘に当時は誰でも、その大部分の者は彼女を見たこともないにも拘らず、恋していたから、気をつけなければならない危険なことではなかったのかもしれない。しかしカラの恋は、この家に出入りし、この家でかわいがられていて、シェキュレを実際に見る機会もあったこの青年の恋は報われないものであった。わしが期待したように彼はこの恋を内に隠してはいられなかった。内なる激しい炎をまっすぐ娘に打ち明けるというようなまちがったことをしてくれた。

その結果この家への出入りをやめざるをえなかった。彼がイスタンブルをあとにしてから三年後、娘は一番美しい年頃にある軍人と結婚した。しかし多少常識に欠けるところのあるこの軍人は、二人の男の子を生ませた後、戦争に行って戻らなかった。四年になるが音沙汰もない。これらはカラも知っているだろう。こういう噂はイスタンブルではすぐ知れわたるからというのではない。二人の間に沈黙があった時わしの目を見る彼の視線から、彼が既に全てを知っているのを感じた。この瞬間にすら、書見台のうえに開けてある『霊魂の書』を眺めている時、家の中を歩く子供たちの声に耳を傾けているのに気がついた。ということは娘が二人の息子とともに実家に戻っていることを知っているのがわかった。

カラのいない間に建てさせたこの新しい家について二人とも話さなかった。多分、財と権力を手にしようと考えている若い者が誰でも感じるように、カラもまたこういう問題を口にするのははしたないと思っているのだ。とはいえこの家の敷居をまたぐや否や階段のところで二階はいつも湿気が少ないから骨の痛みには二階家に引っ越すのがいいとわしは言った。二階という言葉を口にするとき妙におもはゆかった。だが言わせていただければ、わしよりもずっと資産の少ない者や小さな封土をもつ軍人ですらまもなく二階家を建てることになるだろう。

わしたちは冬の間細密画の部屋として使用している部屋にいた。隣の部屋にシェキュレがいるのをカラが感づいているのがわかった。彼をイスタンブルに呼び戻すためにタブリーズに送った書簡に書いた本来の問題に入った。

「お前がタブリーズで書家や細密画師に写本を作らせていたように、わしも今写本をつくっている。わしの註文主はこの世の根源であるスルタン閣下だ。この本は秘密であるので、スルタンは勘定方長官よりわしに密かに金を賜った。スルタンの工房の細密画の名人たちと一人ずつ了解をとりつけた。ある者には犬を、ある者には樹木を、ある者には縁飾りと地平線上の雲を、またある者には馬を描かせている。描かれた物はヴェネツィアの名人の絵のように、スルタンの全世界を表現させたい。だが、それらはヴェネツィア人が描いたように物をではなく、内面の豊かさを、スルタンの治する王国の歓喜と恐怖の絵でなければならない。もし金貨の絵を描かせたとしたら、それは金を侮蔑するためだ。悪魔と死をも含むのはわしらがそれを恐れるからだ。世間がなんと言っているかは知らぬ。樹木の不滅性を、馬の疲れを、犬のしつっこさを、スルタン閣下を、この世の王国を表現させた。〝コウノトリ〟、〝オリーヴ〟、〝優美〟、〝蝶〟というニックネームの細密画師にも好きな題材を選ばせた。どんなに寒い凍てつく夜でも、スルタンの細密画師の一人がこの写本のために描いたものをみせにこっそりとわしのところに来る。」

「どんな絵を作成しているか、どうしてそうしたかは今は答えられない。お前に隠しているとか、言えないからではない。それらの絵が何を表現しているかはわしにもよくわからないからだ。」

カラがわしの書簡から四か月後にイスタンブルに戻ったことは、元の家の通りにある床屋からきいた。この度はわしが彼をうちに招んだ。わしの物語には二人をつなぐ悲しみと幸せを約束するものがあることを知っていた。

「挿絵は全て物語を語る」とわしは言った。「読む本を飾る細密画は一番いい場面を描く。恋人たちの初めての出会い、ルステムが悪魔のような怪物の頭を切り落としたところ、殺した見知らぬ者が自分の息子であるのがわかったルステムの悲嘆、恋に狂ったメジュヌンが荒れ果てた荒野でライオン、虎、鹿、ジャッカルの間にいるところ、アレキサンダー大王が戦の前に鳥に将来を占わせようとして出かけた森の中で自分のやましぎが大鷲に引き裂かれたのを見て悲しむところ……これらの物語を読む疲れた目は挿絵を見て癒される。もし物語のなかで知性や想像の力で描き出せないものがあれば挿絵がそれを助ける。画像は物語の色彩による開花である。物語のない絵は考えられない」と言った。

それから、「考えられないと思っていた」と付け加えた、あたかも後悔しているかのように。「だがそれが可能なのだ。二年前スルタンの使者としてもう一度ヴェネツィアに行った。そこでイタリアの名人たちが描いた肖像画を見ていた。描かれたものがどの物語のどの場面なのかも知らないのに、その物語や人物を見出そうとした。ある日ある城の壁に掛けてある絵に出遭って度肝を抜かれた。」

「その絵はある個人の、わしのようなある男の絵だった。何よりもまず、その男は異教徒でもちろんわしとは違うが、見ていると、自分がその絵に似ているような気がした。だがわしには似ていないのだ。骨っぽくない丸い顔、頬骨もなく、かの有名なわしの顎もその男には全然ない。わしには全く似ていない。だがなぜか見ていると、あたかも自分の絵のような気がして胸がどきどきした。」

「城を案内してくれたヴェネツィア人から壁に掛けられた絵が、彼の友人の、ある高貴なお方の肖像画であることを知った。その生涯で大事な全ての物を自分の肖像画に描かせていた——背後の開いている窓から見える景色の中の農家、村、色が混ざり合って本物のように見える森を。前方にあるテーブルには時計、本、時間、悪、人生、ペン、地図、磁石、箱、その中に入っている金貨やその他諸々を。多くの絵にあるような、よくはわからないが感じられる物つまり精霊や悪魔の影を。さらに父親のそばにいる夢のようなこの上なく美しい娘を。」

「どんな物語を装飾したり補ったりするためにこの絵はつくられたのか？　その絵はそれ自体が物語だということがわかった。絵は物語の延長ではなかった。それ自体がひとつの存在であった。」

「わしをそれほどまでに驚愕させた絵を決して忘れなかった。城から泊っていた家に戻ってきてからも、一晩中その絵のことを考えた。わしもそんな絵に描いてもらいたいと思った。いかん！　それはとんでもないことだ。スルタン閣下をそう描くべきだ！　スルタン閣下を、あのお方に属する全てのものと、あのお方の世界をあらわし、あのお方をとりまく全てとともに描くべきだ。」

「イタリアの名人がヴェネツィアの貴族の肖像画をそうやって描いたからこそ、その絵がどの貴族の肖像画であるかはすぐわかる。その男に一度も会ったことはなくとも、雑踏の中でその男をみつけろと言われたら、この絵のおかげで何千人もの人の中から見つけることができるのだ。イタリアの名人たちは、人間を服装や勲章によってではなく、その顔の様相で識別できる描き方を見出したのだ。それが肖像画の真髄だ。」

「お前の顔を一度でもこのように描かれたら、誰も決してお前を忘れることができない。お前がどんなに遠くにいる時でも、絵を見ればお前がすぐそばにいるように感じる。生きている間にお前に一度も会ったことのない者でも、お前が死んだずっと後でも、お前が目の前にいるかのように見えるのだ。」

長い間二人とも黙っていた。廊下の外に面している小さな窓の上部から、凍てついたぞっとするような月の光がさしこんでいた。鎧戸をあけたこともないその窓の下部は蝋色の布でおおってある。

「ある細密画師がいた」とわしは言った。「スルタン閣下のこの秘密の写本のために他の絵師たちのようにわしの所にやってきては朝まで仕事をしていた。一番いい腕があった。かわいそうな〝優美〟さんはある夜ここを出たのだが、家には戻らなかった。わしの装飾画の名人は殺されてしまったのかもしれない。」

6　ぼくはオルハン

「殺された？」とカラは言った。背が高くて痩せて少し恐そうな顔をしていた、このカラは。ぼくは彼らのそばへ行こうとしていた。「殺されたらしい」とおじいちゃんは言った。そしてぼくを見て「お前はここで何をしているのだ」ときいた。でも怒っていなそうだったのでそばに行って膝の上に座ったけれど、すぐぼくを下に下ろした。

「カラの手に口づけしなさい」と言った。ぼくはその手に口づけした、怖がらずに。

「かわいい子だ」とカラは言って、ぼくの頬に口づけをした。「将来はライオンのように強くなるな。」

「こいつはオルハンで、六歳だ。もう一人上がいる。シェヴケトで七歳だ。あいつは強情できかん気で。」

「アクサライの通りへ行きました」とカラが言った。「寒くて、どこもかしこも雪と氷でした。でも何も変わったところは見当たりませんでした。」

「何もかも変わった。何もかも悪くなった」とおじいちゃんは言った。「それもひどく悪く。」それからぼくをみて、「兄ちゃんはどこにいる？」と訊いた。

「親方のそばにいる。」

「なら、お前はどうしてここに？」

「親方はぼくに、よくできた。もう行っていいと言ったから。」

「ひとりで帰ってきたのか？」とおじいちゃんはきいた。「兄ちゃんが連れて帰るべきなのに。」それからカラにむかって言った。「週に二度、コラーン学校のあとで、装丁をする。知り合いの装丁職人の所で見習いをしている。装丁を習っている。」

「おじいちゃんのように細密画を描くことも好きかい」とカラはきいた。

ぼくは黙っていた。

「もうよい。お行き」とおじいちゃんは言った。

火鉢からくる暖かさがとても気持ちよかった。そばを離れたくなかった。絵の具や糊の匂いがした。コーヒーの匂いもした。

「違った風に挿絵を描くことは違った風に見ることだろうか」とおじいちゃんは言った。

「あのかわいそうな絵師はそのために殺されたのだ。しかも彼は古い様式の絵を描いていた。殺されたのかどうかもわからない。ただ、行方がわからないだけだ。スルタン閣下のために、名人オスマン親方の下である写本を描いていた。誰しも家で仕事をしていた。名人オスマン親方は工房にいる。最初にそこに行って、全てを自分の目で見てくれ。他の絵師たちが仲間うちで議論して、意見が合わなくて喧嘩をして殺したのかもしれない。ずっと前にオスマン親方がつけた名で、〝蝶〟、〝オリーヴ〟、〝コウノトリ〟……彼らにはそれぞれの家に行って会うことになるが……。」

ぼくは階段を下りて下に行く代わりに、反対の方へ行った。ハイリエが夜寝る埋め込み戸棚のある部屋からかすかな音がした。そこへ入った。中にはハイリエではなくて、お母ちゃんがいた。ぼくを見て恥ずかしそうな顔をした。体の半分は戸棚の中だった。

「どこにいたの？」ときいた。でもぼくがどこにいたのか知っていた。戸棚の中に節穴があって、そこからおじいちゃんの細密画の仕事部屋や、そしてその部屋のドアが開いていたら広い廊下や、さらに廊下のむこうのおじいちゃんの寝室の中まで見える——もしもそのドアが開いていればだけれど。

「おじいちゃんのところにいた」と言った。

「お母ちゃんは何をしているの、ここで。」

「お前に、客があるから中に入ってはいけないといったでしょ」と叱った。でも客に聞こえないようにとそれほど大きな声ではなく。それからやさしい声で「何をしていた？」と訊いた。

「座っていた。でも絵の具は使っていなかった。おじいちゃんが説明して、もう一人はただ聞いていた。」

「どんな風に座っていた。」

ぼくはパッと床にすわってお客のまねをした。「お母ちゃん、見て。ぼくは今とても真面目な男だよ。眉をひそめて、メヴリットを聴いている時のように、首をふりながらおじいちゃんのいうことを聞いている。」

「下へお行き。ハイリエをよんでね。ここに、すぐよ」とお母ちゃんは言った。そして座って、石盤を手にとって、その上で小さい紙に何かを書き始めた。

「お母ちゃん、何を書いているの。」

「すぐ下へ行ってハイリエを呼ぶように言ったでしょ。」

台所に行った。お兄ちゃんも帰っていた。その前にハイリエはお客さんに作ったピラフを入れた皿をおいた。

お兄ちゃんは言った。「お前はずるい奴だ。親方のところへぼくを置いていっちゃった。装丁のための折る仕事をみんなぼくがして、指にあざができてしまった。」

「ハイリエ、お母ちゃんが呼んでいるよ。」

「食事がすんだら、お前をぶってやる」とお兄ちゃんは言った。「なまけもの、ずるの罰をうけるんだ。」

ハイリエが上に行くと、お兄ちゃんはピラフをすら食べ終えないで、立ち上がってぼくにむかってきた。逃げられなかった。腕をつかんで、手首をねじった。

「やめて。シェヴケト、痛いよ。」

「また、仕事をずるして逃げるか？」

「逃げないよ。」

「約束するか？」

「約束するよ。」

「コラーンの上に誓うか？」

「コラーンの上に誓う。」

それでも放さなかった。ぼくを大きな銅の盆のそばに引っ張っていってひざまずかせて自分はピラフを食べた。ぼくよりずっと強くて、腕はまだねじったままだった。

「また弟をいじめている、悪い子」とハイリエは言った。ヴェールをかぶって外へ出て行く支度をしていた。「放しておやり。」

「ほうっておいてよ。奴隷のむすめが」とお兄ちゃんが言った。腕はまだねじっている。「どこへ行くの？」

「レモンを買いに」とハイリエは言った。

「うそつき！　戸棚の中はレモンでいっぱいだ」とお兄ちゃんは言った。

腕をゆるめたので、ぼくは逃げた。足で蹴った。燭台の台の所をつかんだ。でもとびかかってきて上にのった。燭台が倒れて、盆はひっくり返った。

「ひどい子どもたち！」とお母ちゃんは言った。お客に聞こえないようにと大きな声で言わなかった。カラに見られないで、どうやって廊下を通って階段を下に降りてきたのだろう。ぼくらを引き離した。「悪い子たち。」

「オルハンは、今日うそをついた」とシェヴケトは言った。「親方のところで、仕事をみんなぼくにおしつけて逃げちゃった。」

「お黙り」と言って、お母ちゃんはぶった。

そっとぶったのだ。お兄ちゃんは泣かなかった。「お父ちゃんがいたら」とお兄ちゃんは言った。「お父ちゃんが帰ったら、ハッサンおじさんの紅いルビーの鞘の剣を抜いて、それから、みんなでこの家からハッサンおじさんのところに帰るんだ。」

「お黙り」とお母ちゃんは言った。急にひどく怒って、シェヴケトの腕をつかんで引きずって土間の隅の暗いところへ連れて行った。ぼくもついて行った。お母ちゃんはぼくを見ると——

「二人とも中にお入り」と言った。

「でも、お母ちゃん、ぼくは何もしなかったのに」と言ったが、中に入った。お母ちゃんはドアをバタンと閉めた。中は真っ暗闇ではなかった。柘榴の木に面した鎧戸の間から光が入っていた。でもぼくは怖かった。

「お母ちゃん、ドアを開けてよ」と言った。「ぼく、寒いよ。」

「泣くなよ、臆病者」とシェヴケトが言った。「開けるよ、いま。」

お母ちゃんはドアを開けた。「カラが帰るまで、おとなしくしている？」と訊いた。「それならばいいわ。カラが帰るまで台所で、火のそばに座っていなさい。上に行ってはだめよ。」

「退屈するよ」とシュヴトケは言った。「ハイリエはどこに行ったの？」

「お前が知らなくていいことよ」とお母ちゃんは言った。

厩から馬のいななく声がかすかに聞こえた。少ししてもう一度聞こえた。おじいちゃんの馬ではない。カラの馬だ。お祭りや祭日の朝が始まるかのような陽気な気分になった。お母ちゃんは微笑んだ、あたかもぼくらも笑うのを期待しているかのように。お母ちゃんは二歩前に出て、厩のこちらに面した扉を開けた。「どうどう」と中に向かって声をかけた。

振り返って、ぼくらを油の臭いのする、ネズミのいるハイリエの台所にいれて、座らせた。「お客さんが帰るまで、ここから出てはだめよ。喧嘩もしないでね。でないと、お前たちが、甘ったれの、機嫌の悪い子供たちだと思うから。」

戸を閉めないうちに、「お母ちゃん」とぼくは言った。「聞いてよ。おじいちゃんのかわいそうな装飾家は殺されたらしいって。」

7　わたしの名はカラ

その子をはじめて見た時、長い間シェキュレの顔のどこを間違えて思い出していたのかすぐわかった。オルハンの顔と同じようにシェキュレの顔も細く、あごも記憶していたより長かった。したがって恋しい人の口元は長年想像していたよりも、もちろんのこと、小さく狭くあるべきだったのだ。十二年の間あちらの町、こちらの町とさまよっていた頃思い出すシェキュレの口元は、欲望のため、大きく、唇は形よく、大きく艶やかなさくらんぼうのように肉厚で耐え難いものと想像していたのだ。

イタリアの名人たちの様式で描いたシェキュレの顔の絵があったら十二年にわたる旅のさなかに、後に残してきた恋しい人の顔が思い出せないといって、自分を天涯孤独だと感じはしなかっただろうに。なぜなら、体の中に、心の中に恋しい人の絵が生きていれば、この世は依然として我が家なのだから。

シェキュレの息子に会って、その子と話し、間近に顔を見て、頬に口づけすると、不運な者、人殺し、罪人などに特有な一種の不安感を引き起こした。どこかで「さあ、行ってシェキュレに会え！」という声が聞こえた。

一瞬、エニシテのそばから黙って出て行って、広い廊下に面したドアを（来た時目に入ったが五つの暗いドアがあった。そのひとつは階段のところにあった）シェキュレを見つけるまでひとつひとつあけようかと思った。しかし心に思ったことをよく考えもしないでその場で口にしたばかりに、恋しい人から十二年間も離れることになったのだった。何も言わずに賢く待つことにした。シェキュレが、その上でどんなにか優雅に座ったであろう座布団やその手で触れたであろう品々を見ながらエニシテの話をきいた。

「スルタンがこの写本をイスラム暦の一千年目に間に合わせたがっておられる」と言った。この世の庇護者スルタンが暦の一千年目に御自身と帝国が、西洋画の様式を西洋人と同じように駆使できることを見せたがっておられる。スルタンは別の写本も作らせておられるので、多忙な名人たちが、家から出ることなく、工房の混雑の中ではなく、各自の家で仕事をするように命じられた。絵師たちがこっそりエニシテのところに来ていたことはもちろんご存知だった。

「細密画師の頭名人オスマンに会ってくれ」とエニシテは言った。「盲目になったそうだ、ぼけたとも言われている。わしに言わせれば、多分、盲目でぼけている。」

細密画師の名人でもなく、本当はこの道の専門家でもないエニシテがスルタンの命で写本を作らせ監督することは、いうまでもなく、細密画師の頭名人オスマンとの間に溝をつくった。

子供の頃を思い出して、家の中の品々に注意を戻した。床に敷いたクラの青いキリム、銅の水差し、コーヒー盆と桶のセット、亡くなった叔母が、遥か中国からポルトガルを経てやってきたと何度も自慢げに語ったコーヒー茶碗を十二年前も見たのをおぼえている。これらの品々は、端の方にある螺鈿（らでん）のX字型の書見台や壁の上のターバンを掛けるものや触るとそのやわらかさを思い出す紅いビロードのクッションのように、シェキュレと子供時代を過ごしたアクサライの家の頃から残っている物で、あたかもあの家での幸せだった、絵を描いていた日々の何かを遺しているかのようだった。

幸せと絵。これがわたしの世界の始まりであることを、わたしの話と運命に関心を持ってくださる読者の方々に覚えておいていただきたい。昔はここで書、筆、絵の中でとても幸せだった。その後恋をして、天国から追放されたのだった。恋ゆえの流罪の長い年月の間に、シェキュレや彼女への思いに負うところがあるのを度々考えた。なぜならそのおかげで人生や世界を楽観的に見ることができたのだから。子供の単純さで恋は報いられるものと信じて疑わず、あまりにも楽観的になって、世間はよい所だと思っていた。写本やエニシテが読むように言った物や宗教学校で教えられたことや細密画や絵などを熱心にやっていた。わたしの教育の陽の当たる、楽しい、実りある半分はシェキュレに感じた愛のおかげであることは事実だが、後の半分を毒する暗い知識は愛を拒まれたおかげである。凍てつく夜、旅宿の部屋でストーヴの消えた火とともにこの世から消えてしまいたいと思ったことも、また、女と臥た後しばしば夢で隣にいる女とともに絶壁から落ちるのを見たのも、また『一銭にもならない男』という言葉も全てシェキュレに負うものである。

かなり経ってからエニシテは言った。「死んだ後わしらの魂はこの世ですやすや寝ている人の魂と会うことができるのを知っておるか。」

「知りませんでした。」

「死んだ後長い旅がある。だから死ぬことは怖くない。怖いのは写本が完成せずに死ぬことだ。」

頭の一部ではエニシテに比べて自分はより強く、より冷静で信頼できる男だと思いながら、別の一部では十二年前その娘との結婚を許さなかったこの男と会うために買ったカフタンの値段の高さと、もう少ししたら階段を下りて厩から出して乗る馬の銀の引き具や細工を施した鞍一式のことを考えていた。

「細密画師たちからわかったこと全てをお知らせます」と言って、その手に口づけして、階段を下りて、中庭に出た。雪の冷たさを体に感じた。そして、もう子供でもなく老人でもない自分に気がついた。幸せな思いで世界を肌に感じていた。厩の戸を閉める時一陣の風が吹いた。石畳から中庭に出るとき、轡(くつわ)を持って引いた白馬がわたしと共に身震いをした。馬の、太い血管が通る強力な脚、待ちきれない様子、言うことを聞かない強情さ、それらはあたかもわたし自身のことであった。

外に出るとすぐ、物語の中で二度と戻ることのない狭い道を遠ざかって行く騎士の如く一気に馬に飛び乗って行こうとしたその時、どこからともなく、大女が、頭のてっぺんからつま先までピンクを着たユダヤ人が風呂敷包みを持ってわたしの方へ来た。その女は大きくて、太くて、戸棚みたいだった。しかし生き生きしていて、艶っぽくすらあった。

「若き獅子、強いお方。皆が言っているようにいい男だね」といった。「既婚者か独り者かは知らないが、隠している恋人のために、イスタンブルの一番いい行商女エステルから絹のハンカチを買わないかね。」

「いらぬ。」

「アトラスの絹の帯はどうかね。」

「いらぬ。」

「いらぬ、いらぬと言いなさんな。お前さんのような屈強な若者の許婚(いいなずけ)あるいは隠している恋人はいないのかい。目に涙の何人もの若い娘がお前のために身を焦がしていることやら。」

こう言いながらその身体をアクロバット女のほっそりした胴のように伸ばし、驚くべき優雅さで近づいた。同時に虚空から何かを出す魔術師のわざでその手に一通の手紙を持っていた。わたしはその手紙を一瞬にして摑み、長年このために訓練されてきたかのように巧みに帯の中にしまった。厚ぼったい手紙だった。帯の中で、背と腹の間で、氷のような肌の上でそれは火のように感じられた。

「馬に乗って進みなされ」とその行商女エステルは言った。「この塀に沿って右にまがって、そのまま行き。だが柘榴（ざくろ）のところにきたら、振り返って今出て来た家を見てごらん。向かいの窓を。」

彼女は道を進んで、突然見えなくなった。わたしは馬に乗ったが、生まれてはじめて馬に乗ったみたいだった。胸がどきどきしていた。興奮していた。両手でどうやって引き綱を持ったものやらと思いながら、馬の胴を両脚できつくはさむとやっと頭と手が働いて馬もわたしも冷静になった。エステルが言ったように歩調をそろえて進んだ。賢い馬は右にさえも曲がった。結構なことだ。

その時感じたのは、もしかして俺は本当に男前なのかもしれないということだった。物語にあるように全ての鎧戸や窓格子の後ろからこの界隈の女たちが俺を見ていて、そしてその昔と同じ炎で再び身を焼かれるかもしれないと感じた。これを望んでいたのだろうか。あの長年の病が戻ってくるのか。突然陽が出てきて驚かせた。

柘榴の木はどこだ。この憂鬱でやせこけた木がそうか。確かにこれだ。馬上で少し横を向いた。真向かいに窓がひとつあった。だがそこには誰もいなかった。エステルの奴め。騙しおったな！　と思った丁度その時、氷のはった鎧戸がバンと音を立てて突然開いて、氷がついて日の光でキラキラと輝く窓枠の額縁の中にあの恋しい人を、十二年ぶりに雪の枝の間からその美しい顔をわたしは見たのだった。黒い瞳はわたしを見ていたのだろうか、それともその先の生活をか。彼女は悲しげだったのか、微笑んでいたのか、あるいは悲しげに微笑んでいたのかわからなかった。愚かな馬よ。こちらの鼓動とは逆に歩を緩めろよ。それでも鞍の上でできるだけ振り返って最後まで眺めた、その神秘的で優美なほっそりした顔が雪の枝の後ろに見えなくなるまで。

わたしが馬上で、彼女が窓のところに立っている様は、あの何千回も描いた、ヒュスレヴがシリンの窓の下に来た場面に——わたしたちの間にはやや後ろではあるが、物憂げな木もあった——どんなによく似ていたかが、後になってわたしに渡された手紙を開けて中にあった絵を見てわかった時には、昔二人で感嘆し愛読した写本に描かれたように恋に身を焼かれていた。

8　あたしの名はエステル

カラに渡した手紙に何が書かれていたか皆さんが気にしておられるのがわかります。これはあたしにとっても気になることなので調べました。皆さんに、物語の頁を後ろに繰っていくように、彼に手紙を渡す前に何がおこったかお話ししましょう。

さて、あれは夕暮れ時でした。金角湾の入り口に近いユダヤ人地区にある家で、夫のネシムとあたしの二人の年寄りがやっとこさストーヴに薪をくべて暖まろうとしていた時です。今、年寄りと言いましたが気にしないでください。絹のハンカチや手袋やシーツやポルトガル船から来た色物のシャツの間に指輪やイヤリングや首飾りのような品々を、高価な物から安い物まで、女たちを夢中にさせるアクセサリ類を入れた大きな風呂敷包みを担いだら、このエステルが行かない通りはイスタンブルにないのだから。ドアからドアに持って行かない手紙、噂話はないのだからね。このイスタンブルの若い娘の半分はこのエステルがとりもった。とはいえ、こういうことを自慢するためにお話ししているのではありません。さっき、夕暮れ時に家でと言いましたね。その時トントンと戸を叩く音がして、行って戸を開けると、あの馬鹿の召使のハイリエがいたのです、手には一通の手紙をもって。寒さのせいか、興奮しているせいかわからなかったけれど、震えながら、シェキュレが望んでいることを説明しました。

最初はその手紙をハッサンに持って行くのかと思って驚きました。美しいシェキュレの戦から一向に戻らない夫——あたしに言わせれば、あの不運な奴さんはずっと前に皮に穴を開けられてしまったのですが——の恋に狂った弟がいます、その名はハッサン。でもわかったのは、その手紙はハッサンにではなくて他の人へなのです。手紙に何が書いてあるか気になって気が狂いそうでした。ついに開封して読み始めました。

皆さんとは長いおつきあいではありませんから、実を言うと急に恥ずかしくなりました。手紙をどうやって読んだかは申しません。もしかしてあたしの好奇心を蔑(さげす)みなさるかも知れませんね。でも皆さんもあの床屋と同じくらい気になっているのでしょう。手紙を読んでもらった時、聞いたとだけ申しましょう。かわいいシェキュレはこう書いていたのです——

カラ様、父と懇意でおられるところから家へ来られるのでしょうが、わたしから何か連絡があるなどと思わないでください。あなたが去られて以来色々なことがありました。結婚して元気な二人の男の子があります。その一人はオルハンで、ついさっき仕事部屋に入ってきて会われたでしょう。この四年来主人の帰りを待っています。他の事は考えておりません。自分を二人の幼い子供と年寄りだけのよるべない弱い女だと思います。強い男の腕や庇護があればとも思います。とはいえ、誰もこの状況を利用できるなどと思わないでください。ですから二度と家へは来ないでいただきたい。一度わたしは恥をかかされました。そのとき父に対して自分の潔白を証明するのに大変だったのです。あなたにこの手紙と一緒に恋にのぼせたある青年が描いて送った絵をお返しします。決して望みを持たないようにと。誤解をしないようにと。人が一枚の絵を見て、恋に落ち得るなどと思うのは間違いだったようです。この家へ来ないのが一番いい途です。

かわいそうなシェキュレは、男でもなかったし、貴族でも、パシャでもなかったから手紙の最後に見栄えのある蝋印も押せなかったから、紙面の下の端に、恐れおののく小さな鳥のように名前の最初の文字を書いていた。ただそれだけ。蝋印と言いましたが、あたしが蝋で封をしたこの手紙をどうやって開封して、また元のようにしたか気になりますか? 手紙は封をしていないのです。このエステルは無学なユダヤ人です。だから自分たちの文字は読めないと思っているのです、かわいそうなシェキュレは。その通りです。あたしはあなた方の文字は読めません。でも読ませることはできるのです。字面に書かれていないことは自分で読めます。わけがわからなくなりましたか。

手紙というものは字だけではないのです。手紙というものは、あたかも一冊の本のように匂いを嗅ぎ、手で触れて読むものなのです。ですから賢い人は手紙が「何と言っている?」と言います。愚か者は「何と書いてある?」といいます。技というのは字面を読むことではなくて、全てを読み取ることです。お聞きください、シェキュレがその手紙で何を伝えているかを——

一、手紙をこっそり送るとはいえ、その手紙をいつも皆に届けているエステルによって届けさせたということはつまりあまり秘密性がないということ。
二、紙を小さく小さくたためば、秘密の意味があるけれど、その手紙は開封でしかも大きな絵を同封しているのです。その目的は秘め事を二人だけの間で、人の目から隠しましょうと言う。それは愛を拒む手紙というよりはむしろ誘う手紙だということ。
三、手紙の香りがその証です。手に取った者が、相手がわざと香りをつけたのかどうか決めかねるような微かな、しかもほうっておけないような魅力的な香り（薔薇の香か彼女の手の香か）。この香りはこの手紙をあたしが読ませた哀れな男の頭をすらクラクラさせるに十分でした。多分カラをもそうさせたでしょう。
四、読み書きを知らぬエステルですが、筆の運び具合から、この書き手が急いであまり気をつけないで書いていると言いながらも、そよ風に吹かれているかのようにかたまって優美に震えている文字は本当はその反対を物語っています。文中でオルハンに触れて、『少し前』といって今書いたかのように言っているにも拘わらず、明らかに下書きをしています。各行に十分な注意が感じられますから。
五、手紙と一緒に送られた絵はユダヤ人のエステルでも知っている物語で、美しいシリンが美男のヒュスレヴの絵を見て恋に落ちたのを物語っています。イスタンブルの全ての夢見る女はこの物語が大好きです。でもこの絵が送られたのは初めて見ました。
読み書きのできる皆さんはよく経験されることでしょう。字の読めない娘がもらった手紙を読んでくれと来ます。書いてあることは驚くべき興奮させ当惑させることなので、当人はあたかも恥ずかしいことを打ち明けたかのように羞恥でひどく困惑するものの、それでももう一度読んでとたのみます。もう一度読んでやります。ついには何度も読んだので諳んじてしまいます。それから手紙を手にとって、この言葉はここに書いてあるの？とかあそこでこう言っているの？などときます。そして指先で示した所をわからないのに見ています。

読めなかったけれども諳んじてしまった文句の文字の曲がり具合をじっと見て、涙を流している無学な娘たちに、自分も読み書きができないのを忘れて、思わず口づけしてやりたくなります。

時にはこういう悪い人もいます。どうぞそういう人には似ないでください。娘がその手紙を手にとってもう一度触れて、どこにその言葉が書いてあるかわからなくても見たいと言うと、そいつは「何するんだ、読めもしないのに。これ以上何を見るんだ」と言います。またある者はその手紙が自分のものであるかのように返してくれません。そんな時けんかをして手紙を取り戻すのはエステルの仕事です。あたしエステルはこんないい人間なのです。あたしを好いてくだされればあなたにも手助けしますよ。

9　わたしはシェキュレ

カラが白い馬に乗ってわたしの前を通りすぎた時、わたしはどうしてあの窓のところにいたのだろうか。直感的に丁度その瞬間にどうして鎧戸を開けて、雪の積もった柘榴の枝越しに彼を見てあんなに長い間見つめていたのだろうか。どうしてかはわからない。ハイリエによってエステルに言伝てを伝えておいた。もちろんわたしはカラがこの道を通ることを知っていた。櫃の中にある敷布を見るために、柘榴の木に面したはめ込み戸棚のあるあの部屋に上がっていったのだった。何かが知らせたのか。あの瞬間に力いっぱい鎧戸を押したら、最初日の光が部屋に満ちた。窓のところに立っていた。日の光で目が眩しかった時、カラと目が合った。とても素敵だった。

彼は成長して大人になっていた。若い時のおたおたした感じがなくなって、ハンサムになった。わたしの心は言う、「シェキュレ、見てごらん。カラはハンサムなだけじゃない。あの目を見てごらん。その心は子供みたいに無垢だ。そして何とさびしそうなことか。あの人と結婚しな」と。でもわたしはその正反対のことを書いた手紙を送ってしまった。わたしより十二歳年上にも拘らず、わたしが十二歳の時でもわたしは彼よりも大人であることを知っていた。当時の彼はわたしの前に男らしくすっくと立って、「こうする、ああする、ここから飛び降りてあちらに上る」と言う代わりに、なにもかも恥ずかしいと、目の前の本や挿絵の中に埋まり隠れるのだった。後になってわたしに恋した。そして一枚の絵を描いて愛を告げた。すでに二人とももう大人になっていた。わたしが十二歳になった時、カラはわたしの目をじっと見なかった。あたかも目が合えば恋をしているのがわかるからと恐れているかのように。例えば「その象牙の取っ手のナイフを渡してくれ」と言うが、ナイフを見ても目を上げてわたしを見ようとしない。たとえば、「このさくらんぼうのシロップはおいしい？」とわたしがきくと、ほら、普通口に食べ物が入っている時皆がするようににっこり笑うとか、おいしいという顔の表情をする代わりに、耳の遠い人間に話すように、力いっぱい「ええ」とわめくのだった。なぜなら怖くてわたしの顔が見られなかったから。当時わたしはとても美しかった。男は全て遠くからでも、カーテンやドアや顔のヴェール越しですら一目わたしを見れば恋をするのだった。こんなことを自慢するために話すのではない。わたしの運命、わたしの身の上話をわかってほしいと話すのです。

誰もが知っているヒュスレヴとシリンの物語に、カラとわたしがそれについて長々と話し合った、ある瞬間があります。ヒュスレヴの友人シャプルは二人が恋に落ちるようにしむけます。ある日シリンは召使たちと共に野に出かけて木の下で休みます。その木の一本の枝にシャプルはこっそりヒュスレヴの絵を掛けます。シリンは美しい庭の木に掛かっているハンサムなヒュスレヴの絵を見るや否や恋に落ちます。この瞬間、あるいは細密画師の言う「場面」——シリンがヒュスレヴの枝に掛かっている絵を驚いてうっとりと眺めている様を描いた絵は沢山あります。カラが父のところで働いていた時、この絵を何度も見て、一、二度は見ながら模写しました。後になってわたしに恋するようになってから、ある時自分のために模写して、絵の中のヒュスレヴとシリンの代わりに自分とわたしを、カラとシェキュレを描いたのです。絵の中の娘と男がわたしたちだということは、説明がなくとも、わたしだけにはわかるのです。というのは、時々冗談にわたしと自分を同じような形と色で描いていましたから。わたしを青一色で、自分は赤一色で。それだけでは十分ではないかのように、別に絵の下にわたしたちの名を書きました。その絵をわたしが見る所において、悪いことをしたかのように、逃げ出したのです。その絵をわたしが見てどう反応するかを見ていたのを思い出します。

シリンのようには彼と恋に落ちないのがよくわかっていましたから、知らない振りをしていました。遥かな雪をかぶったウル山から運んできたという氷でつくったさくらんぼうのシロップで涼をとろうとしていたあの夏の日の夕方、カラが家に帰った後で、わたしは彼が愛を宣言したことを父に言いました。当時カラは宗教学校を終えたばかりで、遠い所で先生をしていました。そして本人の意思というよりもむしろ父の意向で、当時権力のあったナイム・パシャの下で働こうとしていました。でも父に言わせると彼は賢くないと言うのです。ナイム・パシャのところに彼を入れるために、少なくとも書記として仕事を始められるために努力していた父は、カラがそのためにすべきことをしていない、つまり馬鹿なことをしたと言う父は、その晩わたしたちを指して、「この貧しいお前の甥は大した高望みをするわい」と言ったのです。母の立場をも考えずにこうも言ったのです、「思ったより悧巧だわい」と。

その後の日々で、父がどんなことをしたか、どうやってわたしがカラから疎遠になったか、そしてカラが最初はわたしの家から、それからこの界隈からどうやって遠ざかったか、全てを悲しく覚えています。でも皆さんにお話ししたくありません。話せば父やわたしのことをお嫌いになるでしょうから。信じてください。仕方がなかったのです。望みのない愛が絶望的であるのがわかると、理(ことわり)をわからない情(こころ)がその限界を知らされると、こういう場合、賢い人々は上品に、「わたしたちはお互いに相応しくないと言われた」とか「やはり、そうだったのだ」と言ってさっさとやめるのです。母が何度か、「せめてあの子の心を傷つけないで」と言ったのを覚えています。母があの子と言ったカラは当時二十四歳で、わたしはその半分の年でした。父はカラが愛を宣言したことを無礼だと思ったのでわざと母の頼みをきかなかったのかも知れません。

イスタンブルを去ったと聞いたとき、彼のことを全く忘れたわけではなかったけれども、愛は終わったとしました。何年もの間、どこからも便りもなかったから。彼が描いてわたしに見せた絵を、子どもの時の思い出に、こどもの時の友だちの印にとっておくのは当然だと思ったのです。最初は父から隠すために、後になっては軍人である夫が絵を見て不愉快な思いをしないようにと、嫉妬しないようにと、絵の下に書いてあるシェキュレとカラという文字の上にハッサンパシャインクの滴を落としてその滴から花を描いたようにして上手に隠したのです。今日彼にその絵を送り返したからには、窓のところに、彼の前に出て行ったことでわたしを悪く言う者がいても、少しは恥ずかしく、少しは考えるだろうと思います。

十二年後彼の前に突然出て行ったあとで、そこで、窓の前で、夕日の紅い光の中でしばらく佇んでいた。庭もこの光で少し赤っぽく朱色に染まっていた。寒くなるまでうっとりと見ていた。風は全くなかった。道を通る人がいたら、父が開け放した窓のところにいるわたしを見たら、カラが馬に乗ったまま戻ってきて、わたしの前を通ったら、何と言うだろう。そんなことはどうでもよかった。週に一度一緒に蒸し風呂屋に行くジヴェル・パシャの娘たちの一人で、いつも笑ってばかりいて、時々とんでもない時にひどく吃驚するようなことを言うメスルレがある時こんなことを言った、「人がいつ何を考えているかは自分ですらわからない」と。わたしはこう思う——時々あることを口にする。その時はそう思ったのがわかるが、わかった瞬間にはその反対が真実だと信じていると。

父が家に招んだ細密画師のその全てをこっそりと見ていたのを隠しはしないが、その中の一人〝優美〟さんが夫と同じように行方がわからないと聞いて心を痛めた。一番醜くて魂の貧困なのは彼だった。鎧戸をしめて部屋を出て下に行った。

「シェヴケトはお母ちゃんが言った通りにしなかったよ」とオルハンが言った。「カラが厩から馬を出す時、台所から出て行って節穴から見ていたんだ。」

「だからどうだって言うんだよ」とシェヴケトは言った、手にはすりこ木が。

「お母ちゃんだって戸棚の中で節穴から見ていたよ、あの人を。」

「ハイリエ、夕方この子たちにアーモンドペーストをつけた砂糖入りのパンを揚げておやり。あまりバターを使わずに」とわたしは言った。オルハンは飛び跳ねて喜んだ。シェヴケトは何も言わなかった。階段を上っていると、二人はわめきながら後から追いついた。喜び勇んでばたばたともみあいながら。そばを通り抜ける時「ゆっくりね、悪い子たち」と言いながらそのほっそりした背中をそっと叩いた。

夕刻時、家で子どもたちと一緒にいることはなんていいことだろう。父は無言で写本の仕事をしていた。「お客人は帰りましたか」と言った。「あまり困らせませんでしたか。」

「いいや」と言った。「楽しい思いをした。昔のようにエニシテに対し礼儀正しい。」

「それはよかったこと。」

「だが慎重で計算高い。」

この言葉をわたしの反応を見るためというよりは、カラを見下す口調で、話を切り上げるために言ったのだった。他の時だったら、わたしはきつい言葉で言い返しただろうが。今は白い馬に乗って進んでいくあの人のことをまだ考えていたので身震いした。

そのあとで、どうして始まったのかはわからないけれども、気がついたら戸棚のある部屋でオルハンを抱きしめていた。シェヴケトも加わった。一瞬二人は押し合って喧嘩が始まったかと思った時、皆一緒に床の上にひっくり返った。犬の子みたいにかわいがった。頭の後部の髪に口づけをして胸に押し付けた。その重さを乳房の上に感じた。

「くんくん、髪が臭いわ。明日ハイリエと蒸し風呂屋に行きなさい。」

「ぼくもうハイリエと風呂屋に行きたくない」とシェヴケトは言った。

「もうそんなに大きくなったの、お前」とわたしは言った。

「お母ちゃん、どうしてこの綺麗な紫色のシャツを着ているの」とシェヴケトは言った。

もうひとつの部屋に入って紫色のシャツを脱いだ。いつも着ているぼやけた緑色のを着た。着替える時寒く感じて身震いした。しかし肌はほてっていた。というよりもむしろ体中が活気に満ちているのがわかった。頬に紅をさしていたが、子どもたちともみ合い、口づけしている間に落ちてしまったらしい。それでも唾をつけ掌でよくのばした。ご存知ですか。親類の者や風呂屋で会った女たちは誰でもわたしを見て、二十四歳で子供が二人もいる女ざかりを過ぎた女ではなく十六歳の娘のようだと言います。彼女たちが言うのを信じてください。でなければもうお話ししませんよ。

皆さんに話しかけているのを変だと思わないでください。長年父の写本の挿絵を見ては女や美人の姿を探しました。たまにですが、いるのです。いつも恥ずかしそうに、内気そうに、まるで謝ってでもいるかのように、お互いを見てはうつむいています。決して、男や兵士やスルタン諸侯のように顔を上げてすっくり立って、あたりを見たりなどしません。でも急いで挿絵を描いた安い写本では絵師の不注意から、絵の中の女は俯いたり、絵の中の他のものを、例えば盃とか恋人とかを見たりさえしないで、まっすぐに読者を見ます。長い間いつも彼女たちが見ていた読者とは誰であったのかと思っていました。

今から二百年も前のチムールの時代の写本や、好奇心のある異教徒が金貨を払って遥かな本国へ持っていった本のことを考えるとおののきます。もしかしたら、わたしのこの物語もそうやって遥か遠い国で聞かれるのかも。書物の中に書かれたいという願いとはこのことではないでしょうか。スルタン諸侯や大臣方が自分のことを書いてくれた者たちに金貨の詰まった袋を与えるのはこのおののきのためではないでしょうか。この興奮を体の中で感じた時は、わたしも片方の目で書物の中の生活を見、もう一方の目で書物の外を見ているあの美しい女たちのように、これほど離れた所から、これほど離れた時から眺めておられるあなた方とお話ししたい。わたしは美しく賢い女です。見られているということはうれしいことです。時にはひとつふたつうそを言っても、それはわたしを誤解しないでほしいというためなのです。

多分気がつかれたでしょうが、父はわたしを溺愛しています。わたしの前に男の子が三人生まれたそうですが、アラーの神はその命をひとつずつ召されたものの、わたしには触れられなかったそうです。父はわたしをむやみに可愛がりました。でも父の選んだ男とは結婚しませんでした。自分が見初めて気に入った軍人に嫁ぎました。父によれば、わたしと結婚する男は一番偉い学者でなければならなくて、絵や芸術も理解して、さらに権力があって、コラーンに出てくるカールンのような大金持ちでなければならないというのです。そんなこと写本の中ですらありえないのですから、それではいつまでも家で待っていることになります。夫の眉目秀麗さは噂に高いものでした。わたしは仲介者を通して連絡し、彼は機会を狙って風呂屋の帰りのわたしの前に現れてくれたのでわたしは見ました。その目は炎のように輝いていました。わたしはひと目で恋に落ちました。髪は黒く、肌は白く、目は緑で、たくましい腕をしていました。でも本当は寝ている子供のように無邪気で無口でした。多分、すべての力を戦場で敵を殺し、戦利品を集めることに使い果たしたせいか、微かに血の臭いがするような気がしました。しかし家では女のように優しく静かでした。父は最初貧しい兵士だと言って賛成しませんでしたが、わたしが結婚できなければ自殺すると言ったのでやっと許したこの男は戦場から戦場へと勇敢に功績を立てて、一万銀貨に値する領地を与えられ、皆に羨ましがられました。

夫は四年前ペルシアとの戦争から戻ってきた軍隊と共に戻りませんでしたが、始めは心配しませんでした。というのは、戦の度に熟練して賢くなり、自分で機会を作ってはより大きな戦利品を持ってきたり、より大きな領土を取り、より多くの兵士を育てていましたから。軍隊の分隊から離れて、自分の兵たちと山地に行ったと証言する者もありました。最初はまもなく戻る、まもなく帰ると希望を持ちました。二年経って段々いないことに慣れました。イスタンブルにはわたしのように夫が行方不明の軍人の妻がどんなに多いかがわかると、あきらめるようになりました。

夜は寝床で子供たちと抱き合っては泣きました。彼らが泣かないようにと嘘をいったこともあります。例えば、誰某は「お父様は春が来る前に帰る。証拠もある」と言ったとか。後にわたしの言った嘘が彼らの口からよその人の耳に入り、まわり回ってわたしに、「吉報だ」と戻ってくると、誰よりもまず自分が信じるのでした。

一生あまりいい目に会うこともなかったけれど、しかし紳士的なアブハジア人の義父とこれもまた緑の目をした義弟とともにチャルシュカプの借家に住んでいました。家の大黒柱の夫が行方不明になると、舅は、上の息子が戦から戦へと金持ちになるとやめた昔の鏡の仕事に老齢にも拘らず戻りました。税関で働いていた独り者の夫の弟ハッサンは、家に入れる金が多くなると、「その家の主人」風を吹かせ始めました。家事をしていた召使の少女を、家賃が払えないかも知れないと心配したある冬、大急ぎで奴隷市場に連れて行って売ってしまったのです。そして彼女がしていた台所の仕事や洗濯や、さらには市場での買い物をするようにとわたしに言ったのです。わたしはこのような仕事をする女なのかとも言わずに我慢して全てしました。しかし夜毎に部屋に連れ込む召使もいない義弟のハッサンが、わたしの部屋をこじ開けようとしてからは困りました。

もちろんここから父の所に戻ることはできます。しかし法官によれば、夫は法律上は生きているのだから、彼らを怒らせたらわたしと子供たちを無理に義父の所に、つまり夫の家に連れて行けるのみならず、その際にわたしとわたしを隔離した父をも罰することができるというのです。本当のところ、夫よりはずっと人間的で理性的に思えたハッサンは、いうまでもなくわたしにひどく惚れていましたから、ハッサンと愛し合うことはできました。でもよく考えると、このことは最後には彼の妻になるのではなく、とんでもないことに、召使女になることなのです。なぜなら彼等は、わたしが夫の遺産を請求したり、彼らの所から出て行ったり、子供たちと父の所に戻るかもしれないと心配して、法官によって夫の死が確認されるのを拒否していたのでした。法官によって夫が死んでいないとされるならば、もちろんハッサンとは結婚できません。しかし他の人とも結婚できないので、こうしてその家と既婚状態に縛りつけておくためには、夫が行方不明であり続ける不安定なこの状況の方が彼らにとっては好ましいものでした。さらに家事をしたり、食事から洗濯まで何でもするのです。しかもその中の一人はわたしに狂ったように恋していたことをお忘れにならないでください。

義父とハッサンにとって一番いい解決策は、わたしがハッサンと結婚することでした。しかしそのためにはまず人を見つけて、法官を説得しなければなりません。そうすれば行方不明の夫の一番の近親者である父親と弟が同意したのですから、夫が死んだとみなされることに異議を唱える者はいないのですから。一番の問題はわたしが未亡人になった後、この家を出たり、遺産を請求したり、あるいは結婚のために金を求めたりしないということを、さらにもっと重要なのは、わたしが自分の意思でハッサンと結婚すると彼に信じさせることでした。彼の信用をかち得るためには、このことを離縁をかち得るためにではなく、彼を心から愛しているが故にするのだと納得するような形で彼と寝なければならないとわかっていました。

努力すればハッサンと恋に落ちることはできました。行方不明の夫よりは八歳年下で、夫が家にいた時は自分の弟のようでした。この気持ちがわたしを彼に近づけました。彼の控えめで、それでいて情熱的な態度、子供たちと遊ぶことが好きで、喉のかわきで死にそうな人が冷たいさくらんぼうのシロップを見るかのように強い憧れでわたしを見る様子を気に入っていました。でもわたしに洗濯をさせたり、召使や奴隷女みたいに市場で買い物をさせるような人と恋をするには大きな努力が必要なのもわかっていました。父の所に行っては、鍋や皿や鉢や茶碗などを見ては長いこと泣いたり、夜毎にお互いに支えあうようにと子供たちと抱き合って寝ていたりしていたそのころは、ハッサンはその機会をくれませんでした。わたしが彼を愛することができるとか、結婚できるための唯一の途がこれだとは信じなかったのです。そして自信がなかったので無礼なこともしました。一、二度わたしを隅に追い詰めたり、キスしたり、触ろうとしたりしました。そしてお前の夫は帰ってこない、俺はお前を殺すなどと言ったり、脅迫したり、子供のように泣いたりしました。このようにせいては、あわてては、物語の中にあるような本物の高貴な恋が生まれる時間も許されなくては、彼とは結婚できないのがわかりました。

ある晩、わたしが子供たちと寝ていた部屋のドアをこじ開けようとしたので、すぐ起きて、子供たちが怯えるのも省みず、精いっぱいの大声で家の中に悪霊が入ったと喚きました。悪霊に怯えた叫び声で義父を起こして、まだ興奮冷めやらぬハッサンを見せたのです。わたしの馬鹿げたうめき声や異常な悪霊騒ぎの中で、冷静な老人は醜い事実を、息子が酒に酔っていることを、もう一人の息子の二人の子供がいるその妻に無礼な形で近づいた事を屈辱の中に認めたのです。朝まで寝ないで子供たちを守ると言うと黙っていました。朝になると、病気の父の世話のために長期間子供たちと一緒に父の所に行くと宣言すると、敗北を認めました。夫が売らずに戦場からもち帰ったハンガリーのベルの付いた時計、最も激しいアラブ馬の筋で作った鞭、子供たちが戦争ゲームをする時に使っていたタブリーズで作られた象牙のチェスセット、金に困った時でも売らないようにとあれほど喧嘩をしたナフチヴァン戦争の戦利品である銀の燭台などを結婚の印として持って、父の家に戻りました。

行方不明の夫の家を出たことは、予期したように、ハッサンのわたしに対する異常で無礼な恋情を絶望的なしかし礼儀正しい炎に変えました。父親の支持を得られないとわかったので、わたしを脅す代わりに、便箋の隅に小鳥や涙をためた獅子や悲しげな鹿の絵を描いた恋文を送り始めました。細密画師で絵心や詩心のある友だちが書いたり絵を描いているのでなければ、同じ屋根の下に住んでいた時には気がつかなかったハッサンの豊かな想像力を示すこれらの手紙を近頃また読み始めたことを隠しはしません。最近の手紙では、ハッサンの、家事などにこき使わないということや、大きな収入があるからという言葉や、礼儀正しく甘い冗談は、子供たちのいつ果てるかも知れぬ兄弟げんかやら要求やら父の不平やらでいらいらした頭を、窓の鎧戸を世界に向けて開けてほっとさせるようなものだったのです。

ハイリエが夕食の支度をする前に、父にアラビアから来た棗(なつめ)の花で温かい飲み物を作った。中に蜂蜜を一匙とレモン汁を少し混ぜて。そっと入って行って『霊魂の書』を読んでいる父のそばに行った。そして父が好んでいたように、気づかれずに、霊みたいにその前に置いた。

とても憂いに満ちた、弱々しい声で、「雪が降っているか」ときいた時、それがこの哀れな父が一生で見る最後の雪であることにすぐ気がついた。

10　わたしは一本の木だ

わたしは一本の木だ。とても孤独だ。雨が降る度に泣いている。神様、どうかこれからお話しすることを聞いてください。皆さんもどうかコーヒーを飲んで眠気を覚まし、目を開けて悪霊みたいにしっかりわたしを見てください。わたしがどうしてこれほど孤独なのかをお話ししましょう。

一、舞台の咄し家の名人の後ろに木の絵があればと言って、いい加減な粗末な紙に急いで描かれたと言われています。そうです。だから隣にほっそりした木もなければ、七枚葉の野草もなければ、ある時は悪魔に、ある時は人の形に似ている重なり合った黒い岩もなければ、くねくねした中国風の雲もありません。あるのはただ、地と空とわたしと、それにもう一つ地平線です。だが話はもっと複雑です。

二、一本の木としては何が何でも写本の一部である必要はないけれども、一本の木の絵として写本の中の頁でないので心穏やかではありません。本の中で何かを表現していないのなら、考えられるのは偶像崇拝者や異端者のように絵を壁に掛けてその前に跪き拝むことです。エルズルムの師の追随者たちの耳に入りませんように。でもこの考えに密かに誇りを感じます。その後で恥ずかしくて怖くなります。

三、孤独であることの本当の理由はどの物語の一部であるかを知らないからです。ある物語の一部になるはずでした。でも木の葉のように落ちたのです、そこから。そのことをお話ししましょう。

木から落ちる木の葉のように、わたしが物語から落ちたことの話

ペルシアのシャーのタフマスプはオスマン・トルコの宿敵でした。同時にこの世で絵画を一番愛する王侯でした。今から四十年前呆けはじめると最初にしたことは、歓楽、葡萄酒、詩、細密画に熱意を失うことで、さらにコーヒーをやめるとその頭脳は停止しました。機嫌の悪い暗い老人たちの猜疑心からオスマン・トルコの兵士たちから遠い所へと都を当時ペルシア領であったタブリーズからカズヴィンに移しました。もっと年をとると悪霊にとりつかれて、発作をおこし、神に許しを乞い、葡萄酒や美しい少年や絵画を完全に止めたのです。これこそ、コーヒーを嗜まなくなってからは頭脳が働くのを止めた証拠です。

こうしてタブリーズで二十年来この世の最高の傑作をものにした奇蹟の手を持つ装丁師、書家、装飾師、細密画師たちは蜘蛛の子を散らすように他の都市に散らばったのです。その中の一番優れた者たちをシャー・タフマスプの甥で婿のスルタン・イブラヒム・ミルザは、知事をしていたメシェドに招びよせました。彼らを自分の工房に住まわせて、チムールの時代にヘラトで最高の詩人であったジャーミの詩『七玉座』の七つの物語の写本を作成させ始めました。金泥装飾、細密画の挿絵の入ったこの写本のことを聞いたシャー・タフマスプはこの賢く好ましい甥を愛すると同時に嫉妬し、娘を与えたことを後悔しました。そして怒って、メシェドの知事から追放し、カインの町へ、後にはさらに小さいセブジバル町に流罪にしたのです。

メシェドにいた書家や細密画師はこうして他の町々、他の国々、他のスルタンや王子の工房に散らばって行ったのです。

しかし奇蹟的に、スルタン・イブラヒム・ミルザの豪華本は未完成に終わりませんでした。なぜなら一人の献身的な本係がいたのです。この男は最高の装飾職人があると聞けば馬に乗ってシーラーズにまで行ったのです。さらにネスタリク書体を書く職人がいると聞くと、そこから、二頁を持ってイスファハンに行ったのです。それから山々を越えて、ボハラに行ってウズベク・ハンの下で絵を描いていた細密画の名人に絵の構図を決めさせ、人物を描かせ、ヘラトに行って今度は半盲の老齢の名人の一人に草や葉のちりちりに丸まっているさまを記憶を頼って描かせ、ヘラトの別の書家の所に寄って絵の中の戸口にある看板を金色のリカ書体で書かせて、今度はもう一度南に、カインに行く。こうして六か月の旅で完成した半頁をスルタン・イブラヒム・ミルザに見せてお褒めの言葉を与えられたのでした。

この進み具合では写本はまったく完成しないことがわかったので、馬に乗ったタタール人の飛脚を雇って、それぞれの手に細工を施され描かれるべき頁と仕事の内容を芸術家に説明する手紙をもたせたのです。ペルシア中の、ホラサンの、ウズベクのトランスオクソニアの諸国の道をこの写本の頁を運ぶ飛脚が辿ったのです。飛脚によって写本の作成ははかどりました。時には五九頁と一六二頁が雪の降った夜、狼の遠吠えの聞こえる旅宿でぶつかり、親しくなり、同じ写本のために働いているのがわかって、部屋から出してきた頁が、どの物語のどの部分になるかなどと自分たちで考えたこともありました。わたしは今日完成したと悲しくも聞いた写本の頁にいるはずだったのです。残念ながら、ある寒い冬に、わたしを運んでいた飛脚は岩だらけの峠を通る時盗賊に襲われたのです。まず哀れなタタール人を殴り、それから盗賊がするように身ぐるみ剥いで、強姦して、むごたらしくも殺したのです。ですからどの頁から落ちたのかはわたしもわかりません。だからわたしを見てこう言っていただきたいのです。もしかしたらこの木はレイラのテントを羊飼いの格好をして訪れたメジュヌンに陰を作ってやった木かもしれないとか、希望もない、信じるものもない魂の暗さを説明するために夜の闇の中に混じりこもうとしているのかしらとか、全てから逃れて海を越えて鳥や果実にあふれる島で安らぎを見出した二人の恋人の幸せにともに居たいと思っただろうかとか、インドの地を征服しようとした時、熱射病になり鼻血を出しながら死んだアレキサンダーの最期の時に木陰になりたかったのだろうかとか、あるいはまた、息子に愛と人生を説く父親の力と智恵を暗示するのに役立ったのだろうかとか、どの物語に意味と美しさを加味するはずだったのだろうかとか。

　飛脚を殺してわたしを盗んだ盗賊の一人は、山や町を通り過ぎる時、わたしの価値がわかることもありました。木の絵を見ることは木を見ることより楽しいということがわかるようでした。でもこの木がどの物語のどの部分であるかを知らないのですぐ退屈してしまいました。町から町へさまよった後、それでもこの悪人はわたしが恐れていたように破って捨ててしまわないで、ある旅籠で痩せた男に酒びん一本と引き換えに売ったのです。夜毎に時々泣いたり、蝋燭の灯でわたしを眺めたりしました、この哀れな痩せた男は。彼が憂いのために死んだ後、持ち物は売られました。わたしを買った咄し家のおかげで遥かなイスタンブルまで来たのです。今はとても幸せです。なぜなら今晩はオスマン・トルコの、奇蹟の腕をお持ちの、鷲の目をして、鉄(くろがね)の意志を持ち、優雅な手首、繊細な魂をお持ちの細密画師や書家の皆さんと共にいることを誇りに思うからです。細密画の名人が粗末な紙にいい加減に描いたなどという者の言うことを信じないでください。

とはいえ、虚言、讒言、卑しい嘘がまだまだ拡がっています！　昨日の晩、壁に犬の絵を掛けてこの粗野な犬の物語を話しましたよね。その時エルズルムのフスレト・ホジャという人の話も語りましたよね！　エルズルムのヌスレト・ホジャ様を尊愛する人たちはこれを誤解しました。あのお方に触れてはいけないと言うのです。わたしどもが偉大な説教師様のことを「父親も確かでない」などと言えると思いますか。とんでもないことです。思ってもないことです。エルズルムのフスレトとエルズルムのヌスレトを混同しているのなら、わたしは皆さんにシヴァスの斜視のネドレト・ホジャの木の話をしましょう。

このシヴァスのネドレト・ホジャも、美麗な男の子の後を追ったり、絵を描いたりすることを非難するほかに、コーヒーは悪魔の仕業、所業であると言い、これを飲む者は地獄に行くと言っていました。シヴァスの人々よ。わたしのこの大きな枝がどうやって矯められたかを忘れたのですか。ではお話ししましょう。でも誰にも言わないと約束してください。神が根も葉もない中傷から守ってくださいますように。ある朝、目が覚めると巨大な男が、モスクの尖塔ほどの丈があって、獅子の脚のような腕を持った男が、わたしの大枝に登って大きな葉の間で前に触れたホジャと隠れて、こんな言葉を使ってお許しあれ、夢中になって例のことをしていたのです。後になって悪魔であることがわかったこの巨大な男は例の男とあれをしながら、その美しい耳に愛しそうに口づけして囁いたのです、「コーヒーは悪徳だ。コーヒーは罪だ……」と。コーヒーの害を信じている人たちはわたしどもの立派な教えに背いて悪魔そのものを信じているのです。

もうひとつ、最後にヨーロッパの絵描きについて申しましょう。彼らに憧れる罰当たりがいれば教訓を得ますようにと。さてヨーロッパの絵描きは王様や僧侶や貴族や、果ては婦人たちの顔を、道で会えば誰かわかるように描きます。もともとこの人たちの妻女は外を自由に出歩きます。後は想像してください。

それだけでは十分ではないかのように、もっとひどいこともするそうです。あのことではなく絵でのことですが。

ある偉大なヨーロッパの細密画の名人ともう一人の細密画の名人がヨーロッパの野を歩いていて、名人芸と芸術について話しています。目の前に森が現われます。より偉い方がもう一人に向かって言ったそうです、「新しい技法によって描くには技術が必要だ。この森にある一本の木を描いたら、その絵を見た人はそこに行ってその木を見つけることができる」と。

わたしは皆さんが粗末だとご覧になった木の絵です。そのような才能によって描かれたのではないことを神に感謝します。ヨーロッパの技法で描かれたら、わたしを本物の木だと思ったイスタンブル中の全ての犬が、わたしにおしっこをかけると心配しているのではありません。わたしは一本の木ではありたくないのです。木の意味でありたいのです。

11　わたしの名はカラ

昨夜遅く降り始めた雪は朝まで降り続いた。シェキュレの手紙を一晩中、何度も何度も読んだ。がらんとした家の、がらんとした部屋で、行ったり来たり、いらいら歩いては燭台に近づき、ほの暗い蝋燭の震える光で恋しい人の文字が怒ったり、神経質に震えているのを、心にもないことを言うために逆立ちをしたり、右から左へしり上がりに書かれている様を眺めた。その間にも、眼前に鎧戸が突然開いて、目の前に恋しい人が現れ出た事や、憂いを含んだその微笑が見えた。本物の顔を見たら、この六、七年来、頭の中でシェキュレだと言って次から次へと描いていた顔や、さくらんぼう色の口元が空想の中で次第に熟れて行った様など全てを忘れてしまった。

夜中いっとき結婚の夢に我を忘れていた。夢の中でわたしの愛に疑いはなかった。むこうがそれに応えたことにも。こうして大きな幸福感で結婚するのだった。しかし夢の中での、階段のある家での幸せは崩れて行った。まともな仕事が見つからず、夫婦喧嘩が始まり、妻はわたしの言うことをきかなくなった。

この暗い空想は、アラビアでの独り寝の夜に読んだガッザーリの『知恵の再生』の結婚の弊害を説いた部分から来ているのがわかった。夜半に同じ書が結婚の効用についてより多く語っていたことを思い出した。しかしいくら努力しても、何度も読んだこの効用の中の二つだけしか思い出せなかった。そのひとつは、男が結婚すると家の中が整えられる。しかし空想の中の階段のある家は一向に整っていなかった。二つ目は罪悪感の中での手淫やさらにひどい罪の意識——薄暗い裏通りをヒモの後から娼婦のもとに引かれていく自分——から救われることであった。

この救われるという考えは、この夜も遅い時間に手淫を思いつかせた。単純に頭の中で引っかかっていることを一刻も早く出してしまうために、いつものように部屋の隅に入ったが、しばらくしてできないのがわかった。十二年の後、わたしはまた恋をしてしまったのだ。

この間違いない証拠にわたしの心は興奮と恐怖に包まれた。そして、あたかも蝋燭の光のように震えながら部屋を歩きまわった。もしシェキュレが窓辺へ出て来るつもりがあったら、それとは反対のことを言っている手紙がどうして必要だったのか？　娘がそれほど嫌っているのなら、父親はどうしてわたしを招んだのか？　父娘でからかっているのか？　部屋を行ったり来たりしていると、ドアや壁がわたしの質問に答えようとしてぎしぎしと軋んでは、わたしと同じようにどもるのを感じた。

何年も前にわたしが描いたもので、シリンが木の枝に掛けてあるヒュスレヴの絵を見て恋に落ちたことを描いた絵を見た。エニシテの所にタブリーズから来た大したこともない本の挿絵から霊感を受けて描いたものだった。だが絵を見ても、後になって思い出す度に感じたようには（愛の宣言の単純さ故にであるが）恥ずかしくもなかったし、また幸せな青春時代にも連れ戻さなかった。明け方近くなって、頭が状況をコントロールできるようになると、絵を送ってよこしたことは恋のチェスゲームでのシェキュレの巧みな動きと見た。座って燭台の光でシェキュレに返事を書いた。

少し寝てから、手紙を胸に入れて外に出た。長い間歩いた。雪がイスタンブルの狭い道を広くしていた。町は混雑がなかった。全てが子供の頃のようにより静かで、ひっそりしていた。子供の頃雪の降った冬の日に感じたように、イスタンブルの屋根やドームや庭を鴉がとりまいているように思われた。雪の上の自分の足音を聞きながら、口から吐く息を見ながら、足早に歩いた。エニシテがわたしに行くように言っていた王宮の細密画師の工房も町の通りのように静かだろうと思うと心が高鳴るのだった。ユダヤ人街に入る前に、道にいた小僧を使ってエステルに言伝を送った。彼女はシェキュレに昼の礼拝の時刻の前に会う場所を言伝てくれる。

アヤソフィヤの後ろにある細密画師の工房の建物に朝早く行った。子供の頃一時、見習いとして働き、またエニシテの仲介で出入りしていた工房の建物の外観は、軒先から下がるつらら以外には何も変わっていなかった。

若いハンサムな徒弟の後について、紙糊やゴム糊のにおいの中で頭がくらくらしている年老いた装丁師や、早く背中が曲がってしまった細密画の名人や、炉の火に目が行ってしまったので膝の上においた皿を見ずに絵の具をかき混ぜている若者などの間を通った。片隅では抱えた駝鳥の卵に丁寧に絵の具を塗る年寄りや、引き出しに楽しそうに絵を描く年配の男や、その人たちを尊敬してじっと見ている徒弟などを見た。開いているドアから、師に叱りつけられた見習いが、してしまった過ちを理解しようとして真っ赤にした顔を目の前の紙にくっつくほど近づけたりしているのを見た。ほかの部屋では、悲しげな徒弟の一人が色や紙や絵を忘れて、わたしが先刻興奮して歩いてきた道をぼんやり眺めていた。開いている部屋のドアの前で、細密画を模写したり、立ち上って絵の具を揃えたり、ペンを尖らせたりしている細密画師たちが、わたしを、よそ者を、冷たい目で盗み見していた。

氷の張った階段を上った。工房の建物の二階を四方からとり囲んでいるポーチの下を歩いた。雪に覆われた下の中庭で子供としかいえない見習いが、厚い布の上っ張りを着てはいるものの寒さでガタガタ震えていた。何かを、もしかしたら罰を、待っているかのようだった。最初の見習い時代に、怠けて、あるいは高価な絵の具を無駄にしたといって見習いが受ける殴打や足の裏を血が出るまで叩く棒を思い出した。

暖かい部屋に入った。細密画師たちがゆったりと座っているのを見た。しかし彼らは名人ではなく、徒弟を了えたばかりの若い者だった。名人オスマンがニックネームで称んでいる偉い名人たちは今は家で仕事をしているので、かつてはわたしにあれほどの尊敬と歓喜を引き起こしたこの部屋は、金持ちのスルタンの細密画の工房というよりは、むしろ東国のさびしい山の中の旅宿の大きめの部屋に似ていた。

すぐ端の方の長い台の前に、十五年振りに細密画師の頭オスマンを見た。人影というよりも幽霊のように思えた。旅の途中で細密画や絵を描こうと思う度に、必ず偉大なベフザトそのもののように深い尊敬の念で思い出したこの偉大な名人は、アヤソフィヤに面している窓から来る白い光の中で、白い衣服の中で、あたかもあの世の霊になってしまったかのようだった。その手に口づけをした。手はしみがいっぱいだった。自分を名乗った。若い時エニシテに連れられて来たこと、しかし役人になりたくてここを去ったこと、長い年月旅をして東国でパシャの書記や登記所で働いて過ごしたこと、セルハト・パシャや他のパシャと共にタブリーズで書家や細密画師と知り合い写本を作ったこと、バグダードやアレッポやヴァンやチフリスにも居たこと、いくつかの戦も目撃したことなどを話した。

「おお、チフリスか！」とこの偉大な名人は言った。窓覆いの間から入る庭の雪に反射した光を見ながら、「あちらでは今雪が降っているのか」と。

芸の道を究めて、ついには盲目になり、ある年齢からは半ば聖、半ば耄碌生活を続ける数え切れない逸話の中のペルシアの名人たちのように振舞った。しかしその鋭い目つきから、エニシテを激しく嫌悪していて、わたしをも疑っているのがすぐわかった。それでも彼に、アラビアの砂漠では今アヤソフィヤの上に降っているようには雪が降らないが、思い出の中にだけ降ったことを語った。チフリス皆に雪が降ると、洗濯女たちが色とりどりの花の色の歌を歌ったこと、子供たちが夏に食べようと枕の下にアイスクリームを隠したことを話した。

「お前のいた国々では細密画師や絵師たちは何を描いているか話せ」と言った。

隅の方で定規で線を引きながら、空想に心を奪われてぼんやりしていた若い細密画師が、低い書見台から顔を上げて、他の者たちと共に、「今度こそ一番本当の話をしなさいよ」と言わんげに、わたしを見た。

彼らの大部分は、近所の乾物屋が誰であるかも、隣の八百屋とどうしてけんかをしているのかも、パンが一キロいくらであるかも知らないのに、タブリーズやカズヴィンやシーラーズやバグダードで皇子が写本にいくら使ったとかは聞いている。少なくとも疫病のように早く拡がるゴシップや噂話はことごとく聞いていることに疑いはなかった。それでもわたしは語った。なぜならわたしは東国から、軍隊が戦争をしていて、皇子たちがお互いを殺し合い、街を強奪し焼き払い、戦と和平が毎日のように話され、何世紀もの間一番優れた詩や細密画が作られてきたペルシアの国から来たのだから。

「五十二年間王位にあったシャー・タフマスプは、ご存知のように、晩年は写本、細密画、絵を愛する心をなくし、詩人、細密画師、書家に背を向け、信仰に専心し死んだそうです。それに代わって息子のイスマイルが玉座につきました。偏狭で喧嘩早いのがわかっていたので、父親が二十年間牢屋に入れておいたこの新しいシャーは王位につくや否や、狂ったようになって先ず弟たちを殺させ、あるものは盲目にして片付けました。しかし彼の敵たちは最後には麻薬に誘い、毒殺して彼を排除しました。王位は薄馬鹿の兄のムハンマド・ヒュダベンデに渡りました。彼の時代には皇子たち、兄弟、知事、ウズベク人、要するに全ての者が反乱を起して、お互いに戦い、われらのセルハト・パシャとも激しい戦いをして、ペルシアの地は土埃の中でばらばらになりました。金もなく、頭もなく、半盲目の今のシャーは写本を作らせることもなければ挿絵を描かせることもありますまい。こうしてカズヴィンやヘラトの伝説にまでなった細密画師たち、シャー・タフマスプの工房で、すばらしい奇蹟を実現させた年老いた名人たちや徒弟たちも、またその筆の力で馬を疾走させ、〝蝶〟を本の頁から飛び立たせた絵師や色の業師、装丁師、書家などの全ての名人も、仕事もなく、金もなく、さらにはとどまる所すらなくなったのです。

ある者は北に行ってウズベク人の中に、ある者はインドに、ある者はここイスタンブルに移って行ったのです。ある者は他の仕事を探し、そこで名誉も自身も朽ち果てました。ある者はお互いに敵対している小さな皇子たちや知事の所で、掌大の本や多くても数頁の挿絵の仕事を始めました。ただの兵士や教養のないパシャや甘やかされた皇子を喜ばせるために、急いで書かれた本にいい加減な挿絵をつけた安い写本がかしこに現れました。」

「いくら位になるか」と名人オスマンが訊いた。

「偉大なサディキ・ベイがあるウズベク人の軍人に、たったの金貨四十枚で『奇妙な動物たち』を描いたと聞きました。東征からエルズルムに戻った教養のないパシャのテントでは、名人シャヴシュの手による絵すらある、淫らな絵でいっぱいのアルバムを見ました。絵を描くことをあきらめきれない偉大な名人たちは、ある写本の一部ではない一枚一枚の絵を描いて売っています。その一枚の絵を見ても、それがどの物語のどの場面だとは言えず、ただ絵そのものとして見る喜びのために見ます。『正に馬だ。なんて上手なんだろう』と言って絵師にそのために金を払います。戦いの絵や房事の絵はあまり好まれません。大勢の人のいる戦場の場面が銀貨三百枚にまで落ちたそうです。註文もないそうです。ある者は安くて売れればいいと言って、いい加減なつやのない紙に絵の具すら使わずに黒白の絵を描いています。」

「幸せでもあり、才能もあった絵師がいたのだが」と名人オスマンが言った。「あまりにも優美な仕事をするので〝優美〟さんと称んでいたが、彼とてもどこかに行ってしまった。これで六日になる。どこにも居ない。消えてしまった。」

「この工房を、この幸せな我が家をどうして出て行くことができましょう」とわたしは訊いた。

「見習いの頃からわたしが育てた四人の若い名人たち、〝蝶〟、〝オリーヴ〟、〝コウノトリ〟、〝優美〟はスルタンの命で最近はうちで挿絵を描いている」とオスマン親方は言った。

外見上は工房全体が働いている『祝賀本』のために、より楽に仕事ができるようにとのはからいだった。スルタンは、今回はこの名人の細密画師たちに特別な写本のためにといって王宮の中庭に特別な部分を造らせないで、彼らにそれぞれの家で仕事をするべく命じられたそうだ。この命というのがエニシテの写本のために与えられたということもありうると思いついたので黙っていた。オスマン親方はどこまでほのめかして話しているのだろうか。

「ヌウリーさんよ」と声をかけた。背の丸まった顔色の悪い細密画師に、「カラ殿に工房の『御報告』をするように」と。

この御報告というのはスルタンが二か月に一度細密画師の工房を訪れて、仕事振りを親しく御覧になる時のわくわくする一種の儀式であった。

勘定方長官ハズム、詩文管理の長ロクマン、そして細密画師の頭名人オスマンの臨席の下に、スルタン閣下に工房の名人たちが、どの写本のどの頁をつくっているか、誰がどの絵の金泥を塗ったか、誰がどの絵に色を付けたか、絵の具師、物差し師、金泥師、細密画師、いずれも奇蹟を作り出すことのできる者たちが、一人一人どの仕事をしたかを御説明申し上げるのだった。

挿絵を施された写本の大部分を書いた詩文管理の長ロクマンが老齢と病気のために家からも出られなくなったためにもうできなくなったし、細密画師の頭名人オスマンは失意と怒りの中で目が見えなくなったし、〝蝶〟、〝オリーヴ〟、〝コウノトリ〟、〝優美〟のニックネームで称ばれる名人たちは自分の家で仕事をしているし、スルタン閣下も以前のようには工房で子供のように熱中されなくなったので、もうすることもなかったこの儀式の代わりに、まがい物の儀式をしようとすることはわたしを悲しませた。多くの細密画師のように、ヌウリーさんも人生を生きることもなく、何の芸にも秀でずむだに齢をとってしまった。とはいえ、長年の間仕事台に向かって無駄に背が丸くなったのではない。この工房で起こったことは、誰がどのすばらしい頁をつくったかにいつも気をつけていた。

こうして、スルタン閣下の皇子の割礼の披露宴を物語る『祝賀本』のうわさに聞く頁を心をおののかせて初めて見た。全ての職業から、全てのグループから、イスタンブル中が参会した、五十二日続いた割礼の披露宴の話は、遠く離れたペルシアの地でもその儀式を物語る写本がまだ完成する前に話に聞いたのだった。

前に置かれた最初の絵でこの世の庇護者スルタン閣下が故イブラヒム・パシャの王宮の所領の中に造られた下方のヒポドロウム広場で行われている祭典を満足げに眺めておられる。その顔は他の者から区別できるほど詳細には描いていないが、巧みに敬意を払って描かれていた。スルタンの左には、二枚続きの絵の右側には、回廊や窓に大臣やパシャやペルシアの、タタールの、ヨーロッパの、ヴェネツィアの使者たちがいた。彼らはスルタンではないので急いで注意せずに描かれていて、特別な対象をではなく、ただ広場の出来事を見ていた。後になって気がついたのであるが、他の頁でも同じ構成で同じ頁の配分がくりかえされていた――ただ壁の装飾物や木や陶器などが別の風に、別の色で描かれてはいたが。文章が書家によって書かれ、挿絵をつけて『祝賀本』に装丁されると、その頁を繰る読者は、このように同じように同じ広場を見ているスルタンと多数の招待客の視線の下でヒポドロウムにおいて、その度にまったく異なる色でまったく異なる所作を見ることになるのだ。

わたしも見た、そこ、ヒポドロウムで。置かれた何百ものピラフの鉢に群がる人々や、焼いた牛肉を貪っている時に中から出てくる生きた兎や鳥に驚いている人々を。

車輪を付けた車に乗った銅工職人が同業者グループでスルタンの前を通り過ぎる時、車の中で胸をはだけて横になっている仲間の胸の上の四角い大槌の上に乗せた銅を一人が槌で打つ時、槌を裸の男には触れずに打つのを見た。スルタンの前を通り過ぎる車の窓ガラスをカーネーションや糸杉の絵で飾ったガラス職人や、駱駝に積んだ袋いっぱいの飴と、鳥籠の中にこれも砂糖で作ったオウムを入れて通り過ぎる時、心地よい詩を口ずさんでいる飴屋や、車の中につり錠、南京錠、光ったの、尖ったの、鞘に入ったものなど種々の錠を展示して、新しい時代と新しいドアの悪さに文句を言いながら通り過ぎる年老いた錠前師を見た。〝蝶〟と〝コウノトリ〟と〝オリーヴ〟が奇術師たちの絵を描いていた。ある奇術師は棹の上であたかも広い大理石の上を歩くかのように棒の上の卵を落とさずに進む、もう一人はそれに合わせてタンバリンを叩いている。海軍提督クルチ・アリ・パシャが海上で捕虜にした異教徒と泥で作った山を車に乗せてスルタンの前を通る丁度その時、泥で作った山の中の火薬が爆発して、異教徒の国々で大砲がどんなに凄く唸り轟いたかを見せた。それをその通りに絵でみた。

手に刀を持ち、ばら色や茄子色の服を着たひげのない女のような顔をした肉屋が、鈎針からぶら下がっている皮を剥いだピンクの羊に微笑んでいるのを見た。ライオン使いがスルタンの前に鎖で繋がれたライオンを連れてきて、からかい怒らせその目が怒りで真っ赤に輝くのを見せた時、見物人は拍手をした。次の頁ではイスラムを表しているライオンが狡賢いキリスト教徒を表しているピンクとグレイに塗られた豚を追い払っているのを見た。スルタンの前を通る車の上に乗せられた床屋の店で天井から逆さにぶら下がって客を剃っている床屋とその客に銀の器の中の香料入りの石鹸と鏡を捧げもってチップを待っている紅い服を着た床屋の小僧の絵を長々と見てから、その秀でた細密画師が誰かと尋ねた。

「絵はその美しさによって人間に人生の豊かさ、愛、アラーが創造されたこの世の色に敬意を感じさせ、内面に向かわせ、信仰にいざなうことが大事で、絵師が誰であるかは重要ではありませぬ。」

細密画師のヌウリーは、エニシテがわたしをここに調査のためによこしたのがわかって、思ったよりも繊細な心遣いで気をつけているのだろうか、あるいは、オスマン親方の言葉を単に繰り返しているだけなのだろうか。「これらの金泥の仕事は全て〝優美〟さんがしたのか？」と訊いた。「代わりに今は誰がしているのか？」

中庭に面している開いているドアから子供の悲鳴と叫び声が聞こえ始めた。下で取り締まりの者が見習いに処罰を執行しはじめたのだ。多分、赤絵の具の粉末か金箔を紙につつんでポケットに入れて出て行こうとして捕まったのだろう。先ほど、下で寒さに震えながら待っていた二人であろう。この機会を待ち構えていた若い絵師たちは見るためにドアのところに走りよった。

「見習いたちが広場の地面を名人オスマンに命じられたようにばら色のピンクに塗り終わるまでには、〝優美〟さんは、願わくば、行った所から戻ってきて二頁の金泥を完成するでしょう」とヌウリーさんは慎重に言った。「細密画師名人オスマンは〝優美〟さんにヒポドロウムの地面を場面毎に別の色にするように言われました。ばら色のピンク、インドグリーン、うこんの黄色、あるいは鷲鳥の糞の色になどです。なぜならこれらの絵を見る者の目にはそこが地面であることが一目でわかり、土色であるべきだと。だが二枚目、三枚目では遊び心から他の色が欲しい。細密画の頁は目を楽しませるために作られるのだから。」

片隅で助手の一人が描きかけの絵を見た。『勝利の書』のために海軍艦隊が戦いに行くところを描いていた。だが足の裏を打たれた友達の悲鳴を聞いて見にいったことは明らかだった。あるモデルから模写した船を描いた艦隊はあたかも海の上に据えられていないかのようだった。だがこの拙さ、帆が風を孕んでいないことなどはモデルのせいではなく絵師の技術の未熟さ故だった。モデルがどの写本かわからなかったが、古い本やもしかしたらアルバムから乱暴にとったらしいのが見てとれた。名人オスマンはもう色々なことに心を配らないようになったのは明らかだった。

今度は彼自身の仕事台に行った。ヌウリーは、この三週間やっていたスルタンの花押の金泥装飾が完成したことを誇らしげに語った。誰に何の目的で送ったかをわからせないようにと白紙に書かれた花押と金泥装飾を敬意を払って見た。東国で数多くの不機嫌なパシャが、スルタンの花押のこの高貴な力強い美しさ故に叛乱を思いとどまったことをわたしは知っている。

それから、書家ジェマルが描き了えた最後の傑作を見た時は、真の芸術は、書道にあって色や細密画の装飾は単に書を引き立たせるためにすぎないと言う細密画反対派を認めることになりそうだったので、その前を急いで通過した。

定規引きのナスルは、チムールの息子たちの時代のものでニザーミによる五部作の一葉の、ヒュスレヴがシリンの沐浴する裸体を見る場面を描いている絵を修理するといって損ねていた。

九十二歳で半盲の古い職人は、三か月後完成して宗教祭日の贈り物としてスルタンに献上する筆箱の装飾を自分の震える手で見せた。彼は六十年前にタブリーズで名人ベフザトの手に口づけをしたこと、その当時この伝説的な偉大な名人が盲目で酔っていたとだけ語った。

下の階にある小部屋に八十人近い細密画師や見習い、徒弟が働いている細密画師の工房を沈黙がつつんだ。何度か聞いたことがある殴打の後の静けさであった。時々神経をさかなでする馬鹿笑いや冗談、徒弟時代を思い出させるひとつふたつの嗚咽や泣き出す前の押し殺した呻き声があった。細密画師の名人も自分が徒弟時代に受けた殴打を思い出していた。九十二歳の半盲の職人が、一瞬、より深い何かが、全ての戦や混乱から離れてここで全て終わることを感じさせた。最後の審判が下される前にもこんな静けさがあるらしい。

細密画は思考の沈黙であり、目の音楽である。

別れを告げるために名人オスマンの手に口づけをする時、深い尊敬の念だけでなくわたしの魂を大きく揺さぶる何かを感じた——聖人に対して感じるであろう類(たぐい)の賛美と一種の憐憫——妙な罪悪感を。もしかしたら、ヨーロッパの名人の技法をこっそりとあるいは公然と模倣するようにと言うわたしのエニシテが彼のライバルであるためかも知れない。

同時にこの偉大な名人に会うのはこれが最後だとわかったので、喜ばせるためにひとつ質問した。「偉大な名人に伺います。本物の細密画師を凡庸な細密画師と区別するものは何でしょうか？」

いささか諂(へつら)いっぽいこの種の質問に慣れている細密画師の頭は、どうせいい加減な返事をするだろう、この瞬間ですらわたしのことをすっかり忘れてしまっているのだから、と思ったのだが。

「本物の細密画師と才能もない精神もない細密画師とを区別する唯一の基準というものはない」と極めて真面目に答えて、「それは時代によって変わる。我々の芸術を脅かす悪に対する、細密画師の道徳、技能が何であるかが大切だ。今日、若い細密画師がどこまで本物か理解するために三つのことを訊ねることにしている。」

「それは何でしょうか？」

「新しい風潮に合わせて、中国人の、ヨーロッパ人の影響によって、どうしても自分の細密画の技法や様式(スタイル)を欲しいといっているか。細密画師として他の人とは別の画風を、別の雰囲気を望んで、そしてそれを細密画のどこかに、ヨーロッパの名人たちがしているように署名することによって証明しようとしているか。それを知るために、様式と署名についてまず訊ねる。」

「その次は何でしょうか？」と恭しく訊いた。

「次は写本を註文した人なり、スルタンなりの死後、本の持ち主が変わって、頁がばらばらになって、描いた絵が他の本に、他の時代に使用されることをどう思うかと訊きたい。憂うか喜ぶかいずれにしても耐え難い繊細な点である。それ故に、絵師に時について尋ねる。細密画の時とアラーの時を、わかるかな、お若いの。」

わからなかった。だが、そう言わずに、「三番目はなんでしょうか」と訊いた。

「三番目は盲目であることだ」とだけ言った。そして細密画師の頭である偉大な名人オスマンは自分の言ったことが、説明する必要のない明白なことであるかのように黙った。

「盲目であることのどこがでしょうか？」と恐縮しながら訊ねた。

「盲目であることは沈黙である。先ほど言った一番目と二番目とをひとつにすると盲目が出て来る。細密画の一番深い所はアラーの暗闇の中に現れるものを見ることである。」

それ以上何も言わずにわたしは外に出た。氷がはった階段を急がずに下りた。わたしはこの偉大な名人の三つの質問を〃蝶〃と〃オリーヴ〃と〃コウノトリ〃に、単なるお喋りのためではなく、生きている間に伝説にまでなったわたしの朋輩たちを理解するために訊ねようと思った。

しかしこの名人たちの家へはすぐ行かなかった。ユダヤ人街の近くの、金角湾がマルマラ海に入るところを丘の上から見る市場でエステルと会った。買い物をする奴隷女や、貧民街の色あせただぶだぶのカフタンを着た女たちや、人参やらマルメロやら玉葱やら大根の束に夢中になっている人ごみの中で、ユダヤ人なので着なければならないピンクの服、身軽い巨体、一瞬も止まらないお喋り、目や眉をキョロキョロ、ピクピク動かして合図しているエステルは生き生きしていた。

彼女に渡したわたしの手紙を、まるでバザール中の人が見ているかのように、ひどく秘密めいた巧みな動作でモンペの中にしまった。シェキュレがわたしのことを考えていると言った。心づけを渡して、「急いで行って、まっすぐ届けてくれ」と言うと、風呂敷包みを指して、まだ用事が沢山あるから手紙は昼ごろやっとシェキュレに届くと言った。三人の若い名人に会いに行ったと伝えてくれとわたしは言った。

12 人はわたしを〝蝶〟とよぶ

昼の礼拝の時刻の前だった。ドアが叩かれて、開けるとカラさんだ。徒弟時代に一時一緒だった。抱き合って頬に口づけした。エニシテから言伝でも持ってきたのだろうかと訝っていると、わたしの描いた頁や絵を見たいと言う。友だちとして来たと言う。そしてスルタンの名の下に質問があると言う。よろしい、訊きたいという質問は何だと言った。彼はけっこうだ、それではと言った。

スタイルと署名

「細密画を見ることの喜びや芸術を信じるが故にではなく金や名声のために絵を描く卑しいやからが増えると、スタイルや署名に夢中になるような醜さや貪欲さを見ることになる」と、わたしはこの言葉を自分が信じているからではなく様式にかなうというので言った。なぜなら、本当の才能や技能は、金や名声を好んだといって損なわれるものではない。むしろ本当のことを言えばわたし自身におこったように、金や名声は才能を持った者の正当な権利であって、彼らをますますその仕事に熱中させる。しかし、それをはっきり言えば、細密画師の部門で嫉妬心で頭がおかしくなっている凡庸な絵師たちは、まずいことを言ったといってわたしを攻撃するだろうからと、わたしは誰よりもこの仕事が好きなのだと証明すべく米粒の上に木の絵を描いたりした。このスタイル、署名、個性に対する野心は、西洋の影響で西から、そしてイエズス会の僧侶の持っていった絵画に騙されて正道をはずれた何人かの哀れな中国の絵の名人の影響によって東から、遠く離れたわたしたちの身近にまでやってきたのを知っているので、このことを物語る三つの話をしよう。

スタイルと署名を巡る三つの物語

A（エリフ）

その昔ヘラトの北にある山々にある城に、細密画や絵画を愛する若い殿様がいたそうだ。この殿様は後宮の女達の中で、ただ一人の女を愛していた。狂おしいまでに愛したこの美女の中の美女、タタール人の娘もまた彼に恋していた。明け方まで汗にまみれて愛し合っては幸せだった。だから一生涯このようにあれかしと願った。この願いを実現させる一番よい方法が、写本を開いて、昔の名人達が描いた完全無欠な挿絵を何時間も何時間も眺める事だと気がついた。同じ物語が、違う（たご）ことなく、いつもいつも繰り返される完璧な絵を見ては、時が止まり、物語の中の黄金時代の幸せな時間と自分たちの幸せが一つになると感じた。殿様の細密画師の工房に、同じ絵を、同じ写本の頁のためにと、同じように常に完璧に描く細密画の名人がいた。慣習に従って、この細密画の名人は、フェルハトがシリンへの恋に苦しむさまを、メジュヌンとレイラが互いを恍惚と見つめ合うさまを、ヒュスレヴとシリンが天国の如き庭園でお互いを意味深いまなざしで眺める様を写本の中で描くとき、これらの恋人達の代わりに殿様とタタール人の美女を描いた。殿様とその恋人はこれらの頁を見ては、自分たちの幸せが決して終わることのないことを確信して、細密画の名人にお褒めの言葉と金貨をあびせるのだった。賛辞と金貨が多くなると、この名人は道を踏み外し、悪魔の指図で、彼の絵が完璧なのは昔の名人達のお陰であることを忘れて、自分の個性を少し加えれば、絵がもっと気に入られると思った。ところがこの名人の加えた新しさ、個人的様式を、殿とその恋人は欠陥と見て機嫌を損ねられた。長々と眺めたその絵から以前の幸せが、ここかしこから失われたと感じた殿は、先ずそれらの頁を描かせたといってタタール人の美女に嫉妬した。それから彼女を嫉妬させるべく後宮の他の女を愛した。後宮のゴシップ屋からこの事を知ったタタール人の美女は深く悲しみ、黙って後宮の中庭の杉の木で首を吊った。自分の犯した過ちに気がつき、この背後には、個人のスタイルを欲した細密画師があると見た殿は、悪魔に騙された名人をその日の中（うち）に盲いにさせたそうだ。

B

　東方のある国に、細密画を愛する年老いた、しかし幸せなスルタンがいた。最近結婚して、美女中の美女の中国人の妻ときわめて幸せに暮らしていた。ところが、前妻のハンサムな息子と若い妻が互いに心を通わせた。父親に背いたと怖れた息子は、禁じられた愛を恥じて細密画の工房にこもり絵に専心した。恋の悲しみと恋の力で描いたため、その絵はいずれも極めて美しく、その絵を見た者は昔の名人の作品と区別できず、父親も息子を誇りに思うのだった。若い中国人の妻は絵を見て、「たしかにとても上手。でも署名がなければ何年もの後、彼が描いたのを誰もわからないわ」と言った。スルタンは「息子が絵に署名をすれば、昔の人の絵を模して描いたこの絵を、不当に自分の功にしたことにならないかな」と言った。「しかも署名をすれば絵に瑕（きず）がつく。」年老いた夫を説得できないとわかった中国人の妻は、この署名の問題を細密画の工房に閉じこもっている若い息子の耳に入れることに成功した。その恋を深く隠さねばならないことで誇りを傷つけられた息子は、若く美しい義母の入れ知恵と悪魔にそそのかされて、ある絵の片隅に、壁と草の間に、誰にも見えないと思った片隅に署名した。署名した最初の絵はヒュスレヴとシリンのある場面だった――あの有名な、ヒュスレヴがシリンと結婚した後、最初の結婚でできた息子シルエがシリンに恋をして、ある晩窓から入りシリンの傍らで眠る父親の内臓に短剣を突き刺すという。さて、年老いたスルタンは息子の描いたこの場面の絵を眺めている時、突然その絵になにか欠陥があると感じた。多くの人がするように署名は見たが、見たことに気がつかず、その絵を単に欠陥のある絵と感じたのだった。昔の名人がそうすることはあり得ないので、年老いたスルタンは心騒いだ。ということは、読んだ写本は単なる物語ではなく、写本にはふさわしくないもの、つまり現実を語っていることになるから。老人はこのことを感じると恐れた。時を同じくして、絵師である息子は描いた絵のように窓から中に入り、絵にあるような大きな短剣で、恐怖で大きく見開いた目をも見ずに、父親の胸に短剣を突き刺したそうな。

J（ジム）

今から二百五十年前、カズヴィンでは、写本の金泥装飾、書、細密画が最も敬愛された芸術であったとラシッド・ウッディンはカズヴィンの歴史の中で楽しげに語っている。その頃カズヴィンで帝位に座す、ビザンツから中国までの四十の国々を治める時のシャー（細密画を愛することがその強力さの秘訣かもしれない）には悲しいことに男の子がなかった。自分の死後、征服した諸国が分裂しないようにと、その美しい娘に賢明な細密画師の夫を選ぶことにした。自分の細密画の工房にいる三人の若くて独身で優れた芸術家の間で競わせた。ラシッド・ウッディンの歴史書によれば、競争は極めて単純な問題、つまり「誰が一番美しい絵を描くか！」であった。ラシッド・ウッディンと同じく三人の細密画師もまたそれが「昔の名人と同じように描くこと」であるのを知っていたので、最も好まれる場面を描いた。天国の如き庭園で、糸杉や杉の木を、臆病な兎を、あわただしい燕達を、その中で恋の苦しみで息が詰まってうつむいた美しい娘を、お互いのことを知らずに、同じ絵を昔の名人と全く同じように描いた。三人の細密画師の中で一番目立ちたいと望んだ者は、絵の美しさを自分のものとすべく、庭の一番目立たない所に、水仙の花の間に、こっそり署名をした。しかし昔の名人の謙虚さから遠ざかったこの傲慢さ故に、カズヴィンから中国に追放された。こうして残った二人の間でまた競い合いが行われた。今度も二人とも麗しい庭園で美しい娘の馬上の姿を、詩のような美しさを描いた。細密画師の一人は、筆がすべったのか、あるいは故意にかはわからないが、中国人のようなやや吊り上った目と高い頬骨の娘の白馬の鼻をやや変えて描いた。このことは直ちに父娘によって欠陥と見なされた。実際には署名はしなかったが、秀れた絵の馬の鼻に巧みに欠陥を付けて目立つように計らった。欠陥はスタイルの母であるとシャーは言って、この絵師もビザンツに追放された。署名もせず、何等の欠陥もなく昔の名人の描いたように巧みに描いた細密画師とシャーの娘との結婚披露宴の準備が行なわれている時、ラシッド・ウッディンのカズヴィンの分厚い歴史によれば、さらなる展開があった――披露宴の前日、シャーの娘は、翌日には夫となる若くて男前の偉大な名人の描いた絵を憂いのこもった目で眺めていた。夜の帳（とばり）が下りる頃、父親の傍らに行って、「昔の名人たちはその秀逸な絵の中で美しい娘を描くとき、中国人のように描きます。これは東から来た不変の規則です。確かにそのとおりです。でも誰かを愛していればその絵の美人の眉、目、唇、髪、微笑みや睫にさえ愛する者の痕を、何かを入れました。絵の中にこっそり隠した微かな欠陥は本人とその恋人にのみわかる愛のしるしとなりました。馬に乗った美女の絵を一日中眺めました。父上様、そこにはわたしの痕跡はありません。この絵師は多分偉大な細密画師かもしれません。それに若くて男前です。でもわたしを愛していません」と言った。かくしてシャーは披露宴を直ちにとりやめて、父娘は死ぬまで共に暮らしたそうだ。

「それではこの三番目の物語によれば、スタイルと言われるものは欠陥から始まることになる」とカラは礼儀正しく恭しく言って続けた。「絵師が恋をしているかは描いた美女の顔や目や微笑みの中に隠れた『しるし』として見えるということですね。」

「いや」とわたしは自信ある誇らしげな調子で言った。「名人の細密画師が愛する娘を描いた絵は、欠陥ではなく規則になるのだ。なぜなら時が経つと誰しもが名人を模すといっては娘の顔を、その娘のように描き始めるのだから。」

しばし二人とも黙った。わたしが語った三つの話を注意深く聞いていたカラが、隣の部屋を歩む美しい妻の物音に注意を払ったのを見ると、彼の目を見据えた。

「第一の物語ではスタイルが欠陥であるという。第二の物語では完璧な絵は署名を必要としないという。三番目の話は一番目と二番目の知恵を結び付ける。従って署名もスタイルも傲慢に、また愚かしくも欠陥のある絵を自惚れることにほかならない。」

わたしが講義したこの男はどこまで細密画がわかっているのだろうか。だから言った、「この物語の中でわたしがどれかわかるか」と。

「わかります」と言ったが、自信なさそうだった。

彼の目や知覚からわたしを理解しようとなさらないでいただきたい。だから直截言いましょう。わたしは何でもできる。カズヴィンの昔の名人たちのように、楽しんで笑いながら描き、色をつける。「わたしは誰よりも巧い」と微笑みながら言うのだ。もしわたしが感じていることが正しければ、カラがここに来た理由である〝優美〟さんの失踪とは何の関わりもない。

カラは結婚生活と芸術は両立するかと訊ねた。

わたしはよく働くし、仕事は好きだ。最近この界隈で一番美しい娘と結婚した。仕事をしていない時は狂おしい愛に耽る。それからまた仕事を始める。だがそうは言わなかった。かわりに、「それは重大な問題だ」といった。「細密画師の筆から絵の上で傑作を生みだすと、妻はあまり悦ばせない。その反対も言える。もし男の葦が妻を満足させるなら、彼の芸術での葦のペンは萎（しお）れることになる」と加えた。わたしの芸を羨ましがっている他の多くの人々のように、カラもまたこれらのでまかせを信じて満足した。

わたしが一番最近描いた挿絵の頁を見たいと言った。彼を仕事台の前に、絵の具、インク壺、艶出し石、筆、ペン、葦を切る板の間に座らせた。皇子の割礼の披露宴の儀式を示す『祝賀本』のために作っている二枚続きの絵をカラが見ている間、その隣の紅い座布団に座った。座布団の温みから、少し前までそこに美しい妻の豊満な腰があったことを思い出させた。わたしが葦のペンでスルタンの前にいる不幸な囚人たちの悲哀を描いている間、賢い妻はわたしの葦を摑んでいたのだった。

今描いている二枚続きの頁の場面は、借金を返せないために牢に入った囚人たちやその家族がスルタンの恩赦で赦されるところを描いている。スルタンを、実際の儀式の際に見たように銀貨の詰まった袋でいっぱいの絨緞の上に座らせ、その少し後ろには財務大臣が座り、手にした帳面から借金の記録を読み上げている。お互いに首枷と鎖で繋がれた囚人たちがスルタンの御前で悲しみと苦しみから眉を顰め、顔を歪め、ある者は涙を流している。スルタンが彼らを牢から放ち、施しを金袋から与えて、全ての者の幸を願う祈りや詩を伴奏するウドや鼓を奏でる者たちのきれいな顔を紅い色彩で描いた。借金に埋まることの苦しみと恥辱がよくわかるようにと——当初の意図にはなかったのではあるが——不幸な囚人の最後に、苦労で醜くなった紫の服を着たその妻と、赤いコートを着た長い髪の悲しげなしかし美しい娘を描いたのだった。鎖に繋がれた借金の囚人たちを二頁にどうやって置いたかを、絵の中の紅の密かな論理を、昔の名人たちの決してしなかったこと、つまり端に居る犬とスルタンのカフタンのアトラス絹を同じ色で塗るというようなことを妻と見詰め合い笑い合って語りあったことを、この眉を顰めたカラに説明して、細密画を描くことは生きることを愛することだと理解させようとした時、ひどく失礼で無礼な質問をした。

もしや、可哀想な〝優美〟さんがどこに居るか知っているかと。

何が可哀想なものか！　一文にもならぬ人真似屋、装飾画を金のためだけに描く霊感の欠ける愚か者、とは言わなかった。「いや、知らない」といった。

エルズルムの説教師の一派が何かしたと思うかと訊いた。

奴もその一人だと言うのをやっと堪えた。「いや」と言った。「どうして？」

このイスタンブルの町が奴隷となった貧困、疫病、道徳の欠如、スキャンダルは、預言者の頃のイスラムから遠ざかって新しい醜い慣習を取り入れ、ヨーロッパの様式が入り込んだという以外に説明できない。エルズルム出身の説教師もこう言う。ただ彼の敵たちは、エルズルム出身者の一派が音楽を奏でる修行団の館を攻撃したり、聖人といわれる人たちの墓を壊したと言って、スルタンを説得しようとしている。今わたしがエルズルム出身者閣下に対して彼らのように敵愾心を燃やしていないからといって、鄭重に、つまり、お前が〝優美〟さんを殺したのかというのだ。

こういう噂が細密画師たちのあいだにだいぶ前から広がっていたのに突然気がついた。霊感ももたず、才能も技もない連中が今や大喜びで、わたしが卑しい人殺しだといって歩いている。この嫉妬に狂う細密画師の大勢の讒言を真に受けたといって、愚か者の、あのチェルケズ人のカラの頭にインク壺を叩きつけてやりたかった。

カラは、見た全てを記憶にとどめようとわたしの細密画の部屋を眺めている——長い紙を切るための鋏、雄黄の壺、絵の具の鉢、仕事中時々食べたりんご、後ろの火鉢の端に置かれたコーヒー沸かし、コーヒー茶碗、座布団、窓の半分開いているところから漏れる日の光、頁の様子を調べるために使う鏡、わたしのシャツや、ドアが叩かれた時あわててそこから出て行ったとき落として今や罪深いもののように見える妻の赤い帯を、注意深く眺めている。

思っていることは彼から隠したが、わたしが描いた絵や生活しているこの部屋を無遠慮で攻撃的な彼の視線にさらすことになった。わたしのこの誇りに誰もが驚くのを知っている。だが一番多く金を稼ぐ、つまりは一番いい細密画師はわたしなのだ。なぜならアラーの神は、細密画が歓喜であれと望まれたからこそ、見ることを知る者に世界もまた歓喜であることを示されたのだから。

13　人はわたしを〝コウノトリ〟とよぶ

昼の礼拝の時刻だった。ドアが叩かれた。見るとその昔子供の頃からのカラだった。抱き合った。体が冷え切っていた。すぐ中に入れた。どうしてこの家がわかったのかと訊きもしなかった。〝優美〟さんがどうして失踪したかを訊きに、エニシテがわたしのところによこしたのだろう。しかしそれだけではなかった。オスマンからも言伝てがあった。訊きたいことがあると言う。真の細密画師を他から際立たせるものは名人オスマンによれば時であると言う。挿絵における時を、わたしがどう考えるかって？　お聴きなさい。

絵と時

以前は、ご存知のように、イスラム圏の絵画は、例えばアラブの名人たちは、ヨーロッパの異教徒が今日するように、道端の浮浪者や店屋の小僧のレベルで世界を見て描いていた。今日のヨーロッパの名人が自慢する遠近法の技術も知らなかったので、彼らの宇宙は浮浪者や店番の小僧のそれのように限られた退屈なものであった。しかしその後で大きな出来事がおこって、挿絵の世界は変わった。ここから始めて説明しよう。

絵画と時に関する三つの物語

A(エリフ)

今から三百五十年前、バグダードが蒙古人の手に落ち残酷な略奪を受けた、冷えた二月のある日のことであった。全アラブ世界のみならずイスラム全版図の最も名のある最も秀れた書家であったイブン・シャーキルは、若年にもかかわらず、世界的に有名なバグダードのいくつかの図書館に彼が書いた二十二巻の写本（その大部分はコラーンからであるが）があった。これらの写本は世の末まで存続すると信じて、イブン・シャーキルは深い無限の時の観念をもっていた。数日のうちに蒙古の可汗のフラグの兵士によって一冊ずつ裂かれ、ばらばらにされ、焼かれて、チグリス河に投げ込まれたので、今日では知られざるこの伝説の書物の最後の巻のために、一晩中蝋燭の震える光で、壮烈なまでに働いたあとで、カリフ・モスクの尖塔に上って、日の出に背を向けて西の地平線に目を向けた――これは伝統や書物の不滅を信じるアラブの書の名人たちが五百年もの間行っている、盲目にならないために目を休める方法であった。彼はここで、朝の冷気の中で、モスクの尖塔のバルコニーから、五百年の間続いてきた書の伝統が終結するのを見たのである。フラグの残酷な兵士がバグダードに入るのを見たが、尖塔のてっぺんに留まった。全市が略奪され、破壊され、何十万人もの人が刃にかけられるのを、五百年の間バグダードを治めたイスラムの最後のカリフが殺されるのを、女たちが陵辱されるのを、いくつもの図書館が焼かれるのを、何万冊もの本がチグリス河に投げ捨てられるのを見た。二日後、死体の臭いや死の叫び声の中で、投げ捨てられた書物のインクの色で赤くなったチグリスの流れを眺めていると、美しい書体で書き、今や失われた多くの書物が虐殺や破壊を止めるに役立たなかったことを考えて、二度と書を書くまいと誓った。むしろその日までアラーの神に背くとみなされ、蔑まれていた絵画によって自分が見た苦悩と激変を表現することが内からほとばしり出た。いっときも身から離したことのない紙に、尖塔から見たものを描いた。蒙古の侵略の後、イスラムの絵画が三百年続いた底力とは、それを偶像崇拝者やキリスト教徒の絵から区別するものとは、世界をアラーの神がご覧になる所から、つまり高い所から見て、地平線を引いて、内なる苦悩によって世界を描くことであり、それはこの幸運なる奇蹟のおかげである。それともうひとつ、イブン・シャーキルが、殺戮後、手元にある絵と内なる細密画への決意をもって、蒙古軍の来た方向である北に向かい、中国の名人たちの絵を習ったことに……。こうして五百年にわたるアラブ書家たちの不滅の観念は書ではなく、絵画によって実現されることになる。この証明として、書物はばらばらにされ、なくなる。しかしその中の挿絵の頁は他の本や他の巻に入れられ永遠(とわ)に生きて、アラーの神の世界を示し続けるのである。

B(べ)

昔々、といってもそれほど古いことでもなく、でもそう最近のことでもない。何もかもが他のものを模倣して、こうして年老いて死ぬことがなければ、人は時というものの存在に気づかず、この地上の王国は同じ物語の同じ絵によって繰り返し繰り返し表現されていた。あたかも時が流れないかのように。サマルカンドのサーリムの簡潔な歴史に書かれているのであるが、ファーヒル・シャーの小さな軍隊がセラハッティン・ハンの軍を文字通り壊滅させた。勝ったファーヒル・シャーは捕虜にしたセラハッティン・ハンを拷問にかけ、殺した後、伝統に則ってまず最初にしたのは、勝利の確認のために亡き王の図書館と後宮を訪れた。図書館では経験を積んだ装丁師が死んだシャーの書物をばらばらにして頁を混ぜて新しい巻を作り、書家は巻末の奥付に『常勝セラハッティン・ハン』の名を、『勝将軍ファーヒル・シャー』に変え、細密画師は、もう今から忘れられ始めている写本のセラハッティン・ハンの顔を消して、その代わりにファーヒル・シャーのより若い顔を描き始めていた。後宮に入るとファーヒル・シャーは一番美しい女を直ちに見つけたが、書物や細密画がわかる繊細な心の持ち主だったから、無理に彼女を手に入れようとはしないで彼女の心をかち取ることにして、彼女と語り合った。かくして亡きセラハッティン・ハンの妻、美女の中の美女、涙にぬれた目のネリマン・スルタンは新しい夫となるファーヒル・シャーからただひとつのものを願った。願いというのは、レイラとメジュヌンの恋を描く写本で、レイラとして描かれたネリマン・スルタンの向かいに、メジュヌンとして描かれた亡き夫セラハッティンの顔を削って消さないようにということだった。夫が長年作らせた写本によって獲得した不死の権利は、少なくとも一頁だけでも亡き人に与えられるべきだった。勝将軍ファーヒル・シャーはこの単純な願いを勇敢にも許した。こうしてネリマンとファーヒルは直ちに愛し合い、まもなく過去の恐怖を忘れて、お互いを真に愛するようになった。しかしファーヒル・シャーはレイラとメジュヌンの写本の絵を忘れはしなかった。彼の心を乱したのは妻が前夫と共に描かれていることとか、嫉妬心ではなかった。彼の心を蝕んでいたのは、あの秀れた写本の無限の時に、不死の世界に入れないことであった。この疑惑は五年の間彼の心を蝕んだ後、ファーヒル・シャーはネリマンと長々と愛し合った幸せな夜の最後に、燭台を手にして、自らの図書館に盗人の如く入り、レイラとメジュヌンの巻を開いた。そしてネリマンの亡き夫の代わりに、メジュヌンとして自分の顔を入れた。しかしながら、細密画を愛した数多くの殿様のように彼もまた拙い細密画師だったので、自分の顔を上手く描けなかった。かくして朝になって、訝って写本を開いた図書係は、ネリマンの顔をしたレイラの向かいに亡きセラハッティン・ハンの顔ではなく、新しい顔を見た。その顔はファーヒル・シャーの顔ではなくて、宿敵の若く男前のアブドラ・シャーの顔であると宣言した。この噂はファーヒル・シャーの兵士たちの士気をそいだのみならず、隣国の若くて攻撃的なアブドラ・シャーを勇気づけた。彼もまた最初の戦でファーヒル・シャーを壊滅させ、捕らえ殺させ、敵の後宮と図書館を自分のものとして、永遠に美しいネリマン・スルタンの新しい夫となったのであった。

J(ジム)

イスタンブルの細密画師たちは長身のメフメット――ペルシアではホラサンのムハンマドとして知られている――のことを長生きと盲目の例としてよく語る。しかしながらこの長身のメフメットは本来は、絵と時の寓話である。九歳にして見習いとして入り、百十年の間盲目にならず、挿絵を描いたというこの名人の特徴は特徴が無いことである。語呂合わせをしているのではない。心から讃嘆しているのである。何もかも、誰でもがするように昔の偉大な名人の様式で描いた。それゆえに最も偉大な名人だった。謙虚であり、アラーの神に仕えるべく全身全霊を細密画に捧げたので、彼が働いたどの工房でも喧嘩もせず、年齢的にふさわしいからといって絵師の頭になろうという野心ももたなかった。細密画師として一生涯、百十年の間、片隅の細かい物を、頁の隅を埋めるために描かれた草、何千枚もの木の葉、縮れた雲、馬のたてがみの一本一本、煉瓦の塀、ひとつひとつ無限に繰り返される無数の壁の装飾、やや吊り上った目と細い頤を持ったお互いにそっくりな何万人もの顔を、忍耐強く描いた。本人はとても幸せでとても静かだった。目立ちたいとか、スタイルや個性を求めようとかしなかった。その時々で、どの殿様なり、どの皇子なりのために働いていれば、そこを自分の家、自分はそこの道具とみなした。殿様やシャーがお互いを殺し合い、細密画師たちも後宮の女たちのように、町から町へと、新しいご主人様に移ると、新しい絵の工房のスタイルは彼が描く草や葉や岩の曲線や彼の苦心がひそかに見られる輪郭でまず決まるのだった。八十歳の時には、人々は彼も死ぬことがあることなどは忘れ、彼が描いた伝説の中で生きていると信じ始めた。それ故に彼は時の外に存在しているとか、年をとっても死なないとか言うのだった。自分の家も無く、故郷も無く、一生を工房の部屋やテントで過ごし、大部分の時間を紙の上で費やしたにもかかわらず最後まで盲目にならなかったことも、彼にとっては時が停止したという奇蹟だと説明する者もあった。ある者は、本当は盲目なのだが全てを諳んじているので描くためにもはや見る必要が無いのだともいった。一生涯結婚もしなかったし、情事もなかったこの伝説的名人は、百十九歳の時、百十年の間描いてきた、吊り上った目、尖った頤、月のような顔の、中国人とクロアチア人の混血の、シャー・タフマスプの工房で見習いとして働いている生き生きした十六歳の少年に出会うと、わからないことではないが、忽ち恋に落ちた。信じ難い美しさを持ったこの見習いの少年を手に入れるべく、本当の恋人がするように絵師たちの間で支配闘争を謀ったり、加わったりして、奸計や虚言や欺瞞に身を労した。百十年の間遠ざかっていたものを取り戻そうとして、ホラサン者の名人は最初は若返ったが、昔の伝説の不死の部分がなくなった。開いた窓の前で、見目麗しい見習いを恍惚と眺めていたある午後、タブリーズの冷たい風で風邪を引き、翌日にはくしゃみをして盲目になり、二日後工房の高い石の階段から落ちて死んだのだった。

「ホラサン者の長身のメフメットの名を聞いたことはありましたが、この話は知りませんでした」とカラは言った。

この言葉で、話が終わったことがわかったことを、わたしが説明したことで頭がいっぱいになったことを礼儀正しく伝えた。わたしはしばし黙った。心ゆくまでわたしを眺めればよい。というのは、手が何もしないでいるといらいらするので、二番目の話を始めるとすぐ、ドアが叩かれた時中断したところから描き始めていた。いつもわたしの膝元に座って、絵の具を混ぜたり、ペンを削ったり、ある時はまちがいを消したりする見目好い見習いマフムウトはそばでわたしの言うことを聞いたり、見たりして無言で座っている。奥から妻の物音が聞こえた。

「おお、スルタンは立ち上がられた」とカラは絵を見ながら言った。彼が絵を眺めて驚きの声を発した時、わたしは彼の驚いた理由に知らん顔をした。しかし皆さんには本当の所を言いましょう――『祝賀本』に描いた割礼の披露宴の儀式の間、スルタン閣下がこの日のために造られた王侯のための席の窓から商人、職人組合、見物人、兵士や囚人たちが前を通り過ぎるのを謁見しておられる二百枚の割礼の儀式の全ての絵の中で、たった一枚の絵の中で、閣下は立ち上がって、金が詰まった袋から広場の民衆に向かって金を撒いておられる。地面に落ちた銀貨を取ろうとして殴り合い、けり合っている民衆の興奮と驚きを表すことがわたしの目的だった。

「ある絵の主題が愛ならば、絵も愛をもって描かれるべきである」とわたしは言った。「苦しみがあるのなら、絵からも苦しみが溢れるべきだ。しかしその苦しみは絵の中の人々あるいは彼らの涙によってではなく、最初は見えないが感じられる内なる調和から出てくるべきだ。わたしは、何世紀もの間何百人もの細密画の名人たちがしたように、驚愕の絵を描く時人差し指を口の中に入れる人間を描かなかったのに、全ての絵から驚きが伝わる。たとえば、帝を立ち上がらせることによってだ。」

彼が何かの痕跡を探るべく、わたしの持ち物や絵の道具類やわたしの全生活をじろじろと見るのが気になった。そこでわたしは自分の家を彼の目から見てみた。

ほら、一時期タブリーズやシーラーズで城や風呂や塞の絵があった。全てを見てご存知の偉大なアラーの神の刺すような視線をまねて、細密画師は描いた城を、あたかも奇蹟の巨大な剃刀の刃で真っ二つにしたかのようにそこにある全ての物、桶や椀やコップを、外からは決して見えない壁の装飾、カーテン、鳥籠の中の鸚鵡、人目から最も遠いところ、クッション、そこに座ったであろう外に出たことのない美女の中の美女などを描いたのであった。その絵を讃嘆してながめる読者のように、カラはわたしの絵の具や書物や美しい徒弟やヨーロッパ人の旅行者のために書いた服装集や、あるパシャのためにこっそり作った房事や猥らな頁を貼りあわせた本や、ガラスやブロンズや陶器のインク壺やら、象牙で作られたペンナイフや金の軸の筆やら、わたしの綺麗な徒弟の眼差しを眺めていた。

「昔の名人たちとはちがって、わたしは多くの戦をみた」と、沈黙を自分の存在でみたそうとしてわたしは言った。「戦争の機械、大砲、軍隊、死体、スルタンやパシャの戦用のテントの天井はいずれもわたしが描いた。戦乱の後でイスタンブルに戻ると、ほかの人々なら忘れてしまう戦の光景、二つになった死体、敵対する軍隊の激突、包囲された城砦の銃眼を設けた塔から怖そうに眺める哀れな異教徒の兵士たち、首を刎ねられる謀叛者たち、疾駆する馬の激しさなど、これらを描いたのはわたしだった。見た物はすべて覚えていられる。新しいコーヒー豆挽き、見たことも無いような窓の枠、大砲、新種のヨーロッパの鉄砲の引き金、ある宴会で誰が何色の衣装を着たか、誰が何を食べたか、誰がその手をどこにどう置いたかなど……。」

「さっき語った三つの物語の教訓は何かな」とカラは訊いた。全てを要約して詰問する調子で。

「A（エリフ）は」とわたしは言った。「モスクの尖塔の第一の話は、絵師が才能がどうであれ、完璧な絵を描くのは時であることを示す。B（ベ）は、後宮と書物の第二の話は時の外に出るための唯一の途は才能と細密画であることを示す。三番目のはお前が言ってごらん。」

「J（ジム）は」とカラは自信ありげに言った。「百十九歳の細密画師の三番目の物語も、一番目と二番目を結びつける。完全無欠な一生や細密画から離れた者は時が終わり死ぬ、このことを示す。」

14　人はわたしを〝オリーヴ〟とよぶ

昼の礼拝の時刻の後だった。急いで、しかし気持ちよく、かわいい少年の顔を描いていた時、ドアが叩かれた。びっくりして手が震えたが、ひざの上に置いた仕事台をかろうじて注意深く端に置いて、飛ぶように走ってドアを開ける前に祈った、アラーの神よ……。今ここでわたしが話すことを本の中で聞いておられる皆さんは、わたしたちの穢(けが)れた惨めな世界よりも、スルタンの卑しい僕(しもべ)たちよりも、アラーの神に近い存在でおられるのですから、皆さんには何も隠しますまい。インドの皇帝で世界で一番の金持ちであるアクバル・シャーはいつの日か伝説ともなる写本を作らせている。そのために、世界中から一番いい芸術家を集めるためにイスラム諸国に使者を遣わした。彼がイスタンブルに送った使者たちが昨日わたしの所に来て、わたしをインドの国に招んだのだった。ドアを開けると、今度は彼らではなくて、子供の時の知り合いでとっくに忘れていたカラだった。彼は昔わたしたちの仲間に入れないので妬んでいたのだった。

「何かね？」

話すために、旧交を温めに、それからわたしの細密画を見にきたそうだ。中に入れた。何でも見るがよい。細密画師の頭、名人オスマンに挨拶にいったそうだ。彼が言うには大名人は彼に考えるべく賢い言葉を言ったそうだ、「細密画師の質は盲目と記憶を語る時にわかる」と。それならわかるだろう……。

盲目と記憶

細密画以前に暗闇があった。そして細密画の後にも闇がある。わたしたちは絵の具や技巧や熱意によってアラーの神がわたしたちに「見よ」と言われたことを思い出す。知ることは見たことを思い出すことだ。見ることは覚えないで知ることである。つまり絵を描くことは闇を思い出すことである。絵に対する熱意を示し、色や見ることが闇から来たことを知っている偉大な名人たちは、アラーの神の暗闇に色によって戻ることを願う。記憶のない者はアラーの神をも覚えていないし、その闇をも。全ての偉大な名人たちの絵は、諸々の色の中で時を越えたあの深い闇を探し求める。ヘラトの昔の名人たちが見出したこの闇を、思い出すことが何であるかをお話ししよう。

盲目と記憶に関する三つの物語

A(エリフ)

ペルシアの詩人ジャーミの『懇意の贈り物』をラーミ・チェレビがトルコ語に訳した聖人の言行を書いたものの中に、黒羊朝の支配者ジハン・シャーの写本の工房にいた有名な名人のタブリーズのシェイク・アリが、ヒュスレヴとシリンの壮麗な版に挿絵を描いたとある。わたしが聞いたところでは、十一年かかって完成した伝説の写本は、名人中の名人の細密画師シェイク・アリがこの上なく秀れていたので、最大の名人ベフザトのみが描けるようなものであった。写本の挿絵がまだ終わらないうちに、ジハン・シャーはまもなくこの世に類のない壮麗な本を所有することになるのを知っていた。かくして、自分を宿敵と宣言している白羊朝の若い支配者の長身のハッサンに対する恐れと嫉妬心から、黒羊朝のジハン・シャーの頭にこのすばらしい写本が完成した暁に手にする栄誉と共に、この本よりさらによい物が白羊朝の長身のハッサンのために作成されるかもしれないという考えが直ちに浮かんだ。自らの幸せを、『もしや、他人もこのように幸せになったら』という恐怖で損ない、さらに芯からの嫉妬屋であるがゆえに、ジハン・シャーは細密画の名人がこの写本をもうひとつ、否それよりいいものを描けば、それを宿敵の長身のハッサンのために作成すると感じた。かくして、この壮麗な写本を自分以外の誰も所有すべきではないと、写本が完成した後で、細密画師の名人シェイク・アリを殺すことに決めた。しかし後宮の、よい心を持ったチェルケズ人の美女はこの細密画師を盲目にするだけで十分であると説得した。ジハン・シャーはすぐに納得して、側近の愚か者たちに言った。このよい考えは細密画の名人シェイク・アリの耳にも入った。しかし他の凡庸な細密画師がするように、写本を中途でやめて、タブリーズを去るようなことはしなかった。その上、盲目にされるのを遅らせるために、本を造るのをのろのろしたり、本が完璧でないようにしようとわざと拙く描いたりはしなかった。通常よりもむしろ熱心に心から働いた。一人ぼっちで住んでいた家で、早朝の礼拝の後、仕事を始めて、蝋燭の光で疲れた目から苦い涙が流れるまで、常にまったく同じ馬や糸杉や恋人たちや龍や美男の皇子などを描いた。大抵はヘラトの昔の名人たちが描いた頁を何日も眺めて、その絵を別の紙に全くそのとおりに描くのだった。ついに黒羊朝のジハン・シャーのために作成した写本は完成した。細密画の名人は予期したようにまずお褒めに与り、金貨を浴びせられた。そのあとで先の尖った羽飾り用の針で盲にされたそうだ。シェイク・アリはその痛みが癒えるのも待たず直ちにヘラトを去って、白羊朝の支配者長身のハッサンの下に行って言った、「確かにわたしは盲目です。しかしこの十一年間挿絵を描いた写本の美しさの全てを、全ての線を、全ての筆運びを記憶しています。見ないでも、手が全てをそらで描くことができます。殿、あなた様にこれまでで一番美しい写本を描くことができます。なぜなら目がもうこの世の穢れに惑わされることがないので、アラーの神の全ての栄光を記憶から最も純粋な形で描くことができるからです」と。長身のハッサンは直ちに偉大な名人の細密画師の言うことを信じた。名人もまた言にたがわず、かつてない一番の傑作を白羊朝の国王にその記憶から描いたそうだ。その後、白羊朝の長身のハッサンは黒羊朝のジハン・シャーをビンギョル近くの襲撃で敗北させ、殺した背後には勝った国王に新しい写本が与えた精神的な力があったことを誰でもが知っていた。この傑作はシェイク・アリが故ジハン・シャーに作った写本と共に、勝った長身のハッサンが今度はオトルクベリの戦いで今は亡き故スルタン・メフメットに敗北するや、わがスルタンの宝物殿に加えられた。真に見ることができる者は知っている。

B

今は亡きスルタンの故スレイマン大帝は書家により重きをおいたので、当時の不遇な細密画師たちは、これから話す物語を絵が書よりも価値があるという例として話すそうだ。しかし注意深く聞く者ならわかるように、この物語は盲目と記憶についてである。この世の支配者チムールの死後、彼の息子や孫たちは互いに攻め合い無慈悲に戦った。ある者が他を征服した際に、まずすることは、自分の名を刻んだ貨幣を鋳造し、モスクで礼拝の集会をすることだった。その次に、手におさめた書庫の書物をばらばらにして「世界の支配者」とたたえる新しい献辞が書かれ、新しい奥付がつけられる。新しく装丁すると、それを見る者は、彼が真の世界の支配者だと信じるのだった。チムールの孫のウルグ・ベグの息子のアブドゥル・ラティフがヘラトを獲った時、彼は直ちに細密画師、書家、装丁師を動員して、せかせて父親をたたえる写本を作らせたが、あまりにせかせたのでばらばらにした巻から飛び出した絵や破られ焼かれた文の頁が混ざってしまった。どの写本のどの部分かも気をつけず、いい加減に装丁した寄せ集め、張り合わせは、細密画を愛したウルグ・ベグにはふさわしくないので、息子はヘラトの全細密画師を集めて、絵を順序だてて並べるべく、物語を説明するようにもとめた。しかし皆がそれぞれ別の物語を語ったので絵はますます混乱してしまった。その時、五十四年にわたってヘラトを治めた全てのシャーや皇子の書物のために精魂を尽くして働き、今は忘れられてしまっていた最後の細密画師の頭が見つけ出された。絵を眺めている昔の名人が盲目であることがわかると、皆あわてて、笑う者すらあった。しかし年老いた名人は七歳にならない、賢いがしかし読み書きを知らない子供をつれて来るように言った。直ちに探し出してつれてきた。子供の前に一枚の絵を置いて、見たことを言うようにと年老いた絵師は言った。子供が絵で見たことを説明するのを、年老いた絵師は見えない目で天をじっと見て聞いていた。それから言った、「フィルデウスの『王書』で、アレキサンダー大王が死んだダリウスを抱きかかえ……」とか、「サーディの『薔薇園』で、美しい弟子と恋に落ちた師の物語だ」とか、「ニザーミの『神秘の宝庫』で　医者が競い合うところだ」と。年老いた目の見えない細密画師に怒った他の絵師たちは、「そんなことわたしたちも言ったではないか。一番有名な一番よく知られた場面だ」と言った。年老いた目の見えない絵師は、子供の前に今度は一番難しい絵を置いて、注意深く耳を傾けた。「フィルデウスの『王書』でヒュルムズが毒を盛って書家たちを一人ずつ殺すところ」とまたも天を見ながら言ったそうだ。「メヴラーナの『メスネヴィ』で妻と妻の愛人を梨の木のてっぺんで捕らえた男のつまらない話の安っぽい絵」と言った。こうして子供の説明で見えない全ての絵がどの場面であるかわかり、本の装丁ができた。ウルグ・ベグがヘラトに軍と共に入った時、年老いた細密画師に、絵の名人たちが見てもわからなかった物語を全く見えないのにどれがどれであるかわかった秘密を訊ねた。「わたしが盲なので記憶力がいいと思っておられますが、そうではありません。その理由は、わたしは物語が空想だけではなく文章をも思い起こさせることを、決して忘れてはいないからです。」ウルグ・ベグはその文章と物語は自分の細密画師たちも知っていたのに、絵を順序だてて並べることができなかったと言った。年寄りの絵師は、「なぜなら、彼らは自分たちの技と芸である細密画のことはよく考えますが、昔の名人たちがこれらの絵を、アラーの神の記憶から描いたことを知りません。」ウルグ・ベグは「小さな子供がどうして知ることができたか」と訊いた。年とった絵師は、「子供は知りません。ただ盲で年とった細密画師としてわたしは、アラーの神が世界を七歳の賢い子供が見たいように創られたのを知っています。なぜなら、アラーの神はこの世をまず見るようにと創られたのです。その後で、わたしたちが見た物をお互いにわかち、説明するようにと言葉を下さったのです。でもわたしたちは言葉から物語を作り、細密画が物語のために作られたと考えてしまいました。その反対に、細密画は真っ直ぐにアラーの神の記憶を求めて、この世を神がご覧になるように描くものなのです。」

細密画師の一族が、当然のことではあるが、一番恐れているのは盲になるという心配だ。そのために一時期、アラブの絵師たちは日の出に西に向かって地平線を長々と眺めた。その一世紀後、シーラーズの細密画師の多くは、毎朝朝食前にくるみの実と薔薇の花びらをつぶした物を食べたことが知られている。また同じ時期にイスファハンの年老いた細密画師が疫病にかかるように順に盲目になった原因と考えられた日の光がじかに仕事台に来ないようにといって、部屋の薄暗い片隅で働いたり、大部分の時間を燭台の光で働いたり、またボハラのウズベク人の絵師の工房では、名人たちは一日の仕事の終わりにシェイクが祈って清めた水で目を洗ったりした。これら全てのやり方の中で、盲目に最も純粋な形で近づいたのは、ヘラトの大名人ベフザトの師である細密画の名人セイット・ミレキによって発見されたものである。

細密画の名人ミレキによれば、盲目は悪いことではないと言う。全生涯をその美しさに捧げた細密画師にアラーの神が賜る最後の幸せである。なぜなら、細密画とはアラーの神が世界をどうご覧になるかを絵の中で探し求めることである。そしてその無比なる光景は、厳しい研鑽生活の末に、細密画師が精根尽きて到達する盲目の後に思い出される。つまり、アラーの神がこの世をどうご覧になられるかは、盲目の細密画師の記憶によってわかるのだ。年老いた細密画師は、この幻想がわが身におこった時、つまり記憶と盲目の暗闇の中で眼前にアラーの光景が現れた時、傑作を手が自ら紙の上に描くことができるようにと、全生涯を手を慣らすことに費やす。聖人の言行録を書いた歴史家ミズラ・ムハンマド・ハイダル・ドゥグラトによれば、当時のヘラトの細密画師セイット・ミレキは、この細密画の考え方を、馬の絵を描こうとした細密画師の例を上げて示した。それによれば、一番下手な細密画師ですら——頭の中が空っぽな今日のヴェネツィアの絵描きのように——馬を見ながら馬の絵を描く時ですら、記憶から絵を描く。なぜなら馬と馬を描く紙を同時に見ることはできない。細密画師は最初馬を見る。そして頭の中に覚えているものを直ちに紙の上に描く。瞬きをする間ですら時が経つと、細密画師が紙に描いたものは現実に見ている馬ではない。それは少し前に見た馬の記憶である。一番下手な細密画師ですら絵が記憶によってのみ可能であることの証明である。細密画師はその職業生活を、後に来るであろう至福の盲目および盲人の記憶の準備仕度とみなすところから、当時のヘラトの名人たちは写本を愛好するシャーや皇子のために作成する絵を手の訓練、練習とみなした。絶えず描き続け、連日蝋燭の光で頁を見て、細密画師を盲目に導く幸せな仕事として受け容れるのだった。細密画の名人ミレキは一生涯、ある時は苦労して爪や髪や米粒の上に葉や木を描いて盲目に一刻も早く近づこうとした。ある時は、楽に幸せな庭園を描いて慎重におくらせて、至福の最後に至る最もふさわしい瞬間を探し求めたのである。彼が七十歳の時、スルタンのフセイン・バイカラは、錠また錠で護られた宝物殿に集めた何千枚もの写本の頁を、この偉大な名人に報いるために開けた。ミレキは、武器や絹やビロードの布や金の詰まった宝物殿の部屋で金の燭台の光で、昔の名人たちの、その各々がいまや伝説となっている写本の傑(すぐ)れた頁を三日三晩見続けた後で盲目になった。アラーの神を天使たちが出迎えるが如く、落ち着いた、信心深い態度で受け容れた。この新しい事態の後は、この偉大な名人は二度と話すことも描くこともしなかったそうだ。『ラシドの歴史』の著者であるミズラ・ムハンマド・ハイダル・ドゥグラトはこのことを、アラーの神の不死の世界に到達した細密画師は、死なねばならない普通の人間のために作られた写本の頁にはもはや決して戻らないのであると言って、曰く、「盲目の細密画師の記憶がアラーの神に到達したところには、絶対的沈黙、幸福な闇、そして空白の頁の無限さがあるのである。」

名人オスマンの盲目と記憶についての質問を、カラは、本当はその答えを知るためにというよりは、むしろわたしの品物や部屋や描いた絵を楽に見るためにわたしに訊いたことはもちろんわかっている。それでもわたしが語った物語が彼に影響を与えたのを見るのは嬉しかった。「盲目とは悪魔や罪悪の入れない至福の世界なのだ」と彼に言った。

「タブリーズでは」とカラは言った。「名人ミレキの影響で盲目はアラーの神が賜う一番大きな恵みと思っている古い様式の名人たちのある者たちは、年をとってもまだ盲にならないのを恥じて、これを才能が十分ではないことや技のない証明と思われることを恐れて、今でも盲の真似をするのです。カズヴィンのジェマレッティンの影響もあって、この倫理から、ある者は本当は盲目でないのに世間に盲のように見せる事を習得するために、暗闇の中で鏡の前に座って、ランプの薄暗い光でヘラト派の昔の名人たちの頁を何週間も飲み食いもせずに、眺めるのです。」

ドアが叩かれた。開けると、細密画の工房のかわいい見習いが、きれいな目を大きく見開いて、装飾画師〝優美〟さんの死体が古井戸で見つかったこと、葬列が午後の礼拝の後ミフリマ・モスクではじまることを告げて、まだ他の人々に伝えなければと、走り去った。アラーの神よ、わたしどもを守り給え。

15　あたしの名はエステル

恋が人を愚か者にするのか、あるいは、愚か者だけが恋をするのか。長年風呂敷包みを背負い、取り持ち屋をやっているのに、この答えはわからない。お互いに夢中になって、より賢く、頭が働くようになる二人を、ましてこういう男がいたら見たいもんだ。あたしが知っている限り、もし男がずる賢さとか、小さな策略やわなを使うようなら、その男は全く恋をしていない。カラのだんなは既に今から冷静さを失い、シェキュレのことをあたしに話す時、普通ではないように見える。

市場で彼に、シェキュレが彼のことをいつも考えているとか、あたしに彼からの返事を尋ねたとか、彼を以前こう見たことはなかったとか、こういう誰もが言う文句をでまかせに言ったのだった。彼がかわいそうになったくらい、あんな顔つきをした。あたしに手紙を渡して、いそいでシェキュレに会ってくれと言った。愚か者は全て、恋しい相手はあたかも特別に急がねばならない事情があるかのように思っては、自分の恋を表に出して、恋人に武器を与えることになるのだ。相手もまた、頭がよければ、その返事を遅らせる。結果はといえば「恋愛においては、急いではかえってことを遅くする」のである。

だからカラのだんなが「大急ぎで」と言って渡した手紙を、届ける前にあたしが他所へ行ったのを知ったら、あたしに感謝するだろう。店屋の所で、あの人を長い間待っている時、冷え切ってしまった。体を温めるために子供たちの一人の所に寄ろうと思った。手紙を届けて自らの手で結婚させた少女たちを、あたしは自分の子供と呼ぶのだ。このひどい醜女はあたしにとても感謝していて、寄る度に、あたしの周りを飛び回って歓待するほかに、何枚かの金を握らせる。妊娠しているそうで喜んでいた。菩提樹の茶を入れてくれて、おいしく飲んだ。一人になった時、カラのだんなのくれた金を数えると、二十枚だった。

再び外にでた。裏通りの泥が凍って歩けないようになった気味の悪いところを過ぎた。家のドアを叩く時、冗談を言う気になって喚いた。

「行商女が来たよ、小間物屋だよー」と言った。「スルタンにふさわしい最高のモスリンだ、来て見てごらん。カシミールから来たすばらしいショール、ブルサのビロードの帯にする布、えもいわれぬ絹のふちのエジプトのシャツ、刺繍をしたモスリンのテーブルクロス、敷布、色とりどりのハンカチ、小間物屋だよー。」

ドアが開いて中に入った。いつものように家は、寝床や眠りや揚げ物をした油や湿気のにおいがした。若くない独り者の男に特有なひどい臭いだ。

「性悪女め。どうして喚いた」と彼は言った。

何も言わずに手紙を取り出して渡した。薄暗い部屋の中で、影のように近づいて、一瞬にしてあたしの手からそれを取った。となりの部屋に移った。そこにはいつも灯のついたランプがあった。部屋の入り口で立ち止まった。

「親父さんはいないのかい」ときいた。

返事をしなかった。夢中になって手紙を読んでいる。そっとしてやって読むにまかせた。ランプが後ろになるので、顔は全く見えなかった。手紙を読み終わると、もう一度読み始めた。

「それで」とあたしは言った。「何と書いてあるのかね？」

ハッサンは読んでくれた。「親愛なるシェキュレ様。わたしもまた長年たった一人の人の幻想で生きてきましたから、あなたがご主人の帰りを待っておられ、それ以外の誰をも考えておられないのを理解し、尊敬します。あなたのような女性には正直さと貞節以外に何を期待できましょう(ハッサンは声高に笑った)。しかし細密画のために父上に会いに伺うことはあなたを苦しめるためではありません。そんなこと考えてもみませんでした。あなたから何かのサインがあったとか、勇気付けられたとか言うつもりはありません。窓のところで、あなたの顔が輝く光のように見えた時、それはアラーの神が下さった恵みとしか思いませんでした。なぜなら、あなたの顔を見ることができた幸せだけで十分です（ハッサンは、奴はここのところはニザーミからとったと怒って言った)。しかしながら、わたしに近づくなと言われます。言ってください。あなたは天使なのですか。あなたのそばに近づくと恐ろしいことになるとでも。わたしの言うことを聞いてください。今言うことを聞いてください。夜半に、絶望した旅籠の主人と脱走死刑囚のような悪人しかいない寂しい恐ろしげな旅籠の窓から、むき出しの山肌を照らす月の光を眺めて、自分よりも幸薄い孤独な狼の遠吠えを聞きながら、眠ろうと努力していた時、いつの日かあなたが思いがけずわたしの前に姿を現してくれることを願っていました、あの窓に姿を現したように。聞いてください。今回写本のことであなたの父上の所に戻った時、子供の頃に描いた絵をわたしに返してよこしましたね。これはわたしにとっては、あなたは死んではいない、あなたを見つけ出したというしるしだと思うのです。息子の一人のオルハンに会いました。かわいそうな父のない子。いつの日かあの子の父親になってやりたい。」

「大したものだ。上手く書いてあるね」とあたしは言った。「あいつは詩人になったようだ。」

『あなたは天使なのですか？　あなたのそばに近づくと恐ろしいことになる』とハッサンはくりかえした。「奴はイブン・ゼルハーニからとったようだ。俺ならもっと上手く書くが」とポケットから自分の手紙を取り出した。「これをもっていってくれ、シェキュレに。」

手紙と一緒に渡された金を見て、はじめていやな気持ちになった。この男が実ることのない恋に狂おしいまでにとらわれていることに嫌悪感を感じた。あたしが感じたことを確信させるかのように、ハッサンは長い付き合いではじめて、いつもの紳士風を捨てて、ならず者のように言った。「彼女に言いな。やろうと思えば、法官の命で無理にでもこの家につれてくると。」

「本当に彼女にそう言うのかい？」

しばらく黙っていた。そして、「言うな」と言った。部屋のランプの光がその顔を照らした。悪いことをしたのがわかっている子供のように俯いたのを見た。彼のこういう面を知っているから、あたしはその恋に敬意を表して手紙を届けるのだ、金のためにやっていると思われているが。

あたしが家から出ようとした時、ハッサンはドアのところであたしを止めた。「シェキュレにどんなに彼女を愛しているか言ってくれるか？」と興奮して馬鹿みたいに訊いた。

「手紙にそのことを書かなかったのかね。」

「彼女と父親をどう説得できるか教えてくれないか？」

「いい人間になって」と言ってあたしは戸口に向かって歩いた。

「この年では遅すぎる……」と心から苦しげな声で言った。

「いい金を稼ぎはじめたね。税関吏のハッサンのだんな。こうしていい人になれるよ」と言って家を出た。

家の中はとても暗くて陰気だったので、外に出ると暖かくなったように思えた。シェキュレが幸せになることをあたしは望んでいると思う。でも、あの湿っぽい寒い暗い家にいる哀れな男のことも多少は考えた。予定には全くなかったが、ラーレリにある香辛料市場に寄ってシナモンやらサフランやら唐辛子などの香りの中でほっとできると思ったのだが、どうも間違ったようだ。

シェキュレの家で、彼女は手紙を受け取ってから、カラについて訊いた。

恋の炎が全身を焦がしていると言うと彼女の気に入った。「家の中で編み物をしている女たちですら、〝優美〟さんがどうして殺されたかを話しているよ」と言って話題を変えた。

「ハイリエよ、ヘルヴァを作ってかわいそうな〝優美〟さんの妻のカルビエに持って行っておやり」とシェキュレは言った。

「葬式にはエルズルム一派全員や大勢の人が来るらしい」とあたしは言って、「親類の者たちは復讐しようといっているそうな。」

しかしシェキュレはカラの手紙を読み始めた。あたしは全身の注意と怒りでもって彼女を眺めた。この女は相当なしたたか者だ。激情がどう顔に映るかをコントロールできる。手紙を読む間あたしが黙っているのが気に入ったらしい。それはカラの手紙がとても大事であることをあたしにも同意をもとめているとあたしは感じた。こうして手紙を読み終わるとあたしに向かって微笑んだ。あたしも彼女を喜ばせるために訊かざるをえなかった。

「何といっているの。」

「子供の時と同じように……わたしに夢中。」

「あんたはどう思っているの。」

「わたしは結婚しているのよ。夫の帰りを待っているの。」

本当はあたしに関わり合いになってもらいたいのに、予期に反してこの嘘を平気で言うのをあたしは怒りもしなかった。いや、むしろこうしたことであたしをほっとさせたといわねばならない。あたしが手紙を届けて、人生について忠告をした多くの若い娘たちが、この女シェキュレの示した心遣いをしていたら、あたしにとっても、彼女たちにとっても、ことは半分くらい楽になっていただろうに。そして何人かの娘たちはもっといい夫に嫁げただろうに。

「もう一人の方は何と言っているの？」とまた訊いてみた。

「ハッサンからの手紙は今読みたくないわ」と返事をした。「ハッサンはカラがイスタンブルに戻った事を知っているのかしら？」

「全く知らないよ。」

「ハッサンと話すことあるの？」と訊いた、あの美しい黒い目を大きく見開きながら。

「あんたがのぞんだからさ。」

「そう？」

「彼は苦しんでいる。あんたをとっても愛している。あんたの心が他の人に傾いても、これからは彼から逃れることは難しいね。彼の手紙を受け取ったことで希望をもたせたのさ。気をつけな。あんたを家に連れ戻すだけでなく、兄さんの死んだことをみとめさせて、あんたと結婚するつもりだから。」この最後の文句の脅迫調を減らして、あたしはあのかわいそうな奴の代弁者にならないようにと微笑んだ。

「なら、もう一人の方は何と言っているの」と彼女は訊いた。誰のことを訊いたのかわかっていたのだろうか。

「細密画師のこと？」

「何が何だかわからないわ」と突然言って、考えていたことを打ち消すかのように言った。「全てが混乱するような気がするの、わたしは。父上はもう年寄りだし、これからわたしたちは、この父親のない子供たちは、どうなるのかしら。エステル、みんなに悪いことが近づいてくる、悪魔がわたしたちに悪いことを準備しているような気がするの。何か嬉しくなるようなことを言ってくれない。」

「心配しないでいいよ。かわいいシェキュレ」と言った、内心震えながら。

「本当にあんたはひどく賢いし、とても美しい。いつかハンサムな夫と同じ床に臥すだろうよ。彼に抱かれて全ての心配を忘れて、幸せになるよ。あんたの目にそう書いてあるよ。」

こう言いながら、心から愛しい気持ちになって涙ぐんだ。

「それは嬉しいけど誰なの。その夫というのは。」

「それは、あんたの賢い心があんたに告げないのかね。」

「わたしの心が何と言っているかがわからないから苦しいの、わたし。」

沈黙があった。一瞬シェキュレはあたしを全く信用していないのに、ただ何かを言わせようとして、不信感を上手に隠して、自分に同情させようとしているのだと気がついた。これらの手紙にいますぐ返事を書かないのがわかったので、全ての少女たちに、中には斜視もいたが、いつも言う言葉を口にして、風呂敷包みを摑んで中庭からそこを出た。「その美しい目を大きく開けていれば、悪いことは来ないよ。心配することはないよ、あんた。」

16　わたしはシェキュレ

本当のことを言うと、以前は行商女エステルが来るたびに、わたしのように賢く、美しい、育ちのよい、未亡人で貞節な女の胸をどきどきさせるような恋人が、ついに腰をあげて手紙を送ってくることを夢見ていた。来た手紙がいつものようにわたしに結婚してほしいと言うのを見ては、少なくとも夫の帰りを待つ力とよりどころにするのだった。でも今は、エステルが帰った後で、わけがわからなくなって、自分がますますかわいそうに思えた。

あたりの物音に耳を傾けた。台所で水が煮えたぎる音とレモンと玉葱の匂いがする。ハイリエがかぼちゃを茹でているのだ。シェヴケトとオルハンが中庭で、柘榴の木のところで、押し合いながらちゃんばら遊びをしている騒ぎ声が聞こえる。父上は静かだ。隣の部屋におられる。ハッサンの手紙を開けて読んだ。特に心配することがないことを再確認した。ただ彼が以前よりも怖くなった。彼と同じ屋根の下で暮らしていた時に、わたしと寝ようとしたのに逆らったことで自分をほめてやった。それから、カラの手紙をあたかもこわれものであるかのように、気をつけて大事に持って読んだ。ますますわからなくなった。その二通の手紙はもう一度読み直さなかった。陽が出てきた。わたしはこう思う。ある夜ハッサンに抱かれて彼と寝たとしても、誰も気がつかなかっただろう、アラーの神のほかには。その方が賢かったかしら。行方不明の夫と似ているし、同じようなものだ。時々こんな馬鹿げた妙な考えがわいてくる。陽が出て、急に暖かくなるとわたしに体があったことを、肌や首や乳首をさえ感じた。開いていたドアから日の光がさしてきた。突然オルハンが中に入ってきた。

「お母ちゃん、何を読んでいるの」と言った。

さきほど、エステルがもってきた手紙をもう一度読み直さなかったと言いましたね。嘘を言ったのです。もう一度読んでいたのです。でも今度は手紙をたたむと、懐に入れて、オルハンに言った、「ここにおいで、膝の上に」と。来た。「大したものね。とっても重くなって、大きくなったわね」と言って口づけした。「まあ、氷のよう」と言ったとき、「お母ちゃん、すごく熱いね」と言って顔を胸に近づけた。ひしと抱きしめて、何も話さないで座っていることが二人とも気に入った。首のにおいをかいで口づけをして、もっと強く抱きしめた。あたりは静かだった。しばらくそうしていた。

「くすぐったいよ」とかなりしてから言った。

「さあ、言ってごらん」とわたしは真面目な声で言った。「もし精霊の王様が来て、『何でも望んでよい。この世で何が一番ほしいか』と言ったら？」

「シェヴケトがいなければいい。」

「そのほかに何がほしい？　お父ちゃんがほしくないかい。」

「いらない。大きくなったら、ぼくがお母ちゃんと結婚する。」

一番いやなことは、年をとったり、醜くなったり、未亡人だったり、貧しかったりすることではないと思う。一番恐ろしいことは誰もあなたに嫉妬しなくなることだと思った。オルハンの熱くなった体を膝の上から下ろした。わたしのような性悪な女はいい人と結婚すべきだと考えながら、父上のそばに行った。

「スルタン様は写本が完成したのをご自身でご覧になってご褒美を賜るでしょうね」と言った。「ヴェネツィアにまた行くことになるかしら。」

「わからん」と父は言った。「この殺人事件はわしを恐れされた。わしらの敵はきわめて強力なものにちがいない。」

「わたしの今の事情も、誤解や事実にもとづかない希望を持たせて、彼らを勇気づけたかもしれないわ。」

「どういう意味だ。」

「もう一刻も早くわたしは結婚すべきなの。」

「何だって」と父は言った。「誰と？　しかしお前は結婚しているではないか」と言った。「一体どこからこんな話が出てきたのか？」と訊いた。「言ってごらん。誰か？　きわめて理に適(かな)っていて、お前がどうしてもと言っても」と理性的な父は言った。「そんな人が見つかっても、お前が好きになるなどとは思えないし」と付け加えて、父はわたしの不運な立場をこう要約した。「お前が結婚できるためには、解決すべき非常に大きな問題がある。わかっているね。」長い間黙っていた後でこう言った。「わしをおいて出て行きたいのかね。」

「夫が死んだのを昨日夢でみました」とわたしは言った。でもこのような夢を本当に見た女のようには泣かなかった。「細密画を見て解き明かすことができるように、夢をも解き明かすことが必要だわ。」

「お前の見た夢を解き明かすのにわしは適当かな。」

いっとき黙った。話したことから出てくる全ての結論が直ちにわかる賢い人たちがするように、お互いに微笑んだ。

「お前の夢を解釈して彼が死んだことをわしが信じることはできるが、舅や義弟や、またその二人の言うことを考慮する立場にある法官は、他の証拠もほしいと言うだろう。」

「子供たちをつれて実家に戻って二年経ちました。でも舅も義弟もわたしを連れ戻すことができませんでした。」

「なぜなら、それは自分たちが悪かったことがよくわかっているからだ」と父は言った。「だがそのことはお前の離婚に同意するという意味にはならない。」

「もしわたしたちがマリキ宗派やハンベイ宗派だったら」とわたしは言った。「四年過ぎたことを考えて、法官はわたしを離婚させてくれる。それだけでなく扶養手当もくれる。でもありがたいことにわたしたちはハネフィ宗派だからそんなことはできないのね。」

「わしにウスキュダルの法官のシャフィ宗派の替え玉のことを言うな。奴らはいいかげんなものだ。」

「戦争で夫が行方不明になったイスタンブルの女は全て離婚させてもらうために、証人と一緒にそこへ行くそうよ。シャフィだから、『お前の夫は行方不明なのか。何年になる。生活は苦しいか。これらが証人か』と言ってすぐ離婚させてくれるそうですよ。」

「お前の頭にそんな考えを誰が入れるのかな。娘よ、お前の理性をなくさせたのは誰だ。」

「ひとたび離婚したら、もしわたしの理性を奪い去る人がいたとすれば、もちろん、それが誰かは父上が言ってくださるのですし、わたしもその決定に異議は唱えません。」

わたしの抜け目ない父は、その娘もまた抜け目ないのを見て、目をぱちぱちさせた。本当は父がそうしたのには三つの理由がある——一、困ったとき何か抜け目ない方法を見つけるために大急ぎで頭を働かせるため、二、どうしようもなくて悲しくて泣きたいようなため、三、困惑した時にずるがしこいことを考えて、一と二の理由を一緒にして、悲しみのために泣くという印象をあたえるためだ。

「子供たちを連れて、年老いた父親を一人ぼっちでおいて出て行くつもりか。わかっているだろう。わしらの本——確かにわしらと言った——のためにわしは殺されるのを恐れていた。しかしいまやお前が子供たちを連れて出て行きたいのなら、わしは所詮死んでもいい。」

「お父さま、あの役たたずな弟から遁れるためには離婚しなければならぬといつも言っていらしたでしょ。」

「わしをおいて行かないでくれ。お前の夫はいつの日か戻ってくる。戻らなくても、結婚していることは悪くない。この家に父と一緒にいてくれ。」

「この家に父上と一緒に住むこと以外に何も望んでいません。」

「かわいい娘よ、少し前結婚したいと言わなかったかね。」

父と議論するといつもこうなのです。最後にはわたしが悪いと自分でも信じてしまう。

「それは言いました」と俯いて、泣かないように努力していた時、突然思いついた。わたしが言ったことが正しいことに勇気づけられて言った。「それなら、わたしは再び決して結婚しないのかしら。」

「お前をわしから遠くに連れて行かない婿ならもちろんよいし、大歓迎だ。だが、誰がわしらと一緒にこの家に住むかな。」

わたしは黙った。わたしたちと一緒にこの家に住む婿を、父が尊敬しないで、次第に押さえつけて窒息させるのは二人ともわかっていた。父がこの家に入った婿を養子だといっていやらしく巧みに馬鹿にして、ついにはわたしはそんな人の妻にはなりたくなくなることも。

「お前の今の状況では父親の承認なくして結婚することは殆ど不可能なのはわかっているね。わしはお前に結婚してほしくないし、その許可も与えたくない。」

「わたしは結婚したいのではなくて、離婚したいのよ。」

「……なぜなら自分の利益だけしか考えない思慮のない悪い奴がお前を虐めるかもしれぬ。わしがお前をどんなに愛しているかはわかっているだろう、愛しい娘よ。この写本は完成しなければならない。」

わたしは黙った。もし口を開いたら、わたしの怒りに気がついた悪魔がそそのかしていたのだが——父の顔に向かって、夜毎にハイリエを寝床に連れ込んだのを知っていると口にしそうだった。でもわたしのような若い娘が年老いた父が下女と寝たと知っているということは、ふさわしいだろうか。

「お前と結婚したいと言うのは誰だ。」

俯いて黙っていた。でも羞恥からではない、怒りからであった。これほど怒っているのに、言い返すことができないことがますますわたしを怒らせていた。

その時、わたしは父とハイリエが滑稽ないやらしい様で寝ているところを想像していた。泣き出しそうになった時、俯いたまま言った。「かぼちゃが火にかけてあるの。焦げないようにしないと。」

階段の横の、一度も窓を開けたことのない、井戸の向かいの部屋に入った。暗闇でもすぐ敷布団を見つけて敷いて、横になった。子供の頃、自分が正しいのに認められなかった時、布団に身を投げて泣き泣き寝入ってしまうのだった——あの頃はどんなによかったことか。見て。わたしを愛しているのはわたしだけ。この孤独感はとてもひどくて、一人ぼっちで泣くわたしの嗚咽と泣き声を聞いて、読者の皆さんが助けに来て下さるのです。

しばらくしてふと見ると、オルハンがわたしのそばに寝ていた。頭を乳房の間に入れると、泣きじゃくりながら涙を流している。強く引き寄せて抱きしめた。

「泣かないで、お母ちゃん」と少しして言った。「お父ちゃんは帰って来るよ。」

「どうしてそれがわかるの?」

黙っていた。でもとてもかわいかったので、乳房に押しつけた。いやな事を全て忘れた。オルハンの骨の細い、華奢な体を抱きしめて眠り込んでしまわないうちに、ひとつだけ心配なことがある。言いましょうか。少し前に父とハイリエのことを、怒りのあまりに皆さんに言ってしまったことを後悔しています。いいえ、うそを言ったわけではありません。でもこんなことを口にしたことが恥ずかしいのです。皆さん聞いたことを忘れてください。聞かなかったことにして、父もハイリエと何もなかったように見ていただけないかしら。

17　わしはお前たちのエニシテだ

難しい。娘を持つことは難しい。奥で泣いている嗚咽が聞こえた。しかしわしには手元にある書物の頁を見る以外には何もできなかった。読んでいた本『啓示の書』のこの世の最後の日を書いたところで、死後三日目に霊魂はアラーの神の許可の下で、以前そこで生きていた自分の肉体を訪れると書いてある。魂は以前の自分の肉体を、墓の中で血や腐敗してどろどろした物の中で、哀れな状態で見ると、嘆いて、「可哀そうな肉体、哀れなわたしの元の体よ」と言って悲しみ、涙を流していたく悲嘆にくれる。こうしてしばしの間、〝優美〟さんの最期、井戸の底での状態、魂がもしかしたら墓ではなく井戸を訪れて、勿論のことひどく嘆いたであろうことなどを考えた。

シェキュレの嗚咽が止むと、死についての書を離した。内側にもう一枚毛のシャツを着た。胴を暖めるように厚いフェルトの帯をしっかり巻いた。兎の毛皮を裏に付けたもんぺをはいて家を出ようとすると、戸口のところでシェヴケトだ。

「おじいちゃん、どこへ？」

「お前は中にお入り。葬式に行く。」

雪に覆われて人気のない道で、至るところに朽ちて傾いて、辛うじて立っている貧しい家々のあいだや焼け跡を通り過ぎた。滑って転ばないようにと、年寄りの慎重な歩調で歩いた。町外れの野菜園やら畑の間を歩いた。車や車輪を売ったり、鍛冶屋や鞍や手綱や蹄鉄を扱う店の辺りを通って、町の城壁に向かって長い道を歩いた。

葬式の行列をどうして遠くのエディルネ門のミフリマ・モスクから始めるのかわからなかった。モスクで、頭の大きいびっくりしたような顔をした故人の兄弟たちと抱き合った。彼らは怒って頑なに見えた。われわれ細密画師と書家たちはお互いに抱き合って泣いた。突然下りてきて全てを呑みこんだ鉛のような霧の中で葬式の礼拝をしていた時、棺を置く石の台の上の柩に目が行った。そしてこの犯罪を犯した卑劣漢に対して大きな怒りを感じて、祈祷の文句さえわしの心を乱した。

礼拝の後で会衆が棺を肩に担いだ時、わしはまだ細密画師や書家たちと一緒にいた。油ランプの薄暗い光で朝までわしの写本の仕事をした夜、〝コウノトリ〟が〝優美〟さんの金泥装飾の拙さと色の使い方の調和のなさについて――あの人は豊かに見せようとして何でも青く塗ったと言って――わしを説得したことを二人とも忘れてしまっていた。わしも「他に誰も適当な者がいないから」と言って彼の言ったことに同意したことを二人とも忘れてしまって、もう一度抱き合って泣いた。その後で〝オリーヴ〟が親しげな恭しい眼差しでわしを見て抱きついた――抱き合うことをわきまえているものはいい人間だ――こういう素振りはうれしい。工房の芸術家の中で、わしの写本を一番信じてくれているのは彼だと思った。

中庭の入り口の石段のところで細密画師の頭名人オスマンと隣り合った。お互いに何と言ってよいかわからなかった。妙な緊張した瞬間だった、これは。故人の兄弟の一人が泣きじゃくり始めたらしい。誰かがもったいぶって「アラーは偉大なり」と叫んだ。

「どこの墓地に？」と名人オスマンは訊いたが、何か言わねばならないからという風だった。

「知らない」というとなぜかきつく聞こえると心配だったので、石段のところで隣の者にわしは、「どの墓地へ、エディルネ門のそばのか？」と訊いた。

「エユプへ」と若いのに顎鬚を生やした馬鹿者は怒ったように言った。

「エユプだそうだ」と振り返って、名人に言ったが、その怒ったような若い馬鹿者が言ったことが聞こえていた。だからわしに『わかった』と言ったその目つきから、これ以上わしと一緒にいたくないことを直ちに理解した。

「秘密の」とわしが言った本が書かれ、挿絵を入れられ、金泥装飾が付けられることを、わしが監督するように命じられたことで、名人オスマンはもちろんのこと怒っていた。それとは別に、スルタンがわしの影響でヨーロッパ絵画のスタイルに関心を持たれたこともあった。ある時、大名人のオスマンに、イタリア人に描かせたご自分の肖像画の模倣を無理に強いたこともあった、スルタンは。名人オスマンは嫌悪しながら描いたその妙な絵や「拷問」だと彼が言ったイタリアの絵描きの模倣をわしの所為だとした。無理もないことであったが。

階段の中ほどで立ち止まってしばらく空を見ていた。彼からかなり離れたことがわかったので、凍った石段を下り始めた。ゆっくりゆっくり二段ほど下りたところで、誰かがわしの腕を取って抱きついた。カラだった。

「ひどく冷える」と彼は言った。「寒くありませんか。」

シェキュレの心を悩ませているのが彼なのは疑いもない。わしの腕を取ったことも、自信ありげなこともその証明だ。十二年間働いて一人前になりましたという態度がみえる。石段の一番下についた時、「工房で何を調べてきたかは後で聞こう」と言った。

「お前は先に行ってくれ」とわしは言った。「行って皆に追いついた方がいい。」

驚いたようだが逆らわなかった。冷静に腕を引いて、前方に行ったこともわしの気に入った。シェキュレをこいつにやればわしらと一緒に同じ家に住むだろうか。

エディルネ門から町の外に出てしまっていたので、はるか下のほうに、靄の中にややもすれば見えなくなりそうな棺やそれを担いで坂を金角湾に向かって足早に下りて行く細密画師、書家、見習いの集団が見えた。ひどく急いで歩いたようで既に雪に覆われたくぼ地からエユプに下る泥道の中ほどにさしかかっていた。沈黙と靄の中で、左側に皇妃協会の蝋燭を作るところの煙突から気持ちよさそうに煙が出ていた。城壁の下でエユプのギリシア人の肉屋のために忙しそうに働いている屠殺場や皮屋があった。そこから来るいやな臭いは、前方に辛うじて見えるエユプ・モスクのドームや墓地の糸杉の所まで谷全体に拡がっていた。また少し歩くと、下の方のバラトにある新ユダヤ人地区から上って来て遊んでいる子供たちの叫び声が聞こえた。

エユプの平地に下りた時、〝蝶〟が近づいて来た。いつものように熱っぽくすぐ本題に入る。

「これは〝オリーヴ〟と〝コウノトリ〟がやったことだ」と言った。「わたしと故人との間には何も問題がなかったことは誰もが知っている。彼らもよく知っていた。誰もがそれを知っていることもわかっていた。仲間のうちで名人オスマンのあとに細密画の工房の頭に誰がなるかと言って、嫉妬やさらに敵対意識や敵愾心もあった。いまやこの罪をわたしに着せて、少なくとも勘定方長官やその力でスルタンがわたしから、いやわたしたちから遠ざかるのを期待しているのだ。」

「わたしたちというのは誰のことかね。」

「細密画の工房で古い倫理観をもち続け、ペルシアの名人たちの途を行くことを信じ、金のためにといって何の主題でも描くことをしないと言っているわたしたちのことです。写本の中に、武器や軍隊や捕虜や征服の代わりに、昔の伝説や寓話や物語を描くこと、古い型をやめないこと、特に細密画師が町の店ではした金で誰にでも何でも描くという惨めなことをやめるべきだと言っているのです。スルタン閣下もわたしたちの言うことを正しいと認めて下さる。」

「そんなことを言うと自分のことを罪に陥れることになるぞ」と言ってやめさせようとした。「細密画師の工房にこんなことをするような性格のものが居られないのを信じている。われわれは皆兄弟だ。昔は描かれなかったようないくつかの主題が描かれたといって敵になることもあるまい。」

と同時に、この知らせを聞いた時に感じたように、厳然たる事実を理解した――〃優美〃さんの殺人者はスルタンの工房の傑出した絵師の一人で、わしの前方で墓地の坂を上っていく集団の中にいると。殺人者の悪辣さ、そしてその企てを続けるであろうこと、わしの作っている写本を敵視していること、さらにほぼ確実にわしの家に来て細密画や絵をやっていたことも確かだった。わしの家に来る細密画師や絵師の大部分と同じく、〃蝶〃も娘に恋をしていたのだろうか。彼が自分の意見を主張した時、わしが彼の見解と全く反対の絵を描くように求めたことがあったのを忘れただろうか。あるいは巧みに何かをあてこすっていたのだろうか。

否、あてこすりはしていないと、しばらくしてから思った。〝蝶〟も他の細密画の名人と同じく、わしに対して、明らかに感謝していた。戦争のせいやらスルタンの関心がなくなったこともあって、細密画師に払われる金や贈与品が減らされていったなかで、唯一の臨時の収入はわしの写本から稼いでいた。わしのことでお互いに嫉妬していたことも知っている。さらにそのせいで——そのせいだけではないが——わしの家で別々に会っていた。このことはわしに対して敵愾心を持つことにならなかった。細密画師は誰でも自分の利益のために敬愛しなければならない者に、より人間的な理由をつけて賢く振舞うことができるほど大人なのだ。

それ以上沈黙が続かないようにと、そして元の問題に戻らないようにと、「大したものだ。坂を下ったのと同じ速さで坂を上っていく、あの棺は」と言った。歯を全部見せてかわいく微笑んだ〝蝶〟は、「寒いからですよ」と言った。

こいつが誰かを殺すことができるだろうかと考えた。例えば嫉妬心から。そのあとでわしをも殺すであろうか。何か口実をみつける——この男はわたしの宗教を馬鹿にしましたとか。だが彼は優れた名人だ。実に才能がある。どうして殺人などするものか。年をとるということは、坂を上るのに苦労するだけではない、死をもあまり恐れなくなるべきだ。それは一種の熱意のなさである。下女の寝床に入るのは興奮からではない、一種の禁を破ることだからだ。突然何かを感じて、その瞬間に決心したことを彼に面と向かって言ってしまった、「わしの写本を続けないことにする」と。

「どうして？」と〝蝶〟はわしの方に向かって言った。

「不吉がつきまとっている、あの本には。スルタン閣下も資金を打ち切られた。〝オリーヴ〟と〝コウノトリ〟にもそう伝えてくれ。」

まだ何か訊こうとした。だがその時突然、斜面にびっしり生えている糸杉や背の高い羊歯の間で墓地の斜面に来ていたのに気がついた。墓の周囲は列をなした人々が取り囲んでいたので見えなかったが、祈祷の文句と啜り泣きが高くなったことから、その時亡骸が墓の中に下ろされたのがわかった。

誰かが「顔をよく開けろ」と言った。

亡骸を包む布をあけて、潰された頭部に目が一つ残されていたら、死体と面とむかうことになるのだ。だがわしは後ろの方にいたので何も見えなかった。かつて、わしは死の眼の中を見たことがある、全く別の場所でだが……。

ある思い出だ——三十年前スルタン様の今は亡き御祖父様が、キプロス島をヴェネツィア人から奪うことを思いつかれた。宗教を司る大臣であるシェイフルイスラムのエブスント様もエジプトのスルタンたちも、一時期この島をメッカとメディナの食料兵站部と意図されていたと考えて、聖地を支えるべき島がキリスト教徒の手にあるのは正しくないという命を下された。こうして最初の大使の仕事として、ヴェネツィア人たちの全く予期しなかったこの決定、島をわれわれに譲渡すべしと通告する難しい任務がわしに与えられた。ヴェネツィアで教会を見てまわり、橋や城に讃嘆したり、金持ちの家に飾ってある絵に魅せられたりして、驚きの中で示してくれた客のもてなしぶりを頼りに、脅しに満ちた書簡を渡した。スルタンが驕慢な調子でキプロスを渡すことを宣告していた。ヴェネツィア人たちはひどく怒って直ちに議会を召集し、このような書簡は受け入れられないという決議がされた。それだけではない。怒った人々がわしを総督の城で閉じ込め、警護の兵や番人を通じてわしを殺そうとした。総督に近い二人の騎士がわしを護って水路に通じる秘密の出口から出してくれた。その時も今日のような霧の中でわしの腕を摑んだ白い服をきた背の高い、青白いゴンドラ漕ぎの姿は死そのものであった。彼の眼の中にわしは自分の姿を見た。

写本を密かに完成して、ヴェネツィアにもう一度行けることを夢みた。きちんと土に覆われた墓に近づいた。今あそこでは天使たちが彼を尋問している。性別、宗教、預言者の名を尋ねている。わしは自分の死を考えた。

一羽の鴉がそばに下りてきた。わしはカラの眼を優しくじっと見て、わしの腕を取って帰途を一緒に歩いてくれと頼んだ。写本のために、仕事のために明日朝早くから待っていると言った、カラに。なぜなら自分の死を考えると、直ちに、どうやっても、この写本を完成しなければならないことをあらためて確認したからだった。

18　人殺しとよぶだろう、俺のことを

かわいそうな〝優美〟さんの打ち砕かれた骸の上に泥まみれの土がかけられた時、俺は誰よりもひどく泣いた。故人と一緒に死なせてくれ、一緒に墓に埋めてくれと叫んでいた。墓穴に落ちないようにと俺の腰を摑んだ。息が詰りそうになると、手のひらで俺の額を押して頭を後方に引いて息ができるようにした。故人の親類の者たちの視線から、嗚咽と涙が過度であったかもしれないと気がついたので、気をつけた。細密画の工房のゴシップ屋は、こんなに泣いたので〝優美〟さんとの間に恋愛関係があったとでも思い始めたかもしれない。

これ以上は皆の注意を引かないようにと、葬式の終わるまですずかけの木の後ろに隠れた。地獄に送ってやった愚か者の、彼よりももっと愚かな親戚の者がすずかけの木の後ろにいる俺を見つけて、いわくありげな目つきでじっとみた。俺をしばし抱きしめて、それからその馬鹿は言った、「あなたは『土曜日』ですか、『水曜日』ですか」と。「『水曜日』は一時期故人の名だった」と言うとびっくりして黙った。

俺たちをいまだに秘密結社のように結び付けるこのあだなの話は単純である。見習い時代に、当時名人の位に昇進したばかりの細密画師のオスマンに対して、誰しもが感じる尊敬、驚嘆、敬愛は大きいものだった。偉大な細密画師は何でも教えてくれた。アラーの神が魔法の才能と精霊の知恵を与えた者の一人だった。毎朝見習いたちのしなければならないことは、仲間の一人が名人の家に行って、筆箱や鞄や中に紙がいっぱい詰った紙挟みを運んで、あとについて工房まで一緒に歩くことだった。名人に近づきたくて、「今日はわたしが行く」と言っては仲間で喧嘩をするのだった。

名人オスマンのお気に入りはあったが、毎朝彼が来ると、細密画の部門で、もともと尽きることのないゴシップやら、いやらしい冗談がこれ以上ひどくならないようにと、大名人は誰もが週のある一日に行くことに決めた。大名人はイスラム教で安息日である金曜日には働いて、土曜日は工房に行かなかった。彼がとてもかわいがっていて、俺たちと一緒に見習いをしていた息子がいたが、後年父親をも俺たち皆をも裏切ってこの芸術から離れた。この息子は、普通の見習いのように月曜日に父親のお伴をした。もう一人誰よりも才能のある痩せて背の高い木曜日がいたが、何かわからない病気になって高熱で若くて死んだ。亡き〝優美〟さんは水曜日に来た。だから水曜日だ。後になって大名人は名前を火曜日から〝オリーヴ〟に、金曜日から〝コウノトリ〟に、日曜日から〝蝶〟に変えた。金泥装飾の繊細さ故に彼を〝優美〟と呼んだ。大名人は誰にでもそうしたように、一時期彼にも朝ごとに「よく来たな、水曜日、元気か」と言われたにちがいない。

俺にもそうやって声をかけたのを思い出すと、涙ぐみそうになった。見習い時代殴られたにもかかわらず、名人オスマンは俺たちを愛してくれた。俺たちが描いた細密画の美しさに感動して、俺たちの手や腕に口づけしてくれた。名人が口づけしてくれると、俺たちの才能もまた熱心に開花して、まるで天国にいるようであった。この幸せな時代に影を落とす嫉妬の色も今とは違っていた。

　ある名人が顔と手を、胴体と衣服は他の人が描いて色を付けた人物の絵のように、俺も二つに分かれていると感じているのをご覧になるでしょう。俺のようにアラーの神を畏れる人間が思ってもないことから人殺しになると、すぐには慣れることができません。だから昔の生活があたかも続いているかのように振舞えるためにも、人殺しにふさわしい二つ目の声をもちました。普段の生活では使わない、この人を馬鹿にしたような悪辣な第二の声で話してみましょう。人殺しにならなかったなら、今も話しているであろう、聞き覚えのある昔の声も時々は聞くだろうが、その時は「俺は人殺しだ」ではなくて、ニックネームのほうでだ。この二人を一つにむすびつけようとしないでもらいたい、誰も。なぜなら俺の素性を明かす個人的なスタイルや欠点は俺にはないのだから。スタイルとはある細密画師を他の絵師から区別する欠点であると俺は信じる。ある者たちが褒めていうように、それは個性ではない。

　しかし俺の特殊な事情ではこれが問題になることも認める。なぜなら名人オスマンが愛しんでつけてくれて、エニシテも好んで使っていたニックネームを言えば、俺が〃蝶〃か〃オリーヴ〃か〃コウノトリ〃かわかってしまうから。おわかりですね。そうすれば多分、あなた方は走って行って、俺をスルタンの近衛兵の隊長の拷問係に引き渡すだろうから。

　だから俺は何を考え、何を言うかにも気をつけなければならない。一人で考えている時ですら、あなた方が俺を見ておられるのを知っている。俺のことを暗示する些細なことや怒りをも、無思慮に頭の中で考えるわけにもいかないのだ。A（エリフ）、B（ベ）、J（ジム）といって三つの物語を語った時、頭の片隅で皆の視線に気がついていた。

何万回も描いた戦士や恋人たちや皇子たちや物語の中の英雄たちを描く時、彼らをそこで、伝説の時代で、戦っていた敵や、格闘した龍や涙を流す美しい娘たちに向けて描いていた。しかし他の面や、身体の一部はその傑れた絵を見ている細密画愛好者の方を向いている。スタイルや個性があるとすれば、単に俺が描いた細密画においてのみならず、俺の殺人や語った言葉においても隠されている。俺が誰であるか言葉の色から見つけてごらんなさい。

俺を捕まえることがかわいそうな〝優美〟さんの不幸な魂に平安を与えると思う。人々はシャベルで土をかけ始めた。俺は今木の下で、鳥の声の中で金角湾の金色の水を、イスタンブルの鉛色の霧の中のドームを眺めながら、生きていることがどんなにすばらしいことであるかをもう一度考えている。可哀想な〝優美〟さんは、最近はあのしかめっ面のエルズルムの説教師の一派に入ってからは俺を嫌った。しかしスルタン様のために写本に細密画を描いてきたこの二十五年の間に、お互いを身近に感じた時もあった。二十年前、一時今のスルタン様の亡き父上の『王家の歴史』のために働いていた時、友だちになった。しかし一番親しくなったのはフズーリの詩集に入れる八枚の細密画の頁のために働いていた時だった。当時彼の言う、わからなくはないが、論理的ではない意見——細密画師は挿絵を描いている本文を心の中で感じるべきだという——をみとめて、ある夏の夜、燕の群れが飛び交う中で、大げさな身振りでフズーリの詩集からとったという詩句を暗誦するのを我慢して聴いた。その夜彼が言った、「我は我ならず。我と言いしは永久に汝なり」という句を覚えている。そしてこの詩をどうやって絵に描けるかと自分自身に問うては考えたことを。

彼の死体が見つかったと聞くやいなや、走って彼の家に行った。そこで、かつて共に座って詩を読んだ、小さい庭が雪に埋もれて、長年の後で見た他の全ての庭がそうであるように、小さくなったと感じた。家もそうだった。隣の部屋で、女たちの泣き声や大げさな喚き声が競い合うかのように大きくなるのがきこえていた。長兄が言うことを注意深く聞いた。哀れな弟〝優美〟は顔は殆ど跡形もなくなり、頭蓋骨も潰されていたこと、四日間井戸の底にいたあと引き上げられたから兄弟たちは死体をよく確認できなかったこと、家から連れて来られた哀れな妻のカルビエが夜の闇の中で、この見分けもつかない死体をぼろぼろになった衣服から確認せざるをえなかったことなどを。嫉妬した兄弟によって井戸に投げ込まれたヨセフがミディアンの商人によって救い出された絵が目の前に浮かんだ。俺はヨセフとズレイハのこの場面を描くのが好きだった——なぜなら人生で一番根底にある感情は兄弟の嫉妬であることを思い出させるからだ。

一瞬あたりが静かになると、人々が俺を見ているのに気がついた。泣こうか？　しかし俺の目がカラをとらえた。野郎め、皆を観察している。自分のことを、細密画師の間でこの事件の真の犯人を探すために、エニシテのだんなから送られたというポーズをとろうとしている。

「誰がこんなひどいことができるか」と長兄が叫んだ。「蟻を虐めることさえしない弟をどこの良心のない奴が殺ったのだ。」

自分でも泣きながら俺は言った。その質問に心から同感すると。そしてその答えを自分の中で探した。〝優美〟の敵は誰だったのか。俺が殺したのでなければ、他の誰が殺したのか。

一時期、『技能の書』が準備された頃だと思う。昔の名人のスタイルには構わずに、もっと安く、もっと速く装飾するために、俺たち絵師があれほど苦心した頁の縁を間違った色で損なったと言って彼が一部の者と喧嘩したのをおぼえている。それは誰であったか。だがその後、その喧嘩がこの理由のためではなくて、下の階の見目麗しい装丁の見習いを恋慕したためだという噂が出た。しかしこれらはかなり昔の話だ。

〝優美〟の気品、洗練さ、それにあの女性っぽい態度に気分を悪くしている者もいた。しかしこれには他の理由もからんでいた。〝優美〟が昔のスタイルに盲目的なまでに追随していること、金泥装飾と絵の色の調和にあまりにうるさいこと、他の絵師の――特に俺の――ありもしない欠点を名人オスマンの前で上品ぶって指摘することなど……。最後の喧嘩は、名人オスマンが一時期非常に神経質になっていたことと関係ある。つまりスルタンの細密画師がこっそり外の仕事をする、スルタンのではない小さな註文を密かに受け入れることであった。近年スルタン様の関心と勘定方長官から来る金が減ってくると絵師は全て、成り上がり者の将軍の二階建ての屋敷を訪れはじめた。一番いい絵師たちは深夜エニシテの所に通い始めた。

エニシテが不吉を口実に写本を継続しないという決定に俺は怒らなかった。もちろんあの脳みそ無しの〝優美〟さんが本を装飾する俺たちの一人によって片付けられたと推定してのことだ。皆さんが彼の立場にいたら、挿絵を描かせるために、二週間に一度、暗くなってから自分の家に人殺しを招ぶだろうか。あるいは、本当の人殺しが誰であるか、どれが一番いい細密画師であるかその前に決めないだろうか。長い期間家に通ってきた細密画師の中で、色選びから金泥装飾に至るまで、定規の使い方から絵を描くことにいたるまで、顔の描き方から頁の構成に至るまで、一番才能があるものが誰であるかわかって、これから後は俺とだけ仕事をしたいというのは明白だ。俺が本当に才能がある細密画師ではなくて、普通の人殺しだと考えるほど、惨めな奴だとは思えない。

エニシテが一緒に連れてきたカラのだんなを、あの馬鹿者を、俺はそっと見ている。墓地から出た二人は葬式の参列者たちと共にエユプの波止場に下りていったので、俺もあとからついて行った。彼らは四櫂舟に乗った。俺もその後から葬式のことはすっかり忘れて笑いあっている若い見習いたちと一緒に六櫂舟に乗った。一時灯台の門が見えるあたりでお互いの櫂が近づいて絡みそうになった。カラがエニシテに熱心に何かを話しているのが近くからよく見えた。突然もう一度人を殺すのがどんなに簡単か考えた。アラーの神よ、あなたは信じ難いほどの力を誰にも与えてくださいました。しかし同時にその力を使うことを怯えさせもしたのです。

しかしこの恐怖をもう一度退けて、行動に出れば、人は全く別のものに直ちになることができる。昔は悪魔どころか自分の中で小さな悪さを考えただけで、胸がどきどきした。でもいまは悪事が耐えられること、さらに、細密画のために必要だとさえ感じている。殺人の後数日間手が震える以外には、あの惨めな奴を殺ってからは、より上手く描くし、より冴えた勇気ある色使いをする。一番大事な事は、想像力がすばらしくなったことがわかる。しかし俺が描いた傑作を理解する者が何人いるだろうか、このイスタンブルに。

ジバーリ沖で金角湾の中ほどからイスタンブルを怒りをもって眺めた。雲の間から突然出てきた太陽の下で雪に覆われたドームがキラキラと輝いていた。この町が大きく色とりどりであればあるほど、それだけ罪や罪悪を隠す片隅があるというわけだ。人が多ければ多いほど、それだけ罪を犯して紛れ込む者も多くなるということだ。町の賢さはそこに住む人間たち、図書館、細密画師、書家、学校によって測られるべきではなくて、その町の薄暗い通りや何千もの道でこっそり犯された殺人事件の数によって測られるべきだ。この論理によれば、イスタンブルが世界で一番賢い町であることは疑いない。

ウンカパヌの波止場でカラとエニシテの後から俺も舟から下りた。二人は寄り添いながら坂を上って、スルタン・メフメット・モスクの後ろの焼け跡で、立ち止まって、最後にもう一度話して別れた。エニシテのだんなは一人になるとよるべない老人のように見えて、思わず走りよって、今その葬式から帰ってきたあの惨めな男が告白したことを、われわれ全てを讒言(ざんげん)から護るために俺がやったことを説明したくなった。そして〝優美〟さんが言ったことは本当なのか、スルタンの信頼を悪用したのか、われわれの絵の様式に裏切りやら宗教への冒涜があったのか、最後の大きい絵を完成したのかと訊きたくなった。

夕刻、雪の積もった通りの中ほどに立ち止まって、子供たちや父親たちが家に帰った後で、幽霊や妖精だけがとり残された、雪の積もった木々が憂いに身を任せている暗い通りを端まで眺めた。通りの端のエニシテの二階建ての豪勢な家では、葉の落ちた栗の木の枝の間にここから見える屋根の下には、この世で一番美しい女がいる。しかし俺は狂いたくない。

19　わたしは金貨

わたしはオスマン・トルコの二十二金の金貨です。その上に世界の庇護者スルタン閣下の輝かしい花押があります。ここ、瀟洒なコーヒーハウスで、スルタン様の偉大な名人たちの一人である〝コウノトリ〟が葬式の憂いの中でたった今、真夜中にわたしの絵を描き上げました、まだ金の水で塗られてはいませんけれど——後は皆さんのご想像におまかせします。わたしの絵はここにあるけれど、わたし自身は大名人の財布の中にいます。彼は今立ち上がって、わたしを財布から取り出し皆に見せています。こんにちは、こんにちは。ご機嫌いかがですか。名人の芸術家やお客さまの皆さんはわたしの光輝く様に目を見張り、ランプの炎が映ると興奮し、最後にはあの〝コウノトリ〟に嫉妬心を抱くのです。無理もないことです。なぜなら細密画の才能を計る尺度は、わたし以外にはないからです。

名人〝コウノトリ〟はわたしのような金貨をこの三か月で正しく四十七枚も稼ぎました。みんなこの財布の中に入っています。〝コウノトリ〟のだんなは、ごらんください、わたしたちを誰からも隠しません。

イスタンブルの細密画師の中で誰も彼より多く稼いでいないのを知っているのです。細密画師の間で才能を計る尺度とみなされ、無用な論議をやめさせた事を誇りに思っています。昔は、コーヒーに慣れずに頭が冴えなかった頃は、頭の悪い細密画師の間で毎晩のように誰が一番才能があるかとか、本当にいい色使いをするのは俺だとか、俺より上手く木が描ける者はいないとかといって議論するだけでなく、毎晩のように殴り合い、お互いの歯を欠いたりしました。いまではわたしが全てを決めるので、細密画の工房は上手く調和して、さらにいいことは昔のヘラトの名人たちにふさわしい雰囲気があるのです。

わたしを評価の尺度にすることによってもたらされた調和と友好的な雰囲気の中でわたしと交換される物をあげてみましょう——若くて美しい奴隷女の足一本(全体の五十分の一になりますが)、縁が骨でできている胡桃の木で作られた床屋の上等な鏡、銀貨九十枚分の銀箔、日の光の絵柄がついた引き出し付の塗りの櫃、百二十個の焼きたてのパン、三人分の墓所と棺、銀の腕輪、馬一頭の十分の一、年増で太った奴隷女の足二本分、水牛の仔、高級な中国製の皿二枚、スルタンの工房で働く細密画師でタブリーズの修行者メフメットおよびその他大部分の者の一か月分の給料、狩用の上等な鷹と鳥籠、パナヨの葡萄酒水差し十杯分、美しさで評判の若い男の子マフムウトと過ごす天国にいるような一時間など数え切れないものです。

ここに来る前、一時期貧しい靴屋の丁稚の汚らしい靴下の中に十日間一緒にいました。哀れな奴は毎夜寝床でわたしによって手に入れることができる物を数えては寝入るのでした。子守唄のように甘美な長い詩の文句が金の入る事のできない穴がないことを証明してくれました。

穴といえば思い出しました。ここに来る前に、わたしの身の上におこった冒険をお話しすれば何冊もの本になるでしょう。ここだけの話ですが、〝コウノトリ〟のだんなが怒らなければ、ある秘密をお話ししましょう。誰にも言わないと誓いますか。

それなら言いましょう。わたしはチェンベルリタシュの造幣所で作られた本物の二十二金のオスマンのスルタンの金貨ではないのです。わたしは贋金です。わたしをヴェネツィアで質の悪い金で作ってここにもってきて、オスマンの金貨だといって市場に出したのです。ご理解のほど、ありがとうございます。

ヴェネツィアの造幣所で習った限りでは、これは長年の間行われているのだそうです。近年まで、ヴェネツィアの異教徒たちが東方に持って行って使った質の悪い金貨も、また同じ造幣所で作っているヴェネツィア・ドゥカットでした。オスマン・トルコ人は常に書かれていることに敬意を持ちますから、名前が同じである限りドゥカットの中の金の量には気をつけませんでした。かくして贋のヴェネツィア金貨がイスタンブルに氾濫したのです。後になって、金が少なく銅が多いものはより硬いのに気がついて、歯で噛んで区別しました。例えば、あなたが恋に身をこがして、誰もが好きなこの上なく美しくて若いマフムトのところに行くとします。彼はまずあの柔らかい口に金貨を入れて——もう一つのものではなく——噛んでみて、これは贋物だといいます。その結果、彼はあなたを天国に一時間ではなくて、半時間連れて行ってくれるのです。ヴェネツィアの異教徒も贋金がこういう不便を起こすのを知って、それならいっそのこと贋のオスマンの金貨をも作ることにしたのです、オスマン・トルコ人はまただまされるだろうからと。

ここで妙な事に注意してください。この異教徒のヴェネツィア人が絵を描くと、絵を描くのではなくて、実物にそっくりな本物を創り出します。でも金貨を作る時は本物を作らず贋物をつくるのです。

ヴェネツィアで鉄の箱に入れられて、舟に乗せられて、揺られ揺られてイスタンブルに着きました。そして気がつくと、両替商の店で、主人のにんにく臭い口の中にいました。じきに、金を売りたいという純朴な田舎者が来ました。経験を積んだ狡賢い両替商は、「お前の金は贋物かな、よこしてみな。噛んでみよう」と言って田舎物の金を口に入れました。口の中で田舎者のが本物の金であることがわかりました。にんにくの臭いの中で、その金貨はわたしに「お前は贋物だ」と言いました。その通りだったのですが、こう威張って言われるとわたしの誇りも傷ついたので、嘘を言いました、「お前こそ本当の贋物だ」と。

しばらくの間、田舎者も、「俺の金が贋物のはずがあるか。これは二十年前に土の中に埋めた物だ。その頃こんな不道徳なことがあったか」と威張りました。

わたしはどうなることかと心配していると、田舎者の金貨ではなくて、わたしを口から出して、「もって行け、お前の金貨を。悪いヴェネツィアの異教徒の贋金は要らん」と言ったのです。さらに「恥ずかしくないのか」と純朴な田舎者を叱りつけました。彼もまた何か言いましたが、わたしを持って立ち去りました。他の両替商にも同じことを言われると、がっかりして、質の悪い金としてわたしを九十枚の銀貨に換えました。こうして七年間にわたる終わることのない旅が始まったのです。

賢い金がするように、大抵はイスタンブルで財布から財布へ、帯からポケットへとまわっていた事を誇りに思っています。怖いのは甕の中に入れられ、庭の石の下に何年も埋められることです。この退屈な期間もなくはなかったけれど、どうしてか短かくて、わたしを手にしたもので、贋であることがわかった者は、一刻も早く手離そうとするのでした。馬鹿な買い手にわたしを贋物だと教えてやる者にまだ出会ったことはありません。しかし贋金と知らないで、わたしを百二十枚の銀貨に換えた両替商は、騙されたとわかって、怒りと悲しみと無念の発作で悔しがり、この発作は他の者を騙してわたしを手から離すまで収らないのでした。この間何度も他人を騙してわたしを渡そうとしたのですが、怒りと焦りのために失敗しました。その度に最初に騙した男を「不道徳者」といって罵るのでした。

この七年の間に五百六十回譲渡されました。イスタンブルで行ったことのない家、店、市場、モスク、教会、ユダヤ人のシナゴーグはありません。歩き回ると、贋金について思ったよりずっと多く噂話が出ているのを、商人たちがわたしの名のもとに嘘っぱちを言っているのを見ました。お前以外のものは価値がないとか、ひどい奴だとか、盲目だとか、お前も金が好きなのだとか、遺憾ながらこの世は金の上に築かれているとか、金で買えない物はないとか、正義漢ではないとか、卑劣漢だとか、絶えず面と向かって言われました。ましてわたしが贋物だとわかった者はますます怒ってもっとひどいことをわたしに言ったのです。実際の価値が下がれば下がるほど、目に見えない価値は上がるのです。このこころない譬えや思慮のない讒言にもかかわらず、大部分の人はわたしを熱愛しています。この愛のない時代にこれほどまでに愛されることは、われわれ全ての喜びだと考えます。

通りから通りへと、地区から地区へと、イスタンブルのどこもかしこも見ました。ユダヤ人、アブハジア人、アラビア人、ミンゲリア人などあらゆる人の手に渡りました。マニサに行くエディルネのホジャの財布の中で一度だけイスタンブルの外に出ました。途中で出会った盗賊たちに「金を出すか、さもなければ」と言われてあわててわたしを尻の穴の中に隠しました。ここはにんにくが好きな男の口の中よりもひどい臭いで、とても不快でした。でもすぐ後でもっとひどいことになりました。というのは、盗賊どもは「金を出すか、命をか」と言わないで、「貞操か命か」と言って、順番にホジャとやったのです。あの小さな穴の中でどんな目にあったか皆さんには言いますまい。こういう訳でイスタンブルの外に出るのは全く好きではありません。

イスタンブルではいつも愛されました。若い娘たちはわたしが夢に見た夫かのように口づけしたりしました。ビロードの財布や、枕の下や、大きな乳房の間や、下着の中に隠されました。「そこにあるかどうか」と確かめるために、寝ている間にも触られました。蒸し風呂屋の焚き口の端やら、長靴の中や、良い香りのするお香屋の中の小さな壜の底に、あるいは料理人の豆の袋の中に縫い付けられた秘密のポケットなどに隠されました。駱駝の皮のベルトや、縞のエジプト布で裏をつけた上着や、色とりどりのもんぺの秘密の片隅で、イスタンブル中を歩きました。時計職人のペトロはわたしを振り子時計の秘密の場所に、ギリシア人の乾物屋はそのままチーズの中に、入れました。印鑑や宝石や鍵と一緒に布切れに包まれて、煙突や炉の中に、窓の敷居の下に、粗末な藁床の座布団の中に、衣装櫃の秘密の部分に隠されました。食事中にも何度も来て、まだ隠した場所にあるかと見た年寄りや、必要もないのに飴のように口に入れてしゃぶる女たちや、においを嗅いだり口に入れたりする子供、なめし皮袋から一日に七回も出して見ずには心休まらない半分墓穴に入ったような年寄りも見ました。潔癖屋のチェルケズ人の女がいました。彼女は一日中家を掃いたり拭いたりした後でわたしたちを袋から取り出し、粗いブラシでこするのでした。片目の両替商は絶えずわたしたちを塔のように高く積んでは眺めました。スイカズラの匂いのする運搬人足やその家族は、すばらしい景色を眺めるかのようにわたしたちを眺めるのでした。今はもう居ない金泥装飾家――名前は要りますまい――は夜な夜な色々な形に並べるのでした。マホガニーのボートで舟遊びをしたり、王宮に出入りもしました。ヘラトで作られた書の中や、薔薇の香りのする靴の踵や、馬の荷ぐらの覆いの布に隠されました。汚らしいの、毛むくじゃらなの、太ったの、脂ぎったの、震えているの、年寄りのなど何百もの手を見ました。阿片を飲む集まりのにおいや、蝋燭製造所や鯖の燻製所などイスタンブル中の汗がしみこんでいます。こんな冒険や興奮するような出来事をかいくぐった後で、夜の闇の中で、被害者ののど元を切ってわたしを自分の袋に入れた卑劣な盗賊は、気味の悪いその家で、わたしに「これらは全てお前のせいだ」と言いながら唾を吐きかけたのです。わたしはつらくてなくなってしまいたいと思いました。

でもわたしがいなければ、いい絵師と悪い絵師の区別もできませんし、そうすれば細密画師はまたお互い殺し合いを始めますから、なくなりませんでした。一番才能のある、一番賢い細密画師の財布に入ってここに来ました。あなたがもし彼よりもいい細密画師なら、わたしを手に入れてごらんなさい。

20　わたしの名はカラ

父親はわたしとシェキュレの手紙のやり取りをどこまで知っているのだろうか。手紙の中でのシェキュレの父親を恐れているおびえた娘のような様子からすると、二人の間ではわたしに関係あることは何も触れられていないという結論になる。しかし状況はそうでないように思われる。行商女エステルの狡賢い眼差し、シェキュレが窓のところに現れたことの不思議、エニシテが細密画師たちの所にわたしを送ったときの決意に満ちた態度、そして今朝わたしをよぶ時に感じた弱り果てた様子は、わたしを不安にさせた。

朝、エニシテは自分の向かいにわたしを座らせるや否や、ヴェネツィアで見た肖像画について語り始めた。彼は、世界の庇護者スルタン様の大使の肩書きで多くの王宮や金持ちの屋敷や教会に出入りしてきた。「何千もの肖像画の前で何日も立ち止まり、カンヴァスや板の上や額縁の中に描かれた何千もの顔を見た。全てそれぞれ違う、別々の似ても似つかない人間の顔だ」と言った。その種類の多いことや、色や、その上に注がれる光線の柔らかさ、ほの暗さ、時にはきつさ、あるいは眼の中の表情に酔いしれたそうだ。

「あたかも伝染病にかかったかのように、誰でもが自分の肖像画を描かせていた」と言った。「ヴェネツィア中の金と権力のある者は全て、自分の生涯の証拠、思い出として肖像画を作らせていた、財産、権力、支配力の印として。いつもそこにわれわれと面と向かって居る、存在するという事実を互いに感じるために、他とは別の異なる存在だということを示すために。」

彼の言葉はいつも、嫉妬心、野心、貪欲からか、相手を蔑むものであったが、ヴェネツィアで見た肖像画を語る時、その顔は、一瞬ではあるが、子供の顔のように明るく生き生きするのだった。芸術の庇護者である金持ちや皇子や強力な一族は、機会がある度に顔を描かせることが流行って、教会の壁に聖書からとった宗教的説話の場面を描かせる時ですら、これらの異教徒は自分の顔を絵の中に入れることを条件にするのだった。こうして、たとえば、聖ステファンの埋葬の絵を見ていると、墓の端で泣いている者の中に、先ほど王宮の壁の絵を嬉しそうに、誇らしげに見せていた皇子が描いてあるではないか。聖ペトロが病人を自分の影で治癒したことを示す壁画で、端の方で苦痛で悶える不幸な病人が、美麗な家の持ち主の、豚よりも元気のいい弟であることに気がついて失望したりする。翌日はまた死者の甦りを描いた絵で、その少し前の昼食で、腹いっぱい食べているのを見た同じ食卓にいた男を死者とした絵を見るのである。

あたかも悪魔の誘惑を語るかのように、怖そうにエニシテは言った。「ある者は絵の中に描かれるためには、大勢の人の中で杯に酒を注ぐ僕や、不倫女に石を投げる無慈悲者、あるいは手を血に染めた殺人者になることすら厭わないという。」

「あたかも」と、わからないふりをして、わたしは言った。「古いペルシアの伝説を説く写本の中にシャー・イスマイルが玉座に座すのを見るようなもの、あるいは、ヒュスレヴとシリンの物語の中に、彼らよりはずっと後に支配者となるチムールが描かれているのに出会うようなものですね。」

家の中の何処かで物音がしたのだろうか。

「しかし、あのヨーロッパの絵はわしらを怖がらせるために作られたようだ、あたかも」とエニシテは言った。「その絵を作らせた者の権力や金力でわしらを怖がらせるだけではない。それに加えて、この世に生きていることが特別な神秘的なことだとわからせようとしている。他に似たものの無い顔、眼、座り方、影によって表される服の一つ一つの襞が、不思議な化け物としてわしらを恐れさせるのだ。」

ある時、コモ湖の岸辺にある異常なまでに蒐集狂の金持ちの屋敷で、国王から総司教にいたるまで、兵士から詩人にいたるまで、ヨーロッパの歴史上有名な顔の絵を集めた豪華な肖像画の園ともいえる屋敷でどう迷ったかを話した。「客を歓待する主人が誇らしげに案内してくれた家で、しばらくの間好きなように見て回るようにと自由にしてくれた」と言った。「すると、その大部分が本物のように見え、ある者は真っ直ぐにわしを見ている、いわば異教徒の有名人が、肖像画に描かれたといってこの世でより重要なものになっているのを見た。肖像画が描かれたことが大きな魔術をかけてそれらの者を比類の無いものとしている絵の間で、一瞬あたかも自分が罪を犯した弱い者であるかのように感じた。この世にどうして存在しているのかが、この方法で描かれれば、あたかもよりよく理解できるかのように思った。」

人々が肖像画に夢中になると、ヘラトの昔の名人たちの完璧にして不変なるイスラム芸術は終焉に至ると直ちに理解して恐れたそうだ。「しかしながら、わしもまた、あたかも他の誰とも違って、特別で、比類ないと感じることを望んでいるかのようだった」と言った。こうして悪魔に誘惑されて罪深いものに引っ張られそうに感じたそうだ。「何と言ったらよいか、これは罪深い者の欲求、あたかもアラーに対して傲慢になって自分を最も大事なものとみて、世界の中心に自分を置くかのようであった。」

後になって、一種の傲慢な子供の遊びと堕した、ヨーロッパの名人の手法が偉大なスルタン様に向けられた場合、それは単なる魔術ではなく、それを見る誰をも影響下に取り入れ、正義の力や宗教にも仕えることに向けられることを思いついたそうだ。

スルタンとそれを代表する物事の絵を含む写本を作るという考えは、その時生まれたのだそうだ。なぜならイスタンブルに戻ったエニシテは、スルタン閣下にヨーロッパの名人の様式で描かれるとてもよいだろうと進言する。最初は受け入れられなかったそうだ。

『大切なのは物語の筋だ』と言われたそうだ。『美しい絵が物語を完成する。物語を完成させない絵を考えると、その絵はついには偶像と化する。存在しない物語は信じられないのだから、必然的に、絵を、そこに描かれたものを信じるようになる。それは預言者ムハンマドが破壊する前のカーバ神殿にあった偶像を拝んだのと同じことになる。ある物語の一部になるのでなければ、例えば、このカーネーションを、あるいはあそこにいる愚かな一寸法師をどうやって描くのか？』

『カーネーションの美しさとその比類無いことを表して。』

『それから頁の構図で、それを中心に置くのか？』

「怖かった」とエニシテはわたしに言った。「スルタン様のお考えがわしをどこに連れて行くのかわかって、一瞬あわてふためいた。」

かくして、紙の中心に、そしてそうすることによって世界の中心に、アラーの神の意思以外の何かを置こうとしていると思われることをエニシテが恐れたのをわたしは感じた。

『その後で、中心に一寸法師を置いた絵を壁にかけようと言うのであろう』とスルタン様は言われたそうだ、エニシテが恐れたとわたしが思ったように。『その絵は壁にかけるわけにはいかない。なぜなら壁にかけた絵を、目的はどうであれ、やがては拝み始めるのだから。異教徒たちがしているように、預言者キリストを、同時に――あってはならないことであるが、神であると信じるのなら――神をこの世で見られるということになり、さらには人間の姿で描かれる。そうすれば、人間の絵を描いて、壁にかけることもうけいれられるであろう。壁にかけたどの絵も、ついには、気がついた時には拝み始めていることがわかるかな』と。

「そのことが本当によくわかった」とエニシテは言った。「そのことがわかったので、共に考えていたことを恐れたのだ。」

『そのためにわしの肖像画を壁にかけることを許さないのだ』とスルタン様は言われたそうだ。

「だが本当はそのことを望んでおられた」とエニシテは囁いて、悪魔っぽく微笑した。

今度は、わたしが怖がる番だった。

『しかしながら、ヨーロッパの名人の方法で肖像画を描かせたい』とスルタン様は言われた。『その絵は写本の中の一頁としてこっそり入れられなければならない。その本がどんな本になるかはお前がわしに言うのだ』と。

「一瞬驚き畏れて、その言葉を考えた」とエニシテは先刻の悪魔っぽい微笑でわたしに微笑んだので、わたしはその瞬間エニシテが他のものに変わったのかと信じそうになった。

「スルタン閣下は写本を直ちに始めるようにわしに言われた。あまりの嬉しさで頭がくらくらした。わしをもう一度派遣するヴェネツィアの総督への贈呈品として準備するように言われた。本が完成した時、イスラム暦の一千年目に、イスラムの後継者カリフたる征服者、崇高なる我らのスルタンの力の象徴となるであろう。しかしヴェネツィア人との和平協定の意図をさとらせないためにも、また細密画師の工房で嫉妬心を起こさせないためにも、写本を極めて秘密裡に準備するようにわしに言われた。わしもこの上なく幸せで、秘密裡に挿絵をつくらせ始めたのだ。」

21　わしはお前たちのエニシテだ

　こうして金曜日の朝、彼に、ヨーロッパの名人の様式の絵が入っている写本がどういうものになるか説明し始めた。まず始めに、本の作成をスルタン様にどうやって説明して、どう説得したかを。だが隠された本当の目的は、まだ書き始められていない挿絵の向かいにあるべき本文をカラに書かせることだった。

　写本の挿絵の大部分は終わって、最後の絵も完成するところだと彼に言った。「死の絵がある」とわしは言った。「写本でスルタン様のこの世の王国がいかほどに平安な場所であるかを示そうと、頭の良い細密画師の〝コウノトリ〟にやらせた木の絵があり、悪魔の絵があり、わしらを遥か彼方に連れて行く馬の絵があり、いつも賢くて悧巧で狡い犬の絵があり、金貨もある……。これらは工房の名人の細密画師によってこの上なく美しく描かれた」とわしはカラに言った。「一度見れば本文がどうあるべきかすぐ言える。詩と絵、色と言葉、これらはお互いに兄弟である、知っておるだろうが。」

　娘をやってもいいと言おうかと、いっとき考えた。この家でわしらと一緒に住むだろうか。それから、今わしの言うことを全身の注意で聞いている、子供っぽい表情に騙されるなと自分に言いきかせた。シェキュレを連れて逃げようとするのを知っているぞ。しかしわしの写本を完成できるのは、カラ以外にはいなかった。

モスクでの金曜日の昼の礼拝から一緒に家に戻る時、イタリアの名人たちの絵の最大の発見である影についても触れた。「もし、道を歩いたり、とまったり、お喋りをしたりして、世界を眺めるならば、つまり道から絵を描くのならば、ヨーロッパの名人たちがしたように、道で一番多く見られるもの、影も絵の中に入れなければならない。」

「影はどうやって描くことができるのですか」とカラは訊いた。

わしの話を聞いている時、甥がいらいらしているのに気がついた。自分がわしにくれた蒙古のインク壺を時々いじったり、火鉢の火掻き棒を手に取り、火を掻き混ぜたりした。その火掻き棒をわしの頭に打ち下ろして、わしを殺したいのではないかと時には想像した。なぜなら、細密画をアラーの神の視点の外に持ち出したと言って、ヘラトの名人たちの夢や細密画の伝統を裏切ったと言って、スルタン様まで騙したと言って。時には長い間、全く身動きもせずに座って、じっとわしの目から目を離さない。「あなたの娘を手に入れるまでは、あなたの僕となります」と考えていると想像した。一度彼を子供の頃やったように庭に連れ出して、木々や、木の葉に射す日の光や、溶けかけている雪や、なぜ道や家が遠くなればなるほど小さく見えるかを、父親が息子にするように説明しようとしてみた。だが間違いだった。こんなことでも二人の間に以前あったような父子関係はずっと前になくなっていたのがわかっただけだった。子供の頃の好奇心や興味や習おうとする意欲の代わりに、わしの娘が目当ての馬鹿者がいた。十二年の間歩き回った諸国の町々の重さや埃が、しっかりと甥の魂にしみ込んでいた。わしよりも疲れはてていた。可哀想になった。十二年前シェキュレをくれてやらなかったこと——それは不可能なことであったが——のみならず、モスレムの細密画師がヘラトの伝説にまでなった名人たちの様式の外に絵を描くことをわしが夢見ているといって、この馬鹿げたことを何度も説明したといって、わしに怒りを感じていると思う。だから彼がわしを殺すこともありうると想像した。

しかし彼を恐れてはいなかった。全く反対に彼を怖がらせてみた。恐怖が彼に書かせるにふさわしい本文であると感じたから。その絵では人間は自分を世界の中心に置くことができるはずだとわしは言った。そしてつけ加えて、「細密画師の一人が死の絵を描いた。これを見てくれるか」と。

こうしてこの一年の間、名人の細密画師にこっそり描かせた絵を彼に見せることを始めた。最初はわしに遠慮していた、むしろ恐れていた。死が、『王書』に書かれている多くの場面、たとえばエフラシヤブがシヤヴシュの首を刎ねるところ、あるいはルステムがスフラブを、それが自分の子供であることを知らずに、殺すところから霊感を得て描かれたのを見て興味を持った。亡きスルタン・スレイマンの葬式を示す絵の、大胆な、しかし憂いに満ちた色で描かせた絵は、ヨーロッパの名人の様式の構成で、わしが自分のペンで苦労して影を付けたのだった。地平線と雲を混ぜて、悪魔的深さを暗示した。ヴェネツィアの城の壁にかかっていた肖像画の固有で比類ないものでありたいと必死になっていた異教徒の人物たちのように、死は比類ないものとして描けることを彼に思い出させた。「自分だけのもの、他に二つと無い物でありたいと、かくも激しく願うのだ」とわしは言った。「見てみなさい。死の眼の中を。人間は死を恐れるのではなく、それが自分だけで他に類の無い例外的なものであることを願う気持ちの激しさを恐れているのだ。この挿絵を見て物語を書いてくれ。死の口から語らせてみよ。それ、ここにペンと紙がある。書いたものはすぐ書家に渡す。」

彼はしばらくの間絵を見ていた。それから、「これを描いたのは誰ですか」と訊いた。

「〝蝶〟だ。一番才能があるのは彼だ。名人オスマンも長年彼を愛しているし、讃嘆もしている。」

「この犬の絵に似た、これよりもっと粗末なものを、咄し家が語るコーヒーハウスで見ました」とカラは言った。

「名人オスマンの細密画の工房に属している細密画師の大部分は、わしの本のために描かれたものを信じていない。夜中にここから出て行って、金のために描いた絵によって、わしのことをコーヒーハウスで下卑た嘲笑をしたことは想像できる。一時期スルタン様は、わしが無理に大使館から連れてきた若いヴェネツィア人の絵描きに御自分の絵を描かせられた。その後で、名人オスマンにその油絵と同じものを自分の様式で描かせられた。ヴェネツィア人の絵描きの模倣を強いられた名人オスマンは、この醜い強制や描いた屈辱的な絵をわしの所為だとした。尤もなことであったが。」

一日中、どうしてか完了しない最後の絵以外は、彼に全ての絵を見せた。その物語を彼に描かせようと唆した。細密画師たちの性格を話した。彼らにどんなに金を払ったかを話した。ヴェネツィア人の絵では、遠くにあるものが遠近法で次第に小さく描かれることが冒涜であるかどうかまで話し合った。哀れな〝優美〟さんが金に対する執着と野心ゆえに殺されたのかもしれないとも話した。

夜、カラが家に帰る頃には、約束したように、翌朝また来て、写本の物語をわしから聞いてくれると、確信していた。開けた門の前を足音が遠ざかっていくのを聞いている時、肌寒い夜の中に何かがあって眠れずに苛々しているわしの殺人者が、わしよりも、わしの写本よりも強力であって、より悪魔的であるように思われた。

彼が出て行った後で、門を注意深くしっかりと閉めた。門の後ろに、毎晩しているようにバジルの植木鉢として使っている古い水甕を置いた。火鉢の火に灰をかけて、寝床に入ろうとして、目を上げると、シェキュレが闇の中に幽霊のように見える白い服を着て、わしの向かいに立っていた。

「あの男と結婚することに断固決めておるのか」と訊いた。

「いいえ、お父様、わたしは結婚などとっくにあきらめました。まして、わたしは結婚している身ですよ。」

「彼との結婚を今も望むのなら、許してやってもよい。」

「彼とは結婚したくありません。」

「それはどうしてか。」

「なぜなら父上が望まれないからです。父上の望まない人をわたしも本心から望みません。」

薄暗がりの中で炉の火が一瞬彼女の目に映ったのを見た。不幸故にではなく、憎悪で濡れた目を。しかしその声には何らの怒りもなかった。

「カラはお前を愛しておる」と秘密を漏らすように言った。

「知っています。」

「一日中わしが語ったことを、細密画を愛しているからではなく、お前を愛しているが故に聞いていた。」

「御本が完成しますね。大事なのはそのことですわ。」

「お前の夫はいつか帰ってくる」とわしは言った。

「なぜかわかりません。もしかしたら静かだからかも。今夜夫が全く戻らないのがよくわかりました。夢で見た事が本当にちがいありません。殺されて、狼や鳥に食べられてしまったのでしょう。」この最後のことばを寝ている子供たちが聞くかと、声をひそめて奇妙な怒りを込めて言った。

「わしが殺されたら」とわしは言った。「わしが全てを捧げた、一番大切なこの本をお前が完成させてほしい。このことを約束してくれ。」

「約束します。でも誰が完成させるのですか。」

「カラだ。それを奴にやらせることができるのはお前だ。」

「お父様がやらせておられるではありませんか」と言った。「わたしは必要ではありませんわ。」

「その通りだ。だがお前のためにわしを手伝っておる。わしが殺されたら、怖くなって本を断念する。」

「そうすれば、わたしと結婚できません」と悧巧な娘は微笑みながら言った。

微笑んだことがどうしてわかったのか。これらを話している間、目が時々光るのが見えた。部屋の中ほどに向かい合って緊張して立っていた。

「彼と手紙のやりとりや合図などを送っているのか」と我慢しきれなくなって訊いた。

「そんなことどうして考えられるのですか。」

長い胸苦しい沈黙があった。遠くで犬が吼えた。少し寒く感じて身震いした。もう部屋は暗くなっていて、お互いが見えなかった。ただ向かいにいるのが感じられた。突然互いに抱き合った。全身の力を込めて抱きしめた。彼女は泣き出した。母親のことを思い出したと言った。母親と同じ匂いのする髪に口づけをして、撫でた。寝床で並んで寝ている子供たちのそばに連れて行って寝かせた。この二日間を考えると、シェキュレがカラと手紙のやりとりをしているのは確かだった。

22　わたしの名はカラ

夜家に戻ると、既に今からわたしの母親のように振る舞い始めた家主の女から逃れて、真っ直ぐに部屋に閉じこもった。そして敷布団に横になって、シェキュレのことを考えた。

まずゲームの面白さで今日わたしの注意を引いた物音のことから始めよう。十二年ぶりにあの家に二度目に行ったが、彼女は全然姿を現さなかったのに、魔術のように、そこにいて絶えずわたしを見ているという印象を与えることに成功した。だから彼女が終始何らかの形で見ていて、未来の夫としてわたしを観察していて、論理の遊びを楽しんでいたということは確かだった。そのためにわたしも絶えず彼女を見る事ができるような気がした。イブン・アラビーが、愛は見えないものを見えるものとする能力であり、見えないものを絶えず傍らに感じたい欲求だと言っていることがよくわかった。

シェキュレがわたしを絶えず見ていたことは、家の中の物音や床板の軋みを聞いたことからわかった。いっとき子供たちと一緒に廊下に通じる隣の部屋にいたことは確かだった。子供たちが押し合って喧嘩したのを、母親の怖い眼差しや眉をひそめた表情で、声を潜めさせたのがわかった。礼拝をしている者の邪魔をしないためではないのに、わざとらしく不自然な形で囁いていたのが、さらにそのあとでクックッと笑いあっていたのが聞こえた。

またある時は、祖父が光と影の素晴しさを語っていた時、二人の子供、シェヴケトとオルハンが、前もって練習したのが明白な注意深い動作で、盆にコーヒーをのせて部屋の中に入って来てわたしたちに出した。ハイリエがすべきこの仕事を、もしかして、将来子供たちの父親になる男を、子供たちにより近くから見せようとシェキュレがやらせて、この男について子供たちと話すために意図したと考えて、わたしは「お前はなんてきれいな目をしているのだろう」とシェヴケトに言った。そしてすぐに小さいオルハンが嫉妬すると感じて、「お前の目もそうだね」と付け加えた。そしてポケットからいきなり取り出したカーネーションの花びらを盆の上に置いてから、二人の子供の頬に口づけした。その後も、家の中から笑い声やくすくす笑いを聞いた。

何度か、わたしを眺めている目が、壁や閉まっているドアや天井の、どの穴から、あるいはどの角度から見ているのかと気になった。割れ目や板の節を見ては、時には間違った時もあるが、あの割れ目の後ろにシェキュレがどうやって入っているのかと想像した。ほの暗い点を空しく疑ってみたり、疑ったものが本当であるかどうか見るために、間断なしに説明をしているエニシテには失礼だと思いながらも、立ち上がってみたり、エニシテの話を熱心に聞いている証拠にと、心を奪われた考え込むポーズで部屋の中を行ったり来たりしたり、上の空で歩いたり、疑っていた壁の黒い点に近づいて見たりした。

そこで、のぞき穴だと思った節穴の後ろに彼女の目が無くて失望した。ある時は妙な孤独感にとらわれて、人生で何をしてよいかわからない人間のように焦ったりした。時にはシェキュレがわたしを観察しているのを感じて、彼女の視線の下にいることを強く確信した。愛している女に印象づけようと、自分をいつもより賢く、より強く、有能に見せようと気取ったポーズをとった。それからシェキュレや子供たちが戦争から一向に戻ってこない夫や行方不明の父親と比べていることを想像した。その時エニシテが、ヴェネツィアの新興の有名人がどうやって絵に描かれたかを説明したことが気になった。それらの著名人は殉教した聖人のように苦悶の表情によってではなく、行方不明の夫のように腕力や半月刀の先で切りはねた首の数によってでもなく、書いた本や挿絵に描いた頁によって名声を獲得したのだった。シェキュレがその人たちのことをよく聞いていたというだけで、その人たちに似たいという思いにかられた。この著名人がエニシテの言ったように、この世の目で見る事のできる闇や不思議な力によって霊感をうけて描かれた絵——エニシテは見たが、一度も見たことがない甥に説明しようとしたあのすばらしいもの——を思い浮かべようといくら努力しても、ついに何も想像できないで、一種の失望感に陥って、自分を小さく感じるのだった。

見るとシェヴケトが前に来た。わたしに近づこうと決意しているのがわかった。一瞬トランスオクソニアにいるアラブの部族やコーカサスの山腹にいるチェルケズ族がするように、その家の一番上の男の子が、客が家に来たときだけでなく、自分が外に出て行くときも客の手に口づけするのだと思って、深く考えもせずに手を出した。それと同時にあまり遠くないところからシェキュレが笑ったのが聞こえた。わたしのことを笑ったのだろうか。あわてた。その場をとりつくろうと、わたしがそうするのを期待されている行動はこれだとばかりに、シェヴケトを引き寄せて両の頬に口づけした。こうすることでエニシテの話を中断したのをわびるために微笑んだ。同時に母親の匂いが残っているかと注意深く子供をかいだ。わたしの手に紙切れを握らせたのに気がついた時には、シェヴケトは既に後ろを向いて遠ざかっていた。

その紙を、握りしめた手のひらの中に宝石のようにしっかりと隠した。これがシェキュレからわたしに送られた手紙であることがはっきりわかった。嬉しさのあまり、馬鹿みたいにエニシテに向かって微笑しそうになった。このことだけでもシェキュレがわたしのことを求めている明白な証拠ではないだろうか。その瞬間、思いもかけず、シェキュレと狂ったように愛し合っている様を想像していた。空想している信じ難いものが、近い将来に実現するとの異常なまでの確信となって、エニシテの向かいで、まずいことにあれが勃起するのに気がついた。これをシェキュレは見ただろうか。注意を外にそらせようと、長い間エニシテの説明することを聴いた。

かなりして、エニシテが描かれた他の頁をわたしに見せようとして体を伸ばした時、花の香のする紙を開けたが何も書いていない。紙が白紙であることが信じられなくて、何度もひっくり返して見た。

「窓というものは」とエニシテは言った。「遠近法を用いることは、世界を窓から眺めるようなものだ。何だ、その紙は?」

「何でもありません、エニシテ」と言った。しかし彼が見ていない時に、その紙を長い間嗅いだ。

昼食のあと、エニシテの便器を使いたくなかったので、失礼して、庭にある厠に入った。凍てつく寒さに尻を長く冷やさないようにと急いで済ませて出ると、シェヴケトが無言で立ちふさがった。手には祖父のまだ湯気の出ている便器があった。わたしの後から、厠に入って便器を空けた。外に出た。手には空の便器をもっている。丸々した頬を膨らませてきれいな目でわたしをじっと見た。

「死んだ猫を見たことある？」と言った。鼻は母親にそっくりだ。彼女はわたしたちを見ているのだろうか。わたしはあたりを見回した。長い年月の後にシェキュレを見た二階の窓のよろい戸は閉まっていた。

「いや。」

「絞首刑になったユダヤ人の家にいる死んだ猫を見せてあげようか。」

返事も聞かずに外に出て歩いて行った。後に続いた。泥だらけで凍った道を四、五十歩あるいて、手入れのされていない庭に入った。あたりは濡れて腐った落ち葉や何だかわからないかび臭いもののにおいがした。前方の物憂げな無花果やアーモンドの木の後ろの隅にこっそりと隠れるようにたっている黄色い家に、ここを良く知っている人間のように自信をもって、ずんずん入り口から入った。

家は空っぽだった。しかしあたかも人が住んでいるかのように乾いて少し暖かかった。

「この家は誰の家か」と訊いた。

「ユダヤ人たちの。その人が死ぬと妻と子どもたちは果実波止場の近くのユダヤ人地区に移った。この家を行商女のエステルに売らせている。」部屋の隅を行ったり来たりしてから、「猫は行ってしまったみたいいない」と言った。

「死んだ猫が行くかな？」

「『死人はさまよう』とおじいちゃんが言った。」

「死人ではなくて、死人の魂がさまようのさ。」

「どうしてわかるの？」と言った。便器をまだしっかりともっている。

「知っているのさ。お前はよくここに来るの？」

「お母ちゃんが来る、エステルと。夜は幽霊がでるそうだ。でもぼくは怖くない。おじさんは人を殺したことがある？」

「ある。」

「何人？」

「多くない、二人だ。」

「刀で？」

「刀でだ。」

「魂はさまようの？」

「知らないが、本にはさまようと書いてある。」

「ハッサンおじさんは紅い柄の剣をもっている。触れたものは何でも切る。短剣もある。柄にはルビーがついている。お父ちゃんをおじさんが殺したの？」

頭を振って、そうでもない、違うでもない身振りをした。

「お父さんが死んだのがどうしてわかるんだ。」

「お母ちゃんが昨日そう言った。もう帰って来ないって。夢で見たって。」

人間は自分の惨めな利益のために、あるいは、身を焼き焦がす欲望のために、あるいは胸を裂く恋のためにどんなことでもする用意があるが、もし機会が与えられるのならば、より高貴な目的のためにできることをしたいと思う。その瞬間にわたしはもう一度この父親の無い子供たちの父親になろうと決心をした。そして、家に戻ると、本文と挿絵を完成しなければならない写本の説明をするその祖父の語ることを、この故により熱心に聴いたのであった。

エニシテがわたしに見せた絵から始めよう。たとえば、この馬の絵から。この絵には人間はいない。馬の周囲にはなにもない。それでも、これは単なる馬の絵だ。それだけだとは言えない。確かに馬はそこにいる。しかし、明らかに乗り手も脇の方に行ったとか、カズヴィンの様式で描かれた藪から今にも出てくるところだとか、あるいは、もしかして、後方の馬の傍らから剣を手にした人間が出てくるところだとか、馬の鞍のしるしや装飾から高貴な方とすぐわかったりする。

この仕事のために密かによばれた名人の絵師にエニシテがこの馬の絵を描かせたらしい。夜ここに来た細密画師は、頭の中に印刷の原版のように嵌め込まれている馬の絵を、ある物語の一部としてであれば諳んじている馬を描き始める。彼が何千回も見た恋人たちや戦士の場面で見た馬を描いていると、ヴェネツィアの名人の絵から霊感を得たエニシテが多分絵師に干渉する。たとえば、乗り手は描かないでいいとか、そこに木を描けとか、木を後方にもっと小さく描けとか。

夜やって来る細密画師は仕事台の前にエニシテと一緒に座って、描き慣れた、諳んじている場面ではなくて、それぞれ異なるこの奇妙な規範外の絵を描いたのだろう。エニシテがそれぞれの絵にかなりの金額を出したこともあり、さらにはっきりいって、奇妙な細密画も魅力的だったこともあって、蝋燭の光で熱心にはたらいていたエニシテと同様にその絵師も、この馬の絵がどの物語の挿絵となるかは、ある点から先はわからなかった。エニシテがわたしにやらせたいのは、この半ばルネッサンス風、半ばペルシア風の絵を見て、それらにふさわしい物語をその傍らに書くことだった。シェキュレを手に入れるためにはこの物語を書かなければならない。しかしコーヒーハウスで咄し家が話した以上には、何も思いつかなかった。

23　人殺しとよぶだろう、俺のことを

かちかちというぜんまい時計が夕方だと告げた。夕刻の礼拝の呼び声はまだきこえない。しかしずっと前に書見台のそばの蝋燭は点けた。きれいに裁断された艶のある紙に、葦のペンにハッサンパシャの黒インクをつけて、何も見ないで、ペンを滑らせて阿片中毒者の絵を急いで描き上げた。なぜなら、毎夜外にいざなうあの声が頭の中で聞こえ始めたからだ。しかし我慢した。今夜は外に行かないで、家で仕事をすることに決めていた。そのためにドアに内側から釘を打つことすらやった。

急いで描いたこの写本は、朝誰も起きないうちに、遠いガラタから来てドアを叩いたアルメニア人が註文したものだ。どもりなのに通訳やガイドをしているこの男は、イタリア人の旅行者が服装の本を註文するや、すぐ俺のところに来たが、ひどくまけさせた。今朝二十枚の絵の入った凡庸な服装の本のために百二十枚の銀貨に同意したので、夕刻の礼拝のころに一挙に、十二枚のイスタンブルの人間の服装を心を込めて丁寧に描いた——宗教を司る大臣のセイフルイスラム、宮廷の門番、説教師、兵士、修行者、軍人、

法官、羊の内臓を売る者、死刑執行人――こいつは拷問しているところを描くと高く売れる――、乞食、風呂屋に行く女、阿片中毒者など。いくばくかの金を余分に稼ぐためにこの種の本を沢山描いた。だから、絵を描いている時、退屈しないようにと、法官を描く時、筆を紙から全然持ち上げずに描いたり、乞食を描く時、目をつぶって描いたりして、自分だけの一人遊びを工夫した。

盗賊や詩人や絶えず心に憂いのある者は皆夕刻の礼拝の時刻になると、心の中の悪魔や精霊が声を揃えて、「外に、表へ」と言う。「人ごみの中に、闇の中に、惨めさや卑劣さの中に走っていけ。」長い間この悪魔や精霊を宥めすかした。奇蹟の手と言われた俺の手から生まれた細密画は、これらの悪魔や精霊に手伝ってもらって描いたのだった。しかし七日前にあの卑劣漢を殺って以来この悪魔や精霊はいうことをきかなくなった。それで俺は自分にこう言うのだ、「少し表に出たら、奴らも収まるだろう」と。

この言葉を口にした後は、気がついたら、いつものように通りを歩いていた。雪の積もる道、泥だらけの通り、氷のはった坂を急いで歩いた。誰も通っていない歩道を止まらずに進んだ。俺が夜の闇の中を歩いていくと、町外れの気味悪い、寂しい片隅に入っていくと、罪の意識が次第に後ろの方に遠ざかり、狭い道や石の旅籠や学校やモスクの壁に沿って自分の足音がこだまする度に恐怖が軽くなる。

俺の足がひとりでに、毎晩来るこの町外れへ、幽霊や精霊ですらが気味悪がる人通りのないこの辺りに俺を連れてくる。あの辺りの男の半数はペルシアとの戦争で死んだ。あとの半数は不吉だと言ってこの地区を離れたと聞いた。でも俺はそんな迷信を信じない。このきれいな地区の不運は四十年前、ペルシアとの戦争で敵の巣窟だといってカレンデル宗派の修行者の館が封鎖されたことにあった。

ブラックベリの灌木や、一番寒い季節ですら、いい香りのする月桂樹の後ろに回った。崩れた煙突や蝶番の落ちたよろい戸の間の壁板を、いつものようにきちんと整えて中に入った。百年もたったお香の匂いやかび臭さを深く吸い込んだ。ここにいると幸せになって、涙が落ちそうになった。アラーの神以外には誰も怖くないとか、この世で与えられる罰など俺にとってなんでもないと今でも言える。俺のような人殺しにとって怖いのは、コラーンで言っている、例えば「フルカン」章にはっきり書いてあるように、最後の審判の日に受ける非常に重いという苦しみである。極めて稀に手に入る古い本で、昔のアラブの絵師が皮の上に描いた、単純で子供じみた、しかし恐ろしい地獄の光景や、なぜか中国や蒙古の名人の絵師たちの描いた悪魔の拷問を思いださせる。この苦悶の色と激しさを目の前に思い浮かべる度に、それを描かずにはいられない。こじつけるとこういうことを考えざるを得ない。「夜の旅」の章では何と書いてあったか、確か三十三節だったが、『正当なる理由なくしては、アラーの神が殺すことを禁じておられる者の命をとってはならない』と。それならば地獄に送ってやったあの卑劣漢はアラーが殺人を禁じた信徒ではなかったし、俺が奴の頭を潰すには正当なる理由があったのだ。

スルタン様が密かに註文されたあの写本のために働いていた俺たちのことを誹謗したこの男は、もし俺が奴の口を封じなかったら、エニシテと細密画師全員、さらには名人オスマンをも冒涜者と宣言して、頭がおかしくなっているエルズルム師一派の前に引き出していた。一度誰かが、細密画師は神を冒涜したと大きな声で言ったら、暴力を振るうために口実を探していたエルズルム一派は、俺たち名人のみならず工房をも壊滅して、スルタン様ですら何もできずにただ眺めることになっただろう。

ここに来る度にするように、片隅においてある箒と雑巾で辺りをきれいにした。こうしている間に、心も温まって自分をアラーの神の良き僕だと感じた。この感謝の気持ちを常に持たせてくださいとアラーの神に長い祈りを捧げた。狐にも銅の上に漏らさせるような酷い寒さを骨の髄にまで感じてきた。喉の奥の方であのいやな痛みが始まった。外に出た。

少し後で、同じような奇妙な精神状態で全く別の地区にいた。見捨てられた修行者の館の地区とここの間で何がおこったか、何を考えていたのかわからない。両側に糸杉が並んでいる通りにどうやって来たのかもわからない。しかし、いくら歩いても頭を離れない思いがある。狼のように俺を蝕む。あなた方に話したら、少し心が軽くなるかもしれない。奴を卑劣な誹謗者と言おうとも、かわいそうな〝優美〟さんと言おうとも——いずれにせよ同じことだが——いなくなった装飾画師は死ぬ直前に、エニシテを激しく非難して俺に言った。エニシテが全ての絵で異教徒の様式を、遠近法を使ったことを俺があまり気にしないのをみると、奴は言った、「もう一つ最後の絵がある。その絵で、エニシテはわたしたちが信じている全てのものを冒涜している。やっていることは冒涜どころではない、正真正銘の異端行為だ」と。卑劣漢のこの讒言の三週間前、エニシテは紙の四隅にヨーロッパの絵にあるように、馬、金貨、死のように全く関係ないものを、異なる大きさで描くように俺にも求めた。俺に描くように言った頁の線が引かれ、可哀想な〝優美〟さんが金泥装飾をした絵の大部分の上はいつも別の紙に覆われていて、あたかも俺や他の絵師たちから何かを隠しているかのようだった。

この最後の大きい絵で何を描いたかエニシテに訊きたいと思う。しかし色々なことが気になる。訊けば〝優美〟さんを俺が殺ったことに疑いを持つのは確かだ。そしてその疑いを皆に言うだろう。俺を不安にするもうひとつのことは、エニシテが〝優美〟さんの言ったことは正しかったと言うことだ。〝優美〟さんから聞いたのではなくて、ただ自分が心配しているように訊けばどうかとも考えてみるが、このことは俺の恐怖を軽減してくれない。人は、気がつかないうちは、神を信じない行為をしても恐ろしくないかもしれないが、今はすべて気がついているのだ。

頭よりも常に賢い俺の脚が俺をエニシテの家の通りにまで連れてきてしまった。片隅に身を隠して暗闇で見える限り長い間家を眺めた。木々の中にある二階建ての大きくて奇妙な金持ちの家だ。シェキュレが家のどの辺りにいるのかわからない。シャー・タフマスプの時代にタブリーズで描かれた絵のように、家を中央から刀で切ったように見られれば、シェキュレがどのよろい戸の後ろに、どのように見えるか想像し描こうとした。

ドアが開いて、闇の中をカラが家から出てきたのが見えた。中庭の門の後ろからカラを優しく見送るエニシテも門を閉めた。

その瞬間狂おしい空想に耽っていた俺の頭ですら、今見た事から苦々しい三つの事実がわかった。つまり、ひとつ、カラはより安く安全なので、エニシテは写本を彼によって完成させるつもりだ。

ふたつ、美しいシェキュレはカラと結婚する。

みっつ、哀れな〝優美〟さんの言ったことは本当だった。したがって、奴を無駄に殺ったことになる。

こういう状況では、つまり心が一向に出したがらない苦々しい結論を、冷徹な頭が直ちにくだす。すると体中が頭に反抗する。最初は三番目の結論に。無駄に劣悪なる人殺しになったことに頭の半分が激しく異議をとなえる。この間に脚は、いつものように、頭より速く、より論理的にふるまって、俺にカラの旦那のあとをつけさせた。

いくつ通りを過ぎただろうか。これからの人生にも自分にも満足して嬉しげに歩いていくカラを殺すことは非常に容易であろうことを、そうすれば頭が導き出した面白くない最初の二つの結論をも除いてくれるということを考えた。さらにその場合には、哀れな〝優美〟さんの頭蓋骨を無駄に潰したことにはならない。いま八、九歩走って後ろから追いついて、カラの頭に全力で打撃を打ち下ろせば、全てが元のように続いていくだろうし、エニシテは本を完成するために俺をよぶだろう。しかし頭のより正直で（正直さは大抵の場合臆病以外の何物でもない）慎重な面は、殺して井戸に投げ込んだ惨めな奴が本当に密告者だったと今でも言っている。もしそれが事実なら、奴を殺したのは無駄ではなかったことになる。もはや作った写本に隠すべき何物も無いエニシテは俺を家によぶだろう。

しかしすぐ前を歩いて行くカラを見る度に、そうはならないだろうということがすぐにわかる——全ては幻想だ。カラは俺よりもよりリアルだ。誰の身の上にもおこることだが、時々論理的に考えるといっては、何週間も何年もの間空想していた後で、ある日ある物が見える、人の顔、服、幸せな人間など、そして一瞬にして、自分の夢が実現しないことが、たとえば、娘を俺にはくれないとか、その地位には絶対に上れないとかがわかるのだ。カラの頭や首や肩の上がり下がりは俺の神経に触る。歩き方を——この世のために歩をお運び下さるかのようにもったいぶった——俺の心を暖かく包む深い憎悪の念で眺めた。良心の呵責から遠く、前方に幸せな未来が待つ、カラのような男は、この世を自分の家だと思って、どのドアも（あたかも自分の厩に入るスルタンの如く）好きなように開けて、中にいる者を蔑むのだ。地面から石を拾って後ろから走っていって、奴の頭に撃ちおろしたいのを辛うじて抑えた。

俺たちは、同じ女に恋している二人の男で、奴は前方で、奴が全く気がついていない俺は後から、イスタンブルの通りを曲がったり、上ったり下りたりして進んで行く。野犬の群れの戦い場になっている気味の悪い通りや精霊がいる焼け跡、その屋根で天使たちが寄りかかって居眠りをしているモスクの中庭、霊たちとひそひそと話す糸杉のそばを、幽霊がいっぱいいる雪に覆われた墓地の端を、人間の喉元を掻き切る盗賊のすぐ前を、尽きることの無い店舗、厩、修行者の館、蝋燭工場、鞍つくりの店、壁の間を前と後から進んで行く。俺は奴の後についていくのではない。奴の真似をしているのだと考えた。

24　わたしの名は〝死〟

ご覧の通りわたしは〝死〟です。でも怖がるにはあたりません。なぜならわたしは絵だからです。それでも皆さんがわたしを怖がっておられるのが目を見ればわかります。遊んでいるゲームに夢中になってしまった子供のように、わたしが本物でないと知りつつも、死そのものと出会ったかのように、恐怖にかられるのが気に入りました。わたしを見る度に、あの避けることのできない最期が来た時、恐怖のあまり漏らしてしまうと感じておられます。これは冗談ではありません。死と出会った時、特に獅子のように強い気性の男の大部分がそうなのです。何千回も描かれた、死体に覆われた戦場は、想像されるように血や爆薬や燃えた鎧の臭いではなく、上記の理由で、糞尿と腐敗した肉の臭いがするのです。

皆さんが初めて死の絵をご覧になったことはわかっています。今から一年前、痩せて背の高い不思議な老人がわたしを描いた名人の細密画師を家に招びました。二階建ての家の薄暗い細密画の仕事部屋で琥珀の香りのする絹のように滑らかなコーヒーをご馳走して、若い細密画師の頭を冴えさせました。そのあとで、陰になった青色の部屋で、最高のインド紙に栗鼠の毛で作られた筆、金箔、種々のペン、珊瑚の柄のついたペン削りを見せて、高い金を出すことをほのめかして名人の絵師の関心をかいました。

それから、「わしに死の絵を描いてくれ」と言いました。

「今まで死の絵を見たことがないので、死の絵は描けません」と、まもなくわたしの絵を描くことになる奇蹟の腕をもった名人の細密画師は言いました。

「ある物を描くことができるためには、どうしてもその絵を見る必要はない」とその野心家の痩せた老人は言いました。

「ええ、多分必要は無いでしょう」とわたしを描いた名人の細密画師は言いました。「しかしその絵が昔の名人が描いたように完璧であることをのぞむなら、何千回も描いていなければなりません。細密画師は、どんなに優れていても、新しい題材は見習いのように描きます。それはわたしにふさわしくありません。死の絵を描く時、名人の称号を捨てることはできません。なぜならそうすることはわたし自身が死ぬことになりますから。」

「その死はお前を題材に近づける」と老人は言った。

「題材を体験することではなくて、体験したことがないことがわたしたちを名人にします。」

「それなら、そのような名人芸は死を知るべきだ。」

このようにして彼らは高級な会話をしました。昔の名人をも尊敬するが自分自身の才能をも尊敬する細密画師にふさわしい、掛詞(かけことば)、風刺、隠喩、洒落、地口、あてこすり、暗示など、高級な会話になりました。彼らが話しているのはわたしの存在ですから、熱心に聴きました。この議論の全てをお話しすればこの素敵なコーヒーハウスに座っておられる細密画師の皆さんを退屈させるのを知っています。ただ、いっときこんなことを話していました。

「細密画師の才能の尺度は昔の名人と同じ完璧さで描くことか、あるいは誰も見ることのできない題材を絵に描くことができることか」と、腕の確かな、きれいな目をした、頭の良い絵師は言いました。本当は彼はこの答えを知っていたのですけれども、慎重だったのです。

「ヴェネツィア人の絵師の尺度は、新しい題材をみつけ、以前使われたことのない技術で描くことで測られる」と老人は傲然と言いました。

「ヴェネツィア人はヴェネツィア人のように死にます」と、わたしを描くことになっている細密画師は言いました。

「しかし誰の死も似たようなものだ」と老人が言いました。

「伝説や絵画は、誰もが似通っているということではなくて、誰もが他とは違うということを語ります」と賢い細密画師は言いました。「互いに全く似ていないユニークな伝説を、あたかも誰でもが知っている物語のように描くのが名人の細密画師です。」

こうしてヴェネツィア人の死とイスラム教徒の死、死の天使、アラーの神の他の天使たち、彼らを決して異教徒の絵と一緒にしてはいけないことなどについて話しました。少し後でわたしのことを描くことになっている――今はわたしの大好きなこのコーヒーハウスでわたしをそのきれいな目で眺めている――若い名人は、重苦しい会話に心をかき乱され、手はわたしを描きたくてうずうずしているのに、わたしがどういうものかわからなかったのです。

若い名人を騙そうとした陰険な老人は若者の意欲を嗅ぎ取りました。薄暗い部屋で空しく燃えるランプの炎で光った目で、奇蹟の腕を持つ若い名人をじっとみつめました。

「ヴェネツィア人があたかも一人の人間のように描いた〝死〟は、わしらが『アズラエル』と称んでいる死の天使だ」と言った。「だが、人間の姿でだ。あたかも神の言葉をわしらの預言者に伝えるためにガブリエルが人間の姿で現れたように。わかるかね。」

アラーの神が信じ難い才能を与えられた若い名人はうずうずして、わたしを描きたいのがわかりました。なぜなら悪魔のような老人が彼にこの悪魔的な考えを目覚めさせることに成功したのです——わたしたちが欲しているのは光の中で知っているものではなく、薄暗い影に中にある知られざるものを描くことだと。

「そのような死のことは全く知りません」と少し後でわたしを描く細密画師は言いました。

「死は誰もが知っている」と老人は言いました。

「わたしたちはそれを恐れます。しかしそれを知りません。」

「だからこそお前がその恐怖心を描くのだ」と老人は言いました。

その時もう少しでわたしの絵を描くところでした。偉大な名人の細密画師はうなじがむずむずして、腕の筋肉がつっぱり、指先がペンを執ろうとしたのを感じました。しかし真に偉大な名人ですから、この緊張が彼の魂の中で描くことへの思いをさらに深めると考えて自制しました。

狡賢い老人もそれがわかったのですが、少ししたら描くことに確信があったので、霊感がくるようにと、前にある書物の中から、エル・ヤヴズィェの『霊魂の書』やガッザーリの『啓示の書』やスユティから死についての部分を彼に読みました。

こうして皆さんが恐れつつご覧になられたわたしの絵を描く時、奇蹟の腕を持つ名人の細密画師は死の天使が天国から遥かなこの世まで、東の一番端から西の一番端まで伸びる何千もの翼を持っていること、信じる者たちにはこの翼が慰めや癒しとなるが、しかし罪深い者や叛く者には、それぞれ釘のように激しい痛みをもたらすことを聞きました。あなた方細密画師の大部分は地獄行きですからと、わたしを釘でおおわれているように描きました。アラーの神がその命をとってくるようにとあなた方のところに遣わされる天使の手には、あなた方の全ての名前を書いた帳簿があること、この帳簿の頁にはある者の名は黒い枠で囲ってあること、しかし死の時刻はアラーのみがご存知でおられること、そしてその時刻が来ると神の玉座の下にある木から葉が一枚落ちること、この葉を手に取って読むと死の順番が誰に来たかがわかることなどを絵師は聞いたのでした。それ故にわたしのことを、恐ろしいがしかし帳簿がわかる人間のように思慮深くも描いたのです。頭のおかしいこの老人は、『人間の姿で来るこの死の天使が地上での時間が完了した人間に手を伸ばして命を取ると、突然辺りが日の光を思わせる光に包まれる』ことを読んだので、賢い絵師はわたしを光の中で描きました。なぜならこの光は死者の周囲の人たちには見えないのを知っていましたから。『霊魂の書』から、昔の墓泥棒が見たこと、体の此処かしこに釘を打ち込まれた死体や、土を掘ると死んで間もない死体の代わりに炎があったり、頭蓋骨のなかに熱い鉛が溶かし込んであったりしたことなどを読んで、この野心ある老人の話すことを全身の注意で聴いていた優れた絵師はわたしの絵を描く時、怖がらせるもの全てを絵に入れました。

しかしその後で後悔しました。絵の中に恐怖を描いたことではなくて、この絵を描いたことを。わたしはといえば、父親が自分のことを恥ずかしく後悔して思い出す人間のように感じます。すばらしい腕を持った細密画師はわたしを描いたことでどうして後悔したのでしょうか？
一、死の絵を十分巧みに描かなかったために。皆さんがご覧になるように、ヴェネツィア人の偉大な名人が描いたもののように完璧ではないし、またヘラトの名人たちの絵のようにでもない。この惨めな状態は恥ずかしい。わたしを描いた偉大な名人は死の威厳にふさわしく描かなかったのです。
二、老人が悪魔のように騙してわたしを描かせた名人の細密画師は、突然無思慮にヨーロッパの名人の方法や観方を真似てしまって、（昔の名人たちに一種の無礼をはたらいたと）、自分を初めて不名誉に感じ、その惨めさが彼の心を蝕んでいたから。
三、ここでわたしを見慣れてしまって微笑さえし始めた愚か者を目覚めさせる必要があるように。〝死〟を冗談にしてはいけないのです。
いまや、わたしを描いた名人の絵師は夜毎に慙愧の念で歩き回っています。中国の名人のように、あたかも自分は描いたものになってしまったと思い込むのです。

25　あたしの名はエステル

赤いモスクの尖塔地区や黒猫地区の女たちの註文した、ビレジクの町で作られた掛け布団にする紫や赤い布地を、朝早くから風呂敷包みに入れた。着いたばかりのポルトガル船から運んできた、中国の絹の緑色のは入れないで青いのを入れた。このやむことのない雪、終わることのない冬を考えて、靴下や厚い毛の帯、色とりどりの厚いチョッキも綺麗にたたんで中ほどに入れた。こうすれば風呂敷包みを開けた時に、色とりどりの美しさに、買うつもりのない女ですら胸をときめかす。それから、あたしを何かを買うためにではなく、噂話を聞くためによんだ女たちのために、軽いが高価な絹のハンカチや財布や刺繍のついた風呂用の道具入れなども入れて、持ってみた。ひどく重くなってしまった。これでは腰を痛めるだろう。風呂敷包みを床に置いて、もう一度開けて、どれを抜き出したらいいかと眺めていると、戸が叩かれた。夫のネシムが開けた。

戸口のところで奴隷女のハイリエが真っ赤になって手紙をもっていた。そして、「シェキュレさんから」

と囁いた。ひどく慌てている。あたかも、恋をして結婚したがっているのが自分であるかのように。

手紙を真面目くさって受け取り、馬鹿な娘に誰にも見られないようにして家に帰るように言い聞かせた。ネシムが何か問いたげな目であたしを見た。手紙を届ける時持って行く、大きいが軽いうその風呂敷包みを手にした。

「エニシテ旦那の娘シェキュレが恋に身を焦がしている」と言った。「頭がおかしくなっているよ、あの娘は。」大声で笑って外に出たが、すぐに恥じた。本当のところ、シェキュレの恋騒動をからかうよりも、むしろ彼女の悲しい運命に涙を流してやりたい。あの娘は、黒い目が憂いに満ちたあの娘は、なんて美しいのだろう。

朝の寒さの中で、いつもより人通りが少なく見えるユダヤ人地区の薄汚い家々の前をずんずん歩いた。かなりして、ハッサンの住む通りにいつもいては、行き来する人々を観察している盲の乞食を見ると、渾身の力を込めて、「小間物屋だよー」と喚いた。

「デブの悪女め、喚かなくても足音でわかるわい」と言った。

「薄汚い盲、不吉なタタール人め、めくらはアラーも見捨てられた。お前にアラーの神のばちが当たりますように。」

以前はこんなやり取りを、真面目に相手にしたり怒ったりはしなかったのだが。ドアを父親が開けた。アブハジア人で品がいい。

「わしらに今回はどんな物を持ってこられたか。」

「お宅の怠け者の息子はまだ寝ているのかね。」

「寝ているなんて、とんでもない。ずっとお前からの知らせを待っているよ。」

この家はひどく暗い。入る度に墓穴に入ったように思う。シェキュレはこの人たちがどうしているかと全く訊かない。あたしはこの家のことを彼女にいつも言う、「あの墓へ戻ってはだめだよ」と。美しいシェキュレが、かつてはこの家の奥さんであったとか、いたずら坊主の二人の息子とこの家に住んでいたとか、想像するのも難しい。中は眠りと死の臭いがする。隣の部屋に、闇のさらに奥に入った。

真っ暗だった。手紙をまだ出すか出さないかの中にハッサンが現れて、あたしの手から奪った。いつもそうするようにそっとしておいた。一人で好きなだけ読むがいい。紙面から顔を上げた。

「ほかに何か無いか」と言った。そのほかには何も無いのがわかっているのに。

「短い手紙だな、これは」と言って、読んでくれた。


カラ様、あなたは家においでになります。そして一日中おられます。しかし、父の写本のために一行も書いていないと聞きました。父の写本が完成するまでは決して無駄に希望を持たないでいただきたい。


手紙を手にしたまま、あたかも起こった一連の出来事があたしのせいであったかのように、あたしを睨んだ。この家のこの種の静けさは嫌いだ。

「既に結婚している身だとか、夫が戦争から戻るであろうことにもう触れていない」と言った。「どうしてかな？」

「あたしがどうして知っているのかね」とあたしは言った。「その手紙はあたしが書いたのではないし。」

「時々それすら怪しくなる」と言いながら、その手紙を銀貨十五枚と一緒に返した。

「稼ぎが良くなるほどけちになる男がいるが、あんたはそうではないようだ」とあたしは言った。

この男には、ひどく魅力的な賢い面がある。この家の暗い、いやな状態にもかかわらず、シェキュレがどうして、いまだにこの男の手紙を受け取るのか良くわかる。

「シェキュレの父親の本とは何だ。」

「何だかわかっているだろう。スルタン様が金を出しておられる。」

「その本の絵のために、細密画師がお互いに殺しあっている」と彼は言った。「金のためだろうか、あるいは――あってはならないことだが――宗教を冒涜したためか。それらの絵を一目でも見た者は盲になるそうだ。」

こういうことを微笑しながら言う話し方で、真面目にとるべきではないとわかった。真面目に取るべき言葉ではなくても、少なくともあたしが真面目にとるかどうかは彼にとってはどうでもいいことであった。届けた手紙に対して、あたしの仲介が必要な多くの男のようにハッサンも、その誇りが傷つけばつくほど、あたしを蔑む。あたしも仕事だからと、悲しそうな顔をする、奴さんを喜ばせるために。これが娘だと、誇りがひどく傷つけられると、あたしに抱きついて泣く。

「お前は頭のいい女だ」とハッサンは言った。あたしの誇りを傷つけたのをとりもどそうとして。「これを早くもって行け。あの馬鹿者の返事が気になる。」

一瞬カラはそんなに馬鹿じゃないよと言いそうになった。競争相手の男たちを互いに嫉妬させることは、仲介役のエステルに金儲けをさせることになる。しかし彼が突然激怒するのを恐れた。「この通りの端に、タタール人の乞食がいるだろ?」と家を出る時に言った。「ひどく生意気なのさ。」盲と口げんかしないですむようにと、反対の方向へと歩くと、朝早く鶏市場を通った。イスラム教徒たちはどうして鶏の頭と足を食べないのだろう。彼らは変わっているから。祖母が、亡き祖母の魂に平安あれ、ポルトガルから来た時、鶏の足が安いので、沢山煮て食べたものだと聞かされた。ケメルアラルクのそばで、奴隷たちを従えて男のようにまっすぐ背筋を伸ばして馬に乗った誇り高い、将軍の奥様か金持ちの娘か、一人の女を見た。シェキュレの父親が写本に夢中になった頭のおかしい人でなかったら、夫がペルシアとの戦争から戦利品と共に戻っていたら、シェキュレもあの誇り高い女のように暮らしただろう。彼女こそ、誰よりもそれがふさわしい。

カラの通りに入ると、一瞬胸がどきどきした。シェキュレがこの男と結婚することをあたしは望んでいるのだろうか。シェキュレを、ハッサンと関係があるが同時に離しておくことにも、あたしは成功してきた。しかしこのカラは? シェキュレに恋していること以外は全てきちんとしている。

「小間物屋だよー。」

一人ぼっちで、妻がいなかったり夫がいなかったりして、おかしくなった恋人たちの手に手紙を届ける楽しみは何物にもかえられない。最悪の知らせが来るのがわかっていても、手紙を読み始めると、人は心の中に希望が拡がるのだ。

シェキュレが彼に夫が帰ることに触れなかったことは、『希望を持つな』ということは——たった一つの条件があるというわけだから、カラは希望をもつどころか叫び声をあげた。彼が手紙を読む様を楽しく眺めた。彼は、嬉しすぎて心配になった。むしろ恐れた。返事を書くために中に入った。あたしも頭のいい行商女がするように、うその風呂敷包みを開けて、黒い財布を出して、カラの好奇心の強い家主の女に見せた。

「一番いいペルシアのビロードですよ」と言った。

「息子はペルシアの戦争で死んだ」と女は言った。「お前さんは誰からカラに手紙をもってきたの？」

自分の醜女の娘あるいは誰かの娘を獅子のようなカラにと、何かを企んでいるのが顔を見ればわかる。

「誰からでもありませんよ」と言った。「バイラムパシャの施療院にいる死に近い人の親類が金が必要なんで。」

「かわいそうに」と言ったが全然信じていない。「そのかわいそうな人は誰なの？」

「あんたの息子は戦争でどうやって死んだの？」とわざと訊いてやった。

お互いに敵のように睨みあった。未亡人でたった一人の女。どんなに辛い生活だろうか。行商女の手紙配達屋のエステルがいれば、富、権力、伝説的ロマンスのみが人々の好奇心を呼び起こすことがわかるでしょうよ。あとのもの、つまり悩み、別離、嫉妬、孤独、敵対、涙、噂話、そして決して終わることのない貧しさ、こういうものは、家の中の品物や家具みたいに皆似かよっている——色あせたキリム、菓子を焼く鉄板の上にあるしゃもじ、浅鍋、ストーヴのそばの灰桶、大小の古びた櫃、火箸、未亡人の一人住まいを隠すためのターバン掛、それと泥棒を脅すための古い剣など。

カラは手に財布を持って急いで戻った。あたしにというよりは、むしろひどく好奇心を持っている家主の女に聞かせるべく、「小間物屋、これを哀れな病人にもって行ってくれ。返事があればすぐ待っている。その後は一日中エニシテの旦那のところに居る」と言った。

こんな芝居をするには及ばない。カラのような獅子のような男は、女から合図を受けたり、ハンカチやら手紙やらを送って自分に娘を選ぶのに隠す必要は無い。あるいは本当に家主の娘に気があるのか？時々カラが全く信じられなくなる。シェキュレをひどい形で騙すのかと心配になる。一日中シェキュレと同じ家にいるのに、合図を送ることもできない。

通りで袋を開けると銀貨十二枚と手紙が一通出てきた。その手紙がひどく気になったので、ハッサンのところに飛ぶようにして行った。八百屋が店先にキャベツや人参を並べていた。あたしに「来て触ってみて」と言う長ネギにも触るどころではなかった。

例の通りに入ると、盲のタタール人が何か言いそうになった。その顔に唾を吐きかけて、この寒さがどうしてこの悪い奴を凍え死にさせないのかと思った。

ハッサンが無言で手紙を読んでいる間、懸命に我慢していたが、ついに耐えられなくなって、「それで？」と言ったので読んでくれた。

愛しいシェキュレ様、わたしからお父上の本を完成させることを望まれましたね。わたしにそれ以外の目的がないことを知ってください。あの家に、この目的で行っています。この前あなたが言われたように、あなたを悩ませるためではありません。あなたに対する恋はわたし個人の問題であることはよくわかっています。しかしこの恋ゆえにお父上の、エニシテの望まれた本のために必要な文章がどうしても書き始められません。家の中にあなたがいるのを感じると体が凍てついてしまって、お父上に手助けができません。よく考えてみました。この原因はただ一つです。十二年後にあなたの顔を、たった一度だけ、窓のところに現れた時見ました。いまやその幻を失うことをひどく恐れています。いま一度もっと近くから見られたら、その顔を忘れることはないでしょう。そしてお父上の本もたやすく完成できるでしょう。シェヴケトは昨日わたしを絞首刑になったユダヤ人の家に連れて行きました。この空っぽの家でわたしたちを見る者はいません。今日あなたの言う時間にそこに行って待ちます。シェヴケトは昨日、あなたが夢で夫が死んだのを見たと言いました。

ハッサンはその手紙を、ある所では元々甲高い声をさらに高い女みたいな声で読み、ある所では、頭がおかしくなっている恋人の震えながらの哀願に似せて、げらげら笑いながら読んだ。『あなたをひとたび見たい』というところをペルシア語で言ってからかった。「シェキュレが彼に希望を持たせてやるや否や、すぐ交渉を始めた。こう計算高いのは真の恋人のすることではない。」

「本当にシェキュレに恋しているよ」とうっかり言ってしまった。

「その言葉でお前がカラの側にいることがわかる」と言った。「兄貴が死んだことを夢に見たと書いたのは、夫が死んだことを認めると言う意味だ。」

「それはただの夢だよ」と馬鹿みたいにあたしは言った。

「シェヴケトがどんなに悧巧でやり手な奴であるか俺が知っている。この家で何年も一緒に暮らしたのだ。母親の許可と強制がなければ、シェヴケトはカラを絞首刑になったユダヤ人の家に連れて行かなかったろう。シェキュレが兄貴や俺たちをのけ者にできると考えているのなら、それは間違いだ。兄貴は元気で戦争から戻ってくる。」

言い終わらないうちに奥の部屋に行った。かまどの炎で蝋燭に火をつけようとして呻いた。火傷した手を舐めながら、蝋燭をつけて仕事台の隣においた。筆箱から葦のペンを出した。インク壺に浸してから、小さな紙の上に素早く何かを書いた。あたしが彼のことを眺めていたのが気に入っているのがすぐわかった。しかし彼を怖がってはいないのを示すために懸命に微笑した。

「この殺されたユダヤ人というのは誰だ、知っているだろう。」

「あの家の少し先に黄色い家がある。前のスルタンの御贔屓の医者で、金持ちの中の金持ちのモシェ・ハモンが、アマシヤから来たユダヤ人の愛人とその弟を何年も隠したと言われている。何年も前にアマシヤで、過ぎ越しの祭りの前日、ユダヤ人地区で一人のギリシア人の青年が、噂では失踪したということで、その血で種無しパンを作るために喉元を切ったといわれた。偽の証人まででるとユダヤ人の処刑が始まった。スルタンの御贔屓の医者は愛人とその弟を一緒に逃がして、スルタンの許可を得て隠したそうだ。スルタンが亡くなると、その政敵たちは美女を捕まえられなかったが、一人で住んでいた弟を絞首刑にさせたそうだ。」

「兄貴の戦争からの帰還を待たないのならば、シェキュレも罰せられるだろうよ」と言って二通の手紙を渡した。しかしその顔には、怒りや野心ではなく本物の恋人たちに特有のあの悲しみと不幸が読み取れた。あたしは短い間に恋がこの男を老人に変えたのを自分の目で一瞬見た。税関で稼ぎ始めた金も、少しも彼を若々しくしなかった。あれほど脅しやしかめっ面をしたのに、傷つきやすい眼差しで、あたしにシェキュレをどうやって説得できるかとまた訊くのかと思った。しかしこのことを訊けないほど悪人になってしまっていた。人間はひとたび悪人に変わると——これは恋で拒否される重要な原因である——そのあとから残酷さが続くのだ。子供たちがいつか言っていた、触れたものは何でも切るというあの恐ろしい赤い柄の剣や自分が思い浮かべたことから逃れようと思って、あわてふためきやっとの思いで外に出た。

こうしてタタール人の乞食の罵詈雑言にうっかり捕まった。しかしすぐに冷静さを取り戻して、地面から拾った石を広げた布の上にそっと置く時、「お金だよ。この薄汚いタタール人め」と言った。

金だと思って期待に胸を弾ませて石に手を伸ばしたのを、笑わずに眺めた。奴の悪態には耳を貸さずに、いい婿を見つけて結婚させてやった娘たちの一人のところに行った。かわいい「むすめ」は昨日の残り物の、しかしまだカリカリしているほうれん草入りのパイを出した。昼食のために卵を沢山入れて梅で少し酸味をつけた羊肉のシチュウを作っていた。せっかくの勧めを断るのも悪いので、できるのを待って、焼きたてのパンと共に二杯食べた。彼女は干し葡萄を煮たものも温めた。これも遠慮せずに、薔薇の花のジャムをもらってそれに加えて飲んでから、悩めるシェキュレに手紙を届けに行った。

26　わたしはシェキュレ

ハイリエがエステルが来たと言った時、わたしは昨日洗濯して乾かした下着類を櫃に入れていた……と言おうかと思いましたが、どうして皆さんに嘘を言う必要がありましょう。エステルが来た時、わたしは戸棚の中の孔から父とカラを眺めていました。そしてカラとハッサンから来るはずの手紙を待ち望んでいたのですから、ずっとエステルのことを考えていました。なぜなら父の死の恐怖は正当な疑惑に基づいていると感じましたたし、カラのわたしに対する関心もいつまでも続かないであろうことを知っていました。カラは恋していると同時に結婚したがっている。結婚したいから容易に恋に落ちる。わたしがだめなら他の人と結婚するだろうし、結婚する前にはその女とも恋をするだろう。

台所ではハイリエがエステルを片隅に座らせて、薔薇の香りのシロップのグラスをわたしして、わたしを罪深い者のように眺めていた。ハイリエが父と寝る様になって以来、見たもの全てを父に報告しているのがわかった。彼女が怖い。

「黒い目の不運な美女の中の美女よ、遅くなってしまったね。ブタみたいな夫のネシムがなかなか放してくれなかったのでね」とエステルは言った。「あんたはうるさい夫がいなくてよかったね、この意味がわかるかね。」

手紙を取り出すや否や、わたしは彼女の手から奪った。ハイリエはうろうろせずに片隅に引っ込んだが、何もかも聞こえる所にいた。エステルからわたしの顔が見えないようにと、彼女に背を向けて、まずカラの手紙を読んだ。絞首刑になったユダヤ人の家のことを考えて一瞬身震いした。怖がらないでいいよ、シェキュレよ。お前は何でもやりおおせるのだからと自分に言い聞かせた。それからハッサンの手紙を読み始めた。彼も気が狂う寸前だ。

シェキュレ様。あなたのために胸を焦がしています。しかしそんなことはあなたにとってどうでもいいことだと知っています。夜は夢で、荒れ果てた山々であなたの幻を追う自分を見ます。あなたが読んだはずのわたしの手紙のいずれにも返事をくれないことも、三枚羽根の矢が刺さる思いです。もしかしてこの手紙には返事をくださるかと書いています。噂が拡がっています。あなたの子供たちが言っているらしい。夢で夫が死んだのを見たと、もう自由な身だと言っているそうですね。本当かどうか知りません。確かなのは、まだ兄貴と結婚していること、そしてこの家に属しているということです。父もわたしを信じてくれているので、今日にもこの家に連れ戻すために法官の所に行きます。人を集めて行きます。お父上にも言っておかれたい。家に戻るための仕度をしなさい。返事をすぐエステルによって送られよ。

この手紙をもう一度読んで冷静になった。もの問いたげな目でエステルを見た。ハッサンのこともカラのことも何も言ってくれなかった。

鍋を入れてある戸棚の端に隠してあるペンを取り出して、紙をパン台の上に置いてカラに手紙を書こうとしたがやめた。

あることを思いついた。振り返ってエステルを見た。太った子供みたいに幸せそうに、薔薇の香りのシロップの上に丸くかがみ込んでいた。わたしの考えたことをエステルがわかるはずがない。紙とペンを元の場所に戻して、振り向いてエステルに微笑みかけた。

「何とかわいらしく笑うことか、あんたは」と言った。「心配しなさんな、何もかもよくなるから。あんたのような美女の中の美女で、何でもできる女と結婚したいと命を懸ける男やパシャでイスタンブルはいっぱいさ。」

ご存知でしょう、時々、わたしは思っていることを口にしてしまう。それから、「どうして信じてもないことを言ったのかしら?」と自分に言う、本当は信じてもいるし、よくも考えたのに。つぎの言葉を口にしたのはそんな状況だった。

「でもエステル、二人の子どものある寡婦と誰が結婚したがるかしら。」

「あんたのような女なら大勢の男がいるよ」と手で沢山の身振りをした。

彼女の目をじっと見た。以前は彼女が好きではないと思っていた。わたしがすっかり黙り込んでしまったので、エステルはわたしが返事を書かないことがわかって、もう帰った方がいいということも理解した。

エステルが帰ったあとでも、同じような静けさを、どういったらいいのかしら、魂の中に感じて片隅に引っ込んだ。壁に寄りかかって、長い間なにもしないで、暗闇に立って、自分のことを、これから何をするべきかを、心の中で大きくなっていく恐怖を考えた。こうしている間にも、シェヴケトとオルハンが上で話しているのが聞こえていた。

「お前は女みたいに臆病者だ」とシェヴケトが言った。「後ろからかかって来る。」

「ぼくの歯がぐらぐらしているの」とオルハンが言った。

その一方で、頭の片隅では父とカラの間の仕事がどうなっているかを気にしていた。仕事部屋の青いドアは開いているので、二人が話していることは楽に聞くことができる。「イタリアの名人の肖像画を見たあとで人は愕然として次のことを理解する」と父は言った。「絵の中で、目は、似たような単なる顔の中の穴ではない、光を鏡のように反射したり、井戸のように吸い込んだりするわしらの目のようなものだ。唇は紙のように平らな、顔の中ほどにある二つの割れ目ではなくて、きっと結んだり、ほころんだりして、わしらの喜びや悲しみを、その時々の心を示す、異なる紅の色合いのものである。鼻はといえば顔を真ん中から二つに分ける一種の壁ではなくて、個々の人間にとって別々の形をした、それぞれに生きている好奇心を持った道具である。」

肖像画を描かせた異教徒の男たちのことを話す時、『わしら』と言ったので、カラもわたしのように驚いたかしら？　節穴から見るとカラの顔色が悪く見えたので心配になった。色黒の恋しい人、悩める勇士よ。わたしのことを考えて一晩中眠れなかったので顔色がわるいのかしら？

多分皆さんはご存知ではないでしょう。カラは背が高くて、痩せぎすで、男前です。額が広くて、アーモンドのような切れ長の眼をしていて、力強く真っ直ぐで優雅な鼻をもっています。子供の頃と同じで手は細くて長く、指は敏捷でじっとしていません。立ち上がると、がっちりしてまっすぐで、肩はやや広いけれど、荷運び人みたいに広くはない。子供の頃は体つきも顔もまだきまっていなかったけれども、十二年ぶりでこの暗い隅から初めて見た時、完成に達したのにすぐ気がついた。

いま闇の中で目を節穴にくっつけると十二年ぶりに見る憂いを見た。わたしのためにこんなにも苦しんでいると思うと罪悪感と同時に誇らしく感じた。写本のために描かれた絵を見ている時、父が説明しているのを聴いているカラの顔がとても無邪気で子供っぽい。ちょうどその時、ピンクの口を子供みたいに開けるのを見たら、思わずそこに乳房を含ませたように感じた。わたしの指を彼の首の後ろや髪の中に入れている間、カラは頭を乳房の間に深く埋めて、子供たちがしたように乳首を口に入れると幸せで目をつぶる。かわいそうな寄る辺の無い子供みたいに、わたしの愛によって安らぎを見出せるとわかって一生わたしを離せなくなる。

この空想はひどく気に入った。少し汗をかいていた。カラが、父が見せている悪魔の絵ではなくて、わたしの乳房の大きさに驚いて熱心に見ている様を想像した。乳房だけではなく、髪も首もわたしの全てを酔ったように眺めていた。わたしをとても気に入って、若い時には言えなかったような甘い言葉を口にする。その顔や眼差しからわたしの誇り高い様子を、しつけや育ちのよさを、夫の帰りを忍耐強く勇敢に待っていたとか、彼に書いた手紙に美しさをどんなに讃嘆したかわかるのだ。

再婚できないように計画する父に対する怒りが再燃した。ヨーロッパの名人たちに憧れて細密画師に作らせた絵にも、ヴェネツィアの思い出話にももう飽き飽きした。

再び目を閉じると——神様、わたしはこんなことを自分からしたのではないのです——空想の中でカラがとても優しく近づいたので、闇の中であたかも彼がすぐそばにいるように感じた。突然すぐ後ろにいて、首や耳の後ろに口づけしたのを感じた。彼がとても力強いのがわかった、頑丈で大きくて。彼に頼れる、安心できると感じた。首の後ろがくすぐったくて、乳首が硬くなった。闇の中で目を閉じていると、背後であれが大きく大きく近づいてくるのを感じて眩暈がした。カラのはどんなかしら。

ときどき、夢の中で夫が苦悶の中であれをみせる。気がつくと夫はペルシアの兵の槍や矢が突き刺さった血だらけの体で懸命に歩こうとしている。そうしてはわたしたちに近づこうとする。しかしわたしたちの間には川がある。川の向こうから血と苦痛の中で何か言う。見ると前が大きくなっている。もし風呂屋でグルジア人の花嫁が説明して、年寄りが「確かにその位になる」と言ったことが本当だとしたら、夫のはあまり大きくなかったことになる。もしカラのがそれよりも大きかったら、昨日シェヴケトに持って行かせた紙を受け取った後、ベルトの下に見えたあの巨大なものが本当にそれだったら——確かにそれだった——もしかしてわたしの中に入らなかったら、あるいはひどく痛むかしらと怖くなった。

「お母ちゃん、シェヴケトはぼくの真似をするの。」

戸棚の暗い片隅から出た。静かに向かいの部屋に行った。櫃から赤いチョッキを取り出して着た。子供たちはわたしの敷布団を取り出してその上でわあわあと押し合っていた。

「お前たちにカラが家に来た時は騒がないようにと言わなかった？」

「お母ちゃん、その赤いチョッキをどうして着たの？」とシェヴケトは言った。

「でも、お母ちゃん、シェヴケトがぼくの真似をしたの」とオルハン。

「お前にまねをするなと言ったでしょ。その汚らしいものは何？　どうしてここに？」端の方に皮の切れ端があった。

「死骸なの」とオルハン。「シェヴケトが道で拾った。」

「すぐ行って元のところに捨てて来なさい。」

「シェヴケトが捨てればいいのに。」

「さあ、すぐに。」

彼らを叩く前にいつもするように、怒ったように歯で唇を咬むようにすると、わたしが本気なのがわかって、恐れて出て行った。すぐ戻ってくればいい、冷えないといいが。

全ての細密画師の中でカラが一番気に入った。なぜならわたしをとても愛している。わたしも彼ならその心を知っている。紙とペンを取り出して、あまり考えないで一気にこう書いた。


結構です。夕刻の礼拝の呼び声の前に、絞首刑になったユダヤ人の家で会います。父の本を一刻も早く了えてください。

ハッサンには返事を書かなかった。法官の所に本当に今日行くとしても、父親や集めた男たちが直ちにこの家に踏み込むとは考えられなかった。もしそうなら、手紙など書かないだろうし、わたしから返事も待たないで直ちに踏み込むだろう。今はわたしからの返事を待っている。返事が来ないとひどく怒って、男たちを集めてそれから踏み込むだろう。彼のことを全然恐れなかったとは思わないでください。

本当のことを言うと、カラが彼から守ってくれると信じていました。でも今心の中にあることを皆さんにいいましょうか。わたしは多分ハッサンをあまり恐れてはいません。なぜならわたしは彼をも愛しているからです。

『愛するということがどういうものかわからないのか』と怒って言われるのは尤もなことです。夫がペルシアとの戦争から帰るのを同じ屋根の下で待っていた年月でこの男がどんなに惨めなものか、いかに弱い自分勝手な者かわからない訳ではないのですけれども。エステルは彼がかなりいい稼ぎがあると言っているし、それが嘘ではないことはエステルが眉を上げたことからもわかる。もう金があって、自信もついたからは、ハッサンをいやな奴だと思わせる要素はなくなって、むしろわたしが惹かれるくらい悧巧な面が表に出てきたと思う。諦めずにわたしに送り続けてきた手紙からも、彼のこういう面を発見した。

カラもハッサンもわたしに恋してとても苦しんだ。カラは十二年間も遠くに行ってしまった。もう一人のハッサンは毎日のようにわたしに、便箋の端に小鳥や鹿の絵を描いた手紙を送ってきた。その手紙を読むうちに、最初は彼を恐れたが、後には興味を持ち始めたのだった。

ハッサンがわたしの全てを気にしているのを知っているので、わたしが夢で夫が死んだのを見たと言ったことを彼が知っているのにも驚かなかった。わたしが疑っているのは、カラにわたしが送った手紙をエステルがハッサンに読ませたかどうかだ。

だからカラの返事をエステルに持たせなかったのだった。わたしの疑惑が本当かどうか皆さんはごぞんじでしょう。

「どこに行っていたのよ」と子供たちが戻ってきたとき、わたしは言った。

しかし本気で怒っていないことがすぐわかってしまった。わたしはオルハンには内緒でシェヴケトを端の方に、薄暗い戸棚のそばに引っ張った。膝に乗せて首や髪や頭に口づけをした。

「冷たくなってしまって。そのかわいい両手をこっちに、お母ちゃんがあったためてあげる……。」

両手はいやな臭いがした。しかし言わなかった。顔を胸に押し付けて強く抱いた。少しして温まった。いい気持ちで猫のように弱々しい声をたてた。

「お前はお母ちゃんをとても好きかい？」

「ふふふふ。」

「それ、ハイの意味？」

「はい。」

「それなら、わたしもお前にあることを言おうか」と言って、秘密を打ち明けるように、「でも誰にもいわないわね」と言って耳に囁いた。

「わたしもお前を誰よりも愛している。わかった？」

「オルハンよりも沢山？」

「オルハンよりも沢山。オルハンは小さくて、小鳥のようなものよ。何もわからないの。お前はもっと賢い。わかるわね。」

髪の匂いを嗅いでは口づけした。「だから今お前に頼みごとがあるの。昨日カラさんに何も書いてない紙を持っていったでしょ、こっそりと。今日もあの人に持っていって。いい？」

「お父ちゃんをあの人が殺したって。」

「何ですって？」

「お父ちゃんをあの人が殺したって。昨日絞首刑になったユダヤ人の家で自分で言った。」

「なんて言ったの？」

「お前のお父さんをわたしが殺したって。わたしは大勢の人を殺したって。」

突然何かがおこった。次の瞬間シェヴケトはわたしの膝から降りて泣いていた。

どうしてこの子は泣いているのだろうか。そうだ。少し前、わたしは自分を抑えきれず平手で叩いてしまった。わたしのことを石のように強い女だと思われたくない。だが彼らの幸せのためにと結婚することを考えた男性に対して、こんなことを言ったのでかっとなってしまった。

かわいそうな父なし子がまだ泣いている。そのことはわたしにも影響を与えた。

自分も泣き出しそうだった。お互いに抱き合った。時々泣きじゃくっていた。あの平手打ちがそれほど泣くようなことだろうか。それから髪を撫でてやった。

ことの始まりはこうだったのです。その前の日に、父に夫が死んだのを夢に見たと言ったことを覚えておいででしょう。本当はペルシアの戦争からもどってこないこの四年の間に何度も彼のことをつかの間の夢に見ました。そばに死者もいました。しかし死者が彼だったかどうか確かではありません。

夢というものは常に他の目的のための手段として使われます。エステルの母方の祖母が来たポルトガルでは、夢は異教徒が悪魔と密会したことの証明に使われました。当時エステルの先祖はあなたのようにカトリックになりましたと言ってユダヤ人であることを拒否しましたが、ポルトガル教会の拷問官は納得しないで、全員を拷問したり、見たこともない夢を理由に火刑に処したり、夢の中の精霊や悪魔を説明するように強いたり、火刑に処するためにこのような夢を見たという告白を無理にさせたのです。こうして人々が悪魔と密会していたということを示したり、告発するために夢を利用しました。

夢は次のような場合に役にたちます——

A（エリフ） 何かがほしいけれどもそれを言えない時、あなたはその夢を見たと言う。そうして実際にはそのものを欲しいと言わなくても、欲しいものを手に入れる。

B（ベ） 誰かを傷つけたい時、例えば、ある女を誹謗したい場合、誰それは不倫をしているとか、何某のパシャは葡萄酒を水差しでこそこそ盗んだとか、それを夢で見たという。こうして少しでも悪いことを言うと、人は信じなくても、忘れられないのだ。

J（ジム） 何か欲しいがそれが何であるかわからないという時、訳のわからない夢を話すと、人々は解釈をつけてくれて、何が欲しいのか、何をしてくれるとかいう。例えば、あなたに必要なのは夫だとか子供だとか家だとか……。

これらの夢は、本当に寝ている時に見たものではない。誰でも真昼間に見た夢を夜寝ている時に見たと言って話す。その方が役に立つ。夜見た本当の夢なんて、馬鹿者だけが話すのだ。そうすると人々はあなたをあざ笑ったり、夢を悪く解釈したりする。本当の夢を見た者を含めて、誰も真面目にとらない。それとも皆さんは真面目に取っておられるのですか。

先ほど言いかけた夢で夫が死んだかもしれないそれとなく暗示した時、父は最初はこの夢が事実の印として認められないと言った。しかし葬式から戻った後で、今度は夫が死んだという結果を引き出した。こうして四年の間なかなか死んだことにはならなかった夫が夢で死んだと言ったら、皆が信じることになった。あたかも公に宣告されたよりもよく信じられたのだった。子供たちは本当に父親が無いことがその時わかって悲しんだ。

「夢を見ることがある？」とシェヴケトに訊いた。

「うん」と微笑して言った。「お父ちゃんは帰ってこない。だからぼくがお母ちゃんと結婚するの。」

細い鼻、黒い目、広い肩、父親にではなくて、わたしに似ている。父親の高い広い額を二人の息子がもっていないことに時々罪の意識を感じる。

「さあ、行って弟と遊びなさいな。」

「お父ちゃんの古い剣で？」

「そう。」

子供たちの剣と棒がぶつかる音を長い間聞きながら、天井を見ていた。心の中に増してくる恐怖と不安を抑えようと努めた。台所に下りていってハイリエに言った。「父上はいつも魚のスープが食べたいと言っておられる。ガレー船の波止場に行ってもらおうかしら。シェヴケトが好きな乾燥果実を薄く延ばしたのを二、三枚出して、子供たちにやって。」

シェヴケトが台所でほおばっている間に、わたしはオルハンと二階に行った。膝の上に抱いて首に口づけした。

「汗だらけになって、ここをどうしたの？」とわたしは言った。

「シェヴケトが叔父ちゃんの赤い柄の剣で叩いた。」

「あざになっているわ」と言って触った。「痛い？　このシェヴケトはなんて思慮のない子なのかしら。

ほら、お前は悧巧だし、細いから。お前に頼みごとがあるの。シェヴケトにも誰にもやらないものをお前にあげるわ。」

「何を?」

「この手紙が見えるでしょ。おじいちゃんのところに行って、おじいちゃんには見せないでカラのおじさんの手に渡すの。わかった?」

「わかった。」

「やってくれる?」

「どんな秘密をおしえてくれるの?」

「いいから、その紙を持っていって」といって麝香(じゃこう)のような匂いのする首にもう一度口づけした。麝香と言えば、このところこの子供たちをハイリエが蒸し風呂屋に連れて行っていない。シェヴケトのあれが風呂屋で女たちを見て立ちそうになって以来、行っていなかった。「秘密は後で教えてあげる」と行って口づけした。「お前はとてもお悧巧でとてもかわいい。シェヴケトはなまいきで、母親にも手をあげるわ。」

「ぼく、持って行かないよ」と言った。「カラのおじさんが怖い。お父ちゃんを殺したの、あの人が?」

「シェヴケトが言ったのね」とわたしは言った。「すぐ下に行って、呼んで来て。」

わたしの顔が怒っているのを見て、恐れて膝から下りて走って行った。シェヴケトが平手を打たれると思って喜んだ。少しして、二人で真っ赤になって来た。シェヴケトの一方の手に果物の干したの、もう一つの手に剣がある。

「弟にカラのおじさんがお父ちゃんを殺したと言ったのね」とわたし。「二度とこういうことは言わないのよ。この家ではカラのおじさんを好きになって、尊敬するのよ。わかった。そうでないと一生涯父親の無い子でいるわよ。」

「ぼくはあの人はいやだ。あの家に、ハッサン叔父さんの所に戻って、お父ちゃんを待つ」とシェヴケトはなまいきにも言った。

その瞬間、わたしはひどく怒って平手をくらわせた。手にまだ持っていた剣を落とした。

「お父ちゃんがいたら」と泣きながら言った。

しかしわたしの方がもっとひどく泣いていた。

「父のない子になったのよ、わかった？　ててなしごたち。」そしてあまりひどく泣いたので、中から聞こえたかと心配した。

「ぼくたちててなしごじゃない」とシェヴケトは泣きながら言った。長い間皆で泣いた。しばらく泣いた後で心が優しくなった。泣くことがわたしをいい人間にするので泣いたように思えた。泣きながら抱き合って、寝床に横になった。シェヴケトは頭を乳房の間に入れていた。時々こうやってわたしにくっついている時、本当は寝ていないのがわかる。彼らと共に眠ってしまうこともあった。しかし今日は下のことが気になっている。甘いものを作ったらしい。橙の香りがする。突然飛び起きて大声を出したので、子供たちは目を覚ました。

「下に行って食べさせてもらいなさい、ハイリエに。」

部屋で一人きりになった。雪が降り始めた。神様、わたしを助けてくださいと祈った。それからコラーンを開けて「イムランの家族」の章の、戦争でアラーのために死んだ者がアラーのところに行くところをもう一度読んで、亡き夫のために心穏やかになった。父はスルタン様のまだ完成しない絵をカラに見せたかしら。この肖像画はあまりに本物らしく見えるために、この絵を見た者はスルタン様ご自身の目の中をじかに見ようとした者がどうなったかを思ってつい目を逸らせるそうだ。

オルハンを呼んだ。膝の上にはのせないで頬に長い間口づけをした。「さあ、怖がらないで、おじいちゃんには見せないで、この紙をカラにわたすのよ。わかった？」

「歯がぐらぐらしているの。」

「戻って来てから、抜いてあげるから」とわたしは言った。「あの人のそばに行くと、驚いてお前を抱き上げるから、その時にこの紙を上手に渡すのよ。わかった？」

「ぼく、怖いよ。」

「怖いことなんてないわ。カラがいなかったら、その代わりに誰にお父さんになってもらいたい？　ハッサン叔父さん！　ハッサン叔父さんにお父さんになってもらいたいの？」

「いやだ。」

「それなら行って。かわいいお悧巧なオルハンよ」と言った。「行かないと後で怒るよ……泣いたらもっと怒るよ。」

しかたなくおとなしく出した小さい手に手紙を小さくたたんで入れた。「神様、この小さな父なし子たちが路頭に迷わないように助けてください。」オルハンの手を取って、ドアのところまで連れて行った。敷居のところでもう一度怖そうにわたしを見た。

元の片隅に戻って、節穴から見ると、部屋の中でオルハンがおどおどと父とカラに近づいて、どうしてよいかわからずに立ち止まって、振り返って目でわたしを探して、穴に視線が行ったのを見た。でも、やっとのことでカラの膝の上に身を投げた。子供たちの父親になるだけの頭の働くカラは膝の上で、どうして泣いているのかわからないオルハンを見てもあわてなかった。子供の手のひらにあるものを捕らえた。

父の驚いたような視線の下で、オルハンが戻ってくるや否や、走っていって抱きしめて、長い間口づけした。下の台所に連れて行って、口にあの大好きな干し葡萄をいっぱい入れてやりながら言った。

「ハイリエ、子供たちを連れてガレー船波止場に行って、コスタの店で父上にスープにするボラを買って来て。この銀貨二十枚を持っていって、残ったお金でオルハンの好きな干した無花果とグミを買ってやって。シェヴケトにも煎り豆と黒蜜と胡桃で作ったソーセージ形の菓子を買ってやって。夕刻の礼拝の頃まで好きなところに行っていいわ。でも気をつけて、冷えないようにしてね。」

皆が身支度をして出て行ったあと、家の静かさが気に入った。二階に上がって、夫が贈ってくれた舅が作った鏡をしまってあったところから出して、ラヴェンダーの香のする枕カヴァーの間から取り出して掛けた。遠くからその前に立ってごく僅か動かすと全身を見ることができた。赤いラシャのチョッキは似合っていた。母の嫁入り支度の櫃から出した紫色のブラウスをその下に着たいと思った。櫃から母方の祖母が自分で花を刺繍したピスタチオ色のカーデガンも出して着たが、似合わなかった。紫色のブラウスを着る時寒くなった。わたしが震えると、蝋燭の炎も微かに震えた。一番上には、もちろん内側に狐の毛皮の着いたコートを着るつもりだった。最後の最後に気が変わって、居間を静かに横切って、母がくれたたっぷりした空色のウールのコートを櫃から出して着た。その時、戸口で人声がしたのであわてた。カラが出て行くところだと思った。すぐ母の古いコートをぬいで、内側に毛皮のついた赤いコートをきた。胸元がきつい。しかし、気に入った。髪に綺麗にスカーフを巻いた。麻のヴェールを顔に下ろした。

まだカラは出ていなかった。興奮してわたしがまちがえたのだった。いま出たら、父には子供たちと魚を買いに行ったと言える。階段を猫のように音を立てずに下りた。

ドアをそっと閉めて、中庭を静かに通って外に出て、一瞬止まって後ろを見た。ヴェール越しに見ると家が自分の家ではないように思われた。

道には誰もいなかった。猫すらも。ちらほらと雪が舞った。太陽が決して射すことの無い、誰も面倒を見ない庭に震えながら入った。朽ちた葉、湿気と死の臭いがする。しかし絞首刑になったユダヤ人の家に入ると、自分の家に入ったような気がした。ここで精霊たちが夜な夜な集まって炉に火を炊いて楽しむと言われている。空っぽの家で、足音が聞こえるのは恐ろしい。身動きしないで待った。物音がしたが、すぐ静けさが支配した。近くで犬が吼えた。家の近所の犬は全て吼え声でわかるが、この犬はどれかわからなかった。

その後の静けさの中で、こんなことを考えた――あたかも家の中に誰かがいるようなので、その人がわたしの足音を聞かないようにと身動きせずにいると、道を誰かが話しながら通っていった。ハイリエと子供たちのことを考えた。冷えなければよいが。その後の静かさの中で、後悔の念が湧いた。カラは来ないだろう。わたしが間違った。誇りがこれ以上傷つかないうちに、家に戻らなければ。ハッサンがわたしを見張っていると想像した時、庭で物音がしてドアが開いた。

突然すばやく場所を変えた。どうしてそうしたのかわからない。しかし、庭からの明かりが入る窓を右にすると、わたしの上に来る光でカラにわたしが、父が言う『影の神秘』の中で見えるのを知っていたから。顔にヴェールを下ろして足音を聞きながら待った。

ドアの敷居に立って、カラはわたしを見ると、二、三歩進んで立ち止まった。二人の間には五、六歩ある。互いに見詰め合った。節穴から見た時よりずっと元気で力強く見えた。

「ヴェールをとって」と囁くように言った。「たのむ。」

「わたしは結婚している身、夫を待っています。」

「ヴェールをあけて」と同じ調子で言った。「決して戻っては来ないだろう。」

「わたしをここに、それを言うために、よんだの。」

「いや、あなたに会うために。十二年の間あなたのことを考えていた。ヴェールを開けて、一目見せてくれ。」

ヴェールを開けた。声を立てずに、わたしの顔を、目の中を長い間じっと見るのは気に入った。

「結婚して、子供を持って、あなたは前よりも美しくなった。顔も思い出すものとは全く変わった。」

「わたしをどんな風に思い出していたの?」

「苦痛の中で。なぜなら思い出すと、思い出したものがあなたではなくて、あなたの幻であることを考えたから。子供の頃、お互いの絵を見て恋に落ちたヒュスレヴとシリンのことを話したことを覚えている? シリンは美男のヒュスレヴの絵を木の枝ではじめて見た時には、どうして恋に落ちないで三度見てから恋をしたのだったかと。あなたは物語では何でも三度あると言ったが、わたしは恋は最初に絵を見た時に火が点くべきだと言った。しかし、ヒュスレヴの絵に恋するほど実物に近い、彼のことがよくわかるほど正確に誰が描けるだろうか。このことは話したことがなかったね。この十二年の間、二つとないあなたの顔を実物どおりに描いた肖像画があったら、多分あれほどには苦しまなかっただろうに。」

その意味で絵を見て恋に落ちる話はわたしのためにいかほどに苦しんだかについて色々と嬉しいことを言った。その時一歩一歩近づいて来た事に心が奪われて、彼が言ったことの一語一語は覚えていないが記憶の中に混じっている。後になってわたしはこれらの一語一語を考えるだろう。でもこの時は彼の言葉の魔術に魅せられたのを感じた。彼から離れられなくなってしまう。十二年の間彼をこれほど苦しめたことに罪の意識を感じた。何と美しい言葉を語ることか。なんていい人だったのだろう、このカラは。無垢の子供みたいだ、目を見ればわかる。わたしのことをこれほど愛してくれるということも信じられる。

抱き合った。とても嬉しくて罪の意識を感じなかった。蜜よりも甘い、甘美な思いで、うっとりした。もっと強く抱きしめた。口づけを許した。わたしも口づけした。接吻している間、全世界が甘い闇の中に入ったように感じた。誰もがわたしたちのようにお互いに抱き合うといいと思った。愛がこのような物だということを微かに覚えている。舌をわたしの口に入れた。彼がすることの全てが気に入った。あたかもわたしたちと一緒に全世界が至福の光の中にのみ込まれてしまったかのようで、何もいやなことを思い出せない。

わたしの悲劇的な物語がいつの日か本の中に描かれたら、ヘラトの伝説的細密画師によって描かれたら、カラと抱き合っているところをどう描いたか言ってみましょうか。父が夢中になって、よく見せてくれたすばらしい挿絵がありました。

そこでは本文の流れがもたらす歓喜が木の葉の揺れ動く様と一緒になり、壁の装飾、頁の縁の金泥装飾にこだまして、絵の縁を貫く燕の比類なき翼の喜びが、恋人たちの気持ちに似るのです。遠くから見交わす眼差し、意味深い言葉でお互いを苦しめる。恋人たちはこれらの絵で遠くに描かれて、小さく見えて、あたかもその物語は二人のことではなくて、二人が会っている宮殿の中庭、星明りや暗い木々のことかと見えます。しかし、よく注意してみると、その細密画師が心から献身的に努力した色のひそかな調和、絵の全ての片隅から出てくるあの不思議な光に注意を払うと、この絵の秘密が愛からなることがすぐわかるのです。あたかも絵の中の恋人たちから、挿絵の奥から光が出てくるようです。カラとわたしが抱き合っていた時、同じような安寧が全世界に広がるのです。

こういう安寧があまり長くは続かないことがわかるくらいの人生経験がわたしにもあります、お蔭様で。カラは最初はわたしの大きい乳房を優しく両手に取った。とても気持ちが良くて、何もかも忘れた。乳首を口に入れてもらいたいと感じたが、そうはしなかった。なぜなら自分でも何をしているのかわからなくて、していることに自信がなかったらしい。だからといって先に進むことをやめようとはしなかった。抱擁が長く続くと次第に恐怖と困惑が出てきた。わたしの太ももの辺りを引き寄せて、硬くなった大きなものをわたしの腹部に押し付けた。

最初はよかった。興味をもったが、恥ずかしくはなかった。こんな風に抱き合えばこのくらいのことにはなると自分に誇らしく言った。その後でそれを見せると顔をそむけたが、目を丸くしてその大きさに見入ってしまった。

かなり経って、キプチャクの女たちや風呂屋でお喋りしているえげつない女たちですらしないようなことをさせようとした。驚いてどうして良いのかわからなかった。

「眉を顰めたりしないでおくれ」とカラは頼んだ。

立ち上がって、彼を押し返した。彼ががっかりするにもかかわらず喚きはじめた。

27　わたしの名はカラ

絞首刑になったユダヤ人の家の闇の中で、シェキュレは美しい眉を顰めてわたしを叱った。『チフリスで出会ったチェルケズ族の少女たちや、キプチャクの娼婦や旅籠に売られた貧しい花嫁、トルクメンやペルシアの寡婦たち、イスタンブルで次第に広まっている安っぽい売春婦、好色なミンゲリア人や妖艶なアブハジア人やアルメニア人の雌馬、グルジアやシリアの娼婦、女形や倦むことの無い男の子、両刀使いの男娼、そんな者たちの口になら、その手にした怪物を入れることはできても、わたしのはだめ』と言った。シェキュレが怒って、わたしが——アラビアの暑い小さい町の裏通りからカスピ海沿岸に至る、ペルシアの国々からバグダードに至る——あらゆる種類の安っぽい惨めなならず者たちとつきあって品性や自制心を失ってしまったと非難したように、わたしは女たちのある者は誇り高いことを忘れてしまっていたのだった。わたしの愛の言葉は心からのものではなかったことになる。

恋しい人が多彩な言葉で怒るのを敬意をもって聞いた（この間に手にしていた罪深い奴は萎えてしまっ

たが)。その場の状況と彼女の拒否に困惑し恥じないわけではなかったが、二つのことがわたしを喜ばせた。ひとつには、わたしが似た様な状況で他の女たちにしたように動物的には振舞わず、彼女の激怒の言葉に同じ調子でこたえなかったこと。第二にシュキュレがわたしの旅のことをひどく詳しく知っているということは、彼女はわたしが思ったよりもわたしのことを考えていたということになる。

わたしが望んだことが実現しなかったためにがっかりしたのを見たシェキュレは、たちまちわたしのために心を痛め始めたではないか。

「わたしを本当に心から愛しているのなら」と許してもらいたいかのように言った。「名誉を重んじる男のように自制心を持って、本気で愛した女の誇りを傷つけるようなことはしないのに。わたしと結婚するために悪いことをしたのは、あなたが初めてではないわ。ここに来たのを誰も見なかった?」

「いいや。」

雪の積もった暗い庭を歩いている者がいるかのように戸口を見たので、わたしが十二年の間思い出せなかったかわいい顔の横顔を楽しんだ。一瞬物音がしたので、二人とも黙ったが誰も入って来なかった。その昔、彼女が十二歳のときにも、わたしより大人で、わたしよりも物知りだというのでシェキュレを気味悪く感じたのを思い出した。

「絞首刑になったユダヤ人の幽霊がここをさまようの」と言った。

「ここによく来るの?」

「精霊や悪霊やお化けなどは風と共に入ってきて、物の中に入って沈黙のなかで音を立てる。そしていろんなことを話すの。ここに来る必要はないわ。どこにいても聞こえるから。」

「シェヴケトが死んだ猫を見せるためにここに連れてきた。でもいなかった。」

「あの子に父親をあなたが殺したって言ったでしょう？」

「そうは言わなかった。あの子の父親を殺すのではなく、あの子の父親になりたいと思った。」

「どうして父親を殺したって言ったの？」

「最初に、おじさんは人を殺したことがあるかと訊いた。彼に本当のことを言って二人殺したことを言った。」

「自慢するために？」

「自慢するためもあったが、子供に気に入ってもらうためにも。わたしが愛しているあの子の母親は、家にある戦利品を見せては、あの盗賊どもを戦争の英雄みたいに大げさに話してだましてはいないかな。」

「それなら自慢すればいいわ。お蔭であなたを嫌っているわ。」

「シェヴケトは嫌っていても、オルハンは好いている」とわたしは言った、恋人の間違いをおさえたとばかりに。「でも二人の父親になるよ、わたしは。」

一瞬薄暗い中を、実在しないものの影が通り過ぎたと思った。心配で身震いした。冷静になるとシェキュレは小さな声で嗚咽していた。

「かわいそうな夫の弟がいるの、ハッサンと言って。夫の帰りを待っている間、二年間彼と舅と同じ家で暮らしたの。わたしに夢中になっていて、いまや疑っているらしいの。わたしが誰かと——もしかしてあなたと——結婚するかもしれないと狂ったようになっているの。無理に家に連れ戻すといってよこしたの。法官にとっては寡婦ではないから、無理にもあの家に連れ戻すといっている。いつ踏み込むかもしれない。

父上もこの法官の決定で寡婦と裁定されることをのぞんでいないの。なぜなら離婚すれば、新しい夫を見つけて父を見捨てると思っているから。母の死後、一人ぼっちのところに子供たちと一緒に戻って來たことをとても喜んだの。一緒に住んでくれる？」

「何だって？」

「結婚したら、父とわたしたちと一緒に住んでくれる？」

「わからない。」

「一刻も早くこのことを考えて。あまり時間がないの。わたしを信じて。父は何か悪いことが近づいてくると感じているの。わたしもそう思う。もしハッサンや連れてきた男たちやイェニチェリ兵に法官の前に引き出されたら、夫の死体を見たといってくれる？　あなたはペルシアから来たのだから。」

「もちろん言うが。わたしは彼を殺さなかった。」

「いいわ。わたしを寡婦と裁定を下すために他の証人と一緒にペルシアの戦場で夫の血だらけの死体を見たと法官にいってくれるわね。」

「わたしは見なかったのだよ。しかしあなたのために言う。」

「子供たちを愛している？」

「愛している。」

「あの子達のどこが好き？　言ってみて。」

「シェヴケトは強くて、きっぱりしていて、正直で、賢くて男らしいところが好きだ」とわたしは言った。「オルハンは弱々しい、小さくて賢いことだ。」

微笑んで涙ぐんだ。黒い目が、短い間に色々なことを片付ける予定なので、直ちに次の問題に移った。

「父の作らせている本が完成しなければ、そしてそれをスルタン様にお渡ししなければならない。身近におこる不吉なことは全てこの本のせいなの。」

「〝優美〟さんが殺された以外にどんな悪いことがあるのか？」

一瞬彼女はこの問いが気に入らなかったが、誠実に見せたいと、かえって誠実ではなく見えることを言った。

「エルズルムのヌスレト師の一派は、父が神を冒涜しているとか、異教徒のしるしがあると言ってまわっているの。家に来る細密画師はお互いを嫉妬して裏で何かやっているとか。あなたは彼らのところに行ったのだから、よくわかっているでしょ。」

「亡きご主人の弟は」とわたしは言った。「彼はこの細密画師たちや父上の本やヌスレト師一派と関係があるか、あるいは関係ないか？」

「関係ないわ。でもハッサンは自分一人だけではないわ」と言った。神秘的な沈黙があった。

「ハッサンと同じ家で住んでいた時、彼との間になにかがあったの？」

「二間きりの狭い家であるようなことよ。」

あまり遠くないところで、犬が二匹何かに夢中になって激しく吼え始めた。

あれほど度々戦争に行き、奮戦して何度も勝利を得た亡き夫が、どうして二間きりの狭い家で、弟と一緒に住まわせたのかとは言えなくて、昔の恋人に遠慮しいしい、やっと尋ねた、「その夫とどうして結婚したの？」と。

「どうせ誰かと結婚させられていたでしょう」と言った。これは正解だった。夫を自慢してわたしを悩ませたりしないで、なぜその夫と結婚したかを短絡に賢く説明した。「あなたは行ってしまって戻って来なかった。怒ることは愛していたことの証明かもしれない。でも怒った恋人も退屈なものよ。それに将来の約束もなかったし。」これも正解だった。しかし夫となるあの悪人と結婚する十分な理由にはならない。狡賢い眼差しからでも、シェキュレがわたしがイスタンブルを出てまもなく、他の人々と同じようにわたしのことを忘れたということを理解するのは難くない。この見え透いた嘘をわたしの傷ついた心を癒すために言ったと、彼女のよい意図と考えてありがたく思った。旅の途中で彼女をどうしても忘れられなかった夜、幻想の中で彼女が幽霊のように戻って来たのを説明始めた。他の誰にも絶対に話せない一番の秘密であり、最も深い苦悩であった。この苦悩は事実であったが、語り始めて驚いたことは、その苦悩は心からのものではなかったとわかったのであった。

わたしの感情や欲望が正しく理解されるためには、真実と誠実さの区別の意味に触れなければならない。つまり、事実をその通りに言葉にすると、不誠実になるということに、生まれて初めて気がついたのである。その一番いい例が、仲間の中にいる殺人者に不安になっているわたしたち細密画師である。完璧な絵——例えば馬の絵——を考えてほしい。本物の馬や、アラーの神が心して意匠された馬や、偉大な細密画の名人がどんなに巧く描いた絵でも、それを描く巧みな細密画師のその場での誠実な感情と等しくはない。細密画師の、あるいはアラーの神の謙虚な僕たちの誠実さは、才能や完璧の瞬間には現れずに、まさにその反対に、言葉の言い違いや間違いや疲労や失意を体験した瞬間に現れるのだ。このこともその瞬間にシェキュレに感じた強い欲望——これは彼女にもわかっていることだったが——と、例えば旅の間に、繊細な顔つきの、銅色の肌の、臙脂色の口のカズヴィンの美女に感じた目眩めく欲望が違いないのを見て幻滅された女性方に申し上げたい。天性の深い知恵と鋭い直観力のある愛しいシェキュレは、十二年間も中国の拷問並みの恋の苦しみをなめたことを、そして十二年後に初めて二人きりになった時に、黒い欲望をあわてて満足させること以外に考えられなかった惨めな男を理解してくれた。美女中の美女シリンの口を、ニザーミは真珠のつまったインク壺にたとえているではないか。

夢中になった犬どもがまた吠え出した。不安そうにシェキュレは「もう行かねば」と言った。まだ夜にはなっていないが、ユダヤ人の幽霊の家はかなり暗くなっていたのに二人とも気がついた。彼女をもう一度抱きしめようと体が動いたが、彼女は雀のようにほいと跳び退いて言った。

「わたしまだ美しいかしら？　早く言って。」

わたしは言った、彼女がわたしの言ったことをどんなに美しく聴いて、信じてくれたかを。

「服はどう？」

説明した。

「良い香りがする？」

もちろんシェキュレはニザーミが言う『愛のチェス』というものが、この種の言葉遊びではなく、もっと深いところで行われる隠れた感情のやり取りや操縦であることを知っていた。

「どんな仕事をするつもり？」と訊いた。「父なし子の面倒がみられるかしら？」

十二年以上の官吏と書記の経験や、見た戦や死体から得た広大な経験からも、輝く将来を語って、彼女を抱きしめた。

「さっき抱き合った時はとてもよかったのに」と言った。「今度は最初の魔術がなくなったわ。」

どんなに本心から言っているかを示すべく、もっと強く抱いた。そして遥か十二年前描いて渡した絵を、これほどの年月とっておいたのに、どうしてエステルを通じて返したのか訊いた。彼女がわたしの愚かさに驚いて、わたしに対する優しさが高まってくるのをその眼の中に見たので接吻した。今度は自分の目眩めく欲望に支配されることなく、二人とも心臓に、胸に、胃に、至る所に鷲が翼をぶつけ合ったような激しい愛が入り込んでくらくらした。この愛を鎮める一番いい方法は交わることではないだろうか。

大きな乳房を手のひらで握っていると、硬い決意で前よりも優しくわたしを押し返した。わたしは、信頼のおける結婚生活ができるほど成熟していないし、『急いては……を仕損じる』という言葉を忘れるほど不注意で、幸せな結婚生活のためにはどんなにか忍耐と苦労があるか知らないほど経験の浅い者だったのだ。両腕の間から彼女は逃れて、麻のヴェールを顔に下ろして、戸口に向かっていた。開けたドアから早く暮れる道に降る雪を見た。ここで絶えず囁き声で話したことを――多分絞首刑になったユダヤ人の魂を煩わせないようにと――忘れてわたしは叫んだ。

「これからどうする?」

「知らない」と言った。愛のチェスのルールにふさわしい。そしてかわいい足跡を残して静かに去った。古びた庭に降る雪が急いでその跡を覆っていた。

28　人殺しとよぶだろう、俺のことを

今から申し上げるようなことは、きっとあなた方にもおこると思います。イスタンブルの無数の曲がりくねった通りを歩いている時、あるいは小さな食堂で野菜の煮たのをひとくち口に入れた時、あるいは葦状に描かれた細密画の縁飾りの曲線を目を細めて全身の注意で眺めている時、現在が過去であるかのように生きていると感じるということ。たとえば今道を雪を踏みながら歩いている時に、あたかも道を雪を踏みながら歩いていたかのようだと言いたくなるのです。

これから話す異常なことは、まさに現在おこることなのですが、過去におこったと話したい。夕方だった、黄昏が闇に変わっていた。一片二片雪が飛び交っていた。俺はエニシテの通りを歩いていた。

他の晩と違って、ここに何をしに来たか知りつつ、闇の中を来たのだった。他の晩のように、俺が他の事を考えていると――チムールの時代の日の光のデザインの金色を使っていないヘラト派の書物のことや、一冊の本ではじめて七百枚の銀貨を稼いだのを母に言った時のことや、犯罪や馬鹿なことなどをぼんやり

考えていると、脚がひとりでにこの通りに連れてきたわけではない。何をするか前もって考えて計画してここに来たのだ。

誰も俺に門を開けまいと思った。あの大きな中庭の門を叩こうとしていると、触れもしないのにひとりでに開いた。アラーの神がまたもや俺と一緒にいるのがわかった。エニシテの旦那の本に新しい絵を追加するためにここに夜な夜な通った、光る石畳には誰もいなかった。右手には、釣瓶、その上に寒さを一向に苦にしていないように見える雀が一羽、前方には、夕刻なのになぜか燃えていない炉、左手には客人だけの馬が繋がれる厩、全ていつものとおりだ。厩の横の開いているドアから中に入って、木の階段を、足でぱたぱた音をたてて、咳払いをして二階へ上がった。咳にも返事がなかった。二階の広い廊下の入り口のドアのそばに並んでいる他の靴の横に俺のも脱いで置いた。泥だらけの靴の立てた音に対しても返事はなかった。ここに来る度にいつも見たように、端にある靴の中にシェキュレのものと思われるあの緑色の優雅なのがみえないので、家に誰もいないことが思い浮かんだ。シェキュレが子供たちと一緒にいつも寝ていると思われる右側の最初の部屋にちょっと入った。マットレスや布団に触ってみた。端にある櫃と羽根のように軽い戸のついた戸棚を開けてみた。部屋の柔らかいアーモンドの香りがシェキュレの肌の香に違いないと想像していると、さっき戸を開けた上の戸棚に無理に押し込んであった枕が俺の馬鹿頭に落ちてきて、それから端にある銅の水差しとコップにぶつかって音をたてた。音を聞くと部屋が真っ暗で寒いことに気がついた。

「ハイリエか？」と中からエニシテが声をかけた。「シェキュレか、誰かね？」

瞬きをする間に部屋を出て、広い廊下を斜めに横切った。冬の間エニシテの旦那が写本の仕事をする青いドアの部屋に入って言った。

「わたしです、エニシテ、わたし。」

「お前は誰かな？」

名人オスマン親方が子供の頃俺たちにつけてくれた愛称を、エニシテが陰険に俺たちを揶揄するのに使っていたことがこの瞬間にわかった。豪華な本の最後の頁にある奥付に、誇り高い書家がするように、『貧しく罪深いあなたの僕』という句とともに出身地、父親の名を含む自分の正式の名をゆっくり一音節ずつ発音した。

「はあ？」とまず言った。それからまた「はあ！」と。

子供の頃聞いたアッシリアの物語で、死と出会った老人がしたように、無限に続くと思えるきわめて短い沈黙が支配した。

いま死と言ったからといって、ここにそのようなことをするつもりで来たとは思わないでいただきたい。そんなつもりだったら、門を叩いたり、靴を脱いだり、ナイフも持たずに来たりしただろうか。

「そうか、来たか」と物語の中の老人のようにまた言った。しかしそれから全く違う雰囲気になった。「よく来たね、むすこよ。何が欲しいか言いなさい。」

もうひどく暗くなっていた。春にはすずかけや柘榴の木が見えた小さい狭い窓が、蜂蝋で封をされているので、部屋の中はやっと物が見えるだけで、中国人の絵描きが気に入るような微かな光が入ってきていた。いつもの隅に、左から光を受けて、書見台の前に座るエニシテの顔は全部は見えない。蝋燭の光で一緒に朝まで、筆やインク壺やペンや艶出し石の間で、絵を描き細密画について語った時に感じた親しさを感じようとあわてて努力したが無駄だった。この他人行儀のせいかあるいは困惑のせいかわからないが、絵を描く時罪深いことをしたことを、さらにこのことを狂信的な人々に知られたという心配をはっきり口にするのを突然恥じて遠慮したせいかわからないが、俺の悩みを物語の形で説明することにした。イスファハンの芸術家シェイク・ムハンマドの物語を聞いたことがおありでしょう。色の選び方、頁の構成、人や動物の顔を描くことにかけては、絵の中に詩の豊かさと幾何学の神秘的論理をひそかに入れることでは、彼以上の者はいなかった。若年で名人になった後、この奇蹟の腕を持った名人は三十年の間、題材の選び方、独創性、様式において、その時代の最も勇気ある革新的細密画師となった。黒インクの様式で描くこの絵師は、才能と優雅な平衡感覚によって、蒙古人によって中国から伝えられた、恐ろしい悪魔、角の生えた精霊、大きな睾丸を持った半人半獣の怪物、巨人などの題材を、悪魔的までに繊細で感覚的なヘラト派の絵画に紹介した人であった。また、ポルトガルやフランダースから来た船から出た肖像画に誰よりも早く興味を持ち、影響をうけた。その昔のチンギス・ハンの時代にまで遡る忘れられた様式を壊滅寸前の古い書物から見つけ出し復活させた。アレキサンダーが女人島で泳ぐ裸体の美女を覗き見するところとか、シリンが夜月光の下で水浴みするところといった衝撃的な題材を、誰よりも早く勇気を持って描いた。預言者様が翼を持った馬ブラクに乗って翔ぶ様や、シャーが自分を掻いているところ、犬の交尾、葡萄酒で酔ったシェイクなどを描いて、細密画の世界に受け入れさせたのであった。全てこれらのことを、時には秘かに、時には公然とやった。葡萄酒を多いに飲み、阿片を吸い、三十年に亘って勤勉と熱意を持って働いた。後に老年になって、信心深いシェイクの信徒となって、短い間に、頭のてっぺんからつま先まで全く変身して、三十年間作った作品は冒涜的なものだという結論に達して拒否した。さらに残る一生の三十年間、町から町、王宮から王宮、図書館から図書館を回っては、自分の作品をシャーの書物、スルタンの宝物殿、図書館で見つけては破壊した。何年も前に描いた絵が、どのシャーのどこの図書館にあると知っては、何とかして話し込んだりして誰も見ていない時にその頁を破いたり、自分の描いた傑作の上に水をこぼしたりするのだった。細密画や絵に夢中になって、気がつかない中に信心からはみ出した例として俺はこの話をしたのだ。このゆえに、シェイク・ムハンマドが、自分の描いた絵だけではなく、何百冊もの書をもつ、ミルザ皇子が知事をするカズヴィンにある豪華な図書館に火を放ったことを語った。苦悶と悔恨の中でこの大火の中で絵師自身も焼け死んだと、大げさにあたかも俺自身が体験したかのように話した。

「怖いのか、むすこよ」とエニシテは優しく言った。「わしらが作った絵が。」

部屋はひどく暗くなっていたので、俺に微笑しながら言ったかどうかは見えなかったが、推測した。

「本の秘密性もなくなったので、多分このことは重要ではないかもしれません。しかし、はっきりとではないが至るところで言われているのは、この本がわたしたちの宗教を冒涜していると。ここで、スルタン閣下の望まれた本ではなくて、自分が欲した本を作っていると言っている。さらには異教徒の名人を模した本を作っていると言っているそうだ。この本では悪魔をすら愛らしく描いていると言っている者もいる。薄汚い犬や馬蠅の視点からこの世を見て、それらとモスクを同じ大きさに描く——モスクは後方にあったからと言い訳をして。こうして宗教や信者を馬鹿にしたと言っている。こういうことを考えると俺は夜も眠れなくなるのです。」

「絵は一緒に作ったではないか」とエニシテは言った。「そういうことをしたかな。一度でもそのようなことを考えたことがあったかな。」

「とんでもない、決して」と俺は大げさに言った。「でもどこから聞いたのか、奴らの耳に入ったらしい。最後の絵がありますね。うわさによれば、宗教に挑戦して、公然と冒涜していると言っている。」

「最後の絵はお前も見たではないか。」

「いいえ。それは二頁の絵で、その一頁の、わたしに見せてくださった四隅に、お望みの絵を、お望みのように描きました」と俺は言った。エニシテの気に入るようにと注意深くきっぱりと。「でも絵の全部は見ませんでした。絵の全部を見たらこの卑しい讒言を嘘だといいきれて、良心がさっぱりします。」

「なぜ罪悪感を感じるのかね」と訊いた。「お前の魂を蝕むものは何だ。誰かがお前に自らを疑うようにしむけたのかね。」

「……何か月もの間楽しく作ってきたこの本が、わたしたちが神聖だと思っているものを犯したと疑うことは、生きながら地獄の苦悶を受けることになります……あの最後の絵が見られたら！」

「問題と言うのはそのことか」と言った。「そのためにここに来たのか。」

突然あわてふためいた。俺が不運な〝優美〟さんを殺したというような恐ろしいことを考えているのだろうか。

「スルタンを玉座から下ろして代わりに皇子を後継者にと望んでいる者たちも、この誹謗に加担して、この本はスルタン様も密かに支持されているという噂を広めています」と言った。

「そんなことを信じる者が何人いるか」と疲れた、飽き飽きした様子で言った。「少し人気のある、このことで自惚れている野心的な説教師は、我々の宗教が無視され、尊敬されていないと言い始めました。宗教は彼らにとっては生活を保障する一番の途だからです。」

俺がこんな噂話を伝えるためだけにここに来たと思っているのだろうか。

「可哀想な亡き〝優美〟さんは」と震え声で言った。「この噂の最後の絵を見たそうで、宗教を冒涜しているとわかったのでわたしたちが彼を殺したと言っていると、工房の親しくしている班長が言いました。見習いや職人がどんなものかご存知でしょう。みんな噂話をしています。」

この理屈をたどっていると次第に興奮してきて、さらに長い間説明した。自分が言っていることが、どこまでが自分が聞いたことなのか、どこまでがあの密告者を殺ってから後で恐怖心がつくりだしたことなのか、どこまでがこの場での想像なのかはわからない。俺がこれほど説明したあとで、エニシテがあの二枚続きの最後の絵を出して俺に見せてくれると俺も落ち着くと思った。罪を犯したと心配していたが、そうして俺が楽になれるだろうということがどうして理解できないのか。

一瞬、彼を驚かせようと思って、「人間は気がつかないうちにでも、不信心な絵を描けるでしょうか」と勇気を出して訊いた。

返事の代わりに、あたかも部屋の中で眠っている子供がいるからと俺に警告するかのように、優雅な動作をしたので俺は黙った。囁くように、「とても暗くなった、その燭台に火をつけよう」と言った。燭台の蝋燭を火鉢の火で点けると、その顔に見慣れない誇りを見た。気に入らなかった。あるいは憐れみの表情だったのだろうか。全てを理解して俺が卑劣な人殺しだと考えているのだろうか。そうでなければ、俺を恐れているのか。突然俺の思考が俺の手を離れてしまったのを、その瞬間に考えていたことが他人の考えであるかのように思われ、馬鹿のように聞いていたのを覚えている。床の絨毯の隅に狼に似た動物が描かれていた。どうして今まで気がつかなかったのだろう。

「絵や細密画や美しい写本を愛する殿様やシャーやスルタンの関心は、三つの季節に分かれる」とエニシテは言われた。「最初は大胆に熱心に興味を持つ時期。支配者は絵画を尊敬のために、他人にどう見られるかに影響を与えるために絵画をもとめる。この時期に習得して、第二の時期には、自分が好きな写本を好きなように作らせる。絵を心から楽しむことを習ったので、威光も蓄積して、同時に、死後もこの世に名声を遺すことになる写本を蒐集する。スルタンの人生の秋に至ると、いかなるスルタンも地上での不死の世界に興味をもたなくなる。この世に於ける不死の世界とはこの世で生きている後の世代に、孫たちに、よって覚えていられたいという願望だとわしは理解する。細密画や写本を愛する支配者は、わしらに作らせた写本によって不死を獲得したのである。ある時は自分の名前を書き込ませ、ある時は自分の時代の歴史を書いた本によって一種の不死を獲得したのである。老年になると誰しもがあの世で良い場所に行くことを願うのであるが、そのためには絵が妨げになるという結論に達する。わしを一番悩ませるものはこれだ。シャー・タフマスプは、細密画の名人であり、自身も若い時は細密画の工房で時を過ごしたが、死が近づくと壮麗な工房を閉鎖して、奇蹟の腕を持つ絵師たちをタブリーズから追放し、自分が作った写本を破棄して、止むことのない悔恨に苦しんだ。なぜ絵は天国の門に入る妨げになると信じるのであろうか。」

「その理由はご存知でしょう。なぜなら預言者様が、最後の審判の日に絵描きを最もひどく罰すると言われたことを思い出すからです。」

「絵描きではない」とエニシテは訂正して言った。「偶像を作った者をだ。そしてそれはコラーンではなくて、注釈書のブハリからだ。」

「最後の審判の日に偶像を作った者に、作ったものを生かせてみよとアラーの神は言われる」と俺は気をつけて言った。「しかしそれができないから、地獄の苦悶を舐めることになる。創造者はアラーの属性であることを忘れてはならない。存在していないものを存在するようにさせる、生きていないものに生命を与えるのはアラーである。誰もアラーと競おうなどと思うべきではない。絵描きがアラーのしたことをしようとしたり、アラーのように創造できるなどと言うことは最も罪深いことである。」

あたかも俺も彼を非難するかのように、きつく言ってしまった。俺をじっと見た。

「わしらがそのようなことをしていたというのか？」

「決して」と言って微笑んだ。「でも亡き〝優美〟さんは最後の絵の全体を見るとそう思い始めたそうです。遠近法の知識で絵を描くこと、ヨーロッパの様式で絵を描くことは悪魔の誘惑に外ならないと言ったそうです。最後の絵でヨーロッパの手法を用いて死なねばならない人間の顔を描かせたそうですね。それを見た者は絵ではなくて本物を見たと思った。できた絵を見た者の中にはあたかも教会でするように絵を拝したくなった者もあるそうです。遠近法はアラーの視点を、道にいる犬の視点に下げただけではなく、自分たちの知っている自分たちの技に異教徒の技や手法を混ぜたこともわたしたちの純粋性を壊し、彼らの僕にさせる悪魔の仕業なのだと言うのです。」

「何ものも純粋ではありえない」とエニシテは言った。「細密画や絵の世界では、傑作が造られた時、あるいはすばらしい絵に歓喜の涙を流したり、総毛立つような美しさを見た時、今まで一緒に用いられなかった二つの異なるものが一緒になって何か新しいすばらしい物を作り出すと確信している。ベフザトやペルシアの絵のすばらしさは、アラビアの絵が蒙古や中国の絵と混じりあったことのおかげである。シャー・

タフマスプの一番美しい絵はペルシアの様式とトルクメンの繊細さが一緒になったものだ。今日誰もがインドのアクバル王の細密画の工房を褒め、讃嘆しているならば、それは細密画師にヨーロッパの名人の様式を採るようにと奨励したためである。東もアラーのものであり、西もアラーのものである。神よ、わしらを純粋でまじりけないようにと言う者たちからお守りくだされ。」

蝋燭の灯でその顔は温厚で明るく見えたが、壁に映る影はそれと同じくらい、暗く恐ろしげだった。言うことはとても論理的で正しいと思うものの、それでも彼の言うことが信じられなかった。俺を疑っていると思うので、俺も彼を疑っている。時々下の中庭の門に耳をそばだてる。彼が俺から救ってくれる誰かが来るのを期待しているのを感じた。

「お前はわしにイスファハンの画家シェイク・ムハンマドが、否定した自分の絵があると言って、巨大な図書館を破壊し、良心の呵責で自らをも焼いたと話したが、わしも、その物語のお前の知らない別の話をしてやろう。たしかに彼は生涯の後の三十年間、自分の描いた絵を探した。しかし頁を繰った写本で、自分の絵よりももっと多い数の、彼の絵から霊感を得て描かれた模倣を見たそうだ。その後二世代の絵師が彼自身が否定した絵をもとにして自分たちの絵を作り、その絵を記憶の中に描きこみ、諳んじたという以上に彼らの魂の一部にしてしまっているのを見たそうだ。シェイク・ムハンマドが自分の絵を見つけ出しては破棄すればするほど、若い細密画師は数多くの本でそれらを賛美する。あまりに数多く作ったので、他の物語を描く時にですらそれを利用して、誰しもの記憶に入ってしまっているのが、全世界に広まっているのが、わかったそうだ。本から本へ、絵から絵へ、長い年月の間見ればわしらにもわかる。良い絵師はその傑作によってわしらの頭に入り込むだけではなく、わしらの記憶の光景をも変えてしまう。ある細密画師の才能と絵が一度わしらの魂にこのように入り込むと、わしらの世界の美の規範となるのだ。イスファハンの名人は生涯の最期に自らの作品を自らの手で焼いて破壊したが、そうすればするほど彼の作品は消えるどころか増えていったのを見た。誰もが世界を、彼がかつて見たように見ていることがわかった。彼が若い時に描いた絵に似ていないものは、今では醜いとみなされていることもわかったのだ。」

俺の中に高まってきた感激のあまり、エニシテの気に入ろうとする欲求をおさえるために、エニシテの膝元にひれ伏した。その手に口づけする時、俺の目に涙があふれた。俺の心の中で、名人オスマンに捧げていた部分に、エニシテが入ったのを感じた。

「細密画師という者は」とエニシテは独りよがりの口調で言った。「自分の良心に耳を傾け、信じている規則に従って、何ものをも恐れずに絵を描く。彼の敵や狂信者、嫉妬する者が何と言おうとも気にしない。」だが、エニシテは細密画師ですらないと突然考えた。黒子（ほくろ）やしみで覆われたその手に涙の中で口づけすると、そう考えた事をすぐ恥じた。あたかも他の誰かが、この悪魔的で恥ずかしい考えを無理に押し付けようとしているかのようだった。それでも俺が考えたことが正しいのを皆さんもご存知でしょう。

「わしは彼らが怖くない」とエニシテは言った。「なぜならわしは死をおそれないからだ。」

『彼ら』とはだれのことだろうか。わかったように頷いた。しかし、心の中では怒りがたぎっていた。エニシテのすぐそばに、エル・ジェヴズィエの『霊魂の書』の古い巻があるのに気がついた。死後魂が肉体から離れて体験する冒険が書いてあるこの本を死を望む耄碌たちはひどく好む。この前にここに来て以来、盆の上の品物、書籍や櫃の上に置かれている物やペン入れ、ペン削り、切り台、インク壺、筆などの中で唯一新しい物を見た。青銅のインク壺である。

「彼らを恐れないことを証明しましょう」と勇気を出して言った。「最後の絵を出して彼らにみせましょう。」

「そうすれば彼らの誹謗を、少なくとも真面目に取っているということにならないかな？　恐れるようなことをしなかったのだから。お前がそれほどに恐れているには、他の理由があるのかね。」

彼は父親がするように、俺の髪を撫でた。また涙が溢れそうになったので抱きついた。

「可哀想な装飾画師が殺された理由を知っています」と興奮して俺は言った。「あなたとあなたの本とわたしたちを誹謗して、〝優美〟さんは、ヌスレト師のエルズルム一派にわたしたちを襲撃させようとしていたのです。悪魔に誘惑されてこのことを辺りに言いはじめ、本のために働いていた他の細密画師にもあなたに反するようにと唆(そそのか)しはじめました。こんなことをどうして言い始めたのかわからない。嫉妬心からか、あるいは魔がさしたのかもしれない。〝優美〟さんが俺たち皆を破滅させようと決意していたことをこの本のために働いていた他の細密画師も聞いた。誰もが恐れ、俺のように疑惑の虜となったことは推測できるでしょう。彼らの中の一人をある夜半に、〝優美〟さんが問い詰めて、あなたに対して、わたしたちの本に対して、細密画に対して、絵に対して、信じていた全てのものに対して逆らうように唆したために、恐怖に駆られて卑劣漢を殺して井戸に投げ込んだ。」

「卑劣漢だって？」

「〝優美〟さんは悪辣な卑しい裏切り者だ」と俺は言った。「悪党め！」とあたかも奴がこの部屋に、俺の前にいるかのように喚いた。

沈黙があった。俺を恐れたのだろうか。俺は自分が恐ろしかった。あたかも他の者の意思と野心の風に巻き込まれてしまったかのようだった。しかしいい気持ちだった。

「お前のように、またイスファハンの絵師のように恐怖に駆られたという細密画師は誰かね。誰が彼を殺したのか。」

「わかりません」と俺は言った。しかし俺が嘘を言っていると顔を見てわかることを期待していた。ここに来たことは大きな間違いだったことがわかった。しかし罪悪感と後悔に囚われたわけではない。エニシテが俺を疑っているのを見て、いい気持ちがして自分を強く感じた。もし俺が人殺しであるとわかって、俺のことを恐れるならば、最後の絵を見せてくれるだろうと思った。俺が見たいのは、その絵が冒涜かどうかではなくて、どんなものになったかであった。

「あのいやらしい奴を誰が殺したかは大事なことだろうか」と俺は言った。「あいつを片付けた者はいい仕事をしたことにならないだろうか。」

彼が俺の目をじっと見られないことが、俺を勇気づけた。自分をあなた方よりもより善人で、人格的に上だと思っている人は、あなた方に対し当惑した時、その目をじっとみられない。もしかしたらあなたを当局に引き渡して、拷問と処刑の運命に委ねることをもくろんでいるかもしれないから。

外で、中庭の門のすぐ前で、犬たちが狂ったように吼えていた。

「外はまた雪が降り始めた」と俺は言った。「こんな夕刻に皆どこに行ったのだろう。あなたを一人ぼっちにして、蝋燭すら点けないで。」

「それはおかしい、ひどくおかしい」と彼は言った。「わたしにも訳がわからない。」

心から言ったようで、俺は心底から彼を信じた。他の絵師たちと一緒に彼のことを揶揄したけれども、本当は好きだったことを再び心の底から感じた。一瞬心の中に彼に対する異常なまでの敬愛の念が高まった。それをどうして彼は直ちにわかったのか、あの抗い難い父親みたいな慈愛に満ちた様子で俺の髪を撫でたのかどうしてもわからなかった。名人オスマンの絵やヘラトの昔の名人の様式の絵に将来性がないことを俺は感じた。そしてこの恐ろしい考えを自ら恐れた。ひどい悲劇の後で、誰にでもあることであるが、どんなに滑稽で愚かしいと思われても構わないと一縷の希望をもって、全てが元のように続くことを嘆願することがある。

「もう一度写本の挿絵を続けましょう」と俺は言った。「なにもかも元のところから続けましょう。」

「細密画師の中に恐ろしい奴がいる。本はカラと続けることにする」とエニシテ。

奴を殺せと俺を唆（そそのか）しているのだろうか。

「カラは今どこに？」と言った。「娘さんと子供たちはどこに？」

これらの言葉はあたかも他の力が俺の口に無理に入れたかのように感じたが、我慢できなかった。これから先、幸せになったり希望を持ったりする途はなくなった。後は狡賢く、揶揄的になるしかなかった。いつも楽しげなこの二つの精霊、狡猾と揶揄の背後に彼らを支配する悪魔の存在を感じた。同時に中庭の門の外の不吉な犬たちが、あたかも血の臭いを嗅ぎつけたかのように吼え始めた。

この瞬間をずっと昔にも体験したことがあったのだろうか。遥かな遠い町で、ひどく遠い昔に、ここからは見えないが外では雪が降っている日、蝋燭の光の中で、俺が絵の具を盗んだと責める年寄りの馬鹿者に俺が悪いのではないと泣きながら説明した当時も、遠くの中庭の門のところで犬たちが血の臭いを嗅ぎつけたかのように遠吠えを始めていた。エニシテも皺だらけの邪悪な耄碌にふさわしい堅固な顎を持ち、冷酷に見据える事ができるようになったその目つきから、俺を叩き潰すつもりであることを理解した。頭の中で輪郭はくっきりしているが色は褪せてしまった十歳の細密画の見習い時代の惨めな思い出のように、俺は今この瞬間を、くっきりしているが、色褪せた記憶であるかのように生きていた。

細密画師の頭名人オスマンが教えてくれた、頭の中ではいつも勤勉な細密画師の俺は、見慣れたガラスや陶器やクリスタルのインク壺の間から、新しい巨大な青銅のインク壺を手にとって、立ち上がってエニシテの後ろに回った。していることや見ていることを、あたかも今現在体験しているのではなくて、ひどく昔の思い出か何かであるかのように、くっきりしているが、褪せた色で描いていた。ほら、夢の中で、自分を外から見ていて身震いするでしょう。それと同じように慄きながら、俺は口の狭い、太い青銅のインク壺を手に持ってこう言った。

「見習い時代に、十歳の時こんなインク壺をみました。」

「三百年前の蒙古のインク壺だ」とエニシテは言った。「カラが遙かなタブリーズから持ってきた。紅インクだけに用いる。」

ちょうどその時、インク壺を満身の力をこめて、うぬぼれたこの耄碌のぼけた頭に打ち下ろさせようとしたのは、もちろん悪魔だ。奴の言うことを俺はきかなかった。そして馬鹿げた望みをもってこう言った、

「〝優美〟さんをわたしが殺しました」と。

どうしてこのことを望みを持って言ったか、おわかりになりますね。エニシテが俺のことをわかってくれて、赦してくれることを望んだのだった。俺のことを恐れて、そして、俺を助けてくれることをも。

29　わしはお前たちのエニシテだ

彼が〝優美〟さんを殺したと言うと、部屋に長い沈黙が続いた。わしをも殺すだろうと思った。長い間胸がどきどきした。ここにわしを殺すために来たのだろうか。あるいは告白して、怖がらせるためにだったのか、彼自身にもわかっていたのだろうか。長い年月、その技と才能の全てを知っていると思っていたこの優れた細密画師の胸の中を全く知らなかったことがわかってわしは恐れた。まだ手にあの巨大なインク壺を持って、わしの後ろに立っていて、首のすぐ後ろにいるのを感じていた。しかし振り返って顔を見なかった。沈黙が彼を苛立たせるのがわかったので、「犬たちはまだ吠えている」とわしは言った。

こうしてもう一度沈黙した。わしの死、あるいはこの災難を逃れられるかはわしのことばにかかっていると思った。彼の細密画や絵以外に彼についてわしが知っている唯一のことは、彼が頭がいいということだった。そのことは、たとえ細密画師は作品の中で自分の魂を全く見せてはいけないとあなたが信じておられるとしても、宝物であり、賞賛すべきことだ。この誰もいない家で、どうやってわしを追い詰めたのか。こんなことを次々と年寄りの頭で考えていた。しかしこのゲームから抜け出すのは難しかった。シェキュレはどこにいるのか。

「あいつを俺が殺ったことは前からわかっていましたね」とわしに訊いた。

知らなかった。否、彼がわしに言うまで知らなかった。しかし、わしの頭のどこかで、〝優美〟さんを殺したのはいいことだった、多分亡き装飾画の名人は本当に恐怖に駆られ始めていて、わしら全ての禍となるだろうと考えていた。

こうして誰もいない家で殺人犯と向かい合ったことに何かわからない、ささやかな感謝の念が生じた。

「彼を殺ったことに驚いてはいない」とわしは言った。「写本と共に生き、夢でもいつも頁を見るようなわしらは、唯一のものを恐れる。のみならず、わしらは、禁じられている、さらに危険なもの、つまりモスレムの町で絵を描こうと努力している。イスファハンの絵師シェイク・ムハンマドがそうであったように、わしら細密画師には罪の意識があって、悔恨して他の誰よりも先に自らを責め、悔いてアラーや人々から許しを乞う傾向がある。写本を罪人のようにこっそりと、大抵は謝罪するかのようにして作る。わしらを神を冒涜したと誹謗する師や説教師や法官や神秘論者の攻撃にも、最初から頭を垂れて非を認めたり、尽きることのない罪の意識を持ったりすることが細密画師の想像力を殺すと同時に養ったことをよく知っている。」

「要するに、愚かな〝優美〟さんを片付けたことで俺を責めないのか。」

「書や細密画でわしらが惹かれるものは天罰の恐怖の中にある。朝から晩まで、夜も蝋燭の光で盲目になるまで正座して絵や写本に身を捧げたのは、金や物利のためだけではない。他の人々の騒音から大衆から逃れるためであった。しかし、創造へのこの情熱に対して、霊感を持って作った絵を、あのわしらが逃げ隠れた人々も見て感心してくれることを望む。それで、もしわしらを冒涜の者というのなら！　才能のある真の絵師にいかほどの苦しみを与えたことか。しかし、真の絵は、この全く見たことのない、まだ描かれたことのない苦悩の中に隠れている。最初は、人々が下手だとか、駄目だとか、冒涜だとか異端だとか言うような絵の中にある。真の細密画師はそこまで行かねばならないのを知っている。しかし、同時にまた、そこまでの孤独を恐れる。誰が一生涯この恐怖と神経の苛みを続けられるだろうか。細密画師は誰よりも先にまず自分を責めることで、長い年月苦しんだ恐怖から逃れられると信じた。ある者たちは罪を認めて地獄で焼かれる――イスファハンの細密画師はその仕事も自分でやったが――と言った時だけ信じて聞いてもらえた。」

「あんたは細密画師ではない」と彼は言った。「俺も奴を恐れたから殺したのではない。」

「お前は好きなように、恐れずに絵を描きたいと思って彼を殺したのだ」とわしは言った。

わしの殺人者になろうとしている細密画師は、「何もかも俺の気を逸らせて、時間稼ぎをして、助かるために言うのだろう」と、長い間ではじめて賢い事を言った。そして付け加えて、「だが、最後にあんたが言った事は本当だ。わかってほしいことがある。聞いてくれ」と。

わしは彼の目をじっと見た。わしと話す時に、以前存在していた作法を全く忘れてしまって、すっかり制御を失っていた。一体どの方向に行くのか？

「怖がらなくてもいい。名誉を傷つけるような事はしない」と言ってわしの背後から向かい側に移る時、馬鹿笑いをした。しかしその声には苦々しさがあった。「今もそうだが」と言った。「何かをしている時、あたかもそれは俺ではないような気がする。体の中で何かが言わせている。全て悪いことはそいつがさせているようだ。だが時にはそいつが多いに必要になる。細密画を描く時にも。」

「それらは悪魔についての年増女たちが言っていることだ。」

「俺が嘘を言っているとでもいうのか。」

わしを殺すだけの十分な勇気がないので、彼を怒らせて欲しいのだと感じた。「お前は嘘は言ってはいない。だが、お前は心の中で感じたことがわからないのだ。」

「いいや、俺は心の中にあるものがとてもよくわかっている。死んでいないのに墓の中の苦悶をうけている。気がつかないうちに、お前のせいで首まで罪に浸かった。今度は俺にもっと勇気を出せと言う。お前のせいで人殺しになったのだ、俺は。ヌスレト師の狂った犬どもはお前たちを皆殺しにするだろう。」

彼は自分が言ったことを自分で信じなければならないと、ますます喚いた。手にしたインク壺をもっときつく摑んだ。雪の降った表通りを通る人がわめき声を聞いて来るだろうか。

「どうして彼を殺すことになったのか」と言った。興味があったというよりは時間を稼ぐためにだった。

「どうやってあの井戸のところで会ったのか。」

「奴がお前のところを出た晩に、〝優美〟さんは自分から俺の所に来た」と思いがけずに告白したくなったように言った。「二枚続きの最後の絵を見たと奴は言った。俺はことを荒立てないようにと説得に努めた。焼け跡に連れて行って、井戸の近くに埋めた金があると言った。金のことを言うと奴は信じた。細密画師が金のためにのみ仕事をすることのこれよりいい証明はない。それ故に、俺は後悔していない。奴は技はあるが凡庸な細密画師だった。凍った地面を爪ででも掘るつもりだったのだ。本当に井戸のそばに埋めた金があったら、奴を殺る必要はなかった。金泥装飾をやらせるために、お前は惨めな奴を選んだものだ。腕は優れていたが、死んだあいつの作った挿絵の色の選び方、色使いは凡庸だった。俺は何らの痕跡も残さなかった。スタイルと言うものは本当は何か言ってくれ。近頃ではヨーロッパ人も中国人も絵師の性格、スタイルについて話している。よい細密画師を他の絵師から区別するスタイルがあるべきか、あるいは、あってはならないか。」

「新しいスタイルは細密画師自身が望んだからといって始まるものではない。心配するな」とわしは言った。「ある皇子が死ぬ、あるシャーが戦で敗北する、終わることがないと思われたある時代が終わる、ある細密画の工房が封鎖されると、そこにいた細密画師たちは各々他の地を、他の写本を愛好する庇護者を見つける。ある日、スルタンが違った土地から来た、例えば、ヘラトからとかアレッポからとか来た流浪者や、風来坊で途方にくれているが腕はいい細密画師や書家を、自分のテントや王宮に大事に集めて、自分の細密画の工房を心を込めて作る。お互いを良く知らない細密画師たちはお互いに慣れていないので、最初は気をつけて古いスタイルで描くが、後には道端で一緒になって遊んでいる子供たちが友だちになるように、仲間内で喧嘩や譲歩や絆が培われる。長年にわたる喧嘩や嫉妬や競争心や色や細密画の研鑽の結果、新しい様式が生まれる。大抵の場合、その細密画の工房の一番腕のよい細密画師がこの様式を作り出すことになる。彼を最も幸運な細密画師と称べるだろう。その他の細密画師は永久に模倣し、完璧と洗練に近づこうとするのみである。」

彼はわしの目をじっと見ることができなかった。全く予期しないような柔らかい調子で、わしから率直さと同時に同情をも乞いながら、まるで若い娘のように震えながら訊いた——

「俺にスタイルがありますか？」と。

その瞬間わしの目から涙が溢れ出すかと思った。できるだけ、優しく慈愛に満ちた声でわしが信じていることを言った。

「六十余年の生涯で見た、最も才能があり、その手に魔力がある奇蹟の細密画師はお前だ。目の前に千人の細密画師が描いた絵を見せられても、わしには直ちにアラーの神に与えられたすばらしいお前のペンが触れたものがわかる。」

「俺もそう思う。しかし、俺の才能の秘密がわかるほどお前さんは賢くない」と言った。「今は俺を恐れるあまり心無いことを言っているのだ。それでも、もう一度俺の手法の特徴を言ってみろ。」

「あたかも、ペンや線がお前が触れたからではなく、一人でに動くかのようだ。お前のペンが描いたものは真実でもないし、たわいのないものでもない。大勢の人々のいる場面で人々の間の相互の眼差しからくる緊張感、頁の構成、本文の意味から来るもの、これらが全てお前の絵の中で尽きることのない優雅な囁きとなる。わしは何度も戻っては、この囁きを聞くためにお前の絵を眺める。戻る度に、意味が変わるのに気がついて微笑む。どう言ったらいいか、文章のように絵をもう一度読もうとする。こうして意味の層が次々と重ねられると、ヨーロッパの名人の遠近法をさえも超える深みが出てくるのだ。」

「ふむ。なかなかいい。ヨーロッパの名人のことを言わずに、もう一度言ってみろ。」

「お前のペンは本当に強力ですばらしいから、お前の絵を見た者は現実の世界をではなくて、お前の描いたものを信じる。こうしてお前はその才能によって最も堅固な信仰心を持つ者をさえ異端にしたり、同時にまた絶望的な不信心者をもアラーの道に連れ戻すことができる。」

「その通りだ。だが、褒めているのか確かではない。もう一度言ってみろ。」

「他の細密画師はお前ほど良く色の割合の秘訣を知らない。最も輝く、生き生きした、一番真実の色が出せるのだ。」

「よろしい。それから？」

「自分がベフザトとそれからミル・セイド・アリ以来の最も偉大な細密画師であることを知っているであろう。」

「そうだ。俺は知っている。お前さんがそれを知っているのなら、どうして写本を、俺とではなく、凡庸なカラと作っているのだ。」

「彼がしていることは細密画師の才能を必要としていないものだ」とわしは言った。「それが第一の理由だ。第二に彼はお前のような人殺しではない。」

わしの冗談で、彼は愛らしく微笑んだ。わしもゆったりした気持ちで笑ってしまった。この悪夢からこの調子で、新しい表現——スタイルということば——のおかげで抜け出せるかもしれないと感じた。こうして彼が手にしている蒙古のインク壺について、わしが切り出して、父子のようにではなく、好奇心の強い経験豊かな二人の老人のように楽しい会話をした。青銅の重さ、インク壺としてのつりあい、首の深さ、昔の書家の葦のペンの長さ、わしの前でインク壺を微かにゆするとそれにつれて色合いが変わる紅インクの神秘のことなどを……。蒙古人が、中国の名人たちから習った紅色の秘密をホラサンやボハラやヘラトに伝えなかったならば、今日イスタンブルではこれらの絵を描けなかったであろうと同意した。あたかも、絵の具と同じように、時も密度が変わり、時が経つほど速く流れるようになる。どうしてまだ誰もいないのか、この家には、と頭の片隅でわしは絶えず考えている。彼が重いインク壺を元の場所に置けばよいがと思っていた。

「写本が完成したら、俺が描いたものを見る人々は俺の才能がわかるだろうか」と以前働いていた時の気安さで彼が訊いた。

「無事にこの本をいつの日か完成させたら、スルタン様はそれを手に取ってご覧になられる。まず金箔がしかるべきところに十分使われているかを確かめられてから、御自分の記述を読むかのように、自らの肖像画を眺められて、全てのスルタンがされるように、わしらの作成したすばらしい挿絵ではなくて、描かれた自らの姿を賞賛される。それから後で、わしらが努力して、目を痛めて造り出した壮観を見るのに時を費やされるならば、ありがたいと思わねばならぬ。お前も知っているであろう。奇蹟でもおこらないかぎり、誰が縁を作ったかとか、誰が金泥装飾をしたかとか、この人を、あの馬を、誰が描いたかとかは決して訊ねずに、宝物殿にしまってしまう——わしらは、全ての才能のある絵師と同様に、いつの日か奇蹟が起こることを期待してまた仕事に戻るのだ。」

しばし二人とも黙っていた。あたかも我慢しているかのようだった。

「その奇蹟というのはいつ起こるのか？」と彼が訊いた。「盲目になるまで働いたそれほどの絵を、いつ本当に理解してくれるのか？　正当な敬愛をいつ俺に、俺たちに、くれるのだろうか？」

「それは決してない。」

「どうして？」

「お前が望んでいるものは決して与えられないであろう」とわしは言った。「将来はさらに理解されなくなるであろう。」

「書物は何百年も残るではないか」と誇らしげな調子で言ったが、自分でも信じきれない様子だった。

「イタリアの名人は誰も、お前ほどの詩心も、信念も、繊細さも、色彩の純粋性ももたない。信じていい。しかし、彼らの絵はもっと現実味があって、人生そのものにより似ている。遠近法というものを気にしないで、世界をモスクの尖塔のバルコニーから見るようには描いたりはしない。道から、あるいは皇子の部屋の窓から見たものを表現する、寝床、かけ布団、テーブル、鏡、虎や娘や金貨を一緒に描く。お前も知っているように何でも描く。彼らのしていること全てを納得したわけではない。絵によってその通りに世界を模すことは惨めにみえる。怒りをすら感じる。しかしながら、この新しい方法で描かれた絵には、無視できない魅力があるのだ！　彼らは、眼が見た全てを、眼が見たように描いている。彼らは見えたものを描く。ところがわしらはというと、自分が見たものを描くのだ。彼らの作品を見ると、ある人の顔を不滅にする唯一の方法はヨーロッパの様式で描くことだと理解するのだ。ヴェネツィアの住民だけでなく、ヨーロッパ中の全ての仕立て屋、肉屋、兵士、僧侶、八百屋など誰でもが自分の肖像画を描かせている。これらの絵を見れば一目で、お前もまたこのように描かれたいと思うのだ。他の誰からも違っていて、独特で特別な人間だと信じたいと思うのだ。人を頭で認識するように描くのではなく、肉眼で見えたように描く。新しい手法で描くことはこれを可能にする。いつの日か誰でもこのように描くようになるだろう。『絵を描く』と言った時、世界は彼らの作品を考える。貧しい愚かな、挿絵のことも何も知らない仕立て屋がこのような肖像画をほしがる。そして彼の鼻の独特な曲がり具合を見て、自分はただの阿呆ではなくて他に似たもののない特別な男だと思うのだ。」

「それなら、俺たちも肖像画を作れる」とこの冗談好きな殺人犯は言った。

「いや、できん」とわしは答えた。「彼らがヨーロッパの模倣者になることをどんなに恐れているかお前が殺った亡き〝優美〟さんから習わなかったのか？　たとえ怖がらず敢えて描いたとしても、同じことになる。わしらの手法はついには滅びてわしらの色は褪せる。誰もわしらの写本や絵に関心をもたなくなる。興味を持つ者といえば、何もわからないくせに、馬鹿にして、どうして遠近法を使わないのだろうかと訊いたりする。あるいは写本も見つからないかもしれない。無関心、年月、災害によって写本は破壊される。装丁に使ったアラビア糊は魚や骨や蜂蜜を含んでおり、頁は卵白と澱粉で作られた艶出しを使っているから、飢えた恥知らずな鼠が貪り、白蟻や蛆虫やその他の無数の虫が本を蝕み食べてしまう。巻はばらばらになり、頁は剥がれる。料理女たちがかまどにそれで火をつけたり、泥棒や無関心な使用人や子供たちが考えもせずに頁や絵を破壊するだろう。幼い皇子はおもちゃのペンで挿絵の上にいたずら書きをして、人の目を黒く塗りつぶしたり、洟を拭いたり、黒インクで縁をかいたりする。時には他の絵を描くのに使ったり、遊ぶために何もかも黒く塗りつぶしたり、破いたり、切ったりする。二言目には罪深いと言っては使うかもしれない。母親はいやらしいと言って破き、父親や兄は女の絵の上で手淫をして濡らす。こんなことだけではない。本の頁は泥や湿気や悪い糊や唾や色々な汚いものや食べ物でくっついたりする。くっついたところには黴や染みが花開く。それから雨、雨漏り、洪水、山崩れも本を破壊する。水、湿気、害虫、無関心さからばらばらになったり、穴が開き読めないようになった頁と共に、乾いた櫃から奇蹟のように出てきた最後の一巻も、ついにある日火事の炎の中で失われる。イスタンブルで二十年に一度も大火にあわなかった地区があるか。だから、本は残らない。蒙古人がバグダードを焼き払い、略奪したよりも多い数の書物や図書館が三年に一度失われる。この町で、どの細密画師の傑作が百年以上も無事に残るとか、ベフザトの絵のようにある日自分の絵も眺められるとか想像することもはとてもできない。わしらの作ったものだけではない。何百年もの間に、この世界で作られた全てのものは火事、害虫、無関心によって破壊された——こうして、シリンが窓から誇らしくヒュスレヴを見ているところ、ヒュスレヴが月光の中で水浴みをするシリンをうっとりと眺めているところ、恋人たちの交わす優雅にして繊細な眼差し、ルステムが白悪魔を井戸の底で絞め殺すところ、恋に狂ったメジュヌンが砂漠で白虎や高山山羊と親しくなる悲嘆のさま、毎晩狼に自分の番している羊の群れから羊を一匹差し出す悪辣な羊飼いの犬が捕まって木に吊り下げられるさま、花や天使や木の枝や小鳥の縁飾り、ハーフィズの神秘的な詩集を飾るウドを弾く者、何千何万もの細密画の見習いの目を痛め名人を盲目にした壁の装飾、戸口の上の壁に書かれた掲示板、額縁の中の家の絵、壁の下や片隅や頬紅に、足に、灌木の根元に、岩の間に隠された謙虚な署名、恋人たちを覆う掛け布団の花柄、スルタン様の亡きお祖父様が敵の砦を勝ちとったとき端の方にころがっている異教徒の斬首された頭、異教徒の大使がお祖父さまの足に口づけする時、お前が若い時に加わって描いた彼方に見える大砲や鉄砲やテントなど全て、角があったりなかったり、尾があったりなかったり、牙があったり尖った爪があったりする悪魔たち、賢いヤツガシラや跳ねる雀やとびや詩人の鶯などを含む何千という小鳥、いい気持ちの猫、苛々している犬、素早く動く雲、何千回も描かれた小さなかわいらしい草、稚拙な蔭をつけられた岩、葉の一枚ずつがひどい努力の末描かれた糸杉やすずかけや柘榴の木、チムールの時代あるいはシャー・タフマスプの時代の王宮をモデルにして描かれた城(しかしその物語はそれよりずっと古い時代のものであるが)、何十万個もの煉瓦、野原で花の咲いた木の下に敷かれた豪華な絨毯の上に座って美男美女の奏でる音楽を聴く何万人もの物憂げな皇子たち、この百五十年間、サマルカンドからイスタンブルまでの間で、何千人もの見習いたちが叩かれて泣いた結果である完璧といわれた優れたタイルや絨毯の絵、お前がいまだに感激して描く壮麗な庭園や空に舞う黒い凧、信じ難い死と戦の場面、優雅に狩をするスルタン、同じく優雅に描かれた慄いて逃げる鹿、死んだシャーや捕虜になった敵、異教徒のガレオン船、敵の町、お前の描いた暗い屋根にようにあのきらきらと輝く闇夜、星、幽霊のような糸杉、紅い絵の具を塗った恋と死の絵、それらの全てが失われるのだ。」

彼はインク壺を満身の力を込めてわしの頭上に打ち下ろした。

衝撃で前に倒れた。何とも表現できない恐ろしい痛みを感じた。一瞬全世界がわしの痛みで包まれたと感じた。真っ青になった。頭の大部分は、わしになされたことが、計画的に実行されたと理解しているにもかかわらず、頭に受けた打撃で——多分打撃のせいで——よく働かなくなった頭ののこりの部分は悲しむべき善意を示して、人殺しになろうとしている狂人に『やめてくれ、お前は間違えてわしを痛みつけているのだ』と言おうとしていた。

青銅のインク壺を再びわしの頭上に打ち下ろした。今度は間違いではなくて、これが狂気、激怒であることを、そして最後には死もありうるということを、わしの頭のあの馬鹿な部分ですら理解した。わしはひどく恐れた。苦痛で全身の力を込めて吼えるように喚き始めた。わしの叫び声は、絵に描けば真緑となったであろう。夕刻の闇の中で、人通りのない道で、誰もこの色が聞こえない。わしは一人ぼっちであることがわかった。

わしの悲鳴に恐れて彼はたじろいだ。一瞬目と目が合った。彼の瞳の中に驚愕と困惑があったが、少し慣れて事態を認めていた。それはわしの知っている名人の細密画師ではなくて、わしらの言葉をすら知らない悪意のある外国人だった。このことも、わしのその瞬間の孤独を何世紀にも引き伸ばした。彼の手をとりたいと思った。この世にしがみつくように。しかし、無駄だった。嘆願した。あるいは、そうしたと思った、「むすこよ、わしを殺さないでくれ」と。夢の中にいるかのように、あたかもわしの言うことが聞こえないようだった。

インク壺をもう一度頭上に打ち下ろした。

頭と見たこととわしの記憶と目の全てが、わしの恐怖となって混じり合った。もう何の色も見えない。全て紅色であるのがわかった。血だと思ったものは紅インクだった。手についたインクだと思ったものは止まることのない紅い血だった。

その瞬間、死ぬということが、どんなに不当で理不尽で無慈悲なことに思われたことか！　しかし、血だらけの老人の頭がわしを導いていった結論はそれだった。

それから気がついたが、覚えているものは外の雪のように真っ白だった。頭が口の中にあるかのようにずきんずきんと痛んだ。

今、皆さんに自分の死を話そう。多分、このことはずっと前にお分かりのことと思う、死が全ての終わりではないこと、そしてそれは確かなことである。しかしながら、全ての書が書いているように、信じがたいほど苦痛なものである。潰された頭や脳みそだけでなく、あたかも全ての部分が混じり合って、拷問をうけ苦痛で焼かれるようだった。この限りない苦痛に耐えることは難しく、唯一の救いはそれを忘れて甘美な眠りに入ることしかない。

死ぬ前に子供の頃聞いたシリアの物語を思い出した。孤独な老人がある夜半に目が覚める。起きていって一杯の水を飲む。コップをテーブルに置こうとすると蝋燭がない。どこだろうかと思っていると奥から一本の紐のような光が漏れている。その光の後について行く。奥へ奥へと。自分の部屋に入ると自分の寝床に他の人間が蝋燭を手に寝ている。『お前は誰だ』と訊く。その見知らぬ者は、『わしは死だ』と答える。老人は一瞬不思議な沈黙にとらわれる。『そうだったのか。来たのか』としばらくして言う。『そうだ』と死は嬉しそうに言う。老人は闇の中で、『いいや、お前はわしの夢の続きだ』と言って、見知らぬ者の手にした蝋燭をふっと吹き消す。すると全て闇の中に消えていった。老人は空っぽの自分の寝床に入って、また二十年生きたそうだ。

同じことがわしにも起こらないことはわかっていた。なぜならインク壺をもう一度わしの頭に打ち下ろしたから。深い痛みを感じていたので、頭への打撃は辛うじて微かにわかった。彼もインク壺も、蝋燭の微かな光の中で既に遠ざかってぼんやり見えた。

それでもまだわしは生きていた。この世にしがみついて、彼から走って逃げて行きたくて、手や腕で血だらけの頭や顔を守ろうとした時、手首の端と顔が打たれたのがわかった。しばらく格闘した、もしこれを格闘とよべるならばだが。彼は非常に強く、ひどく憤っていた。わしを床に倒して、膝で肩を押さえつけ、釘で打ちつけるように、瀕死の老人のわしに向かってひどく失礼な言葉で何か言った。彼の言ったことがわからなかったからか、聞いていなかったからか、あるいは、彼の血走った目を見なかったのが気に入らなかったのか、もう一度インク壺を振り下ろした。インク壺から溢れた紅インクとわしから噴出した血で彼の目や顔やいたるところが真っ赤になった。この世で最後に見るものが、わしの敵のこの男であることが残念だったが目を閉じた。すぐその後で、甘美な柔らかい光を見た。この光はいまや全ての痛みを癒す眠りのように、甘く心惹かれるものであった。光の中に誰かがいた。子供みたいに訊いた、「お前は誰?」と。

「わたしはアズラエル、死の天使だ」と言った。「わたしがアダムの子孫のこの世の旅を了えるのだ。子供を母親から、妻を夫から、恋人たちをお互いから、父親を娘から引き離す。この世でわたしにあわずにすむ者はいないであろう。」

死が避けられないとわかって、わしは泣き始めた。

泣いたのでひどくのどが渇いた。一方では増大する痛みで頭がくらくらした。顔も目も血だらけで、あわただしい残酷なところだった、そこは。その向こうに、あわただしさと残酷さが終わるところがあった。しかし、そこはわしの知らぬ恐ろしげな所であった。アズラエルがわしを招んだのが、あの光輝く王国、死者の世界であることを知っているので恐れていたのだ。しかし、一方では苦痛の中で悲鳴を上げて、のたうち回っているこの世に長くは居られないことを、この恐ろしい拷問地獄にはわしが安らげる片隅もないこともわかっていた。この世に留まるためには、あたかも生きている限りこの恐ろしい苦痛を受けなければならないかのようで、それはこの老人のわしにはとてもできないことであった。

こうして、死の直前自ら死ぬことを望んだ。同時に一生涯努力して、書物では答えが見つからなかった問い——つまり、どうして人間は誰でも、例外なしに、死ぬことができるのか——がこの単純な移行したいという望みであることを直ちに理解した。死がわしをもう少し賢くしてくれることも理解した。

それでも、長い旅行に出る前に室内や物や家を最後にもう一度見ずにはいられない人間の未練がおこった。恐怖にかられて、懐かしい娘にもう一度会いたいと思った。その思いはとても強く、歯をくいしばって、もうしばらく苦痛や増大するのどの渇きに我慢して娘の帰りを待てると思った。

こうして目の前の死の甘美な光は少し色褪せた。頭を上げて、今死のうとしているこの世の声や物音を聴いた。殺人犯が部屋を歩き回っているのを、戸棚をあけて、紙や絵をひっくり返し、最後の絵を必死になって探している。見つからないので、絵の具一式をいじったり、箱や糊やインク壺や書見台を蹴飛ばしたりしたのが聞こえた。時々わしが呻いて、老いた腕や疲れた脚をばたつかせるがわかった。わしは待った。

痛みは止まらない。ますますのどの渇きが増す。歯を食いしばることにも耐えられなくなった。それでも、もう少し待った。

その時、もし娘が家に帰ってくれれば、この卑しい殺人犯と出会うことに気がついた。考えたくもなかった。と同時に人殺しが部屋から出て行ったのを感じた。最後の絵を、多分見つけたのだろう。

ひどくのどが渇いた。それでも待った。さあ、娘よ。美しいシェキュレよ、来ておくれ。

来なかった。

これ以上痛みに耐えられなかった。娘に会わずに死ぬのがわかった。その思いはひどくつらく、悲しくて、死にたいと思った。ちょうどその時、左の方に今まで見たことのない顔が見えた。親切に微笑みながら、一杯の水を差し出した。

全てを忘れて飛びついた。

コップを引いた。「預言者ムハンマドはうそをついたと言え」と言った。「彼が言ったことを否定せよ。」

悪魔だった、これは。わしは返事をしなかった。奴を恐れてさえいなかった。わしは絵を描くことが悪魔に誘惑されたからだなど決して信じていなかったから、これから始まる永遠の旅と未来を信じてひたすら待っていた。

しばらくして、少し前に見た光輝く天使が近づいて来ると、悪魔は見えなくなった。頭の片隅で、悪魔を追い払ったこの天使がアズラエルであるのがわかった。だが頭の反抗的な片側は、『啓示の書』で、アズラエルが東から西へ伸びる千枚の翼を持った、全世界を手に持つ天使だと書いてあったことを思い出させた。

頭の中が混乱していると、その天使が近づいて来て、わしに手助けしたいかのように、そうだ、まさにガッザーリが『驚異の真珠』で言っているように優しく言った。

「口を開けて、魂をそこから出しておやり。」

「わしの口からは、ベスメレの祈祷の文句しか出ない」と答えたが、これは言い訳であった。抵抗できなくて、時がついに来たことがわかった。もう二度と会えない娘に、この血だらけの醜い体を、この惨めな状態でおいて行くのを一瞬恥じた。体を締め付けるきつい服を脱ぐように、この世から出ることを望んだ。

わしが口を開けると、全てが預言者様が天国を訪れるミラージの旅を説く絵のように、彩色豊かに、多量の金箔を塗った豪華な明るさに包まれた。目から苦い涙が出た。肺腑から、口から、やっと息ができた。全てがすばらしい静けさに埋没した。

今、わしの魂が体から離れて、アズラエルの手に託されたのが見えた。わしの魂は蜂の大きさで、光の中にいた。そして肉体を離れる時に起きる震えのせいで、アズラエルの手の上で水銀のように震えていた。だが、わしの頭はそこにではなく、いまやその中に入ったまったく新しい世界にいた。

あれほどの苦痛の後で、いまや心は安らぎで溢れ、死ぬことは恐れていたように苦しくはなかった。むしろ逆に楽になって、この瞬間がこれから恒久的に続くことを、生きていた時に感じたあのきつく締め付ける感じが一過性のものであったことを理解した。もうこれからは、全てがこのように、何世紀にも何世紀にもわたって、この世の終わりまで続くのだった。このことはいやでも嬉しくもなかった。かつて次々と、急速に起こった出来事が、無限に広がる場所で、同時に存在するものとしておこっていた。冗談好きな細密画師が、紙の四隅に、お互いに関係のない別々のものを描いた二枚続きのあの大きい絵にあったように、いまや多くのことが時を同じくして起こっていた。

30 わたしはシェキュレ

雪はとてもひどく降っていて、ヴェールの中にも目の中にも入った。朽ちた草や泥や折れた枝で覆われた庭を苦労して歩いたが、道に出るや否や足早に歩いた。あなた方が何を考え、何を気にしておられるかわかっています。カラをどこまで信用できるかです。それならわたしもはっきり言いましょう。わたしも自分が何を考えているかよくわからないのです。訳がわからなくなっていたのをわかってくださるでしょう。でも、これだけは言えます。いつものように、食事やら子供たちやら父の世話やその他のことをして、時が経つと、わたしの心は、訊かなくても、何が正しくて、何が間違っているかを自分からわたしに囁いてくれるのです。明日の昼前には、わたしが誰と結婚するべきかがわかるのです。

ひとつだけ家に帰る前にお話ししたいことがあります。いいえ、とんでもない！　カラの見せたあの巨大なものの大きさのことなどではありません。よかったら、そのことは後で話しましょう。わたしが言いたいのはカラの性急なこと。彼が欲望を満足させることしか考えなかったとは思いません。本当のところ、そうだとしても構いません。わたしが驚いたのは、彼の馬鹿さ加減！　気味悪がらせればわたしを失うことになるとか、わたしの誇りを傷つければ彼に冷たくするとか、さらにもっと危険なことになるなど、彼が全く思いつかなかったことなのです。あの悲しげな表情から、わたしをどんなに愛していたか、どんなに欲していたかすぐわかりました。十二年間待ったのですから、ゲームの規則に従ってちゃんと振舞って、どうしてあと十二日間待てないのでしょう。

あの不器用さ、あの悲しげな子供っぽい眼差しにわたしが恋しているのがおわかりですか。一番怒らなければならない時に、つい可哀想になってしまうのです。わたしの中で、「ああ、可哀想な子」とか、「あなたはこんなに苦しんでいるのに、ひどく不器用で」とか言う声が聞こえます。わたしの中に彼を守ってやりたいという思いがして、間違ったことをしてしまうかもしれない。あの甘えんぼうに身をまかせてしまうかもしれない。

かわいそうな子供たちのことを考えて、歩を速めた。丁度その時、目の前も見えないように降る雪と早く暮れた闇の中で、一人の男とぶつかりそうになった。頭を低く下げて、避けた。

中庭の門から入ると、ハイリエと子供たちはまだ戻っていないのがわかった。よかった。夕刻の礼拝の呼び声はまだだった。階段を上った。家中、橙のジャムの匂いがした。父上は真っ暗な部屋におられる。足が凍ってしまった。ランプを持って部屋に入ると、戸棚が開いていて、枕が床に落ちていて、辺りが散らかっているのを見て、「シェヴケトとオルハンだわ」と言った。家の中はいつものように静かだった。しかし、いつもとは違う静けさがある。普段着に着替えて、部屋の中に一人で座って空想に耽ろうかとした時、下で、ちょうどここの真下で、台所ではなく夏用の細密画の仕事部屋から物音がした。この寒い中を父があそこに下りて行ったのかしら？　でも、あそこにランプの光は見えなかったと思った。今度は石畳から中庭に通ずるドアの軋むのが聞こえた。それから中庭の門の辺りをうろつく犬の気味悪い不吉な吼え声が始まると、気味が悪くなった。

「ハイリエ！」と呼んだ。それから、「シェヴケト、オルハン！」と。

寒かった。父の火鉢に火がある。父のところで座って温まろうと、父のところに行った、手にはランプをもって。わたしの頭にはカラではなくて、いまや子供たちのことがあった。広い廊下を横切る時、下のコンロにボラのスープのための水を入れた鍋をかけようかと思った。青いドアの部屋に入った。何もかも散らかっていた。父は何をしたのだろうかと、怒って言おうとした。

その時、床の上に父を見た。恐怖で悲鳴をあげた。もう一度叫んだ。父の死体を見て、わたしは黙った。

みてごらんなさい。あなたは黙っておられます。冷静でおられる。このことから、あなたがこの部屋で起こったことを全て知っておられたことがわかります。全てではなくとも、殆んどのことを。今あなたがお知りになりたいのは、わたしが見たこと、わたしの反応、わたしが何を感じたかです。ある絵を見る時、絵の主人公の苦しみや、その物語の彼の苦しみにいたるまでの出来事を考えます。わたしがどうしたかを見て、わたしの苦しみをではなく、代わりに、あなたが同じ状況にいたら、あなたのお父さんがこのように殺されていたらと考えて楽しまれます。

そうです。夕方、家に帰って、誰かが父を殺したのを発見します。髪をかきむしり、わあわあ泣きます。そして子供の頃したように、父に力いっぱい抱きついてにおいを嗅ぎます。恐怖、苦しみ、孤独感で長い間震えます。息ができません。見たことが信じられなくて、アラーの神に、父をもう一度立ち上がらせて、いつものように書物の中で部屋の片隅に静かに座っているようにして下さいと祈ります、「お父様、立って、死なないで、さあ立って」と。でも、血だらけで、頭は潰され、紙や本が破られ、テーブルや絵の具やインク壺が壊れ散らばっていることからも、座布団や書見台や机が乱暴にひっくり返っていることからも、父を殺した者の怒りよりも部屋や全ての物を破壊した憎悪を恐れました。わたしはもう泣いてはいませんでした。家のそばの道を行く二人連れが雪の中で笑いながら話しつつ通って行く時、この世の限りない静けさを頭の中で聞いていました。顔の涙や洟を両手で拭いて、子供たちやわたしたちの生活を長い間考えました。

静けさを聴いていました。それから父を足を持って引っ張り、広い廊下に出しました。なぜか少し重くなったよう。でも構わずに、階段をおろし始めました。階段の中ほどで、息が切れて座り込みました。泣き出しそうになった時、物音がしたので、ハイリエと子供たちが戻ってきたと思って父の足を両脇の下に挟んで引くと、今度は速く下ろせました。父の頭は血だらけで、ひどく潰されていて、階段にぶつかる度に濡れた雑巾から出るような音がしました。下に下りるとなぜか軽くなったような体を裏返して、石畳の上を引っ張って、一気に厩の隣の夏用の細密画の仕事部屋に入れました。真っ暗な部屋の中を見るために、台所の炉のところに走って、戻ってきて蝋燭の光で見ると、父を入れた細密画の仕事部屋も散らかり、ひっくり返されているのを見て、口がきけなくなりました。

一体誰がしたのだろうか。

頭が素早く働いて、色々なことを考えました。散らかった部屋に父をおいて、ドアをしっかり閉めました。台所からバケツを持ってきて、井戸から水を汲んで二階に上がりました。点けたランプの光で、居間の血とそれから、階段を拭きました。これらを全て素早くやりました。上の自分の部屋に行って、血のついた服を脱いで、きれいなのを着ました。手にバケツと雑巾を持って父の部屋に入ろうとした時中庭の門が開いたのが聞こえました。それと同時に夕刻の礼拝の呼び声が聞こえ始めました。やっとの思いで、ランプを手に取って、彼らを階段の上で待ちました。

「お母ちゃん、ぼくたち戻ったよ」とオルハンが言った。

「ハイリエ、今までどこにいたの」強く言ったつもりだったが、囁くようだった。

「お母ちゃん、でもぼくたち、夕刻の礼拝の呼び声より遅くならなかったのに」とシェヴケトは言った。

「静かにして、おじいちゃんが病気なの。ねているから。」

「病気ですか？」とハイリエは下から言った。しかし、わたしが黙っているので、怒っているのを感じて、「シェキュレさん、コスタを待っていたんです。ボラが来るとすぐぐずぐずしないで、月桂樹の葉を取って、それから子供たちに乾燥した無花果とぐみを買いました」と言った。

心の中で、下に下りていって、ハイリエを叱ろうと思った。階段を下りる時、わたしの手にしたランプの光で、さっき急いだので拭き残した血が見えることを考えた。子供たちはばたばたと上がって靴をぬいだ。「静かに」と言って、彼らを真っ直ぐに自分たちの部屋に押し込んだ。「おじいちゃんがねているから、あちらにいってはだめよ。」

「青いドアの部屋の火鉢のところに行くの」とシェヴケトは言った。「おじいちゃんの部屋にではなくて。」

「おじいちゃんはそこで寝込んでしまったの」と囁いた。

一瞬躊躇ったのを見た。「おじいちゃんの体の中に入って病気にさせた悪い精霊が、お前たちにも来ないように」と言った。「さあ自分の部屋に入って」と二人の手をとって、いつも一緒に寝る部屋に入れた。「さあ、言ってごらん。こんな時間まで外で何をしていたの。」

「黒人の乞食を見たよ」とシェヴケトは言った。「どこで？」と訊いた。「彼らは旗をもっていた？」「坂のところで。ハイリエにレモンをひとつくれたの。ハイリエはお金をやった。すっかり雪をかぶっていたよ。」「そのほかには？」「広場のところで矢を射る練習をしていた」「この雪のなかで？」とわたしは言った。「お母ちゃん、ぼく寒い」とシェヴケトが言った。「ぼく、青いドアの部屋に行く」「この部屋を出ては駄目よ。そうしたら死ぬよ。火鉢を持ってきてあげるから」「ぼくたちどうして死ぬの？」とシェヴケトは言った。「あることを話してあげる。でも誰にも言っては駄目よ。わかった？」とわたしは言った。誰にも言わないと誓った。「お前たちが外にいる時、顔色が真っ青の死人のような人がここに来たの。とても遠くの国から来ておじいちゃんと話したの。本当はそれは精霊だったの。」子供たちは精霊がどこから来たのかと訊いた。「お父ちゃんの居るところから？」とシェヴケトは言った。「ええ、そこからよ」とわたしは言った。「おじいちゃんの写本の絵を見るために来たそうよ。その絵を見た罪深い者はその場で死ぬそうよ。」

みんな黙っていた。

「今、わたしは下に、ハイリエのところに行くけど」と言った。「火鉢をここに持って来るわ。食事もお盆で。だから決して部屋から出ては駄目よ。殺されるわよ。精霊はまだ家の中にいるから。」

「お母ちゃん、行かないで」とオルハンが言った。

わたしはシェヴケトに向かって、「弟はあなたの責任よ。外に出て精霊にぶつかって死ななければ、わたしが怒って殺すから」といつも平手打ちを食わせる前にする怖い顔をした。「さあ、病気のおじいちゃんが死なないようにお祈りしなさい。いい子にしていれば、アラーの神がお前たちのお祈りをきいてくださるし、誰もお前たちにさわらないから。」彼らはなんだかよくわからなかったが、お祈りを始めた。わたしは下に行った。

「誰かが橙のジャムをひっくり返したらしいです」とハイリエが言った。「猫ならそれほど力がないし、犬なら中には入って来ないし……。」

突然わたしの顔の恐怖を見て彼女は黙った。

「おや、どうしました。お父上に何かありましたか？」

「死んだの。」

彼女は悲鳴を上げた。手に持っていたナイフと玉葱をまな板の上に落としたので、ボラがとびだした。彼女はもう一度悲鳴をあげた。同時に、二人とも、彼女の左手の血がボラのではなくて、最初の悲鳴をあげた時切った人差し指からであることを見た。わたしが走って上に上がって、向かいの部屋からガーゼを探している時、子供たちの部屋から騒音と喚き声がした。引き裂いた布切れを手に持って部屋に入ると、シェヴケトはオルハンの上に乗って、膝で肩をおさえつけて首をしめている。

「何をしているの、お前たちは？」と大きな声で叫んだ。

「オルハンは部屋から出ようとしたから」とシェヴケトは言った。

「嘘つき！」とオルハン。「シェヴケトがドアを開けたの、ぼくは出ては駄目だと言ったの」と泣き出した。

「静かにしていられないのなら、二人とも殺すよ。」

「お母ちゃん、行かないで」とオルハン。

下でハイリエの指に包帯を巻いて血を止めた。父が寿命で死んだのではないことを言った。怖がって、

「アラーの神よ、わたしたちをお守りください」と祈った。切った指を見て泣き始めた。目をこすっては激しく泣くほど父を愛していたのだろうか。上に行って父を見たいと言った。

「二階じゃない。後ろの部屋に」とわたしは言った。わたしの顔を疑わしげに見た。しかしわたしが行って父を見るのを耐えられないのがわかると、それでも気になり、こわくてもいいという気持ちを抑えきれずランプを手に持って行った。彼女が立っていた台所の入り口から、石畳を四、五歩歩いて、部屋のドアをびくびくそっと押して、手にしたランプで散らかり放題の部屋の中を眺めたのを見た。最初は父を見なかったので、ランプを高く持って大きな部屋の隅を照らそうとした。

それから、「ああ！」と悲鳴をあげた。わたしが父を置いたところから、つまり、ドアのすぐそばから身動きもせずに父を見ていた。彼女の影は石畳の上と厩の壁の上で動かなかった。彼女が見ている間、わたしは彼女が何を見たかを想像した。戻ってきた時、泣いていた。それでも、わたしが言うことが頭の片隅にちゃんと残るほどは、しっかりしているのを見て嬉しかった。

「ハイリエ、わたしの言うことをよく聴いて」と言った。わたしの手は、魚を切った包丁を知らぬ間に摑んでいて、それを振り回して話していた。「上の部屋もひどく散らかされているの。不吉な悪魔がそこにも入って、何もかも壊し、ひっくり返したの。どこもかしこも探したらしいの。父上の頭や顔をあそこで潰してそこで殺したらしい。子供たちが見ないようにと、お前も怖がらないようにと、わたしが下に下ろし

たの。お前たちが出て行ったすぐ後から、わたしも外出して、父上は家で一人っきりだったの。」

「知りませんでした」と言ってから、生意気にも「どこにいらしたんですか」と訊いた。

しばらく黙っていた。黙っているのがよくわかるようにと。それから。「カラと一緒だったの」と言った。「絞首刑になったユダヤ人の家でカラと会っていたの。でも、このことは誰にも言っては駄目よ。父上が殺されたことも、今のところは誰にも言っては駄目。」

「誰が殺したんですか？」

彼女は本当に馬鹿なのだろうか。あるいは、わたしを問い詰めるためにこう言ったのだろうか。

「知っていたら、死んだのを隠したりしないわ」とわたしは言った。「わたしは知らない。お前は知っているの？」

「わたしが何を知っていましょう」と彼女は言った。「これからどうしたらいいでしょうか。」

「お前は何もなかったように振舞うのよ」と。わたしは泣きたかった、わあわあ泣き出したかったが、我慢した。二人とも黙っていた。かなり経ってから、「もう、魚はやめて、子供たちに食事の支度をして」と言った。

彼女がぶつぶつ言いながら、泣き始めたので、彼女に抱きついてしっかり抱合った。一瞬、自分や子供たちだけでなく皆が可哀想になって、彼女をも愛した。その一方では、彼女に抱きついている間に、疑いの虫が心の中に蠢き始めていた。あなた方は父が殺された時、わたしがどこにいたかを知っておられます。そして、ハイリエと子供たちをわたしが家から遠ざけたことを、ほかの理由でしたことを、父を一人っきりで家においたのは、偶然であったことをご存知でおられます……。でも、ハイリエは知らないかも知れない。彼女に説明すれば、わかるかしら。勿論わかるけれど、疑うだろう。もっときつく抱きしめた。でもこれも嘘をかくすためにしていると奴隷の本能で考えるだろうと、あたかも自分が彼女を騙しているかのように感じた。父がここで殺された時、わたしはカラと会って愛し合っていた。このことをハイリエだけが考えるのならそれほど罪悪感は感じない。でもあなた方もそう考えておられます。さらに本当のことをいえば、わたしがあなた方に何かを隠していると思っておられる。なんてかわいそうなわたし！　何と不幸なこと！　こうしてわたしが泣き出すと、ハイリエも泣いて二人で抱合った。

準備した食事で上の部屋で腹を満たすようにした。わたしは時々、お祖父様を見てくるといって、他の部屋で涙を流した。子供たちは気味悪がった。食事の後、寝床に入ると、わたしにぴったりとくっついた。長い間精霊が怖くて寝られなかった。『何か音がした。何か聞こえた』と言ってはもぞもぞと動いた。安心して寝られるようにと、子供たちに恋物語を話すと約束した。言葉が闇の中で翼を広げるのをご存知ですね。

「お母ちゃん、誰とも結婚しないね」とシェヴケトは言った。

「よく聴いて」とわたしは言った。「昔ある所に一人の皇子様がいたそうよ。美女の中の美女に遠くから恋をしたの。どうしてそうなったかって？　本人を見るより前にこの美女の絵を見たから。」

不幸な時や悲しい時にしたように、物語は、前もって知っているものではなく、その時ひとりでに心の中から出てくるように作って話した。心をよぎるものや思い出や苦しみなどで色付けされると、わたしの話はわたしの身に起こった一種の悲しい細密画のようだった。

子供たちが二人とも寝てしまってから、暖かい寝床から出て、ハイリエと一緒にいやらしい悪魔がひっくり返した品々を片付けた。櫃や書物や布地などの隅から隅まで探したらしい。茶碗や急須や皿やインク壺は放り投げられてこわれ、ばらばらになった書見台や絵の具箱や憎悪で破いて捨てた紙や頁を一枚ずつ整えている間、時々手を止めては泣きだした。わたしたちはあたかも父の死にではなくて、部屋や品物がこれほど荒されて個人の秘密が乱暴に暴かれたことを悲しんでいるかのようだった。愛していた者に死なれた人は、わたしが自分の経験からわかるように、部屋の中の品物が以前と同じように続いているのを見て癒され、カーテンやテーブルクロスがいつものように見えるのを見て騙され、死の天使のアズラエルがずっと前に愛する者を連れ去ったことを時には忘れるのです。父が苦労して集め、大事にしていた書物、片隅にまで心を配って装飾した家が無慈悲にも荒されて、わたしたちにはこのような慰めを見出すものも懐かしい思い出にできるものも残さなかったのみならず、この仕事をやった者は地獄の残酷さを思い起こさせ、怖がらせたのだった。

わたしが言って、二人で井戸から新しい水を汲んできて、身を清めて、亡き父が希望と死を同時に語っていると言って好んでいた「イムランの家族」の章を、一番愛していたヘラト派の装丁によるコラーンから読んでいた時、中庭の門が軋んだのに気がついてぎょっとしたが、それっきりだった。夜半に門のかんぬきをもう一度確かめて、門の後ろに父が春の夕方、自分の手で井戸から汲んだ水をやっていたバジルの植木鉢を二人でやっと置いてから、家に入ると、自分の持っていたランプの作ったわたしたちの長い影を一瞬他の人のかと思った。一番怖かったのは、寿命で死んだと思うしかしかたがないと、父の血まみれの顔を洗って、無言で服を着替えさせる時、ハイリエが袖を下から渡してとささやいたことだ。ある種の沈黙の儀式みたいで恐怖に駆られた。

父の血まみれの服や下着を脱がせたとき、わたしたちをびっくりさせたのは、暗い部屋の中で、蝋燭の光に照らされた肌の生き生きした白っぽさであった。もっと恐るべきものがまだ沢山あって時々身震いさせられるので、二人とも父のほくろや傷でいっぱいの手足を伸ばした裸身を見ても平気だった。ハイリエが上に下着と緑色の絹のシャツをとりに行った時、我慢できずにかわいそうな父のあそこを見てしまってから、自分のしたことをひどく恥じた。きれいな服を着させた後で、首や顔や髪の毛の中の血を気をつけてきれいにしてから、力いっぱい父に抱きついた。あごひげの中に鼻をうずめて長い間泣いた。わたしを感情がないとか、罪深い女だとか言う人たちに、あと二回泣いたことを言っておきたい。一度は、上の部屋を、子供たちが起こったことを気がつかないようにした後で、貝で作った艶出し器を子供の頃からの習慣で耳に当てたら、海の音がそれほどでもないのに気がついた時、二度目はこの二十年の間父がいつも座っていて、尻の一部となってしまったような赤いビロードの座布団も裂けていたのを見た時だった。

修理できない物以外は全て家を元の状態に戻した時、ハイリエが今夜はわたしたちの部屋で寝たいといったのをむげに拒否した。「子供たちが朝疑わないように」と彼女には説明した。本当は子供たちと三人きりになりたかったし、ハイリエを罰したいと思ったからだった。寝床に入ったが長い間眠れなかった。これからわが身に起こるであろうことを考えたからだった。

31　わたしの名は紅(あか)

『王書』の詩人フィルデウスがガズニに来て、シャー・マフムウトの宮殿の詩人たちから田舎者といって馬鹿にされた時に、最初の三行がひどく複雑な韻で終わる四行詩の、誰もが書けなかった最後の行をすらすらと口にした時に、わたしはそこに、フィルデウスの着ていたカフタンの上に居ました。わたしはまた『王書』の伝説的英雄ルステムがいなくなった馬を探して遠国にまで行った時、彼の箙(えびら)の上にも居たし、伝説の怪物を驚異の剣で真っ二つにした時流れた血の中にも居たし、彼を客人として泊めたシャーの美しい娘と激しい夜を共にした掛け布団の襞の中にも居ました。至る所に居たし、今も至る所に居るのです。トゥルが裏切り行為で弟のイレチの首を切った時にも、夢のように美しい伝説的軍隊が草原で争った時にも、アレキサンダー大王が、日射病にかかってあの端麗な鼻から止まることなく流れた血の輝きの中にもいました。週の各々の日に別の色の円屋根の下で、別々の土地から来た驚異の美女たちと夜を過ごし、彼女たちの語る物語に耳を傾けたササン朝ペルシアのシャー・ベフラム・ギュルが、その絵に恋して火曜日に訪れた美女の服の上にも、シリンがその絵を見て恋に落ちたヒュスレヴの王冠から衣装までの全てにも居ました。城砦を包囲する軍の旗の中にも、客人を招く食卓のテーブルクロスにも、スルタンの足に口づけする大使たちのビロードのカフタンにも、子供たちが大好きなお話の中の剣が描かれているところにも、インドやボハラから来る良質な紙の上に麗しい見習いたちが名人の細密画師の視線の下でかわいい筆で色を塗った時にも、ウシャクの絨緞や壁の装飾の中にも、窓の隙間から外を見ているうなだれた美しい女たちの着ていたブラウスにも、闘鶏の雄鶏の鶏冠（とさか）にも、伝説の国の伝説の果物や柘榴にも、悪魔の口にも、絵の縁の中の微妙な線にも、天幕の曲がりくねった曲線の刺繍の中にも、細密画師が手すさびで描いた肉眼でやっと見えるような小さい花にも、砂糖で作られた鳥の像のさくらんぼうの眼にも、羊飼いの靴下の中にも、伝説に描かれている曙光の中にも、何千否何万の兵士やシャーや恋人たちの傷口や死体にも居たのです。花が咲き誇る様に血が広がる戦場の場面や、麗しい少年や詩人たちが野で葡萄酒を飲み音楽を聴いている場面で、一番優れた詩人のカフタンに、天使たちの翼に、女たちの唇に、死体の傷口や斬られた頭に塗られるのが好きです。

色であるのはどんなことか、とあなたが訊くのが聞こえます。

色は目が触れること、つんぼにとっては音楽、闇から出てくる言葉です。何万年もの間、本から本へと、物から物へと、風のうなり声みたいに魂が囁くのを聴いてきたのですから、わたしが触れることは天使が触れることに似ているといえましょう。わたしがここであなたの目に声をかけている一方で、これは真面目な一面ですが、もう一方の気楽な面はあなたの視線と腕を組んで空中を舞うのです。わたしは紅であることでとても幸せです！　わたしは燃えています。わたしは強力です。人はわたしに気がつかずには居られません。そして抗うことができないことも知っています。

わたしは隠しません。わたしにとって優雅さというのは、弱さとか希薄さの中ではなくて、決意と意志によってのみ実現されます。他の色も、影や徒党や孤独をもおそれません。わたしを待っている紙の面を自分の勝利の炎で満たしてやることは何とすばらしいことか！　わたしが広がると、人々の目は輝き、情熱は高まり、眉が上がり、鼓動が早まります。わたしを見てください。生きていることは何とよいことでしょう。見ることは何とすばらしいことか！　生きることは見ることです。わたしは至る所にいます。生命はわたしと共に始まります。そして全てはわたしのところに戻ってきます。わたしの言うことを信じなさい。

どうやってこのようなすばらしい紅になったかを黙ってお聴きなされ。絵の具のことがわかる名人の細密画師がインドの一番暑い所から持ってきた一番いい紅虫の干したのを、自分の乳鉢の中で乳棒でよく潰して粉末にして、五ドラクマの粉末と一ドラクマのさぼん草と○・五ドラクマのロトルを混ぜて準備します。三オッカの水を鍋に入れて、さぼん草を茹でます。それからロトルを水に入れてよくまぜます。コーヒーをゆっくり飲む位の時間を沸騰させます。彼がコーヒーを飲んでいる間、わたしはまもなく生まれてくる子供のように待ちきれずにいます。コーヒーを飲んで、頭が冴えて目がパッチリすると、紅い粉末を鍋に入れて、この仕事のために使う細い清潔な棒の一本でよく混ぜます。こうして真の紅になるのです。しかし、加減がとても大切なのです。液体はむやみに沸騰してもいけないし、同時にある程度は沸騰する必要があります。箸の端でこの液体を少し採って、親指（他の指ではいけない）の爪に塗ってみます。おお！　紅であることは何とすばらしいことか。それは爪を紅く染めるが、爪の端から水のようには流れ落ちませんでした。つまり、加減はいいということです、しかし沈殿物があります。鍋を火から下ろして清潔な布巾で漉すと、もっと純粋になります。また火にかけて、もう二度沸騰させて、泡をださせます。その中に少し叩いた明礬（みょうばん）をいれて、冷めるまでおきます。

二、三日が過ぎました。そこで、鍋の中で、なにも混ぜずに、そのままにしておかれました。紙面の至るところに塗られることを考えると、こうしてただ座っていることに心を痛めました。この沈黙の中で、紅であることの意味を考えていました。

ある時、ペルシアの町で盲目の細密画師がそらで描いた馬の、鞍の覆い布の刺繍に、見習いの筆がわたしを塗るところでした。わたしは二人の盲目の名人が議論しているのを聞きました。

「細密画師としての生涯を、勤勉に忠実に働いてきて、最後には当然のこととして盲目になったわしらは紅がどんな色で、どんな感じか知っている」と馬をそらで描いたほうが言った。「しかし、もし生まれつきの盲だったら、かわいい見習いが今塗っているこの紅を本当にわかることができるだろうか。」

「すばらしい問題だ」ともう一人が言った。「しかし色というものはわかるものではない。感じるものだ。」

「名人よ、紅を全く見たことがないものに、紅の感じを説明されよ。」

「指先で触れると鉄と銅の中間で、手のひらにのせるとやけどする。味を見ると塩漬けの肉のようで満腹感がある。においを嗅ぐと馬のようなにおいがする。花の匂いでは、薔薇ではなくて、雛菊に似ている。」

当時、百十年前、ヨーロッパの絵は支配者たちの気にするほど現実の脅威ではなかったのです。伝説的名人たちは自分たちの様式を、アラーの神を信じるように信じていたので、ヨーロッパの名人たちが、ごく普通の刀傷やきわめて普通の布地にも紅の様々の種類を用いることを、みっともない初心者のすることと見なして嘲笑していました。下手なちゃんとしていない細密画師だけがあるカフタンに別の紅色を塗って用いるものだと言われています。影は言い訳にならないのです。本来、紅は一つだけで、それを信ずるだけなのです。

「その紅の意味は何かな」と馬を記憶から描いた盲目の細密画師はまた訊きました。

「色の意味は、そこに、あなたの前に存在していて、あなたがそれを見ることにある」ともう一人が言いました。「見えない者に紅を説くことはできない。」

「悪魔に魅入られた者や冒涜者や信心のない者は、アラーの神の存在を否定するのに神は見えないから信じないと言う」と馬を描いた盲目の細密画師は言いました。

「ところが、神は見ることができる者には現れ給うのだ」ともう一人の名人は言いました。

「コラーンはこの故に、盲と見る者は決して同じではありえないといっている。」

かわいらしい見習いは馬の鞍の覆い布にわたしをゆっくりゆっくり塗りました。

巧みに描かれた黒と白の上に自分の最高の力と生命を置くことはとても気持ちのいいもので、猫の毛の筆がわたしを紙の上に広げていくのが嬉しく、くすぐったいのでした。こうしてわたしが採色されるにつれて、あたかもこの世界に、わたしが「在れ」と言うと、世界はわたしの血の色になるかのようなのです。見えない者は無視するとしても、至る所にわたしは存在するのです。

32　わたしはシェキュレ

朝、子供たちが起きないうちに寝床から出た。カラ宛に絞首刑になったユダヤ人のうちにすぐ来るようにと書いた小さな手紙をハイリエの手にしっかりと握らせて、走ってエステルのところに行くように言った。ハイリエは手紙を受け取る時、わたしたちの身に降りかかるかもしれないことを恐れて、いつもより遠慮なくわたしの目を見たが、わたしも、もう父が居ないのだから新しく身に付けた大胆さで彼女を見返した。このことも今後二人の間の関係および原則を確認することになった。この二年間、ハイリエが父の子供を産んで、奴隷の身分を忘れて、奥様ぶるのではないかと内心、心配していたことをあなた方にはうちあけます。子供たちが目を覚まさないうちに、かわいそうな父を訪れた。石のように硬くなっていたが、でも妙な形でまだやわらかさが失われていないその手に口づけした。父の靴とターバンと紫色のコートを片付けて、子供たちが目を覚ました時、彼らの祖父はよくなって朝早くからムスタファ・パシャのところに行ったと言った。

ハイリエが朝の外出から戻ってきて、朝食の食卓を準備して、橙のジャムの食べられるところも中央に置いた時、わたしはエステルがカラのドアを叩いている様を考えていた。雪は止んで、陽が出てきた。

絞首刑になったユダヤ人の家の庭に入ると、軒や窓の端から下がるつららはどんどん小さくなって、黴と朽ちた葉のにおいのする庭は喜んで陽を受けていた。カラが、昨日の晩——何週間も前のことのような気がする——最初に見た場所でわたしを待っているのを見た。ヴェールをあげて言った。

「よろこんでいいわ。もうわたしたちの間には、父上の反対や異議や疑いの可能性はなくなったから。昨日の晩、あなたがあのいやらしいことを無理にやらせようとしていた時に、誰かが、悪魔みたいな奴が、誰も居ない家に来て父を殺したの。」

カラの反応よりも、まずわたしがどうしてこのように冷たくて不誠実なのかとあなた方は困惑しておられます。その答はわたしもよくわかりません。多分、そうしないとわたしは泣き出して、カラがわたしを抱きしめる。そして思ったよりも急速に近づいてしまうと思ったのです。

「家をすっかり探したらしく、沢山のものを壊したの。怒りと憎悪で行動したのは確か。仕事が完了してこれからはこの悪魔が片隅に安穏として引きこもるとは思わない。父の本の最後の絵を盗んでいったらしいの。わたしたちを、父の本を、そいつから守ってほしいの。でも、わたしたちをどんな立場で、どんな取り決めをすればわたしたちを守れるか、これがいまや問題よ。」

彼は何か言おうとしたが、わたしが眼差しであたかもこんなことは何度もしたわという態度で容易に黙らせた。

「父が死んだ後のわたしの後見人は、法官にとっては、わたしの夫と夫の家族だから。父が死ぬ前ですらそうだったの。なぜなら法官にとっては夫は生きているのだから。夫の弟が、兄の留守中にわたしと関係を持とうとしたおかげで、わたしは舅を脅して、正式には寡婦にならなかったのに父のところに戻れたの。でも父が死んだ今、わたしには男の兄弟が一人もいないから後見人がいないことになる。あるいは後見人は明らかに夫の兄弟、つまり義弟と舅になるということ。彼らがわたしを連れ戻そうと動き出して、父にも無理に強制しようとして、わたしを脅して、窮地に追い込んだのを知っています。父が死んだと聞くや否や、わたしを家に連れ戻すために行動に出ます。あの家に戻りたくないから、父が殺されたことを隠していています。もしかしたら、隠す必要はないかもしれないわ。なぜなら、これをしたのは彼らかもしれないのだから。」

絞首刑になったユダヤ人の家の壊れた鎧戸や破れた窓の間から優雅に差し込む細い光線が、部屋のたまった埃に光を当てて、カラとわたしの間に、丁度この瞬間に入って来た。

「父が殺されたことを隠しているのはこの理由だけではないの」と言って彼の目を見つめた。カラが、恋していているというよりはむしろ注意深くわたしを眺めていたのを見て嬉しかった。「父が殺された時、どこに居たかを証明できないので怖いの。ハイリエの証言は奴隷なので意味がないかもしれないけれども、ハイリエはわたしにではなくても、父の本に対する陰謀に加担しているかもしれない。わたしに庇護者のない限り、父が殺されたことが公になると、殺人を法官に認めてもらうためには、最初は簡単そうに見えても、さっき言ったような理由で、――たとえば、父があなたとの結婚を望んでいなかったということを彼女は知っているかもしれない――問題になるのがよくわかっているの。」

「父上はわたしとの結婚を望んでおられなかったの？」とカラは訊いた。

「望んでいなかったわ。なぜなら、あなたがわたしを連れて父から離れた遠いところに連れて行くと恐れていたから。もう父に対してこんな悪いことはできないのだから、わたしたちの結婚は、かわいそうなお父様はなんら反対することはないわ。何か異議はある？」

「いいや。」

「それなら結構。わたしの後見人もあなたになんらの結納金も金も要求しない。自分で自分の結婚の条件を言うような恥ずかしいことをしてごめんなさい。でもすぐ詳細に入らなければならない結婚の条件がいくつかあるから。」

わたしが長い間黙っていたので、カラは「それで」とすまなそうに言った。

「まず第一に」と言ってわたしは始めた。「わたしに我慢できないような仕打ちをしたら、あるいは他の女と結婚するようなことがあれば、慰謝料を払って離婚すると二人の証人の前で約束すること。第二に、理由があろうとなかろうと、六か月以上家を離れて戻れない場合はわたしは離婚したことになり、わたしに扶養手当が払われると二人の証人の前で誓うこと。第三に、結婚したら、もちろんのことわたしの家に引っ越してくること。でも、父を殺した者が見つかるなり、あるいはあなたが見つけたら――わたしが自分の手で拷問にかけるわ！　それからスルタン様の御本をあなたの技と努力で完成してそれをスルタン様にお渡しするまで、同じ床で寝ないこと。第四に、あの寝床でわたしと一緒に寝ている子供たちを、自分の息子のように愛すること。」

「よろしい。」

「いいわ。わたしたちの前にある障害がこのように速く片付けば、近く結婚できるということになるわ。」

「結婚するが、同じ寝床では寝ない。」

「まずはじめは結婚よ」とわたしは言った。「最初にそれを片付けましょう。恋は結婚した後。忘れないでね。結婚する前に燃えた恋の炎は結婚で消えて、そのあとには空っぽの悲しい焼け跡が残るだけ。結婚した後に感じる愛もいずれ終わるの。でも、その代わりに、幸せがその空白を満たすの。それなのに、せっかちな馬鹿者たちは結婚する前に恋に落ちて、燃えて、情熱が尽きてしまう。どうしてかって？　なぜなら、人生の一番大きな目的は愛だと思っているから。」

「本当は何なの？」

「本当は幸福なの。愛も結婚もそれを手に入れるためのものなの、夫、家、子供たち、書物など。夫は行方不明、父は死んだというわたしのこの状況すら、あなたの一人ぼっちの生活よりいいのがわからない？一日中、笑ったり、喧嘩したり、愛したりする息子たちがいなければわたしは死ぬわ。あなたはわたしの今の状況にすらあこがれて、父の死体と、うるさい子供たちと、同じ屋根の下で夜を過すと言う――わたしとは同じ寝床でなくても。これから言うことをよく聴いて。」

「聴いているよ。」

「離婚できるためには、いくつかの方法があるの。うその証言をする証人。戦争に行く前に条件付で離婚したという証言をして、例えば、二年経って戦争から戻らなければ妻とは離縁すると誓約したと偽証したり、あるいは、もっといいのは、夫の死体を戦場で見たと、色や細部を含む説得力のある証言ができる者。でも、家にある死体や義弟や舅の反対を考慮すると、このうその証人は十分ではないわ。そして賢明で慎重な法官なら恐れて同意しないでしょう。夫がわたしに扶養手当もくれずに、四年間戦争から戻らなかったことを考えると、わたしたちのようなハニフィ宗派の法官でもわたしたちを離縁できない。でも対岸のウスキュダルの法官は、ペルシアとの戦争で毎日のように増えていくわたしたちのような立場の女たちに離縁の途を与えるためにスルタン閣下や宗教大臣（シェイフルイスラム）の承諾の下で、時々シャフィ宗派の代理にまかせて、わたしたちのような者をどんどん離縁し、扶養手当をくれるそうよ。今わたしの立場を正直に証言する二人の男を見つけて、少し金をやって、一緒に対岸のウスキュダルに行って、法官を見つけて話して、わたしが離縁できるように代理に代わるようにしてもらい、この証人たちによってわたしを離縁し、法官の帳簿に離縁したと記録させ、証明書をすぐにもらって、さらに離縁の後一か月待たずに結婚してもよいという文書をもらえば、より確実になるわ。全てこういうことを午後までにやって、海峡のこちら側に戻って、わたしたちをすぐに結婚させてくれるイマムを見つけることは難しくないのだから、今晩にはわたしの夫となり、わたしと子供たちと同じ屋根の下にとどまれる。そうすればわたしたちは、あの悪魔の恐怖で夜がたがた震えて、家の中の物音にもびくついて過ごすこともなくなる。朝になって、父の死が知らされた時には、わたしは後見人の居ない哀れな女とならないようにしてくれるの。」

「わかった」とカラは楽観的に子供っぽく言った。「よろしい、お前を妻に娶る。」

わたしがどうしてカラに対して誠実でない威張った言葉で話すのかわからないと先ほど言いましたが、今わかりました。自分自身ですら実現困難と思っていることを、子供の頃、ぼんやり者だったカラにこの調子で話すと、やっと説得できると感じていたからなのです。

「離縁と多分、夕刻にはできる結婚が合法ではないと異議を唱える者や父の本が完成しないようにと邪魔をする敵に対して、しなければならないとても大切なことがあるわ。でも、わたしよりももっと混乱しているあなたの頭をこれ以上混乱させますまい。」

「わたしの頭は混乱していないよ」とカラは言った。

「今言ったことはわたしの知恵ではなくて、長年父と話すことによって得たものなの」とわたしは言った。全てわたしの女の知恵と思わないで、わたしの言ったことを信じてほしいと。

それから、わたしのことをとても賢いと認めて、わたしにそれを面と向かって言う全ての男が口にする言葉をカラも言った。

「とても美しいよ。」

「ええ、賢いと言われることは嬉しい。わたしが子供の頃も父はいつもそう言ったわ。」

でもわたしが大人になってからは、父は賢いとは言わなくなったと付け加えようとしたが、わたしは泣き出した。泣いているあいだ、自分の中から出て別の女になって、あたかもある写本の悲しい絵を見て心を痛める読者のように自分の一生を外から見て、自分のことに同情していた。人間は自分の問題を他人の問題みたいに涙を流すことができる無邪気な面がある。カラがわたしを抱きしめた時、心の中に安らぎが広がった。しかし今はこの安らぎは二人の間だけで、周囲の敵の世界には届かないのだった。

33　わたしの名はカラ

寡婦になり、見捨てられ悲しんでいるシェキュレが、羽根のように軽い足取りで立ち去ると、わたしに移ったアーモンドの香と結婚の夢の中で、絞首刑になったユダヤ人の家に佇んでいた。頭は混乱していたが、同時に自分でも苦しくなるような速さで働いていた。エニシテの死にも十分には悲しむこともせずに、走るように家に戻った。シェキュレがわたしを騙して、大きな企みの一部として使っているかもしれないという疑惑の虫がわたしを蝕む一方で、幸せな結婚の夢が目の前を立ち去らなかった。

家では、この早朝にどこに行ってどこから戻ったかと家の入り口で、尋問する家主の女に返事をした。部屋に入り、マットレスの中に隠してあった帯の裏から二十二枚の金貨を出して、震える手で財布に入れた。もう一度外に出ると、シェキュレの悲しげな黒い目が一日中頭から離れないであろうことがすぐにわかった。

まず、ヴェネツィア金貨の中の五枚を、いつも微笑んでいるユダヤ人の両替屋に換えさせた。それから、その名前が気に入らなかったので今まであなた方には言わなかった地区（今言いますが、ヤクトラルです）の、死んだエニシテとシェキュレが子供たちと共に待っている家のある通りを物思いに耽って戻った。道を走るように歩いていると、高いすずかけの木が、自分のエニシテが死んだ日にすばらしい結婚の夢や計画に夢中になって歩いていると言ってわたしを蔑んだ。すると、氷が解けたので流れ出したこの通りの泉が、「気にすることはない」とわたしに囁いた。「すべきことをして幸せになれよ。」「それはいいが」と片隅で体を舐めていた不吉な黒猫が、「お前は自分をも含めて、誰もがエニシテの殺人に加担していると疑っている」と言った。

猫は舐めるのをやめて、神秘的な目でわたしの目をじっと見た。付近の住民が甘やかしたので、イスタンブルの猫がどんなに生意気かご存知でしょう。

大きな黒目の瞼が半ば垂れ下がっていていつも眠そうに見えるイマムを、家でではなくて、地区のモスクの中庭で見かけた。彼に裁判所に関する一般的でつまらない質問を沢山訊いた。いつ法廷で証言しなければならないかとか、どれが任意でいいとか。そして彼が誇らしげに答えるのを、初めて聞いたかのように、眉を上げたりして感心しながら聞いた。ある事件では、他の証人がいれば証人は必ずしも必要ではないと彼は言った。しかし一人しか証人がいない場合は、証人になることはアラーの命であると。

「わたしの悩みがあるんですがね」といって話し始めた。「誰もが知っている問題で、この任意の意味を口実にして、面倒くさがって法廷に行かないので、わたしが今手助けをしている人たちの急ぎの用件があるのに進展しないのですが。」

「それならば財布の口を少し開ければいい」とイマムは言った。

わたしも開けて中の金貨を見せた。モスクの広い中庭やイマムの顔や、辺りが金貨の光で明るくなった。

「問題とは何かね」と訊いた。

自分の名を言った。「エニシテの旦那が病気で」と始めた。「死ぬ前に娘の寡婦の身分を正式にして、扶養手当がつくのを望んでいるんです。」

ウスキュダルの法官の代理のことを口にする必要もなかった。全てを察したイマムは、シェキュレさんのために長い間この地区で皆が憂いていた、遅すぎたくらいだ、と言った。離縁のために必要な二人目の証人には、ウスキュダルの法官のところの入り口に居るはずの、自分の弟を連れてくると言った。彼にも金貨を一枚やればこの地区に住んでいるシェキュレとかわいい父なし子たちの苦しみを知っている義弟にもいいことをしたことになる。イマム本人には金貨を二枚見せた。二人目の証人には値下げして一枚にして合意した。イマムは弟の所に行った。

この日のこの後の出来事は、アレッポのコーヒーショップで咄し家が演じ語ったのを見たどたばた話に似た面があった。この物語を会話体の詩の形に書かせて本をつくると、どんなに上手い書家に書かせても、冒険が過ぎるとか、いんちきがあると言って全然真面目にはとられないで、挿絵もつけてもらえないだろう。わたしならこの一日の冒険談を頭の中で四つの場面にまとめて挿絵を描くだろう。

第一の場面で細密画師は、ウンカパヌからウスキュダルに行く四櫂の赤い舟の中で、ボスフォラス海峡の中ほどで、筋肉隆々の髭の漕ぎ手の間にいるわたしたちを描くべきだ。イマムと暗い顔の寡黙な弟は、この思いがけない遠出を喜んで、漕ぎ手とお喋りしている。哀れなわたしは舟の舳先で、眼前に尽きることのない結婚の夢と、陽の射す冬の朝、いつもより澄んで見える海峡の潮流の底には、不吉の兆候として、たとえば、海賊船の残骸を見るかもしれないと恐れながら海底を見ていた。つまり、細密画師が海と雲をどんなに陽気な色で描いても、わたしの幸せと同じくらい暗いものを、たとえば恐ろしい魚の絵を、海の深みに描くべきなのだ。そうすればわたしの冒険譚を読んでいる読者はその瞬間、全てが薔薇色で明るいとは思わないから。

二番目の絵はスルタンの宮殿で、御前会議を、ヨーロッパの大使たちの表敬を、混雑した広間の内部を、巧みに構成されたベフザトにふさわしい繊細さで描くべきだ。要するに、絵も皮肉な戯れに加わるのでなければならない。絵の中で、片隅で法官が止まれというようにわたしに向かって手を広げ、わたしが差し出した賄賂に決してという拒否の身振りをする。もう一方の手は恥ずかしげにわたしのヴェネツィア金貨をポケットに納める。この賄賂の最後の結果も同じ絵の中で見える。ウスキュダルの法官の代わりにシャフィ派のだんなを、描かねばならない。次々と起こる出来事を同じ絵の中で同時に描くには、優れた細密画師が紙面をどう構成するかに見せる賢さが必要なのだ。こうして、たとえば、最初わたしの渡した賄賂を見た目が、絵の他の場所で、法官の座布団の上で胡坐をかいている者が代理人であるのを見ると、物語を読まなくても二枚の金貨をポケットに入れると法官が代わりに、シェキュレが離縁されるようにシャフィ派の代理を座らせたのがわかるという訳だ。

三番目の絵でも同じ場面を示すべきだ。しかし今度は、壁の装飾はより暗く描くべきで、中国風の装飾、曲がりくねった木の枝はより細かく繁っていて、法官の代理の上にはいわくありげな色の雲を置いて、これがごまかしの芝居であることがわかるようにとする。法官の代理の前に本当は一人ずつ出るのだが、絵では一緒に描かれる。イマムと弟が、かわいそうなシェキュレの夫が四年間戦から戻らなかったこと、夫からの援助がなかったのでシェキュレが貧困の中に居たこと、二人の父なし子がいつも飢えて泣いていること、まだ既婚とされているのでこの父なし子たちに父親となる者が出ないこと、結婚しているとなっているためにシェキュレが夫の許可なしで借金もできないことなどを、巧く説くので、つんぼの壁すら涙を流して彼女を直ちに離縁させるのだった。しかしながら、心ない代理は、そうはしないでシェキュレに後見人は誰かと訊く。一瞬躊躇ってからわたしが前に出て行って、彼女にはスルタン様の布告官や大使を歴任したえらい父親が生存していると言う。

「その父親が法廷に来なければ離縁はできない」と代理は言う。

わたしはあわてて、今度はエニシテが病床に居て危篤で、アラーの神からの最後の願いとして娘の離縁されたのを見たいと言って、わたしを代理としてよこしたのだと説明した。

「離縁してどうするのか」と法官の代理は訊いた。「死ぬ間際の男が、娘の、戦でずっと前に死んでしまった夫から離縁されることをどうしてそんなに望むのだ？　娘が幸運な結婚をできるとか、信頼の置ける婿の候補があるのならわかるが。その場合は父親は安心できるのだから。」

「あります、代理のお方」とわたしは言った。

「誰だ。」

「わたしです。」

「だめだ。お前は後見人の代理の者だ」と法官の代理は言った。「どんな仕事をしておるのか。」

「東方の諸国で、パシャの書記官として手紙を届け、帳簿を管理しました。スルタン様にお渡しするはずの『ペルシア戦争史』を完成しました。絵画や細密画がわかります。この娘への恋でこの二十年身をこがしています。」

「親類なのか？」

法官の代理に思いがけずも卑屈になって、自分の過去や何もかもテーブルの上に広げてしまいそうになって、恥じて黙った。

「赤大根みたいに赤くなっていないで、返事をせよ。そうしなければ離縁はさせぬぞ。」

「母方の叔母の娘になります。」

「ああ、わかったぞ。彼女を幸せにできるか」と訊きながら手でいやらしい動作をした。細密画師は醜いものは描かないほうがよい。わたしの顔がどんなに赤くなったかを描けば十分だ。

「収入は十分にあります。」

「わしはシャフィ宗派に属するので、夫が四年間戦争から戻らないこの不幸なシェキュレの離縁は、なんら法典に反するところはない」と言った。「彼女は離縁された。もうたとえ夫が戦争から戻っても、元には戻れぬ。」

この後の絵、つまり四枚目は、代理が黒インクで離縁を戸籍簿に登録して、わたしのシェキュレがもう寡婦であり、すぐにも再婚してもよいと宣告する書面に印を押して、わたしにくれるところを描かねばならない。その瞬間に感じた幸せの輝きは法廷の壁を紅く塗っても、あるいは絵に血の紅色の縁を付けても表現できない。

妹を、娘を、姉を離縁させるためにそこにやってきた男たちや偽の証人でいっぱいの法廷の前を走って帰途についた。海峡を渡って、まっすぐにヤクトラル地区に着くと、わたしたちの結婚式をあげてくれるというこの理解あるイマムと弟には帰ってもらった。道で会った誰しもが、わたしが達しようとしている信じられないような幸福を嫉妬していて、何かを企んでいるのを感じたので、シェキュレの住む通りに急いだ。不吉なカラス達は死体のあることがどうしてわかったのか、屋根の瓦の上でぴょんぴょんと飛び跳ねるほどいい機嫌になっているのだろうか。エニシテのために十分に悲しまず、涙をも流さなかったことに心が痛んだ。しかし、家のしっかり閉めた鎧戸や、静けさや、さらには柘榴の木の様子から、万事滞りないことが直ちにわかった。

この間、直感だけで大急ぎで行動したことがおわかりでしょう。地面から拾った石を門に投げたが当らなかった。もうひとつの石を家に向かって投げたが屋根に当たった。かっとなって次々に石を投げた。そのうちに窓がひとつ開いた。四日前の水曜日に柘榴の木の枝の間から、シェキュレを初めて見た二階の窓だった。オルハンが見えた。鎧戸の間から、オルハンを叱るシェキュレの声を聞いた。それから本人が見えた。一瞬希望を持って見詰め合った。彼女はなんとすばらしく美しかったことか！　彼女は「待って」という意味にとれるような身振りをして窓を閉めた。

夕刻にはかなり時間があった。誰も居ない庭の、たくさんの木や、泥だらけの道の美しさに感心しながら待っていた。まもなくハイリエが、奴隷女ではなくて奥様のような衣装を着て、ヴェールもつけてやってきた。あまり近づかずに、無花果の木の後ろに引っ込んだ。

「万事うまく言った」と彼女に言った。法官からもらった書面を見せた。「シェキュレは離縁された。これから隣の地区のイマムを……」見つけてくる、と言おうとしたが、「イマムが来る」と言ってしまった。

「シェキュレには支度をしておくように。」

「シェキュレさんは、小さくてもいいから花嫁の行列をして、近所の人を招んで披露の食事を出したいと言っています。大釜でアーモンドと干し杏入りのピラフを作りました。」

彼女は夢中になってそのほかの料理も説明しようとしたが、「もし披露宴がそんなに大きくなると、ハッサンとその手の者共が聞きつけて踏み込んできて、ことを起こして結婚を無効にしてもわたしたちは何もできない。全ては無駄になる。ハッサンと舅からだけではなく、エニシテを殺した悪魔からも隠さねばならない。怖くはないのか?」とわたしは言った。

「もちろん怖いです」といって泣き出した。

「誰にも何も言ってはいけない」とわたしは言った。「エニシテに寝巻きを着せて、死体ではなく、病人のように寝床に寝かせて、枕元にコップやシロップなどを置いて、鎧戸はしめなさい。部屋にはランプがないようにして。結婚式でシェキュレの後見人は病気の父親だとする。花嫁の行列は駄目だ。終わりごろに何人か近所の人を招ぶ。それだけだ。彼らを招ぶ時に、エニシテの最後の望みがこうであったと言いなさい。これは幸せの宴ではなくて涙の宴となる。これを成功させなければ、わたしたちは破滅する。お前も罰を受ける。わかったな。」

彼女は泣きながらうなずいた。白い馬に乗って、証人たちを連れてまもなく来るから、シェキュレに支度しておくようにと、そして、これからはこの家の主人はわたしだということを、いま式前の調髪に床屋に行ったと彼女に伝えるようにとわたしは言った。こういうことは前もって考えていなかった。細部は話している中に思いついた。折々の戦の場で感じたように、自分がアラーの神に愛された僕だということ、神が守ってくれるということ、それ故に全てがうまく行くと確信していた。この信頼の念をひとたび心の中に感じると、思いつくままに、心に浮かぶままに何をしても、したことが正しいことになるのだ。

ヤクトラル地区から金角湾に向かって四つの通りを渡って、隣の地区のヤーシン・パシャ・モスクの黒い顎鬚の端正な顔のイマムが、箒でぬかるみの中庭にいる野犬を追い払っているのを見つけた。問題を説明して、叔母の娘の父親の寿命が尽きかけていること、死ぬ父親の最後の願いが娘の結婚であること、今日ウスキュダルの法官の決裁で、戦から戻らない娘の夫からの離縁が成立したことを言った。イマムはイスラム法によれば、結婚していた女が、離婚してから再婚するまでに一か月待つ必要があると異議を唱えた。シェキュレの元の夫が四年も居なかったのだから、妻が妊娠していることはありえないことを言った。ウスキュダルの法官も彼女がこの目的のために今朝離縁したのを認めたことを付け加えた、書面を見せて説明した。イマムに結婚への障害はなにも無いことは確かだと言った。確かに花嫁は親戚にはなるが、母方の従姉妹であることは結婚には差し障りはない。以前の結婚は無効になったこと、両者の間には宗教の違いも無く、社会的身分、財産の違いも無いことを言った。もし、ここに差し出した金貨を受け取ってもらえれば、隣近所の前で正式に行われる披露宴で式を挙げてくれれば、寡婦と父親の無い子供たちにも神の前で徳を果たしたことになります、と言ってから、アーモンドと干し杏入りのピラフはお好きですかと訊いた。

好きだと言った。しかし、その目はまだ中庭の入り口の辺りにいる犬を見ていた。金貨を受け取ってから、結婚式用の衣装を着て、支度をして、ターバンをつけて、結婚式を挙げるために来ると言った。家の道順を訊いた。わたしは説明した。

十二年の間夢に見ていた結婚をどんなに急いでいるとしても、心配や問題を忘れて、床屋の親切な手と快いお喋りに身を委ねて婿としての式前の調髪をする、これ以上自然なことがあるだろうか。足が勝手に連れて行った床屋は、わたしたちが子供の頃、亡きエニシテや叔母や美しいシェキュレが長年住んだ後に引っ越した崩れた家の通りの商店のある側にあった。何年かぶりにイスタンブルにはじめて戻った日に、つまり五日前に目が合った床屋だった。今度は中に入ると、わたしを抱きしめて、あのイスタンブルの床屋がいつもするように、十二年間どこにいたかとは訊かずに、最新の近所の噂話と人生という意味のある旅の果てに誰もが行き着く場所をほのめかして、会話を終えた。

十二年前ではなくて、あたかも十二日前にここにいたようだとは言えない。床屋の親父は年を取っていて、そばかすがいっぱいの手が持つ剃刀がわたしの頬の上を踊る時震えたのは、酒と、親方を感心して眺めているピンクの肌のかわいい唇と緑の目をした見習いの少年に、溺れたためだった。十二年前に比べて、店内はきれいになって整っていた。新しい鎖で天井からぶら下がっている桶に湯を入れて、桶の底の真鍮の蛇口から出る水でわたしの髪と顔を気をつけて洗った。古い幅広の桶は新しく錫めっきがかけられていて、錆もなかった。火鉢もきれいだった。瑪瑙(めのう)の柄のついた剃刀はよく切れた。十二年前は嫌がっていた真っ白な絹の上っ張りを着ていた。年の割には背の高い端麗な見習いを雇って、店も店主も整ったと思った。そして結婚は独り者の男に家だけではなく、仕事にも、店にも、店の主人にも新しい活力と繁栄をも、もたらすと思った。石鹸と薔薇の香りのする湯気の中で心地よい髭剃りの中に身をゆだねていた。

どのぐらい経ったかわからない。床屋の巧みな腕と小さい店を心地よく暖める火鉢の暖かさの中で溶けてしまった。あれほどの人生の苦悩の後では、今日は、代価を求めない大きな贈り物をもらったかのようで、偉大なアラーの神に感謝をした。その創造になる世界の神秘の天秤の均衡が崩れたのかと気になった。

まもなくわたしがその家の主人になるはずの家の中で死んでいるエニシテを悼み、憐れみの行動をとろうと考えていたその時、あけてある床屋の入り口の辺りで何かが起こった。見るとシェヴケトだった。

あわてているが自信を持って一枚の紙を手渡した。彼には何も言わないで、最悪の知らせを覚悟して、心の中は寒風に震えながら読んだ——


花嫁の行列がなければ結婚しません　シェキュレ

シェヴケトの腕を引っ張って、無理に抱き上げた。『お前の好きなように　愛しい人』と書きたかったが、読み書きのできない床屋にペンやインク壺があるはずがない。そこで、シェヴケトの耳に『わかった』とわたしが言ったと囁いた。同じようにして、「祖父はどうしているか」と訊いた。

「寝ているよ」と言った。

シェヴケトも床屋も皆さんもエニシテの死（シェヴケトは他のことをも疑っているが）について、わたしのことを疑っているのがわかります。残念だ。無理に口づけしたが、彼はわたしのことを好きにならずに出て行った。披露宴の間も、晴れ着を着て、わたしを敵のように見ていた。

シェキュレは父親の家から婿の家に行かないで、その反対に、わたしがシェキュレの家に養子として、入り婿として入るので、花嫁の行列はこの場合ふさわしかった。勿論、他の人がするように金持ちの友人やら親戚が飾り立てた馬に乗って、シェキュレの家に行くことはとてもできない。それでもイスタンブルに戻ってから、六日の間に出会った幼馴染の二人（一人はわたしのように書記官になり、もう一人は蒸し風呂屋を経営している）と、髭剃りの間にわたしを祝い涙ぐんだ愛する床屋も連れて行った。自分にも最初の日に乗った白い馬を引いて、あたかも彼女をこの家から他の家に、他の生活に連れて行くかのように、シェキュレの家の入り口に立った。

ドアを開けたハイリエにもたっぷり心づけをやった。シェキュレは真紅の花嫁衣装を着て、頭から床までのピンクの花嫁のヴェールをつけ、家の中から来る泣き声、嗚咽、ため息（一人の女が子供を叱った）、神の加護がありますようにの叫び声の中を家から出て来て、予備に連れてきた二番目の馬に巧みに乗った。床屋がわたしに同情して、間際に連れてきた太鼓とチャルメラを先頭に、ゆっくりと花嫁らしい様子で動き出した。貧しく寂しい花嫁の行列は、それでも誇り高く進んだ。

馬が動き出すと、花嫁の行列は、シェキュレが婚礼を守るためにしたいつものように賢い計画であることを理解した。花嫁の行列によって、間際ではあったが、結婚を隣近所が聞くところとなり、こうして誰からも認められたことになるので、後になって結婚に異議を唱える者の立場は弱くなることになる。一方、結婚することを公然と知らせることで、敵方にシェキュレが元の夫やその家族に挑戦するかのようにみせびらかして、結婚することはさらに危ないことになる。わたしなら誰にも知らせず、披露宴もしないでこっそりと結婚して、その後で結婚を守るが。

婚礼の行列の先頭で、気まぐれな白馬に乗って近所の通りを進む時、道の間の薄暗い門のところから飛び出してきて、襲い掛かるハッサンとその手の者たちを、恐怖の目で探していた。門の前や塀の端に立ち止まって、妙な婚礼の行列に、何がどうなっているのかわからないが、それでも失礼なことはせずに眺めている年寄りや、この地区の大人たちや、立ち止まって挨拶を送る見知らぬ人などを見た。いやだったが入った小さな商店街で、色とりどりのマルメロの実や人参、りんごから遠ざからないようにしてわたしたちと数歩を共にしておめでとうと言う機嫌のいい八百屋や、微笑する悲しげな乾物屋や、菓子の焦げたのを丁稚にはがさせているパン屋のうなずく視線から、シェキュレが噂話の網を巧みに働かせて、離縁とわたしとの結婚を隣近所に短時間で宣言して、認めさせたことがわかった。それでも、予期できない不快な襲撃や言いがかりや醜い言葉にも絶えず準備をしていた。このために、商店街を出る時、喚いたり騒いだり笑ったりする子供の中で、後について来て祝儀を欲しがる子供の群れにも文句を言わなかった。彼らの陽気な騒音や混雑がわたしたちを守っていること、そして、窓の間や格子や鎧戸の間から見えた女たちの微笑から、彼女たちからも同意を得たことがわかった。

ついに、やっと曲がりくねる道を戻りにかかった。わたしの心はシェキュレとその悲しみを思った。わたしが心をいためたのは、シェキュレが父親が殺された日に結婚しなければならない不運ではなくて、婚礼の披露がこのように寂しく貧しいことだった。銀の轡や飾りのある鞍の付いた馬に乗った、テンの毛皮や金の刺繍のある絹の衣装の者たち、何百頭もの馬に引かせた贈り物や結納品を満載した車、パシャの娘や后や姫の行列、昔のよき日を語る後宮の老いた女たちの笑い声、シェキュレはそれらにふさわしいのに、この披露には、金持ちの娘を守るために馬の周囲に居る棒を持ち紅い服を着た四人の供の者すらいなかった。果実や金銀の箔や輝く宝石で飾られた婚礼の蝋燭や木の形をした装飾品を持って歩く召使もいなかった。行列自体も誇りを持っていないので、太鼓やチャルメラも時々止まっていた。『道をあけろ、花嫁が来る』と叫ぶものもいないので、婚礼の行列は町の人ごみの中や水汲み場に集まっている召使たちの間にも入った。このことを恥じるよりも、むしろ目から涙が溢れるような悲しさを感じていた。家に近づくと勇気を出して鞍から振り返ってシェキュレを見ると、彼女がピンクのヴェールの下で、彼女にはふさわしくない貧しい婚礼の行列に悲しむどころか、行列が事件も無く無事に終えられたことに安心しているのを見てほっとした。それから、婿がするように美しい花嫁を馬から下ろして、腕をとって、用意した袋いっぱいの銀貨をみなが喜ぶようにとゆっくり頭から浴びせかけた。あのつらい婚礼の行列の間ずっと後についてきた子供たちが銀貨を拾っている間に、シェキュレとわたしは先に中庭に入った。石畳を通って家に入るや否や、家の中の死体の臭いにぞっとした。婚礼の行列の一行が入って来て、年寄り、女、子供たち（オルハンが片隅から疑わしそうにわたしを窺っていた）と共に、シェキュレもこの臭いがしないかのように振るまっているのを見て、一瞬自分を疑った。しかし、わたしは戦場で衣服が破れ、靴や長靴やベルトがはずされ、顔や目や唇は鳥に食べられ、太陽に晒された死体の臭いを鼻や肺腑に息が詰まるほど感じてきたので間違っていないのは確かだった。

下の台所で、ハイリエに、エニシテはどこにいるか、どうして家中がこれほど臭うのかと訊いた。これではみなわかってしまうと言った。本当は言ったのではなくて、つぶやくように囁いたのだった。一方では、ハイリエにこの家の主人のように口をきいたのに気がついた。

「仰せのように、着替えさせて寝床に寝かせて、掛け布団をかけました。枕もとのコップの中にシロップを入れました。臭いがしたとすれば部屋の火鉢の熱さのせいです」と泣きながら言った。一、二滴涙が羊の肉をジャージャー炒めている鍋の中に落ちた。泣く様子から、エニシテが夜、彼女を寝床に入れていたなと感じたが、すぐ後からそう考えたことを恥じた。台所の片隅で、静かに誇り高く座っていたエステルは噛んでいたものを飲み込むと立ち上がった。

「シェキュレを幸せにしておやり」と彼女は言った。「彼女の価値を知りなされよ。」

わたしがイスタンブルに初めて戻った日、道を歩いている時聞いたウドの音色が心の中で聞こえた。しかし憂いというよりもむしろ生命感があって調和がとれていた。そのあとで、エニシテが寝巻きを着て寝ている半暗がりの部屋で、イマムがわたしとシェキュレの結婚式をあげている時も、あのウドの調和した音色を心の中で聞いた。

ハイリエが前もってすばやく部屋の空気を入れ替えて、油ランプのきつい臭いと共に、うまく隠したので、病人ではなくて死体だということは気がつかれなかった寝巻き姿のエニシテが結婚式の間シェキュレの後見人で、友人の床屋と近所の物知り顔の老人も証人で、イマムの祈祷と忠告とみなの祈りで終わった式の間、物知り顔の老人はエニシテの健康を心配して頭を故人に近づけた。しかしイマムが式を上げるや否や、わたしは席を立って、エニシテの硬くなった手を力を込めて握って、

「ご心配なく、エニシテの叔父上」と叫んだ。「シェキュレを、子供たちを、ちゃんと扶養し、いい生活をさせ、安寧と愛をもって生きていくために全力をつくします。」

その後、あたかもエニシテが病床から寝たまま何か言おうとしたかのように、わたしの耳を気をつけて、恭しく口元に近づけて、心から尊敬している老人の機嫌のいい時に、その一生から出てくる忠告に対して、あたかも魔法の秘薬を飲むかのように、全身の注意を注いで、目を見張り耳を傾けるふりをした。イマムと近所の老人は病気の義父が死の間際にわたしに囁く忠告を聴く様を、忠義が永久に続く献身的態度と理解して眺めた。もうエニシテの殺人にわたしがかかわっているとは思わないであろう。

部屋にいた披露宴の客たちにも、病人が一人にしておいて欲しいと言っていると伝えた。すぐ部屋を出

て、ハイリエの作ったピラフと焼いた仔羊の肉（いまやわたしも死体の臭いとオレガノとレモンで焼いた羊の肉の匂いの区別がつかなかった）を食べるために男たちの集まっている隣の部屋に移ると、わたしも広い廊下に出た。あたかも自分の家でぼんやり物思いに耽って歩き回る男のように、ハイリエの部屋のドアを開けるとうっかり中に入り、突然入ってきた男にびっくりしている女たちには構わずに、わたしを見て幸福の笑みで微笑んでいるシェキュレを優しく見て言った。「シェキュレ、父上が呼んでおられる。結婚式が終わったのだから、その手にくちづけしなさい。」

シェキュレが結婚を公にしたいと間際になって連絡して招んだ数人の女たちや親類と思われる若い娘たちは、わたしを見てあわてて顔をヴェールで覆ったが、それでもわたしを品定めするためにたっぷり眺めていた。

かなりして、披露宴の客は食事をして、胡桃やアーモンドや干した果物を薄く伸ばしたものや飴や丁子（クローブ）入りの糖菓子をほおばって夕刻の礼拝の時刻をあまり過ぎずに帰って行った。女客たちの部屋ではシェキュレが度々涙を流し、子供たちがぐずったり、喧嘩をしたりで湿っぽかった。男客たちは、隣近所の者が、一応は披露宴の晩の冗談を言ったが、わたしが全く笑いもせず、憂いに満ちていたのは、義父の病を憂いているためと解釈された。この退屈の中で、記憶の中に最も深く刻まれたものは、食事の前に父親の手に口づけするために、シェキュレとエニシテの部屋に行って、二人きりになった時、まず死者の冷たく硬くなった手に、二人とも心からの尊敬の念を持って口づけした後で、部屋の暗い片隅で渇いたものが渇きを癒すそうとするかのように接吻したことである。口に入れることができた妻の舌は、子供たちがいつも食べていた飴の味がした。

34　わたしはシェキュレ

寂しい披露宴の最後の客が靴をはき、ヴェールを顔に下ろして、最後の飴を口に入れる子供を引っ張って中庭の門を出て行った後で、長い沈黙があった。誰もが中庭にいた。半分ほど水の入った井戸の釣瓶から注意深く水を飲む雀の物音以外に何の音もしない。小さな頭の短い毛が台所の竈の光で輝いていた。その鳥も闇の中に紛れて見えなくなった。空っぽの空を見て、二階で、父が、寝床で死体となってよこたわっているのを思って心が痛んだ。

「子供たちよ」とわたしは、オルハンとシェヴケトに、いつものように何か宣言する時の声の調子で言った。「ここにおいで。」

やって来た。

「これからお前たちの父親はカラです。その手に口づけしなさい」と言った。静かにおとなしくそうした。「わたしの不幸な子供たちは、父親がなく大きくなったので、父親に従ったり、その言うことに全身の注意で耳を傾け、信頼することを知りません」とカラに言った。「ですから、あなたに失礼なことをしたり、乱暴だったり、生意気なことをしたら、父親を知らずに大きくなった所為だと、まずは寛大に赦してやってほしいのです。」

「ぼく、お父ちゃんを知っているよ」とシェヴケトは言った。

「黙ってお聞き」とわたしは言った。「これからはカラの言うことがわたしの言うことより大切なのよ。」それからカラに振り向いて、「もしあなたの言うことをきかなかったり、生意気だったり、甘ったれたり、失礼なことがあれば、どんなに小さなことでも、まず戒めて、でも赦してやって。」口の端まで出かかった叩くことは言わなかった。「あなたが心の中でわたしを思うように、彼らにもそうして。」

「シェキュレよ、わたしが結婚したのはお前の夫となるためだけではない」とカラは言った。「このかわいい父親のない子供たちの父親になるためだった。」

「聞いたでしょ。」

「アラーの神様、わたしたちの上にいつも光を注いでください」とハイリエは端の方から言った。「神様、わたしたちをお守りください。」

「聞いたでしょ」とわたしは言った。「子供たちよ、お父さんがこれほど愛してくださるから、お前たちがうっかりして言うことを聞かなかった時でも、最初は赦してくださるのよ。」

「その後も赦すよ」とカラは言った。

「でも三度目に、してはだめと言ったことをしたら……その時はひどい目にあう」とわたしは言った。「わかった？　新しいお父さんはカラよ。死んだお前たちのお父さんは戦に行ったまま還って来られなかったけど、カラは戦からも、もっとひどい戦争からも還ってきてとても強いの。おじいちゃんがこの子供たちをあまやかしてしまったから。でもそのおじいちゃんは重病で。」

「おじいちゃんの寝床に行きたいよ」とシェヴケトは言った。

「言うことをきかないと、カラが叩くことがどんなことか教えてくれる。おじいちゃんがお前たちをわたしの手から助けてくれたようにはいかないわよ。お父さんに怒られたくないのなら、これからは、喧嘩をしないで、何でも分かち合って、嘘を言わないで、祈祷をちゃんとして、寝る前に暗誦することも忘れずに、ハイリエにも悪いことを言ったり、からかったりしないように……わかった？」

カラは屈んで一挙にオルハンを抱き上げた。シェヴケトは離れていた。一瞬、シェヴケトを抱きしめて泣き出しそうになった。かわいそうな父のない子、一人ぼっちのシェヴケト、この巨大な世界で、どんなにか小さくて孤独なことか。自分もこの小さい子供、シェヴケトと同じように一人ぼっちに思えた。そしてシェヴケトの小さな哀れさと自分の小ささが頭の中で一緒になって、身震いした。自分の子供の頃を考えると、今カラに抱かれているオルハンのように、慣れない木にくっついている果実みたいにぎごちなくではなくて、いい気持ちで父の胸に抱かれて、お互いの肌の匂いを犬みたいに嗅ぎあったことを思い出してもう少しで泣き出すところだったが堪えた。そして自分でも思ってもみないことを言った、

「さあ、カラをお父さんとよんでごらん」と。

夜は何と寒く、家の中庭は何と静かだったことか。かなり遠くで、犬が悲しげに鳴いた。またしばらく時が過ぎた。静かさと闇が気がつかないうちに、花のように拡がっていった。

「さあ、子供たち」とわたしは随分経ってから言った。「家に入りましょう。ここでみんなで風邪をひい

てしまわないように。」披露宴の後で二人っきりになることを恐れている花嫁と花婿のように、わたしとカラだけでなく、子供たちもハイリエも、誰もが他人の暗い家に入るように、遠慮しいしい中に入った。家の中は父の死体の臭いがしたが、誰も気がつかないようだった。階段を静かに上る時、手に持った油ランプが天井に映す影が、いつものようにぐるぐる回ってお互いに混じりあって、大きくなったり、小さくなったりした。しかしこれらをはじめて見るように思った。上で、広い廊下のところで靴を脱いだ。

「寝る前におじいちゃんの手に口づけしてもいい？」とシェヴケトが言った。

「わたしが少し前に見ましたが」とハイリエが言った。「お祖父様はとても苦しんでおられました。悪い精霊が体の中に入ってしまったらしく、病気の熱が体中に回ってしまって。さあ、部屋に入って寝床をしきましょうね。」

ハイリエは彼らを部屋に入れた。床を敷くとき、敷布を広げたり掛け布団を広げながら、手にしたこれらの品々が、他に類の無いすばらしいものであって、ここで夜遅く暖かい部屋できれいな敷布団と鳥の羽毛で作ったあったかい掛け布団の中で寝るのは、スルタンの王宮で寝るようなものだと話していた。

「ハイリエ、お話して」と便器に座っていたオルハンが言った。

「昔々、一人の青い男がいたそうな」とハイリエが言った。「そして、その一番の友だちに精霊がいたそうな。」

「その男はどうして青いの」とオルハンが訊いた。

「ハイリエよ、お願いだから、今晩は精霊や妖精や幽霊の話はしないでね。」

「どうして駄目なの」とシェヴケトは言った。「お母ちゃん、ぼくらが寝た後で寝床から出て行って、おじいちゃんのところに行くの？」

「おじいちゃんは重い病気なの」と言った。「もちろんどうしているかを見るために行くわ。それからまた寝床に戻って来る。」

「ハイリエが行けばいい、おじいちゃんの所に」とシェヴケトは言った。「夜ハイリエが面倒をみないの？」

「すんだ？」とハイリエはオルハンに言った。顔がとろんとしてきたオルハンの尻を拭いて便器の中の物をちらりと見た。その臭いのせいではなく、見えたものが十分でないと思ったのか顔を顰めた。

「ハイリエよ」とわたしは言った。「便器を空けて持って来て。シェヴケトが夜、部屋から出ないでいいように。」

「どうして出てはいけないの」とシェヴケトは言った。「どうしてハイリエが精霊や妖精の話をしてはいけないの。」

オルハンが、怖がると言うよりもむしろ、便をした後いつもわたしが気がつく馬鹿みたいな暢気さで、「だって精霊が家の中に居るからさ、馬鹿」と言った。

「お母ちゃん、精霊は本当にいる？」

「部屋から出たり、おじいちゃんを見に行ったりしようとすれば、精霊はやって来るわ。」

「カラの寝床はどこに敷くの？」とシェヴケトは言った。「あの人はどこで寝るの？」

「知らないわ」とわたしは言った。「ハイリエが敷くでしょう。」

「お母ちゃん、いつものようにぼくらと寝るでしょ」とシェヴケトは言った。

「何度言わせるの。いつものようにお前たちと寝るわ。」

「ずっと?」

ハイリエは便器を手に持って出て行った。最後の絵を持っていった卑劣な人殺しが触れなかった残りの九枚の絵を、隠してあった場所から、戸棚の中から出して、寝床に座って、ランプの光で、その中にある秘密を探ろうとして長い間眺めた。それらの絵はとても美しく、忘れてしまった自分の思い出のような気がする。そして文章のように、眺める度に見る者に語りかける。

絵を見ているうちに夢中になってしまっていた。わたしと一緒に見ていたオルハンも、あの奇妙な疑わしい紅を見ていたのが、わたしの鼻のところに寄りかかっているかわいい頭のにおいからわかった。時々感じるように、乳房を開けて飲ませたくなった。しばらくして目の前の死の絵を見て怖がった。紅い唇の間からかわいい息をしているオルハンを見て、食べてしまいたくなった。

「食べちゃうよ、お前を」とわたしは言った。

「くすぐってよ、お母ちゃん」といって身を投げだした。

「どきなさい、ケダモノ」と叫んで、ぶってしまった。なぜなら絵の上に身を投げたからだった。しかし絵は大丈夫だった。一番上の馬の絵に少ししわがよっていたが、わかるまい。

ハイリエが空の便器を持って戻ってくると、絵を片付けた。部屋を出るとき、シェヴケトが心配そうに叫んだ。

「どこへ、お母ちゃんどこへ行くの?」

「戻ってくるから。」

広い廊下を通った。氷のようだった。カラは、四日間父と共に座って絵や細密画や遠近法の話をした同じ片隅に、誰も座っていない座布団の向かいに座っていた。絵を彼の前にある書見台や座布団の上や床に置いた。蝋燭の光で部屋の中があたかもある種の暖かさで生き生きと色づいて、一瞬全てが動き出したかのようだった。

黙って、恭しく、身動きもせずに、わたしたちは長い間絵を眺めていた。少しでも動けば、向かいの部屋から来る死臭のする空気が蝋燭の炎を波打たせて、父の神秘的な絵が動き出すように見えた。父の死の原因となったこれらの絵に魅入られていた。その馬の妙なこと、紅の比類ないこと、木の憂い、二人の修行僧の悲しみなどに魅入られてしまったのだろうか、あるいは、父をさらには他の者をも殺した殺人犯への恐怖のためだったのか。絵のせいだけでなく、結婚した晩にひとつの部屋で二人っきりになったせいであることがわかって、二人とも何か話さねばと思った。

「朝起きた時に、かわいそうな父上が眠っているうちに亡くなったことをみなに知らせなければ」とわたしは言った。わたしが言ったことは本当であったが、あたかもその言葉は心からのものではないかのようだった。

「朝には何もかもうまくいく」とカラも同じような妙な調子で言った。本当のことを言っているのに、それを信じられないかのように。

わたしに近づこうとして、カラがかすかに身動きすると、わたしは彼を抱きしめて、子供たちにするように彼の頭を両手にとりたいと感じた。

ちょうどその時、父の部屋のドアが開いたのを聞いた。恐怖で飛び上がり、走っていってドアを開けて外を見た。広い廊下に差し込む光で父の部屋のドアが半ば開いているのを見て、身震いした。氷のような廊下に出た。父の部屋はまだ燃えている火鉢のせいで死体が臭っていた。シェヴケトが来たのだろうか。あるいは他の者が。火鉢のかすかな明かりで、父の死体は寝巻きを着て、安らかに横たわっていた。寝る前に蝋燭の灯で『霊魂の書』を読む父に、「おやすみなさい、お父様」と言ったことが思い出された。体を正して、コップをわたしの手から受けとる時、「水をくれる手に神の恵みがありますように」といって、小さい時頬に口づけしてくれて近くからじっとわたしの目を見たものだった。父の恐ろしげな表情を見て怖かった。父の顔を見たくないと思うと同時に、悪魔にそそのかされて、その恐ろしくなってしまった表情を見たいと思った。

青いドアの部屋に恐れつつ戻るとカラが抱きしめた。彼を押し返したが、怒ってというよりは、何をしたかわからなかったのだ。蝋燭の震える光で押し合った。でもこれは本当の押し合いではなくて、押し合う真似をしたのだった。お互いにぶつかり合って、腕や脚や胸が触れることが嬉しかった。わたしの心の乱れや頭の混乱は「ヒュスレヴとシリン」でニザーミが書いているあの心の状態に似ていた。まさにシリンのように、「口づけをして唇を痛めないで。やめて」と言っている時、言葉の背後でわたしが「やって」と言っていたのを、ニザーミをあれほどよく読んでいたカラは感じていただろうか。

「あの悪魔が見つかるまで、父の殺人犯が見つかるまで、同じ床では寝ません」とわたしは言った。

部屋から逃げるようにして出る時、体中が恥ずかしくなった。なぜなら、ひどく大きな声で言ったので、わたしが言ったことを、子供たちやハイリエが聞くことを望んでいたと見えたにちがいないから。それだけではない、かわいそうな父やその屍が遥かな土地でずっと前に朽ちて土となってしまったであろう亡き夫もがわたしの叫び声を聞いて欲しかったかのように。

子供たちのそばに行くや否や、「シェヴケトは廊下にいったよ」とオルハンが言った。

「お前は部屋から出たの？」と言って顔に平手打ちをくわせるかのようにした。

「ハイリエ！」と言ってシェヴケトは彼女に抱きついた。

「出ませんでした」とハイリエは言った。「ずっとこの部屋にいました。」

一瞬身震いした。子供たちの目が見られなかった。父の死が知らされたら、これからは助けを求めてハイリエのところに行く。そして秘密を彼女に打ち明ける。この卑しい召使がこの機会に大きな顔をし始める。それだけではない、父の殺人をわたしのせいにして、子供たちの後見人権をもハッサンに持ってゆく。きっとするだろう。こんな恥知らずな企みをしている、なぜなら亡き父の寝床に入ったのだから。もうあなた方には隠しません。彼女はこんなことをしていたのです。それから、もちろんのこと、わたしは彼女ににこやかに微笑んだ。そしてシェヴケトを抱き上げて口づけした。

「シェヴケトは部屋から出て廊下に行ったと言っているのに」とオルハンは言った。

「寝床に入って、わたしを真ん中に入れてね。お前たちに尻尾のないジャッカルと青い精霊の話をしてあげるから。」

「でもハイリエに精霊の話は駄目と言ったのに」とシェヴケトは言った。「ハイリエが、どうして今夜は話してはだめなの？」

「誰も居ない町を通るの？」とオルハン。

「通るわ」とわたしは言った。「その町ではどの子も父も母もいないの。ハイリエよ、下に行って門や戸をもう一度調べて。お話の途中で寝てしまうかもしれないから。」

「ぼく、寝ないよ」とオルハンは言った。

「カラは今夜はどこで寝るの？」とシェヴケト。

「細密画の仕事部屋で」と言った。「お母ちゃんにもっとくっついて。布団の中でよく温まろうね。この小っちゃい足は誰のかな？」

「ぼくの」とシェヴケト。「ハイリエはどこで寝るの？」

話を始めるとすぐにオルハンは寝てしまったので、声を潜めた。

「ぼくが寝てからも寝床から出ていかないでね、お母ちゃん」とシェヴケト。

「出ていかないわ。」


本当にそんなつもりはなかった。シェヴケトが寝た後でも、本当に二度目の結婚の披露宴の夜を息子たちと一緒に寝入ってしまうことがなんとしあわせなことかと——しかも男前で賢くわたしを求めている夫が隣の部屋にいるのだから——考えていた。こう考えているうちに寝てしまったが、よく眠れなかった。後から思い出すと、夢と現の間での薄気味悪い不安な世界で、最初は死んだ父の怒っている魂と話していた。それからわたしをもそこに送ろうとする卑劣な殺人犯の亡霊から逃れようとした。父の魂よりも恐ろしげで、執拗にわたしの後を追う人殺しは色々な物音をたてた。夢の中で家に石を投げて、それらは窓や屋根に当たった。それから門にも石を投げた。門をこじ開けようとしているように思われた。その後から、悪霊が、知っているどの動物にも似ていない唸り声のような呻き声を出すと、胸がどきどきした。

目が覚めると汗をかいていた。その変な声を夢の中で聞いたのだったかしら。あるいは本当に家の中で起こったから目が覚めたのかしら。よくわからなかったので、子供たちにくっついて、身動きもせずに待った。その声を夢の中で聞いたと自分を納得させた時、同じ呻き声をもう一度聞いた。同時に中庭に何かが大きい音を立てて落ちた。これも石だったのだろうか。

胸がどきどきした。すぐ後からもっと悪いことが起こった。家中で物音がした。ハイリエはどこにいるのか。カラはどの部屋で寝たのだろうか。かわいそうな父の死体はどうしているのか。アラーの神様、わたしたちを守ってください。子供たちはすやすや寝ていた。

結婚する前だったら、この家の主として事態を掌握するために、恐怖心を抑えて、精霊や魂と対決するのだが。今はただ丸くなって、子供たちにくっついていた。あたかもこの世に誰もいなくて、誰もわたしをも子供たちをも助けてくれないかのように思えた。何か悪いことが起こるのだろうかと恐れつつ、神に祈った。夢の中でと同じように、一人ぼっちだった。中庭の門が開いたのを聞いた。門ではなかったか。いや、確かに門だった。

一瞬何も考えずに、飛び起きて、上にコートを羽織って、飛び出した。

「カラ！」と階段の上でささやいた。

足に何かをつっかけて、下に下りた。一瞬のうちに火鉢の火で点けた蝋燭が、中庭の石畳の所に出るや否や消えた。強い風が吹いていたが、空は晴れていた。目が闇に慣れると、半月が中庭を完全に明るくしているのを見た。神様！　門は開いていた。寒くてがたがた震えて立ちすくんだ。

どうしてナイフを持って来なかったのだろう。手には燭台も板切れさえない。闇の中で、中庭の門がひとりでに動いたのが見えた。かなりして、門が動かなくなってからも軋る音が聞こえるかのようだった。あたかも夢の中にいるようだと考えたのを覚えている。頭ははっきりしていて、中庭を歩いているのを知っていた。

家の中から、屋根の下の方から物音が聞こえると、かわいそうな父の魂が体から抜け出せなくて、もがいているのがわかった。父の魂が苦しんでいることがわかるとわたしは苦痛で息が詰まりそうになったが、同時に安心した。この物音の原因が父だとしたら、わたしに悪さをするわけはないと自分に言い聞かせた。その一方では、一刻も早く体から抜け出して高く上がりたいと努力している魂の苦しみが、わたしをひどく悲しませて、神様、父を助けてやってくださいと祈った。父の魂がわたしだけでなく子供たちをも守ってくれることを考えるとほっとした。もし門の外に、悪いことをしようとしている悪魔がいるのなら、父の安らげない魂を恐れるべきだ。

その瞬間、父を安らげさせないものがカラかしらと心配になった。父がカラに何か悪いことをするかしら？　カラはどこにいるのだろう？　その時、門の外でカラを見た。立ち止まって誰かと話している。

道の向こうの誰も住んでいない庭で、木の後ろで誰かがカラに何か言っているのに気がついた。少し前寝床で聞いた呻き声の主がこの声であったのがわかった。と同時にそれがハッサンであることを理解した。一種の嘆願、一種の泣き声がその声にはあったが、脅迫の調子も十分にあった。遠くから彼らの言っていることを聞いていた。静かな夜の中で、何かを解決しようとして夢中になっていた。

同時にわたしの人生には子供たちしかいないことを理解した。カラを愛していると思っていた。しかし本当はカラを愛したいと思っていただけだったのだ。なぜならハッサンの悲しみを含んだその声の中には、わたしが直ちにわかった彼の苦しみには、わたしの胸を張り裂くものがあったから。

「明日ここに法官や、イェニチェリ兵や、兄貴が生きていて今もペルシアの山地で戦っていると誓う証人を連れて来る」とハッサンは言った。「お前たちの結婚は無効だ、合法ではない。中で姦通をしているのだ。」

「シェキュレはお前の妻ではない。お前の亡き兄貴の妻だった」とカラは言った。

「兄貴は生きている」とハッサンは確信があるように言った。「見た証人がいる。」

「今朝、四年の間戦から戻れなかったために、ウスキュダルの法官はシェキュレを離縁させた。生きているのなら、証人に離縁したことを彼に告げさせよ。」

「シェキュレは一か月経たないと再婚できない」とハッサンは言った。「宗教にもコラーンにも反している。こんなひどいことをシェキュレの父親はどうして同意したのか。」

「エニシテは重い病気だ。死は近い……結婚も法官が許可した。」

「エニシテを二人で一緒に毒殺したのか」とハッサンは言った。「あるいはハイリエとやったのか、このことを。」

「義父はお前がシェキュレにしたことをひどく憂いている。お前のした不名誉なことは、もしお前の兄が生きているのなら、彼も問い詰めるだろう。」

「みんな嘘だ」とハッサンは言った。「シェキュレが家から逃げ出すために作りあげた口実だ。」

家の中から叫び声がした。叫んだのはハイリエだった。その後からシェヴケトも叫んだ。互いにわめき合った。恐怖に駆られて、気がつくとわたしもわめいていた。

そして無意識に家の中に走りこんだ。

シェヴケトが階段から走り下りて来て、中庭に飛び出して、「おじいちゃんは氷のようだ」と叫んだ。「おじいちゃんは死んでいる。」

抱き合った。わたしは彼を抱き上げた。ハイリエはまだ叫んでいる。叫び声をカラもハッサンも聞いたかもしれない。

「お母ちゃん、おじいちゃんは殺された」と今度はシェヴケトが言った。

誰もが聞いた。ハッサンも聞いただろうか。シェヴケトをしっかりと抱きしめた。あわてずに彼を家に入れた。階段の上でハイリエは、子供がどうやって目を覚まして、こっそり部屋から出られたかを訊いた。

「お母ちゃんはぼくたちをおいて部屋から出ないと言ったのに」とシェヴケトは言って泣き出した。

わたしは中庭の門のところでつっ立っているカラのことが気になっていた。シェヴケトの頬に口づけしてきつく抱きしめた。首の臭いを嗅ぎ静かにさせてハイリエに抱かせて、「二人とも上にお行き、ハイリエ」とささやくように言った。

二人は上に上がった。わたしは門のところに戻った。わたしのいる所は、門から二三歩下がった所で、ハッサンからは見えないと思っていた。向かいの暗い庭で、彼は位置を変えたのだろうか。道端の黒い木の後ろに移ったのだろうか。しかし彼からはわたしが見え、話す時、わたしにも話しかけている。わたしが苛立っていたのは、闇の中で顔が見えない者と話すことではなく、彼がわたしを、わたしたちを、非難すればするほど、以前父と話している時、いつも自分が悪い、自分が間違っていたと感じてしまったように、彼の言うことが正しいと思えて、と同時にわたしを非難しているこの男に恋しているのを悲しくも理解したためだった。神様、わたしを助けてください！　恋とは、苦しむために苦しむのではなくて、それが、神よ、あなたに至るための道だからではないでしょうか？

わたしがカラと一緒に父を殺したとハッサンは言った。シェヴケトが言ったのを聞いたと、本当は何もかも明白であると、わたしたちが犯したことは地獄行きの罪であると言った。朝になったら、法官のところに行って、全てを話すという。わたしが潔白なら、手が父の血で汚れていないのなら、子供たちと共にわたしを家に連れて行って、兄が戦から戻るまで面倒みるという。わたしが罪を犯していたら、夫が戦で血を流している時、夫を冷酷にも見棄てた女は、もともと罰に値するという。わたしたちが我慢してこれらのことを聞いた後で、木の後ろが静かになった。

「今、自分の意思で本当の夫の家に戻るのなら」とハッサンは言った。それからまったく別の調子で、「子供たちを連れて、誰にも見られずに、静かにさっさと戻るのなら、自分もこの贋物の結婚のはかりごとのことも、今晩ここで知ったことも、お前たちが行った犯行をも忘れて、全てを許す。そして何年も兄貴が戦から戻るのをともに待つ、シェキュレよ」と言った。

酔っていたのだろうか。声はとても子供っぽくて、わたしの今の夫の前でこんなことを言っては殺されるかもしれないと心配した。

「わかるか？」と彼は木の後ろから言った。

暗闇のなかで、どこに居るのかよくわからなかった。アラーの神よ、わたしたち皆を、この罪深いあなたの僕をお守りください。

「なぜなら、お前の父親を殺した者と同じ屋根の下で暮らすわけにはいかないのだ。シェキュレよ、わかるだろう。」

一瞬父を殺したのが彼かもしれないと考えた。そして今わたしたちを揶揄している。悪魔だったのだ、このハッサンは。でも、もしかしたら、間違っているかもしれない。

「聞いてくれ、ハッサンよ」とカラは闇の中に向かって言った。「義父は殺された。これは本当だ。卑怯な奴が彼を殺した。」

「披露宴の前に彼を殺したのだろう」とハッサンは言った。「この結婚のはかりごと、共謀した離縁、偽の証人、陰謀に反対したので彼を殺したのだ。カラのことを認めていたのなら、今ではなくて、何年も前に娘をやっていただろうに。」

亡き夫と、わたしたちと共に長年の間一緒に生活していたので、何もかもよく知っている。さらに悪いことには、夫と家の中で話したことや、わたしが忘れてしまったことや、今は忘れたいと思っていることの全てを、ハッサンは、嫉妬する恋人の情熱で何もかも覚えていた。彼とその兄と一緒の、長年に亘る多くの思い出がある。ハッサンが今それらを話し始めたら、カラがわたしにとって、新しく知り合った、見知らぬ、遠い存在と感じられるのではないかと心配した。

「お前が彼を殺したのかとわたしたちは疑っていた」とカラは言った。

「結婚できるようにとお前たちが殺したのだ。これは明白だ。俺が彼を殺す理由は全くない。」

「わたしたちが結婚しないようにとお前が彼を殺したのだ」とカラは言った。「シェキュレの離縁とわたしたちの結婚を赦したと聞いて、お前はおかしくなった。もともとエニシテが、シェキュレを実家に戻るようにと勇気づけたといって、お前は恨んでいたのだ。彼に復讐しようとしていたのだ。彼が生きている限り、シェキュレを決して獲得できないことをお前は知っていた。」

「やめろ！」とハッサンは強く言った。「そんなこと聞きたくない。ここはひどく寒い。ここから石を投げて、お前たちに気がつかせるまでにここで凍えてしまった。音が聞こえなかったか。」

「カラは中で父の絵を見ていたの」とわたしは言った。

こう言ったのはまちがっていたのだろうか。

わたしがカラと話している時に無意識にしてしまうのと同じあの嘘っぽい調子で、ハッサンは言った。

「シェキュレよ、あなたは兄貴の妻である。子供たちを連れて法的に結婚している勇敢な軍人の家に戻れば、一番よいことをしたことになる。」

「いいえ」とわたしは言った、夜の中に囁くように。「いいえ、駄目よ、ハッサン。」

「それならば、兄貴に対する責任と忠誠心から、今日ここで聞いたことを朝になったらすぐ法官に知らせなければならない。そうしないと、後で俺も尋問されることになる。」

「お前は、所詮、尋問されるさ」とカラは言った。「お前が法官のところに行った瞬間に、わたしもスルタン様のご寵愛の僕のエニシテをお前が殺したことを公言する、明日の朝。」

「よろしい」とハッサンは静かに言った。「そう言え。」

わたしは悲鳴をあげた。「二人とも拷問にかけられるわ！」と叫んだ。「法官のところに行かないで待っていれば全てが明らかになるわ。」

「拷問なんて怖くない」とハッサンは言った。「俺は二度拷問をうけたことがある。その度に罪を犯した者と犯さない者を拷問で見分けるのを見た。讒言者こそ拷問を恐れる。俺は法官にも、イェニチェリ兵の頭にも、宗教大臣にも、かわいそうなエニシテの本と絵のことも、言ってやる。誰もがあの絵のことを話している。あの絵に一体何が描いてあるのだ？」

「何でもない」とカラは言った。

「つまり、さっそく見たのか。」

「エニシテは本をわたしが完成することを望まれた。」

「いい。それなら俺たち二人とも拷問をうけるだろうよ。」

二人とも黙った。その後で、カラとわたしは誰も居ないはずの庭から来る足音を聞いた。遠ざかるのか、それともこちらに来るのか。見えなかったし、何をしているのかもわからなかった。庭の向こうの端の棘や灌木や黒イチゴの木の間を真っ暗闇の中で通っていくのは大変だろうに。木々の間を通って、わたしたちの前を曲がれば、それでもわたしたちに見られずに行けるのに。しかし、わたしたちの方に来る足音は聞かなかった。「ハッサン！」と叫んだ。ひっそりしていた。

「しっ」とカラが言った。

二人とも寒さでがたがた震えていた。あまり待たずに門をしっかり閉めて、家に入った。子供たちが暖めた寝床に入る前にもう一度父を見た。カラは再び絵の前に座った。

35　わたしは馬

いまはこのように穏やかに静かにしているけれども、本当はわたしは何世紀もの間、疾走していました。野を駆け、戦に加わり、またシャーの、憂いにくれる娘を乗せて嫁がせました。物語から歴史へ、歴史から伝説へ、本から本へ、頁から頁へと疲れることなく疾駆しました。無数の本や戦の中にいる、倒れることのない英雄や伝説上の恋人たちを乗せたり、夢のような軍隊に従ったり、勝利するスルタンと共に戦から戦へと走ったので、いうまでもなく多数の絵が描かれました。

こんなに沢山の絵に描かれるのはどんな気持ちかって？

もちろん、誇りに感じています。でも絵に描かれたのは本当にわたしなのだろうかと問います。これらの絵からもわかるように、わたしはそれぞれ違ったものとして描かれます。しかしそれらの絵の中に共通の特徴、同じものがあることも強く感じます。

先日のこと、細密画師の友だちが話してくれました。それによると、あるヨーロッパの異教徒の王がヴェネツィア総督の娘との結婚を考えます。結婚する先方のヴェネツィア人の家は貧しいか、あるいは娘は醜いかと心配して、自分の一番いい絵描きをヴェネツィアに行かせて、総督の娘や財産など持ち物をも描かせます。ヴェネツィア人は慎ましやかなどということは知らないから、絵師に娘だけでなく、馬も王宮をも皆見せます。優れた絵師は、その娘も、馬も見ればそれとわかるようにそっくりに描きます。ヨーロッパ人の王は総督の娘を娶ろうかどうしようかと、ヴェネツィアから届いた絵を王宮の庭で眺めていると、自分の雄馬が突然恋に駆られて絵の雌馬の上に乗りかかり、その巨大な一物で絵や額縁を壊そうとしました。馬丁たちはその凶暴な馬をやっとのことでとりおさえました。ヨーロッパの馬をそれほどまでに凶暴にしたのは、ヴェネツィアの雌馬の美しさではなく――美しいことは美しかったのですが――明らかに特定の雌馬を選び、それにそっくりに描かれていたためなのです。今日、その雌馬のように、あたかも本物の馬のように描かれることは罪深いことなのでしょうか。今の状態では、ご覧のように、他の馬の絵とあまり違いません。

本当は胴の美しさに、脚の長さに、止まった時の誇り高い様子に注目すれば、わたしが他の馬とは違うことがわかります。でも、この美しさはわたしの一頭の馬としての違いではなく、わたしを描いた細密画師の腕の違いを示すのです。わたしと全く同じ馬は本当はいないということは、誰でもご存知でしょう。わたしは細密画師の中にある想像の馬の絵にすぎないのです。

「まあ、何と美しい馬だ」と見た人は言います。わたしをではなく本当は、絵師を褒めているのです。ところが全ての馬は全く同じではないことを、まず細密画師が気がつくべきなのです。

よく見てください。どの馬のあれも他の馬のに似てはいません。怖がらないで、近くからよく見てください。手にとってもいいですよ。わたしの天与のすばらしさはわたし固有の形や曲線のすばらしさなのです。

全ての馬は、偉大な創造者アラーの神の手によって、他のものとは違うものとして創られたのに、細密画師の一族はどうして記憶から描くのでしょう。どうして見もしないで、何千何万もの馬の絵を描いたといって自慢するのでしょう。なぜなら、彼らは自分の目で見た世界をではなく、アラーの神のご覧になった世界を描こうと努めているからなのです。あってはならないことですが、アラーがなさったことを自分でもできるということにならないでしょうか。自分の目で見たことだけでは十分ではなく、想像の中の同じ馬——これはアラーのご覧になった馬ですが——だといって何千回も描くことは、一番上手な馬は諳んじた盲目の細密画師が描けると信じて主張することは、本当は、アラーの神と競って冒涜行為をしていることにならないでしょうか。でも、全然戦に行ったこともなく女みたいに家の中に居る細密画師によって間違って描かれることに飽き飽きしました。走る時、両足が同時に前に出ているように描かれます。そんな風に、兎のように走る馬はいないのです。片一方の前足が前にあれば、もう一つは後ろにある。外征の絵で描かれたように、前足の一つが地面についている時、もう一つは好奇心の強い犬みたいに前に伸ばしていません。お互いの影のように、同じ規範の上を、次々に二十回写して描いたように、いかなる軍隊の馬も同時に前足を出しはしないのです。誰もわたしたちを見ていない時、前にある緑の草を食べます。絵に描かれたように真っ直ぐで優雅だと思わないでいただきたい。どうして飲んだり、食ったり、糞をしたり、寝たりすることをこんなに恥じるのでしょう。どうしてわたしのすばらしいあれを描くことを恐れるのでしょう。特に、子供や女や誰も居ない時には、目を見開いて喜んで見ているくせに。エルズルムの先生はこれにも反対するのですか。

昔シーラーズに、弱く、神経質なあるシャーがいたそうです。政敵が自分を玉座から下ろして息子を座らせるかとびくびくしていたので、皇子をイスファハンに知事として送る代わりに、王宮の一番奥の部屋に幽閉したそうです。庭も中庭も見えない部屋で、三十年を囚われの身で本と共に大きくなった皇子は、寿命で死んだ父の死後、玉座につくや否や、言ったそうです、「まず、わたしに馬を連れて来い。本でその絵をいつも見ていた。どんなものか気になる」と。王宮の一番美しい駿馬を連れて来ましたが、新しいシャーは馬の煙突のような鼻腔、いやらしい尻、絵のようには輝いていない毛、下品な臀部などを見ると失望して、国中の全ての馬を殺させたそうです。四十日に亘るこの酷い殺戮の後、国中の川は悲しみの血の色で流れたそうです。アラーの正義の結果、この新しいシャーは宿敵の黒羊朝のトルクメンの殿様の軍の前で、騎馬隊がないために、負けてちりぢりになって殺されました。馬の復讐が行われなかったといって悲しむにはあたりません。全ての歴史の本が書いているように馬の復讐がなされたのです。

36　わたしの名はカラ

シェキュレが子供たちの部屋に入ってから、長い間、家の中の声や止むことの無い物音を聞いていた。いっときシェキュレとシェヴケトが囁き声で何か話していた。母親は、「しっ」と言って、あわてて黙らせた。同時に井戸のところ、石畳のところから物音が聞こえたが、それだけだった。その後で、屋根に止まった鴎(かもめ)がわたしの注意を引いたがそれも静かになった。かすかな呻き声を聞いた。それが広い廊下の向こうから来るのがわかった。ハイリエが泣きながら寝ていたのだ。呻き声が咳きに変わり、突然咳き込んだが止まって、また、あのいやないつまでも続く静けさが始まった。少しして、エニシテの死体が横たわっている部屋で誰かが歩き回っている気がしてぞっとした。

静けさの中でずっと、わたしの前に置いた絵を見ていた。情熱的な〝オリーヴ〟、きれいな目をした〝蝶〟、亡き装飾画師がどのように絵の具を塗ったかを想像していた。夜、エニシテがしたように、一つ一つの絵に向かって、「悪魔よ」、「死よ」と言いたくなった。しかしある恐怖の念がわたしを離さなかった。エニシテがあれほど欲していたそれらの絵にふさわしい物語が書けなかったので、元々それらの絵はわたしを苛立たせていたが、そのことが、エニシテの死と関係ある抗い難い現実として、わたしの中で次第に形作られていったので、一種の恐れと待ち遠しさを感じていた。単にシェキュレの近くに居たいばかりに、エニシテが語ることを聞いていた時に、既に見る必要があるだけ見ていたし、いまやシェキュレは妻なのだから、この妙なものに関心を持たなくてもいいのだが。「子供たちが寝た後も、彼女がお前のそばにやって来ないからだ」と心の中の冷酷な声が言った。黒い目の美女がやって来るかもしれないと長い間我慢強く待った。

朝になって、ハイリエの悲鳴で目を覚ますと、燭台を持って飛び出した。一瞬ハッサンと彼の集めた男たちが家を襲撃したと思って、絵を隠すことを考えた。しかし、すぐエニシテの死を子供たちや隣近所に知らせるために、ハイリエがシェキュレにいわれて叫んでいるのがわかった。

シェキュレと廊下でぶつかると、抱き合った。ハイリエの悲鳴で寝床から飛び出した子供たちは立ちすくんだ。

「お祖父様が亡くなられたの」とシェキュレは彼らに言った。「決してその部屋には入らないように。」それから、シェキュレはわたしの腕の間から出て、父親のそばに行って泣き出した。

わたしは子供たちを出てきた部屋に入れた。「服に着替えなさい、風邪を引くぞ」と言って寝床の端に座った。

「おじいちゃんが死んだのは今朝じゃない。夜のうちに死んだんだ」とシェヴケトは言った。

枕の上にシェキュレの美しい長い髪が一本アラビア文字の「ワウ」を描いていた。布団の中にまだシェキュレの温みがあった。今はハイリエとともに泣いたり叫んだりしている。父親が予期しない形で今死んでしまったかのように悲鳴を上げる様は、わたしにはあきれるほど嘘っぽく見えて、今までシェキュレを全く知っていなかったこと、彼女の中にわたしの知らない精霊がいるのを感じた。

「怖い」とオルハンは言った、泣いてもいいかと訊く眼差しで。

「怖がらなくてもいい」とわたしは言った。「お母さんは隣近所におじいちゃんの死を知らせて、来てくれるようにといって泣いているのだから。」

「来てどうするの？」とシェヴケトは言った。

「来て、わたしたちだけでなく、その人たちも、おじいちゃんが死んだといって泣く。そうすれば悲しみが分配されて軽くなる。」

「おじいちゃんをあなたが殺した」とシェヴケトは叫んだ。

「お母さんを悲しませたらお前が嫌いになるぞ」とわたしも喚いた。義理の父子ではなくて、川のほとりでやかましく話している二人の男のように喚きあった。ちょうどその時、シェキュレは隣近所によく聞こえるようにと、廊下に出て板戸を押して鎧戸を開けようとしていた。

放っておく訳にもいかないと感じて部屋から出た。廊下の窓を二人で押して窓の板戸と格闘した。最後の一押しで鎧戸は開いて中庭に落ちた。わたしたちの顔に陽の光と寒さを感じた。その時、驚いたことに、シェキュレが全世界に向かって、わめきながら泣き出した。

搾り出すような声で、近所全部に知らされたエニシテの死はわたしの目に、それまで感じていたよりも、より悲劇的な悲痛なものとなった。本物であれ、偽物であれ、妻の泣いたこともわたしに影響していた。

思いがけず、わたしも泣き出した。本当に悲しくて泣いていたのだろうか。あるいはエニシテの死に責任があるといって、捕えられることを恐れて、泣くふりをしたのかわからない。

「行ってしまった、父上は行ってしまった」とシェキュレは叫んだ。

わたしの嗚咽も言葉も同じ調子のものだったが、自分が何と言っていたのかは気がつかなかった。その頃、家々の戸口や窓の板戸の間から、わたしたちを覗いている近所の目からみて、やっていることが正しいと考えていた。泣くにつれて、悲しみや涙が本物かどうかという疑いも、殺人で咎められる心配も、さらにはハッサンと彼が連れて来る男たちへの恐怖もなくなっていた。

シェキュレはわたしのものだった。叫びながら涙でそのことを祝っているかのようだった。絶叫している妻を引き寄せて、子供たちが涙でぬれた目で近づいて来るにも拘らず、その頬に熱く口づけした。やわらかく温かい頬は子供の頃のアーモンドの木の香がしたのを感じた。

その後で、子供たちも皆一緒に、死体のところに行った。もう、かなり臭っている二日もたった死体にではなくて、死ぬ間際の人に言うように、「ラ　イラヘ　イッララ（アラーの外に神なし）」と祈りの文句を言ったが、死ぬ前の最後の言葉がこうであれば天国に行けると、だからエニシテもこの言葉で天国に行けるようにと願って、彼がこの言葉を繰り返したかのようなふりをした。そして殆どなくなってしまった顔やつぶれた頭を見て一瞬微笑した。同時に両掌を天に向けて、コラーンの「ヤーシン」章からの一節を唱えた。皆黙って聞いていた。それからシェキュレが持ってきたきれいなガーゼで開いた口を丁寧にきれいに縛った。潰されていなかったほうの目を優しく閉じた。体を軽く回して、右側を下に寝かせた。なくなっていた顔もメッカの方角に向ける形に変えた。シェキュレは父親の上に新しい敷布をかけた。

一部始終を子供たちが医者のように注意深く見守っていることも、泣いた後の静けさも、わたしの気に入った。自分を本当の妻と子供たちと家庭と家のある者のように感じていた。これは死の恐怖よりもより堅固な思いである。

絵を一枚ずつ集めて紙挟みの中に入れた。厚いカフタンを着て、家から走るようにして出た。わたしたちの叫び声を聞いて、悲しみを分かつという楽しみのためにやって来た近所の老婆や、面白いことが起きたと喜んでいる洟をたらした孫を見ないふりをして、付近のモスクに行った。

イマムが家と言ったのは、小さな鼠の穴みたいで、最近造られた見かけはいい、大きな円屋根のある建物ときれいな広い中庭のそばの、恥ずかしいくらい小さなところだった。イマムもまた、度々見かけたように、家をあの小さい鼠の穴からモスク全体に広げて、中庭の端にある二本の栗の木の間に、妻が色あせた洗濯物を干すのにも頓着しなかった。中庭を、イマムの家族と同様に我が物顔をしているとわかる、二匹の凶暴な野犬の攻撃を棒で追い払うイマムの息子たちの間をぬって、イマムと片隅に引っ込んだ。

昨日の離縁の手続きの後で彼に遣らせなかった結婚式のことで機嫌を悪くしていることは確かなので、「今度はまた何を」という顔をしてわたしを見た。

「エニシテは今朝亡くなりました。」

「アラーの神が慈悲をたれますように、天国にいけますように」と親切にも言ってくれた。どうして「今朝」と加えて自分を不必要に疑わせるようなことを言ってしまったのか。昨日渡した金貨と同じものをもう一枚握らせる。礼拝の呼び声の前に祈祷をしてくれるようにと、それから彼の弟を布告人として地区にエニシテの死をふれさせるように言った。

「弟の親しくしている半盲の男がいて、死体をうまく清める。いつも彼を使うが」と言った。

エニシテを盲と半分うすのろとに清めさせることほど都合のいい話があろうか。葬式は昼におこなわれること、王宮から、細密画師の工房から、宗教学校から、高い身分の方々が大勢来ると言った。エニシテが顔や頭を潰されたことは何も言わなかった。ずっと前に、この問題は、もっと高い所から解決すべきだろうと決めていたのだ。

スルタン様はエニシテに註文された本のための資金の出し入れを勘定方長官に任せていたので、死の報せも先ずそこに知らせるべきだった。そのために王宮に入るために、冷泉門の向かいにある仕立て屋の工房で子供の頃から働いている父方の親類の室内装飾家のところに行って、そのしみだらけの手に口づけした。勘定方長官に合わねばならないことを簡単に説明した。色とりどりの絹の布を膝の上で二重にしてカーテンを縫っていた頭のはげた見習いたちの間で、わたしを待たせせた。それから王宮で何かの寸法を取る用がある仕立て屋の頭の助手についていかせた。冷泉門からパレード広場に出たので、アヤソフィヤの向かいにある細密画師の工房の建物の前を通らず、他の細密画師たちに殺人事件を今のところ言わないですんだ。

パレード広場は、いつものように人気がないのに、わたしには混んでざわついているように思えた。御前会議がある日には入り口に嘆願書を手にした行列ができる書類倉庫のあたりには、誰もいなかった。それでも、大工工房や、パン焼き所や、病人の部屋の窓や、厩や、その塔の尖り屋根を畏敬の念で眺めた第二の門の前にいる馬と馬丁や、糸杉などの中から、たえずやかましい音が聞こえてくるように思われた。この不安は、まもなく生まれて初めて第二の門、表敬の門を通る恐怖のせいだった。

わたしは入り口で死刑執行人がいつもいるといわれている部屋にも注意が払えなかったし、仕立て屋の案内人を手伝っているように見せるために、手に持っている室内装飾のための反物を調べる門番にも興奮を隠せなかった。

御前会議の広場に入るや否や、深い静けさがあたりを包んだ。胸がどきどきしているのが、額や首の血管からも感じられた。王宮に出入りする人々やエニシテからあれほど聞いていた所は、あたかも天国のような、色とりどりの、この上なく美しい庭園としてわたしの前にあった。しかし、天国に入った人のようには幸せでなく、一種の恐怖、尊敬、畏敬の念を感じた。「この世の礎」であることがいまやよく理解できたスルタン様の、つまらぬ僕である自分を感じた。緑の中を歩く孔雀、水しぶきを上げて音を立てる泉、鎖のついた金のコップ、絹の服を着てあたかも地面に触れていないかのように歩いている御前会議の布告官をうっとりと眺め、スルタン様に仕えることにできる歓喜を感じた。脇に抱えている完成していないその挿絵を、スルタン様のこの秘密の写本を、必ずや完成しようと心に思った。これほど近くから見ると、感嘆よりもむしろ恐怖の念を引き起こす御前会議の塔を見つめて、何をしているのかもわからずに仕立て屋の後について歩いた。

わたしたちに付けてくれた案内人と一緒に、御前会議の建物と勘定方の建物を、夢の中にいるかのようにこわごわ声を立てずに通った。あたかもこのあたりは以前見て知っているかのような感じがした。

広い入り口から古い御前会議の部屋として知られているところに入った。大きな丸屋根の下で、布、革、銀の鞘、螺鈿の櫃などを手にして待っている職人たちを見た。スルタンの工房のしゃく杖や長靴や銀細工やビロードの職人、象牙を彫る者、ウドを持つ楽器職人などであることがすぐわかった。日々の支払いの請求や物品購入のことで、あるいは普通は入ることのできないスルタンの部屋に寸法を測るために入る許可を待っている者などが、勘定方長官の部屋の入り口で待っていた。待っている者たちの中に細密画師が一人も見えないのでほっとした。わたしたちも端の方で待ち始めた。時々、計算の間違いの釈明を求める役人の大きい声を聞いた。そのあとで、ある錠前職人が恭しく返事をしているのを聞いた。囁く以上の声は殆どしない。中央で飛び交う鳩の、丸屋根の中に響く羽ばたきの方が、囁かれる金銭や品物に対する請求よりも大きく聞こえた。

わたしの番が来て、円屋根の小さい部屋に入ると、役人が一人だけいた。直ちに長官に申し上げなければならない重要な問題があること、スルタン様の註文されたこの上なく大事な御本が未完成におわったことを言った。わたしがエニシテの本を見せたので、役人は何かを感じて目を見開いた。その絵の奇妙で見慣れない魅力とで彼が混乱したのを見て、急いでエニシテの名と肩書きと職業を言った。そしてこの絵が原因で殺されたと付け加えた。なぜならスルタン様に会えずに王宮から戻れば、エニシテをあのひどい状態にしたのはわたしだと言われることがわかっていたから。

役人が長官に知らせるために出て行った後で、わたしはどっと冷や汗をかいた。かつてエニシテが言っていたように、スルタンのそばを決して離れず、時には祈祷用の絨毯を敷いたり、時には秘密を分かつと聞いていた長官は、内裏から出てくるだろうか。王宮の心臓部である内裏にわたしのために使者を送ったことすら信じられなかった。スルタン様はどこにおられるのか、海辺の離宮にお出になられたか、後宮においでだろうか、長官もご一緒だろうか？

かなりしてから中に呼ばれた。ぼんやりしていて恐れることも思い浮かばなかった。しかし部屋の入り口にいたビロード職人の驚きと尊敬の表情を見るとわたしはあわてた。中に入ると、怖くなって一瞬何も言えないかと思った。彼の頭には大臣のみがかぶることができる金糸の刺繍のかぶりものがあった。それが勘定方長官だった。わたしが渡した写本の絵を書見台に置いて眺めていた。それらの絵をあたかも自分が描いたかのように恐れた。服のすそに口づけした。

「むすこよ」と言った。「聞き間違えでなければ、お前のエニシテは亡くなられたのか？」

興奮のためか、罪悪感からか、一瞬返事ができず、やっと頭を動かして同意できた。同時に全く予期しなかったことが起こった。わたしの目から涙が一滴落ちた。長官の理解ある驚いた眼差しの中で涙はゆっくりと頬を伝った。王宮の中にいること、勘定方長官がわざわざスルタンの傍らからわたしと口をきくために来られたこと、それらがみなわたしをおかしくしたのかはわからない。涙の滴が次から次へと落ちて雨のように流れたが、恥ずかしいとも思わなかった。

「好きなだけ泣くがよい、むすこよ」と言われた。

泣きじゃくった。十二年の間に年をとって自分は円熟に近づいたと思っていた。しかし人はスルタンや国家の心臓部にこれほど近づくと、子供のようになることがわかった。泣き声を外にいる銀職人やビロード職人が聞くことも構わなかった。勘定方長官に全てを説明するつもりだった。

こうして、勘定方長官の前で思いつくままに説明した。シェキュレとの結婚、エニシテの本の困難な問題、目の前にある絵の秘密、ハッサンの脅迫、エニシテの死体などを説明するとほっとした。自分を世界の庇護者、スルタン様の正義の愛に委ねれば、その中に落ち込んでしまった罠から出られることを心から信じたために、全てを説明したのだった。わたしをわかってくれて、拷問官や処刑人に引き渡さずに、わたしの話を、世界の礎スルタン様に正しく伝えてくれるだろうか。

「エニシテの死を直ちに細密画師の工房に知らせるように」と勘定方長官は言った。「葬儀には細密画師全員が参加するように。」

何か異議はあるかといってわたしの顔を見た。この心配りはわたしに信頼感を引き起こしたので、エニシテと装飾画師〝優美〟さんを誰が、どうして殺したかというこの問題に関する疑惑を口にした。説教師のエルズルム人の一派が楽器を弾くとか、愛の饗宴をしているとか言って修行団の館を襲撃したことをそれとなく暗示した。勘定方長官が疑わしげにわたしを見たのを見ると、他の疑惑も話したいと思った。エニシテの本のために、挿絵を描いたり金泥装飾をしたりするために招ばれたことが金銭的にもまた名誉にも繋がることから、細密画師の部門で避けられない競争意識と嫉妬心の問題が起こったことを言った。この作業の秘密性も、嫌悪、憎悪、陰謀を引き起こしたかもしれないことを言った。しかしこういうことを言えば言うほど、皆さんも感じられるように、長官がわたしを疑ったのを感じてあわてた。神様！　正義がおこなわれますように、それ以外は望みません。

沈黙があった。勘定方長官はわたしの言葉と運命からわたしに対して困惑しているかのように、わたしから目を離して、書見台の絵をじっと眺めていた。

「九枚だ、これは」と言った。「エニシテとは十枚の挿絵の本と合意した。これらの絵に使われた以上の金箔を渡した。」

「むごい人殺しが、誰もいない家で多量の金を塗った最後の絵を盗んだに違いありません」とわたしは言った。

「書家は誰か聞いてないが。」

「亡くなったエニシテの本の本文はまだ完成していません。完成させるためにわたしが手伝うようにと言われていました。」

「むすこよ、お前はイスタンブルに戻ったばかりだと言っているではないか。」

「一週間前に、〝優美〟さんが殺された三日後にイスタンブルに戻りました。」

「エニシテは本文をまだ書き始めていない本の挿絵を一年間描かせていたのか？」

「そうです。」

「この本が語っていることをお前に説明したか？」

「スルタン様が望まれておられるものはこれらのものだと。予言者様の聖遷からちょうど一千年経った時、イスラム暦の一千年目に、ヴェネツィア総督の目に、イスタンブルの強力な軍とイスラムの誇りとともに崇高なるオスマン家の力と富を見せて、畏れを抱かせるような本でした。この世で最も価値のあるもの、一番大事なものを語り描くはずだったのです、この本は。さらにまさに武勇伝に於けるようにスルタン様の肖像画を本の心臓部に置く予定でした。さらに挿絵はヨーロッパの様式や手法をも用いたので、ヴェネツィア総督に畏怖と親交の念を引き起こすはずでした。」

「それらは知っておる。崇高なるオスマン家の最も大事なものが犬や木なのか」と絵を指差しながら言った。

「亡くなったエニシテは、スルタン様の豊かさは富によってのみ表されるのではなくて、精神的な力、隠れた憂いによって表わされると言っていました。」

「スルタン様の肖像画とは？」

「それは見ませんでした。卑劣な殺人犯が隠しているか、もしかしたら、まだ家の中にあるかもしれません。」

故エニシテは、受け取った金貨に対して約束した本を作らずに、その代わりに勘定方長官がくだらないものだといった一連の奇妙な絵を作らせていたという状況になってしまった。その愚かな信用できない男の娘と結婚できるために、あるいは、もしかして金箔を売るために殺した奴だと、長官はわたしのことを見ているのだろうか。その目つきから自分は殺されるかもしれないと感じたので、最後の力を振りしぼって、エニシテが、仕事をさせていた細密画師の一人が哀れな〝優美〟さんを殺したらしいと言ったことを告げた。エニシテが〝オリーヴ〟と〝コウノトリ〟と〝蝶〟をどんなに疑っていたかを言ったが、あまり続けられなかった。わたしにはそれほどの証拠もなかったし、自信もなかった。いまや長官がわたしのことを密告者、卑しいゴシップ屋の愚か者と見ているのを感じた。

それ故に、勘定方長官が、エニシテが寿命では死ななかったことを細密画師の工房に隠しておかなければならないと言うと、それはわたしに協力してくれることの最初のサインだと、わたしは喜んだ。絵は長官のところに残した。少し前に通った時には天国に入ったかのように興奮した表敬の門から、門番たちの注意深い眼差しの下から外に出ると、長い年月の後に家に戻った者のようにほっとした。

37　わしはお前たちのエニシテだ

わしの葬式はわしが望んでいたとおり壮麗だった。来て欲しいと思った誰もが参列していて、誇らしく思った。わしが死んだ時偶々（たまたま）イスタンブルに居たキプロスの大臣ハッジのフセイン・パシャやびっこのバーキ・パシャなど、わしがある時期彼らに仕えたことを忘れずに覚えていてくれた。わしが死んだ頃、栄光に満ちていたと同時にひどく批判されてもいた財務大臣、赤いメレキ・パシャが臨席されたことは、地区のモスクのささやかな中庭に活気をもたらしていた。わしが生きていて国政に参与していたら、その地位にまで上ったであろうスルタンの式武官ムスタファ長老が参列されたことはわしを特に喜ばせた。参列者は布告官ケマレッティン様、いつも穏和に見える厳格なサリム様、早く引退した御前会議の布告官たち――いずれもわしの親友あるいは宿敵であったが――それから学生時代の友人たちや、どうしてかどこからかわしの死を聞き知った人々や親戚や姻戚の者や若者たちなどであった。

この集まった人たちの真面目さや悲しみの深さにも誇りを感じた。勘定方長官ハズム長老と近衛兵の隊長の参列も、スルタン閣下がわしの死を心から悼まれたことを示していた。わしは本当に嬉しかった。だが、光栄あるスルタンの悲しまれたことが、卑劣な殺人犯を捕らえることに拷問官を動員してより努力することになるかはわからない。しかし、犯人は今この広場にいて、深刻なひどく悲痛な表情でわしの棺を見ている細密画師や書家の中にいる。

わしを殺した者のことを想像し、復讐を考えているからといって、さらには裏切られ、残酷に殺されたからといって、わしの魂が穏やかではないと思わないで欲しい。今わしは全く別の状況にいて、魂はこの世での長年の苦労の後で、以前の至福に戻り、きわめて平穏のうちにある。

インク壺の打撃で、血だらけになって苦痛に悶えていた肉体を、わしの魂は一時的に離れて、しばらくの間強い光の中で震えた後で、この美しい明るさの中で、太陽のように輝く顔を持った二人の微笑む美しい天使が、『霊魂の書』で何度も読んだように、ゆっくりとわしに近づいた。わしがあたかも魂だけの存在ではなくて、まだ肉体の中にいるかのように、両腕を取って上昇した。幸せな夢の中にいるように、何と静かに柔らかく、しかも急速に高く上がったことか！　炎の森を通り、光の川を越えた。暗い森や、雪や氷に覆われた山々に入った。その一つ一つが何千年もかかっていたが、わしには瞬きをするほど短く思えた。

あらゆる種類の人間の集まりや、妙な生き物や無数の虫や鳥の群がっている沼や雲の間を通って、天の七層をこうして過ぎて上昇した。天の各層で、二人の天使のうち前方を行くのが、扉を叩くと、「誰か」と訊かれる。すると、天使がわしの名の全てと肩書きや身分を説明し、最後に「偉大なアラーのよき僕」と付け加えると、わしの目に歓喜の涙が溢れるのだった。しかし天国に行く者と地獄に行く者が分かれる最後の審判の日までには、まだ何千年もかかるのを知っていた。

わしの上昇は、多少の些細な違い以外はガッザーリや、エル・ジェヴズィエや、その他の学者が死の行程を説いたのと全く同じように起こった。本の中で、死者のみがわかる永遠に解けぬ問題とか闇の謎として書かれていたものが今や、何千もの色や光の中にひとつずつ現れ、炸裂し、輝いていた。

このすばらしい上昇の過程で見た色をどう説明したらよいか。全てが色で作られ、全てが色であることを見た。わしを他の全てのものから分かつ力が、色からなるのを感じた。同時に今、わしを、愛をもって包み全世界に繋いでいるものが色であることを理解した。橙色の空を、緑色の肉体を、茶色の卵を、真っ青な伝説上の馬を見た。全てが長年眺めた話や伝説の通りであった。そのために、全てのものを驚愕と賛嘆で初めて見たが、同時に、あたかも、見るものが何らかの形で記憶から出てくるようでもあった。わしが記憶と称んだものが宇宙の一部であり、全宇宙もまた、前に広がる無限の時間のせいで、未来に於いて、最初は個人の経験、後には記憶となることを理解した。この色の祝祭の中で、人が死ぬ時になぜ窮屈なシャツから解放されたかのように楽になったのかもわかった。これからはわしには何も禁じられていない。全空間、全時間の中で生きるために無限の時と場所があった。

この自由を恐怖と歓喜をもって感じるや否や、わしはアラーの神が近くにおられることを理解した。同時に、絶対的な、何物にも比すことのできない紅い色の存在を敬虔な思いで感じた。

短い間に全てが真紅になった。この色の美しさが、わしの心の中に、全世界に満ちていた。アラーの神の存在にこうして近づくにつれて、歓びで泣きたくなるのだった。突然、体中が血だらけのままアラーの神の前に出るのを恥じた。頭の中の別の所では、死について書かれた本で読んだように、神がアズラエルや他の天使を遣わされ、わたしを御前にお呼びになったことを想いおこしていた。

アラーの神にお会いすることができるだろうか。興奮して息ができなくなったかと思った。

紅はわたしに近づいてきた。それはいたるところを覆っていて、その中に宇宙の全ての姿がひそんでいる。壮麗であまりにも美しい紅だったので、その一部になることを、そしてアラーの、かくも近くに居ることを思うだけで目から涙が落ちるのだった。

しかし、それ以上には近づけないことがわかった。天使たちにわしのことを訊かれ、天使もわしのことを褒めたのが、年長者を敬い、禁じられたことを守る、よい僕であったとご覧になられ気に入ってくださったのがわかった。

心の中に高まる歓びと流れる涙は、一瞬疑惑で毒された。この疑惑から逃れるために、罪悪感で待ちきれずに訊いた。「生涯の最後の二十年間ヴェネツィアで見た異教徒の絵画に影響されました。一時期自分の肖像画をも彼らの手法で描かせたいと望みましたが、恐れました。その後、あなたの宇宙を、僕たちを、あなたの影であるスルタンを、異教徒の手法で描かせました。」

アラーの声は覚えていないが、わしに与えられた答えは覚えている。

「東も西もわたしのものだ。」

興奮してどうしてよいかわからなかった。

「それでは、全てこれらの……、この世の意味とは何ですか。」

「神秘」と心の中で聞いたように思った。あるいは「慈悲」だったのか。どちらか定かではない。

天使たちが近づいてきたので、今この天の高いところで、わしについてある決定がなされたのを、何万年もの間に死んだ多数の魂と共に、最後の決定が下される最後の審判の日まで、中間地帯で誰もが待たねばならないのを知った。全てが本の中で書かれていたように進んでいくのを喜んだ。下に下降する時、埋葬の際の自分の死体に再会せねばならないことも本から思い出した。

しかし、わしは死体に再び入るという現象が、ありがたいことに言葉のあやであったことを直ちに理解した。わしに誇りを感じさせた葬式の集団は祈祷の後、棺を肩に担いでモスクのそばの小さな丘の墓地に下りていく。行列に悲しみはあるものの、驚くほど整っていた。上から見ると、行列は細い繊細な紐のように見えた。

今の自分の状況を話そう。よく知られている予言者の伝説からもわかるとおり――曰く「信ずる者の魂は天国の木の実を食べる小鳥である」――死後、魂は天空をさまよう。アブ・オメル・ビン・アブドゥルメルの主張したようにこの伝説の解釈は、魂が小鳥の形になるとか、小鳥になるとかいう意味ではなくて、エル・ジェブズィエが正しくも言っているように、魂が小鳥たちがいるところにいるという意味である。遠近法が好きなヴェネツィアの名人が「視点」と呼ぶであろう今わしが見ている点は、エル・ジェヴズィエの解釈を正しいとする。

たとえばわしのいるところから、墓地に入る葬儀の人々が一本の紐のように見える。同時に、絵を見るように、金角湾が終わってボスフォラス海峡に入るところから、サライブルヌに向かって曲がるや否や、帆が風を孕んだ帆船が心地よく速度を増して行くのを楽しく眺めた。モスクの尖塔ほどの高さから眺めていると、全世界が、その頁を一枚ずつわしがめくったすばらしい写本の挿絵を思い出させた。

しかし、わしは、このような高い所に上ったが魂は肉体から離れていない者よりも多くを見ることができた。しかも全てを同時に。ボスフォラス海峡の対岸のウスキュダルの後方の墓石の間で、馬跳び遊びをしている子供たち、十二年と三か月前に、皇子の禿のラグプ・パシャが謁見するヴェネツィアの大使を海辺の屋敷から連れて来る際に外務大臣の一行が七艘の二櫂船でボスフォラス海峡をいかに美しく進んでいたかを、新しいランガ市場で太った女が乳飲み子を抱えるように大きなキャベツを抱えた様を、御前会議の布告官ラマザン様が死んで昇進の途が開いたとわしが喜ぶ姿を、母が中庭で洗濯物を干している時祖母に抱かれて赤いシャツを眺めた様を、亡くなったシェキュレの母親——その魂が平安であれ——の陣痛が始まって産婆を探しに遠くまでわしが走った姿を、四十年ほど前に失くした赤い帯のありかを（今わかったがヴァスフが盗ったのだった）、二十年前に一度夢に見た、そしてアラーの神がいつの日か天国だと言って見せて下さるであろう遥か彼方の庭を、ゴリ要塞の叛乱を収めたグルジア人の豪傑アリ・ベイがイスタンブルに送った斬った首、鼻、耳などを、家に来た近所の女たちから離れて中庭のかまどを見てはわしのために泣いている美しいシェキュレをも、同時に見られる。

書物や昔の学者は魂がいる四つの場所があるという。それらは、一、母親の胎内、二、この世、三、今わしがいる中間地帯、四、最後の審判の後で行く天国あるいは地獄である。

ベルザフの中間地帯からは過去と現在が同時に見える。魂がその記憶の中にある限り、場所に制限はない。人が時間と空間という牢獄から抜け出した時のみ、人生がきついシャツであったことがわかる。死者の国では肉体のない魂が真の幸福の原因であるように、生者の間での最大の幸福は魂のない肉体であること。このことが死ぬ前にわからないのが残念だ。それ故に、わしの立派な葬式の間、かわいいシェキュレが家で泣きぬれているのを、空しく泣いていると悲しく眺めた。崇高なるアラーの神に、わしらに天国に於いては肉体のない魂を、そしてこの世に於いては魂のない肉体を与えてくださるように乞うた。

38 名人オスマンだ、わしは

一生を、ある芸術のために捧げて年老いて、誰にでも突っかかる機嫌の悪い老人をご存知でしょう。長身で痩せて骨ばっていて、一生の残りの僅かな部分が、今までのとおりであることを望んでいて、気が短くて、何にでも文句を言う。全てをコントロールしたがり、周囲の者に「ああいやだ」と言わせる。彼らは誰をも何をも気に入らない。わしは知っている、わしはそのような者の一人だからだ。

十六歳の見習いとして、同じ細密画師の工房で膝を交えて絵を描く名誉に浴した名人中の名人ヌルラヒ・セリム・チェレビがこうだった。尤もわしほどには怒っていなかったが。三十年前に埋葬したサル・アリもそうだった。彼はわしほどには細く背が高くはなかったが。当時、細密画師の工房を支配していた伝説的名人に向けられた批判の矢が今度はわしの背に度々向けられたので、わしに関して言われている紋切り型の言葉も事実に基づいていないことを知ってほしい。

一、新しいものが全て気にいらないのは、本当に気に入るに値するようなものが全然ないからだ。

二、大部分の人間を馬鹿者扱いするのは、彼らが怒りや、不幸や、その他の欠点のせいでだめになっているのではなく、彼らが、元々馬鹿だからだ。とはいえ、彼らにもっとよく振舞えば、わしは親切で賢いということになっただろうが。

三、見習い時代より愛し、教え、育てた細密画師以外の多くの人の名や顔を忘れたり、一緒にしたりするのは、呆けたからではない。彼らの名や顔が記憶するに値するほどの色や輝きに欠けるからだ。

愚かであるが故にアラーの神が早く命をとられたエニシテの葬儀で、故人がある時わしにヨーロッパの名人の絵の模倣を強いて、わしに苦しみを舐めさせたことを忘れようと努めた。葬式の帰途こう考えた。アラーの神がわしに賜る盲目と死は遠いことではない。もちろん、わしの描いた細密画や写本があなた方の目を楽しませ、心に幸せの花を咲かせる限り、わしは覚えていられる。しかし、わしが死んだら、次のことを知ってほしい。人生の最後に、老年に於いても、わしを幸せにし、微笑ませたものが沢山あった。例えば、

一、子供たち（彼らはこの世のなくてはならないものである）

二、楽しい思い出（麗しい少年、美しい女、いい絵を描くこと、友情）

三、ヘラトの昔の名人の傑作に出会うこと（これはわからない者には説明することはできない）。

これら全ての単純な意味は次のようである。わしが頭（かしら）となっているスルタン様の細密画師の工房では、既に昔のように傑れたものは作られない。さらに悪くなるようにすら見える。全ては衰えて尽きる。一生をこの仕事に心から捧げたにもかかわらず、ヘラトの昔の名人の美しさには、ここではめったに達せなかったことを苦々しく感じている。この事実を謙虚に受け入れることが、人生を多少とも楽にしてくれる。元々、

謙虚さは人生を楽にするもので、わしらの世界では価値ある美徳なのだから。

　このような謙虚さで『祝賀本』の挿絵に筆を入れていた。それは皇子の割礼の披露宴を描いていた。エジプトの総督が割礼をした子供にした贈り物は次のようである。ルビー、エメラルド、トルコ石を鏤(ちりば)めた剣と、轡と手綱は金で、金緑石の鐙(あぶみ)、鼻からは火炎を吐き、毛は銀よりも輝く激しく誇り高い、稲妻より速いアラブ馬と光のデザインをルビーと金糸で刺繍をした紅いビロードの鞍など。頁の構成はわしがして、馬や剣や皇子や彼らを見まもる大使たちを弟子たちに一人ずつ絵の具を塗らせた。絵のここかしこに筆を入れた。ヒポドロウム広場のすずかけの木の葉の一部に紫を入れた。タタール王のカフタンのボタンに黄色を垂らした。馬の手綱にごく僅か金水(きんすい)をかけた時、扉が叩かれたので中断した。

　王宮の門番の少年であった。王宮から勘定方長官が呼んでいるという。目が少し痛む。拡大鏡をポケットに入れてその少年と出かけた。

　長い間仕事をした後で外を歩くことは何と気持ちのいいことか！　この世がアラーの神によってほんの昨日創られたばかりのように、真新しくすばらしく見える。

　犬を見かけた。今までに見たどの犬の絵よりも意味深く見えた。馬を見た。わしの名人の細密画師たちはもっといいのを描く。ヒポドロウム広場ですずかけの木を見た。少し前、細密画で葉に紫を塗ったすずかけの木だった。

　この二年間ここを通る行列を描いていた。ヒポドロウム広場をわしが歩くことは、自分の描いた絵の中に足を踏み入れることに似ている。通りを曲がった。ヨーロッパの絵だったら、額縁や絵の外に出て行くことになる。ヘラトの名人の例に倣って描かれた絵だったら、アラーの神がわしらをご覧になる地点にわしらを置くことになるだろう。中国の絵だったら、いつまでも絵の中から出られない。なぜなら中国の絵は終わることがなく、無限に続くから。

勘定方長官と、支払いのことや、スルタン様のために準備している細密画の贈り物や写本のことや、細密画をその上に描いた駝鳥の卵のことや、細密画師たちの健康や生活のことや、必要な絵の具や金箔や他の物品の調達のことや、不満やら要求やら天下の庇護者スルタン様のご様子やご機嫌のことや、わしの目のことやレンズのことや腰痛のことや、彼のろくでなしの婿のことやぶち猫のことなどを話した、いつも会う古い御前会議の部屋に、門番の少年はわしを連れて行かなかった。静かにスルタン様の私用の庭園に入った。ひっそりとした木々の間から、海に向かって、悪いことでもしているかのようにそっと下りた。海辺の離宮に近づいている。ということはスルタン様にお目にかかるのだ、あそこにおいでになるのに違いないと思った。道から出て数歩歩いた。船小屋の後ろにある石で造られたアーチ形の入り口から入った。近衛兵のパン焼き所からパンのにおいがした。紅い制服を着た近衛兵を見た。

ある部屋で、勘定方長官と近衛兵の隊長が並んでいた。天使と悪魔だ！

スルタン様の名の下で、王宮の庭で処刑や拷問や尋問をしたり、打擲(ちょうちゃく)や殴打や目をくり抜いたり、足の裏の鞭打ちなどをするこの近衛兵の隊長は、わしににこやかに微笑んだ。あたかも旅籠で同室しなければならなくなった同室の者が、これから面白い話を始めるかのように。

しかし近衛兵の隊長ではなくて、勘定方長官が遠慮がちに話し始めた。

「スルタン閣下は今から一年前、外国使節団への贈り物としてある本の作成を秘密裡に命じられた。これが秘密であるが故に、王室の歴史家ロクマンにも本文を書かせなかった。同様に、芸と技では賛嘆しておられるそちをもこの中に入れられなかった。皇子の割礼の『祝賀本』で十分忙しいであろうとも理解されたのだ。」

部屋に入ったときは、誰かがわしを讒言したとかこの絵には冒涜があるとか、あの絵は誰それを揶揄しているとか言って支配者を説得し、年齢をも省みずわしを拷問にかけるのかと恐しい想像をしていた。スルタン様がわし以外のものに写本を註文されたことで、わしのご機嫌をとろうとしている。勘定方長官の言葉は、蜜よりも甘く聞こえた。知りすぎるほど知っているこの本の話を聞いた。新しいことはなかった。わしはエルズルムのヌスレト師の噂は勿論のこと、工房での抗争も知っていた。

何か訊かねばとその答えも既に知っていること、つまり誰が本を作っているのかと訊いた。

「知っての通りエニシテだ」と勘定方長官は言った。そしてわしの目をじっと見て付け加えた。「彼が寿命で死んだのではなくて殺されたのを知っておられたか。」

「存じませんでした」と子供のようにあっさり言って黙った。

「スルタン様はひどく怒っておられる」と長官は言った。

エニシテと言われるこの馬鹿者を、博学というよりもはったり屋だとか、頭よりもむしろ野心があると言って、名人の細密画師たちはいつも揶揄して嗤っていた。葬式の時何かあるとは感じていたが。どうやって殺されたのだろうか。

長官は説明してくれた。酷いことだ。神様、わしらをお守りください。一体誰がしたのか。

「スルタン様の命がある」と長官は言った。「『祝賀本』と共にこの写本も一刻も早く完成するようにと……。」

「第二の命もある」と近衛兵の隊長は言った。「この憎むべき殺人犯が細密画師一族の中にいるのなら、この性根の悪い悪魔を見つけ出すようにと言われた。奴にみなに見せしめとなる酷く重い罰を与えて、二度とスルタン様の本をだめにしたり、細密画師を殺すことなど誰も考えることなどないようにと。」
スルタン様が犯人に与える恐ろしい罰を知っているかのように近衛兵の隊長の顔に一瞬興奮が見えた。この二人に、スルタン様が、少し前にこの役目を同時に命じられたことが、すでに今からそ奴に対して憎悪を隠さないこの二人に、協力するようにと強いられたことが、わかった。スルタン様に畏敬の念よりも敬愛の念を感じた。少年がコーヒーをもってきた。わしらは座った。

エニシテが育てて、細密画や写本のことがわかる甥がいるそうだ、カラだ。彼を知っておるかな？ わしは黙っていた。しばらく前にペルシアの国境から、セルハト・パシャのところからエニシテに招ばれてイスタンブルに戻ったそうだ（隊長は疑わしげな眼差しをした）。彼はイスタンブルでエニシテにひどく近づいて、準備していた写本の物語も知っているそうだ。〝優美〟さんが殺された後、エニシテは夜半この本のために自分のところに来る細密画の名人たちを疑っていたとカラは言っているそうだ。彼は細密画師たちが写本のために作った絵を見たそうだ。エニシテの殺害犯がこれらの者の一人で、一番多く金箔を使ったスルタンの絵を盗んだと主張しているそうだ。この青年は、エニシテが殺されたのを、王宮にも長官にも二日間も知らせなかったそうだ。その間にエニシテの娘と法律上疑わしい結婚式を急いであげて、家に入り込んだために二人ともカラを疑っている。

「もしみなの家や仕事場を探して、名人の細密画師の誰かのところから紛失した頁が出てくれば、カラが無実なことがわかる」とわしは言った。「しかしながら、彼らは見習い時代から知っている。かわいい子供のようなものだ。奇蹟の腕を持つ細密画師たちだが、彼らには人の命をとることは不可能だ。」

「〝オリーヴ〟、〝コウノトリ〟、〝蝶〟の」と隊長はわしが愛しんで与えたニックネームを揶揄するように呼んで、「彼らの家を、行きつけの場所を、あるものなら店も、何から何までよく探す。カラのもだ……」と言った。それから、ある種のやむをえないという表情をしてから、「ありがたいことに、このような困った状況では、法官は尋問中に拷問をしてもよいとの許可をくれた。細密画師の一門に近い者から二人目も殺されたということは、見習いから名人すべての細密画師を疑って拷問にかけることは法律上許されると言った。」

わしは黙って考えた。一、拷問が法的に許されるということは、拷問の許可がスルタンから出たのではないということ。二、法官によれば細密画師全員を疑うということは一門の頭としてその中から犯人を出せなければ、わしも容疑者になる。三、わしが頭である細密画師の一門の中で近年わしに背いた愛する〝蝶〟、〝オリーヴ〟、〝コウノトリ〟その他の者を拷問にかける前に、わしに公然とあるいは無言の同意を求めたものと理解した。

「スルタン様は『祝賀本』だけでなく、いまや完成しなかったことがわかったこの本をも、しかるべく完成させることを望まれたために」と長官は言った。「拷問が、その手や目や芸に影響しないかと心配しておられる。」わしに向かって「そうであろう」と言われた。

「つい最近もこのような心配をしたことがあった」と隊長は粗野に言った。「修理の仕事をした金細工屋と宝石屋の中の一人が悪魔に惑わされて、スルタンの妹君のネジミエ姫の、取っ手にルビーを嵌め込んだコーヒー茶碗を子供みたいに欲しがって盗んだ。この茶碗をひどく気に入っておられた妹君の悲しみに加えて、盗まれたのがウスキュダルの王宮でだったのでスルタンはその仕事をわしにやらせた。金細工師や宝石職人の芸や指や目をスルタンもネジミエ姫も気にしておられたので、直ちに宝石職人を裸にして、庭の凍った池の氷や蛙の中に投げ込んだ。時々出しては、顔や手に触れないように気をつけて、しかし激しく鞭打たせた。まもなく悪魔に惑わされた宝石職人は告白して罰を受けた。氷のような水や、寒さ、あれほどの鞭打ちにもかかわらず、潔白であった他の宝石職人の目や指にはひどい怪我もなかった。さらにスルタンは妹君がとても喜ばれたことと、宝石屋たちは仲間から悪い種が除かれたことで、それからはより熱心に働いているといわれた。」

隊長が名人の細密画師たちに宝石職人よりはより厳しく振舞うのは確かだった。スルタンの本を完成させることに敬意をはらったとしても、本来の芸術は書だと考える多くの人々のように、細密画や、殊に絵は異端と戯れているとして、元来これは罰さねばならない不必要なもの、さらには女々しいものだといって蔑んでいた。「まだあなたが全力を挙げて仕事に夢中になっておられる間にも、細密画師たちはあなたの死後誰が工房の頭になるかと陰謀を企て始めたのだ」とわしをいらいらさせるために言った。

わしの知らなかった噂話や企てられた陰謀があったのか？　自制して黙っていた。長官は、わしの背後で亡くなった間抜けに本を作らせたために長官に対するわしの憤りや、気に入られるために、また数枚の銀貨を余分に稼ぐためにこっそりとこの本の挿絵を描いた恩知らずな細密画師に対するわしの怒りをも十分すぎるくらいわかっていた。

いっとき、細密画師たちにどんな拷問が行われるのだろうという思いにとらわれた。尋問中に皮は剥ぐまい、なぜならこれは死に至る。謀反人にするように串刺しの刑にもすまい。なぜならこれも見せしめのために殺すのが目的であるから。足や腕や指を折ることもあるまい。イスタンブルの町で最近よく見られ始めた片目の者の数から判断する限りでは、最近は片目を抉る刑もよくされるようであるが、細密画師にはふさわしくない。こうして、スルタンの秘園の片隅で、氷のような池の中で、睡蓮の間で、がたがた震えながらお互いを憎悪で眺める様を想像しては笑いたくなった。熱い鉄片がその肉の上を通るとき〝オリーヴ〟がどんなに叫ぶかとか、鎖に繋がれた〝蝶〟の肌の色が褪せていく様を想像して胸が痛んだ。その才能と細密画に対する熱意で何度かわしの目を濡らした〝蝶〟が、盗人のように足の裏の鞭打ちの刑をうけることを考えることさえ耐えられず、思わず立ちすくんだ。

いっとき、老人の頭は自分の中にある深い沈黙に魅入られて黙った。彼らとともにかつては全てを忘れて熱を入れて細密画を描いたのだった。

「スルタン様の一番優れた細密画師は彼らです。彼らを傷つけないで……」とわしは言った。

長官は機嫌よく立ち上がり、部屋の反対側の隅にある書見台から一抱えの紙を持ってきてわしの前に置いた。そしてあたかも部屋が暗いかのように、炎が波打って燃えている太い蝋燭のついた二本の燭台を傍らに置いた。これが例の絵であった。

拡大鏡をその上を動かして見たものを、皆さんにどう説明したものか。心の中から笑いたくなった。しかし、おかしかったからではない。怒りを感じたがまじめにとるべきものではない。エニシテはわしの名人の絵師たちに、自分ではなくて他の人間であるかのように描くように言ったそうだ。あたかも彼らに、存在しない記憶を思い出させようとするかのようにしたのだ。そのように生きることは絶対に望まないような未来を空想して描かせたらしい。さらに信じられないことは、この馬鹿げたことのためにお互いに殺し合ったことだった。

「これらの絵を見てどの細密画師がどの絵に手を入れているか言えるかな？」と長官は言った。

「もちろんだ」と怒りを込めて言った。「これらの絵をどこで見つけられましたか？」

「カラが自分から持って来た、わしに」と長官が言った。「自分と亡きエニシテが潔白だと言おうとしている。」

「彼には尋問で拷問をかけてください」とわしは言った。「亡きエニシテがそのほかにどんなことを隠していたかわかるでしょう。」

「彼を呼びにやった」と隊長はうれしそうに言った。「それから家中を探す、新しい婿の。」

その後で二人の顔が妙に明るくなり、畏敬の光が射して、二人は立ち上がった。

後ろを見ないでもわかった。部屋の中にこの世の庇護者、スルタン閣下が入って来られたのだった。

39　あたしの名はエステル

みんなと一緒に泣くことはなんと気持ちのいいことか。かわいそうなシェキュレの父親の葬式に男たちが参列している間、親戚、親類、知り合い、友人などの女たちの全てが家に集まって涙を流した。あたしも彼女たちと一緒に長い間、胸を叩き、嘆き悲しみ涙を流した。時には隣にいる美しい娘にたっぷり寄りかかって一緒になって体を前後に震わせて泣いた。時には全く違った調子で自分の悲しい身の上話をして嘆き涙を流した。毎週一回こんな風に泣ければ、生活の糧を得るために一日中外を歩かなければならないことや、太っているとかユダヤ人だとかいって蔑まれることを忘れて、もっとおしゃべりなエステルに生まれ変わるのに。

儀式や人ごみの中では、人は自分が鼻つまみ者であることを忘れられる。それに腹いっぱい詰め込めるので、人の集まりは好きだ。宗教祭日の儀式では甘いバクラヴァやハッカ飴やアーモンドペーストの入ったパンや干した果物をうすくのばしたものを、割礼の儀式では肉入りピラフとパイを、ヒポドロウム広場で行われたスルタンの儀式ではさくらんぼうのジュースを、結婚式では何でも食べ、葬式の後では隣近所から届けられた胡麻や蜂蜜や色々な香りのヘルヴァを詰め込むのが大好きだ。

あたしはそっと広い廊下に出て、靴を履いて下に降りた。台所に入る前に、厩の隣の部屋の半分開いているドアから妙な声がしたので素早く二歩進んで中を見た。シェヴケトとオルハンが、二階で泣いている女たちの一人の息子を紐で縛って、泣き叫ぶその子の顔に筆で絵の具を塗っているのを見た。「逃げようとすればこう叩くよ」とシェヴケトは言って平手打ちを食わせた。

「子供たちよ、優しく遊びなよ。虐めたりしないでね」ととっておきの優しい声であたしは言った。

「放っておいてよ」とシェヴケトは喚いた。

虐められている男の子の金髪のおどおどした小さな妹も傍らにいた。なぜか自分をその子の立場においていた。エステルよ、全てを忘れておしまいよ。

台所ではハイリエが疑わしそうにあたしをじろじろ見た。

「泣きすぎて喉がからからになってしまった。ハイリエよ、水をおくれ、後生だから。」

黙って水をくれた。飲む前に、泣いてはれぼったくなった彼女の目をじっと見た。

「お気の毒なエニシテはシェキュレの結婚式より前に死んでいたとみな言っている。世間の口はしっかり閉めるわけにいかないからね。寿命で死んだんじゃないとさえ言っている。」

いっとき彼女は、明白な態度で靴のつま先を見た。それから顔を上げてあたしを見ずに言った。「神がみなを讒言から守ってくださいますように。」

最初の動作は『おっしゃるとおりです』の意味になる。口にした言葉の調子も義務的なものだった。

「何が起こっているのよ？」と、秘密を持っている仲間のように突然囁きながらあたしは訊いた。

ハイリエは決心がつかずにいた。エニシテが亡くなった後では、シェキュレに対して何ら優越権を持つ希望もなくなったことはもちろんわかっていた。少し前、上で一番心から泣いていたのも彼女だった。

「わたしはどうなるのでしょう」と言った。

「シェキュレはあんたが気に入っているよ」といつもの情報屋の習慣で言った。黒蜜の壺とピクルスの間に並べられた浅鍋のふたを開けては、あるものは指で端の方から味見したり、あるものは鼻を近づけてにおいを嗅ぐだけにして、一つ一つどのヘルヴァを誰が贈ってきたかを訊いた。

「これはカイセリのカスムさんから、これは細密画師協会の二本先の通りに住む職人から、それは鍵屋の左利きのハムディさんのところから、それはエディルネの花嫁の皿」とハイリエが一つ一つ返事をしていた時、シェキュレがさえぎった。

「死んだ〃優美〃さんの妻カルビエはお悔やみにも来なかったし、誰をもよこさなかったし、ヘルヴァも届けてこなかったわ。」

シェキュレは台所のドアから階段の始まる石畳に向かって歩いて行って、ハイリエから遠ざかった。あたしに話したいことがあるのがわかったので、その後についていった。

「〃優美〃さんは父に対して敵愾心はなかった。わたしは彼の葬式の日にヘルヴァを作って届けたのに、どうしてかしら？　知りたいわ」とシェキュレは言った。

「あたし、すぐ行って訊いてくるから」とシェキュレが考えていることがわかったので、あたしは言った。

長々と最後まで言わせなかったので、あたしの頬に口づけした。中庭の寒さを体の芯に感じて固く抱きあって動かずにそうしていた。それから髪を撫でてやった、美しいシェキュレの。

「エステル、わたしは怖いの」と彼女は言った。

「怖がらなくてもいいよ。どんな悪いことにも何かいいことがあるから。ほら、最後には結婚しただろう。」

「でもわたしのやったことは正しかったかしら？　それがわからないの」と言った。「だから彼をわたしに近づけていないの。わたしは昨夜はかわいそうな父上のそばで過したの。」

目を大きく見開いて、『わかるでしょう？』というようにじっと見た。

「ハッサンはあんたたちの結婚が法官の目からは無効だといっている」とあたしは言って、「あんたにこれを送ってよこしたよ」と。

「もう駄目よ」と言ったが、シェキュレは、小さな紙片を受け取ってすぐ読んだ。しかし今回は何を読んだか言ってくれなかった。

彼女が言わなかったことは正しかった。なぜならあたしたちが互いに抱き合っていた中庭では二人きりでなかったから。上では、今朝どうしてかわからないが落ちて壊れた、廊下の出窓の鎧戸を取り付けている大工が、にやにやしてあたしたちや中で泣いている女たちを見ていた。同時に、家から出てきたハイリエが、中庭の門を叩いて「ヘルヴァを届けに来ましたよ」と声をかける義理堅い近所の人の息子のために、門を開けに走った。

「埋葬してかなり経ったわ」とシェキュレは言った。「今やかわいそうな父上の魂は、二度と戻らない死体から離れて、天に上がっていくのをわたしは感じる。」

彼女はあたしの腕の間から出て行って、きれいに晴れた空を見て、長い間祈祷を唱えた。

あたしは、突然、自分を彼女から遠い見知らぬ者だと感じた。自分がシェキュレの見ていた空にある雲であっても、驚かなかったであろう。祈祷が終わるや否や、美しいシェキュレは優しくあたしの両頬に口づけした。

「エステルよ」と言った。「父を殺した者が生きている限り、わたしも息子たちも穏やかではないの。」

夫の名を言わなかったことが気に入った。

「〝優美〟さんの家に行って妻女と話してね。どうしてわたしたちにヘルヴァを送らなかったかを調べて。すぐ知らせてね。」

「ハッサンに知らせることはあるかね？」とあたしは訊いた。このことを訊いたのを恥じたわけではない。訊いた時に彼女の顔が見られなかったのを恥じたのだ。恥じたのを気がつかれないようにと、ハイリエを止めて鍋を開けた。「おお、ピスタチオ入りのセモリナのヘルヴァだ」とあたしは言いながら、少し口に入れた。「橙も入っている。」一瞬シェキュレが何もかもうまく行っているかのようにかわいく微笑んだのを見て、あたしも幸せになった。

風呂敷包みをとって、外に出た。一、二歩歩くと通りの端にカラを見た。義父を今しがた埋葬したばかりの新しい婿の誇り高い顔つきから、彼が新しい生活に満足しているのがわかった。気分をそがないようにと道をはずして野菜畑に入って、有名なユダヤ人の医者モシェ・ハモンの愛人の絞首刑になった弟の庭に出た。死のにおいのするこの庭は、通るたびにいつも憂いを感じさせる。顧客を見つけて誰かにここを売らなければならないのをあたしはいつも忘れるのだ。

その庭にあった死のにおいは、〝優美〟さんの家にもあった。しかしあたしには悲しみを引き起こさなかった。何千もの家に出入りして、何百人もの寡婦を識っているエステルとしては、夫を早くに失った女たちには二種類ある。彼女たちには敗北感と悲しみ、あるいは怒りと反抗の呪文がかけられるのだ。シェキュレにはその両方ともあったが。カルビエさんは怒りの方の毒を飲んだようだ。これではあたしの仕事はすぐ終わるのがわかった。

人生が自分たちに酷い仕打ちをしたと思っている気位の高い女たちのように、カルビエさんはこの不幸な日に訪れた人々は、同情するためにではなく、もっと悪く、人が苦しんでいるのを見て内心自分たちの現在の状況を喜ぶために来たと、当然ではあるが疑っているので、客に優しい言葉をかけようともしない。あたしも機嫌をとったり甘い言葉をかけたりしないですぐ本題に入った。この昼さがり、カルビエが悲しみで横になろうとしていた時に、このエステルがどうしてここに来たか言った。中国から来た船から持ってきた最新の絹やブルサから来たハンカチにも関心がないのがわかっていたので、風呂敷包みを開けようともしないで、直ちに本題に入って、涙にぬれたシェキュレの悩みを説明した。「同じ悲しみを体験したカルビエさんを気がつかない中に怒らせたのかと考えて、哀れなシェキュレにはそれが新しい悩みになった」と言った。

誇り高い様子で、カルビエはシェキュレがどうしているかとも訊かなかったこと、お悔みにも行かなかったこと、ヘルヴァを作って届ける気にもならなかったことを認めた。誇りの背後には、彼女の怒りにシェキュレがやっと気がついたという喜びを隠さなかった。この弱い点から始めて、怒りの原因を、どうしてこうなったかを、この賢いエステルがみつけるのだ。

作らせていた写本のせいで亡くなったエニシテに対して彼女が怒っていることを言うのに長くはかから

なかった。亡き夫は数枚の銀貨を稼ぐためにではなくて、エニシテがこの本はスルタンの命であると説得したために受け入れたのだと言った。しかしエニシテが彼に金泥装飾をさせた頁は、次第に単なる装飾画の枠から出て、絵になり始めた。さらにその絵が、想像もできないヨーロッパの冒瀆、冒神、異端の印をとり始めると、亡き夫は不安になり、正しいことと間違っていることの間で悩んだと説明した。しかし、この女は〝優美〟さんよりもっとしっかりしていて注意深いので、慎重に付け加えた。これらの疑惑は一瞬にしてではなくて、次第に始まったこと、亡き〝優美〟さんははっきり異端の絵は見なかったので、自分の不安をつまらないこととおさえていたこと。元々亡き〝優美〟さんは、エルズルムのヌスレト師の説教を欠かさずに聴き、日に五回の祈祷をもその時刻にしないと不安になるのだった。宗教に献身的に従うのを、細密画の工房の一部の悪い輩からからかわれたのを本人は知っていたが、それらのえげつない冗談は彼の才能と技を妬んだものと理解したのだった。

光った大粒の涙がカルビエの光った目から溢れて頬を流れた。気のいいエステルは、このカルビエにできるだけ早く亡き夫よりいい夫を見つけることに決めた。

「これらの苦しみの全てを、わたしにはあまり言いませんでした」とカルビエは慎重に言った。「わたしが覚えていることに基づいて、自分の頭でまとめてみるとこういうことになるのです。全ては最後の晩行ったエニシテのところの絵から出ているにちがいありません。」

これは一種の言い訳だ。あたしは返事として、エニシテもいまや、もしかしたら同じ悪辣な奴に殺されたのかもしれないと言って、シェキュレとカルビエの運命と敵が同じになることに気づかせた。今あたしを片隅から注意深く見ている頭の大きい二人の父なし子の存在も、二人の状況を似たものにしている。しかし冷酷な取り持ち屋としてのあたしは、内心シェキュレの方がずっと美しく、金持ちで、神秘的だと告げていた。すぐ思いついたことを言った。

「シェキュレは悪かったら謝ると言っている」とあたしは言った。「あんたに姉妹として友情を送ると、このことを考えてくれるようにと、彼女を手助けしてほしいと言っている。亡き〝優美〟さんが、最後の晩に、家を出る時、エニシテのほかに誰かと会うと言っていた？　あるいは誰かほかの人と出会ったと思う？」

「これひとつだけが〝優美〟さんの死体のポケットから出てきました」と彼女は言った。そして、刺繍針、布切れ、それと大きな胡桃がひとつ入っている蓋つきの、蔓でつくった箱から、畳んだ一枚の紙を出して渡した。

しわくちゃな粗末な紙を手にとって、そばで気をつけてよく見ると、水でインクが滲んだ多くの形が見えた。それが何に似ているかやっとわかった時、カルビエはあたしの考えを言った。

「それは馬」と言った。「亡くなった〝優美〟さんは長年装飾画を作っているが、馬は描いたことがない。誰も馬を描いてくれと注文しなかった。」

急いで描かれたらしい、水で滲んだ馬を眺めていたが、あまりよくわからなかった、この年寄りのエステルには。

「この紙をあたしが持っていけば、シェキュレはとても喜ぶよ。」

「この紙がほしければ、シェキュレが自分でここに来ればいい」とカルビエは誇り高く言った。

40　わたしの名はカラ

多分これまでにお分かりになったことでしょうが、わたしのような男、つまり恋や苦しみや幸せや惨めさというようなものはつまるところ昔から、孤独を続けるための口実だとしている憂鬱な男にとっては、人生には大きな喜びも大きな悲しみもないのです。他の人の魂がこのような感情で顛倒している時、彼らのことがわからないとは言いません。否、その反対に、同感できます。わたしがわからないのは、そういうときに自分の魂がその中に埋没しているという妙な不安感なのです。頭を混乱させ、心を真っ暗にしている沈黙の不安感が、体験しなければならない本来の喜びや悲しみの代りになってしまうということなのです。

シェキュレの父親をやっとのことで埋葬して、家に急いで帰って、彼女に哀悼を示すべく抱きしめた。それから突然彼女は、わたしを敵意のまなざしで眺めていた二人の子供と共に座布団に身を投げてわあわあ泣きはじめたので、あっけにとられた。彼女の悲しみはわたしの勝利を意味した。一瞬のうちにして、若い時の夢であったものと結婚して、わたしをいつも見下していたその父親からも解放されて、この家の主となったのだった。だからわたしの涙を誰が信じるものか！　しかし信じてほしい。そうではないのだ。本当に悲しみたいと思うが悲しめなかった。エニシテはわたしにとって常に実の父よりも父親であった。さらに死体を清めたイマムがおしゃべりで、エニシテが寿命ではなく妙な状況で死んだというう わさが、葬式中にもモスクの中庭で感じられたが、地区全体にも広がっていた。だからわたしが泣かないことは悪い意味に取られるので悲しみたいと思った。石の様な冷たい心の持ち主だと思われることの恐怖が、一番本当の感情であったのがおわかりでしょう。

わたしのような者が社会からつまはじきにされないようにと、理解のある叔母はいつも「心の中で泣いている男」と言って言い訳してくれた。わたしも今心の中で泣いているのだが、どうやったらこのように大声を上げて泣いたり、涙を流すことができるのかと驚きあきれているのを、近所の人や遠い親戚に見られないようにと片隅に隠れたりした。もうこの家の主のように振舞って事態を収拾したらどうかと決めかねていると、ドアが叩かれた。一瞬ハッサンが来たのかと思い心配したが、この涙の地獄から助かるのならば、それでもよかった。

それは王宮からの門番の少年だった。わたしを、王宮から呼んでいるという。驚いた。中庭を出るとき地面の泥の中に銀貨を一枚みつけた。王宮から呼び出されたといって、わたしはひどく恐れていたのだろうか。確かに恐れていた。しかし外に出て、道で馬や犬や木や人間の中にいるのがうれしかった。処刑人に引き渡される前に牢番と人生の美しさとか、池の家鴨（あひる）のことや、空の雲の妙な形などをあれやこれやと、楽しく話しこめばこの世の残酷さが軽くなるかと空想する夢想家のように、わたしを連れにきた門番の少年と友達になろうとしたが、決して笑わない、にきび面のむっつりやときた。アヤソフィヤ・モスクのそばを通る時、細い糸杉が鉛色の空に優雅に伸びている様に、気がついて感嘆した。わたしをぞっとさせたのは、死ぬ恐ろしさではなく、あれほどの年月の後にシェキュレと結婚して、彼女とひとつ床に入って愛を交わすこともなく王宮で拷問官によって命をとられることの不当さだった。

中門の恐ろしげな塔を見た。しかしわたしたちは、拷問官や処刑人が直ちに仕事を片付ける中門に向かってではなくて、大工の工房に向かって歩いた。倉庫の間を通る時、口から湯気を出している栗毛の馬の足の間で体を舐めていた猫は、振り返ってわたしたちを見ようともしなかった。わたしたちのように猫も、自分の汚れだけで十分いそがしかったのだ。

倉庫の後ろで、緑と紫の制服を着た誰のところの者かわからない二人の男が、黙ってわたしを門番の少年から引き取ると、木の香から新しく造られたのがわかる小さな家の暗い部屋に突っ込んで錠を下ろした。暗い部屋に閉じ込めることは拷問の前の恐れさせるやり方だと知っているので、まず足裏の鞭打ちから始めるのかと希望をもって、一体どんなうそをつけばここから助かるかと考えていた。隣の部屋には大勢居るらしくざわめいていた。わたしが陽気で揶揄的で、拷問される前の者のように話していないと思われたことでしょう。自分をアラーの幸運な僕と信じていると前にあなた方に言いませんでしたか。長年の苦労の末、この二日間でわたしの上に止まった幸運の鳥はそれを証明するのに十分でなくても、家の中庭の門を出るとき地面で見つけた銀貨は何かいいことのしらせに違いない。

拷問官を待っている間、わたしを守ってくれると信じた銀貨によってなぐさめられた。アラーの神から送られた幸運の印を手にとって撫でて何度も口づけした。しかし、闇の中から出されて、隣の部屋の近衛兵の隊長とはげ頭のクロアチア人の拷問官の前に連れて行かれると、そこでは銀貨が役に立たないのを知った。ポケットにある銀貨はアラーの神から送られたものではなくて、二日前に結婚の儀式でシェキュレの頭から浴びせた銀貨のうち子供たちが拾わなかったものだと、頭の中でわたしに告げる冷ややかな声を聞いた。こうして拷問官の手に渡された時には頼りになるものもなかった。

目から涙が流れ始めたのに気がつかなかったほどだ。嘆願しようとしたが、夢の中のように口からは声が出なかった。人間がある瞬間、無になり得るということは、戦場で、あるいは死に際を遠くから見た政治的暗殺や拷問で知っていた。しかし一度も体験したことはなかった、それを。彼等は着ていた衣服を脱がせて、わたしをこの世からも剥いでいった。

チョッキとシャツを脱がせた。処刑人の一人がわたしの上に乗って、ひざで両肩を押さえた。もう一人は頭の両側に、料理をする女の注意深さと、経験豊かな手つきで枠をはめて、取っ手をゆっくり回し始めた。枠ではなくて万力だった。頭の両側から押さえ始めた。力いっぱい叫んだ。嘆願したが、わけのわからない言葉が出た。泣いたが、これはむしろ緊張をとくためにだ。

万力を止めて、訊いた、エニシテをわたしが殺したかと。

一息ついて、いいえといった。

また取っ手を回し始めた。痛い。

また訊いた。「いいえ。」「それなら誰が？」「知りません！」

わたしが殺したと言おうかと思い始めた。頭の周りを世界がゆらゆらとまわっていた。一種の怠惰感があった。痛みに慣れたのだろうかと自分に尋ねた。わたしも処刑人もいっときそうしていた。どこも痛くなかったがただ怖かった。

ポケットの銀貨のおかげでわたしは殺されないのだと再び理解した。そして突然解放された。頭を本当はごくわずかしめつけた枠を外した。上に載っていた処刑人は降りたが、悪いと思っている風はなかった。わたしはシャツとチョッキを着た。

長い沈黙があった。

部屋の向こうの端に細密画師の頭名人オスマンが見えた。そばに行ってその手に口づけをした。

「心配するな、息子よ」とわたしに言った。「お前をためしただけだ。」

亡きエニシテの後に、自分に新しい父親を見つけたのがわかった。

「スルタン様は、今のところ、お前を拷問にはかけないように命じられた」と近衛兵の隊長は言った。「細密画師を、スルタン様の写本を作っている僕(しもべ)を殺す、卑劣な殺人犯を見つけ出すために、細密画師の頭名人オスマンの手助けをするようにと、三日のうちに描かれた細密画の頁を調べて、彼らと話し、この悪人をみつけだすようにとのことだ。スルタン様は写本や細密画について扇動者が言い出したという噂を、不快に思っておられる。この卑劣漢を見つけ出すために、わしも勘定方長官ハズム様も助力する。お前たち二人のうちの一人は故エニシテの近親者だから、その言ったことを聞いたであろうし、夜来ていた細密画師たちがどのように働いていたか、あるいはあの本の物語を知っているであろう。もう一人は細密画師一門を全て良く知っていると自負する偉大な名人である。その豚野郎だけでなく、そいつが盗んだ、噂になっている紛失した頁を三日のうちに見つけ出さなければ公平なるスルタン様は　拷問の尋問にまず、カラ、息子よお前から始めるようにと言われた。それから順番が細密画師の名人たちに来ることは疑いない。」

長年の間協力して働いている古い友人である細密画師の頭名人オスマンと、彼に註文を出し、国庫から材料や金を出している勘定方長官ハズム様との間には、こっそりした目配せも全く見えなかった。

「スルタン様の棟、部屋、部門で何か罪が犯された場合は、その班が犯人を見つけて引き渡すまで、その班全員が罪を負う。仲間の中にいる殺人犯を見つけ出して引き渡せない班は、まず頭、名人から始まり、全て殺人犯のグループと記録され罰せられるのは誰もが知っている」と近衛兵の隊長は言った。「細密画師の頭名人オスマンはこの故に目をしっかりと開けて、そのするどい目で全ての頁を調べ、罪のない細密画師たちを互いに仲たがいさせる悪魔の仕業、罠、姦計、謀を見つけ出し、犯人をこの世の庇護者、スルタン様の違うことなき正義に引き渡すべし。その班も、そうすれば潔白となる。このために必要なもの全てを運んできたし、今後も運んでくる。今もわしの部下たちが一人一人の名人の細密画師の家から彼らが描いた写本の頁を集めて持ってきている。」

41 名人オスマンだ、わしは

近衛兵の隊長と勘定方長官が、わしらにスルタン様の命じられたことをもう一度繰り返して、出て行くと、部屋には二人だけになった。拷問の真似事やその恐怖で泣いた後でカラは困憊(こんぱい)していて、子供みたいに黙りこくっていた。わしは彼を好きになるだろうと感じたが、いまはそっとしておいた。

近衛兵の隊長の部下が書家や名人の細密画師の家から集めてきた頁を見て、どの細密画師のものかを確認するのに三日間ある。エニシテが写本のために作らせて、カラが自分の潔白を示すために勘定方長官ハズム様に持ってきて渡した絵を初めて見た時には、どんなに嫌悪を感じたかはおわかりでしょう。しかし全生涯をこの仕事に捧げてきたこの細密画師に、これほどまでに嫌悪と憎悪を引き起こす絵には、目をそむけることができない何かが必ずやあるはずだ。なぜなら、単に下手な芸術はわしらに嫌悪すらひきおこさないからだ。亡き馬鹿者が深夜やってきた細密画師に描かせた九枚の絵を、こういう興味でもう一度見始めた。

何も描かれていない紙の上に、他の全ての絵にあるのと同じような、哀れな〝優美〟さんの縁のデザインと金泥装飾の中に、一本の木を見た。どの物語のどの場面かと想像し始めた。わしの細密画師たち、かわいい〝蝶〟、頭の良い〝コウノトリ〟、狡賢い〝オリーヴ〟に、一本の木を描かせれば、まず一本の木をある物語の一部と考えて、自信を持って描くだろう。その木を注意して眺めれば、枝や葉から、細密画師がどの物語を考えていたのかわかる。しかし、この木は、哀れで孤独な一本の木であって、背後にはその木をより孤独に見せる、シーラーズの昔の名人の様式を思わせるかなり上に引かれた地平線がある。地平線が高い所に描かれているので、そこにできたかなり大きな空白には何もない。こうしてヨーロッパの名人のように一本の木を木として描きたいという欲求とペルシアの名人たちのこの世を上から見たいという欲求が混じりあって、ヨーロッパのものでもなく、ペルシアのものでもない哀れな絵ができた。この世の果てにある木はこのようなものであろう。二つの異なる様式を一つにしようとして、わしの細密画師と亡き馬鹿者の乏しい頭が拙いものを作った。絵が二つの世界観から培われたからではなく、その拙さがわしを憤らせていた。

他の絵で、夢のような完璧な馬、俯いた女を見た時にも同じことを感じた。題材の選び方、例えば、二人の放浪の修行僧あるいは悪魔を選んだことがわしを怒らせた。スルタン様の写本に、わしの細密画師がこれらの拙い絵を屈辱を感じながら入れていたのは明らかだ。本が完成しないうちにエニシテの命を取られたことで、偉大な神の采配に感嘆した。この写本を完成する気にはとてもなれなかった。

わしらを、あたかも兄弟でもあるかのように目の前で眺めている犬、しかも高い所から見て描かれている犬の絵に腹を立てずにいられようか。なぜなら、犬のいつもの姿勢、頭を地面に近づけて、わしらを脅すようにそっと横目で眺める時の美しさ、歯の白さに見える激しさ、要するに、この絵を描いた細密画師の（その絵にどの名人の筆が触れたかをもう少しで言うところだった）才能に感嘆する一方で、この才能が、理解することができない意思の、訳のわからない理論に使われたことが許せなかった。ヨーロッパの名人を模倣したいという気持ちも、さらにはスルタン様が総督に贈呈するための写本をヴェネツィア人の理解できる様式で作るように命じて作らせたという口実も、この絵に見られる媚諂いを許せなかったのだ。名人の細密画師の何れもが、四隅に触れているのがすぐわかった、大勢の人がいる絵の紅の熱情もわしを怖がらせた。絵には誰のものかわからない手が秘密の論理で妙な紅を塗っていた。この絵に描かれた全世界が次第に紅に染まって行った。いっときカラに、この人ごみの絵で、すずかけの木を〝コウノトリ〟が、船と家は〝オリーヴ〟が、凧と花は〝蝶〟が描いたと教えた。

「あなたのように、長年細密画師のグループの頭であった偉大な名人の細密画師は、勿論のこと、細密画師の一人一人を、名人の筆のふざけ具合、筆の癖をごぞんじです」とカラは言った。「でも、エニシテのように変わった写本愛好家が細密画師に、新しい、知られていない様式で描くように強いた時は、誰がどの絵を描いたか確信を持って言えますか。」

「その昔、イスファハンを支配する城に細密画を愛する孤独なスルタンが居たそうだ」と物語を語るかたちで返事をした。「強力で賢明だが冷酷なスルタンだったそうだ。自分が描かせ、作らせた写本と娘以外の何物も愛さなかったそうだ。娘を異常なまでに愛していて、わが娘に恋しているといううわさを広めた敵も、まんざら不当とは言えなかった。なぜなら近隣の皇子やスルタンが使者を遣って娘を嫁にと言うと、戦を始めるほど誇り高く嫉妬深かったから。勿論のこと、娘にふさわしい夫は見つからず、娘を四十の錠をかけた四十の扉の奥の部屋に隠していた。なぜなら当時イスファハンに広がっていた信心のせいで、彼もまた、他の男が見ると娘の美しさが色褪せると信じていたから。ある時、自分の註文したヒュスレヴとシリンの物語が書かれ、ヘラト様式の挿絵が入れられると、イスファハンにある噂が流れた。大勢の人々がいる絵の頁に見える青白い美女が嫉妬深いスルタンの娘だという！

噂を聞く前ですらこの不思議な絵を疑っていたスルタンは震える手で写本の頁を開けると、娘の美しさが描かれていることに涙ながらに気がついた。噂によれば、スルタンが四十の錠で囲った娘の本人ではなく、その美しさが、あたかも退屈した幽霊のように、ある夜部屋から出て行って、鏡に映ったり、ドアの下や、鍵穴を通って深夜働いていた細密画師の一人の目にまで、まるで光か目に見えない煙のように届いたそうだ。若く巧みな細密画師は目を離せなくなった、この信じられない美しさを我慢できずに、その時描いていた絵の片隅に描いたそうだ。シリンが野に遊ぶ絵で、ヒュスレヴの画を見て彼に恋に落ちる瞬間を描いていたそうだ、その絵は。」

「名人様、これは大きな偶然です」とカラは言った。「わたしたちもあの物語のあの場面がとても好きです。」

「これは物語ではない、何れも実際に起こったことだ」とわしは言った。「聴きなされ。その細密画師は娘をシリンとしてではなく、シリンに仕える、ウドを弾き、食卓を支度する侍女の一人として描いた。なぜなら、その時侍女を描いていたからだ。こうして、シリンの美しさは端にいる侍女のすばらしい美しさの傍らで目立たなくなってしまって、絵のつりあいがこわれてしまった。スルタンは絵で娘を見るとこれを描いた才能ある細密画師を見つけ出したく思ったが、賢い細密画師はスルタンの怒りを恐れて侍女の絵を、つまりスルタンの娘の絵を、自分の様式ではなくて新しい様式で描いたから、誰かわからなかった。

それに、その絵には多くの絵師の筆や才能が触れていたから。」

「わかりました。でもスルタンは娘を描いた細密画師をどうやってみつけたのですか。」

「耳を見てだ。」

「誰の耳を見て？　娘のですか、あるいは娘を描いた者の？」

「本当はいずれでもない。最初は直観によって、自分の細密画師の作った全ての写本、頁、絵を開けて前に広げて、耳を見た。長年知っているものを見た。才能はどうであれ、細密画師の誰しもが耳は自分が知っているように描いた。描いた顔は、それがスルタンの顔であれ、子供の顔であれ、兵士のであれ、さらには断じてあってはならないことであるが、預言者様の部分的に覆われた顔であれ、あるいは悪魔の顔であれ違いはなかった。細密画師の全てはいつもどの絵でも、隠れた署名であるかのように、いつも同じように耳を描いていたそうだ。」

「どうしてですか。」

「名人の細密画師は顔の絵を描く時、その表情や顔が誰かに似るようにと、あるいは似ないようにと、あるいは顔が崇高なる美しさに近づくようにと、あるいは昔の規範に合うようにと、全身の注意を注ぐ。順番が耳に来た時には、他の細密画師の描いたものをも見ず、あるいはまた本物の耳をも見ないのだ。考えもせず、努力もせず、描いた物にも注意を払わないからだ。こうしてペンをそらで動かすのだ。」

「しかし偉大な名人たちは、元々、全ての傑作を本物の馬や木や人間を全く見ないでそらで描くではありませんか」とカラは言った。

「その通りだ」とわしは言った。「だがそれは長年のあいだ、思考と観照と内省によって手に入れた『そらで』なのだ。一生涯十分な数の馬の絵や、馬を見たので、目の前にいる生きている最後の馬が頭の中の完璧な馬の概念を損なわないことを知っている。生涯、何万回も馬の絵を描いた名人の細密画師は、ペンによって最後には神が意匠された馬の絵によく近づく。そして自分の魂からも、経験からもそれがわかる。その手が一瞬にして『そらで』描いた馬は才能と研鑽と知識によって描かれたものであり、アラーの神の馬に近いものである。しかし知識の蓄積なしにして、手が何をしたかを考えないで、スルタンの娘の耳にも注意せずに描かれた耳は欠陥となる。欠陥であるからたえず細密画師によって異なる。つまり、一種の署名なのだ。」

物音と動揺がおこった。近衛兵の隊長の部下たちが、古い細密画の工房の部屋に書家や細密画師の家から集めてきた絵を置いた。

「本当のところ、所詮耳というものは人間の欠陥である」とわしは言った、カラが微笑むのを期待して。

「誰もが異なっているが誰にも同じものがある。まさに完全なる醜さの現れだ。」

「耳の署名から見つかった細密画師の身には何か起こりましたか？」

「盲目にされた」とは言わなかった、カラがますます悲しくならないようにと。「スルタンの娘と結婚したそうだ」とわしは言った。「それ以来、多くの細密画師の工房の持主の殿様やシャーやスルタンの間で、『侍女の方法』として知られている。さらにこれは秘密にされているが、もし細密画師が禁じられているものを描いたり、こっそりと何かを挿絵の中に描いたりした後で、自分ではないと言った時にも、誰がやったかすぐわかる。大事なことは、絵の一番重要な所ではなくて、大したことのない、いい加減に描かれるが、しかしいつも繰り返される細かい点を見つけることである。耳、手、草、葉、あるいは馬のたてがみ、乃至は足や蹄でさえありうる。しかし気をつけなければならないことは、この特徴が自分の隠れた署名となっていることを絵師が知らないことである。たとえば口ひげはいかん。なぜなら多くの絵師は口ひげを自分の好きなように描くことに気がついているし、口ひげは一種の半公然の署名であることを知っているから。しかし眉はありうる。なぜなら誰もあまり注意しないからだ。さて、亡きエニシテの絵に筆やペンを入れた若き名人が誰かを見てみよう。」

こうして、異なる物語の異なる題材を別の様式で書いた二つの写本を、一つは秘密裡に作られた亡きエニシテの、もう一つはわしが公けに監督して挿絵を入れた皇子の割礼の宴の『祝賀本』の、頁を隣り合わせに並べて、わしの拡大鏡の通った所をカラと一緒に眺めた。

一、『祝賀本』の頁では、行列を特別席から眺められるスルタン様の前を通過する、紅いカフタンと紫の帯をつけた一人の毛皮商が胸に抱えた狐の毛皮が口をあけているのに、最初注目した。狐の一つ一つ見える歯と、エニシテの悪魔の絵にある、遥かサマルカンドから来たと思われる半ば悪魔で巨大な気味悪い半ば怪物は、同じ手によって、〃オリーヴ〃によって描かれていた。

二、楽しい披露宴の行事の日に、スルタン様のヒポドロウム広場を見る窓の端に、ぼろぼろの服を着た、前線からの貧しい帰還兵が見えた。中の一人が『スルタン様、わたし共はあなたの勇敢な兵士として異教徒と宗教のために戦い、捕虜になりましたが、身代金を見つけるために、近親者や兄弟を人質においても釈放されました。しかしイスタンブルに帰ってくると、何もかも高くなってしまっていて、いまや異教徒の下に人質として残った近親者を救うべき金が集まりません。助けてください。わたし共に金貨を下さるか、捕虜をくださいさい。そうすれば連れていって、人質の兄弟たちと交換して彼らを救うことができます』と言っていた。ちょうどその時、スルタン様や哀れな帰還兵や広場にいるタタールの使者を、開いている片目で眺めていた隅にいる怠惰な犬の足の爪と、エニシテの本にある金貨の冒険談を示す場面の片隅にいる犬の足の爪を見た。同じペン、〝コウノトリ〟から出たのは確かだった。

三、スルタン様の前で、宙返りをしたり、板の上で卵を歩かせている手品師の中のはげ頭の紫のチョッキを着て裸の脛を出している一人が端の方で絨毯に座ってタンバリンを叩いている時、指をエニシテの絵にある紅の絵で、金属の盆を持っている女と同じようにしている。まさに〝オリーヴ〟の仕事だった。

四、スルタン様の前を押しながら進む車の中に置かれたこんろの上の鍋の中で肉や玉葱をキャベツで包んだものを煮ながら通過する料理人のグループの鍋を持って歩く名人のコックが立っているピンクの地面の青い石と、エニシテが死の絵と称んだ絵で半ば幽霊のようなものがその上を踏まずに歩いている紺色の地面の真っ赤な石は、同じ手（〝蝶〟）から出たものだ。

五、この世の庇護者スルタン様に、ペルシアのシャーが、友であることを、スルタン様に兄弟として以外の何らの感情も抱いていないと絶えず言葉を尽くして口にしているペルシアの大使の甘い言葉に反して、シャーの軍がオスマン・トルコに対して新しい戦いを準備しているとの知らせが馬に乗ったタタール人の飛脚によってもたらされたので、大使の特別席は一瞬にして壊滅せしめられた。憤怒と破壊の際にヒポドロウムで巻き上がった埃を抑えるために水運び人が走り回り、大使に攻撃しようとする暴徒に亜麻仁油をかけて鎮めるべく皮袋を背中にのせた者たちが駆け寄った。水運び人と油の皮袋を運ぶ男たちの走りまわる際の足の上がり方と、紅の描かれた頁で走る兵士たちの足のあがり方は同じ手（〃蝶〃）から出たものだった。

この最後の発見は、手にした拡大鏡を左右に動かし、あの絵やこの絵にもっていき、追求するのはわしではなくて、拷問を恐れて、家で待っている妻の下に帰れるとの希望で目を皿のようにしているカラの成果だった。「侍女の方法」によってのみ、亡きエニシテから遺った九枚の絵とそれに筆を入れた細密画師の表を作り、それからこれらの情報を解釈するのに午後いっぱいかかった。カラの亡きエニシテは、どの頁も一人の細密画師の腕と筆には任せずに、名人の細密画師の三人とも絵の大部分に触れていた。このことは、これらの絵が家から家へと運ばれたことを、その往来が度々あったことを示している。わしの知っている細密画師以外に絵に加わっている五人目の手が下手に触っているのがわかったのでこの卑劣な殺人犯がどんなにか才能のない奴であるかを考えてわしが怒っていると、カラが慎重な絵の具の塗り方からエニシテであることを指摘したので、間違った方向に行かずにすんだ。〃優美〃さんは『祝賀本』のためにした金泥装飾と殆ど同じものをエニシテの本にもしていた（勿論のこと、わしの胸は張り裂けそうだった）。そして〃優美〃さんが二、三の壁や葉や雲に折々触れている外には、細密画師の中で一番腕のいい三人の細密画師が描いたことが分かった。見習い時代から愛しんで育ててきた子供たち、愛しい三人の有能な者たちだった。〃オリーヴ〃、〃蝶〃、〃コウノトリ〃……。

わしらが探している鍵をみつけるために、彼らの才能、技、性格を話すことは、彼らについて語るのみならず、わし自身の生涯を語ることにもなる。

〝オリーヴ〟の特徴

本名はヴェリジャンだ。わしがつけた以外に愛称があるかは知らぬ。なぜならどこにも署名をしたのを見たことがないからだ。見習い時代から火曜日の朝、わしを家に迎えに来る。ひどく誇り高い。署名をするほど自分を小さい存在だと思えば彼は署名をするだろうし、はっきりとわかるようにする。した署名を隠そうとはしまい。アラーの神が十二分に才能を与え、金泥装飾も定規の使い方も容易にやる。木、動物、人間の顔の絵では工房一番の絵師である。ヴェリジャンを確か十歳の時、イスタンブルに連れてきた父親は、ペルシアのシャーのタブリーズの細密画の工房の顔の絵で有名な絵師シヤヴシュに育てられた者で、その系統は遥か蒙古にまで行く。蒙古、中国の影響を持ってサマルカンド、ホラサン、ヘラトにとどまった百五十年前の年老いた名人たちのように、若い恋人たちを中国人のような卵形の顔に描く。見習い時代も名人になってからも、人見知りする。胡桃のように硬い殻に包まれたその心をわしは十分に開けなかった。心の底に秘めている蒙古―中国―ヘラト様式を外に出させて、さらに必要なら、それを忘れさせようともした。このことを彼に言うと、工房や国を変えた多くの細密画師のようにそれらはもう忘れてしまったと、本当は元々習わなかったと言った。細密画師の多くは、その記憶の中に隠されているすばらしい型ゆえに価値がある。しかし、ヴェリジャンはそれらを忘れることができたら、もっと偉大な細密画師になれただろう。名人たちから習ったことを魂の深みで各々の諦め切れなかった罪のように隠していることには二つの利点がある。ひとつ目は、才能ある細密画師の技にある深みを与える、罪の意識と異邦人であるとの意識。ふたつ目は、忘れたといったものが追い詰められた時に思い出される。そしてそれが昔のヘラトの型の一つを使って、新しい題材の新しい歴史の見慣れない場面からでてくる。鋭い目を持っているので、古い型から、あるいはシャー・タフマスプが昔の名人たちから、習ったものを新しい絵に調和させることができる。彼の手でヘラトの絵とイスタンブルの装飾画が幸せに融合する。

全ての細密画師にしたように、ある時、前もって知らせずに彼の家を訪れた。わしや他の多くの名人たちとは反対に、彼が座って働いていた片隅は、絵の具、筆、貝で作った艶出し石、書見台などがめちゃくちゃに散らかり汚い中にいた。わしにはわからないのだが、彼はそれを恥ずかしいとも思わなかった。それとは別に、数枚の銀貨を余計に稼ぐために外部の仕事はしなかった。こういうことをわしが説明すると、カラは、亡きエニシテが崇拝していたヨーロッパの名人たちの様式に〝オリーヴ〟が一番興味を示していたと言った。このことを、故人の馬鹿者は褒め言葉として言ったのだった。奴はまちがっていたのだが。父親の師シヤヴシュやその師ムザフェルから来るヘラトの様式に、ベフザトの生きた時代や昔の名人たちに対して思った以上に深く、密かに忠実にしたがっていたのかは知らぬが、わしは〝オリーヴ〟には、秘められた、隠されたほかの何かがあると考えていた。細密画師の中で一番無口で、一番繊細で、罪の意識が一番強くて、一番反抗的で、一番陰険でもある。近衛兵の隊長の拷問と言うと、まず彼を思い浮かべた。(拷問にかけられないようにと願う一方で、拷問にかけたらいいとも思った。)目は精霊のようで、何でもよく見え、何でも気がつく。わしの欠点をさえもだ。しかしどんな状況にも処さねばならない故郷のない者の用心深さから、口を開いてわしらの間違いを指摘することは稀だ。彼は陰険だ、それは確かだが殺人犯ではない。わしによれば、(このこともカラには言わなかったが)彼は何も信じない。金をも信じない。しかし彼は臆病に貯め込んでいる。人殺しは、世間の人が思っているのとは逆に、不信心者ではなくて、信心が強すぎることから生ずる。細密画を描くことは、絵に通じ、絵は今度は（言ってはならないことであるが）アラーの神への挑戦に通じる。このことは誰でも知っている。この意味で、信心に欠けるという意味では〝オリーヴ〟は真の絵師である。だが天賦の才能は〝蝶〟より、さらに〝コウノトリ〟よりも劣っていたと思う。〝オリーヴ〟が自分の息子であったらと思う。こう言ったとき、カラが〝オリーヴ〟に嫉妬すればいいと思ったが、カラはただ黒い目を見開いて、子供っぽい関心を示してわしを見ただけだった。

それで、彼に〝オリーヴ〟が黒インクの手法で仕事をしていた時、どんなにすばらしかったかを話した。アルバムのために、一人の戦士や狩人を描いた時、あるいは中国人風にこうのとりや鶴の居る風景や一本の木の下で詩を詠みウドを弾く美しい少年や、伝説上の恋人たちの憂いや、手に剣を持った怒ったシャーの憤怒や、龍の攻撃に飛び上がった英雄の顔の恐怖を描いた時のすばらしさを語った。

「もしかして、エニシテは、スルタン様の顔や座った様を、ヨーロッパ人のように詳らかに描く予定の最後の絵を、彼に描かせようとしていたのかもしれません」とカラは言った。わしに勘違いさせようとしていたのだろうか。

「そうだったら、エニシテを殺した後で、元々知っていた絵を〝オリーヴ〟がどうして持って行ったのか？」とわしは言った。「あるいは、その絵を見るために、どうしてエニシテを殺すだろうか。」

しばらくわしらはこれらのことを考えていた。

「その絵に何かが欠けていたので」とカラは言った。「あるいは何かしたことを後悔して、恐れた。あるいは……」しばらく考えていた。「あるいはかわいそうなエニシテを殺した後で、被害を与えたいとか、記念にとか、さらには理由もなく絵を盗って行ったのかもしれない。〝オリーヴ〟は偉大な細密画師だし、もちろん美しい絵に敬意を感じたから。」

「〃オリーヴ〃が偉大な細密画師であるとは話したが」とわしは苛々して言った。「エニシテの絵はひとつも美しくない。」

「最後の絵はわたしたちは見ていません」とカラは勇気を出して言った。

〃蝶〃の特徴

彼は火薬庫のハッサン・チェレビとして知られているが、わしにとってはいつも〃蝶〃だ。この名はわしに彼の子供のころや若い時の彼の美しさを思い出させる。彼を見た者はその美しさが信じられなくて、もう一度見たいと思うほど美しかった。いつも驚く奇蹟であるが、美しく同時に才能がある。色の業師だ。一番の長所はこれである。あたかも色を塗ることが嬉しいかのように熱意を持って描く。しかし彼は軽佻で目的もなく決意もないとカラに言った。それから公平でなければならないと思って、付け加えた。彼は心から絵を描く真の細密画師であると。もし装飾画が、知的要求を満たしたり、心の中の動物に声をかけたり、あるいはまたスルタンの誇りに迎合したりするためにではなく、つまり芸術が目を愉しませるために描かれるものなら、〃蝶〃は真の細密画師だ。四十年前のカズヴィンの名人たちから教えられたような、ゆったりした、気楽な、幸せな曲線を描く。輝く原色を大胆に塗る。絵の背後にいつも甘美なまろやかさがある。しかし彼を育てたのはわしであって、ずっと前に死んでしまったカズヴィンの名人たちではない。もしかしたらこのせいで、自分の息子のように愛している、否、自分の息子以上に愛している。しかし彼には感嘆は感じない。子供時代、それから青年時代の初期に、全ての見習いのように、ペン軸や定規で、時には薪でなぐったがその所為で敬意を感じられないのではない。なぜなら〝コウノトリ〟をもよく定規で叩いたが、彼には敬意を感じる。師の殴打は、若い見習いの心の中の才能の精霊や悪魔を、世間で思われているようには、抑えることはできない。一時的に遅らせるだけだ。だから良い、正当な殴打なら、精霊や悪魔はいずれ再び暴れて、成長しつつある細密画師をより研鑽し励ます。〝蝶〟にした殴打は、彼を幸せで従順な細密画師にした。

そのあとで、カラにまた〝蝶〟を褒めたくなった。〝蝶〟の細密画は、詩人が四行詩で問うたような幸せの絵は色への理解と技法の天賦の才によってのみ可能にできる良い証である。こう言った時、〝蝶〟に欠けているものが何かわかった。ジャーミの詩で『魂の闇夜』と言っている、あの不信心の瞬間は彼にはない。天国での幸せの中で絵を描く細密画師のように、信心と幸せとで幸福な絵が描けると信じて仕事を始める。そして幸せの絵をその通り作る。トルコ軍によるディッポ城の包囲、ハンガリーの大使がスルタン様の足に口づけするところ、預言者様がその馬に乗って七層の天に昇るところなど、それらはそれ自体幸せな出来事であるが、〝蝶〟の手によって描かれると、それぞれが羽ばたき、真の喜びとなって頁から出て行く。わしが描かせた絵で、死の場面が暗すぎるとか、御前会議の場面が真面目すぎ重いと感じるならば、〝蝶〟に「好きなように色を付けよ」と言う。すると身動きもしなかった服の裾や木の葉や旗や海が、一陣の風が吹いてきたかのように一瞬にしてざわめき波立つ。わしは時々、アラーの神がこの世を、〝蝶〟が描いたようにご覧になられたいのかと、人生がこのように楽しいものだと命じられたのかと思う。そこでは色が調和をとって、互いに完璧な詩をなしている。それは時が止まり、悪魔が決して来ることができない世界である。

しかし〝蝶〟にも欠けているものがあるのを、彼自身ですら知っている。誰かが彼に――尤もなことではあるが――、彼の絵ではあたかも全てが祝祭日であるかのように幸せだが深みが欠けているとささやいた。彼の絵は、子供の皇子とか死の床にある呆けた後宮の女たちが好む。悪と戦わざるを得ない人生を生きてきた男たちではない。彼は自分について人々が言っていることをよく知っているので、かわいそうな〝蝶〟は時々、悪魔や精霊が付いていると言って自分よりずっと才能のない細密画師に嫉妬したりする。ところが彼が悪魔や精霊の仕業だと考えたものは、大抵は薄っぺらな悪意と嫉妬である。

細密画を描いている時、彼はあのすばらしい世界に埋没して幸福にならないで、細密画を他の人が気に入ることを想って幸せになるといって、わしは彼に腹をたてる。それだけでなく、受け取る卑しい金のことを考えているといって腹を立てるのだ。

人生のもう一つの皮肉は――彼よりもずっと才能のない多くの細密画師がいるが、彼らは絵を描く時、芸術に彼よりもずっと深く専心できるのだ。

この欠点をなくそうとして、〝蝶〟は細密画のために自分を犠牲にしたと証明しようとした。爪や米粒の上に肉眼で辛うじて見える絵を描く能無しの細密画師のように、小さい細かい仕事に没頭した。ある時、彼が神からあまりにも才能を与えられたのを恥じたために、多くの細密画師を若くして盲目にしたこの野望に熱中しているのかと訊いた。なぜなら米粒に木の葉の一枚一枚を描くようなことは、才能のない細密画師が、容易に名声を得て、頭の悪い雇用主に気に入られるために熱中することだったからだ。

挿絵と意匠を自分の目のためにではなくて、他人の目のためにする〝蝶〟のこの傾向は、他人を喜ばせたいという彼のやみ難い衝動は、彼を誰よりも褒め言葉の僕とした。臆病な〝蝶〟はこの故に、自分の地位を確実にするために細密画師の頭になることも望んでいる。このことを口にしたのはカラだった。

「そうだ」とわしは言った。「わしの死後、わしの地位を獲得するために何かを企てている。」

「そのためになら、細密画の兄弟分を殺せるでしょうか？」

「殺すことはできる。なぜなら彼は偉大な名人であるが、そのことがわかっていない。そして細密画を描いている時も世間を忘れることができない。」

わしは、こう言うや否や、本当はわしの後に、細密画師の工房の頭に、〝蝶〟を持ってきたかったことに気がついた。〝オリーヴ〟は信頼できなかった。〝コウノトリ〟は、最後には、本人は気がつかなくても、ヨーロッパの様式の僕となるのは確かだ。人を殺せるかという考えはわしの心を乱したが、〝蝶〟の褒められたいという欲求は、細密画師の工房とスルタンを同時にコントロールするには不可欠だ。ヨーロッパ人の、僧や橋やボートや燭台や教会や厩や牛や手押し車などを、あたかも全てがアラーの神にとって同じ価値をもっているかのように、影をも含めて全ての細部を描いて、それが絵ではなくて本物であるように描いて見る者を騙す技に対しては、〝蝶〟の感性と色に対する信念のみが対抗できるのだ。

「他の細密画師にしたように、彼の家に前もって知らせずに訪れたことはおありですか？」

「〝蝶〟の絵を見る者は、彼が愛の価値や心からの喜びや悲しみの意味も理解しているのを感じる。しかし色彩を愛する全ての者のように、感情に溺れて容易に変わる。わしはアラーの神が彼に与えた奇蹟の才能と色に対する感覚を愛しんだので、若いころから彼をよく観察して、彼の全てを知っている。当然そのような状況では、他の細密画師たちは直ちに嫉妬して、師弟関係は影響され、難しくなった。〝蝶〟は他人がどう言おうと恐れなかった。恋も度々した。最近、近所の乾物屋の娘と結婚してからは、彼に会う気もなかったし、その機会もなかった。」

「彼はエルズルムの説教師の一派と付き合っていると言われていますが」とカラは言った。「料理人から手品師に至るまで、修行僧から少年の踊り子に至るまで、肉の串焼きを作る者から錠前屋に至るまで全ての職業の人間が描かれていたわたしたちの『祝賀本』はいうまでもなく、戦や武器や血だらけの場面を描いている遠征記までも、エルズルムのホジャの一派が怒るといって、宗教に矛盾するといって、昔のペルシアの名人たちの写本の主題や規範に戻ることになれば、そのことで〝蝶〟は得をすると言われています。」

「チムールの時代より遺っているあのすばらしい絵にたとえ戻る事に成功しても、——賢い〝コウノトリ〟がわしのあとを継ぐには一番だが——最後には忘れられてしまう」とわしは冷酷に言った。「なぜなら誰でもヨーロッパ人のように描きたがるからだ。」

この呪いの言葉をわしは信じていたのだろうか。

「エニシテもそう信じていました」とカラはそっと言った。「でも彼は希望にみちていました。」

〝コウノトリ〟の特徴

『絵師、罪深きムスタファ・チェレビ』と彼が署名したのをわしは見たことがある。なぜなら、自分にはスタイルがあるかとか、あるならば署名すべきか、あるいは昔の名人のように描くべきか、謙虚さが署名をするかしないかと関係あるか、というような問題を一切気にせずに、彼は一種の勝利感で微笑みながら署名する。

彼は、わしが開いた道を勇気を持って進んだ。そして以前は誰も描けなかったものを見て、紙の上に描いた。わしのように彼もまた、ガラス職人が炉で溶かした材料を回しながら息を吹き込み、青い水差しや緑の瓶にするのを、靴職人が革や針や木型を使って靴やブーツにするのを、遊覧場でメリーゴーラウンドが優雅に弧を描くのを、種から油を絞るところを、敵にむかって炸裂する大砲を、銃の引き金や銃身などをわしのように全身の注意で見ていた。そしてチムール時代の昔の名人や、タブリーズやカズヴィンの伝説的細密画師はこういうものはあえて描かなかったなどとは言わずに、これらのものを見て描いた。後になって描いた遠征記の準備にと、戦争に行って、敵の城砦やら大砲、軍隊、傷ついて血を流している馬、瀕死の者や死体を描くために熱心に見て回って無事に戻った、最初のモスレムの細密画師だった。

わしは彼を、そのスタイルよりもその題材から、題材よりも他人の見ない細部を見ることからわかる。頁の配分や、構図から、一番つまらない細部の色の塗り方に至るまで、一枚の絵を安心して彼に任せられる。それ故、わしの後に細密画師の頭になるのは彼の当然の権利である。しかしあまりにも野心が強く、自信家で、他の細密画師を蔑視するのでこれほど多くの人間を扱ってはいけない。皆逃げていってしまう。彼に言わせれば、信じ難いような勤勉さで細密画師の工房の全ての仕事を自分がするという。やろうと思えばできなくはないが。偉大な名人であり、自分の才能を知っている。自分を愛している。なんとまあ幸せなことだ。

ある時前もって知らせずに家に行くと、彼が仕事をしている所を見た。スルタン様の本のために、わしのために作っている細密画の頁、わしらを軽蔑したがる馬鹿なヨーロッパ人の旅行者のために作った惨めな衣服集、自分をたいした者だと自惚れているパシャのために描いた三枚続きの細密画のひとつ、安本のためのアルバムに貼り付けた絵、あるいは自分の愉しみのために描いた絵（その一枚はいやらしい交合の絵もあった）など……全てを書見台、仕事台、座布団の上に広げて、花の中の蜜蜂のように忙しく働いていた。長身でやせた〝コウノトリ〟は絵から絵へ走り回り、歌を歌い、絵の具を混ぜている弟子の頬を抓ってみたり、絵に冗談を混ぜてわしに見せ、自分も感嘆して大笑いをするのだった。他の細密画師と違って、わしが来たといって尊敬の儀礼で仕事をやめたりせずに、その反対に、天与の才と努力して獲得した技によってすばやく働く様を（同時に七、八枚の絵を作成している）幸せそうに見せるのだった。今も、卑劣な人殺しが三人の細密画師の一人ならば、〝コウノトリ〟であればよいと密かに考えている自分に気がついた。見習い時代に、金曜日の朝、家の玄関で彼を見ても、〝蝶〟を見た時ほど楽しくならなかった。

妙な細部の全てを、理由なしに（それらが目に見えるという理由以外には）同等に扱うので、彼の絵に対する態度はヨーロッパの名人に似ている。しかしヨーロッパの名人の反対に、わしの野心家〝コウノトリ〟は、一人一人の人間の顔が、特別で、互いに異なるものだとは、見もしないし、描きもしなかった。多分誰をも、陰に陽に、軽蔑していたから一人一人の人間の顔を大事だとは思わない。故エニシテはスルタン様の顔を彼には描かせなかったにちがいない。

一番重要な題材を描く時ですら、片隅に、事件とはある程度距離をおいて、疑い深そうな犬を置いたり、儀式の華美や贅沢を貶める惨めな乞食を描かずにはいられない。描いた絵や題材で自分自身をも揶揄できるほど自信を持っている。

「〝優美〟さんを井戸に投げ込んで殺すことは、兄弟たちが弟ヨゼフを嫉妬して井戸に投げ込む所に似ているといっています」とカラは言った。「エニシテの殺され方も、ヒュスレヴの若い妻シリンに目を付けた息子による予期しない殺され方に似ているといっています。〝コウノトリ〟が戦争や血だらけの場面を描くのが好きなことも誰もが話しています。」

「細密画師が彼が描いた題材と似ていると考えることは、わしをも細密画師たちをも理解していないということだ。わしらを露見させるものは、ほかの人がわしらに註文した題材ではない——これらの題材は所詮いつも同じものだ。わしらを露見させるものとは、それらの題材に近づくとき、絵に描かれる密かな感性である。絵の中から洩れるように目に見える光、人間や、馬や、木の構図から感じられる一種の躊躇い（ためらい）や怒り、糸杉が天に向かって伸びる時感じられる希望や憂い、盲目にまで至る熱意で壁のタイルを装飾する敬虔なる諦めと忍耐感……、それらがわしらの隠れた印である。いつも繰り返されている馬ではない。一頭の馬の怒りやスピードを描く時、絵師は自分の怒りとスピードを描かない。完璧な馬の絵を描こうとしているとき、絵師がこの世の豊かさとそれを創造したものに感じる一種の愛、一種の生きることへの情熱が、色を見せる。ただそれだけのことなのだ。」

42　わたしの名はカラ

名人オスマンとわたしは前に置かれたさまざまの絵、あるものは字文は書かれたもの、あるものは完成して装丁されるのを待っているだけのもの、あるものは色がつけられていないもの、またあるものはなぜか未完成のままおかれているものなど、さまざまの頁を見て、名人の細密画師やエニシテの写本のことを話して、午後中を過ごした。名人や書家の家から押収された頁（何枚かはわたしたちの二つの本とは関係がなかったが、書家たちもわずかな金のために密かに王宮の外の惨めな仕事をしていることの証明となった）を運んできた、近衛兵の隊長の部下の恭しいが粗野な男たちはもう来ないだろうと思った時、一番威張ったのが大名人に近づいて、帯の間から一枚の紙をとり出した。

一瞬、息子を見習いに弟子入りさせたいと思っている父親が、どこかの頭や班長につてをみつけて願書を渡すのかと気にしなかった。外から入る微かな光で、朝の太陽が隠れたことがわかった。目を休めるために、シーラーズの昔の名人たちが若くして盲目にならないために度々しなければならないといったことをした。つまり、一点を見つめないで、遠くをぼんやり眺めるように努めていた。その時名人が手にとって信じられないという表情で見ていた紙片の、やわらかい色と、あのかつてわたしの胸をときめかせた手紙のたたみ方に気がついて吃驚した。シェキュレがエステルを通じてわたしに送った手紙とそっくりではないか。まったく馬鹿みたいに、もう少しのところで、『なんという偶然でしょうか』と言うところだった。しかもシェキュレは最初の手紙の時のように、一緒に粗末な紙に描かれた絵があった。

名人オスマンは絵の方は自分が取り、手紙をわたしに渡した。その瞬間シェキュレからであることがわかって恥ずかしくなった。

カラ様、エステルを、様子を見るようにと、亡くなった〃優美〃さんの未亡人の妻カルビエの所にやりました。彼女はここに同封した絵を見せたそうです。その後でわたしも彼女の家に行き、いろいろと言葉を尽くし、嘆願して、この絵の描かれた紙を手に入れることができました。この紙は哀れな〃優美〃さんの井戸から上がった死体の上にあったそうです。カルビエは亡き夫に、誰も馬の絵を描かせなかったと誓って言っています。それならば、これを誰が描いたのでしょうか。近衛兵の隊長の部下たちがうちを探しました。この馬の絵は捜査の上で重要なものと思い送ります。子供たちは敬愛の念であなたの手に口づけを送ります。

あなたの妻、シェキュレ

わたしは注意深く三度読んだ。愛しい人の手紙の、最後の三語を、庭にある三本の紅い薔薇を眺めるかのようにみつめた。それから、名人オスマンが拡大鏡を手にもち注意深く見ている紙に、わたしも目を近づけた。インクのぼやけた形が、昔の名人の手法に手を慣らすために、一気に描かれた馬であることがすぐわかった。

シェキュレの手紙を無言で読んだ名人オスマンは、「これを誰が描いたか」と訊いた。それからすぐ自分で答えた、「勿論亡きエニシテの馬を描いた細密画師だ」と。

それほど確信があったのだろうか。そのうえ、写本で誰が馬を描いたかは確かではなかった。わたしたちは九枚の中から馬の絵を出して注意深く眺め始めた。

美しく、飾り気なく、目を離すことができないほどすばらしい栗毛の馬だった。

こう言った時わたしは正直だったのだろうか。なぜならエニシテと一緒にも見たし、その後もそばにあって、一人でこの馬の絵を見る時間は十分あったのに、そうはしなかった。美しいが普通の馬だ。あまりにも普通の馬だったから、誰の絵かもわからなったくらいだ。真の栗毛と言われる種類の馬ではなくて、はっきりではないが、赤色も入っている棗(なつめ)の赤茶だ。他の本や挿絵でもよく見る馬なので、細密画師は注意もせずにそらで描いたことがわかった。

その中に隠れている秘密がわかるまで、わたしたちはこういう目でこの馬を見ていた。目の前に立ち上る水蒸気のように震える美しさと、生命への情熱と知識欲と全てを包含するような興奮を引き起こす力を中にひそめていた。この馬をアラーの神がご覧になられたように描いた魔術師の細密画師は誰であろうかと自分に問うた時、突然それが卑劣な殺人犯であることを忘れてしまったかのようだった。その馬は本当の馬のようにわたしたちの前にいた。しかし、頭のどこかではそれが絵であることを知っていた。そしてこの二つの考えの間で、魔法をかけられたかのように、全体性、完璧感が引き起こされた。

しばらくの間、手を慣らせるために描かれたインクの滲んだ馬と、エニシテの本のために描かれた馬を比較した。同じ者の手になることがすぐわかった。馬の姿勢は動きではなくて、静けさを想わせた。誇り高く、力強く、優雅だった。わたしはエニシテの本の馬の絵に感嘆した。

「この馬の絵はあまりにすばらしいので、人はすぐ自分の前に紙を引き寄せて、このような馬の絵を描いて、それから何もかもを描いてみたくなります」とわたしは言った。

「細密画師にとって一番の褒め言葉は、その絵がわしらにも絵を描きたいという興奮を目覚めさせることだと言われている」と名人オスマンは言った。「だが今は、悪魔の技をではなくて、悪魔が誰であるかを考えよう。亡きエニシテは、この絵がどんな物語の挿絵であるか言ったかな？」

「言いませんでした。これは、エニシテによれば、強力なスルタン様の支配する国全体にいる馬の一頭でした。美しい馬、オスマン・トルコの系統の馬です。ヴェネツィア総督にスルタン様の支配しておられる国とその豊かさを見せる象徴でした。しかしその一方で、ヨーロッパの名人が描いたものの全てに於いてそうであるように、この馬もアラーがご覧になられた馬よりももっと生き生きしていて、イスタンブルで生きている、厩(うまや)も馬丁も特定の馬であるはずでした。そうすればヴェネツィア総督もオスマン・トルコの細密画師も自分たちのように世界を見て描き始めたからには、オスマン・トルコ人は自分たちに似ていると言って、スルタン様の力と友情を受け入れるだろう。なぜなら、馬を別の風に描き始めると、全世界をも別の風に見ることになるからだと。しかしながら、この馬は変わっていますが、昔の名人の手法で描かれています。」

馬についてこうして話せば話すほど、わたしの目には、馬がより魅力的で価値を持つようになった。ロを少し開けて、歯の間から舌が見えていた。目は輝いて、脚は力強く優雅だった。ある絵を伝説にまでするものは、その絵自体か、あるいはその絵について語られることだろうか。名人オスマンは手にした拡大鏡をゆっくりゆっくり動かしていた。

「この馬は何を伝えようとしているのですか」と心から興味を持って訊いた。「この馬はどうしてここにいるのですか？　なぜこの馬は？　この馬は何なのでしょう？　なぜこの馬はかくもわたしを興奮させるのでしょうか？」

「スルタンやシャーやパシャなどは、写本を註文しただけでなく、挿絵にもその力を感じさせる。使用された多量の金箔、細密画師の労力と視力が惜しげなく使われていることで美しいと思わせる。なぜならそれらは支配者の富の証だからだ」と名人オスマンは言った。「挿絵の美しさは重要である。なぜならその細密画師の才能が、絵に用いられている金箔と同様に希少で高価だからだ。挿絵を見る者、本を開く者は、内容から、絵の馬が馬に似ているから、アラーの神によって創られた馬、あるいはまさに想像上の馬であるが故に美しいと思うので、本物らしさは技で表される。わしらにとっては、本当の美しさは、まず繊細さと意味の豊富さだ。この馬の中に、馬以外に、人殺しの指、悪魔の印があると知ることは、勿論絵の意味を増す。それとは別に、絵ではなくて、描かれた馬そのものをも美しいと思う。つまり、馬の絵を、絵としてではなくて、本当の馬を眺めるように眺めるのだ。」

「この絵を絵としてではなくて、本物の馬を見るようにして見ると、何が見えますか？」

「この馬の大きさを見ると、これはポニーではない。しかし首の長さや曲り具合を考えるとこれはよい競走馬だ。特に背の平らなことは長い旅に向いていると言える。優雅な脚はアラブ馬のように敏捷である意味になるが、これはアラブ馬ではない。なぜなら胴は長くて大きい。脚の美しさは、ボハラの学者ファドランが『馬の書』の中で価値ある馬として書いているように、目の前に河があっても、恐れたり怯んだりせずに容易に飛び込んで渡ることを示している。王宮の獣医フュズが美しく訳したこの『馬の書』で貴重な馬に必要なものといっている全てが、わしはそらで覚えているが、わしらの前に居るこの栗毛の馬には当てはまる――馬のいいものは顔が美しい。小鹿のような目をして、耳は葦の葉のように真直ぐにぴんと立っていて、二つの耳の間は広くあること。よい馬は歯が小さくて、額は丸くて、眉は薄く、背が高く、毛が長く、胴は細く、鼻は小さく、肩も小さく、背は平たくあれかし。腿は肉付きがよくて、首は長く、胸は広く、尻は広く、腿の内側は肉が付いていて、誇り高く、優雅であれ。歩く時も左右に挨拶するように歩くべしと。」

「まさしくこの栗毛だ」とわたしは馬の絵を感嘆して眺めながら言った。

「わしらの馬がどの種であるかはわかった」と名人オスマンは照れたように微笑んで言った。「しかし、描いた絵師が誰であるかわからぬのでは役に立たない。まともな細密画師は実際の馬をモデルにして馬の絵を描いたりはしないのを知っている。わしの細密画師はもちろん馬をそらで一気に描く。その証拠に大部分の者は馬の輪郭を描く時、蹄の端から描き始める。」

「馬が大地にしっかり立っているようにと、蹄からはじめるのではないですか」とわたしは弁解するかのように言った。

「カズヴィンのジェマレッティンが『馬の絵』で書いているように、足から描き始めた馬の絵は、馬の全てを諳んじている者のみ描き終えられる。考え考え思い出しつつ描くと、あるいは、もっとおかしいのは本物の馬を見ながら描くと、馬の絵は上から下へ、頭から胴へ向かって描かれることが知られている。道で見る荷を運ぶ普通の馬の絵を、ためらいながら、描いては消して、こうして描いた絵を仕立て屋や肉屋に売るヨーロッパの絵描きがいるそうだ。このような馬の絵は、この世の意味を、アラーの神の創られた美しさには触れていない。しかし彼らですら、真の細密画師は目がその瞬間見ているものの手助けによってではなくて、手の慣れと思い出したものによって描いたのを知っている。細密画師は紙の上でいつも孤独である。それ故に常に記憶に頼る。素早く、巧みな手の動きによって、そらで描かれたわしらのこの馬の持つ隠された署名を、『侍女の方法』で見つけ出すより外にない。お前もよく見てみなさい。」

革の上に細かく描かれた古い地図にある宝を探すように、手にした拡大鏡をすばらしい馬の上を、ゆっくりゆっくり動かした。

「確かに」とわたしは言った。師に気に入ってもらいたくて、すぐに何かを見つけようと夢中になった生徒のように、「鞍の覆いの色と刺繍を他の絵にある鞍の覆いと比べることができます」と言った。

「この刺繍に名人の細密画師は筆を付けていない。絵の服や絨緞や覆いの刺繍は見習いたちが描く。もしかして亡くなった〝優美〟さんが描いたのかもしれない。次に行く。」

「耳ですか」とあわてて訊いた。「馬の耳は……。」

「いいや。これらは遥かチムールの時代から遺っている型以外には絶対に出ない。知っての通り、葦の葉のような耳だ。」

「たてがみの毛の編み方、毛の一本一本の梳かし方とか」と言おうとしたが、この師弟ゲームは気に入らなかったので、黙った。わたしが見習いなら、身の程を弁(わきま)えるべきだ。

「ここを見よ」と名人オスマンは言った。医者が他の医者に自分の患者の汚い膿胞を見せる時、不快だがしかし注意深い様子で、「見えるか？」と言うように。

彼は手にした拡大鏡をいまや馬の頭の所にもって来ていた。絵の上から遠ざけて、次第にわたしたちに近づけた。レンズが拡大しているものを見るために顔を近づけた。

馬の鼻が奇妙だった。鼻の孔が。

「見たか」と名人オスマンが言った。

見たものを確認するために、目をレンズのすぐ前に持っていかなければならなかった。同時にオスマンもこうしたので、絵から遠く離れたレンズの上で頬が触れそうになった。名人の顎鬚の硬さ、頬の冷たさを自分の頬に感じて一瞬ぎょっとした。沈黙があった。あたかもわたしの目のすぐ向かいで、絵の中ですばらしいことが起こっていて、畏敬の念で感嘆しながらそれを見ているかのようだった。

「この鼻にある物は何ですか」とかなり経ってからやっと囁くことができた。

「鼻が奇妙に描かれている」と名人オスマンは目を絵から離さずに言った。

「手が、もしかして、すべったとか？　これは欠陥ですか？」

鼻の、奇妙な、見たことのない描き方をわたしたちは黙ってまだ見ていた。

「これがヨーロッパ人を真似て、中国の偉大な名人まで全ての人がスタイルと言い始めたものなのか？」と名人オスマンは揶揄的な声で言った。

揶揄したのが亡きエニシテのことかと思って、気分を害して、「『欠陥が、才能がないから、あるいは技が十分でないからというではなくて、魂の深いところから来るのであれば、それはもうスタイルである』

と亡きエニシテは言っていました」と言った。

細密画師の手によるのであれ、あるいは馬そのものによるのであれ、エニシテを殺した卑劣漢を見つけ出すためには、この鼻以外に何の印もない。哀れな〝優美〟さんの持っていた紙の滲んだインクでは馬の鼻の孔どころか、鼻すらはっきり見えなかったのだから、名人オスマンの愛した細密画師たちが種々の本で描いた馬の絵を探して、鼻の孔の欠陥を見つけるのにかなり時間がかかった。完成間近な『祝賀本』で、民衆や職人グループがスルタン様の前を歩きながら通るところを描いた二百五十枚の絵の中で、馬は極めて少なかった。あるものは見本や規範型の帳面や仕上げたばかりの本が置いてある細密画師の工房や、内裏や後宮に人を遣わせて、何重にも鍵をかけた宝物殿に隠されていない本があれば——勿論のこと、スルタン様の許可の下で——もってこさせるようにした。

若い皇子の部屋からもってこられた『勝利の書』の絵の中から、シゲトの包囲の際に亡くなられたスルタン・スレイマンの葬儀を示す二枚続きの絵で、まず、亡骸の車を引く額に白い星のある栗毛馬と、鹿のような、大きい目をした灰色馬と、葬儀のために金の刺繍の鞍と豪華な鞍覆いをつけられた悲しげな馬を見た。これらは全て、〝蝶〟と〝オリーヴ〟と〝コウノトリ〟が描いていた。大きな車輪の葬儀の馬車を引く馬や、真紅の布で覆われた亡骸にぬれた目で挨拶を送る者の馬は全て、ヘラトの昔の名人たちからとった同じ優雅な姿だった、つまり前脚の一方は誇らしげに伸び、もう一つはその傍らでしっかりと地についている。何れも首は長く曲線を描き、尾は縛られて、たてがみは切られて整えられていた。しかし一頭の鼻も探していたような奇態ではなかった。葬儀に加わって付近の山の頂で亡きスルタンに敬礼する、司令官たちや学者やホジャを乗せた何百頭もの馬の何れの鼻にもこの奇態はなかった。

この憂いを含む葬儀の悲しみから何かがわたしたちにも伝わった。名人オスマンと細密画師たちがあれほどまでに苦労して造ったこの壮麗な本がひどい扱いを受けていたこと、後宮の女たちが皇子たちと遊んで、頁のあちこちに線を引いたり、字を書き込んだりしているのを見たことも、わたしたちの心を乱した。スルタン様のお祖父様がその傍らで狩をされた木の下には、下手な字で、『殿、あなた様をこの木のように忍耐強く愛してお待ちしています』と書いてあった。造られたことは噂に聞いて知っていたが、何れも見た事のなかった伝説の写本に、このような敗北と悲惨の思いで目を通したのだった。

名人の細密画師の三人共が筆を触れている、『技能の書』の二巻目で、轟音を立てる大砲や歩兵の背後から盾をもち剣を抜いた輝かしい騎馬兵を乗せ、総具足を身に付け、鎖帷子の音を立てて、ピンクの峰を越えて整然と前進する、青っぽいのや、栗毛や、灰色などのあらゆる色の何百頭という馬を見たが、何れの鼻も奇態ではなかった。「つまるところ、奇態とは何なのだ」と名人オスマンはその後で、同じ本の、王宮の外門や、その時偶々わたしたちが見ていたパレード広場を描いた頁を眺めている時、言った――右にある病院や、謁見の部屋、中庭の木々を、枠の中に入るように小さく、しかしその重要さにふさわしい位に大きく描いた絵で、門番、伝書官、御前会議の書記などが乗った色とりどりの馬の鼻にも探している印はなかった。スルタン様の曽祖父のスルタン・セリムがドルカデルの支配者に宣戦を布告した際に、キュスキュン川の岸でスルタン用の大きなテントを設営して狩をして、赤い尾の黒いグレイハウンドや尻の上がったガゼルの子鹿や臆病者の兎が逃げ惑う様を、捕らえられた豹が真っ赤な血の中で横たわって血の花が開くのを見た。スルタンの乗った額に星のある栗毛の鼻にも探していた印はなかったし、向かいの赤い山の麓で、腕に鷹を乗せて待機している鷹匠の乗った馬にもそれはなかった。

闇が降りるまで、名人オスマンの細密画師、〃オリーヴ〃、〃蝶〃、〃コウノトリ〃の筆で、この四、五年の間に描かれた何百もの馬を見た。クリミア王メフメット・ギライの優雅な耳を持った栗毛と淡黄色の馬、黒と金色の馬、ある戦の絵で、首しか見えないピンクと灰色の馬、チュニジアのハルキュル渓谷の砦をスペイン人の異教徒から奪回するハイダル・パシャの馬（そのうち一頭は逃げるとき鼻から落ちた）、茶栗毛の馬や、ピスタチオ豆の緑色の馬、名人オスマンに「これはわしの目が見逃した、誰がこのようないい加減な仕事をしたのか」と言わしめた黒い馬、木の下で王宮の小間使いの少年が弾くウドに耳を傾けて聴いている赤い馬、シリンが夜半湖で水浴みするのを待っている、シリンのように恥ずかしげで優雅な馬シェヴディズ、槍投げ競技者が乗る活動的な馬、なぜか名人オスマンに「自分の若い時はとても好きだったが今は疲れた」と言わしめた嵐の馬と美しい馬丁、預言者エリヤを偶像崇拝者の襲撃から守るため神が遣わされた太陽の光に輝く金色の馬（その翼が誤って預言者エリヤの上に描かれているが）、三人の息子に、若くて死なれたスルタン・スレイマンが、共に出かけた狩りで、幼い可愛らしい皇子を憂いある目で眺める巨大な胴を持った頭の小さい灰色のサラブレッド、怒り狂った馬、全力で疾走する馬、疲れた馬、本の頁から決して出られない馬、本の金泥の縁を飛び越えて逃げ出す馬など。

どの馬の鼻にも探している印はなかった。

襲ってくる疲労と憂鬱にもかかわらず、一種の興奮が体の中で続いていた。一、二度、馬のことを忘れて、見ていた絵の美しさに色に心を奪われて夢中になっていた。名人オスマンは、その大部分は自分が準備し、監督し、描かせた絵を、感嘆するよりもむしろ懐古的な喜びで見ていた。ある時は、「カスムパシャ出身のカスムの絵だ！」と言った。スルタン様のお祖父様のスルタン・スレイマンの、真紅の戦争用のテントの端の紫色の草を指さして、「決して名人ではなかったが四十年間絵の空白に五弁の花を描いていた。二年前に突然死んでしまったが、この小さい草を誰よりも上手く描くので、わしはいつも彼に描かせていた」と。しばらく黙っていた。それから、「ああ、残念だ。残念だ」と名人は言った。わたしはこの言葉によって、なにかが終わったことを、ある時代が終焉を告げたことを心底から感じたのだった。

辺りは暗くなっていた。と突然、光が満ちてあたりが動揺した。どきどきし始めた心臓は、直ちにわかった。この世の支配者、スルタン閣下が、その瞬間中に入って来られたのだった。その足元にひれ伏した。服の裾に口づけした。頭がくらくらした。その目を見られなかった。

その間にスルタン様は細密画師の頭、名人オスマンと話し始めておられた。少し前まで自分が一緒に膝を交えて、絵を見ていた人と話しておられるので、わたしの心は誇りでいっぱいになった。信じられなかった。しかしスルタン閣下は少し前わたしが座っていた所に座っておられる。名人の説明することを、ちょうどわたしがしていたように注意深く聴いておられる。傍らの勘定方長官、鷹匠の長老、誰かはわからなかったが数人が、彼らを守る一方、満身の注意で開かれた頁の絵を見ておられる。

いっとき体中の勇気を集めて、世界の支配者スルタン様の顔を、その目を、横からではあったが長い間見ていた。何と美しいことか！　何と整っていて麗しいことか！　心臓はもうどきどきしていなかった。ちょうどその時、あのお方もわたしの方を見られ、目が合った。

「わしはお前の亡きエニシテをとても愛しておった」と言われた。そうだ、わたしに言われたのだ。興奮してその言葉の一部を聞きそこなった。

「……ひどく悲しんだ。しかし彼が準備したこれらの絵が、それぞれにすばらしいのを見る事は一つの慰めになる。ヴェネツィアの異教徒はこれらを見て驚いて、わしの知恵を畏れる。その馬の鼻から犯人の細密画師がどれであるかあるかがみつかるであろう。さもなくば、全ての名人の細密画師たちを拷問にかけると言う酷いことになる。しかしやらねばならぬ。」

「世界の庇護者スルタン閣下」と名人オスマンは言った。「もし名人の細密画師が、物語を考えずに白紙に急いで馬の絵を描けば、多分ペンのすべり具合から誰が描いたかわかります。」

「もちろん、それが本当の鼻ではなくて、ペンの滑りならばだ」とスルタン様はきわめて賢明に言われた。

「スルタン様」と名人オスマンは言った。「このために今晩直ちにある競争を命じられたと知らせたら。夜細密画師の家を一戸ずつ訪ねてこの競争のために白紙に一気に馬の絵を描くようにもとめたら……。」

スルタン様は『聞いたか』といった眼差しで近衛兵の隊長を見た。そして「詩人ニザーミの中で、わしが一番好きな競争の話がどれであるか知っておるか」と言われた。

「知っています」と言った者もあり、「どれでしょうか」と言った者もあった。一部の者はわたしのように黙っていた。

「競い合う詩人たちの話は嫌いだ。競い合う中国人とギリシア人の絵描きの鏡の話でもない」と麗しきスルタン様は言われた。「わしは死を賭して競う医者の話が一番好きだ。」

こう言うや否や、突然夕刻の礼拝に間に合うようにと出ていかれた。

その後で礼拝の呼び声が聞こえたので、薄暗い中を王宮の門を出て、シェキュレや子供たちや家を幸せに夢見て家の方に向かって足早に歩いている時、この医者の競い合いの話を思い出してぞっとした。

スルタンの前で競い合う二人の医者のうちの一人で、大抵の場合ピンクの服で描かれる者が、一頭の象を殺すことができるほど強力な毒の緑の粒を作って、もう一人の医者の、紺色の服を着た者にやった。彼はまず毒薬の粒を飲み、すぐ後から作った解毒剤の紺色の粒をうまそうに呑んだ。楽しげな微笑からわかるように何もおこらなかった。しかもいまや競争相手に死の恐怖を味わわせる番が来たのだ。ゆっくりゆっくり彼の番が来たのを愉しみながら、庭からピンクの薔薇を切ってきて、唇に近づけて、その中に誰も聞いたことのない暗い詩をささやいた。それから自信ある態度で、ピンクの服を着た医者にこの薔薇の香りを嗅ぐように差し出した。薔薇の中に吹き込まれた詩の威力をあまりにも恐れたピンクの服の医者は、香り以外に何ら特別なことのない薔薇を鼻に近づけるや否や、恐怖のあまり倒れて死んでしまったそうだ。

43　人はわたしを〝オリーヴ〟とよぶ

日没の礼拝の時刻の前だった。戸が叩かれた。開けると宮殿の近衛兵の隊長の所の者が、きちんと端麗に微笑んでいた。男前の青年だった。手には、その顔を照らすというよりはむしろ影にしているランプと、紙と板をもっている。そしてすぐ説明した。スルタン様の命で、名人の細密画師の間で一番美しい馬の絵を一気に描けるのは誰かという競い合いを開いたという。今すぐここに座って、板を膝の上に置いて、この紙の示された所に、枠の中に、この世で一番美しい馬の絵を一気に描くことを命じられたそうだ。

客人を中に入れた。猫の耳の毛で作った細い筆とインクを急いで持ってきて、床に座ったが、一瞬ぎょっとした。この中に俺の血や命で支払うことになる企みや奸計があるのだろうか。多分そうだろう！　しかし、ヘラトの昔の名人たちの絵は、どれも死と美の間のあの細い線で描かれてはいなかっただろうか。

わたしの心の中には描きたいという思いがあふれた。しかし昔の名人たちと同じように描くことを恐れて、自らを抑えた。

何も書かれていない紙を見て、一瞬待った。心を心配から遠ざけて、描こうとしている美しい馬だけを考えて、力と心を集中させよう。

今まで描いたり見たりした馬の絵の全てが、目の前に見え始めていた。しかし一頭だけ完璧なものがあった。わたしは誰もが描いたことのない馬を描こうとしていた。馬の姿を心の目に描いた。他の全ては消えた。一瞬、あたかも自分がここに座って絵を描こうとしていることさえ忘れていた。手が勝手に筆をインク壺に入れて、インクをちょうどいい具合に調整した。さあ、手よ。わたしが想像したあのすばらしい馬の姿を表しめよ。あたかも馬が俺と一体となって、この世の中に現れ出ようとしているかのようだった。

直感にしたがって、枠が描かれた何も描いていない紙の中にしかるべき場所を探した。そしてそこに一頭の馬が立っている様を想像した。

すると、まだわたしが考える前に、突然手が断固として勝手に飛び出して、ほら、何と巧みに馬の足から描き始めたではないか。すぐ曲がりくねって素早く上に向かった。同じように断固として、曲がりくねって、素早く上に、胸の下のところに来ると、突然楽しくなった！　さあ、ここから曲がりくねって晴れやかに上へと。胸は何と美しくなったことか！　端を細くして、首になった。まさに心の目の中の馬のように。筆を紙から持ち上げずに、頬から下に、少し考えながら、開いた力強い口に来た。口の中に入って——ここはこうして、口をあけてごらん、馬よ——きれいな舌を出させた。鼻はゆっくりと——ためらうなよ——まがって、真っ直ぐ上に上がり、一瞬全体を見た。線をまさに想像したように引いたのを見ると、絵を描いたことを忘れた。なぜなら耳を、美しい首の絶妙なる曲がり具合を、わたしではなくて、わたしの手が描いたかのようだったから。そらで素早く、馬の後部を描く時は、手がひとりでに止まってインク壺から筆にインクを含ませた。尻を、力強く盛り上がった後部を描く時は、とても楽しかった。絵に没頭していた。一瞬、自分が描いた馬の傍らにいるかと思った。尾を陽気に描き始めた。これは戦馬だ。競走馬だ。尾を結んで一回りして心地よく上に行った。尾と尻を描く時は、あたかも自分の尻と肛門に気持ちのよい涼しさを感じるかのようだった。いい気持ちで陽気にすばらしい尻の柔らかさを仕上げて、右足よりもやや後ろにある左足、それから蹄を愛しみながら過ぎた。左の前足に、頭の中にある通りに優雅な姿勢を取らせた手と、描かれた馬の姿に感嘆した。

紙から手を持ち上げた。熱のこもった、しかし憂いを含んだ目を描いた。一瞬ためらった。鼻の孔と鞍の覆いを素早く描いた。たてがみを、愛しんで撫でるように一本一本描いた。鐙（あぶみ）をつけて、額に星をつけた。適度に興奮している、ちょうどいい大きさの睾丸と陰茎を描いた。全てが完全でなければならない。

すばらしい馬の絵を描く時、そのすばらしい馬にわたしはなるのだ。

44　人はわたしを〃蝶〃とよぶ

多分夕刻の礼拝の時刻だったと思う。戸口に誰かが来て説明した。スルタン様が競い合いを命じられたという。仰せの通りです、スルタン様。一番美しい馬をわたし以上に誰が描けましょうか。

しかし、色を付けずに黒インクだけの様式で描くようにと知って、一瞬ためらった。どうして色をつけないのか。色を付けるのが一番上手いのはわたしだからだ。どの絵が一番良い絵だと誰が決めるのか。宮殿から来た肩幅の広い、ピンクの唇のきれいな少年に探りを入れた。細密画師の頭名人オスマンがこの背後にいることを感じた。名人オスマンは疑いもなく、わたしの才能を知っている。細密画の名人たちの中でわたしを一番愛している。

こうして何も描いていない紙を眺めながら、この二人の気に入るであろう馬の姿勢、外観、様子を目の前に描き始めた。名人オスマンが十年前に描いた馬のように生き生きしているが、スルタン様の気に入るような重厚な馬で、前の足の二本とも空に上がっているべきだ。二人とも美しさについては意見が一致すベフザトならどうしただろうか。

るようにだ。ご褒美は金貨何枚だろうか。この絵をミル・ムサッヴィルならどう描いただろうか。ベフザトならどうしただろうか。

突然、頭に何かが浮かんで、何がなんだかわからない中に、手が筆を摑んで、なんびとも想像できないようなすばらしい馬を、空中に上がった左前足から描き始めていた。脚からすぐ胴につながり、それから勢いよく一気に自信を持って二本の弧を描いた。誰かが見ていたら、絵師ではなくて、この巧みさは、書家だといっただろう。自分で勝手に動いていくわたしの手は、細密画師の頭の手のようで、うっとりして眺めていた。この絶妙なる弧はすばらしい馬の丸々とした腹と頑丈な胸につながる白鳥のような首になった。絵は殆ど完成した。何とすばらしい才能をわたしは持っていることか！　手はひとりでに喜びに満ちて、馬の力強い開いた口、鼻を回って、賢そうな額、耳を描いた。それからもう一度、見てよ、母さん、とてもきれいな弧を、あたかも文字を書くように描いた。幸せで、笑い出しそうだった。後ろ足で立ち上がったすばらしい馬の線を描く。完璧な首から鞍まで来た。手が鞍を描くと、わたしの胴のように、太って丸々した馬の胴が現れてきて、その姿を誇りを持って眺めた。誰もが感嘆するだろう、この馬には。ご褒美を下賜される時、スルタン様がわたしに言われる優しい言葉を想像した。袋いっぱいの金貨を下さる。それを家で一枚一枚数えるのを想像すると、思わず笑い出しそうになった。この間に横目で見ると、手は鞍を終えた。筆がインク壺に入って出て、馬の鐙を笑いながら、あたかも冗談を言うように描いた。それから尾を素早く描いた。尻を、今にもやりそうな少年の尻孔のように愛しみながら、手で触れたいと思いつつ、上手に丸く描いた。わたしが微笑んでいる間に、賢い手は後ろ足を終えて筆を止めた。この世で一番美しい、後ろ足で立ち上がった馬になった。心の中が喜びで包まれた。この馬がどんなに気に入られると考えているか、わたしを一番巧い細密画師だといい、さらには今から細密画師の頭だと宣言するだろうと、一瞬馬鹿者たちがこう言うだろうというのがわかった——何とまあ、素早く、愉しみながら描くことか！　そのためにこのすばらしい絵が真面目に取られないのではないかと心配になったので、わたしが苦労をして描いたと見えるようにと、馬のたてがみや鼻の孔や尾の毛を描き、鞍の覆い布に小さく細かい刺繍をつけた。この姿勢だと、ななめ後ろから馬の睾丸が見えるのだが、女たちが気にすると思って描かなかった。わたしの馬を誇りを持って眺めた。後足で立ち上がって、嵐のように生き生きしていて、力強い！　あたかも風が吹いて、まん丸な線が、まるで書家の文字のように動き始めたかに思えたが、馬は静かだった。この絵を描いた優れた細密画師を、あたかもベフザトやミル・ムサッヴィルを讃えるように、人々は褒めるだろう。そうしてわたしも彼らのようになるのだ。

すばらしい馬の絵を描く時、すばらしい馬の絵を描く別の細密画師にわたしはなるのだ。

45　人はわたしを〃コウノトリ〃とよぶ

夕刻の礼拝の時刻の後だった。家を出て、コーヒーハウスに行こうと思っていた。戸口に誰かが来たという。よい知らせだといいが。行くと、王宮からで、スルタンの競い合いを説明した。よろしい。この世で一番美しい馬をか。一頭につきいくら出すか言えば、すぐ数頭を描くと言おうとした。

しかし慎重に振舞って、そうは言わなかった。戸口に立っていた少年を中に入れて考えた。わたしが描くような、世界で一番美しい馬など存在しない。戦闘用の馬、大きい蒙古馬、気高いアラブ馬、戦場で血だらけになって苦しむ英雄的な馬、さらには建築現場で荷車いっぱいの石を運ぶ不運な馬をも描ける。しかしこれらを誰がこの世で一番美しい馬と言うだろうか。スルタン様がこの世で一番美しい馬と言われたということは、いうまでもなく、これまでの全ての規範型の姿勢で、ペルシアで何千回も描かれた馬の一番すばらしいのを望まれたということがわかる。だが、なぜ？

もちろん袋いっぱいの金貨をわたしが取ることを欲しない者がいる。普通の馬の絵を描けといったら、誰の絵もわたしのとは競争にならないことは明らかだ。スルタン様を、誰がだましてそういうのか。支配者はあの嫉妬深い絵師たちの尽きぬゴシップにも拘わらず、わたしが一番腕のいい細密画師であることをご存知だし、わたしが描いた絵を気に入っておられる。

突然わたしの手が、全てのこれらの思惑を度外視したいかのように、怒って行動に出て、馬の蹄から描き始めて、一気に本物の馬を描いた。道で、戦場でこんな馬をご覧になるでしょう。疲れていて、しかしきちんとしていて……それから同じように怒って、騎兵の馬をも描いた。もっと美しかった。細密画師の工房のいかなる細密画師もこれほど美しいものは描けない。そらでもう一頭描こうとしたとき、「一頭で十分です」と王宮から来た少年が言った。少年は紙をつかんで行こうとした。彼を止めた。なぜならあの卑劣な奴らがこんな馬には金貨の袋をくれないことはたしかだからだ。

自分の好きなように描けば、袋いっぱいの金貨はわたしにはくれない。この金貨の袋が取れなければ、今後永久にわたしの名に傷がつく。考えた。そして少年に「ちょっと待て」と言って、奥に行って、偽のきらきら輝く二枚のヴェネツィア金貨を持ってきて、王宮から来た少年の手に握らせた。怖がって目を見開いた。「お前は獅子のように勇気があるよ」と言った。

誰にも見せない規範型の帳面のひとつを取り出した。これに長年の間に見た一番美しい絵と同じものを写してある。それとは別に、宝物庫の一寸法師のジェズミ長老に金貨十枚やれば、そこに厳重にしまってある写本の頁から一番いい木、龍、鳥、狩人、戦士を写してくれる、あの悪党は。絵や細密画によって、今生きている現実の世界をではなくて、昔の名人たちを、昔の物語を思い出したい者にとって、この帳面はこの上ないものだ。

王宮から来た小間使いの少年に見せながら頁を繰って、馬の中で一番いいのを選んだ。輪郭の上に針で穴を開けて、モデルの下にきれいな紙を置いて、上から炭の粉をたっぷりかけた。炭が下の紙に行くようにと、少し揺すった。モデルを除くと、炭の粉が点々と下の紙に馬の輪郭を写していたのを見て、気に入った。

筆を摑んで、その時うちから湧き出した霊感によって、決意を持って、素早く点々を写して、優美につないで、馬の腹を、優美な首、鼻、尻を描きながら、この馬を愛しく感じた。「それ、この世の一番美しい馬だ。他の馬鹿者どもの誰一人として、これが描ける者はいない」とわたしは言った。

王宮から来た少年も、また、そう信じるようにと、また彼がわたしがどうやって霊感を得たかを言わないようにと、あと三枚偽の金貨を与えた。もし金貨を獲得したらもっとやると仄めかした。さらに少年は口を開けたまま眺めていたわたしの妻をも、もう一度見ることができると想像したにちがいない。多くの人は、いい馬の絵を描くことでいい細密画師になれると思っている。ところが、一番の細密画師になれるためには、一番いい馬の絵を描くだけでは十分ではない。スルタン様やその周囲に居る馬鹿者どもに、一番いい細密画師だと信じさせることが必要だ。

すばらしい馬の絵を描くことで、やっと自分になれた。

46 人殺しとよぶだろう、俺のことを

馬を描くことからわたしが誰かお分かりになりましたか。一頭の馬を描いてほしいと聞くや否や、これが競い合いではなくて、描いた馬から俺を確認するためであることがわかった。粗末な紙にした馬の習作を、哀れな〝優美〟さんの死体のところに残したのに気がついていた。しかしそれには奇態もスタイルもなかったから、俺の描いた馬の絵を見ても誰のかわかるはずはなかった。それは確かだったが、それでも馬を描く時、恐怖に駆られた。エニシテの馬を描く時、自分を敵の手に渡すようなものを描いたのだろうか。今度は別の馬を描かねばならない。まったく別のものを考えた。今度は「抑制して」自分にならないようにしたのだった。

しかし、自分というものは何だろうか。細密画師の工房のスタイルに合わせるために、自分の中にあるすばらしさを隠すような人間なのであろうか、この俺は。あるいは、いつの日か心の中にある馬を意気揚々と描く人間だろうか。

一瞬心の中に、誇り高い細密画師の存在を感じてぞっとした。あたかも体の中で、別の魂が俺のことを眺めているかのように感じて、そいつに恥じた。

家に座ってはいられないのがわかったので、外に飛び出して、暗い通りを速足で歩いた。シェイク・オスマン・ババの『聖人の生涯』で、真の修行者は内なる悪魔から遠ざかるために一生涯歩いて、一か所に長くとどまってはならないと書いてある。彼は六十七年の間、町から町を彷徨った後、悪魔から逃げることに疲れ、悪魔に身を委ねたそうだ。この年齢は、細密画の名人が盲目になり、つまりアラーの神の暗闇についに出遭うことができて、求めずにしてスタイルを持ち、同時に全てのスタイルの徴候から救われる年齢である。

バヤジットの鶏市場で、それから奴隷市の誰もいない広場で、スープや甘いものを売っている店のいい匂いの中で、何かを探しているかのようにうろうろした。閉まっている床屋、アイロンかけの店、金を数えている時俺のことを見てびっくりしているパン屋のおやじ、うまそうなピクルスや塩漬けの魚の匂いがする乾物屋などの前を通り過ぎた。それから店先の、色とりどりに目が行ったばかりに、中でまだ何かを量っている香辛料と薬草の店に入った。まるで愛する人を眺めるかのように、コーヒー、生姜、肉柱（シナモン）の大袋や、色とりどりの乳香の入った箱や、仕事台からツンと鼻にくるアニース、茶や黒のクミン、サフランなどを盛り上げた様を、ランプの光の中で感嘆しながら眺めた。ときには、何もかも口に入れたくなったり、白い紙に描きたくなったりした。この一週間に二度、腹を満たしたところ——俺は自分で虐げられた者の無料食堂とよんでいたが、本当は惨めな者のと言うべきだったが——に入った。入り口は、この店を知っている者のために夜中まで開いている。中には、馬泥棒や、処刑台から逃げてきたような格好をした者や、麻薬中毒者がそうであるように悲哀と絶望感からその目はこの世を見ないで遠くの天国を見ているような哀愁に満ちた者たちや、職人の作法もうまくできない二人の乞食がいた。それらとは別に、こういう人ごみとは離れて一人で片隅に座っている紳士がいた。アレッポから来た料理人に軽く挨拶をした。俺はキャベツでひき肉を包んだものを山盛りに皿に入れて、その上にヨーグルトをかけ、さらに赤唐辛子をたっぷりかけて、その紳士の横に座った。毎晩悲しみが襲い、悲哀が訪れる。おお！ 兄弟たちよ。俺たちは毒され、腐敗し、死ぬ。生きている限り尽き果てていく。首まで惨めさに浸かってしまった……夜、夢の中であいつが井戸から外に出てきて、俺のあとをつけてくるのを見ることがある。たっぷりの土でちゃんと埋めたのに。墓から出られるはずがないと知っているのに。

鼻までスープの中に埋めて全世界を忘れてしまったかと思った紳士が話しかけたのは、アラーの神が俺に送ってくれた何かの印か？

「そう」と俺は答えて、「この肉はちょうどいい位まで挽いて、キャベツで包んで、なかなか美味い。」俺は彼のことを訊いた。彼は最近、二十枚硬貨で通えるような惨めな学校を出て、アリフィ・パシャのところで書記として雇われたそうだ。なぜこんな時間に、どうしてパシャの屋敷やモスクやあるいは家で妻と一緒ではなくて、こんな独身のならず者の無料食堂にいるのかとは訊けなかった。彼は俺に、どこから来て何をしているのかと訊いた。一瞬ためらって言った。

「俺の名はベフザトで、ヘラトとタブリーズから来た。すばらしい絵や信じ難いような傑作を描いてきた。ペルシアやアラビアのモスレムの写本の挿絵の工房では、何世紀もこう言われてきた、『本物に見える、ベフザトの絵のようだ』とね。」

もちろん、本当の問題はこのことではない。俺の絵は、目が見たものではなくて、頭が見たものを描く。絵は、ご存知のように、目のために作られた一種の楽しみである。この二つの考え方をつなげると、俺の世界が出てくる。つまり、

A(エリフ) 絵とは、頭が見たものを目を愉しませるために表現することである。
L(ラム) 目がこの世で見たものが、頭に仕える度合いに応じて、絵の中に入る。
M(ミム) したがって美しさとは、頭が既に知っているものを、目がこの世で新たに発見することである。

突然霊感を感じて語った、俺の魂の深いところで感じているこの理論を、惨めな学校を出た紳士がわかっただろうか。もちろん、否だ。なぜなら、町外れの学校で一日に銀貨二十枚で講義する——この金で今日パンを二十個買えるが——この師の下で三年間学んでも、ベフザトが誰であるかはわかるまい。よろしい、説明しよう。

「俺は何でも描いた。本当に全てを、預言者様がモスクで、緑色の壁の窪みの前で四人の後継者たちと座っているところを、それからまた別の本で預言者様がブラクという名の馬に乗ってミラチの晩に七層の天国に昇天するところを、アレキサンダーが中国に向かうとき、嵐によって海を荒れさせた怪物を怯(ひる)ませようと沿岸の寺で太鼓を叩かせたところを、池で裸で泳ぐ後宮の美女たちをウドを聴きながら覗き見しながら手淫するスルタンを、師を負かそうとして全ての技を習ったという若いレスリングの選手が師が隠していてまだ教えていなかった最後の技によってスルタンの前で敗北を喫するところを、子供のレイラとメジュヌンが壁に細かい装飾のある学校で跪いてコラーンを学ぶ時、お互いに恋に落ちるところを、一番恥ずかしがりやから一番の恥知らずに至るまで恋人たちがお互いの目の中をどうしても見られないところを、

宮殿を、石を積み重ねて造るところを、罪人を拷問の刑で罰するところを、鷲の飛翔と冗談好きの兎、業悪な虎や、糸杉やすずかけの木を、そのてっぺんにいつも止まるかささぎを、死を、競い合う詩人たちを、勝利の宴を、お前のように食卓でスープしか見ていない者を。」

内気な書記も、もう怖がってはいなかった。俺のことを面白がって微笑んでいた。

「先生が教えただろうが」と俺は言った。「サーディの『庭』に俺の好きな話がある。ダリウス王が狩のとき人ごみからはなれて頂を歩き回った。すると、誰だかわからないが顎鬚の危険そうな男が出てきた。王は恐怖に駆られて、馬上の弓に手を伸ばした。『待ってください。矢を射ないで、わたしがおわかりではないのですか。あなた様の何百もの馬や子馬の面倒をみています。わたしはあなた様の馬の一頭一頭を、性格から、色からわかります。あなた様は治めておられるわたし共僕に、何度も会ったことのあるわたしにすら注意を払ってくださらないのですか。』」

この場面を描く時、俺は馬丁が愛しんで面倒を見た黒や栗毛や白い馬を、色とりどりの花に覆われた天国のような緑の草原で幸せそうに平穏に描いたから、どんなぼんやりした読者でも詩人サーディが物語で言いたかったことを理解する。つまり、この世の美しさと神秘は、愛と注意と関心と慈しみによってのみ表現される。幸せな馬たちの生きているこの天国であなたも生きたいと思うのなら、目を開けて色や細部や皮肉に注意を払ってこの世を見たまえ。

二十枚硬貨学校で育った者は面白がったが、同時に俺のことを怖がった。匙を放り投げて逃げようとしたが、そうはさせなかった。

「その絵で王と馬丁と馬たちをそれは巧みに描いたので、名人中の名人ベフザトは」と俺は言った。「百年になるが、人々はそれらの馬を模倣し続けている。彼の想像力と彼の心から描かれた馬はそれぞれの規範型となった。何百人もの細密画師は、俺も含めて、それらの馬を諳んじて描く。お前は馬の絵を見たことがあるか。」

「学者の中の学者であるえらい先生が、ある日わたしのもう亡くなった師に下さったうっとりさせるような本で、翼を持った馬の絵を見ました。」

その師と共に『奇妙な生き物』という本を真面目に取ったこの馬鹿者の頭をスープに突っ込んで溺れさせたものか、それとも、どんなにひどい写本かは知らないが、生涯で見た唯一の馬の絵を彼に熱心に説明させたものかわからなかった。結局俺は第三の途をとって、匙をおいて店を出た。長い間歩いてから、俺は見捨てられた修行者たちの館に入って平穏な思いに満たされた。辺りを掃除して、何もせずに、静寂を聴いていた。

それから、隠してあった所から鏡を取り出して書見台に立てかけた。膝の上に二枚続きの挿絵を仕事板の上に広げて、座った所から自分の顔を鏡で見て、炭の鉛筆で自分の顔を描こうとした。我慢強く長い間描いていた。かなりたってから、紙の上の顔が鏡の中の自分の顔にまた似ていないのを見て、ひどく悲しくなって目に涙が浮かんだ。エニシテが得意になって説明したヴェネツィアの絵師たちは、どうやっていたのだろうか。一瞬自分を彼らの一人と考えて、彼らのように感じて描けば、多分、自分の絵を、自分に似させることができるかと考えた。

だいぶたってから、ヨーロッパの絵師たちをもエニシテをも呪って、描いた絵を消して、鏡を見てまた描き始めた。

かなりしてから、気がつくと、俺はまた通りを歩いていた。それから例のコーヒーハウスにいた。ここにどうやって来たのかもおぼえていない。中に入ると、この惨めな細密画師や書家の間に入っていることをひどく恥じて、額に汗をかいた。

俺のことを肘でつついて目配せしたり、指さしては嗤っているのを感じた、いや、見た。俺は、片隅に座って普通に振舞おうとしていた。その一方では、他の名人の細密画師たちを、かつて名人オスマンの下で共に見習いをした懐かしい兄弟たちを目で探した。彼らも今夜馬の絵を一枚ずつ描かされて、馬鹿な奴らが競い合いを真面目にとっていたことは確かだった。

咄し家はまだ語り始めていなかった。舞台に絵すら掛けていなかった。そのために俺はコーヒーハウスの人ごみと話さざるをえなかった。

それなら本当のことを言おう。他の人々のように俺もまた、冗談を言ったり、猥談をしたり、仲間の頬に大げさな身振りで口づけをしたり、掛詞やあてこすりや駄洒落をいったり、若い助手にどうしているかと訊いたり、誰もがするように共通の敵に残酷な風刺をしたり、いい気になって馬鹿騒ぎをしたり、首に口づけをしたりした。こんなことをしている時も、俺の魂の一部が、冷たく無言でいるのに気がついて、耐え難い苦しみを感じた。

それでも短い間に、言葉遊びで、噂をしていた人と自分のあそこを、ペンや、葦や、コーヒーハウスの柱、フルート、螺旋階段の繋留柱やドアの取っ手や、長ねぎや、尖塔、シロップ漬けの細長いカステラ、松の木などに譬えるのに成功した。二度は世界に譬えた。また、かわいい少年たちの尻を、橙や無花果や小さいシロップ漬けの菓子、クッションや小さい蟻塚に譬えることにも成功した。その間に俺の世代で一番威張っている書家は、自分の道具を——自信もなくしろうとっぽく——船のマストやポーターの棒に譬えるのがやっとだった。さらに年とった細密画師のもう上がらなくなったものや、新米の見習いのさくらんぼう色の唇や、金を（俺のように）ある所に（一番いやらしい片隅に）隠している書の名人や、俺の飲んでいる葡萄酒の中に薔薇の花びらではなく阿片をいれたことや、タブリーズやシーラーズの最後の名人たちのことや、アレッポでは元々コーヒーに葡萄酒をまぜていることを話したり、そこにいる書家やかわいい少年たちにもほのめかしやら風刺をした。

　時々、俺の中で、二つの魂のうちの一つがついにもう一方を押さえつけて、あの黙っている可愛げのない面をついに忘れることができたと思う時もあった。そういう時は、家族や親類と一緒の自分でいられた子供の頃の祭日のお祝いを思い出した。しかしこれほどの冗談や口づけや抱擁をしたのに、人ごみの中で俺を苦しめ、孤独にする沈黙も依然として俺の心の中にあった。

　俺をいつも軽蔑していて、社会から切り離すこの沈黙の冷酷な魂——あれは精霊で、魂ではない——それを誰が俺の中に入れたのか。悪魔か？　しかし、心の中の沈黙している魂は、悪魔が唆したいやらしい悪いことによってではなく、その反対に、最も純粋で単純な物語によって安らぎを見出すのだった。その安らぎをくれることと期待して、葡萄酒の影響で俺は二つの物語を話した。背の高い、顔色の悪い、ピンクがかった肌をした書家の見習いが、緑色の目でじっと俺を見て聴き入っていた。

細密画師の魂の孤独をなぐさめるために語られた盲目と様式（スタイル）についての二つの話

A（エリフ）

馬の絵を、馬を見て描くことは、ヨーロッパの名人が発見したことではない。カズヴィンの偉大な名人のジェマレッティンが初めて考えた。白羊朝の殿様、長身のハッサンがカズヴィンを征服した後、年老いたジェマレッティンは勝軍の殿様の細密画師の工房に加わって熱心に働いたのみならず、一緒に遠征にも行って、歴史を自分の目で見て戦の場面を描きたいと言った。こうして、六十二年間戦争を見ないで馬や騎士や戦の絵を描いていた偉大な名人は初めて戦に行ったが、汗をかいた馬が互いに激しく激突するのを見る前に、敵の前線から撃たれた大砲で盲目になり、両手を手首から失ったそうだ。真の偉大な名人のように、元々盲目はアラーの神の恵みだとして待っていた年寄りの名人は、手がなくなったことも大きな損失とみなさなかった。彼は細密画師の記憶が、ある者たちが主張しているように手ではなくて、頭あるいは心にあること、さらに今盲目になってからは、アラーの神の見よと言われた本当の絵や景色や本当にすばらしい完璧な馬を見ることができると言った。このすばらしさを細密画を愛する人々と分かち合いたいと、背の高い顔色の悪いピンクがかった肌の色の、緑の目をした書家の見習いを雇って、アラーの神の聖なる暗闇の中で目の前に見えるすばらしい馬を、手にペンがもてたらどう描くかと説明して、彼に描かせたそうだ。名人の死後、美しい書家の見習いが、左の前足から始めて三百三頭の馬の描き方の物語を、それぞれに、『馬の描き方』、『馬の流れ』、『馬への愛』の三巻の書物に集めた。これらは白羊朝に治められた諸国では愛され求められた。何度も新しく書き直されたり、模倣が出たりした。あるものは細密画師や見習いや彼らの学生によって諳んじられ、練習本として使われた。しかし長身のハッサンの白羊朝が一掃され、ヘラト派の絵がペルシア全国に優勢になると、ジェマレッティンの本も忘れられた。この中で、ヘラトのケマレッティン・ルザの、『盲人の馬』という本でこの三巻の本を厳しく批判して焼くべきだという主張には正当なる理論の力があったことはいうまでもない。彼が言うには、カズヴィンのジェマレッティンが三巻の本で説いた馬のいずれも、アラーの神の馬にはなりえないと言う。なぜならそれらは純粋ではないからだ。というのは年老いた名人はそれらの馬をたった一度でも、ごく短い間でも実際の戦の場面で見た後で描いたからだ。これらの書物は白羊朝の長身のハッサンの宝物の中で、スルタン・メフメットによって略奪されてイスタンブルにもって来られたために、三百三の物語の一部がイスタンブルで時として他の本の中に見られたり、さらには馬がこの物語の中で示されたように描かれたとしても驚くには当たらない。

L（ラム）

ヘラトやシーラーズでは細密画の名人が一生の最後の時期に、過度の仕事のせいで盲目になることは名人の研鑽の証と見られたのみならず、同時にそれはアラーの神がこの偉大な名人の努力と芸の報酬として細密画師に与えられたのだとして、讃嘆された。それ故に、一時期ヘラトでは、年老いても盲目にならない昔の名人たちは疑われて、多くの偉大な名人は老年に盲目になることを願うようになった。自らを盲目にすることは、他のシャーのために働いたり、スタイルを変えたりすることよりはよいとして、自らを盲目にした伝説の名人たちの途に従うことが賛美された時期が長く続いたことがあった。そんな時代のことである。ミラン・シャーの系列から来るチムールの孫の一人であるエブ・サイードが、タシュケントとサマルカンドを征した後に建てた細密画の工房では、盲目であることよりも、盲目の振りをすることによって尊敬されるということになった。エブ・サイードに霊感を与えた年老いた名人カラ・ヴェリは、目が見えない細密画師は闇の中で、元々アラーの神の馬を見ているが、本当の芸とは目の見える細密画師がこの世を盲目のように見られるようになることだと言った。彼はこのことを六十七歳の時、目を、はっきり開けて紙に向かっているのに、紙を見ないで、考えずに筆の先に出てきた馬を描いて証明した。ミラン・シャーもこの伝説的名人を手助けしようと聾の音楽家にウドを弾かせて、唖の咄し家に物語を語らせた。この細密画の儀式の後で、カラ・ヴェリの描いたすばらしい馬を偉大な名人の描いた他の馬と長い間較べたが、何ら違いはなかった。ミラン・シャーが心穏やかではないのを見て、伝説的名人は、才能のある細密画師は、目を開けていようとつぶっていようと、馬を常に唯一の姿で、つまりアラーの神がご覧になるように見るのだと言った。彼によれば、この問題に関しては盲と見える者の間に全く違いはないのである──その手は常に同じ馬を描いたであろう、なぜなら当時はヨーロッパ人の発明した「スタイル」なるものはなかったのだから。偉大な名人カラ・ヴェリの馬は、百十年の間全てのモスレムの細密画師によって模倣された。自身はエブ・サイードが敗北して工房がばらばらになった時、サマルカンドからカズヴィンに移って二年後、コラーンの『盲と見える者とは同じでありえない』という文句を悪意でけなしたといって、最初は盲にされそれから若いニザーム・シャーの兵士たちによって殺されたそうだ。

三つ目の話もして、偉大な名人ベフザトが自らを盲にしたこと、ヘラトから決して離れたがらなかったこと、無理にタブリーズに連れていかれてからはなぜか細密画を描かなかったこと、細密画師のスタイルというものは本当は彼が働いている工房のスタイルであること、名人オスマンから聞いた他の物語をもこのきれいな目をした書家の見習いに話そうかと思ったが、咄し家のことが気になった。今晩悪魔のことを語るとは知る由もなかった。

「最初に『わたし』と言ったのは悪魔だった。スタイルを、最初に採用したのは悪魔だった。西と東を分かったのは悪魔である」と俺は言いたくなった。

目をつむって、心の中に湧く悪魔を咄し家の粗末な紙の上に描いてみた。俺が描いている時、咄し家の見習いや他の絵師たちや興味を持った者たちが、笑いながらはやし立てた。

あなた方から見て、俺にはスタイルがあるのだろうか？　それとも葡萄酒のせいなのだろうか。

47　わたしは悪魔

オリーヴ油で揚げた赤いパプリカの匂いや、夜明けに穏やかな海に降る雨や、開いた窓から一瞬、思いがけなく一人の女が見える様や、沈黙や思考や忍耐がわたしは好きだ。わたしは自分を信じている。大抵のときは、人がわたしのことをどう言うかは気にしない。しかし今夜は、このコーヒーハウスに細密画師や書家の兄弟に、ある種のゴシップや嘘や噂話について警告するために来た。

わたしが何か話すと、勿論のこと、皆さんがその正反対を信じようとなさるのを知っています。

でも皆さんはわたしが言ったことの正反対が必ずしも正しいというわけではないことがわかるほどには賢明で、わたしのことを疑ったとしても、わたしの言うことを関心を持って聞くくらいは鋭くておられる。

コラーンでは五十二回わたしの名が出てきて、一番多く触れられている名前なのです。

それでは、アラーの神の本、コラーンから始めましょう。あの中でわたしについて言われていることは全て本当です。こう言っているわたしが謙遜していることをわかっていただきたい。というのは、もう一つスタイルの問題があるからです。コラーンがいつもわたしを軽蔑して語るのが苦痛でした。苦痛はわたしの生き方です。このことはいま議論しません。

本当です。わたしたち天使の目の前で、アラーは人間を創造しました。その後でわたしたちにその前にひれ伏すように言われました。そうです、「高み」章で書かれているように、全ての天使はひれ伏しましたが、わたしは拒否しました。アダムは泥から造られましたが、わたしはそれより上等な物質として誰もが知っている火から創られたということを思い出させました。だから人間には跪きませんでした。神もわたしを『誇り高い』とご覧になられたのです。

「天国から下りよ」と言われました。「ここで偉大さを見せることはお前のすべきことではない。」

「最後の審判で死者がよみがえるまで、わたしに生きることを許してください」とわたしは言いました。神は許してくれました。わたしも、この期間中に、わたしが跪かなかったと言って罰される原因となったアダムの子孫をずっと誘惑すると約束しました。神もまた、わたしが誘惑した者を地獄に送ると言われました。お互いに約束を守っていることはご存知ですね。この点で付け加えることはありません。

ある人々は、この時、万能なる神とわたしとの間に何かの協定ができたと言っています。彼らによれば、わたしは神の僕たちを試すのを手伝って彼らの信仰を躓かせようとします。善良なる人たちは、よい判断ができるので、誘惑されませんし、悪い人は欲望に負けて罪を犯して地獄に送られます。誰もが天国に行くのなら、誰も怖がりません。この世のことや国家の仕事は、美徳だけではやっていけないのです。この世には美徳と同様に悪徳が、正直さと同様に罪が必要なのですから、わたしがしていることは大事なことなのです。神の創られたこの世の体制は、わたしのおかげで、そして神のお許しの下で（なぜわたしが最後の審判の日まで生きることが許されたのでしょうか）実現するのに、それなのに『悪』と焼印を押され、当然受けるべきものも与えられないことは、わたしの密かな苦しみなのです。この理屈を突き進めて、羊毛の梳毛屋で神秘主義者のマンスールとか有名なイマムのガッザーリの弟アフメットのような人たちによれば、わたしは神の許可の下で、神の意思でやっているので、善も悪もないと言います。なぜなら、全ては神から来るのだからと。さらには彼らは、わたしも神の一部だと言ったのです。

　こういう愚か者の何人かは、当然のことながら、その書いた本と共に火刑に処せられました。なぜなら、もちろんのこと、善と悪は存在するのです。この二つの間に線を引くことは誰しもの義務なのです。わたしが神だなどととんでもないことです。そしてこんな馬鹿げたことを愚か者の頭に入れたのはわたしではありません。彼らが自分で考えたことなのです。

　このことからも、わたしの二つ目の異議が出てきます。この世の全ての悪や罪の根源はわたしではありません。多くの人はわたしが唆（そそのか）したり、騙したり、誘惑したりしなくても、自分自身の野心や欲望や意志の弱さ、卑しさ、そして多くの場合、愚かさゆえに罪を犯します。一部の学識高い神秘主義者がわたしを全ての悪から外そうとする努力がいかに馬鹿げたことであるかと同様に、全ての悪がわたしから発していると思うこともコラーンに反しています。客をだまして腐ったりんごを売る八百屋や、嘘を言う子供、おべっかつかい、いやらしい夢想をする年寄り、手淫する少年たち、彼らはわたしがだましたのではありません。万能なる神も最後の二つについてはわたしを悪いとする何もみつけられなかったのです。もちろんのこと、人が重大な罪を犯すようにと、わたしも努力しています。でも、欠伸をしたり、くしゃみをしたり、おならをしたりすることさえもわたしがだましたせいだというホジャがいます。彼らはわたしのことを全くわかっていないということになります。

理解されなくてもいいではないか、そうすれば彼らをより容易にだませるのだからとおっしゃるかもしれません。そのとおりです。でも、わたしにも誇りがあるということを、もともと万能の神とわたしの仲が悪くなったのもそのせいだったことを忘れないでください。わたしはいろいろなものの形になることができます。特に欲望をひきおこす若い女の姿になって、ついに信心深い者を誘惑することに成功したことは多くの本に何万回も書かれています。それなのに、今晩ここにおられる細密画師の皆さんは、どうしてわたしのことを、醜く、顔はいぼやしみだらけで、角のある、長い尾を持った気味の悪い化け物として描くのでしょうか。

こうして本題に入りました——細密画です。イスタンブルの通りに溢れている暴徒が、これから先皆さんを煩わせないようにと名前は言いませんが、ある説教師に唆かされて、節を付けて礼拝の時間を知らせることとか、修行団の館に集まって膝を突き合わせて祈ったり、楽器を鳴らしたりして恍惚となることや、コーヒーを飲むことが、アラーの神の言葉に反していると言っているそうです。この説教師を恐れて、細密画師のある者は、ヨーロッパの様式で絵を描くことがわたしの仕業だといっていると聞きました。何百年もの間わたしは讒言されましたが、これほど事実から遠いものはありませんでした。

まず、最初から始めましょう。誰しも、イヴに禁断の果実を、わたしが食べさせたことに気をとられてしまって、本当の始まりを忘れています。いいえ、始まりは万能なる神がわたしのことを誇り高いと思われたことでもありません。全ての始まりは、神がわたしや他の天使たちに人間を見せて、その前に跪くように言われた時、他の天使たちはそうしたのに、わたしの断固たる、しかも正当なる拒否、『わたしは人間の前に跪かない』だったのです。わたしを火から創造した後で、価値のない泥から創った『人間に跪くように』と言うことは、皆さんは道理と思われますか。兄弟の皆さん、良心に従って答えてください。勿論ここで話されたことがここだけではすまないと心配されておられるのを知っています。神が全てを聞かれて、ある日この決着をつけると考えて怖がっておられる。それなら、どうしてあなた方に良心を与えられたのかとは訊きません。恐れるのは尤もなことといいましょう。そして、火と泥の議論は忘れましょう。しかしどうしても忘れることのできない、誇りをもって思い出すことがあります――『わたしは人間にひざまずかなかった。』しかしながらこれは正にヨーロッパの名人がしていることなのです。王侯、僧侶、金持ちの商人さらには女まで、目の色、顔色、唇の曲がり具合、胸の間の美しい襞、額のしわ、指にはめた指輪、はては、耳から生えているいやらしい毛まで、全てを描いて見せるだけではすまなくて、あたかも人間がその前に跪くべきものであるかのように、それらを絵の中心部において、これらの絵を拝むべき偶像であるかのように壁にかけます。人間はその影に至るまで全ての細部を描くほど重要なものでしょうか。

道にある家は、人間の目の誤った視覚から描かれると、遠くになるほど小さく描かれます。そうすると、この世の中心に神ではなくて人間を置くことにならないではないでしょうか。全ては全能なる神がご存知でおられます。しかしながら、人間の前にひれ伏すことを拒否して、それゆえに、口では言い切れない苦しみや孤独をなめ、神の目からは蔑まれ、誹謗されたわたしが、この肖像画の考え方を教えたといわれるのはなんとも馬鹿げたことだと思います。宗教学者や説教師のある者たちが言ったり書いたりしているように、子供たちがわたしのせいで手淫をしたとか、わたしがおならをさせたとかを信じることすら、まだ理屈に合うことになりませんか。

この点でもうひとつ言いたいことがあります。わたしが言いたいのは、見せびらかしたがったり、金や欲望に夢中になったり、くだらないことに耽ったりして、いつも頭が冴えていない人間に対してではありません。限りない知恵を持っておられる神のみわたしを理解される——天使を人間に跪かせることで、彼らに誇ることを教えられたのはあなたではありませんか？　いまや人間は、あなたの天使たちから教えられたことを自分たちでしているのです。自分たちに跪かせて、自分たちをこの世の中心においているのです。誰もが、あなたの最も忠実なる僕すらが、ヨーロッパの名人の様式で描かれることを望んでいる。このうぬぼれのおかげで最後には、やがてあなたのことも忘れるようになる。これは確かです。しかもあなたを忘れるようになった全ての罪はわたしのせいにするのです。

全てこういうことを、あなたが思っておられるほどにはわたしが気にしていないということを、どう説明したらわかっていただけるでしょうか。いうまでもなく、何百年も無慈悲に批判され、非難、誹謗、呪いの言葉をかけられたにもかかわらず、まだなんともなく元気にしているということによってです。最後の審判の日まで生きる許可を偉大なアラーの神がくださり、小さな非難や表面的な尽きることのない誹謗をしている敵が、神からいただいた一生は六、七十年がせいぜいだと思い出しさえすればいいのです。コーヒーを飲めば、それを長くできるとわたしが言ったら、「ああ、大変だ。悪魔がこう言った、その反対をしなければ」と言ってコーヒーをやめたり、もっとひどければ、逆立ちをして尻にコーヒーを注いだりすることも知っています。

笑わないでください。大事なのは思考の内容ではなくて、外観です。細密画師が何を描いたではなくて、スタイルが大事なのです。ただそれをこっそりやらなければいけません。最後に恋物語をお話しするつもりでしたが、夜も遅くなりました。今晩わたしの声をやっている咄し家は、明日ではなくて、あさって水曜日の晩、壁に女の絵をかけて、この恋物語を甘い声で話してくれると約束してくれました。

48　わたしはシェキュレ

夢で父を見た。わたしに何かわからないことを言っていた。恐ろしかった。目がさめた。シェヴケトとオルハンは両側からわたしにしっかり抱きついていた。彼らから来る温かさで汗をかいていた。シェヴケトは手をわたしの腹においていた。オルハンは頭をわたしの胸にもたせかけていた。それでも二人を起こさずに、寝床から出て、さらに部屋から出ることができた。

広い廊下を通って、そっとカラのドアを開けた。手にした蝋燭の光で本人をではなくて、暗く寒い部屋の真ん中に経帷子で包まれた死体みたいに横たわっている白い寝床が見えた。蝋燭の光はなぜか寝床を照らさなかった。

手をもっと近づけると、蝋燭の橙色の光がカラのひげの伸びた疲れた顔や裸の肩を照らした。近づいて見ると、オルハンがするように、だんご虫みたいに丸まって寝ていた。その顔には眠っている少女のような表情があった。

「これがわたしの夫なのだ」と自分に言った。わたしにとっては遠い他人のように見えた。一種の後悔の念で胸がいっぱいになった。手に短剣があったら彼を殺していたかもしれない。もちろん、そんなことをするつもりはなかった。子供の頃誰もがするように、この人を殺したらどうなるかと思っただけだった。彼が長年の間わたしのことを考えて生きてきたと言ったことも信じていなかった。その顔の無邪気な子供っぽい表情をも。

はだしのつま先で、彼の肩をこづいて起こした。彼はわたしを見て、うっとりと興奮するというよりもむしろ、一瞬だったがわたしが予期したように恐れた。彼がはっきり目を覚まさないうちに、わたしは訊いた。

「夢で父を見たの」と言った。「父がとても恐ろしいことを言ったの。あなたが殺したって……。」

「お父さんが殺された時、わたしたちは一緒にいたのではなかったかね？」

「それはわたしも知っているわ」とわたしは言った。「でもあなたはうちで父が一人っきりなのを知っていた。」

「知らなかった。子供たちとハイリエをおくりだしたのはお前だ。ハイリエと、もしかしてエステルが知っていた。その外に誰が知っていたかはお前の方がよくわかっているだろう。」

「心の中のある声が、どうして全てが悪い方へ行ったか、その不吉な秘密を全て言ってくれそうになるの。その声が出るようにと口をあけたけれど、夢の中でのように声が出なかった。あなたももう子供の頃の、純真で善良なカラではないわ。」

「お父さんもお前もあの純真なカラを追い出したではないか。」

「父に復讐をするために、あなたは、わたしと結婚したのよ。復讐は果たせたでしょ。もしかしたら、そのせいで子供たちはあなたを好きにならないのかも。」

「わかっている」と彼は言ったが悲しそうではなかった。「今晩寝るときに、お前が一時階下にいた時、『カラ、カラ、尻のヤラ（傷）』とわたしに聞こえるように大きな声で歌っていた。」

「ぶってやればよかったのに」とわたしは言った。最初は本当にぶつことを望んでいたが、心配になって付け加えた、「彼らに手を上げたら、あなたを殺すわよ。」

「入れよ、この寝床に。凍えてしまうではないか。」

「あなたの床には絶対に入らないかもしれないわ。わたしたち二人が結婚したのは間違っていたのかもしれない。あの結婚は無効だと人々は言っている。夜寝る前にハッサンの足音を聞いたの。忘れないでね、亡き夫の家で一緒に住んでいた時、何年も彼の足音は聞いたのだから。子供たちは彼が好きよ。彼は冷酷で紅い剣をもっているわ。彼から自分を守りなさいよ。」

カラのまなざしの中にひどく疲れて、厳しいものをみたので、彼を怖がらせることはできないのがわかった。

「わたしたち二人のうちで、あなたの方が希望も悲しみもわたしより多くもっているわ。わたしはただ不幸にならないように、子供たちを守りたいと努力しているだけ。あなたはわたしを愛しているからではなくて、頑固に自分を証明しようとしているの」とわたしは言った。

わたしをどんなに愛しているか、荒涼たる旅籠で、むき出しの山々に雪の降った夜に、いつもわたしのことを考えていたと長々と説明した。もしそういわなかったら、子供たちを起こして、元の夫のうちに戻ってしまったかもしれなかった。突然思いついたままこう言ってしまった。

「時々、元の夫が今にも戻ってくるような気がするの。あなたと夜半にひとつ部屋でいるのを、子供たちに見られると恐れるからではなくて、抱き合うや否や彼がドアを叩き始めるのが怖いの。」

外から、門のあたりから、死を賭して戦う猫のうなり声が聞こえた。それから長い沈黙があった。一瞬嗚咽しそうになった。手に持った燭台を小テーブルに置くこともできず、部屋へ、子供たちのそばへも戻れなかった。彼が父の殺人とまったく関係がないと納得するまではこの部屋から出ないと自分に言い聞かせた。

「あなたはわたしたちのことを馬鹿にしているのよ」とカラに言った。「わたしと結婚してから、えらそうにしているの。夫が帰ってこないからといって、もともと憐れんでいたのよ。今では父が殺されたといって、わたしを憐れんでいるのよ。」

「シェキュレさんよ」と彼は気を付けていった。こう語り始めたことはわたしの気に入った。「そんなこと、本当ではないのをお前も知っているのに。お前のためなら何でもするのに。」

「それなら、寝床から出て、わたしのように立って待っていて。」

どうしてわたしは何かを待っているなどと言ったのだろう。

「それはできない」と彼は言って、掛け布団と着ている寝巻きを恥ずかしそうに示した。

そのとおりだった。でもわたしの言うことをきかないので、わたしは腹を立てた。

「父が殺される前は、ミルクをこぼした猫みたいに怖気てこの家に入ってきたのに、それが今では、『シェキュレさんよ』と言う時ですら、あなた自身も本心からではなくて、それをわたしたちに知ってほしいかのようにするの。」

わたしの脚も背中も氷のようになって寒さで震えていた。怒りのためではなかった。

「寝床に入って、妻になってくれ」と言った。

「父を殺した卑劣漢はどうしたら見つかるかしら」とわたしは言った。「もし見つかるのが長引けば、この家であなたと一緒にいてはいけないわ。」

「エステルとお前のおかげで、名人オスマンは全ての注意を馬に注いでいる。」

「名人オスマンは亡き父の宿敵だったわ。いま殺人犯を見つけるために彼が必要なのを、かわいそうな父が上から見ていて苦しんでいるわ。」

あっという間もなく彼は寝床から飛び起きて、わたしに近づいた。身動きもできなかった。しかし彼は蝋燭の火を手で消して、立ち止まった。あたりは真っ暗になった。

「お父さんにはもうわたしたちは見えないよ」とささやいた。「二人きりだ。言ってごらん、シェキュレよ。十二年の後わたしが戻ってきた時、わたしを愛することができると、心の中にわたしが占める場所があるとわたしに思わせた。それから結婚した。結婚してからは、わたしを愛することを避けている。」

「わたしはやむなく結婚したの」とわたしはささやいた。

闇の中で、すぐ前にある体に、詩人のフズーリが書いているように言葉がひとつひとつ釘となって打ち込まれたのを冷酷に感じていた。

「もしあなたを愛せるものだったら、子どもの時に愛したでしょうに」とささやいた。

「闇の中の美女よ、言っておくれ」と彼は言った。「この家に出入りする全ての細密画師を覗き見していて、よく知っているだろう。お前によれば、犯人は誰だろうか。」

まだ陽気でいられるところが気に入った。彼こそわたしの夫だ。

闇の中で、まだ手に燭台を持ったまま彼に抱きついたことも、わたしたちは口づけを始めていた。

「寒いわ」と言ったかどうか覚えていない。わたしたちは口づけを始めていた。ビロードのような彼の舌を口にいれたことも、わたしの涙も髪も寝巻きも、震えていたことも、さらには彼の体すらもすばらしかった。寒さの中で、彼の温かい頬でわたしの鼻が温まることも気持ちよかった。でも臆病なシェキュレは自分を抑制した。口づけをしている時も、われを忘れられなかった。手にした燭台を、わたしを見ているであろう父のことを、前の夫のことを、寝床で寝ている子供たちのことを考えていた。

「家の中に誰かがいるわ」と叫ぶと、カラを押しのけて、広い廊下に出て行った。

49 わたしの名はカラ

まだ暗いうちに、誰にも見られずに、何か悪いことをした客人みたいにそっと家を出て、ぬかるみの裏通りを長いこと歩いた。バヤジットでモスクの中庭で身を清めて中に入って、礼拝をした。中には、やっと四十年で得た特技で、礼拝中も眠り続けることができる老人のイマムしかいなかった。眠い夢の中で、あるいは悲しい記憶の中で、神がわたしたちに目を向けてくださったと感じる瞬間があるのを、ご存知でしょう。あたかもスルタンの手にやっとのことで嘆願書を手渡せて、期待を感じる時のように。こうしてわたしも、『わたしに愛する者たちと幸せな家庭を持たせてください』とアラーの神に嘆願した。

名人オスマンの家に着いた時には、一週間のうちに、彼がわたしの中で、ゆっくりとエニシテにとってかわっていたのを感じた。彼はもっと気難しくて、もっと超然としていたが、しかし写本の挿絵に対する信念はより強かった。この偉大な名人は、長い間細密画師の間に恐怖、畏敬、愛の嵐を引き起こした人物というよりはむしろ年老いた内省的な修行者に似ていた。

名人の家から宮殿へ、名人は馬上で少し猫背で、わたしはといえば、馬の傍らでこれまた軽く背を丸めて歩いている様は、昔の物語の安っぽい挿絵の、年老いた修行者と熱心な弟子に似ていたにちがいない。宮殿では近衛兵の隊長とその部下たちが、わたしたちよりも熱心に待っていた。朝わたしたちが、三人の名人の細密画師が描いた馬の絵を見れば誰が犯人であるかわかるとスルタン様は確信しておられるので、本人には尋問せずに、被告人を拷問にかけることを命じられた。こうして、見た誰しもが教訓を得るようにと刑が執行される処刑の泉の前ではなく、スルタン様の私用の庭園の片隅にある、周囲とは切り離された小さな小屋に連れて行かれた。ここは尋問、拷問、絞殺に好まれているのであった。

近衛兵の隊長の部下とは思えないほど、この上なく優雅で礼儀正しい青年が、自信に満ちた態度で書見台の上に三葉をおいた。名人オスマンが拡大鏡を取り出すと、わたしの心臓はどきどきした。拡大鏡を絶えず同じ距離に保ち、その目は地面を優雅に眺める鷲のように、三枚の馬の絵の上を拡大鏡を動かした。捕らえるべき小鹿を見た鷲の如く、馬の鼻の上をゆっくり動かし各々の馬に注目した、熱心にしかし冷静に。

それから、「ここにはない」と冷たく言った。

「何がないのだ?」と近衛兵の隊長は言った。

わたしも、大名人が慎重に、たてがみから蹄に至るまで馬の全ての点をよく調べると思っていた。

「犯人の細密画師は全く痕跡を残していない」と名人オスマンは言った。「あの栗毛の馬を描いたのが誰か、これらの絵からではわからない。」

彼が置いた拡大鏡を手にとって、馬の鼻腔を見た。名人の言うとおりだった。エニシテの作った本のために書かれたあの栗毛の馬の、あの妙な鼻の孔に似ている何もこれらの馬にはなかった。

外では、わたしにはどう使うのかわからない道具を持って待っている拷問係がいることが、この時頭に引っかかった。開いたドアの隙間から彼らを見ようとしていた時、その中の一人が精霊に憑かれたかのように後ろに下がって桑の木の後ろに隠れた。

鉛色の朝を明るくする霊妙なる光のように、世界の礎スルタン閣下がまさにこの時入って来られた。

名人オスマンは、これらの馬の絵からは何も見つからなかったことをすぐに申し上げた。それでも三頭の馬の中の一頭が後ろ足で立ち上がった様に、もうひとつの優雅な姿勢に、三頭目の非常に古い写本に見られる威厳と誇りに、スルタン様の注意を惹かずにはいられなかった。同時にそれぞれの馬の絵を、どの細密画師が描いたのかも推定した。それらの細密画師の家を夜次々に訪れた少年もそれを確認した。

「細密画師を自分の手のひらのようにわたしが知っていることに驚かれないでください、スルタン様」と名人は言った。「掌（たなごころ）のように知っている細密画師たちから、わたしのまったく知らない線がどうして出てきたかに驚いているのです。なぜなら名人の細密画師のいかなる奇態も根拠のないものではないからです。」

「つまり？」とスルタン様は言われた。

「閣下、栄えあるスルタン様、この世の庇護者、わたしが思いますには、この栗毛の馬の鼻に見られる細密画師の隠れた署名は、意味のないつまらない誤りではなくて、その源ははるかな昔の別の様式、別の技術、別の手法、もしかしたらまったく別の馬にまでさかのぼるのかもしれません。宝物殿の、何重にも錠をかけられた地下室か櫃か戸棚の中にしまわれている、何百年も前の写本の傑作の中に、今日では誤りと見なされるものが、もしかして様式として見つかるかもしれません。そうすればそれが三人のうちのどの細密画師の筆か見つけられます。

「内裏の宝物殿に入りたいというのか」とスルタンは驚いて言われた。

「そうです」と名人は答えた。

このことは後宮に入りたいというほど大胆な要求だった。同時にわたしは次のことを理解した。後宮と宝物殿は、スルタンの宮殿の天国のごとき内裏の庭の一番美しい場所を占めていると同様に、この二つはスルタン様の心の一番大切な片隅をも占めていることを。

もう恐れずに見ることができるスルタン様の麗しいお顔から、どうなることかと読みとろうとしていると、突然行ってしまわれた。気を悪くされて怒ってしまわれたのだろうか。名人の失礼のせいでわたしたちを、さらには細密画師全員を処罰されるのだろうか。

前にある三頭の馬の絵を眺めながら、シェキュレにもう一度会えずに、同衾することもなく殺されることを想像した。非常に美しいにもかかわらず、このすばらしい馬は今やわたしにとっては遙かな遠い世界から出てきたかのように思われた。

内裏に、宮殿の心臓部に子どもの時から連れてこられて、ここで育てられて、生きていることが、スルタン様の僕となりそのために死ぬことができることの意味になるのなら、細密画師になることもまた、神に仕え、その美しさの僕となって、その美しさのために死ぬことができるという意味になることが、この恐ろしい沈黙の中で頭に刻み込まれた。

かなり経って、勘定方長官の部下がわたしたちを上に、中門につれていった時、わたしの頭はこの死を、死の沈黙を考えていた。しかしあれほど多くのパシャが処刑された表敬の門を通る時も、門番たちはあたかもわたしたちを見ていないかのように振舞った。きのうは、天国そのもののようにわたしの目を奪った御前会議の広場も、塔も孔雀すらも、どうしてかわたしを感動させなかった。さらに奥に、スルタン様の隠された世界の心臓部に、つれていかれるのがわかった。

こうして、大臣たちですら許可なしでは入れない門を入った。物語に入ってしまった子供のように、目の前に出てくるすばらしいものや怪物たちと目が合わないようにと、床を見て歩いた。謁見の部屋も見なかった。それでも一瞬ちらりと、後宮の壁や、他の木とはまったく変ったところのない普通のすずかけの木や、光った青い絹のカフタンを着た長身の男が目に入った。高い柱の間を通った。他の扉よりは立派で、華麗な鍾乳石の柄の付いた重い扉の前で止まった。入り口に、光ったカフタンを来た長老たちがいた。その中の一人が錠にかがんだ。

勘定方長官はわたしたちの目をじっと見て言った。「あなた方は幸運にもスルタン閣下の内裏に入ることを許された。誰も見たことのない写本を見たり、金の頁や、信じ難いような絵を見て、狩人のように犯人を追及するのだ。スルタン様は、名人オスマンに許された三日のうち一日を了えたので、残る二日のうちに、木曜日の昼までに、犯人が誰であるかを見つけ出して知らせるようにと、もし知らせることができずとあらば、近衛兵の隊長の拷問によってこのことを解決すると通告するようにと仰せられた。」

まず、鍵穴に、許可なしではいかなる鍵も入らないようにと入れてあった封蝋を保護すべく置かれた、南京錠の外袋を開けた。宝物殿の鍵番と二人の長老が、錠がちゃんとしていることを確認したことを頷いて示した。封印の蝋は壊された。鍵を鍵穴に入れると、みなの注目のうちに静寂の中でカチリと音を立てて開いた。名人オスマンの顔も一瞬灰色になった。表面に細工の施された重い木の両開きの扉の片側が開くと、その顔にあたかも非常に古くから残っていたかのように思われる黒い光がさした。

「スルタン様は筆記官や在庫品記録係は必要ではないといわれた」と長官は言った。宮殿の図書係の死後、本を管理する者がいなかった。そのためにジェズミ長老のみが中に伴う。」

ジェズミ長老は輝く目をした一寸法師で、少なくとも七十歳はこえていた。帆に似た被り物が本人よりも奇異だった。

「ジェズミ長老は宝物殿の内部を自分の家のように知っておる。本の場所でも何でも誰よりもよく知っておる。」

年老いた一寸法師はこの言葉にもえばらずに、宝物殿の新米の少年たちが運んでいる銀の足の付いている火鉢や、取っ手が螺鈿の室内便器や、ランプや燭台に目を通していた。

長官は、わたしたちの後ろで扉に錠をして、スルタン・セリムの七十年使われている印形で再び封蝋をして、夕刻の礼拝のあとで今ここにいる長老たちが証人として立っている前で封蝋が再びこわされること、さらに、着ているもののポケット、帯などの中に何も「間違えて」入れたりしないように注意すること、なぜならここを出る時は下着まで調べられるから、と言った。

両側に並んだ長老たちの間を通って中に入った。扉が後ろから閉められると、中は氷のようだった。一瞬真っ暗になった。鼻の奥まで黴、埃、湿気の臭いを感じた。どこもかしこもびっしりと物や櫃や兜などが入り混じって詰まっていた。

それが大きな戦を非常に近くからよく見たという感じを引き起こした。

高い窓の太い鉄棒と、高い壁に沿った中二階に上る階段の欄干と、二階を囲む木でできた歩廊の手すりの間から室内をくまなく照らす奇妙な光に目が慣れた。壁にかけられたビロードの布や絨緞やキリムの色のせいで、この部屋は紅かった。この部屋の豊かさや、これだけの品物が、それらを集められるために行われた外征、戦、流された血、略奪された町や宝庫の結果であることを感心して考えた。

「怖いかな？」と年寄りの一寸法師はわたしの心の中を口に出して言った。「初めてここに入った者は誰でも怖がる。夜にはこの品物たちの霊がささやいて話し合うのだ。」

恐ろしいのはこれら全ての品物の多量さの中に埋められている静寂だった。背後の扉の錠が下ろされて、封印の音が聞こえた。身動きもせずに、畏敬の念で眺めていた。

剣、象牙、カフタン、銀の燭台、絹の旗を見た。螺鈿の箱、鉄の櫃、中国製の花瓶、ベルト、楽器、鎧、絹のクッション、地球儀、長靴、毛皮、犀の角、細密画の描かれた駝鳥の卵、鉄棒、矛、戸棚また戸棚を見た。至る所に、布、絨緞、絹が積み上げられていた。これらは木の扉の付いた上の階から、手すりから、はめ込み戸棚から、壁に開けられた小部屋などから、わたしたちの上に玉のように流れ落ちるかのようだった。布地、箱、スルタンのカフタン、剣、ピンクの巨大な蝋燭、ターバン、真珠の刺繍のあるクッション、金の細工の付いた鞍、柄がダイヤモンドの三日月形の刀、取っ手にルビーの付いた矛、キルトしたターバン、ターバンの羽飾り、奇妙な時計、象牙の馬や象の彫像、頭にダイヤモンドの付いた水タバコのパイプ、螺鈿の引き出し、馬の羽飾り、巨大な数珠、ルビーとトルコ石で飾られた兜、水差し、短剣など、これらのものの上に奇妙な光が射していた。高窓から時々射しこむこの光は、夏の日にモスクのドームの上の明り取りから中に入る日の光のように、薄暗い部屋の中で、埃の微粒を照らし出していたが、これは日の光ではなかった。この奇妙な光のおかげで、ここでは空気があたかも手で触れられるもののようになっていた。この光のせいで、全てのものがあたかも同じ材料でできているかのように見えた。部屋の静寂を皆が体験してから、この冷たい部屋を支配している紅色も少し色褪せさせ、全てのものを同じ色合い見せている物が、光と共にいたるところを覆っている埃であることに気が付いた。これらのものの量の多さのおかげで、目で二、三度見ても、何であるかわからない妙なわけのわからないものになっているのだった。櫃と思ったものが、そのあと書見台だと思い、さらにその後でそれがヨーロッパの奇妙な道具であることがわかった。櫃から出して放り出されているカフタンや羽飾りの間にある螺鈿の櫃だと思ったものが、本当はロシアの皇帝から送られた奇妙な引き出しだとわかった。

ジェズミ長老が火鉢を、壁に作られた窪みに、手慣れた様子で置いた。

「写本はどこにあるか」と名人オスマンがささやいた。

「どの本が？」と一寸法師は言った。「アラビアから来たものかな、古代アラビア文字のコラーンかな。天国におられる故スルタン・ヤヴズ閣下がタブリーズから持ってきたものか、処刑されたパシャの押収された写本か、スルタン様のお祖父様にヴェネツィアの大使が贈った巻か、あるいはスルタン・メフメットの時代から遺っている本かな？」

「三十年前に、シャー・タフマスプが亡きスルタン・セリム閣下に贈ったものだ」と名人オスマンは言った。

一寸法師はわたしたちを大きな木の戸棚に連れて行った。扉を開けて、目の前にある巻を見ると、名人オスマンは待ちきれずに、一冊を開けて奥付を読んだ。頁を繰った。わたしも一緒に、それぞれに心を込めて描かれた、やや釣りあがった目をした殿様の絵を驚きをもって眺めた。

「チンギス・ハン、チャガタイ・ハン、トゥルイ・ハン、フラグ・ハンは中国の支配者である」と読んで本を閉じて、そして他の本を手に取った、名人オスマンは。

フェルハトが恋人シリンを恋の力で、馬もろとも肩に担いで苦労して運んだ場面を示す、信じ難いほど美しい絵が目前に現れた。恋人たちの激情と悲しみを強調するために、山の岩や雲やフェルハトの恋の証人となる三本の気高い糸杉の木の葉は、悲しみで震える手によって、深い苦悩を描いていて、落ち葉の上の涙の味と憂いは、直ちに名人オスマンとわたしに伝わった。この感動的な場面は、偉大な名人が意図したように、フェルハトの腕の力を示すためではなく、恋の苦しみが全世界で同様に感じられることを説くために描かれたのだ。

「八十年前、タブリーズで作られたベフザトの模倣だ」と名人オスマンは言いながら本を元に戻して、新しい本を開けた。

ケリレとディムネの中で、猫とねずみのやむをえない友情を示している絵だった。野で地上のテンと空の鷹に窮した哀れなねずみが、狩人の罠にかかっていた不運な猫に救いの途を見出す。猫はねずみの友達の振りをしてなめてやって、テンと鷹を追い払う。お返しにねずみは猫を罠から助けてやると合意する。わたしが絵の繊細さをわかる前に、名人はその本を元のところに戻して他の本を開いていた。

それは男と女の美しい絵だった。神秘的な女が、片方の手を優雅に開いて、何かを訊きながら、もう一方の手は緑色のコートの上からひざの辺りを持っている。男は女のほうを向いて、彼女の言葉を注意深く聴いている。わたしはその絵を、二人の間の親しさと愛と友情を羨ましく熱心に眺めた。

名人オスマンはその本をやめて、他の本の頁を開いた。お互いに宿敵であるペルシアとトゥランの軍隊の騎馬兵が、総具足で兜、脛当てをつけて、弓と箙と矢を持ち、壮麗なる伝説的な武装をした馬に乗って、決死の戦いに挑む前に整然と並んでいた。埃っぽい草原で色とりどりの飾りをつけた槍の穂先を立てて、前に出て戦っている司令官の闘いを忍耐強く眺めていた。その挿絵が今日作られようと、百年前であろうと、あるいは、戦争の場面であろうと恋の場面であろうと、細密画師が心から信じて描いて伝えたものは、彼自身の意思と絵への愛との戦いだと、さらには、細密画師は彼自身の忍耐を描くのだと断言しようとした時――

「これでもない」と言って名人オスマンは、その重い本を閉じた。

あるアルバムの頁では高い山々と曲がりくねったものが織りなす永遠に続くかと思える風景の細密画を見て、わたしは、絵とはこの世を見て、それをあたかもあの世であるかの如く描くことだと思った。名人オスマンは、この中国の絵がボハラからヘラトに、ヘラトからタブリーズに、ついにはタブリーズからスルタン様の宮殿まで、本から本の間を入ったり出たり、巻をばらしたり綴じたり、後に他の絵と一緒に装丁されたりして、中国からイスタンブルまで来たのかもしれないと語った。

それぞれにこの上なく恐ろしく、巧みに描かれた戦と死の絵を見た。ルステムとシャー・マーゼンデラン、ルステムがアフシャブの軍を攻撃するところ、ルステムが鎧甲冑に身を固め不思議な見知らぬ勇ましい戦士と……また他のアルバムでは、どの物語かはわからない伝説的軍隊が残酷に戦うときの、ばらばらになった死体、血に染まった剣、その目に死の光が輝いて見える悲しげな兵士たち、葦を刈るかのように互いに切り合う戦士たちを見た。名人オスマンは何千回も見たであろう、ヒュスレヴが夜月光の下で湖で水浴みするシリンを覗き見する様や、二人の恋人レイラとメジュヌンが長い別離のあとでお互いを見て気を失う様や、全ての世界から逃れて幸せの島で二人きりになったサラマンとアブサルが木や花や小鳥たちと共にいる生き生きとした幸せの絵を見た。偉大な名人のように、彼は一番拙い絵ですら、細密画師の弱点とか、色が他の色との間でひとりでに始めてしまった会話や、片隅に見られる欠陥に、わたしの注意を引かずにはいられなかった。たとえば、ヒュスレヴとシリンが侍女たちの語る甘美な物語を聴いているとき、木の枝にいてはならない不吉なふくろうを不幸で悪意のあるどの細密画師が描いたのであろうかとか、男前のヨセフの美しさに見とれて甘い橙をむいていた指を切ったエジプト人の女たちの中に、女の衣装をつけた美しい少年を誰が置いたのだろうかとか、イスフェンディヤルが盲にされるところを描いた細密画師は自分が後に盲目になることを考えられたかどうかなどを。

預言者様が昇天する時周囲を囲む天使たちや、土星を象徴する色の黒い六本の腕を持つ長い白髭の老人や、ルステムが母親や乳母の視線の下で螺鈿のゆりかごの中で安らかに寝ているところを見た。ダリウスがアレキサンダーの腕の中で苦悶の中で死ぬ様を、ベルハム・ギュルがロシアの皇子と共に紅い部屋に閉じ込めらたところを、シヤヴシュが、その鼻にはなんら奇態もなかった、黒馬に乗って火中を通るところを、息子によって殺されたヒュスレヴの悲しい葬儀などを見た。名人オスマンは本をすばやく取り上げて脇に置いた。時には識っている絵師を見つけてわたしに教えてくれたり、絵師が、廃墟の片隅にひっそりと生えている花やあるいは精霊とともに暗い井戸の中に隠れている花の中に、謙虚に隠した署名をみつけたり、署名や奥付を比較して誰が誰から何を受け継いだかなどを確認したりした。ある書物では、絵に出遭うかと長い間頁を繰るのだった。時には長い沈黙があって、頁を繰るかすかな音だけが聞こえた。時には名人が「おお！」とさけんでも、わたしは何に驚いたかがわからずに黙っていた。いくつかの絵では、頁の構成や、木や騎士が別の書で、まったく別の物語の別の場面で出会っていた絵と同じだとわたしに示して、説明してくれた。彼はまた、チムールの息子のシャー・ルザーの時代から残っている、つまり殆ど二百年前に作られたニザーミの五行詩の絵とタブリーズで七、八十年前に造られた絵を比べた。二人の細密画師がお互いの作品を見ないで全く同一の絵を描いていたのかはどうしてかと訊いた。そして自分で答えを言った。

「絵を書くことはおぼえていることだ。」

古い書物を開けたり閉じたりして、傑作を前にして悲しみに沈み（なぜなら、もうこういう絵は描けなかったから）、下手なものを見ては喜び（なぜなら本来細密画師はみな兄弟だったから！）、細密画師が覚えている物、古い木の絵、天使、格闘、天幕、龍や悲しみにくれる皇子を見せて、次のことを暗示する——かつてアラーの神はこの世をこの上なく比類なきものに見られた。見たものの美しさを信じて人間に委ねた。我々細密画師や細密画を愛する者の仕事は神がご覧になってわしらに残されたこのすばらしい光景を覚えていることである。各世代の細密画の一番の名人たちは一生を捧げ盲目になるまで働き、努力と霊感とで、神が『見よ』と言われたこのすばらしい夢に到達して、それを描こうと努めている。彼らのしたことは創造者を自分の記憶から思い出すことに似ている。しかし残念ながら、一番の名人ですら、あたかも疲れ切った老人か働いて盲目になった偉大な細密画師のように、あちらこちら僅かに思い出すことができるのだった。お互いの作品を全く見なかったにも拘わらず、しかも両者の間に何百年も隔たりがあるにも拘わらず昔の名人の木、鳥、風呂場で体を洗う皇子、窓際で憂いに沈む娘の姿などが、折々奇蹟のように互いに全く同じように描かれる理由はこれであった。

かなりしてから、宝物殿の部屋の紅い光がやや暗くなって、戸棚にはシャー・タフマスプがスルタン様の父君に贈った写本が一冊もないことがわかった後でも、名人オスマンは同じ理屈を言った。

「時には、鳥の翼、葉が木にどうやってついているか、軒先の曲がり具合、空の雲の様子、女の笑い方などが、何世紀もの間師から弟子へと、一生かかって示し、教え、覚えられて世代から世代へと保持される。名人の細密画師が自分の師から習ったものを完璧な規範の型と信じているために変えないのは、コラーンを変えない理屈と同じだ。

心から信じてコラーンを諳んじるように、記憶に刻まれたこの細部を決して忘れられない。しかし忘れないことは名人の細密画師がその細部を常に使うという意味にはならない。

細密画師が身を捧げて働いている工房の慣わしとか、その隣で描いているうるさい名人の習慣や色の好みとか、スルタンの気まぐれなどが、細密画師にこの細部を描くことを許さないで、小鳥の翼を、あるいは女の笑う様を描く……。」

「あるいは馬の鼻を」とわたしは言った。

「……あるいは馬の鼻を」と名人オスマンは少しも笑わずに続けた。「彼の魂の奥深くに、刻み込まれたようにではなく、現在偶々(たまたま)いる工房の慣わしに従って、他の絵師たちがやっているようにと、わかるかな?」

今まで数多くの模写を見てきたニザーミの『ヒュスレヴとシリン』の中のシリンが玉座にいる絵だった。王宮の壁にある二つの石に刻まれた碑銘を名人オスマンは声を出して読んだ、「偉大なアラーの神よ、我らが高貴なるスルタン、正義の可汗、勝利者チムールの息子の力と支配と王国を護り給え、幸あれ（左の石に書かれていた）、富あれ（右の石に書かれていた）」と。

「細密画師が馬の鼻を記憶に刻まれたように描いている絵は、どこで見つかるのですか？」としばらく後でわたしは訊いた。

「シャー・タフマスプが贈った伝説の『王書』の巻を見つけねばならない」と名人オスマンは言った。「細密画を描くのに、アラーの神も加わられた、あの美しい古い伝説の時代に行かねばならない。まだまだ沢山の書を見るぞ。」

名人オスマンの本当の目的は、奇妙な鼻の馬の絵を見ることではなくて、長年の間この宝物殿に誰からも見られずに眠っているこのすぐれた絵を、できるだけ多く見ることであると思い至った。家でわたしを待っているシェキュレに会わせてくれる鍵を見つけるのを待ちきれずにいたので、この偉大な名人が氷のような宝物殿にできるだけ長くとどまりたいというのを信じたくなかった。

こうして、年老いた一寸法師の示す他の戸棚や他の櫃を開けては絵を見ることを続けた。時にはどれも同じような絵に飽きて、ヒュスレヴが王宮の窓の下にシリンに会いに来るところなど二度と見たくないと言ったり、ヒュスレヴの馬の鼻さえ見ずに、名人のそばを離れて火鉢のそばに行って温まったり、あるいは宝物殿に続いている部屋にある、恐るべき布地、金、戦利品、武器、甲冑の積み重なる様に、尊敬し感嘆しつつ歩き回ったり、時には名人オスマンの発した声や身振りから、書物で新しい傑作あるいは、そう、奇妙な鼻の馬をついに見つけたかと思って駆け寄ったりした。そして遥かスルタン・メフメットの時代から残っているウシャク絨毯の上に丸くなって座っている名人の、震える両手の間に持っている頁を見ると、今まで見たことのない絵だった。預言者ノアの方舟に悪魔がこっそり乗り込むところの絵であった。

チムールの時代から、ずっと後のスルタン・スレイマンにいたる諸国の王位に座した何百人ものシャーや王やスルタンや可汗が、小鹿、獅子、兎の間で幸せに楽しげに狩をするさまを眺めた。駱駝の後ろ脚の膝に縛った板を踏み台にして、哀れな動物を獣姦する恥知らずには、悪魔すら驚き恥じいったことだろう。バグダードを経てきたアラビア語の本では、伝説の鳥の足に摑まって海を渡る商人が空を飛ぶ様を見た。その次の書のひとりでに開いた最初の頁では、シェキュレとわたしが一番好きな場面である、シリンが木の枝に掛けられたヒュスレヴの絵を見て恋に落ちるところを見た。象の背に置かれた糸巻きや金属の玉や小鳥やアラビア人の彫像から作られた複雑な時計の中を描く絵を見て、わたしたちは時間を思い出した。

書から書へ、絵から絵へと、どれくらいの間こうしていたかわからない。見た絵や物語が示した決して変わることのない黄金の時間が、わたしたちが宝物殿の部屋で過ごしたかび臭い湿気た時間と混じりあった。何世紀もの間、あれほど多くのシャーや皇子や可汗やスルタンの細密画師の工房で絵師たちが視力を費やし描いた頁が、櫃に隠されてからどれほどの年月の後に、わたしたちを取り巻く兜、柄がダイヤモンドの剣、短剣、鎧、遥か中国より来た茶碗、埃をかぶった優美なウド、同じものを絵で見たことのある真珠のクッション、キリム、さまざまな馬が動きだし、生き返った。

「何世紀もの間、何千人もの細密画師が同じような絵を密かにおとなしく作りつつ、世界が密かに緩やかに別の世界に変移するのを描いていたのが今わかる。」

偉大な名人が何を言おうとしていたかは、全部は理解できなかったことを白状する。しかしボハラから、ヘラトから、タブリーズに、バグダードに、そして遥かイスタンブルまで、この二百年の間に作られた何千もの絵に名人の示した注意深さは、馬の鼻孔に印を探すことを超えていた。わたしたちは、これらの地で数世紀の間絵や細密画を描いた全ての名人の霊感と技と忍耐に対して、一種の挽歌と畏敬の儀式をしたのだった。

このゆえに、夕刻の礼拝の時刻に宝物殿の扉が開けられた時に、名人オスマンがわたしに、外に出たくないこと、ここで朝まで蝋燭やランプの光で絵を見れば、スルタン様に命じられた役目をやっと果たすことができるといった時、わたしの心の中に最初に浮かんだのは、彼と――そして一寸法師と共に――ここにとどまることだった。そして彼らにそう告げた。扉を開けて、名人がこの決心を外で待っていた長老たちに伝えて勘定方長官の許可を求めた時、わたしはすぐに後悔した。シェキュレと家が目の前に見えた。夜を一人で子供たちとどうやって過ごすだろうか、鎧戸を修理した窓をしっかり閉めるだろうかと、考えるとはらはらした。

宝物殿の片方だけ開けた扉の間から、霧の中のように微かに見える内裏の中庭の濡れた大きなすずかけの木や、幸せな庭園でスルタン様を煩わせないようにと聾(つんぼ)の使う手話で話している二人の召使の少年たちの動作が、外のすばらしい生活に招いていたが、恥ずかしさと罪悪感でわたしはそのままでいた。

50　わたしらは二人の修行者

スルタン閣下のご先祖様が、何百年もの間に何百もの国を征服して、略奪していっぱいにした宝物殿の一番奥にあるアルバムで、中国やサマルカンドやヘラトから来た頁の中に、わたしら二人の絵もあるという噂が、一寸法師ジェズミ老によって細密画師の部門にまで広まったからには、わたしらも自分の物語を自分風にお話ししても、このコーヒーハウスにいらしているご立派なかたがたも気にされないと思います。

わたしらの死から百十年経ちました。異端の砦、悪魔の巣といわれた修行団の館が、矯正不可能だ、所詮ペルシアを支持する輩だとうわさされてから四十年が過ぎました。しかしわたしらは皆さんの前にいます。どうしてかって？　なぜならヨーロッパの手法で描かれたからです！　この絵でご覧いただけるように、ある日わたしら二人の修行者はスルタンの国で町から町へと歩いていました。

わたしらは裸足で、頭は剃って、半分裸のようでした。二人ともチョッキと鹿の毛皮をつけて、腰にはベルトが一本ずつ、手には先の曲がった杖、首から提げた鎖の端には托鉢の鉢をぶら下げて、一人は木を切るための斧を、もう一人は何であれ神様が下さる食べ物を食べるための匙を持っていました。

そのとき、泉のそばの旅籠の前で、わたしらが、親友であり、愛する人であり、兄弟であるもう一人と、どちらが先に匙で托鉢の鉢から食べるかと、いつものように言い争いに夢中になっていた時、ヨーロッパ人の旅行者の変な男がわたしらを止めて、二人に一枚ずつヴェネツィア銀貨をくれて、わたしらの絵を描き始めました。

彼はヨーロッパ人でした。変った人でした。わたしらがあたかもスルタンのテントであるかのように、わたしらを紙面の中央に描きました。半裸に近い姿を描いていましたから、あることをすぐ思いつき、相棒に言いました。本物の貧しい乞食であるカレンデリ宗派の修行者に見えるようにと、黒目をまぶたの中に入れて、白目を出して盲に見えるようにしました。こうすると、修行者の性格上、外界をではなく頭の中の世界を眺めます。つまり頭は阿片でいっぱいですから、頭の中の光景はもっと気持ちのいいものでした。しかし外の光景はもっと悪いものになっていました。なぜならあるホジャがわめいているのが聞こえたのです。

どうか誤解しないでください。ホジャと言うと、一週間前にこのコーヒーハウスで誤解されたそうですが、ホジャと言ったからといって、これはエルズルムの説教師ヌスレト・ホジャ閣下ではなく、父親も確かでないフスレト・ホジャでもなく、木の上で悪魔と例のことをやったシヴァスのホジャでもありません。なぜなら何でも悪く解釈する人たちは、もし二度とホジャ閣下に触れたら、わたし共咄し家の舌を切って、コーヒーハウスをもひっくり返すというのですから。

百二十年前、コーヒーハウスというものはなかったから、わたしらが話しているホジャは頭から湯気を立てて怒りました。

「どうしてこいつ等を描くのか、ヨーロッパの異教徒は」と言いました。「盗みをしたり、物乞いをしたりして放浪するこの惨めなカレンデリの修行者は、阿片を飲み、葡萄酒を飲む。男色をしたり、この半裸の状態からも明らかなように、奴等は礼拝もせず、祈祷の文句も知らず、家も家族も祖国も知らない。よい世界の滓(かす)にすぎない。わしらの世界に、こんなに、美しいものが沢山あるのに、どうしてこの汚いものを描くのか。わたしたちに恥をかかせるためか？」

「いいえ、そうではありません。あなた方の惨めな状態の絵の方が高く売れるためです」とその異教徒は言いました。わたしらはこの絵師の理屈のしっかりしているのにあっけにとられました。

「金になるのなら、悪魔をも美しく描くのか」とホジャはずるがしこく議論を吹っかけようとしましたが、この絵からもおわかりのように、このヨーロッパの絵師は本物の芸術家でした。騒動ではなく、金のことで頭がいっぱいで、彼には耳を傾けませんでした。

　こうしてわたしらを描きました。そして馬の鞍の内側の紙挟みに入れて、異教徒の国に帰りました。しかしオスマン・トルコの勝利の軍がドナウ河のほとりを征服し、略奪したので、わたしらは戻って、イスタンブルの宝物殿に入りました。そこでも、見て模写されたり、あちらの秘密の帳面からこちらの本へとこっそり写されたりして、ついにこの楽しいコーヒーハウスに来ました。ここではコーヒーが若返らせ、元気付ける霊薬のようです。さてそれでは――

絵と死とこの世に於けるわたしらの位置に関する簡単な説明

先ほどちょっと触れたコンヤのホジャの説教を書いてまとめた厚い本のあるところに、こうのたまっています、『カレンデル宗派の修行者はこの世の滓である。なぜなら、この世の人間は一、要人、二、商人、三、農民、四、芸術家にわけられる。それに入らないのなら滓である』と。

さらに曰く、『彼らは二人一組で歩く。そして二人で一つの匙を持って、どちらが先に托鉢の鉢から食べるかと議論する。本当はどちらがどちらに先にやるかという密かな淫猥な暗示であるが、知らない者はわからないで笑っている』と。ドウカ・ゴカイシテ・クダサイマスナノ・ホジャ閣下はこの秘密がわかったのです。ご自身もきれいな少年や見習いや細密画師の一族と同じ道を行く旅人でおられるからこそ。

本当の秘密

しかしながら、本当の秘密はこうなのです。ヨーロッパの異教徒がわたしらを描いている時、彼はわたしらをそれは優しく見て細部まで気をつけていましたから、わたしらも彼が気に入り、喜んで描いてもらいました。しかし彼は、世界を自分の肉眼で見て描くという過ちを犯しました。彼はわたしらを盲目であるかのように描きました。本当はわたしらはちゃんと見えたのに。でも、わたしらは気にしていません。満足しています。ホジャによればわたしらは地獄にいるはずでした。無神論者によれば、わたしらは単なる朽ちた死体です。あなた方、細密画師の賢いグループによれば、わたしらは絵です。絵だからこそ、生きているかのように、ここで皆さんの前に立っているのです。件のホジャと出会った後、コンヤからシヴァスに向かい、三夜で八つの村を乞食（こつじき）しながら、歩きました。ある晩、ひどく寒くて、雪が降りました。わたしら二人の修行者はしっかり抱合って眠ってしまい、凍え死んだのです。死ぬ前に夢を見ました。何千年も後に、天国に行った絵の題材だったのです。わたしらは絵に描かれて、その絵が何千年も生きた後、天国に行ったのを夢で見たのです。

51　名人オスマンだ、わしは

ボハラにアブドラ・ハンの時代から遺っている話がある。非常に猜疑心の強かった支配者ウズベク・ハンは、一枚の絵に一人以上の細密画師の筆が触れることに異議はとなえなかったものの、細密画師がお互いの頁を見て写しあうことを嫌ったそうだ。なぜなら、誰かが絵で罪を犯したとき、平気で互いの絵を写した細密画師たちの間では犯人を見つけることが不可能になるからだった。それ以上に重要なのは、互いの絵を盗む絵師たちは、やがては、努力して闇の中でアラーの神の記憶を捜し求める代りに、他の者の絵をこっそり見て、それを努力もせずに描いたからだった。このゆえに、戦争や冷酷なシャーなどから遁れて、一人は南のシーラーズから、もう一人は東のサマルカンドから自分の下にやって来た、二人の偉大な名人をウズベク・ハンは喜んで迎えたが、この二人の高名な芸術家に互いの絵を見ることを禁じて、宮殿のお互いに一番離れたところに、小さい細密画の仕事部屋を、各々に与えた。こうして二人の偉大な名人は、正確には三十七年と四か月の間、お互いの見ていない頁がいかにすばらしいか、どの点で異なり、どの点で妙な形で類似しているかを、あたかも伝説を聞くように聞いて、お互いの絵にひどく興味を持っていた。ウズベク・ハンが亀のように長い一生を終えて死んだ後で、二人の年老いた細密画師はお互いの絵を見るために相手の部屋に走って行った。そして大きな座布団の両端に座って、お互いの写本を手にとって、アブドラ・ハンの語った伝説から知っているお互いの絵を見た。そして二人とも失望した。なぜならそこに見た絵は、殿様から聞いていたような壮観ではなくて、曇った、当時見ていた全ての絵のように特徴のない、色あせたものに見えたから。この名人たちはその曇りの理由が二人に始まった盲目のせいであることがわからなかった。まもなく二人とも完全に盲目になったが、それでもわからなかった。一生涯殿様に騙されたと思い込み、夢は絵よりも美しいと信じて死んだそうだ。

　夜半に宝物殿の寒い部屋で、四十年もの間想像していた写本の頁を寒さで氷のようになった指で繰って見ている時のわしはこの残酷なボハラの物語の主人公よりはずっと幸せだった。一生涯伝説として聞いていた本を、盲目になって死ぬ前に手にして、わしはひどく興奮していた。時には、繰って開けた頁が、聞いていた伝説よりすばらしいのを見て、「神よ、感謝します」とつぶやいた。

　たとえば、八十年前シャー・イスマイルが川を越えて、ヘラトや全ホラサンをウズベク人から剣によって奪い返し、弟のサム・ミルザをヘラトの知事にすると、弟はこの幸福を祝うために、一冊の写本を作らせた。エミール・ヒュスレヴのデリーの宮殿で見たそれに似た物語を『星の出会い』という名の本として再び書かせ、挿絵をつけさせた。この本の中の一枚の絵は、伝説で聞いていたように、川の岸辺で出会って勝利と遭遇を祝う二人の支配者を表していた。この支配者の顔は本の物語が語るデリーのスルタン、ケイクバートと父親のベンガルの支配者ブウラ・ハンに似ていたが、同時にまた本の作成に関わるシャー・

イスマイルと弟サム・ミルザにも似ていた。頭にどちらかの物語を想像して絵を見ると、スルタンの天幕の中でその物語の主人公の顔が現れてくるのは確かだった。アラーの神に、この奇蹟の頁を見る機会を与えてくれたことを感謝した。

また、同じ伝説の時代の偉大な名人シェイク・ムハンマドの描いた絵で、スルタンに対する畏敬と敬愛の念が愛に近いものとなった貧しいしもべが、スルタンがポロを遊んでいる時、もしかして球が彼のところに転がってきたらそれを捉えてお渡ししようと願って長い間忍耐強く待っていると、本当に球が彼のところにきて、それを拾い上げてスルタンに差し上げるところを描いていた。何千回も聞いていたように、偉大な殿様に、壮麗なるスルタンに、貧しいしもべが、あるいは偉大な名人に対して若い見習いが感じる、当然なる敬愛、感嘆、献身をしもべが球を持つ指の伸ばし方に、スルタンの顔をどうしても見る勇気がない様子に、いかに繊細なるきわめて深い理解をもって描いていたのかを見た。これを見る時、人が、わしもだが、深く感じるように、この世で一番大きな幸福が、若く美しく賢い見習いに名人として師となることであると共に、偉大な名人に奴隷的な服従、献身を持って見習いとなることであるのを理解する。このことを知らない者のためにわしは憂えた。

わしが頁をめくって、何千もの小鳥、馬、兵士、恋人、駱駝、木、雲に全神経を集中して、しかも急いで見ている時、宝物殿の幸せな一寸法師はその富を誇示する機会を見つけた昔のシャーの如く、平然と自慢げに次々と櫃を持ち出しては新しい写本を前に置いた。優れた写本、凡庸なもの、整っていないアルバムなどの詰まった鉄製の櫃の別々の片隅から出てきた、この上ない二冊の本があった——ひとつはシーラーズ風に装丁された臙脂色の表紙で、もう一つはヘラト風な装丁で中国風に濃い艶出しを使っていた。それらはいずれもよく似ていて、最初は写されたものだと思った。どちらが本物でどちらが模倣かと決めようと、奥付の書家の名やら隠れた署名を探していると、あることが分かって身震いした。この二冊のニザーミの書はタブリーズのシェイク・アリの作った伝説の書であったのだ——一冊は黒羊朝の王、ジハン・シャーのために、そしてもう一冊は白羊朝の長身のハッサンのために。黒羊朝のシャーが最初の書に似たものを作らせまいとして絵師を盲目にした後で、偉大な名人は白羊朝の王の下に庇護をもとめて、記憶をもとにより優れたものを作ったのだった。盲目になった後で作ったこの伝説の書の第二の本の絵は、より簡潔で純粋であったが、色は最初の本の方がより生き生きとして、生命感に溢れているのを見たことは、盲目の記憶が人生の冷酷な姿を表すと同時に生命感を殺すことをわしに思い出させた。

わしは真に偉大な名人であり、そのことは全てを見て全てを知っておられるアラーの神ももちろんご存知でおられるから、わしもいつか盲目になることを知っている。しかし今わしはそれを望んでいるのだろうか？　打ち首になる前に、最後にもう一度景色を見たいという死刑囚の如く、「これらの絵を全て見せてください、目が満足するまで」と神に願った。なぜなら宝物殿の部屋の物が詰った壮麗な恐るべき闇の中で、神が近くにおられるのを感じていたから。

繰った頁で、神の采配か、盲目の伝説とその主題がよくわたしの前に出てきた。シリンが野に遊ぶ時、すずかけの木に掛けてあるヒュスレヴの絵を見て恋に落ちることが描いてある有名な場面で、すずかけの木の全ての葉を、空を覆う形で一枚ずつ描いているシーラーズのシェイク・アリ・ルザーは、この絵を見て本来の主題はすずかけの木ではないのにという馬鹿者に答えて曰く、「本当の主題は美しい娘の情熱でもなくて、細密画師の情熱であること」を誇りをもって証明すべく、同じすずかけの木を、米粒の上に全ての葉も同じように描いた。それを始めて七年三か月後、盲目になると、偉大な名人がやっと半分を終えた米粒の上の木ではなくて、シリンのかわいらしい侍女の美しい足の裏に誇らしげに書かれた署名が間違いでなければ、盲目になったこの名人が紙に描いたすばらしい木をわしはもちろん見た。他の頁では、アレキサンダーがルステムによって先がフォーク状になった矢で盲らにされるところを、インドの国の手法を知っている絵師が生き生きと、色とりどりに描いたので、本物の細密画師の永遠の悲しみでもあり、密かな望みでもある盲目が見る者には幸せな饗宴の始まりのように見えた。

これらの絵や写本を、長年の間伝説として聞いていたものを、自分の目で見たいという者の興奮と共に、まもなく必ずや見えなくなるであろうことを感じている老人の憂いとで眺めていた。布地と埃の色や蝋燭の奇妙な光のために初めて見る暗い紅に染まった寒い宝物殿の部屋で、わたしが讃嘆の叫び声を上げると、カラと一寸法師が駆け寄ってきて、前にあるすばらしい絵をわしの肩越しに見るのだった。するとわしは我慢できなくなって彼らに説明し始めるのだった。

「この紅はタブリーズの偉大な名人ミルザ・ババ・イマムので、その秘密も本人と共に墓に入ってしまった紅である。」「絨毯の縁に、ペルシアのシャーのターバンの紅いしるしに、そして見てごらん、この頁では獅子の腹に、ここでは麗しい男の子のカフタンに塗っている。血を流すとき以外には、アラーの神はそのしもべである人間に、直接には決して見せてくださらなかったが、しかし努力して見つけるようにと石の間にいる稀少な虫の中に隠されている美しい紅色は、この世では、肉眼では人工の布地の上と偉大な名人の描いた絵の中でのみ見ることができる」と言って、付け加えた。「これを今見せてくださった神に感謝します。」

「ここを見なされ」とかなりしてから、また抑えきれずに言った。そして彼らに、恋や友情や春や幸福についで触れている抒情詩の本に入るべき、すばらしい絵を見せた。春に色とりどりに花が咲く、天国をも思わせる庭園の糸杉や、その庭に座して葡萄酒を飲み、詩を詠む恋人たちの幸せを見て、黴と埃の臭う冷たい宝物殿の部屋で春の花と幸せな恋人たちの肌の柔らかい香を感じた。「恋人たちの腕や美しい裸足の足や優雅なたたずまい、辺りを飛び交う小鳥たちの歓び、それらをこれほどまでに心から捉えた細密画師が後方の糸杉の木を描く時のいい加減さを見なされ」とわしは言った。「気難しくてけんか早いために、殆どの絵は完成されずに、『あいつに何がわかるか』と言っては全てのシャーや王とけんかをして、いずれの町にも長く滞まることのなかったボハラのルトフィの絵だ、これは。喧嘩をしいしい、あるシャーの城から他の城へと、町から町へと流浪したが、その写本のために働いてもいいと思う支配者が見つからなかった。偉大な名人は、最後には荒れ果てた山々を支配するちっぽけな首領の細密画の工房に属した。そして『国は小さいかも知れぬが、殿様は細密画がわかる』といって生涯の最期の二十五年をそこで過ごした。この小さな殿様が盲目であったことを彼が知っていたかどうかは、今日でも議論されるし揶揄されている。」

「この頁を見て見なさい」と夜半をだいぶ過ぎてからわしは言った。燭台を手にして二人ともすぐに駆け寄ってきた。「ヘラトからここまで、遥かチムールの孫の時代から今日まで百五十年の間に、持ち主が十回変わったのだ、この本は。」わしの拡大鏡を使って三人は署名や献辞や歴史的事実やスルタンの名が――互いに殺し合ったが――奥付のどの隅にも一ぱいに書き込まれていた。たとえば、『この巻は神の加護により、ヘラトのムザッフェルの息子、書家スルタン・ヴェリの手によって、イスラム暦八四九年に、ヘラトに於いて、世界の支配者バイスングルの弟ムハメット・ジュキの妻イスメット・ウッドゥンヤのために完成された』と。後に白羊朝のスルタン・ハリルの手に渡り、さらに後に息子のヤクプ・ベイに、それから北方のウズベクのスルタンたちの手に移り、各々がある時期たのしみ、いくつかの絵を抜いて他の絵を加えて、美しい妻の顔を加えたり、奥付に誇らしげに自分の名を加えたりした。このウズベクのスルタンの手から、ヘラトを奪い取ったシャー・イスマイルの弟サム・ミルザの手に移り、彼が、別の献辞で兄に贈ったことを、本をタブリーズに持っていったシャー・イスマイルがそれを贈り物として準備し新しい献辞を書かせたことを読んだ。それを亡きヤヴズ・スルタン・セリムがチャルドゥランの戦いで敗北させ、七天宮殿を略奪すると、勝ったスルタンの兵士によって砂漠や川を越えてイスタンブルに、この宝物殿の部屋まで来たのを読んだ。

年老いた細密画師のわしの関心と興奮を、カラと一寸法師がどこまで共にしただろうか？　新しい書物を開けて、頁を繰って、大小の何百もの町、気性も何も異なるそれぞれの残酷なシャーや殿様や首領の下で、細密画を描き才能を見せ、盲目になった、何千もの細密画師の深い悲しみを心の中で感じた。拷問の仕方や道具を示す初歩的な本の頁を繰るとき、見習いの時期に誰もが受けた殴打、定規で頬が真っ赤になるまで叩かれ、大理石の磨き石で剃った頭を打たれた痛みを屈辱を持って感じた。拷問をアラーの神の正義をこの世で行うために法官の監督の下でしなければならない必要な方法と見る代りに、わしらがどんなに残酷で邪悪な心の持ち主であるかを、異教徒の旅行者が同じ宗教の者たちに説明するために、数枚の金貨でこういう絵を描く恥知らずな細密画師に描かせた惨めな本が、オスマン・トルコでの宝物殿で何をしているのかわからなかった。しかしわしは足の裏の鞭打ち、磔、絞首刑、逆さ吊り、鉤吊り、杭の上での串刺し、大砲の中に入れて飛ばすこと、釘打ち、水責め、のどを切る、飢えた犬に与える、鞭打ち、袋詰め、締め付け、冷たい水につける、指の骨を折る、髪の毛を抜く、皮を剥ぐ、鼻を切り取り目を刳り抜くなどの絵を描くとき、この細密画師が感じた快感を想って恥ずかしかった。わしらのように見習い時代に足の裏を鞭打たれ、気まぐれに殴られ、間違った線を引いていらいらしている名人の気分を楽にするために殴られたり、あるいはまた、体の中にいる悪魔が死んで細密画師の精霊として生まれ変わるようにといっては叩かれた者のみが、鞭打ちや拷問の絵を描くことに喜びを感じ、子供の爪を陽気に楽しく塗るように、これらの道具に色をつけることができるのだ。

何百年も後に、わしらの描いた写本の挿絵を通して、遠くからはあまりよくわからないが、しかし近づいたり理解したいという努力もせずにわしらの世界を見る者は、寒い宝物殿でわしが感じた恥辱、幸福、深い苦しみ、また目の愉しみは、感じることはできるかもしれないが完全にはわからない。寒さで感覚を失った老人の指は頁を繰る時、螺鈿の柄の付いた長年を共にした拡大鏡と左の目は、絵の上を、あたかも全世界の上を渡って行く年老いたこうのとりのように、下界の景色にはあまり驚かずに、それでも新しいものは感心して眺める。長年の間わしらから隠されていたこれらの絵から、あるものは伝説として聞いていたが、どの細密画師が誰から何を習得したか、今日スタイルといわれているものが最初、どの細密画の工房で、どのシャーの庇護の下で形成されたか、どの伝説の名人が誰に仕えたかがわかってきた。たとえばヘラトから中国の影響でペルシア中に広まったと思っていた縮れた中国風の雲が実はカズヴィンでも使われていたことを知った時には『おお！』と疲れた感嘆の声をあげた。しかし、心の深いところで感じた苦痛や、あなたがたにはよく説明できない悲しみと悔恨は、見習い時代に多くの名人たちから虐められ、蔑まれた月のように美しい顔をした、小鹿のような目をした、若芽のようなほっそりしたきれいな細密画師たちが、絵のために体験した苦しみ、感じた興奮や夢、名人たちに感じた恋心、共通に持った細密画への愛、そして長い年月の努力の後に至る忘れ去られ、盲目になることなどと関係があった。

スルタン様のために長年の間戦争と祝賀の絵を描いてきたので、描くことができることをわしの魂がひっそりと忘れてしまったあの繊細で優雅な感覚の世界に、この悲しみと悔恨と共に入っていった。絵を集めたアルバムの中で、紅い唇の、ほっそりした腰をしたペルシアの少年が、その時わしがしていたように、本を抱えているのを見て、金や権力に夢中になっているシャーが忘れていること、つまり全ての美がアラーの神のものであることを思い出した。他のアルバムの頁では、イスファハンの若い名人が描いた互いに恋している二人の若者を見て、自分の若い見習いに対する愛を思い出して涙で眺めた。小さな足をもつ透明な肌をしたたおやかな若者がほっそりした腕をむき出しにしているのを見ると、人は口づけをして死んでもいいと思う。一方ではさくらんぼうのような紅い唇、切れ長の目、小さい鼻の、若芽のようなほっそりした美女が、若者が彼女への愛の強さと忠誠の印としてその美しい腕に焼いてつけた深い情熱のしるしを、あたかも美しい三つの花を見るかのように眺めている。

奇妙に胸がどきどきし始めた。タブリーズから来た黒インクの手法で描かれた大理石の肌をした若者や小さな胸をした娘たちを描いているややみだらな絵を、見習い時代の初期に、六十年前に、見た時のように額に汗の玉が付いた。名人になって結婚した数年後に、見習いの候補者として連れてこられた天使のような顔をした切れ長の目の薔薇のように美しい若者を見たときに感じた思いが、わたしの深部の描きたいという情熱を思い出させた。一瞬細密画を描くことが悔恨と悲哀ではなくて、感じている欲望と関係あるということ、名人の細密画師の技がこの欲望を神の愛に変えて、それから神がご覧になるこの世への愛に変えることであると感じた。仕事板を胸に抱えて背が丸くなるまで過してきた一生を、芸術を習うために殴られたことを、細密画を描いて盲目になる決意を、自らも体験し他人にも体験させた細密画の全ての苦しみを、あたかも幸せな歓喜の勝利のように感じた。あたかも禁じられているものを見るかのように、このすばらしい絵を長い間うっとりと眺めた。かなり経ってまだ眺めていた。目から涙が一滴落ちて頬をつたって顎鬚の中に入った。

宝物殿の部屋の中をゆっくり歩む燭台のひとつが近づいて来るのを見ると、アルバムを片付けた。そして少し前一寸法師が傍らにおいていった書を適当に開いた。

これもあるシャーのために作られた特別のアルバムだった。緑の野の端で愛し合っている二頭の鹿を見た。ジャッカルが敵意を持って嫉妬していた。頁を繰った。

ヘラトの昔の名人だけが描ける栗毛と赤毛の馬を見た。なんと美しいことか！

頁を繰った。すると自信をもって座っている政府の高官を見た。七十年前の絵だった。顔からは誰かわからなかった。なぜなら誰にでも似ていたから。絵の雰囲気が、座っている男の顎鬚が何色(なんしょく)かに塗られていることから、あることを思いついたと言おうとした。胸がどきどきした。その絵の、すばらしい手の描き方から誰のかわかった。そのことをわしの心臓はわしよりも先に感じた。彼のみがこの美しい手を描けるのだった。その絵は偉大な名人ベフザトのものだった。あたかも絵からわしの顔に光がさしたようだった。

以前に何度か大名人ベフザトが描いた絵を見た。絵を見たことはあったが、何年も前にその絵を一人ではなくて、古い名人たちと一緒に見たので、多分その絵が大名人ベフザトのものだと確信がなかったので、今のようにまぶしくはなかった。

宝物殿の黴の臭いのする暗さがあたかも明るくなったかのようだった。美しく描かれた手と少し前に見た愛の印を刻まれたほっそりした腕が頭の中でひとつになった。神に、この美しさを盲目になる前に見せてくださったことを感謝した。まもなく盲目になることがどうしてわかるかって？　わからない。燭台を手にしてわしの見ている頁を眺めているカラに、一瞬この気持ちを話せると感じたが、口からは他のことが出た。

「手の美しさを見てごらん」と言った。「ベフザトのだ。」

若いとき、それぞれ全て愛していた見習いたちのあのやわらかいビロードのような肌をしたきれいな子供たちの手を取るように、わしの手はひとりでにカラの手を取っていた。その手は滑らかで、がっしりしていて、わしの手よりも温かかった。腕につながる手首のところの静脈が見える側も気に入ったし、手は優雅で幅広かった。若い時、見習いのその手を握って筆の持ち方を教える前に、おびえているかわいい目の中を愛しく見つめるように、カラをもそうやって眺めた。カラの手にある燭台の炎をその瞳の中に見た。

「わしら細密画師は皆兄弟だ」と言った。「しかしいまや全てが終わろうとしている。」

「どういうことですか？」

生涯を殿様や皇子に捧げ、その細密画師の工房で昔の名人の様式で傑作を作り、さらには工房のスタイルを確立した偉大な名人が、庇護者である殿様が戦で敗北すると、町に入ってきた敵の略奪者の兵士の後ろから来る新しい支配者が、自分の工房を踏み潰し、写本をこわし、頁を混ぜて、自分が作り出し自分の子供のように愛した、長い間信じられてきたすばらしい細部も、残っている全てをも軽蔑して破壊するのを知っているので、『いまや全てが終わった』といって盲目になることを望むかのように、わしもそう言ったのだった。しかしこのことをカラに他の方法で説明しなければならない。

「この絵は偉大な詩人ハティフィの絵だ」と言った。「ハティフィは偉大な詩人であったので、シャー・イスマイルがヘラトを奪った時に、誰もが諂って新王の下に走った時も、彼は自分の家から動かなかったそうだ。シャー・イスマイルは彼のところに、町外れにある彼の家にまで行ったそうだ。これがハティフィの絵であり、名人ベフザトが描いたものだ。彼の顔からではなくて、絵の下に書いてあるからそうわかるのだ。そうであろう？」

カラはきれいな目で「そうです」と言いながらわしを見た。「絵の中の詩人の顔を見ると」とわしは言った。「誰の顔とも見える。アブドラ・ハティフィが、彼の魂に平安あれ、今ここにいても、絵の顔からは確認できない。しかしこの絵全体からはできる。この絵の雰囲気に、ハティフィの姿に、色に、金泥装飾に、そして名人ベフザトの描いたあの美しい手に何かがあって、これがかの詩人の絵であることがすぐわかるのだ。わしらの芸術の世界では、意味が形に先行する。スルタン様がエニシテに作らせた本に於けるように、ヨーロッパやイタリアの名人を真似て描き始めると意味の領域が終わって形の領域が始まって、ヨーロッパの手法では……。」

「エニシテは、彼の魂に平安あれ、殺されました」とカラはぶしつけに言った。

手のひらの中にあるカラの手を、将来すばらしい絵を描くであろう若い見習いの小さい手を敬意を持って撫でるように、撫でた。わしらはしばらくの間、黙って恭しくベフザトの傑作を眺めていた。それから、カラは自分の手をわしの手の中から引いた。

「これより前の頁にあった栗毛の馬の鼻を見ないで急いで過ぎてしまいました」と彼は言った。

「そこには何もない」とわしは言って、彼に見せるために前の頁を開けた。馬の鼻の孔に異状はなかった。

「いつになったら、鼻が奇妙な馬が見つかるでしょうか」とカラは子供みたいに訊いた。

しかし夜半が過ぎて明け方に近い時間に、一寸法師とわしがシャー・タフマスプの『王書』を鉄の櫃の中で、絹や緑の布の下から見つけて取り出した時には、カラは紅いウシャクの絨毯の上で、真珠を刺繍したビロードのクッションに頭をのせて丸まって寝ていた。この伝説の書物を、何年も経った後であったが、見るや否や直ちにわかった。わしにとっては一日が始まったばかりだ。

その本は酷く大きくて重かったので、ジェズミ老とわしの二人でやっと持ち上げて運べた。二十五年前、遠くから見たこの書に手を触れると、革の中が板であることがわかった。今から二十五年前、スルタン・スレイマンが亡くなられると、シャー・タフマスプは、タブリーズを三度占領したこのスルタンがいなくなってもう安心だと喜んで、代わって即位したスルタン・セリムに何頭もの駱駝にいっぱいの贈り物と共に一冊のコラーンと自分の宝庫にある一番美しい本を贈ったのだった。本は最初、三百人のペルシアの使節団と共に当時新しいスルタンが狩をして冬を過ごしたエディルネに行ったそうだ。それから他の贈り物と共に駱駝や騾馬の背に乗ってイスタンブルに着くと、宝物殿にしまい込まれる前に細密画師の頭のカラ・メミとわしら三人の名人の四人がこの書を見に行った。あたかもインドからつれて来た象やアフリカから来たしま馬を見に来るイスタンブルの住人たちのように、いそいそと宮殿に行ったその日、大名人のベフザトが老齢のためヘラトからタブリーズに行ったことを、しかし盲目になったのでこの本には触っていなかったことをカラ・メミから聞いた。

当時七、八枚の絵のついた普通の写本にも感嘆していたわしらオスマン・トルコの細密画師にとって、二百五十枚の大きな絵のあるこの本を見ることとは、豪壮なる宮殿を人々が寝ている間に歩き回るようなものだった。この本の信じられないほど豊饒なる頁を、ある奇蹟の結果短い間わしらの前に示された天国の庭園を見るかのように、無言で、畏敬の念で口もきかず眺めたのだった。

その後の二十五年間、宝物殿にしまい込まれたこの本についてわしらは話した。

二十五年後、伝説の『王書』の厚い表紙を、宮殿の扉を開けるように静かに開いた。どの頁も快い微かなささやくような音でめくる時、畏敬の念よりも悲しみが目覚めた。

一、イスタンブルの名人の細密画師の全てがこの本の頁から何らかを盗んで使用しているとの噂が気になって、本にあまり注意がはらえなかった。

二、ベフザトによって描かれた手の絵に出会えるかも知れぬとの思いで、数枚に一つは現れる傑作にも専心できなかった。(タフムラスは、後に平和な時代になってから彼にアルファベットやギリシア語やさまざまの言語を教えることになる悪魔や巨人の頭上になんと断固として、しかも優雅に鉾をうちおろしたことか！)

三、馬の鼻孔のこととカラと一寸法師がいることで、見たものに全身の注意を払えなかった。

全ての偉大な細密画師にアラーの神の恵みのようにやってくる、闇のビロードの帳が目の前に下りる前に、この伝説の書を、神が惜しげなく賜った大きな幸運の結果、心ゆくまで眺められることの幸運を、自分が心でなく頭で見ていたことに失望した。次第に凍てついた墓に似てきた宝物殿に夜明けの光が届く頃には、この上なき書の二百五十九枚の全ての絵を見ていた。わしは頭で見ていたから、頭の論理が好きなアラブの学者のようにもう一度類別して言わせてもらう。

一、卑劣な殺人犯の描いたものに似ている馬はどこにも見つけられなかった。ルステムがトゥランで馬泥棒のあとを追っている時に出会った色とりどりの馬の中にも、アラブのスルタンが通ることを許可しなかったのでチグリス河を泳いで渡ったフェリドン・シャーのすばらしい馬の中にも、父親が兄弟の一人には遠いギリシアを、もう一人にはさらに遠い中国を遺したのに、一番小さい息子イレチには一番美しい国イランを遺したといって嫉妬した兄のトゥルが、小さい弟を残酷にも裏切って首を切るのを遠くから悲しく見ていた灰色の馬にも、アレキサンダーの、ハザル人、エジプト人、ベルベル人、アラブ人を含む英雄的軍隊の、甲冑をつけ、鉄の盾、折れない剣、きらきらと輝く兜をつけた馬の中にも、神が彼に用意した運命に逆らったために絶えず鼻から血を流したシャー・ヤズドギルドを薬効のある緑湖の水で回復させたが、思いがけない天の正義で緑湖のほとりで彼を踏み殺した伝説の馬にも、六、七人の細密画師の描いた何百頭もの伝説上の馬にも、あるいはまた本物の馬の中にも出会えなかった。しかしわしの前には、宝物殿の他の本を見るために、まだ一日以上の時間がある。

二、この二十五年間、名人の細密画師の中で常にうわさになっていた問題があった。それは、ある細密画師がスルタンの特別な許可でこの誰も入れない宝物殿の部屋の中に入ってこのすばらしい本を見つけて、蝋燭の光で自分の見本帳に多数の馬、木、雲、花、小鳥、庭園、戦や恋の場面を写して、後になってそれを利用したという……ある細密画師がこの上なくすばらしいものを描くと、彼を妬む者たちが必ずそう言うのだった。ひとつにはタブリーズやペルシアのまねだと蔑むためにも。当時はタブリーズはスルタン様の領土ではなかった。わしについてもそう言われた時も、当然のこととして怒ったが、内心誇らしく思った。この中傷が他人について言われた時は、わしもまた信じたのだった。今、妙な形で二十五年前にこの本を一度だけ見たわしら四人の細密画師がその日、記憶に刻み込んで、この二十五年の間頭の中で思い出しては形を変えてスルタンの本のために描いたのが、悲しくもわかった。この本を、あるいは他の本を、宝物殿から出してわしらの前に見せない疑い深いスルタンの無慈悲さではなくて、自分たちの細密画の世界がいかに偏狭であるかを悲しんだ。ヘラトの大名人であれ、タブリーズの若い名人であれ、ペルシアの細密画師はわしらトルコの細密画師より、より完璧な優れたものを描いていたのだった。

一瞬、二日後にわしをも含めて全ての細密画師を拷問にかけることはいいことだと思った。そしてわしの前に開いてある絵の中の最初の顔の目を、ペン削りの先で残酷にも削った。インドの大使が持ってきたチェスの駒とゲーム板を見てチェスを習う学者の物語だった、それは。ペルシア人の嘘だ！　チェスをしている者のとそれを見ているシャーと部下の目もひとつずつ削り取った。前の頁を繰って、戦うシャーや見事な甲冑を着たきらびやかな軍隊の兵士たちの目や地面の上の切られた頭の目をひとつずつ無慈悲に削り取った。この仕事を三頁した後で、ペン削りを帯の間にしまった。

わしの手はふるえていたが、気分は悪くなかった。五十年にわたる細密画師の生涯でしばしば出会った、この奇妙な行動をとる数多くの気違いが何を感じていたのかわかったのだろうか。削った目から本の中に血が流れればいいと思った。

三、これもわしの生涯の最後に待っている苦痛と慰めにかかわる。シャー・タフマスプの一番いいペルシアの名人の細密画師たちが十年かかって描いたこの美しい本に、大名人ベフザトは筆をふれていない、彼の美しい手がどこにも描かれていなかった。彼が失望してヘラトを離れて、生涯の最後の数年にタブリーズに来たことや、ベフザトが盲目であったことを示している。このことが、こうして一生涯働いて昔の名人の完璧さに到った時に、他の細密画師の工房やシャーの求めによって自分の細密画を汚さなくていいようにとこの大名人が自らを盲にしたことを証明するのを確認してわしは喜びを感じた。

カラと一寸法師がその時、厚い本を開けてわしの前に置いた。

「いいや、これではない」と言った、意地悪にではなく。「これは蒙古の『王書』だ。アレキサンダーの鉄の騎士、鉄で作られた馬の中にタールを詰めて火をつけるとランプのように燃えて、鼻の孔から炎が出て、敵を攻撃するのだ。」

中国の絵から写された、炎の中のこの鉄でできた軍隊を眺めた。

「ジェズミ老よ」とわしは言った。「今から二十五年前シャー・タスマフプのこの本を持ってきたペルシアの使節団の贈与品を後にわしらが『スルタン・セリム年代記』で描いたのだが……。」

彼は『スルタン・セリム年代記』の本をすぐ見つけてわしの前に置いた。使節団が亡きスルタン・セリムに他の贈り物と共に『王書』を献上する様を示す、華やかな色で塗られた頁の向かいに、ひとつひとつ順番に書かれた贈り物の中に、かつて読んだがあまりに信じがたいことなので忘れてしまったものを目はひとりでに見出した——

ヘラトの昔の名人中の名人細密画師ベフザトが自らを盲いにするために使用した柄がトルコ石と螺鈿のターバンに羽飾りをつけるための金の針。

一寸法師に『セリム年代記』の本がどこにあったかを訊いた。宝物殿の埃をかぶった闇の中で、櫃や布地や絨毯が積み重なっているところと戸棚の間から、階段の下を曲がりくねって進んだ。大きくなったり小さくなったりする影法師が、盾や象牙や虎の毛皮の上を通り過ぎるのを見た。同じような妙な紅色の布地やビロードでいっぱいの他の部屋の一つで、『セリム年代記』があった鉄の櫃の傍らに、他の本や、金糸、銀糸で刺繍された覆い布や、磨かれていないセイロン石や、ルビーを嵌め込んだ短剣の間に、シャー・タフマスプが贈った他の贈り物の一部、イスファハンの絹の絨毯、象牙のチェスのセットを見た。そして中国の龍と木の枝の柄のついた螺鈿の円花飾りの、チムールの時代のものと明らかにわかるペン箱に気がついた。箱をあけると微かに、焼け焦げた紙と薔薇の香水の香と共に、柄がトルコ石と螺鈿の金の羽飾り用の針が出てきた。針を取って影のようにもとの場所に戻った。一人になると、名人ベフザトが自らを盲にした針を開けて、『王書』の頁の上において眺めた。わしを身震いさせたのは、ベフザトが自らを盲にした針だからではなかった。あの奇蹟の手に取られてものを見ることであった。

この恐ろしい針をシャー・タフマスプは贈り物の写本と共にどうしてスルタン・セリムに贈ったのか？子供の頃にベフザトから細密画を教わり、若い時は細密画師を大事にしたシャーは、年を取ってから詩人や絵師を遠ざけて、信仰三昧に明けくれたために、最高の名人たちが十年間働いて作ったこのすばらしい本をその理由で手放すことに同意したのか。写本と共にこの針を、名人の細密画師が自分の意思で盲目になったことを誰しもが知るようにと贈ったのか。それとも、一時期言われていたように、この伝説の書の頁を一度でも見た者は、この世でもう他のものを見たくなくなるためなのか。しかし多くの支配者が老年になってしたように、若い時に絵を愛好したことの罪の恐怖から後悔を感じたシャーにとって、この本はもうすばらしいものではなかったのだ。

夢が実現せず、年を取って望みの叶わなかった不幸な細密画師たちが語った話を思い出した。黒羊朝の支配者ジハン・シャーの軍隊がシーラーズに入る間際に、その町の伝説的細密画師の頭イブン・ヒュサムは、『わしは他の手法では描かない』と言って弟子に熱い鉄で目を潰させた。スルタン・セリムの軍隊がシャー・イスマイルをやぶってタブリーズに入り、七天宮殿を略奪してイスタンブルに連れてきた細密画師の中にいた年老いたペルシアの名人も、後になって言われたように、旅の途中で病によって盲目になったのではなくて、オスマン風には描かないと言って自ら薬で盲目にしたといわれている。ベフザトが自らを盲いにしたことについても失意した時に細密画師の手本にするようにとわしも話したものだった。

他の途はないのだろうか。名人の細密画師が新しい手法を、端の方から、片隅から習得すれば工房全体を、古い名人たちの手法をも少しでも救えないものだろうか。

羽飾り用の針をきわめてそっとしらべると、尖った先に黒い点があった。しかしわしの疲れた目にはそれが血かどうかわからなかった。拡大鏡を近づけた。悲しい恋の場面をまた同じ悲しみで見るように針を長い間眺めた。ベフザトがこのことをやったであろうかと想像しようとした。人はすぐには盲にならず、自然に盲目になる老人のように、ビロードの闇が何日も、何か月もの後にゆっくりと降りてくるといわれている。

それは、わしが隣の部屋に行くときに見かけたものだった。立ち上がって行ってみるとそこにあった。ねじれた取っ手が付いていて、厚い縁は黒檀で、縦に文字が花のように美しく書かれた象牙の鏡だ。元の場所に座って自分の目を見つめた。六十年間細密画を描き、細密画を眺めてきたわしの瞳の中で、蝋燭の光が実になんと美しく波打っていたことか。

名人ベフザトはどうやってしたのだろうかともう一度自分に訊いた。鏡から目を離さずに、目蓋に目張りを入れる女の手馴れた要領で、わしの手はひとりでに針を見つけた。ためらわずに、まもなく塗るはずの駝鳥の卵の端に穴を開けるように、わしは大胆に、冷静に、しっかりと右の目の瞳に針を刺した。やったことを感じたからではなく、それを見たために心が滅入ったが、針を指の長さの四分の一ほど入れて抜いた。

手に持った鏡の縁に刻まれた二行詩で、詩人は鏡を見る者に永久（とわ）の美しさと永久の知恵とを、鏡にも永久の生命（いのち）を祈っていた。

微笑みながら同じことをもうひとつの目にもした。

長い間まったく動かずにとどまっていた。周囲を見た、全てのものを。

世界の色は思ったほど暗くならなかったが、ゆっくりゆっくり全てが重なり合うかのようだった。しかしほとんど全てはまだ見えていたが。

少しして微かな日の光が宝物殿の部屋の濃い紅と血の色をした布の間に入ってきた。勘定方長官とその部下のものがまた同じ儀式をして封蝋を壊し、錠と扉を開けた。ジェズミ老は室内便器、ランプ、火鉢を取り替えて、焼きたてのパンと桑の実を干したものを受け取った。そして、わしらがスルタン様の書物の間で奇妙な鼻の馬を探すことを継続すると言った。この世の一番美しい絵を見て、アラーの神のご覧になられた世界を思い出そうとすることほど美しいことがあろうか。

52　わたしの名はカラ

朝、勘定方長官と長老たちが扉を儀式で開けた時、宝物殿の部屋の紅いビロードの色に目が慣れてしまっていて、内裏の中庭から中に射し込む冬の朝の日光が、わたしには見る者をだますために作られた恐ろしいもののように見えた。名人オスマンのようにわたしも座っているところから動かなかった。動いたら宝物殿のあの黴と埃の臭いのする、手で触れられる空気が、探していた謎解きの鍵と一緒に扉から出て逃げてしまうかのようだった。

名人オスマンは、開いた扉の傍らに二列に並んだ長老たちの頭の間から中を照らす光を、初めて見るすばらしいものであるかのように妙に感心して眺めていた。

前の晩、彼が絵を見ているとき、シャー・タフマスプの『王書』の頁を繰る時、遠くから注意して眺めていた。今と同じような驚きの表情が時々顔に表れて、壁に映る影法師が時々軽く震えた。頭を、注意深く手にした拡大鏡に近づけて、唇は何かいい秘密を話してくれるかのようなやわらかい表情になり、それから挿絵を見ていると畏敬の念で唇がひとりでに動くのだった。

扉が閉められてから、わたしは次第に増してくる不安で部屋から部屋へと行ったり来たりした。宝物殿の書物から十分な情報がえられないかもしれないこと、時間が足りないかもしれないことを考えた。名人オスマンがこのことに十分注意を集中していないと感じたので、彼にこの心配を話した。

彼は弟子たちをなだめる事に慣れている本物の名人のようにわたしの手をやさしく取って、「わしらのような者はこの世をアラーの神がご覧になるように見ようと努力し、神の正義に身をゆだねるしかない」と言った。「ここで、これらの絵や品物の間で、この二つが互いにひとつになりつつあるのを心の底から感じる。この世をアラーの神がご覧になるように見ることに近づくと、その正義もわしらに近づく。見てごらん。名人ベフザトが自らを盲目にした針を……。」

名人オスマンが針の残酷な物語を語る時、よく見えるようにと近づけた拡大鏡の下で、わたしはこの気味の悪いものの尖った先を注意して見た。そこにピンクの濡れたものを見た。

「昔の名人たちは」と名人オスマンは言った。「一生を捧げた技や色や手法を変えることを、重大な良心の問題だとした。今の者たちのように、この世を、ある日は東のシャーが、他の日には西の支配者が見るように命じたように見ることを、不名誉だと考えた。」

彼の目は、わたしの目をも、目の前にある本の頁をも見ていなかった。あたかも、後方にある届かないほど遠くにある白いものを見ているかのようだった。前にある『王書』の頁ではイランとトゥランの軍勢が全力を挙げて入り乱れて戦っていた。馬がぶつかり合い、騎士の剣は甲冑を貫いて、胴を頭を腕を切り、二つに切られた血だらけの体が地上に散らばり、怒り狂った戦士たちが祝宴の陽気さと華やかな色で剣を抜き殺し合っていた。

「昔の偉大な名人たちが、勝利者の様式を使うようにと、あるいは彼らの細密画師の模倣をするようにと強制された時、昔の大名人たちは名誉を守るために、最後には自分を盲目にする仕事を針によって勇敢にやったあとで、アラーの神の純粋な闇が褒美として降りる前に、目の前に置いた傑作を何時間も、時には何日間も間断なく眺めるのだった。頭も上げずにずっと見続けていたので、時には目から落ちた血の滴でしみがついた。この絵の世界、その意味、英雄的な細密画師の目をゆっくりと曇らせ盲目に向かわせる甘美なやわらかさが、それまで自分の中にあった邪悪に取って代わるのだ！　なんという幸せだろう！　わしがどの絵を、盲目の闇に到るまで眺めていたいか知っておるか？」

瞳が小さくなるので、白い部分が次第に大きくなるように見えるその目は、子供の頃を思い出そうとしているかのように、遠くを、あたかも宝物殿の壁の外のある点をじっと見ているかのようだった。

「ヘラトの昔の名人の様式で描かれた、ヒュスレヴが馬でシリンの夏の城の下に行って、彼女に身を焦がしつつ待っている場面だ！」

昔の名人たちが盲目になったことを讃える悲しい詩を朗読するかのように、その絵を説明しようとした。わたしは妙な衝動で、「偉大な名人様」と言ってその言葉を中断してしまった。「わたしが永遠に見たいものは恋しい人のほっそりした顔です。彼女と結婚して三日になりますが、十二年間恋しい思いで過ごしました。シリンがヒュスレヴの絵を見て恋に落ちた場面は、わたしにいつも彼女を思い出させます。」

名人オスマンの顔に隠せないある表情、多分何かを待っている様子があったが、それはわたしの物語にも、目の前にある血だらけの戦の場面とも関係なかった。あたかもゆっくりと近づいてくる吉報を待っているかのようだった。わたしを見ていないのを確かめて、わたしは突然前にある羽飾りの針を手にとって遠ざかった。

宝物殿の端の蒸し風呂部屋に続いている暗いところに、ヨーロッパの王侯から贈り物として来たが、まもなく壊れると、ここにしまわれた何百もの奇妙な時計からなる片隅があった。そこに行って名人ベフザトが自らを盲目にしたという針をよく注意して見た。

埃をかぶった壊れた時計の金の枠、クリスタルの表面やダイヤモンドから反射している紅い日の光で、針の、ピンクの液体で覆われた先端が時々光った。伝説の名人ベフザトは本当にこれで自らを盲らにしたのだろうか。名人オスマンは、ベフザトがやった恐ろしいことを自分自身にもしたのだろうか。巨大な時計の仕掛けにつながる色とりどりに塗られた指の大きさのいたずら者のモロッコ人の人形が、目顔で『そうだ』と言った。この時計が動いていた時には、明らかにオスマン・トルコのターバンをつけたこの男は、時計が時を打つ度に陽気にうなずいていたのだ——これを贈ったハプスブルグ王の小さなジョークとして、そして腕のたつ時計職人がスルタンと後宮の女たちを愉しませるために。

多数の凡庸な本に目を通した。一寸法師の言ったように、斬首されたパシャたちに属していて没収されたものだった。非常に多くのパシャが処刑されたのであろう。これらの本は尽きなかった。一寸法師は冷酷に陽気に言った、「富と権力に酔いしれて臣民であることを忘れて、自分をスルタンやシャーだと思って、自分の名の下に写本を書かせ金箔で装飾させたパシャが首を斬られることは当然なことだ」と。あるものはアルバム、あるものは細密画の挿絵の付いた詩集であったが、それらの絵ですらも、シリンがヒュスレヴの絵を見て恋に落ちる場面に出会っては長い間眺めた。

絵の中の絵、つまりシリンが野遊びの折に眺めたヒュスレヴの絵は、いつも詳細には描かれていなかった。それは、絵の中の絵のような小さいものを細密画師が十分巧く描けなかったためではなかった。なぜならこれらの絵を描いた細密画師の大部分は、爪や、米粒さらには髪の毛にすら絵を描くことができるほど細かい仕事ができるからだった。それならばどうして？　美しいシリンの恋の対象である美男のヒュスレヴの顔や目を誰であるかわかるように詳らかに描かなかったのか？　午後のある時、多分絶望的なことを忘れるために、この問題を名人オスマンに聞こうと思った時に、偶々手にしたまぜこぜのアルバムの頁をいい加減にめくっていると、ある花嫁の行列を示す布の上に描かれた馬がわたしの注意を引いた。と同時に心臓の鼓動が始まったことに驚いた。

そこに、わたしの目の前に、奇妙な鼻の馬がいた。なまめかしい花嫁を乗せて、わたしを見ていた。この魔法の馬が何か秘密を囁いてくれそうだった。叫びたいと思ったが、夢の中にいるように声が出なかった。本を閉じて胸に抱えて、櫃の間を、名人オスマンを探して走っていって、その前で頁を開けた。

彼は絵を見た。その目に輝きが見られなかったので、我慢できなくて、「馬の鼻の孔が、エニシテの本のために描かれた馬にそっくりです」と言った。

彼は手にした拡大鏡を馬の上にもってきた。殆ど頁に触れるほど目を絵とレンズに近づけた。

沈黙が長引くのに耐え切れず、「エニシテの本に描かれた馬の様式および手法で描かれたものではありませんが、ご覧のように」と言った。「でも鼻は同じです。中国人が見たように絵師は描こうとしたのです。」

わたしはすこし黙った。「結婚式の行列です。中国の絵に似ています。しかし描かれている人たちは中国人ではなくて、わたしたちのようです。」

いまや名人の拡大鏡は絵に、鼻もレンズにくっついてしまったかのようだった。見えるようにと、目だけではなく、頭も首の筋も年寄りの背中も肩もが全力を挙げていた。長い間沈黙が続いた。

「馬の鼻孔が切られている」とかなりして、息を切らせて言った。わたしも頭を寄せた。頬をくっつけるようにして鼻孔を長い間眺めた。その瞬間馬の鼻孔が切られていることだけでなく、名人オスマンがよく見えないことをも悲しくも理解した。

「見えますね？」

「ごくわずかに」と言った。「絵を説明してくれ。」

「わたしが思いますには、これは悲しい花嫁です」と痛ましげに言った。「鼻孔が切られた灰色の馬に乗っています。外国人の警護兵と道中の人々と一緒に花嫁は行きます。男たちの表情が険しく、恐ろしげな黒い顎鬚、額にしわを寄せて、大きく太い口ひげ、頑丈な骨格、薄い布の衣服、薄い靴、熊の毛皮の被り物、斧と半月刀からすると、彼らはオクソス河の向こうの白羊朝のトルクメンで、夜のランプと松明の光で召使たちと旅をしていることから考えると、長い旅路があると思われる美しい花嫁は多分悲しい中国の皇女かも。」

「あるいは花嫁の美しさが完璧であることを示すために、細密画師が中国人のように顔を白く塗り、目も中国人のようにつり上げて描いたので、わしらは中国人だと思っているのだ」と名人オスマンは言った。

「誰であれ、この荒野の真っ只中で夜半に、厳しい表情の外国人の警護兵に伴われて、異国で見たこともない夫に嫁ぐこの悲しい美女には胸が痛みます」とわたしは言った。「彼女の乗った馬の切られた鼻孔から、細密画師が誰であるかどうしたらわかりますか」とすぐ後から訊いた。

「アルバムの頁を繰って見たものを説明してくれ」と名人オスマン。

すこし前、この書を名人オスマンに走るようにして持ってくる時、便器に座っているのを見た一寸法師も、わたしたちの所に来た。いまやめくった頁を三人で眺めていた。

悲しげな花嫁の描かれた様式で描かれた美しい中国人の娘たちを見た。庭に集まって妙なウドのような楽器を弾いていた。中国の家々、長い旅に出た悲しげな一行、荒野の木々、昔の思い出のように美しい荒野の景色を見た。中国風に描かれた曲がりくねった木々、満開の春の花、陽気に歌う鶯を見た。ホラサン風のテントに座して、詩や葡萄酒や恋を語る皇子たち、壮麗な庭園、腕にすばらしい鷹をとめて豪華な馬に背を伸ばして乗り狩に出る、端麗な高貴な人々を見た。それから、頁の間に悪魔が通り過ぎたかのように、絵の中に邪悪を感じたが、たいていはそれらは理性によるものだった。絵師は龍を巨大な槍で殺す英雄的な王子の行動に、揶揄的なものをくわえたのか？ シェイクから癒される哀れな農夫の貧しさを小気味よさそうに眺めているのか？ 交尾する犬の悲しい空ろな目を描く時に、あるいはこの哀れな動物を見て笑いあっている女たちの開いた口を悪魔っぽく紅く塗る時に、より満足感を感じたのか？ それからわたしたちは絵師の描いた悪魔そのものを見た。この奇妙な怪物は、ヘラトの昔の名人たちや『王書』の絵師たちが度々描いた精霊や巨人に似ていた。しかし細密画師の嘲笑的な技法が、より辛辣で、より攻撃的で、より人間ぽくしていた。人の丈で、不恰好で、枝状の角があって、猫のような尾を持った、恐ろしい悪魔を見て、わたしたちは笑った。眉が太く、丸い顔をして、飛び出した目や、尖った歯や、鋭い爪をもった、黒い皮膚は年寄りのようにしわだらけの悪魔たちがわたしが頁をめくる度に、取っ組み合いをしたり、大きな馬を盗んで神々にいけにえとして持っていったり、飛び跳ねて踊ったり、木を倒したり、かわいらしい姫をシーソーごとさらったり、龍を捕まえたり、宝物庫を襲ったりし始めた。さまざまな細密画師の筆が触れている本の中で、悪魔を描いた〝黒ペン〟として知られている絵師も、頭を剃ってぼろぼろの服を着て鉄の鎖をつけ杖を手にしたカレンデル宗派の修行者を描いたのをわたしが説明すると、名人オスマンは類似点をひとつひとつ繰り返させて注意深く聞いていた。

「もっとよく息ができて長い道を走れるようにと、馬の鼻孔を切ることは、何百年も続いている蒙古の習慣である」と言った。「馬によって、アラビア、ペルシア、中国の全てを征服したフラグ・ハンの軍が、バグダードに入って全ての町を殺戮し、略奪し、全ての本をチグリス河に投げ込んだ時、有名な書家で後に絵師になったイブン・シャーキルが町から、そして殺戮から逃れるために、誰もがしたように南へではなくて、蒙古の騎馬兵が来た方向である北へ行った。当時コラーンが禁じているといって写本に挿絵は描かれなかった。細密画師もまともには受け入れられなかった。この職業の一番の秘訣である、この世を尖塔のてっぺんから見ること、見えたり見えなかったりする地平線を必ず描くこと、そして雲から虫に至るまで全てを中国人が眺めたように縮らせて描き、華やかで陽気な色をつけるようになったことは、彼のおかげである。この守護神ともいえる名人イブン・シャーキルが、蒙古軍のまさに心臓部に到ろうとして出発したあの長い伝説の徒歩旅行の際に、北に向かって行くために馬の鼻孔を調べたと聞いたことがある。しかし雪や厳しい天候にもめげずに歩いて、一年かかって到着したサマルカンドで彼が本に描いた馬は、わしが見て知っている限りでは、鼻孔は切られていない。なぜなら、彼にとって夢の完璧な馬は成人になってから出会った強力な勝利の蒙古馬ではなくて、悲しくもおいてきた幸せな若い時の優雅なアラビア馬だったから。この故に、エニシテの本のために描かれた馬の奇妙な鼻が、わしに蒙古の馬をも、蒙古人がホラサンやサマルカンドに広めたこの習慣をも思い出させなかったのだ。」

　名人オスマンは、時には本を眺めたり、時にはわたしを見たりして説明していたが、わたしたちをではなくて、あたかも心の中で想像したものを見ているかのようだった。

「馬の鼻孔を切ることや中国の絵と共に、蒙古の軍のせいでペルシアや遥かこの国まで来たもうひとつのものはこの本の悪魔である。彼らが地下の闇の力から来る邪悪の使者であることを、わしら人間の生活やわしらが大事にしているものを奪って逃げることを、わしらを暗い地下の世界や死に連れて行くことを、聞いたことがあろう。この地下の世界では、雲や木や品物や犬や本など、全てのものに魂があって話すのだ。」

「そうです」と年老いた一寸法師が言った。「神様が証人ですが、この中に入って錠を下ろした夜には、時計や中国のクリスタルの皿や鉢も絶えず音を立てていますが、それだけではなく全ての銃や剣や盾や血のついた冑（かぶと）の霊が不安になって騒ぎや喧嘩を始めるので、闇の中で宝物殿は混乱した戦場となるのです。」

「この考え方は、ホラサンやペルシアの国々に、そして後には遥かなイスタンブルまで、先ほど絵で見たカレンデル宗派の修行者によってもってこられた」と名人オスマンは言った。「スルタン・セリムがシャー・イスマイルを敗北させて、タブリーズと七天宮殿を略奪していた時、チムールの子孫であるベディウッザマン・ミルザはシャー・イスマイルを裏切って、カレンデル宗派の修行者たちと共にオスマン軍に加わった。冬の雪の中をタブリーズからイスタンブルに戻った亡きスルタン・セリムの傍らには、チャルドゥランでやぶったシャー・イスマイルの色の白い東洋人風の目をした二人の妻の外に、タブリーズのその前の支配者であったイルハン国やらジェライル人や黒羊朝の者、さらにはチムール帝国から敗北したシャーが、ウズベク人やペルシア人やトルクメン人やチムール帝国人から略奪してタブリーズにある七天宮殿の図書館に隠していた全ての本があった。スルタン様と勘定方長官がわしをここから出す前にそれらを見よう。」

しかしそのまなざしには盲人に見られるあの焦点の定まらなさが既にあった。螺鈿の拡大鏡を物を見るためにではなくて、習慣から手にしていた。わたしたちはしばし黙っていた。名人オスマンの話を悲しい物語のように聴いていた一寸法師にある本を注意深く説明してそれを持ってくるように求めた。彼が行くと、わたしは単純に訊いた。

「それならば、エニシテの本の馬の絵は誰が描いたことになりますか？」

「二頭とも鼻孔は切られている」と言った。「しかしサマルカンドであれ、トランスオクソニアであれ、これらの馬は中国の手法で描かれる。エニシテの本の美しい馬は、ヘラトの名人たちの優れた馬の絵のようにペルシアの手法で描かれた、似た馬はどこにもいないような美しい馬だ。それは絵の馬で蒙古の馬ではない。」

「しかし本物の蒙古馬のように鼻孔が切られています」とわたしは囁いた。

「なぜなら蒙古人が退いて、チムールとその子孫たちの支配が始まると、遥か二百年前、ヘラトに属した昔の名人たちの一人が馬の絵を描く時に見て覚えていた蒙古馬を描いたか、あるいは、鼻孔が切られた馬の絵に影響されて鼻孔が優美に切られた馬の絵を描いたのは明白だ。どのシャーのために作られたどの写本のどの絵か誰も知らない。しかしその本の絵が宮殿でひどく好まれた、もしかしたら、シャーの後宮のお気に入りに好まれ褒められある時期伝説になったに違いない。こうして全ての凡庸な細密画師も、妬んでぶつぶつ言いながらも、鼻孔の切られた馬を熱心に模倣して増えたにちがいない。こうしてあの優れた馬の絵と共に馬の鼻孔も規範となって、工房の細密画師の記憶に刻み込まれて覚えられたのだ。何年も後で、これらの細密画師たちは、雇用主が戦で負けると他の殿様の後宮に行った悲しい女たちのように、自分たちに新しいシャーや皇子を見つけて新しい国に行く時、記憶にあった鼻孔の切られた馬の絵も一緒に他国に持っていった。大部分の細密画師は、記憶の片隅にあるこの鼻孔の切られた馬を、他の工房や他の名人の影響で、描かずに、多分忘れてしまった。しかし何人かの細密画師は参加した新しい工房で鼻孔が優雅に切られた馬を描いたのみならず、『昔の名人はこう描いていた』と言ってこれを弟子に教えた。こうして蒙古人と鼻孔の切られた強い馬の絵が、蒙古人と鼻孔を切った馬がペルシア、アラビア諸国から退いて、破壊され略奪された町々で新しい生活が始まってから何百年もあとですら、描き続けられた。『これが規範だ』と信じてわしら細密画師が描くように、征服した蒙古人の騎馬兵や鼻孔を切った馬を、知らずに描いたに違いない。」

「名人様」とわたしは畏敬の念に打たれて言った。「『侍女の方法』は本当に期待した成果をもたらしましたね。どの細密画師にも隠された署名があったのですね。」

「どの細密画師にでもではない。どの工房にもだ」と誇らしげに言った。「本当は工房でもない。幸せでない工房では、幸せでない家庭のように、誰もが別々のことを言う。幸せが調和から生まれること、そして調和が幸せになることを誰もわからない。長年けんかをしている夫婦のように、中国風といい、トルクメン風といい、シーラーズ風といい、蒙古風といって争って、共通の手法すらない。」

いまや毅然たる誇りを見た。長い間その表情に見た「悲しい、痛ましい老人」の表情に代わって、全ての権力を手にしたいと思っている気難しい老人の怒りの眼差しがあった。

「名人様、あなた様はここイスタンブルで世界の四方から来たいろいろな性格の、いろいろな気性の、いろいろな細密画師を二十年の間調和させまとめてこられて、オスマン・トルコのスタイルをつくられました。」

少し前、心から感じた畏敬の念を、今面と向かって口にするとどうして偽善的になるのだろうか。その才能と技に心から尊敬を感じている人に対して賛辞を言うとき誠実であるためには、その人が権威と影響力を失って哀れな存在でなければならないのだろうか。

「ところで一寸法師は何をしているのか？　遅いな」と名人は言った。

お世辞やへつらいが気に入ったものの、喜んではならないことをかすかに思い出したかのように、後は話題を変えることを望んでいるかのように見えるようにとこう言ったのだった。

「ペルシアの伝説と様式の偉大な名人でおられるにも拘わらず、オスマン・トルコの栄光と威力とに真にふさわしい別の細密画の世界を創られました」とわたしはささやいた。「細密画にオスマンの剣の力と勝利の華やかな色と、品物や道具に対する興味や注意を、楽な生活の自由さをもたらしました。わたしの一生の一番大きな名誉は伝説的な名人たちの傑作をあなた様とここでいっしょに見て……。」

このようにわたしはしばらくの間ささやいていた。宝物殿の、ごく最近見捨てられた戦場に似た、物が入り混じっている状態や、寒く暗い中で体を寄せ合っていることも、わたしのささやきは一種の親密な表現になっていった。

その後で、表情をコントロールできない盲人のように、名人オスマンの目に恍惚とした老人の様子が見られた。時には心から、時には盲人に感じる嫌悪の念でぞっとしながら、年老いた名人のことを長い間褒めた。

彼はその冷たい指でわたしの手をとって、腕を撫でて顔に触れた。その指から、力と年齢があたかもわたしにうつるかのようだった。家でわたしを待っているシェキュレのことを考えた。

目の前の頁を開けたまま、わたしたちは身じろぎもせずにそうしていた。わたしの賛辞と彼の自分自身に対する自賛と憐憫とで、わたしたちはあたかも疲れ果ててしまったかのように休息していた。二人の間には一種の困惑感があった。

「一寸法師はどこでひっかかっているのだろうか」と再び言った。

ずる賢い一寸法師が、隠れている片隅からわたしたちをじっと見ていることは確かだった。わたしは目で彼を探しているようにして、肩を左右に動かした。しかし全注意を向けて名人オスマンの目の中をみつめた。盲目なのだろうか。あるいは自分自身をも含めて、誰をも彼が盲目であると信じさせようとしていたのか。シーラーズの芸や才能の乏しい昔の名人たちは、年を取った時に尊敬されるために、成功しなかったといわれないために盲目の真似をしたそうだ。

「ここで死にたい」と彼は言った。

「偉大な名人様」とわたしはおもねって言った。「描いた細密画ではなくて稼いだ金に、昔の名人たちではなくてヨーロッパを真似たものに価値があるこの悪い時代に、おっしゃることはよくわかります。目から涙がでます。しかし細密画を敵から守ることもあなたの仕事です。どうか言ってください。『侍女の方法』から何がわかりましたか。あの馬を描いたのは誰ですか?」

「〝オリーヴ〟だ。」

彼があっさりと言ってのけたので、驚かなかったくらいだった。

それからしばし名人は黙った。

「しかしエニシテも〝優美〟さんも、彼が殺していないことはたしかだ」と冷静に言った。「あの馬を〝オリーヴ〟が描いたこと、昔の名人たちのことに彼が一番近いこと、ヘラトの伝説と様式を一番よく知っていること、この規範型を彼が知っていること、彼の家系がはるかサマルカンドから出ていることからわかる。〝オリーヴ〟が長年のあいだ描いた他の馬の鼻孔に出会わなかったのかとお前が聞くのはわかっている。前にも言ったように小鳥の翼、木の葉の枝への付き方などの細部が記憶の中で師から弟子へと何世紀にもわたって維持されているにも拘らず、師の機嫌が悪かったり、厳しかったり、工房やスルタンの好みや雰囲気のせいで現れなかったことは前にも言った。つまり、かわいい〝オリーヴ〟が子供の頃にペルシアの名人からじかに習って忘れなかったのはこの馬だった。この馬を愚か者のエニシテの本のために出現させたのは、アラーの神のわしに対する残酷な戯れだ。ヘラトの昔の名人たちをわしらは皆十分に範としたではないか？　あたかもトルクメンの細密画師が美女の姿を想像すると、中国人として描くように、わしらも美しい絵というとヘラトの昔の名人の絵を考えはしなかっただろうか？　全ての偉大な細密画の名人の背後にはベフザトのヘラトが、ヘラトの背後には蒙古の騎馬兵と中国人がいる。ヘラトの伝説にかくも忠実な〝オリーヴ〟が、古い様式に彼よりももっと、盲目的なまでにしたがっている〝優美〟さんをどうして殺すのか？」

「それでは誰ですか？」とわたしは言った。「〝蝶〟ですか？」

「〝コウノトリ〟だ」と言った。「わしの心がそう告げている。野心の強さ、狂気に近い勤勉さを知っているからだ。聴いてくれ。ヨーロッパの手法を模倣したエニシテの写本では冒涜、異端、涜聖があることを、金泥装飾をした〝優美〟さんは多分わかって、そして恐れた。一方では馬鹿者のエルズルムの説教師の言うことに耳を傾けまじめに従ったこの金泥装飾の名人は、絵師よりも神に近いが、同時に退屈な愚か者だ。さらに彼は、愚か者のエニシテの写本がスルタンの大事な事業であることを知っているので、疑いと恐怖のディレンマに苦しんだ。スルタンを信じるべきか、あるいは、エルズルムの説教師をかと。他の時だったら、わしが自分の手のひらの中のようによく知っているこの不幸な男は、彼を蝕んでいるこの問題をわしに相談に来ただろうが、エニシテのためにヨーロッパの模倣をして金泥装飾をしたことが脳みそ無しの彼ですら、わしに対する、工房に対する裏切りになることがわかったので、他の者の所に行った。その芸を尊敬していたので、彼の知性や道徳観にまで尊敬の念を感じるという間違った信念で、ずるがしこい、野心的な〝コウノトリ〟に悩みを打ち明けた。〝コウノトリ〟がこの尊敬の念を利用して〝優美〟さんを使ったのを、今まで何度も見た。二人の間にどんな議論があったかは知らぬが、〝コウノトリ〟は彼を殺した。〝優美〟は恐れていたことをその前にエルズルム一派に打ち明けていたので、彼らも友達の復讐をすることによって自分たちの力を見せつけるために、同志の死に責任があるとした、ヨーロッパ崇拝者のエニシテを殺した。このことを非常に遺憾だとは言い難い。何年か前に、エニシテはスルタンを言いくるめて、あるヴェネツィアの絵師——名はセバスチアーノだったが——にスルタンの肖像画を異教徒の王であるかのようにヨーロッパの手法で描かせて、その惨めな絵をわしの前に手本のように置いて、わしに同じものを描くようにという醜い不名誉なことを強制した。スルタンへの恐れから、わしは惨めにも異教徒の手法で描かれた絵を模倣した。もししなかったら、エニシテの死を悼み、彼を殺した卑劣漢を捕えることに努力したであろう。今わしの悩みはエニシテではない。エニシテのせいで、その各々を自分の子供よりも愛し、二十五年間心を配って育て上げた細密画師たちが、わしに対して全ての細密画の伝統を裏切るようになった。スルタン様がこう望まれたといっては、ヨーロッパの名人たちを熱心に模倣しはじめた。この不名誉な細密画師全ては拷問に値する。わしら細密画師が、まずわしらに仕事を下さるスルタン様にではなくて、自分の芸術に、技に仕えるのならば天国に行けるのだ。いまは、この本を一人で眺めたい。」

敗北の責任を取って斬首される疲れたパシャの最後の願いのように、ひどく悲しげにこの最後の言葉を言った。一寸法師が前に置いた本を開けた。叱るような声で自分の望んだ頁を見つけるように命じ始めた。この非難するような態度によって、工房全体が知っている、そして慣れているいつもの細密画師の頭になった。

わたしは遠ざかって、真珠の縫い取りをしたクッションや手元に宝石が嵌め込まれたさびた銃身の鉄砲や戸棚の間の片隅に引き下がって、遠くから名人オスマンを眺めていた。彼が話すのを聞いていた時、わたしの心を蝕み始めた疑惑がいまやいたるところに広がっていた。哀れな〝優美〟さんを、それからエニシテをスルタン様のヨーロッパの模倣である本を止めるために殺したことは、いまや理屈にかなう。少し前に名人オスマンに畏敬の念を感じたことで一瞬自分を責めた。その一方では、全身全霊を前においてある絵に集中している、盲目であれ半盲であれ、老人の顔のしわだらけの肌を眺めて、この偉大な名人に深い尊敬をも感ぜざるをえなかった。工房の古い様式と体制を維持するために、エニシテの本を排除し、再びスルタンのただ一人のお気に入りになるために、彼が名人の細密画師だけでなくわたしをも近衛兵の隊長の拷問官に引き渡すだろうということを考えると、この二日間わたしを彼に結び付けていた愛の絆から自分を解き放つことを考え始めた。

かなり時間が経った。頭は混乱していた。心の中にいる悪魔を鎮め、決めかねている精霊の注意をそらせるために、櫃の中から出した本の絵のある頁を長い間適当に眺めていた。

なんとまあ大勢の人間が、男も女も、口をあけて指を口にもっていっていることか！　これはこの二百五十年間サマルカンドからバグダードに至る全ての工房で行われた驚きを表す動作である。敵に攻められたケイヒュスレヴがオクソス河の激しい流れを黒馬とアラーの神の助けによって無事に渡りきった時、彼を筏に乗せなかった悪い筏師や漕ぎ手はあっけにとられて口をあけて指を口にもっていっている。長い年月で黒くなったいぶし銀の湖で水浴みする、月光色の肌のシリンの美しさをはじめて見たヒュスレヴの指は開いた口のところで止まる。さらに気を付けて見ると、半ば開いている王宮の門のところや、城の塔の届かない窓のところや、カーテンの後ろから見える美しい後宮の女たちも口に指をもっていっている。イラン軍に敗北して玉座から追われたテジャヴが戦場から逃げる時、王宮の後宮の窓から美女の中の美女、寵姫エピヌイが憂いと驚きで口をあけたまま指を口にもっていっている。

彼を見ているその目は、『わたしを見捨てないで』と嘆願している。『手篭めにした』との讒言で捕らえられたヨセフが牢に繋がれているのを窓から見ている讒言者ズレイハが口をあけたまま指を口にもっていっている様は、驚きというよりもむしろ悪魔っぽく肉欲的である。恋愛詩から出てきたような幸せで、同時に憂いを含む恋人たちが天国のような庭園で恋とぶどう酒の力で酔いしれたのを見ている悪意のある侍女の指は、驚きというよりもむしろ嫉妬心から彼女の紅い口に入っていた。

この動作は全ての細密画師の規範帳に、同時に記憶の中にも刻まれているにも拘らず、長い指を美しい女が口に持っていく様はその度に別の優雅さをもたらすのだ。

これらの絵を見ることはどんなにかよい慰めとなったことだろう。黄昏が近づくと名人オスマンのところに行ってわたしは言った。

「名人様、今度扉が開かれたらお許しをいただいて、宝物殿を出たいと思いますが。」

「なんだって！」と言った。「まだ今夜一晩と明日の朝の時間がある。お前はこの世の古今で一番美しい絵を見ることに、なんとまあ早くあきてしまったことよ！」

こう言う時も目の前にある頁から目を離さなかった。しかしその瞳の色に現れた白っぽさが、盲目になりつつあることを裏書きしていた。

「馬の鼻孔の秘密は見つかりました」と勇気を出して言った。

「そうだ」と彼は言った。「そうだから、ここからはスルタン様と長官がお決めになる。もしかして、わしらみなを赦してくださるかも。」

彼は殺人犯として〝コウノトリ〟の名を挙げるだろうか。このことは怖くて訊けなかった。なぜならわたしを外に出してくれないかと恐れていたからだ。さらに悪ければわたしを殺人犯にしようとするかもしれないと何度か信じたほどだった。

「ベフザトの目を盲目にした羽飾り用の針がなくなった」と彼は言った。

「一寸法師が元のところに持っていったのでしょう、多分」とわたしは言った。「ご覧になっておられるこの頁はなんと美しいことか！」

顔が子供のように輝いた。「ヒュスレヴが馬で夜半シリンの城の下に来て、恋に身を焦がして待っている様だ」と彼は言った。「ヘラトの昔の名人の様式だ。」

絵を眺めているかのようにしていたが、いまや拡大鏡を持とうとすらしなかった。

「夜の闇の中で、木の葉が、春の花や星のようにあたかも自分の中から光が出てくるように、一つずつ見える美しさ、壁の装飾に見られる謙虚な忍耐、金箔の使い方の品のよさ、そして絵全体の構図の優美なつりあいが見えるか？　美男のヒュスレヴの馬は、女のようにほっそりと優美だ。上方の窓にいる恋人シリンは首はうなだれているが顔は誇り高い。あたかも細密画師が愛しんで塗る絵の具の色合い、肌触り、微妙な色から出てくる光の中で、恋人たちが永久にここにとどまっているかのようである。彼らの顔はややお互いの方向に向けられているものの、彼らの胴体は半ばわしらの方を向いているのが見える。なぜなら彼らは絵の中にいて、見られていることを知っているからだ。それ故にわしらが普段見るものとは良く似ていない。その反対に、アラーの神の記憶から出てきた事を暗示する。だからそこでは、絵の中では時は停止している。絵によって語られた物語はどんなに急いでも、あたかも育ちのよい、礼儀正しい、はにかみやの娘たちのように、手や腕やほっそりした体や目すらあまり動かさないで永久にとどまるのである。彼らと共に紺色の夜の中で全てが凍てついている。闇の中で空を飛ぶ鳥は恋人たちのせく心のようにあわただしく飛び交い、あの比類のない瞬間に空に釘で打ち付けられたかのように永久にとどまる。神のビロードの闇が目にカーテンのように下りてきて、盲目になることを知っているヘラトの昔の名人たちは、同時にまた、何日も何週間もの間、身じろぎもせずにこのような絵を見ながら盲目になると、その魂もこれらの無限の時に入ることを知っていた。」

夕刻の礼拝の時刻に、宝物殿の扉が大勢の人によって同じような儀式で開けられた時、名人オスマンはまだ目の前の頁の空を飛ぶ鳥を全身の注意で眺めていた。しかし瞳の白っぽさに気がついた者たちは、目の前の皿に間違った方向から近づく盲人のように、彼もまた前にある本を奇妙に見ているのがわかった。

名人オスマンがまだ中にとどまると聞き、ジェズミ老が扉のところにいるのを見た宝物殿の番兵たちは、わたしの体をあまり調べなかったので、下ばきの中の羽飾り用の針を見つけられなかった。王宮の中庭からイスタンブルの通りに出ると、ある片隅に入って、伝説的ベフザトを盲目にしたものを下ばきの中から出して帯の間に入れた。それから走るように急いで歩いた。

宝物殿の寒さで体の芯まで冷え切っていたので、町の通りは早い春が来たかのように感じられた。隊商市場の閉め始めている乾物屋、床屋、薬草屋、八百屋、薪屋の前を通る時は歩を緩めて油ランプの照らしている暖かそうな店の中にある樽や覆い布や人参や壺などをよく見た。

エニシテの通りは——まだ、自分の通りなどとはおろか、シェキュレの通りとすら言えなかった——二日の間に見知らぬ、遠いところのように見えた。しかし無事に生きていてシェキュレに会えるという思いと、犯人がほぼわかったからには、今夜は恋しい人と同衾できるという理由で世界をひどく近くに感じていたので、柘榴の木や修理のすんだ閉まっている鎧戸を見ると、川の向こう岸の誰かとわめき合っている農民のように叫びださないように抑えた。シェキュレに会ったら、「憎き殺人犯が誰かわかった」と言って話し始めようと思った。

中庭の門を開けた。その軋む音からか、あるいは井戸の釣瓶(つるべ)から水を飲む雀のそっけない様子からか、十二年の間一人ぼっちで生きていた者の直感で家に誰もいないことがわかった。人間というものは、一人ぼっちであることを悲しくも理解しても、それでも家中の戸棚を開けてみるものだ。さらには鍋の蓋までも。こうして櫃すらも開けてみた。

こうしていると静けさの中で唯一聞こえるのはわたしの心臓の速い鼓動だけであった。何もかもすることをやり終えてしまった老人のように、一番奥の櫃の底に隠してあった剣を出して身につけるとすこし落ち着いた。長い年月ペンで仕事をしてきたが、象牙の柄のこの剣はいつも心の平安と均衡をもたらしてくれた。本が人間の不幸に慰めをくれると思うのは間違いで、悲しみを深くするだけだ。

中庭に下りた。雀は行ってしまっていた。迫ってくる闇の静けさの中で、沈み始めた船を見捨てるように、わたしは家を出た。

今や自分にもっと自信を持つようになったわたしの心は、走っていって彼らを探してくるようにと言っていた。わたしは走った。それでも人ごみの中や、近道をするために通ったモスクの中庭で何かおもしろいことを見つけたとばかりに喜んで付いて来た犬の数が多くなったので、歩を緩めた。

53　あたしの名はエステル

夕食のためにレンズ豆のスープを煮ていると、「戸口に誰か来た」と夫のネシムが言ったので、「スープが焦げないように見ていてね」と言って、彼の手に匙を持たせて、その手を握って鍋の中のスープを二度掻き混ぜた。やってみせなければ、掻き混ぜずに何時間も匙を入れたままもっているのだから。

ドアを開けると、カラがいた。あたしが痛ましく感じるほどひどい顔をしていたので、どうしたのかと訊くのも恐れたほどだった。

「中に入らないでいいから」とあたしは言った。「今着替えをして、出てくるからね。」

祝祭日の集いや金持ちの食卓や長くかかる披露宴に招ばれた時に着る、ピンクと黄色の服を着て、祝祭日用の風呂敷包みを手に取った。「スープは帰ってから飲むわ」と哀れなネシムに言った。

貧しい人々の鍋がやっとのことで噴くように、やっとのことで煙を噴き上げているユダヤ人街の煙突のある辺りを横切る時、あたしは言った。

「シェキュレの前の夫が戦からもどったそうだ。」

カラはその地区を出るまで何も言わなかった。降りてきた黄昏の中でその顔は真っ青だった。

「彼らはどこにいるのか」とかなりしてから訊いた。

シェキュレと子供たちが家にいないのをあたしはそれでわかったのだった。「自分の家に」とあたしは言った。この言葉がシェキュレの前の家をさしたことでカラの胸を切り裂いたことに気がついて、もうひとつ言葉を足して希望を持たせた、「多分ね」と。

「戦から戻った夫を見たかね？」と彼はあたしの目をじっと見て訊いた。

「あたしは彼を見なかったし、シェキュレが家を出たのも見なかった。」

「家を出たのがどうしてわかったのかね？」

「あんたの顔からさ。」

「最初から全てを話してくれ」と断固たる態度で言った。

このエステルは、目は常に窓に、耳は常に通りにあって、あんなに多くの娘に夫を見つけたり、あんなに多くの不幸な家のドアを開けたりできるためには、決して全てを話してはいけないことを知っている。

「シェキュレの前の夫の弟ハッサンは」とあたしは言った。「あんたたちの家へ——あんたたちと言ったので彼が喜んだのが見えた——入り込んで、シェヴケトに、父親が戦からまもなく戻るとか、午後の礼拝の時刻には家に着くとか、家で母親と息子たちに会えなければひどく悲しむだろうとか言った。シェヴケトは母親に知らせたけれども、シェキュレは慎重に振舞ってためらっていた。午後の礼拝の時刻近くになると、シェヴケトは家から逃げ出して、叔父のハッサンと祖父のところに行った。」

「お前はどうしてこれらの全てを知っているのだ？」

「ハッサンがこの二年間、シェキュレをもとの家に連れ戻すため何か企んでいたことを言わなかったかね。一時期ハッサンはあたしにシェキュレへの手紙を届けさせていた。」

「シェキュレは彼に返事を出したか？」

「イスタンブルのあらゆる種類の女を知っているが」とあたしは誇らしげに言った。「シェキュレほど家に、夫に貞節な者はいないよ。」

「だが、彼女の夫はわたしだが。」

彼の声には、あたしを、いつもはらはらさせる、男の自信のなさがあった。

シェキュレがどちらに行こうと、もう一方が崩れるのだ。

「ハッサンは、シェヴケトが父親の帰りを待つために家に来たこと、シェキュレがいんちきな結婚式で結婚したこと、あのうその夫から、つまり新しい父親からシェヴケトが不幸な思いをしていること、彼は家に戻らないことを手紙に書いてあたしに渡したのさ、シェキュレに届けるようにと。」

「シェキュレはどうした？」

「一晩中、かわいそうなオルハンと二人っきりであんたを待っていた。」

「ハイリエは？」

「ハイリエはあんたの美しい妻を機会があったらひどい目に合わせようと何年もねらっていた。亡きエニシテと寝たのもそのためだった。シェキュレが殺人犯と幽霊におびえて一人ぼっちで夜を過ごしたのを見ると、ハッサンはまた手紙を送った。」

「なんて書いたのだ？」

「ありがたいことにこのエステルは読み書きができないので、怒り狂っただだんな方やいらいらした父親などがその質問をするとこういうのさ。あたしは手紙をではなくて、手紙を読む美しい娘の顔を読むことができるのだとね。」

「それで、シェキュレの顔に何を読んだ？」

「絶望的であること。」

長い間あたしたちは黙っていた。ある小さいギリシア正教の教会の屋根にとまって夜を待っているふくろうを見た。あたしの服装と風呂敷包みを見て笑っている、洟たらし小僧をみた。糸杉の生えた墓地から『さあ、夜が始まるぞ』といって体を掻きながら喜び勇んで通りに出て行く薄汚い犬たちを見た。

「ゆっくり歩いてよ」とカラに叫んだ。「この坂をあんたのように速くは上れないから。この風呂敷包みを担いでさ。どこに連れていくのかね。」

「ハッサンの家に行く前に、その包みを開けて密かな恋人のために花柄のハンカチや絹の帯や光った刺繍の金子(きんす)入れを買う、気前のいい男たちのところに連れて行くのだ。」

この惨めな状態で、カラがまだ冗談が言えることはいいことだが、冗談の中には真面目さがあったのに気が付いた。それですぐ「暴徒を集めるのなら、あんたをハッサンのところには連れて行かないよ」とあたしは言った。「けんかや格闘はひどくこわいからね。」

「お前はいつもの賢いエステルでいればいい。けんかも殴り合いもない」と彼は言った。

アクサライを過ぎて、ランガ野菜畑に向かう道に入った。泥道の上の方の一時期はやっていた地区で、カラはまだ開けている床屋に入った。カラが、端正な顔つきの手のきれいな少年に油ランプの光でひげを剃らせていた親父と話したのを見てからしばらくすると、床屋ときれいな見習いとさらに、アクサライで二人の男があたしたちに加わった。手には刀や斧があった。シェフザデバシュでは、道端のごろつきには似ても似つかないような宗教学校出の青年も、手に斧をもって暗闇の中であたしたちに加わった。

「町の中で真昼間に家を襲撃するのかね」とあたしは訊いた。

「昼間ではない、夜にだ」とカラは冗談を言うというよりもむしろ楽しそうに言った。

「一隊の男たちを集めたといってあまり自信を持たないほうがいいよ」とあたしは言った。「こんなに武装をしている小さな軍隊が歩き回っているのをイェニチェリ兵に見られないといいけど。」

「誰も見てはいない。」

「きのうエルズルムの一派は、最初飲み屋を、それからサウルカプで修行団の館を襲撃して、そこにいた誰をも殴ったそうだよ。頭を薪で殴られた老人が死んだそうだ。あんたたちを彼らだと思うかもしれないよ。」

「おまえは亡き〝優美〟さんのうちに行ったそうではないか。その妻が持っていたインクがにじんだ馬の絵をシェキュレに知らせてくれた、感謝するよ。〝優美〟さんはこのエルズルムの説教師一派にひどく深入りしていたのか?」

「あそこの家で何かを探ったのは、かわいそうなシェキュレに役に立つかと思ったからさ」とあたしは言った。「もともとあそこにはベルギーの船で着いたばかりの布地を見せに行ったのさ。そうでなかったら、あたしのユダヤ人の頭がわかるはずのないあんたらの法律や政治の話に首を突っ込むためではないわ。」

「エステルさんよ、お前さんはとても賢いよ。」

「それなら、このこともあんたに言っておこう。このエルズルムの説教師の者どもはもっとひどくなって、もっと多くの人を痛めつけるだろうよ。彼らを恐れるんだよ。」

チャルシュカプの裏の通りに入ると、怖くて心臓の鼓動が速くなった。栗や桑の木の裸の濡れた枝の半分は微かな光で光っていた。精霊や幽霊の吹いた風が風呂敷包みの端のレースをひらひらさせ、木々が口笛を吹くと、潜んで待ち構えているこの地区の犬たちの全てに、大勢の人間の臭いを届けた。彼らが一匹二匹と吠え始めると、カラに家を示した。暗い屋根と鎧戸を一瞬無言で見た。カラは男たちを家の周囲に、何も植えていない畑に、中庭の門の両側に、後ろの無花果の木の先に配置した。

「そこいらに悪いタタール人の乞食がいるよ」とあたしは言った。「盲だが、この通りに入ったり出たりする者をこの地区の顔役よりもよく知っている。スルタン様のいやらしい猿どものようにいつも手淫している。奴に触れないようにして、八、九枚も銀貨をやれば何でも話すよ。」

遠くから、カラがまず金を与え、それから剣をのど元に突きつけて、タタール人を問い詰めているのを見た。それから何がどうなったかわからないが、家を見張っていると思った床屋の小僧が、斧の柄でタタール人を殴り始めた。すぐやめるだろうと思って見ていたが、タタール人は泣き叫んでいた。走っていって、殺さないうちにタタール人を助けた。

「こいつが俺の母親の悪口を言った」と床屋の小僧は言った。

「ハッサンは家にいないと言っている」とカラは言った。「この盲の言うことは信用できるか」と言いながら、その場で書いた手紙を渡した。「これをあの家に届けてくれ。ハッサンに、もし彼がいなかったら父親に渡せ」と言った。

「シェキュレに何か書かないの？」と手紙を受けとる時訊いた。

「彼女に別の手紙を書けば、この家の男たちをますます刺激する」とカラは言った。「彼女には、父親の卑劣な殺人犯を見つけたと言ってくれ。」

「それは本当かい？」

「お前はそう言えばよい。」

まだ泣いていたタタール人を叱って黙らせた。「お前のためにあたしがしてやったことを忘れるんじゃないよ」とあたしは言ったが、これらはあたしがそこから離れたくないために自分で長引かせているのがわかっていた。

これらのことにどうして首を突っ込んでしまったのだろう。二年前エディルネ門で、結婚させると約束した女が他の男と結婚したといって行商女が耳を切って殺されたことがあった。祖母はトルコ人は理由もなく人を殺すと言っていた。夫のネシムが今頃家で飲んでいる豆のスープのことを考えた。足は後ろに戻りたいが、あそこにはシェキュレがいることを考えて家に向かって歩いた。内心好奇心もあった。

「行商女だよ、祭日用の服のために中国から来た絹があるよー。」

鎧戸の中からもれる橙色の光が動くのを感じた。ドアが開いてハッサンの品のいい父親があたしを中に入れた。家は金持ちの家のように暖かった。ランプの光で食卓の周りに子供たちと座っていたシェキュレはあたしを見ると、立ち上がった。

「シェキュレよ、あんたの夫が来たよ。」

「どちらの？」

「新しいのさ」とあたしは言った。「武器を持った男たちと家を取り囲んでいる。ハッサンと戦うといっている。」

「ハッサンは家にいない」と品のいい父親は言った。

「それはちょうどいい」とあたし。「あんたはこれを読んでみなされ。」

スルタンの命を差し出す誇り高い大使のように、カラの手紙を渡した。

品のいい父親が手紙を読んでいる時、シェキュレは言った。「エステルよ、来て、お前も豆のスープを飲んだら。体が温まるから。」

「好きじゃない」と最初は言った。この家を自分の家のように話す彼女の話し方が気に入らなかったから。しかし二人きりになりたいのがわかったので、匙をとって後についていった。

「全てシェヴケトのせいだと、カラに言って」とささやいた。「きのうは殺人犯を恐れてオルハンと二人っきりで一晩中待っていたの。オルハンは一晩中震えていたわ。子供たちから引き離されたの。一体、どんな母親が子供から離れられる？　カラが家に戻らないので、スルタン様の拷問官が彼の口を割らせたと、父の死に関わっていると知らされたの。」

「父親が殺された時、あんたは彼と一緒ではなかったのかね。」

「エステル」と言って彼女は大きな黒い目を大きく見開いて、「ね、お願い。助けて。」

「どうしてここに戻ったのかあたしに言っておくれ。事情がわかってから手助けしよう。」

「どうして戻ったか自分でもわかっていたと思う？」と彼女は言った。一瞬泣き出しそうに見えた。「カラはシェヴケトをいじめたのよ」と言った。「ハッサンが子供たちの本当の父親がもどったと言うと、それを信じたわ。」

　しかしその目から嘘を言っているのがわかった。そして彼女もあたしがそれをわかったことを理解した。

「ハッサンにだまされたの」とささやいた。こうしてハッサンを愛していたことをあたしにわかってほしいのだと感じた。しかしカラと結婚したためにハッサンのことをもっと深く思い始めたのをシェキュレはわかっているのだろうか。

　ドアが開いて、焼きたてのいい匂いのするパンを手に持ったハイリエが入ってきた。あたしを見た時のうれしくもなさそうなその顔から、エニシテの死によって、この哀れな者が捨てるわけにもいかず、売るわけにもいかぬ父親からの困った遺産としてシェキュレに遺されたのがすぐわかった。焼きたてのパンの匂いがへやに満ちた。シェキュレが子供たちのところに行き、あたしは真実がわかった——本当の父親であれ、ハッサンであれ、カラであれ、問題は自分が愛する夫を見つけることではなくて、恐怖で怯えている子供たちを愛する父親を見つけることだった。誰であれ、いい夫ならシェキュレは心から愛する用意があるのだった。

「探しているものを、あんたは情で探している」とあたしはためらわずに言った。「ところがそれは理が決めなければならないのさ。」

「カラのところに今すぐ子供たちと戻るわ」と言った。「でも、条件があるの。」しばらく黙っていた。「シェヴケトとオルハンをよく扱ってくれるようにすること。それからわたしがここに逃げ込んだことを問い詰めないこと、そして結婚の条件を——彼が知っているわ——受け入れること。昨日の晩わたしを、家で、人殺しや泥棒や不吉なものやハッサンの前に一人ぼっちで放り出したわ。」

「あんたの父親の殺人犯はまだ見つけられていないが、あんたに見つけたと伝えてほしいと言ったよ。」

「あの人のところに戻ろうかしら？」

あたしが返事をする前に、手にした手紙を既に読み終えていた前の舅は、「カラ殿に伝えてくだされ」と言った。「わたしは息子の留守中に、嫁を返すという責任はとれない。」

「どっちの息子のことかね？」とあたしは意地悪く言った、でも柔らかい声で。

「ハッサンだ」と彼は言った。品のいい人なので恥ずかしそうだった。「上の息子はペルシアの国から戻るそうだ。証人がいる。」

「ハッサンはどこにいるの？」とあたしは言った。シェキュレが出したスープを二匙飲んだ。

「税関所に書記や人足や男たちを集めに行った」と言ったが、嘘をうまく言えない善人だが愚かな人間のように子供っぽく。「昨日エルズルムの一派がしたことの後では、今晩はきっとイェニチェリ兵が外にいるだろうよ。」

「あたしたちはぜんぜん見なかったよ」とあたしは言って、戸口に向かって歩きながら、「言うことはそれだけかね？」

脅すために舅に訊いたが、本当はシェキュレに訊いたのを彼女はよくわかっていた。彼女は本当にそんなに頭が混乱しているのだろうか？　それとも何かを隠しているのだろうか、たとえば、ハッサンが男たちを連れて戻ってくるのを待っているとか？　実を言うと、シェキュレが決心が付かないことはあたしの気に入っていた。

「カラはいやだ、ぼくらは」とシェヴケトが勇気を出して言った。「あんたももう来ないでよ、でぶ。」

「でも、きれいなお母ちゃんの好きなレースの付いたテーブルクロスや花や鳥の刺繍のあるハンカチやあんたの好きなシャツを作る赤い布地を、誰がもってくるのかね」と言って、風呂敷包みを部屋の真ん中に置いた。「今度来る時まで、開けたり見たりして、ほしいのがあれば着たり身につけてたり、好きな布地を裁って縫ってもいいよ。」

家を出る時悲しくなった。シェキュレの目にも涙が溢れていた。こんなことは見たことがない。外の寒さに体が慣れるとすぐ、泥だらけの道でカラが刀を手にしてあたしを止めた。

「ハッサンは家にいない」とあたしは言った。「もしかしたら、シェキュレが戻ったことを祝うために葡萄酒を買いに行ったのかも。もしかしたら、父親が言ったように男たちと共にすぐ戻ってくるかも。そうすれば戦いがおこる。なぜなら彼はきちがいだから。特にあの紅い剣を手にしたら。」

「シェキュレは何と言った?」

「舅は、だめだ、嫁は渡さないと言った。しかし恐れなければならないのは彼ではなくてシェキュレだよ。あんたの妻は頭が混乱している。父親が殺された二日後、彼女は殺人犯の恐怖からここに逃げてきた。ハッサンは脅迫するし、さらにあんたは何も言わずにいなくなってしまったから。同じ家では恐怖で二晩目を過ごせないことがわかったので、戻ったらしいよ、あたしに言わせれば。父親の殺人にあんたも加わっていたと誰かが言ったそうだ、彼女に。……でもシェキュレの元の夫が戻ったなんてことはない。ハッサンの嘘をシェヴケトは信じたらしい。父親も信じているように見える。……シェキュレはあんたのところに戻るつもりはあるが条件があると。」

カラの目を見つめて条件を言った。彼は直ちに本物の大使と話しているかのように正式な態度で受け入れた。

「あたしにも条件がある」とあたしは言った。「今あの家に行く、もう一度」と舅がいる後ろの窓の鎧戸を示して、「少ししたら、あそこに、それから戸口に攻撃をしかけて。わたしが喚いたら止って。ハッサンが来たらかまわず戦って。」

もちろんこれらの言葉はどれも大使にはふさわしくないけれど、それに大使の身には何もおこらないのだけれど。このエステルは夢中になると、こうだから。「行商女だよー」と声をかけると、今度はすぐ戸を開けた。まっすぐ舅の前に行った。

「近所のみんなも、こちら側の法官も誰もが、シェキュレがすでに離縁したのを、コラーンに則って新しく結婚したことを知っている」とあたしは言った。「あんたのずっと前に死んでしまった息子が生き返って天国のモーゼのところから戻ってきても、シェキュレとは離縁してしまっていてどうにもならない。結婚している女を連れ出して、ここに監禁している。彼らがこの罪を法官よりも先に、自分の部下たちによって罰するといっていると伝えるように言った。」

「重大な間違いをしている」と舅は上品に言った。「わしらはシェキュレを連れ出しはしなかった。わしは子供たちの祖父だ。ハッサンは彼らの叔父だ。シェキュレが一人ぼっちになると、わしらのところに逃げてきた。本人が望むなら、すぐに子供たちと共に戻れる。しかし忘れるでない。ここはあの子供たちを生んで、幸せに育てた自分の家なのだ。」

「シェキュレよ」とあたしは無思慮にも言った。「父親の家に戻りたいかね？」

幸せな家という言葉で彼女は泣き出していた。「父はもういないわ」と言った。あるいはあたしがそう聞いたのだったか？　子供たちは最初は彼女の服の裾に、それから彼女が座ってからは胸に抱きついていた。みなひとつに抱き合った涙の球みたいになって泣いていた。このエステルは馬鹿ではない。シェキュレが、泣くことによってどちらをも択ばずに両方ともうまく扱っているのがわかっていたが、事実本心から泣いてもいた。なぜならあたしも泣き出したのだから。少ししてみると、あの蛇のようなハイリエも泣いていた。

家の中でただ一人泣いていない緑の目をした品のいい舅に、カラとその者たちが、その瞬間、攻撃を始めた。窓の鎧戸を叩き、扉をあけようとした。二人が戸口に体を預け一種の頭突きで開けようとした。ぶつかる度に家の中に大砲の炸裂するような音がした。

「あんたは昔はいい生活をした立派な人だ」とあたしは自分の涙に勇気付けられて舅に言った。「扉を開けて、外の狂った犬どもにシェキュレは出て来ると言っておやりよ。」

「この家に逃げ込んだ一人ぼっちの女、しかも嫁を、あんたなら外に放り出すかね？」

「自分が行きたいと言っているよ」といって、泣いて詰まった鼻を紫のハンカチで拭いた。

「それなら自分で扉を開けて行けばいい」と彼は言った。

シェキュレと子供たちのそばにあたしは座った。ドアにぶつかる恐ろしい轟音が、その度に涙の口実になって、子供たちはさらに激しく泣き喚き始めた。このこともシェキュレの、さらにはあたしの涙を増した。しかし二人とも、家を崩さんばかりの轟音の襲撃と外で脅す声との計算をして時間を稼ぐために泣いているということもわかっていた。

「美しいシェキュレよ」とあたしは言った。「お義父さんは許可をくれた。あんたの夫カラは全ての条件を受け入れた。あんたを愛して待っている。この家にはあんたの用はないよ。外に出る用意をして、ヴェールをつけて、荷物と子供たちを連れてドアを開けてさっさと自分の家に行こうよ。」

この言葉は子供たちの涙を増したが、シェキュレは目を覚ました。

「ハッサンが怖いの」と言った。「仕返しが大変だわ。彼は凶暴だから。なぜならわたしは自分でここに来たのだから。」

「そのことは新しい結婚を止めることにならない。どうしようもなくて、どこかに逃げ込んだのだから。あんたの夫は起こったことを赦してくれて、あんたを受け入れると言っている。ハッサンのことは長年の間彼を扱ってこれたのだから、またそうすればいい」と言ってあたしは彼女に微笑んだ。

「でもわたしは戸を開けない」と言った。「そうすれば自分の意思で戻ったことになるわ。」

「シェキュレよ、あたしも開けないよ」とあたしは言った。「そうすればあんたたちの問題に首を突っ込んだことになって、あたしにひどい仕返しをするから。」

あたしの言うとおりだという目つきをして、シェキュレは「それなら誰も戸を開けないわ」と言った。「放っておいて、戸を壊して、わたしたちを無理に連れて行けばいいわ。」

それがシェキュレと子供たちにとって一番いい解決策であることに気が付いたが恐れた。「でも、そうすれば血が流れる」とあたしは言った。「法官が介入しなければ血が流されて、報復戦が長い間続く。名誉あるものは戸を壊して家に押し入って中にいる女を略奪したら誰も放っておくわけにはいかないよ。」

理屈に合った返事をする代りに、子供たちに抱きついて力いっぱい泣き出したので、シェキュレがどんなにか陰険で計算高い女であるかを再確認して悔やんだ。心の中のどこかで、ある声が、全てを放り出して行ってしまえと告げていた。しかし壊れそうに叩かれている戸は通れなかった。本当に戸を壊して彼らが中に入ってくることも恐れていたし、戸を壊さないことをも。なぜなら、あたしを信頼していて行き過ぎはしたくないカラとその者たちは戻っていくかも知れず、そうすれば舅が勇気づくだろうということをも考えた。あたしがシェキュレに近づくとうそ泣きをしていることがわかった。しかしさらに悪いことにはまねでなく本当に震えていた。

あたしは戸口に近づいて力いっぱいわめいた。「やめて！　もう十分だ」外の動きも、中の泣き声も一瞬にして止った。

「オルハンに戸を開けさせな、母親が」と突然霊感が閃いたので、子供と話すような優しい声で言った。「あの子は家に帰りたがっている。誰も小さいあの子には怒らないから。」

あたしの言葉が終わらないうちに、オルハンは母親の緩めた腕の中から出て行って、この家に長年住んでいた者のように、まずつっかい棒を、それから板を、それから蝶番を開けて二歩下がった。ひとりでに開いた戸口から外の寒さが中に入ってきた。ひどく静かになってしまって、はるか遠くで、用もないのに吼える犬の声を誰もが聞いた。母親の膝に戻ったオルハンにシェキュレは口づけをした。シェヴケトは「ハッサンおじさんに言いつけてやる」と言った。

シェキュレが立ち上がって、外出用のコートを手に取って外に出る用意をしたのを見て、あたしはほっとして、自分が笑い出さないかと心配した。

カラは賢く家の入り口には近づかなかった。シェヴケトが亡き父親の部屋に閉じこもってしまったので、手助けしてくれとあたしたちが頼んだ時も、家の中に一歩も入らなかった。母親が、ハッサン叔父さんの柄にルビーの付いた短剣を持っていってもいいと言うと、シェヴケトも家を出ることに同意した。

「ハッサンとルビーのついた剣を恐れよ」と、舅は敗北感や復讐の思いよりもむしろ、心から心配してるように言った。孫たちを、一人ずつ髪を撫でて頬に口づけした。シェキュレの耳にも何かささやいた。シェキュレが家の入り口や壁や炉辺を最後にもう一度眺めたのを見た。ここが彼女の最初の夫と一生で一番幸せな年月を過ごした場所であることを思い出した。今やその家が二人の孤独な男の住みかになり死のにおいがするのをシェキュレは見ただろうか。彼女が勝手にここに来たことであたしの心を傷つけたので帰途あたしは彼女とは歩かなかった。

二人の父なし子と三人の女――ひとりは奴隷女、ひとりはユダヤ人、ひとりは寡婦――を互いに近づけていたものは、夜の寒さと暗闇ではなくて、知らない町の歩きにくい狭い道とハッサンへの恐怖だった。カラの者たちによって守られているあたしたち大勢は、あたかも宝物を運んでいる隊商のように、見回りやイェニチェリ兵や野次馬や追いはぎやハッサンなどにぶつからないようにと、辺鄙な道や裏通りや誰も通らない町外れを進んだ。時には何も見えない真っ暗闇の中で塀にぶつかりながら道を見つけて、幽霊やら精霊やら地下から出てくる悪魔があたしたちを攫っていかないようにと、しっかりくっついていた。手探りで探る壁の閉まっている鎧戸の後ろには、夜の寒さの中でいびきをかいたり咳をしたりする者や厩にいる動物の鳴き声を聞いた。

外国から来た移民や、さまざまな民族の不幸な人々のグループの住む、一番貧しい、一番悪い地区を除いて、イスタンブルの全ての通りを通ったこのエステルでも、時には底なしの闇の中でぐるぐる回って終わることのない通りで迷ってしまったと思ったが、昼間手に風呂敷包みを持って一生懸命歩いた道だとわかったこともあった。たとえば、仕立て屋通りの壁だとか、ヌウルッラ・ホジャの庭に隣り合っている厩のなぜかシナモンを思わせるきつい糞の臭いとか、軽業師通りにある焼け跡、盲のハッジの水のみ場のある広場に通じる鷹匠アーケードとかはわかった。こうして、あたしはシェキュレの亡き父親の家へではなくて、他の未知の方向に向かっているのがわかった。

怒り狂ったら何をするかわからないハッサンと恐ろしい殺人犯から家族を守ろうとするカラには隠れるところがあることがわかった。それがどこか分かったら、皆さんには今すぐに、ハッサンには明日の朝知らせるのだが。悪気ではないが、シェキュレがハッサンとの係わり合いをまた望むだろうことにはほぼ確信があったから。しかし賢いカラはもうあたしを信頼していなかった。

奴隷市場の裏の薄暗い通りにいた時、通りの端の方から喚き声や叫び声が来た。殴り合いの音が、聞こえた。斧や剣や棒が入り混じって戦いが始まった音と怪我をした者の叫び声を恐怖をもって聞いた。

カラは自分の大きな剣を信頼している男に渡して、シェヴケトの手にしていた短剣を無理に取り上げて泣かせたが、シェキュレとハイリエと子供たちを床屋の見習いと他の二人の男と共にそこから遠ざけた。そしてあたしを、宗教学校出の青年が近道から家に連れて行くと言った。あたしを彼らから離した。これは偶然だったのだろうか。あるいは、隠れ家をあたしからも隠しておくためだったのだろうか。

あたしたちが通らねばならない狭い通りの端にコーヒーハウスがあることがわかった。剣のけんかは、もしかしたら始まるとすぐに終わったのかもしれなかった。喚きながら出たり入ったりしている男たちは、最初は略奪しているのかと思ったが、実はコーヒーハウスを破壊していた。野次馬の松明の光で、みせしめのためにと、茶碗やコーヒー沸かしやコップや小テーブルを外に出しては、みなの目の前で壊していた。ある男がこれを止めようとして殴られたが命は助かった。あたしは最初は、彼らが宣言しているように目的はコーヒーだと思った。彼らはコーヒーの弊害を、それがいかに目や胃をだめにして、頭を鈍らせ、信仰を失わせ、ヨーロッパ人を毒したかを、預言者ムハンマドが美しい女――悪魔が化けていたのだが――が差し出したにもかかわらず拒否したかを説いた。それはあたかも道徳の教訓の芝居のようであった。もし無事に家に戻れたら、夫のネシムを叱ってこの毒をあまり飲まないようにと言わねばならないと思った。

この近くには安宿やら下宿屋が多いので、閑な者や浮浪者やこの町に不法に入り込んだ者などの野次馬が集まって、このコーヒーの敵を見物していた。その時これが有名なエルズルムのヌスレト師の徒党であることがわかった。イスタンブルの葡萄酒や売春の巣窟や、コーヒーハウスを駆除して、預言者ムハンマドの道から外れた者や修行団の館で集会と称して音楽を鳴らして、宴をして、尻振り踊りをする者たちを罰するのだそうだ。宗教の敵を、悪魔に協力する者や偶像を崇拝する者を、異端者や絵を描く者を襲撃した。このコーヒーハウスが、壁に絵をかけて、宗教やエルズルムの先生を揶揄して無礼を働いたコーヒーハウスであることを思い出した。

顔が血だらけのコーヒーハウスの徒弟が中から出てきた。倒れるかと思ったが、シャツで額や頬の血を拭くと、みなに加わって襲撃を見物し始めた。人ごみは恐れて少し退いた。カラが人ごみの中で誰かを見て一瞬ためらったのに気がついた。イェニチェリ兵、あるいは手に棒を持った他の集団が近づいてきたので、エルズルムの一派は引き上げ始めたのがわかった。彼らは松明を消して人ごみの中に紛れ込んだ。

カラはあたしの腕を摑んで、宗教学校の学生をつけた。「裏道から行きなさい」と言った。「あんたを家まで連れて行く。」宗教学校の学生もこの仕事を一刻も早く片付けたくて、あたしたちは走るようにして遠ざかった。あたしはカラのことが気になった。その事件の場にいなかったら、このエステルはこの話の続きを話せないではないか。

54　わたしは女

「咄し家さんよ、あんたは何の真似でもできるけど、女にはなれない」と言われているらしい。しかしわたしはそうではないといわせていただきたい。確かに、町から町を回って、夜中まで、結婚式の披露宴やら宴会やコーヒーハウスで声が嗄れるまで色々な物の真似をして物語を語っていて結婚する機会がなかった。だからといって女たちと知り合いにならなかったということにはならない。

わたしは女をよく知っている。その中の四人は個人的にも識っているし、顔も見たし、口もきいた。一人目は今は亡き母親。二人目は大好きな母方の叔母。三人目はいつもわたしを殴った兄のその妻。彼女はわたしを見るなり「出て行け」と言ったが、わたしは彼女に初恋をしたのだった。四人目は地方を回っている間にコンヤで開いていた窓から見かけた女。彼女とは一度も口をきかなかったのに、それから何年も、そして今も欲望を感じる。もしかしたらもう死んでしまったかもしれない。

ヴェールを被らない女の顔を見て、口をきいて、人間として識ることは、わたし共男に情欲をおこしたり、深い精神的苦悩をも引き起こす。宗教が命じているように、女は、特に美しい女は、結婚するまでまったく見ないのが一番だ。やむを得ず情欲を満足させるためには、女の代わりになるほど麗しい少年たちと親しくなるのが唯一の方策であるが、これはついには甘美な習慣となる。ヨーロッパの町では、女たちは顔だけでなく一番魅力のある艶やかな髪や、それからうなじ、腕、美しい喉を、さらには聞いたところによると、美しい脚の一部をも見せて歩くという。その結果、男たちも、絶えず前が勃起するので恥ずかしいやら苦しいやら、やっと歩いていて、このことは社会をも麻痺させることになる。ヨーロッパの異教徒がオスマン・トルコに対して次から次へと連日城を開け渡すことになった理由はここにあるのだ。

美しい女たちから遠ざかって生きることが、心の幸せと平安のために一番正しい途だということをごく若い時に理解してから、わたしは女たちにますます興味をもった。当時はまだ母と叔母以外の女は見たことがなかったので、好奇心は妙なものになって、頭の中で疼いた。彼女たちと同じことをして、同じものを食べて、同じように話して、所作を真似て、彼女たちの衣服を着れば、彼女たちがどう感じているのかがわかると理解した。それで、ある金曜日、母も父も兄も叔母も皆ファフレンギの岸辺にある祖父の薔薇園に行った時、わたしはひどい病気だといって家に残った。

「一緒に行って、原っぱで犬や木や馬を見て、物まねをしてわたしたちを愉しませておくれ。家で一人でどうするの」と亡き母親は言った。

『お母ちゃんの服を着て女になるの』とは言えなくて、「おなかが痛い」と言った。

「弱虫はいかん」と父は言った。「行ってレスリングをしよう。」

今、細密画師や書家の兄弟の皆さんに、亡き母や叔母の下着や衣服をひとつずつ身につけるとき何を感じたかを、その日理解した女になることの秘密を、お話ししましょう。まず最初に言えることは、何度も何度も本で読んだり、説教師から聞いたことなどに反して、人は女になっても、本当は自分を悪魔みたいには感じないのです。

まさにその逆に、亡き母の薔薇の刺繍のついている毛の下穿きをはくと、体の中に甘いやさしさが広がって、自分も母のように心細やかに感じました。おばがもったいないといって着なかったピスタチオ豆の色の緑の絹のブラウスが裸の肌に触れると、体の中に全ての子供に対するやみがたい愛を感じて、全ての人に料理を作って、乳を飲ませたいとの思いがしました。乳房があったらどう感じるかと、こうして少しわかってから、本当に興味を持っていたこと、つまり大きな胸の女になるとどう感じるかと考えて、胸に色々なもの、靴下やナプキンなどを詰め込みました。そしてあの巨大な盛り上がりを見るとまあ！　悪魔のように誇らしげに感じました。男たちがこの巨大な胸の影を見ただけで後を追い、口に含みたいと夢中になるにちがいないと思って、わたしは自分を強力に感じました。でもこれがわたしが望んでいたことなのでしょうか？　良くわからなくなりました。自分が強くもありたいし、同時に憐憫の対象にもなりたかったのです。全く知らない金持ちで、力強く賢い男がわたしに狂ったように恋するのを望む一方では、彼らを恐れるのでした。母の嫁入り道具の櫃の底にあった葉の刺繍をした敷布のそばにある麝香の香りのする靴下の中に隠してあったねじれた金の腕輪をつけて、風呂屋の帰りに頬をより紅く見せようと塗る頬紅を塗って、おばの松の緑色の外套を着て、髪をまとめて同じ色の薄いヴェールをかけて、螺鈿の縁の鏡で自分を見ると身震いしました。何もしなかったのに、目や睫毛は既に女の目や睫毛になっていたのです。目と頬しか見えなかったけれど、わたしはとても美しい女だったのです。そしてそのことがわたしをとても幸せにしました。それをわたしよりも先に気がついたわたしの男性の部分が勃起してしまい、そのことがわたしを悲しくさせました。
美しい目から流れる一滴（ひとしずく）の涙が流れるのを、手にした鏡で眺めていました。その瞬間心の中から苦痛と共に詩がひとつ出てきたのです。その詩を忘れたことがありません。なぜなら偉大な神が下さった霊感でその詩を歌のように踊りながら歌って悲しみを忘れようとしたからです。

わたしのためらう心は言う、東にいる時は西に
　西にいる時は東に、いたいと思うと
男なら女に、女なら男になりたいと思うと
　からだの他の部分は言う
人間であることは何とむずかしいことか
　人間みたいに生きることはもっとむずかしい
前とも後ろとも、東とも西とも
　楽しみたいだけなのだ

心の中から出てくる歌をうたったのを、どうかエルズルム一派の兄弟たちが聞きませんように。多分ひどく怒るでしょう。でもどうして彼らを怖がらなければならないのでしょう。もしかしたら怒らないかも。というのは、ゴシップを言うわけではないのだけれども、かの有名な説教師、フスレト・デスラナイの先

生がいますよね。結婚しているそうだけれど、彼もあなた方、心細やかな細密画師の皆さんのように、麗しい少年が、わたし共女よりも好きなそうです。わたしはただ聞いたことを言っているだけです。でもそんなことかまいません、わたしは元々彼をいやだと思っていましたし、それにひどく年取っていて。歯が抜けていて、彼に近づいた麗しい男の子たちが言うには、口がひどくいやな臭いがするとか、ごめんなさいよ、熊の尻みたいに。

まあ、おしゃべりは止めて、本題のわたしの悩みに戻ります。自分がひどく美しいことがわかると、もう洗濯や皿洗いをしたり、召使のように町に出て行きたくなくなりました。貧しさ、涙、不幸、鏡を見て絶望して泣くとか、悲しみ、こんなことは醜い女たちのすることです。わたしを大事にしてくれる夫をみつけなければならない。でもそれは誰かしら？

こうして、亡くなった父がいろいろな口実の下に家に招んだパシャの息子たちや貴族を、覗き孔から覗き見はじめたのです。その状況が細密画師の全てが恋している二人の子供がいる小さな口のかの有名な美女に似ていることを願いました。もしかしたら、あのかわいそうなシェキュレの物語をしたらいいのかも。でもちょっと待ってね、水曜日の晩はこの話をすると約束しましたよね。

悪魔が女に語らせた恋物語

本当はごく単純なこと、このイスタンブルのやや貧しい地区のひとつのケメルウストでおこったことです。この地区では目ぼしい住民の一人のチェレビ・アフメトはヴァスフ・パシャの書記官をして、結婚して二人の子供がいるきちんとした紳士でした。ある日、開いていた窓で、黒い髪の、黒い目の、長身で、銀色の肌をしたほっそりしたボスニア人の美女を見て恋に落ちました。ところが女は結婚していて、チェレビを何とも思っていない、ただひたすら美男の夫を愛している。こうして哀れなチェレビは苦しみを誰にも言えず、恋のためにやせ衰えて、ギリシア人から葡萄酒を買っては飲んでいました。しかしその恋はついに隣近所の知るところとなったのです。誰しも恋物語が好きなこともあり、チェレビも敬愛されていたために、人々はこの恋に敬意を表して多少は冗談を言っても見て見ぬふりをしていたのです。しかし救いのない苦しみを抑えきれないチェレビは、毎晩酔っては銀色の肌の美女が夫と幸せに暮らしている家の戸口に座って、長い間子供のように泣くのでした。ついには皆怖がりだしました。毎晩苦悶で泣くと、殴って放り出すわけにもいかず、慰めることもできないのでした。チェレビは、その名のように紳士（チェレビ）なので、誰とも喧嘩をするわけでもなく、密かに泣いていました。この絶望的悲哀はしだいに地区全体に広がり、誰もが悲しく不幸になったり、気分がそがれたりしました。絶えず悲しく流れる広場の泉のように、彼も悲哀の源となりました。最初は悲しい話が広がり、それから不吉な噂になり、それからは破滅へと。ある者は他の土地へ移りました。ある者は事業に失敗し、ある者は意欲を失い、仕事も上手くできなくなりました。その地区が空っぽになったあとで、ある日、恋したチェレビも妻と子供たちを連れて他の地に引っ越すと、銀色の肌の美女と夫はふたりきりになりました。原因となった事件が二人の愛を冷まし、溝ができました。二人は死ぬまで一緒に暮らしていましたが、幸せにはなれませんでした。

　恋と女がいかに危険かを説いているので、わたしはこの話が好きだと言おうと思ったのに、ああ、忘れていました、馬鹿みたいね、わたしは今は女なのだから、他のことを言わなければならない。たとえば、こんな風に。

ああ！　恋とはなんてすばらしいものか！

でも、入り口から入ってきた変な人たちは一体誰なのかしら？

55　人はわたしを〝蝶〟とよぶ

暴徒を見るや否や、エルズルムの一派が冗談好きの細密画師たちを殺し始めたのだとわかった。カラもこの襲撃を眺めている人ごみの中にいた。手には短剣を持って、そばには妙な男たちや有名な行商女エステルと、手に風呂敷包みを持った他の女たちもいた。コーヒーハウスに通う者をむごくも殴ったり、その店が乱暴に潰されたのを眺めた後で、わたしは心の中で逃げ出そうと考えていた。その後から別のグループ、多分イェニチェリ兵が来たようだった。エルズルム一派は松明を消して逃げだした。

コーヒーハウスの暗い入り口には誰もいなかった。誰も見ていなかった。わたしは中に入った。どこもかしこも修羅場と化していた。茶碗や皿やコップや鉢やガラスなどの破片の上を歩いた。壁の高いところにかけてあった油ランプはあの騒動の中でも消えずにあったが、割れたもので覆われたコーヒーハウスの床や壊された小テーブルや木のベンチの残った部分をではなくて、天井の煤の跡を照らしていた。

座布団を重ねて、背伸びをして油ランプを取った。光の輪の中で床に倒れていた体に気がついたが、顔が血だらけなのを見ると、見ていられずに、もう一つに近づいた。二人目は呻いていた。ランプを見ると子供のような声を出したが、わたしは身を引いた。

誰かが中に入ってきた。最初は隠れたが、それがカラだとわかった。床に倒れている三人目に一緒に近づいた。顔にランプを近づけると、二人ともずっと前から予期していたものを見た――咄し家が殺されていた。

化粧で女に似せたその顔には血の跡はなかった。しかし顎や目や紅く塗った口は潰されていて、首は絞められて紫色になっていた。一人が女の衣装を着た年寄りの両手を後ろに持って、他の者たちが女の顔を殴りそれから首を絞めたことが容易にわかった。「説教師の先生のことを揶揄する奴はその舌を切れ、二度とできないようにと」と言ってやったのだろうか。

「ランプをここに」とカラが言った。炉辺のあたりにコーヒーがこぼれ、ぬかるみの中に壊れたコーヒー挽きや篩(ふるい)や秤や茶碗のかけらをランプの光が照らした。咄し家が毎晩絵を掛けた隅でカラは死んだ者の仕事道具や帯や手品師のハンカチや大きな音を立てる棒の間を探していた。絵を探しているのだと言った。わたしの手から取った油ランプの光でわたしの顔を照らしながら。確かにその二枚は友達としてわたしが描いた。死んだ咄し家のつるつるに剃った頭に被っていたペルシア製の頭巾を見つけただけだった。

狭い通路を通って裏口から誰にも出会わずに闇の中に出た。襲撃の時、中にいた人々や絵師たちはこの入り口から逃げたにちがいなかった。しかし、ひっくり返った植木鉢や転がっているコーヒーの大袋からここでも乱闘があったことを物語っていた。

コーヒーハウスの襲撃と、名人の咄し家がむごく殺されたことと夜の闇がカラとわたしを近づけていた。

二人の間の沈黙もこのせいだと思った。通りを二本過ぎた。カラは手にしていたランプを持つようにとわたしに渡した。それから短剣を抜いてわたしののど元にあてがった。

「お前の家に行く」と言った。「そこで調べる、俺の気がすむまでだ。」

「既に探したではないか」とわたしは言って黙った。

わたしは心の中で、怒るよりもむしろからかってやりたかった。わたしについての惨めなゴシップを信じたカラも、凡庸で嫉妬深い者たちの一人であったということであろうか。短剣もあまり自信なさそうに持っていた。

わたしの家は、コーヒーハウスの裏口から出て歩いてきた通りの正反対の方向である。だから人ごみと出会わないようにと裏通りを右や左に曲がったり、濡れた裸の木の憂鬱な匂いしかしない持ち主のない庭を通って、大きな弧を描いた。その周りを回ったことになるコーヒーハウスの辺りから来る騒音はまだ続いていた。エルズルム一派の徒党が、さらにその後ろからイェニチェリ兵や地区の警備人や若者たちが走っているのが聞こえた。途の半ばを過ぎた。

「この二日間、名人オスマンと宝物殿で昔の名人の傑作を眺めていたのだ」とカラが言った。

長い間わたしは黙っていた。かなりしてから、ほとんど叫ぶようにしてわたしは言った。「細密画師というものは、ある年齢が過ぎると、たとえベフザトと同じ仕事台に座っていても、見たものは自分の目を愉しませ、魂に安らぎと興奮を与えるが芸は上がらない。なぜなら細密画は目ではなくて手でするものだからだ。手というものは、名人オスマンの年でなくとも、わたしの年ですら、もう新しいことを習うのは難しいのだ。」

わたしを待っているに違いない美しい妻が、わたしがひとりではないことがわかるようにと、そしてカラと出くわさないようにと大声で話したのだ。手に短剣を持って、うぬぼれたこの哀れな馬鹿者をまじめにとったわけではない。

中庭の門を通る時、家の中でランプの光が動いたように思ったが、中に入るとありがたいことに真っ暗だった。毎日すべての時間をアラーの神の記憶を求めて細密画を描き、目が疲れるとこの世で一番美しいひとと愛し合って過ごしたこの天国の秘めた所が、むごく暴かれるかのように思えて、カラへの復讐を誓った。

わたしの紙や完成間近だった絵——借金の鎖から救ってくれるようにとスルタンに嘆願し施しを受けるところ——、絵の具、仕事台、ナイフ、ペン削り台、筆、机の周囲にある全ての絵や艶出し石、ペン削りやペンや紙箱の間の空間や、戸棚や櫃や座布団や絨毯の下を見て、また戻ってきて同じところを手にしたランプを近づけては何度も見た。短剣を突きつけた時に言ったように、家をではなくて、細密画を書いていた部屋を探した。隠したいもの、それを妻が今のぞき見をしている部屋に隠せなかっただろうか。

「俺のエニシテが作らせていた本の最後の絵があるそうだ」と彼は言った。「彼を殺した者がそれを盗んだ。」

「他の絵とは違っていた」とすぐにわたしは言った。「亡くなったお前のエニシテは、ひとつの隅に木の絵を、わたしに描かせ、後方に……、中央と前方には誰かの絵がくるはずだった。多分スルタン様の肖像画か？　非常に大きな部分をとっていた。しかしまだ描かれていなかった。ヨーロッパ人がするように、一枚の絵に、後方のものが小さく描かれるので、木を小さく描くように望んだ。絵を描き進むと、それは挿絵ではなくて、あたかも窓から世界を見ているような印象を与えた。ヨーロッパ人の遠近法で描かれたこの絵では縁と金泥装飾が窓の枠の代りをするのがその時わかった。」

「縁と金泥装飾は〝優美〟さんがしていたのか？」

「そのことを訊きたいのなら、わたしは彼を殺さなかったと言ったではないか。」

「殺したとしても、殺したとは言わないものだ、人間は」と彼はすばやく言って、コーヒーハウスが襲撃されたとき、あそこで何をしていたかと訊いた。

油ランプを座布団の少し向こうに、紙や描いた絵の間に、わたしの顔を照らすように置いた。自分は部屋の中で、闇の中で影のように動き回っていた。

皆さんにも言ったように、わたしはコーヒーハウスにはあまり行かないこと、あそこを偶々通りかかったという以外には壁に掛けた絵の中の二枚を描いただけだということ、しかしあそこで起こったことは気に入らないということを言った。「なぜなら」とわたしはつけ加えた。「細密画が、その力を、細密画師の才能や細密画への愛や神に遭遇したいと思う気持ちからではなく、人生の悪を減らし、罰したいと思う気持ちから行使するのなら、最後には自分自身を非難し罰することになる。非難するものがエルズルム一派であれ、悪魔であれ。しかもあのコーヒーハウスがエルズルム一派を揶揄しなかったら今晩襲撃はなかったであろうに。」

「それでもお前はあそこに行くではないか」と奴は言った。

「それは行くさ。なぜならおもしろかったから。」俺がどんなに正直に話しているかわかっただろうか。

「俺たち悪魔の子孫は良心や頭では醜いとか間違っているとか知っていても、それが面白いこともある」と付け加えた。「あの安っぽい絵や、物真似や、咄し家が韻もふまず、韻律もなく、押韻もなく粗野に語った悪魔や金貨や犬の話を喜んだのを恥かしいと思うが。」

「それなら、どうして不信心者の行くコーヒーハウスに行っていたのだ。」

「よろしい、言おう」と心の中から出てくる声に従って言った。「時には俺だって心の中を蝕む疑惑がおこる。それを説明しよう。うちの細密画の工房の名人たちの中で、俺が一番才能があり、一番腕のいいことは名人オスマンのみならずスルタン様もはっきりとご覧になられて以来、他の絵師たちの嫉妬から俺はひどく恐れ始めた。突然復讐されないようにと、彼らが行くところに俺も行く。彼らと一緒に何でもする。彼らに似るようにと努めたほどだ。わかるか？　俺がエルズルムの一派だと言われ始めてからは、この噂を誰も信じないようにと、あの不信心者たちの惨めなコーヒーハウスに行っていたのだ。」

「名人オスマンは、お前が、あたかも才能と技を謝罪するかのようにした多くのことを話してくれた。」

「そのほかに、俺のことを何と言ったか？」

「細密画のために人生をも諦めたと信じこませようと、米粒の上や、爪の上に小さな下らない絵を描いたこと、天賦の才能に困惑していつも他人の気に入るようにしていること。」

「名人オスマンはベフザトの水準にある」と俺は本心から言った。「そのほかには？」

「お前の欠点を遠慮なくあげた」と彼は言った。

「俺の欠点というのは？」

「才能はあるが、細密画を、それを愛するが故にではなく、他人が気に入るようにと描くと言った。絵を描く時、お前が一番喜ぶのは、絵を見た者が感じる喜びを想像することだそうだ。ところが絵を描くことの喜びのために絵を描けるのでなければならない、と。」

一生を芸術に捧げないで、書記をしたり、あるいは書簡を書いたり、へつらいで過ごしてきたこの価値のない男に、名人オスマンが俺のことをどう思っているかをこれほどあからさまに語ったということが、俺の心を傷つけた。カラはさらに続けた——「新しいシャーの力や新しい皇子のご機嫌や新しい時代の好みに従うために、昔の偉大な名人たちは、全生涯をかけて獲得した様式や手法をやめることをしなかった。それゆえに、その様式や手法を変えるよう強制されないようにと、自らを勇敢に盲目にしたと名人オスマンは言った。ところがお前たちは、スルタン様がこのように望まれたことを口実にして、エニシテの本の頁のためにヨーロッパの名人を喜んで、誇りもなく真似をしたと。」

「細密画師の頭、偉大な名人オスマンはそれを悪い意味で言ったわけではない」と俺は言った。「客人に菩提樹の茶を入れよう。」

俺は隣の部屋に行った。恋しい人は行商人エステルから買った中国の絹の夜着を着て俺に駆け寄った。『菩提樹の茶を入れよう』と、俺を真似て手をあそこに伸ばした。床に敷いた寝床に一番近い戸棚の底から、薔薇の花びらの匂いのする敷布の間にあった、柄に瑪瑙（めのう）が嵌めこんである剣を取って鞘をはらった。この剣の刃はひどく鋭いので絹のハンカチをその上に投げれば二つに切れる。金箔を置けば切れたものは物差しを使ったようにまっすぐだ。

剣を隠して仕事部屋に戻った。カラは俺を尋問することでひどく御機嫌で、手に短剣を持って紅い座布団の周囲をまだうろついていた。半分ほど描き終わった頁を座布団の上に置いて、「これを見てみろ」と俺は言った。彼は興味を持って座って、それを理解しようとした。

俺は後ろに回って、剣を抜いて、一瞬にして体をぶつけて彼を倒した。短剣は彼の手から落ちた。髪を摑んで床にねじ伏せて、剣を下から首に突きつけて、俺の重い体で、うつぶせにしたカラの細い体を押しつけて、顎と手で彼の頭を剣の鋭い端に触れるくらい押し付けた。俺の片方の手は奴の汚らしい髪をたっぷり摑み、もう一方の手で剣を首の繊細な肌に突きつけた。彼が動かなかったのは賢かった。さもなければ、血が流れただろう。縮れた髪、他の時だったら一発かませたいうなじと、醜い耳が、これほど近くにあるということがよけい俺の神経に触った。「お前を今すぐ殺さないために辛うじて辛抱している」と秘密を打ち明けるかのようにその耳にささやいた。

おとなしい子供みたいに、声も立てずに聞いている様は気に入った。「『王書』の伝説を知っているだろう」と俺はささやいた。「父親のフェリドゥン・シャーが過ちを犯す。国を三つに分けて譲る時、二人の上の息子には悪い土地を、一番よいイランを小さいイレチに与える。復讐を誓った兄のトゥルは、嫉妬心から弟イレチを騙して首を切る前に、今俺がしているようにその髪を摑んで、今俺がしているように弟を体で押しつぶす。俺の重さを感じるか？」

返事をしなかったが、生贄の羊みたいに見ている目から聴いているのがわかった。

霊感が湧いた。「俺がペルシアの手法や様式に忠実なのは、絵を描くときだけではない。剣をのど元に当てていけにえの首をきちんと斬る時もだ。このきわめて愛されている場面の変形をシヤヴシュの死を語る絵で見た。」

黙って俺の言うことを聞いているカラに、シヤヴシュが兄弟たちの復讐をどう準備したかを、城や全ての財産を焼いて妻とも別れを告げ、馬に乗って、軍と共に遠征して、どのように敗北を喫して、死体に覆われた戦場の土埃の中を髪を持って引きずられ、今彼がしているようにうつ伏せにされ、最後には首に短剣が突きつけられて、伝説的シャーがこの状態になった時、味方も敵も彼を殺そうか赦そうかと議論していたことを、敗軍のシャーは顔を地面につけてこれを聞いていたことを長々と物語った。それから彼に訊いた、「あの絵は好きか？」と。「地面に伸びているシヤヴシュは、俺のように後ろから近づいて上に乗りかかって、のど元に剣を当てたゲルイによって、髪をこのように捩じられ、のどを切られる。まもなく流れる紅い血が、最初は乾いた土の上で黒い土煙を出し、それからそこに花を咲かせる。」

俺は少し黙った。遠くから、通りの間からエルズルム一派が叫び声をあげて走るのを聞いていた。外の事件と恐怖が、床で上下になっている俺たちを互いに近づけた。

「だが、全ての絵の中で」と俺は摑んでいるカラの髪をさらにしっかりと持って言った。「体は俺たちのようにひとつになるが、互いを憎悪している二人を優美に描くことの難しさを感じている。あの魔法がかかった絶妙なる斬首の瞬間以前の、裏切り、嫉妬、戦の混沌があまりにもその絵に入り込んでいる。カズヴィンの一番いい名人でも上下になった男を描くのは難しい。全てがまじりあってしまう。ところが俺たちはきちんとしていて、もっと優雅だ。」

「刃がのどを切っている」と彼は呻いた。

「口をきいてくれてありがとうよ。だが切ってはいない。俺は気をつけている。俺たちの姿勢の美しさを壊すことは何もしない。昔の偉大な名人たちは、全ての愛と死と戦の場面で、入り乱れた胴体をあたかも一つの体のように描いて、俺たちの目から涙を流させることができた。見てみろよ、俺の頭はお前の首に、あたかもお前の胴の一部みたいに入っている。お前の髪やうなじの臭いを感じる。俺の脚はお前の脚の両側に同じように伸びていて、俺たちを見る者は四本脚の優雅な動物だと思うほどだ。お前の背中と尻の上に俺の重さのつりあいを感じるか？」また沈黙があった。しかし剣はおしつけなかった。そうすれば血が出るかもしれなかった。「口をきかなければこの耳をかむぞ」とその耳に囁いた。

その目から、口をきく用意があることを見ると、同じことをもう一度訊いた、「お前の上で俺の重さのつりあいを感じているか」と。

「ああ。」

「どうだ、美しいか？」と俺は言った。「俺たちは美しいか？」と訊いた。「昔の名人たちの傑作に描かれている互いを優雅に殺し合う伝説の英雄のように、俺たちは美しいか？」

「わからない」とカラは言った。「鏡で見なければ。」

隣の部屋から俺たちを覗いている妻が、少し先の床に置いたコーヒーハウスの油ランプの光で俺たちを見ているのを想像すると、興奮してきてカラの耳に本当に噛み付いてしまうかと恐れた。

「俺の家に、俺の秘められた場所に短剣を持って入ってきて、尋問するカラさんよ」と俺は言った。「今度は俺の力を感じたかな、お前の上で？」

「お前の言う通りだと感じている。」

「それなら、また訊きたいことを訊いてよろしい。」

「俺に名人オスマンがお前をどう愛撫したかを話してくれ。」

「見習い時代、俺が今よりずっと痩せてほっそりして美しかった頃、今俺がお前の上に乗っているように、俺の上に乗った。両腕を撫でた。時には痛い思いをさせた。しかし彼の知識に、芸に、その力に感嘆していたので、それらは気に入った。そして何ら悪い意図を感じなかった。なぜなら彼が好きだったから。

名人オスマンを愛することは、俺にとって、細密画を描くこと、色、紙、ペン、美、絵に描かれたもの全て、そしてこの世を、アラーの神を愛することに通じる途だった。名人オスマンは父親以上のものだった。」

「度々殴られたか？」と彼は訊いた。

「父親が息子を殴るくらいには。正当だと思えるくらいに、名人が殴る必要があるくらいに、痛みを感じさせて、罰されて、習わせるために殴った。今日でも爪を叩いた定規の痛さと恐怖のせいで、多くのことをよりよく、より速く習ったことがわかる。見習い時代は、髪を摑んで壁に頭をぶつけられないようにと、絵の具をこぼさず、金水を無駄につかわないようにし、馬の脚の曲がり方を頭の中に刻み込んだ。定規引きの間違いを隠し、筆をちゃんときれいにして、全身の注意と魂を頁に注ぐことを習った。俺の芸と技は殴打のおかげだと思うから、いまや見習いたちを思うままに殴る。さらには、不当に殴った時でさえ、見習いの誇りを傷つけなければ、最後にはその子のためになるのを知っているから。」

「それでも、美しい顔や優しい眼差しの天使のような気性の見習いを叩く時、自分の喜びのために時には自分が度を過ごしたことや、偉大な名人オスマンもまたお前に同じことをしたのはわかっているだろう？」

「時々、大理石の艶出し石で耳の後ろをひどくぶたれて、何日も耳鳴りがして、馬鹿みたいになった。時にはひどい平手打ちを食って目から涙が出て頬が痛んだ。こういうことを覚えている。しかし名人が好きだ。」

「いいや」とカラは言った。「彼に腹を立てたのだ。心の中に深くたまっていた憤りの復讐を、エニシテのヨーロッパの真似をする本のために絵を描いて、果たしたのだ。」

「お前は細密画師を識らない。その逆だ。子供の頃彼から受けた殴打は細密画師を師に死ぬまで深い愛で結びつける。」

「イレチやシヤヴシュの喉元を、今お前がしているように後ろから剣を持って残酷な裏切り行為で切るのは兄弟の嫉妬のせいだ。兄弟の嫉妬は『王書』では、いつも正義を行わない父親がいるからだ。」

「その通りだ。」

「お前たちを互いに争わせている、正義を行わない父親は、お前たちに謀反をくわだてている」と彼は生意気にも言った。「やめろ、切れる」と呻いた。痛みのせいでさらにわめいた。「喉元を切っていけにえの羊のように俺の血を流すことは一瞬の仕事だ」と彼は言った。「だが、俺が話すことを訊かないでそうするのなら――所詮お前にはできないとは思っているが、ああ！　止(や)めろ――、今お前に話すことが一生頭にひっかかるだろう。剣を少し緩めてくれ。」俺は緩めた。「子供の頃からお前の一挙手一投足を眺めつつ、天与の才が、自分の努力で春の花のように開花し、枝になるのを嬉しく見ていた名人オスマンは、いまやお前たちと共に一生を捧げた細密画師の工房と様式(スタイル)を維持するためにお前たちに背をむけた。」

「様式(スタイル)というものが如何に醜いものか理解するようにと、〝優美〟さんを埋葬した日に、お前に三つの物語として説明した。」

「それは細密画師のスタイルについてだった」とカラは注意深く言った。「名人オスマンの心配しているのは工房のスタイルを維持することだ。」

彼は〝優美〟さんとエニシテを殺した卑劣漢を見つけることをスルタンがどんなに重大視したかを、この目的で彼らに内裏の宝物庫の扉までも開けたことを、名人オスマンがこの機会を、エニシテの写本を破滅させ、また自分に背いてヨーロッパの名人たちの真似を始めた者を罰するために利用していることを長々と説明した。鼻孔が切られた馬のスタイルから〝オリーヴ〟を疑ったこと、そして細密画師の頭として罪で剣の威圧の下で〝コウノトリ〟を処刑人に引き渡すだろうということを言った。本当のことを言っていると感じた。物語を子供みたいに夢中になって話したので口づけしてやりたくなった。聞いたことは少しも恐ろしくなかった。〝コウノトリ〟が仲間の中から抜けることは、名人オスマンの死後——神がそれを遅らせてくれますように——俺が細密画師の頭になるという意味だったから。

俺を不安にしたのは、彼の話したことが全て実現するだろうということではなくて、実現しない可能性があることだった。物語の言葉の行間に感じた意味は、名人オスマンが〝コウノトリ〟のみならず俺をも片付けようとしているという意味にもなった。信じられない可能性を考えることは、胸をどきどきさせただけでなく、突然父親を失ったように自分を天涯孤独の恐怖に引きずっていった。それを思う度に、カラの喉元に剣を刺しこみたくなるのをやっとおさえた。そしてこの問題を、カラとも自分とも議論しようとは思わなかった。エニシテの本のためにヨーロッパの名人たちから得た霊感でなぜか馬鹿げた絵を描いたことで、どうして謀反を犯したことになるのか、〝優美〟さんの死の背後には〝コウノトリ〟と〝オリーヴ〟の俺に対する奸計があると再び考えた。剣をカラの喉元からのぞいた。

「一緒に〝オリーヴ〟のところに行って、奴の家を隅から隅まで探そう」と俺は言った。「もし最後の絵がそこにあれば、少なくとも誰を恐れなければならないかがわかる。そこになければ、彼も加えて、〝コウノトリ〟の家に押し入る。」

俺を信頼してくれるようにと、そして彼の短剣が二人に十分な武器であると俺は言った。菩提樹の茶一杯すら出さなかったことをカラに詫びた。コーヒーハウスのランプを床から取るとき、その上に彼を押し倒した座布団を、一瞬意味深い眼差しで共に眺めた。手にランプを持って彼に近づいて、喉元の微かな切り傷は友情のしるしとなるだろうと言った。少し血が出ただけだった。

通りにはエルズルムの一派の、そしてその後を追う者たちの騒音がまだ続いていたが、誰も俺たちを気にかけなかった。〝オリーヴ〟の家にはすぐ着いた。中庭の門を叩いた。それから家のドアを、そして窓の鎧戸も我慢しきれずに叩いた。誰もいなかった。ひどく大きな音をたてたので、中で寝ていないことは確かだった。二人ともが考えていたことをカラが口にした、中に入ろうかと。

カラの短剣の尖っていない方で錠の鉄の部分をねじり、それから戸の隙間に短剣を差し込んで、体の重さを預けて錠を壊した。中には長年の間にたまった湿気と汚れと孤独の臭いがあった。ランプの光で散らかった寝床を見た。座布団の上に投げ出されている帯やチョッキや二本のターバン、下着のシャツ、ナクシュベンディ・ニメトゥッラー・エフェンディのペルシア語・トルコ語辞典、木製のターバン掛け、布地、縫い針と糸、りんごの皮がいっぱいの銅の浅鍋、多くのクッション、ビロードのベッドカヴァー、絵の具、筆などの細密画の道具の全てを見た。仕事台の上の描くための紙、きちんと切った、積み重ねたインド紙と描かれた絵の間に入っていこうとする自分を抑えた。

なぜならカラが俺より夢中になっていたし、名人の細密画師が自分より才能のない他の細密画師の道具に触ることは不吉になると知っているからだった。〝オリーヴ〟は、思われているほど才能はない。ただ熱心だった。才能の少なさを昔の名人に対する憧れで埋め合わせしようとしている。しかし昔の伝説的細密画師は想像をあおるが、絵を描くのは手である。

カラは洗濯籠の底まで、櫃や箱の中をも全て探した。俺は何も触らずに、〝オリーヴ〟のブルサで作られたタオルや、黒檀の櫛や、汚れたふろ用のタオル類や、薔薇の香水の壜や、インドプリントの馬鹿げた柄の腰巻や、カーデガンや、切れ込みの入った重い汚れた女用の外套や、歪んだ銅の盆や、稼いだ金のわりには安く惨めな家具や、薄汚れた絨毯を眺めていた。〃オリーヴ〃はひどくけちで金を貯めこんでいたか、あるいは、ほかの所に無駄遣いをしていたのか……。

「まさに殺人犯の家だ」と俺は霊感を感じて言った。「礼拝用の絨毯さえない。」しかし頭の中で考えたのはこのことではない。俺は考えを集中した。「幸せになることを知らない者の道具だ……」と俺は言ったが、頭の一方では不幸と悪魔への近さが細密画に役に立っていることを憂えつつ感じていた。

「人間というものは、どうすれば幸せになるかを知っているのに、幸せにならないこともある」とカラは言った。

ある櫃の底から出てきた、粗末なサマルカンド紙に描かれ、裏を厚紙で裏打ちしてある一連の絵を俺の前に置いた。遥かなホラサンからの、地下から出てきた愛らしい悪魔を見た。一本の木、一人の美しい女、犬、俺の描いた死の絵を見た。殺された咄し家が毎晩惨めな語りをする時に壁に掛けた絵だった、これらは。カラが訊いたので、俺の描いた死の絵を示した。

「エニシテの本にもこれらと同じ絵がある」と彼は言った。

「毎晩壁に掛ける絵を細密画師に描かせるのがより賢いことを、咄し家もコーヒーハウスの持ち主もわかっていた。俺たち細密画師に粗末な紙に急いで絵を描かせる。物語の方は、咄し家が細密画師たちの冗談をきいて、多少は自分で勝手に作って語った。」

「どうしてエニシテの本のために描いたこの死の絵を彼にも描いたのだ？」

「咄し家がのぞんだように、それだけで独立した絵だった。しかしエニシテの本のためにしたように丁寧にではなく素早く好きなように描いたのだった。他の絵もこうして、もしかしたら揶揄するためにと、秘密の本のために描いたものをいい加減に簡略に咄し家のために描いた。」

「馬は誰が描いたのだ？」と彼は訊いた。「鼻の孔が切られている。」

俺たちはランプを近づけて、馬を感嘆してながめた。エニシテの本のために描かれた馬に似ていた。しかし急いでいい加減に安っぽい喜びのために描かれていた。あたかも誰かが、細密画師により少ない金を与えていそがせただけではなく、より乱暴に、多分そのせいでより生き生きしている馬を描くように強いたかのように。

「この馬を誰が描いたかは、〝コウノトリ〟が一番良く知っている」と俺は言った。「あの自惚れの馬鹿者は噂話を聞かないでは生きていられないから、毎晩コーヒーハウスに行く。この馬を〝コウノトリ〟が描いたのは確かだ。」

56 人はわたしを〝コウノトリ〟とよぶ

夜半に〝蝶〟とカラが家に来て、床に絵を一枚ずつ並べて、どの絵を誰が描いたかを言えと言った。子供の頃遊んだ『誰のターバンだ？』という遊びを思い出させた。紙の上にホジャとか騎馬兵とか法官や処刑人や出納係や書記たちの頭に被るものの絵を描いて、裏返しにした紙に書かれた名をそれに合わせるという遊びだった。

犬を、自分が書いたと言った。その物語はむごくも殺された咄し家にみなが話したものだった。ランプの光がその上で揺れている死の絵は、短剣を俺の喉元に突きつけているやさしい〝蝶〟が書いたに違いないことを説明した。悪魔を、〝オリーヴ〟が熱心に描いていたのを思い出した。その物語は多分死んだ咄し家がつくったのだった。木は俺が描き始めたがその葉はその晩コーヒーハウスに来た細密画師の全てが描いた、物語は俺たちが作った。紅もそうだった——紙の上に紅インクがこぼれた。けちな咄し家はこれから絵ができるかと言った。俺たちはもっと紅インクをたらして、それぞれが何か赤いものの姿を隅に描き、それだけではなく各人が咄し家がそれを語れるように説明した。〝オリーヴ〟がこのすばらしい馬を――彼の才能はほめられるべきだ――描いた。この悲しげな女は〝蝶〟が描いたのを思い出した。その瞬間、〝蝶〟は短剣を俺の喉元から引いて、カラにその美しい女の絵を自分が描いたのを思いだしたと言った。市場の金貨の絵には俺たちみなが加わっていた。彼自身もカレンデル宗派の子孫である〝オリーヴ〟が二人の修行者を描いた。カレンデル宗派は若い少年とやったり、物乞いをしたりする。彼らのシェイク、エヴハド・ウッディン・キルマニが二百五十年前にこのことを本に書いて、アラーの神の完璧な美しさが美しい顔の上に現れると詩の形で書いた。

名人の絵師の兄弟よ、突然来られたのでこの家の散らかった様をおゆるしあれ、香り高いコーヒーを差し上げることも、甘い橙を出すこともできない、妻が奥で寝ているので、と俺は言った。こう言ったのは、彼らが夢中になって開けてはひっくり返して探している、籠や櫃、粗布、引き紐用の布、インド絹の夏用の帯、薄いモスリン、ペルシアのプリント布や、外套の間や絨毯や、座布団の下や、本や、俺が描いていた絵や、装丁された本の頁の中に、探していたものが見つからなかった場合に、彼らがとなりの部屋に入っていかないようにとだ。そうすれば血を流すことになるからだ。

それでも、彼らを恐れているかのように振舞うことに俺はある種の喜びを感じたことを告白する。芸術家の腕は今の瞬間の美しさに全身の注意をもって全ての細部をまじめに受け取ると同時に、ひどくまじめに受け取っている世間から一歩退いて鏡を見るように、距離を置き、この戯れを眺めることにある。

彼らの質問に答えて俺は言った。エルズルム一派が襲撃した際に、大抵の晩のようにコーヒーハウスは混んでいたことを、俺のほかに〝オリーヴ〟、線引きのナスル、書家のジェマル、二人の細密画の助手とこのごろいつも彼らにくっついている若い書家たち、この上なく美しい見習いのラクミとその他のきれいな新米たち、六、七人の詩人たち、酔っ払い、阿片中毒者、修行者の一団、店主に取り入ってこの冗談好きの風刺詩人の群れに加わることを許された者たちなど四十人ほどがいたと言った。襲撃が始まると、あわてふためいて、店主の集めたみだらな事好きな人ごみは、一種の罪悪感から、店の前後の入り口から逃げ出して、誰もコーヒーハウスや女装の哀れな年老いた咄し家を勇敢に守ることなど思いつかなかったことを説明した。俺はこのことを悲しんでいたのだろうか？　その通りだ。一生を心から細密画に捧げてきた俺、絵師ムスタファ、またの名を〝コウノトリ〟、は、毎晩細密画の兄弟たちと一箇所に座っておしゃべりをし、冗談やお世辞をいい、美しい文や詩を詠み、風刺のきいた言葉を語るのが必要なのだと、嫉妬で苦しみ、ぬれた目をした太った少年の雰囲気をもつこの脳みそなしの〝蝶〟の目を見つめて語った。彼の目はまだ子供のように美しい。美しいこの〝蝶〟は、見習い時代もとても感じやすい美しい肌の美男子だった。

　また訊かれたので、町から町をさまよって仕事をしていた今は亡き年寄りの咄し家が、細密画師たちが来ていたコーヒーハウスで商売を始めたこと、来て二日目に、もしかしてコーヒーの影響で、細密画師の一人が冗談に絵を壁にかけたこと、これに気がついたお喋りの咄し家がこの絵の物語のように、絵に描かれた犬であるかのように独話をはじめたこと、これが気に入られると、毎晩、名人の細密画師によって描かれた絵と咄し家の耳にささやかれた冗談で続けられたことを説明した。エルズルムの説教師についての風刺は、彼の憤りを恐れてはいるものの、細密画師たちが大喜びをしたし、コーヒーハウスに新しい客が増えたので、エディルネ出身の店主も奨励していた。

　咄し家が毎晩壁に掛けたこれらの絵は、〝オリーヴ〟の留守の家に押し入って見つけたのだと彼らは言った。俺の考えを訊いた。俺の意見を言うには及ばないこと、コーヒーハウスの店主も〝オリーヴ〟のようにカレンデル宗派の修行者で、乞食、泥棒、粗野な浮浪者だと言った。単純な〝優美〟さんは、説教師の言葉、特に金曜日の説教で説教師が眉を顰めて語ったことからびくびくしていて、これらのことをエルズルム一派に密告したと俺に話した。多分、彼が止めるようにと警告すると、店主と同類の〝オリーヴ〟が哀れな装飾画師を残酷に殺ったのだろうと俺は言った。このことを怒ったエルズルム一派が、多分〝優美〟さんがエニシテの本のことも彼らに説明していたので、その責任者としてエニシテを殺して――今日も二度目の報復として――コーヒーハウスを襲撃したのだ。

色々なものの蓋を開けては、何かを持ち上げては、喜んで俺の持ち物を探している太っちょの〝蝶〟と真面目なカラ（幽霊みたいだったが）は、俺が話したことをどの程度聞いていたのだろうか。

胡桃の木でできた装飾された櫃で、長靴や武具や遠征の支度を見ると、〝蝶〟の子供っぽい顔に一種の嫉妬が見えた。そこで誰もが知っていることを、もう一度誇らしげに宣言した――軍隊と共に遠征して、大砲を撃つところや、敵の砦や、塔や、異教徒の兵士の服の色や、川いっぱい死体で埋まっている様や、斬首された頭が積み重なり、甲冑を着けた騎士が一列になって攻撃に移るのを注意深く見て、『勝利の書』で見られたものを描いた最初のモスレムの細密画師は俺だと。

〝蝶〟が武具をどう着けるかと見たがったので、ためらわずに黒兎の毛皮のついたシャツや下着やズボンや下穿きを脱いだ。炉辺の光で俺を見ている様が気に入って、武具の中に着る長い下穿きを、寒い時に武具の下につける赤いラシャの厚いシャツ、毛の靴下、黄色い革のブーツ、そして上にゲートルをつけた。胸当てを箱から出して、〝蝶〟に背を向けて、小姓に命じるかのように、鎧の紐をしっかり結ぶようにと言って、そして肩当てを〝蝶〟に付けさせた。腕当てをつけて、手袋をして、駱駝の毛の、剣のための帯をつけた。最後に、儀式の際に付ける金の細工の兜をつけると、これからは戦場の場面を以前のように描けないだろうと誇らしげに宣言した。「これからは、向かい合って整然と並んだ二つの軍隊の騎士たちを、同じ規範を使って、敵軍はその反対に描くようなことは許されないだろう」と俺は語った。「これからは、オスマン家の細密画師の工房で描かれる戦争の場面は、俺が見て描いたように描かれるべきだ。つまり、軍隊と馬と甲冑と血だらけの死体が入り混じって描かれるであろう！」

「細密画師は、自分が見たものではない。アラーの神が見られたものを描くのだ」と〝蝶〟は嫉妬で言った。

「そうだが、しかし」と俺は言った。「偉大な神は俺たちが見たものを所詮ごらんになっておられる。」

「神は俺たちが見たものをもちろん見るが、俺たちのようには見ないのだ」と〝蝶〟は俺を叱るように言った。「俺たちがびっくりして、入り乱れていると見た戦を、神は近くから、向かい合って整然と並んだ二つの軍隊として見るのだ。」

もちろん返事はできた。「神を信じて、神が俺たちに見せてくれたものをのみ描こうではないか。見せなかったものではなくて」と言おうと思ったが黙った。〝蝶〟は、俺のことをヨーロッパ人の真似をするといって非難するだろうからとか、あるいは短剣の先で俺の甲冑を試すという口実で兜や背に一撃を浴びせるだろうからといって黙ったのではない。自分を抑えて、このきれいな目をした愚か者とカラを味方につければ〝オリーヴ〟の奸計からたすかると計算したからだった。

ここでは見つからないとわかるや否や、彼らは探していたものが何か言った。卑劣な殺人犯が盗った絵があるという……。そのために、俺の家はすでに探されたこと、これからは賢い殺人犯がその絵を誰の手も届かぬところに隠すだろう（俺は〝オリーヴ〟のことを考えていた）と、俺は言った。しかし彼らはどの程度注意をはらっていたであろうか。鼻孔の切られた馬が描かれていたこと、スルタンが名人オスマンに与えた三日間がまもなく終わろうとしていることをカラは長々と説明した。鼻孔が切られて描かれた馬のことをさらに問い詰めると、カラは、名人オスマンが犯人の鍵として、この馬が〝オリーヴ〟に結びつくこと、しかし野心を考えると俺を疑っていることを、俺に面と向かって言った。

一見すると、ここに俺が殺人犯であると信じて、それを証明するために来たようだった。しかし俺に言わせれば、来た理由はこれだけではない。孤独感と絶望感で俺のドアを叩いたのだ。ドアを開けたとき〝蝶〟が俺に向かって突きつけた短剣は震えていた。どうしても誰かわからない卑劣な殺人犯が、闇の中で追い詰めて、昔の友達であるかのように微笑みながらすばやくのどを切ると考えては恐れ、その一方では、名人オスマンがスルタンと勘定方長官共に了解して彼らの拷問官に引き渡すと思い、また一方では、外にいるエルズルムの一派の暴徒のことが神経に触る。

要するに、彼らは友だちがほしかったのだ。しかし名人オスマンは彼らに逆のことを言っていた。いまや俺の仕事は彼らに名人オスマンが間違っていることを、そしてそれは、彼らも心の底では望んでいることであることを、優しく示さなければならない。

偉大な名人が年を取って呆けたと口にすることは、〝蝶〟を直ちに敵にするという意味になる。なぜなら、手に持った短剣で俺の武具を叩いている〝蝶〟は、その名のように羽ばたくまつげの美しいぬれた目で、寵愛を受けていた偉大な名人に感じた愛の色褪せた炎を今も見ることができる。若いとき、この二人の師弟の近さは他の絵師たちの間で異常な嫉妬でからかわれたが、彼らは気にもせず皆の前で長い間見つめ合ったり、撫で合ったりしていた。後に名人オスマンは、ペンを一番巧く使い、色と筆が一番しっかりしているのは〝蝶〟だと愚かしくも宣言した。その判断は大抵は正しかったが、嫉妬深い細密画師の間では、ペン、筆、インク壺、筆箱がいやらしい当てこすりや悪魔的な比喩や下卑た喩えに尽きることなく使われた。このゆえに、今日名人オスマンが自分のあとに工房の頭として〝蝶〟を持ってきたいと思っていると感じるのは、俺だけではなかった。他人に、俺がけんか早いこととか、協調性がないとか生意気だという時、本当は偉大な名人の頭の中にそのことがあったのを、俺は長い間知っていた。俺が、〝オリーヴ〟よりも〝蝶〟よりもヨーロッパの様式にずっと近く、「昔の名人は決してこのようには描かなかった」と言っては、スルタン様の新しい望みには逆らったりしないのは当然だと考えていた。

この点でカラとはよく協力できるとわかっている。なぜなら新しい熱心な婿が故エニシテの本を完成させることは、美しいシェキュレの心をかちとって、父親の代りになれることを証明するためだけではなく、近道からスルタン様の寵愛をうけたがっているにちがいないからだ。

こうして、俺はまったく予期しないところから始めた。エニシテの本は類のない幸せな奇蹟であると言って話し始めた。この傑作が、スルタン様が命じられて故エニシテが望んだように完成されると、全世界はオスマン・トルコのスルタンの力や富と共に俺たち名人の細密画師の技と美とすばらしさに感嘆するだろう、と。この国の力や勇敢さを恐れるだけでなく、同時に俺たちがどのように笑ったり泣いたりするか、またヨーロッパの名人の手法を盗み、一番輝く色を捉えて、一番微細なる点をも逃さなかったのを見ておどろくだろう、と。そしてついには最も賢いスルタンが、俺たちが絵の世界にいると同時に遠く離れた昔の名人たちのところにもいることを理解していたということがわかるだろうと。

〝蝶〟は最初、甲冑が本物かどうかためそうとする子供みたいに叩いていた。それから甲冑が丈夫かどうか調べる同僚みたいにたたきはじめた。そのあとで最初の二つの口実を使った。どうしようもなく嫉妬深い敵のように甲冑に穴を開けて俺を傷つけようとして叩いた。本当は彼は、俺が自分より才能があることがわかり、さらに悪いことには、名人オスマンもそのことを知っていると感じたようだった。

天与の才能で〝蝶〟はすばらしい名人だったから、彼の嫉妬は俺をより誇らしく感じさせた。俺はあいつのように名人の葦のペンをもったからではなく、自分の葦のペンの力で名人になったことを、俺のほうが優れているということを奴に認めさせられると感じた。

俺は声をさらに高くして、スルタン様と亡きエニシテの奇蹟の本を、遺憾ながら、覆そうとする者たちがいることを話した。名人オスマンは俺たち皆の父親であり師であった。何もかも彼から教えてもらった。しかしスルタン様の宝物殿の中で犯人探しをして、卑劣な殺人犯が〝オリーヴ〟であることがわかってから、奴をなぜかわからない理由で隠そうとしている。家にいない〝オリーヴ〟が、フェネル門の近くに在る見捨てられたカレンデル宗派の修行団の館に隠れているのは確かだと俺は言った。堕落と悪徳の温床であるこの館は、それゆえにではなくて、ペルシアとの終わることのない戦の結果として、スルタン様の御祖父の時代に封鎖されたということを、そして〝オリーヴ〟が一時期禁じられた館を『守っているのだ』と自慢していたのを思い出して話した。もし俺を信用せずとも、俺が言ったことの背後に何かあると思うなら、短剣はお前の手にあるのだから、そこで俺を罰することはできると俺は言った。

大抵の鎧なら耐えられないような強い打撃を短剣で〝蝶〟はさらに二度加えた。それから俺を信じたカラに向かって子供みたいに喚いた。俺は後ろから近づいて、甲冑の中の腕を〝蝶〟の首に回して引いた。もう一方の手で奴の腕を捻って、短剣を落とさせた。本当は完全に本気で格闘したわけでもないが、完全な遊びでもなかった。『王書』にあるこんな場面の物語を話した。あまり知られていない場面である。

「ハマラン山の裾で、総武具を着けて向かい合って並んだペルシア軍とトゥラン軍の対決の三日目に、連日強いトゥラン軍の戦士を殺す不可思議なペルシア戦士が誰かと知りたいと思ったトゥラン陣は、巧みなシェンギルを戦場に」と言って俺は物語を語り始めた。「シェンギルが不可思議な戦士に挑戦すると、相手も受けてたった。双方の甲冑は真昼の太陽の光にキラキラと輝き、全軍が息を潜めて眺めている中で、二人の戦士のこれまた武装した馬も激しくぶつかり合い、武具から出る火花が馬の皮膚を焦がした。戦いは長く続いた。不可思議なペルシア人は剣と馬を巧みに駆使して、ついにトゥラン人のシェンギルを、まず尾を捉えた馬から落として、逃げるところを後ろから追いつき、甲冑を着けたまま後ろからとびかかって首を捉えた。不可思議な戦士が誰であるか知りたがったトゥラン人は敗北を認めて、何日も気になっていたことをついに訊いた、『お前は誰だ?』と。『お前にとって俺の名は死だ』と不可思議な戦士は言った。彼が誰だったか言ってみよ。」

「伝説的英雄ルステムだった」と〝蝶〟は言って子供のように喜んだ。

俺は彼の首に口づけして、「俺たちは皆、名人オスマンを裏切った」と言った。「今彼が俺たちを罰する前に、〝オリーヴ〟を見つけて、仲間の中の毒を出してしまい、仲間でしっかりと理解し合わねばならない。細密画の宿敵と俺たちを拷問官に引き渡したいと思っている者たちに対抗して、しっかりしようではないか。もしかしたら、あそこに、見捨てられた修行団の館に行ったら、卑怯な殺人犯が俺たちの中の一人ではないことがわかるかも知れない。」

哀れな〝蝶〟は声も立てなかった。どんなに才能があろうとも、自信があろうとも、背後に頼るものがあろうとも、お互いを妬んだり、憎悪しても、お互いを求め合う全ての細密画師のように、本当は彼も地獄におちることを恐れ、この世で一人ぼっちになることを恐れてどきどきしていたのだ。

フェネル門に向かう途中で、上の方に妙な緑っぽい黄色の光があった。しかしそれは月の光ではなかった。この光のせいで、夜毎に、糸杉の木とドームと石の塀と木造の家と焼け跡からなるあの見慣れたイスタンブルの夜の光景の代わりに、敵の砦のような見慣れない感じを与えた。丘を上る時、遥か後方にバヤジット・モスクの後方に火事を見た。

真っ暗闇の中で俺たちのように城壁に向かっていく、半分ほど粉袋を積んだ荷車とぶつかると、銀貨を二枚やって乗せてもらった。カラは傍らに絵を持っていたので気をつけて座った。横になって、火事で明るくなった低い雲を眺めていると、兜に雨の最初の滴が落ちた。

長い道のりの後、夜半に元々廃墟のような地区にある見捨てられた修行団の館を見つけようとして、犬どもを起こしてしまった。石で作られたいくつかの家で、俺たちの立てた物音のせいで点けられたランプを見たが、四軒目の家で戸を叩くと、戸を開けて、ランプの光で俺たちを幽霊を見たかのように驚いて眺めた老人が、降りしきる雨に鼻を出そうともしないで、見捨てられた館を教えてくれた。しかし悪い精霊やら悪魔やら幽霊やらにひどい目に会うだろうと愉快そうに付け加えた。

修行団の館の庭では、朽ちた葉のにおいと雨を何とも思わない誇り高い糸杉の静寂が俺たちを迎えた。最初、館の壁板の割れ目が見えた。それから小さな窓の鎧戸の穴に目を当てると、ランプの光で礼拝をしている、あるいは俺たちのために礼拝の真似事をしている者の、恐ろしげな影を見た。

57 人はわたしを〝オリーヴ〟とよぶ

礼拝を途中で止めて、彼らにドアを開ける方が正しかったのか、それとも礼拝が終わるまで雨の中で待たせておく方が正しかったのか。俺を見ていることがわかると気になったが、最後まで礼拝をやった。ドアを開けて、〝蝶〟と〝コウノトリ〟とカラを見ると、俺の喉から喜びの声がほとばしった。〝蝶〟に抱きついた。

「俺たちの身に一体何がおこったのか！」と呻いて俺は頭を彼の肩に埋めた。「彼らは何が欲しいというのだ、俺たちから。どうして殺すのか、俺たちを。」

細密画師の生涯で名人の細密画師が時折見せる、仲間はずれになることへの恐怖がいずれにもあった。館の中ですら互いに離れなかった。

「恐れないでいい」と俺は言った。「ここで何日も隠れていられる。」

「俺たちが恐れなければならない者がこの中にいるのではないかと心配しているのだ」とカラが言った。

「それを考えると俺も怖い」と俺は言った。「なぜなら俺もその噂を聞いたから。」

近衛兵の隊長の部下から細密画師の部門に噂が伝えられた。〃優美〃さんと亡きエニシテを殺した者は、もう秘密ではなくなったこの写本のために努力してきた者の中にいるそうだ。

エニシテの本のために何枚、絵を描いたかとカラは訊いた。

「最初は悪魔だった。白羊朝の細密画師の工房で昔の名人たちがよく描いた地下のさまざまな悪魔を、エニシテに描いた。咄し家と俺は同じスフィ宗派の仲間だった。だから二人の修行者も俺が描いた。エニシテにあの本に入れるようにと勧めたのも俺だ。オスマン・トルコにはこれらの修行者のための場があると説得した。」

「それだけか？」とカラは訊いた。

それだけだと言うと、見習いの盗みをとらえた師のように、偉そうに戸口に行った。外から雨で濡れていない一束の紙を持ってきて、子猫たちのために傷ついた鳥を運んで来た母猫のように、俺たち三人の前に置いた。

彼がまだ開けずに腕に持っている時から俺にはわかった。今晩のコーヒーハウス襲撃の際に俺が救い出した絵だった。どうやって俺の家に入ってそれらを取ったのかとは訊けなかった。それでも、〃蝶〃と〃コウノトリ〃と一緒に亡くなった咄し家のために描いた絵を、一枚ずつおとなしく誰が描いたかを言った。こうして、一頭の馬、この上なく美しい馬が端のほうに首を垂れて残った。馬の絵が描かれたことも知らなかった。俺を信じてほしい。

「この馬はお前が描いたのではないか？」

「俺は描かなかった。」

「エニシテの本の中の馬はどうだ？」

「その馬も俺は描かなかった。」

「スタイルからお前が描いたことがわかった」と彼は言った。「しかも名人オスマンがそう言ったのだ。」

「俺のスタイルなんてない」と俺は言った。「このごろはやっている風潮に逆らうために誇らしげに言うわけではない。潔白であることを証明するために言うのでもない。なぜなら俺にとっては、スタイルを持つことは人殺しになることよりも悪いことだからだ。」

「お前を昔の名人からも、他の者たちとも区別する違いがあるのだ」とカラは言った。

彼に向かって俺は微笑んだ。彼は、あなた方も俺たちも皆が知っていると思われることを話し始めた。スルタン様と勘定方長官が相談して殺人を解決しようとされたこと、名人オスマンに三日間を与えたこと、『侍女の方法』を使ったこと、馬の鼻孔の特徴、それと一番の奇蹟は、手の届かぬ最高の書物を調べるために、カラが王宮の内裏に本当に許されて入ったことを熱心に聴いた。誰の一生にも、それを体験している時ですら、それから後長い間決して忘れないであろうとわかることを、体験する瞬間があるものだ。悲しい雨が降っている。〃蝶〃は雨でいらいらしたかのように、悲しげに短剣を握っていた。甲冑の背中が粉で真っ白な〃コウノトリ〃は、手にランプを取って勇敢にも館の奥に入っていった。館の壁にその影が幽霊のように動き回るこの名人の細密画師は俺の兄弟だった。そして俺はどんなにか、彼らを愛していたことか！　細密画師であることの幸せを感じた。

「名人オスマンと共に何日も昔の名人たちの傑作を見ることが、どんなに幸運なことかわかるか？」と俺はカラに訊いた。「彼はお前に口づけしたか？　その美しい顔を撫でたか？　手を握ったか？　お前の才能や知識に感嘆したか？」

「名人オスマンは、昔の名人たちの傑作の中にお前のスタイルがあることを、俺に見せてくれた」とカラは言った。「お前のスタイルは細密画師が自分で望んで択んだものではなく、細密画師の過去やもう忘れてしまった思い出がひそかな欠陥として現れたものだとおしえてくれた。ある時期にはひどく恥じられたり、俺たちに昔の名人から外れないようにと隠されていたこの密かな欠陥や弱点や下品だとか言われたものが、ヨーロッパの名人たちの手法が全世界に広まったので、『個人的な特徴』とか『スタイル』として現れても、これからは、ほめられると言った。これからは欠陥を誇る馬鹿者たちで、この世はさらに華やかに、しかしさらに愚かしく、そしてもちろんのこと、さらに不完全なものとなるだろう。」

自分の言っていることを誇らしげに信じていることも、カラがこの新しい馬鹿者の一人であることを示していた。

「スルタン様の写本のために俺が何年もの間、何百もの馬の鼻の孔をなぜきちんと描いていたか、名人オスマンは言ったか？」と俺は訊いた。

「はるか子供時代から、お前たち皆を愛し、殴ったからお前たちにとって父親でもあり恋人にもなったために、彼はお前たちが自分に、また互いに似たことに気がつかない。彼がほしかったのはお前たちのスタイルではない、オスマン・トルコの王宮に属する細密画師の工房のスタイルがほしかったのだ。お前たちも、自分の中から出てくる欠陥、規範に外れたもの、違うものなどを、彼に対する畏敬の影のせいで忘れていたのだ。名人オスマンの目には決して触れない本や他の絵のために描くときのみ、心の中に長年の間あった馬を描いたのだ。」

「亡くなった母は父よりもずっと賢い女だった」と俺は言った。「細密画師の工房で、名人オスマンだけでなく、ほかの意地悪い神経質な名人たちの殴打や定規の脅しなどが怖くて、工房に戻りたくないと言って家で泣いた晩、慰めて、亡き母はこう言った。この世には二種類の人間がいる。子供の時叩かれた殴打から打ちのめされる者、彼らは常に打ちのめされたままだ。なぜなら殴打が、予期したように内なる悪魔を殺したからだ。その一方で、殴打によって内なる悪魔を殺すことなく、怖がらせ矯正する好運な者がいる。後者は子供時代のこの悲しい記憶を決して忘れないが、しかし——誰にも言うなと母は言ったが——殴打からやがて悪魔と付き合っていくことを習ってずる賢くなって、知らないものを推測でき、友達を作り、敵を識り、背後で企てられているたくらみを事前に感じ、それに俺が加えるならば、細密画を描くことを誰よりも上手くできるようになる。俺が木の枝を調和を取って描けなかったといって名人オスマンが俺をひどく殴った時、目から苦い涙が出る中で、目の前に森が現れてきた。頁の端にある誤りが見えないといって怒って俺の頭を拳骨で殴ったすぐ後で、鏡をやさしく手にとって、頁の上において、その絵をはじめて見るかのように見せた。それから彼の頬を俺の頬に押し付けて、鏡の中の逆さに映った絵の中で突然見えるようになった間違いを、俺にひとつずつ優しく見せてくれた。その優しさ、そのやり方を、俺は決して忘れなかった。皆の前で叱られて、腕を定規で叩かれたといって、誇りを傷つけられたといって寝床で泣いた晩の翌朝、俺の腕に優しく口づけして、お前はいつの日か伝説的細密画師になるだろうと信じさせてくれた。否、あの馬は俺が描いたのではない。」

「エニシテを殺したと思われる者が盗んでいった最後の絵を俺たち（カラは〝コウノトリ〟と自分をさし

ていた）はこの館で探す。お前は最後の絵を見たか？」

「あれは、スルタン様も、昔の名人たちに従っている俺たち細密画師も、神の教えを信じているモスレムの誰しもが受け入れることのできないものだった」と俺は言って黙った。

この言葉が彼を余計夢中にさせた。〃コウノトリ〃と共に館をひっくり返して探し始めた。一、二度そばに行って手伝った。天井から雨が漏れる修行者の部屋のひとつの床にある穴に落ちないようにと、また好きなだけ探すようにと教えてやった。三十年前、館の住人がベクターシ宗派に加わって散り散りになる前に、師のいた小さい部屋の巨大な鍵を、後から持って行ってやった。期待して入った部屋には壁もなく雨がまっすぐに降り込んでいるのを見て、彼らは探しもしなかった。

〃蝶〃が彼らと行動を共にしないのが気に入ったが、俺を非難する証拠がみつかった時には、彼もあとの二人に加わるだろうと感じた。名人オスマンが俺たちを拷問官に引き渡さないようにと心配するカラと、同じ思いの〃コウノトリ〃は、それに対して、互いに協力して、勘定方長官に対抗してまとまらなければならないという。カラと〃コウノトリ〃はひどく近づいていた。カラの動機は単にエニシテの殺人犯を見つけて美しいシェキュレに本物の結婚祝いを贈ることだけではなく、オスマン朝の細密画師をヨーロッパの名人の道に引き入れて、エニシテの本を、スルタン様からくる金でヨーロッパの名人の真似をして（これは冒涜というよりも滑稽だった）完成させることだとわかった。さらにこの企てによって、最後には細密画師の頭になることを夢見て（なぜなら、誰もが名人オスマンは〃蝶〃を頭にすると考えているから）、自分の将来のためなら何でもするつもりの〃コウノトリ〃が、俺たちからも、さらには名人オスマンからも解放されることを望んでいることも俺にはわかっていた。

一瞬頭が混乱した。雨の音を聞きながら長い間考えた。それから、自分の前を馬で通り過ぎる支配者や宰相に群衆の中から飛び出して嘆願書を手渡そうとする者のように、深い霊感によって〃コウノトリ〃とカラに近づいた。そして彼らを、暗い廊下や広いドアを通って、かつては台所であった恐ろしげなところに連れて行った。崩れ落ちた場所で何か見つかったかと俺は訊いた。もちろん何も見つからなかった。かつては浮浪者や貧しい者たちに食事を作った大鍋ややかんや食器やふいごの跡形さえなかった。蜘蛛の巣、埃、泥、犬猫の糞と崩れ落ちたものでいっぱいの、このぞっとする場所を、俺は掃除をしようともしなかったのだった。中はいつものように、どこから来るともわからない強い風が吹き荒れていて、それがランプの光を弱め、影さえも色褪せて暗くしていた。

「探したが隠された秘宝は見つからなかったね」と俺は言った。

三十年前は炉であったものが崩れ落ちた中にある灰を、俺は手の端を箒のようにして、慣れた手つきで端に寄せて、出てきたかまどの鉄の蓋の取っ手を摑んで、大きな音を立てて引っ張った。かまどの小さい口にランプを近づけると、カラより先に〃コウノトリ〃が飛び出して、中にあった革袋を摑んだことを俺は忘れないだろう。彼はそこで開けようとした。しかし俺は大きい部屋に戻った。カラもそこに取り残されることを恐れて俺の後についてきたので、〃コウノトリ〃の細い長い脚も俺たちの後について来た。

清潔な毛の靴下、帯つきのズボン、赤い下穿き、この上なく上品な下着のシャツ、絹のシャツ、剃刀の刃、櫛などが袋の中から出てくるのを見て彼らは一瞬とまどった。カラが開けたもうひとつの重い袋からは、五十三枚のヴェネツィア金貨、近年工房から盗んだ金箔、一部は自分が描き、一部はいろいろなところから集めた卑猥な絵、愛する母の形見の瑪瑙の指輪と一握りの白髪、一番いいペンと筆などが一つ一つ出てきた。

「お前たちが疑っている殺人犯だったら、俺が」と俺は馬鹿みたいに誇らしげに言った。「隠された秘宝からこんなものではなくて、最後の絵がでてきただろうに。」

「どうしてこんなものが出てきたのだ」と〝コウノトリ〟が訊いた。

「近衛兵の隊長の部下の者たちが家を探した時——お前たちの家をも探したように——、俺が一生をかかってためた金貨を二枚臆面もなくポケットに入れた。この卑劣な殺人犯のために今後も家を捜索されたらどうなるかと思った。それは正しかったが。最後の絵が俺の所にあったなら、ここにあっただろう。」

この最後の言葉を口にしたのは間違いだったが、彼らは安心して、俺が館の暗い隅で彼らの喉元を切ることはしないと思ったのを俺は感じた。皆さんも信じてくださったかな？

しかし今度は俺の心の中が不安になった。俺の心を蝕んだのは、遥か昔から識っている細密画師の友だちが、俺が長い間けちに金を貯めこんだでいたこととか、金貨を買って隠していたこととか、淫らな絵や帳面のことを知ったことではなかった。本当はこんなものを恐怖に駆られて見せたことに後悔を感じていた。目的もなく生きてきた者の秘密は容易に暴かれるのだ。

「それでも」とカラがかなりしてから言った。「名人オスマンが何も言わずに、誰をも指摘せずに、かまわずに俺たちを近衛兵の隊長に引き渡したら、拷問で何を言おうか決めよう。」

皆の上に一種の空しさと憂鬱感があった。〝蝶〟と〝コウノトリ〟は、ランプのほの暗い光で俺の帳面の淫らな絵を眺めていた。何も気にしていない様子だった。むしろ気味の悪いほど楽しそうだった。どの頁かわかったので、俺もひどく見たかったから、立ち上がって二人の後ろに立って、自分の描いた淫らな絵を、ひどく昔の幸せだった思い出を再び思い出すかのように興奮して、黙って見ていた。カラも俺たちに加わった。その絵を四人で一緒に眺めることはなぜか心休まるものだった。

「盲と見える者は同じだろうか」と〝コウノトリ〟がかなりしてから訊いた。見ていたものが淫らなものであっても、神が俺たちにくれた見る喜びの大きいということをさしていたのだろうか？　しかし〝コウノトリ〟はこういうことがわからない。コラーンなど全く読まなかった。このコラーンの文句をヘラト派の昔の名人たちがしばしば思い出していたのを俺は知っている。偉大な名人たちは、絵を描くことが宗教で禁じられているとか、絵師たちが最後の審判で地獄へ送られるであろうとか言う細密画の敵の脅迫に対する応答としてこの言葉を使っていた。しかしながら、〝蝶〟の口からあたかもひとりでに出てきたような次の言葉を、この魔法の瞬間に至るまで彼から一度も聞いたことはなかった。

「盲と見える者が同じでないことを示す絵が俺は描きたかったのだ。」

「盲と見える誰がか？」とカラは無邪気に言った。

「盲と見える者は同じではない。『ヴェ　マア　ヤスタヴィーラーアーマ　ヴェル　バスィール』の意味するものだ」と〝蝶〟は言って、続けた。

「闇と光も同じではない
日陰と日陽も同じではない
そして生きている者と死んだ者も同じでない。」

一瞬、〝優美〟さん、エニシテ、そして今夜殺された咄し家のことを考えてぞっとした。彼らも俺と同じようにおそろしかっただろうか？　誰もしばらくの間その場で身動きもしなかった。〝コウノトリ〟はまだ俺の帳面を開けたまま持っていた。しかし俺の描いた卑猥なものを眺めてはいても、あたかもそれを見ていないかのようだった。

「俺も最後の審判の日を描きたい」と〝コウノトリ〟が言った。「死者が甦り、罪を犯した者と犯さなかった者が区別される様を。しかしコラーンの言葉を描けないのはどうしてだろうか？」

若い頃、細密画師の工房の同じ部屋で働いている時に、年老いた名人たちが目を休めるためにしていたように、時々頭を仕事台や書見台から上げて、思い浮かぶ全く別のことを話したものだった。あたかも今目の前に開けてある帳面を眺めているように、当時も、心の中に浮かぶことを話していた時にはお互いを見なかった。なぜなら目を休めるために、目を開けてある窓から外の遠くに向けていたからだった。幸せな見習い時代の美しさを思い出したためだろうか、あるいはコラーンを長い間開けて読まなかったために感じた慙愧の念からだろうか、あるいはコーヒーハウスで今夜見た殺人の恐怖からかわからないが、俺の話す番が来たときは、頭が混乱して、心臓は危険に直面したかのようにどきどきして他のことが思いつかなかったので、こんなことを言ってしまった。

「あのコラーンの『バカラ』章の最後に、こんな意味の文句があるだろう？　あれを一番描きたいと思う。『神よ、わたしどもが忘れてしまったことや間違えてしまったこと故に詰問しないでください。前の人々のように運べないほどの荷を負わせないでください。わたしどもの犯した罪や罪深さを赦してください！　わたしどもを憐れんでください。神様。』」いっとき声が詰まってしまい、思いがけず流れ出した涙いたから。

を恥じた。多分、見習い時代に自分を守って弱さを見せないようにと、からかわれることをいつも恐れていたから。

涙はすぐに止まると思ったが、自分を抑え切れなかった。俺は声を上げて泣き始めた。俺が泣けば泣くほど、他の者も皆、兄弟愛、絶望感、悲哀感に襲われたのを感じた。これからはもう、スルタン様の工房ではヨーロッパの手法で描かれ、一生を捧げた様式や写本は次第に忘れられ、全てが終わる。エルズルムの一派が俺たちを攻撃して片づけなくても、スルタンの拷問官が俺たちを不具にする……。しかし泣きながら、自分の嗚咽とため息の間で雨の悲しげな音をまだ聞いていたように、頭のどこかで、俺を泣かせているものはこれらではないと言っていた。皆はこのことをどこまでわかっていたのだろうか。俺は心から泣いていたと同時に本気でもなかったから、微かな罪悪感を感じていた。

〝蝶〟が俺に近づいて肩に手を置いた。俺の髪を撫でて、頬に口づけをして優しい言葉をかけた。この友情に俺は本心から、そして罪の意識で、さらに激しく泣いた。彼の顔を見られなかった。しかしなぜか彼も泣いていると勘違いして思い込んだ。一緒に座った。

細密画師の工房で、どうしてか同じ年に一緒に見習いになり、母親から引き離されて突然別の生活を始めたことの奇妙な悲しみ、最初の日から受けた殴打の痛み、勘定方長官から届いた初めての贈り物の喜び、走って家に帰った日々を思い出した。最初は彼が一人で話していた。しかしその後で〝コウノトリ〟が、さらにその後からカラが——彼は俺たちが見習いであった時代にしばらくの間工房に来ていた——悲しい会話に加わった。俺は今まで泣いていたことも忘れて、笑いながら話し始めた。

見習い時代に、朝早く起きて工房の一番大きい部屋の炉に火を点けて、熱い湯で床を拭いた冬の朝を思い出した。一日に一本の木の一枚の葉をやっと描けるほどしか霊感のない、慎重な今は亡き古い『名人』が、彼が描いたものではなくて、開いている窓から見える春の木の緑の葉を俺たちが眺めていたのを見て、「そっちではない、こっちを見ろ」と言って、殴らずに何百回も叱ったのを思い出した。働きすぎて斜視になって、家に送り返された痩せこけた見習いが、手に風呂敷包みを持って門に向かって歩いて行く時、工房中から聞こえた泣き声を思い出した。それから三人の細密画師が六か月働いた頁（シルヴァンに行く途中で、クヌク川のほとりで飢えていたオスマン軍がエレシュを占領して腹を満たし始めた図）の上に、ひび割れた青銅のインク壺の致命的な紅がゆっくりゆっくりこぼれ出る様を眺めた事が目の前に見えた（愉快だった、なぜなら俺たちのせいではなかったから）。征服と権力と富を考えて、自分の家にスルタン様の狩猟のための屋敷のような天井の装飾を望んだ七十代のパシャの、何人かの妻の中の一番美しいチェルケズ人の女性と、三人とも愛し合い、共に恋に落ちたことを上品で恭しい物腰で語った。冬の朝、蒸気が紙を柔らかくしないようにと、半分開けた戸口で飲んだレンズ豆のスープの美味さを懐かしく話し合った。名人に命じられて仕事で遠くに行かされると、工房の友達や名人から遠く離れたといって悲しんだことを語った。いっとき、親愛なる〝蝶〟の十六歳の時のあの美しい姿が目に浮かんだ。ある夏の日、開いていた窓から入る太陽が、蜂蜜色のむき出しの腕に映っているとき、彼は手にした貝殻の磨き石をすばやく動かして艶を出していた。ぼんやりとやっていた仕事のさなかで一瞬止まって、紙の瑕を見るために目を近づけてしらべた。一つか二つ別の動作で艶出し石を使ってからまたもとの状態に戻って手をすばやく上下に動かしながら、彼は窓から空想にわれを忘れて、遠くを眺めていた。もう一度外を見るまえに、彼がわずかな間俺の目を見たのを俺は忘れないだろう、後になって俺も他人にしたように。この悲しげなまなざしは、全ての見習いがよく知っている唯一のこと、つまり『空想しなければ時は過ぎない』ということを意味していた。

58　人殺しとよぶだろう、俺のことを

俺のことをお忘れでしたね。ここにいることをもう皆さんからは隠しますまい。というのは、心の中で次第に大きくなってくるこの声で話さずにはいられなくなったから。時には非常な努力をして、そのため声の中の緊張が気がつかれるかと心配した。時には、かまわずにもう一人の性格を示して、俺だと気がつかれるような言葉を口にした。両手が震えて、額に汗が出る。これも新しい兆候であるのがわかる。

とはいえ、ここで俺は何としあわせなことか！　細密画師の兄弟たちと座って互いに慰め合い、二十五年間の思い出話をして、恨みではなく細密画を描くことの悦びと美しさを思い出す。この世の末が近づいてきたと言って、一緒に座ってぬれた目で互いを撫であっては、昔のよき日を思い出している後宮の女たちのような思いもあった。

この比較は、チムールの息子たちの歴史の中で、シーラーズやヘラトの昔の名人たちの話を書いたキルマン出身のアブ・サイードから引用したものだ。今から百五十年前、黒羊朝の支配者ジハン・シャーは身

内で争っているチムール一族の王やシャーの小さな軍隊や諸国を破り崩壊させて、常勝するトルクメンの軍と共にペルシアの諸国を通過して東に行き、ついにはチムールの息子シャー・ルフの孫のイブラヒムをアストラバードで敗北させ、ゴルガンを獲り、軍隊をヘラト城砦に向けた。キルマンの歴史家によると、ペルシアのみならずインドからビザンチンにいたる全世界の半分を半世紀にわたって支配した敗北を知らなかったチムール家の力に打ち下ろされたこの衝撃は、崩壊と壊滅の嵐を吹き起こし包囲されたヘラト城は大混乱を呈した。黒羊朝のジハン・シャーが、奪った城のチムール一族を冷酷に殺したこと、シャーや皇子の後宮の女たちの中から一部を択んで自分の後宮に入れたこと、細密画師を選び彼らを自分の名人の細密画師の下に見習いとして冷酷に引き渡したことなどを記述して、読者にひねくれた喜びを思い起こさせる歴史家アブ・サイードは、ここで銃眼のついた城砦から敵を追い払うべく奮戦しているシャーや兵士から離れて、工房で、ペンや絵の具の間でこの包囲の結末がわかっていて、恐ろしい運命が待っている細密画師に目を向けて記述している。一人ずつ名を挙げて、全世界が知っていて決して忘れることはないであろうといわれたそれらの者が、今日では全て忘れられてしまったこと、細密画師たちはシャーの後宮の女たちのように互いに抱き合って泣いて、昔のよかった日々を語ることしかできなかったことを書いている。

俺たちも、悲しんでいる後宮の女たちのように、スルタンが以前はもっと関心を持ってくれたこと、祝祭日に献上した、絵が描かれた色とりどりの箱、鏡、皿、絵が描かれた駝鳥の卵、切り紙細工、一枚の絵、面白いアルバム、遊戯用の紙や本を受け取られてから、俺たちに賜った毛皮のついたカフタンや、その場で下さった金の詰まった袋などを思い出した。当時の勤勉で清廉な年老いた細密画師は今はどこにいってしまったのか？

家にこもって、嫉妬心から自分の手法を隠したり、こっそりと外の仕事をしたりせずに、彼らは毎日工房に来た。全生涯を、絵の中や王宮の壁の細かい模様や、それぞれが違ったものであることが長い間眺めてからやっとわかるような糸杉の葉や、頁を満たすための七弁の野草を描くことに、謙虚に専念する年老いた細密画師はどこにいってしまったのか？　神がある者には才能を与える時、ある者には忍耐と諦観を与えることを、これも天の知恵や正義であると受け入れて、決して嫉妬しない凡庸な名人たちはどこに行ってしまったのか？　俺たちはあの親父さん風の名人たちをも思い出した。ある者は背が曲がり、絶えず微笑んでいた。ある者は夢を見て、酔いしれていた。またある者は貰い手のない自分の娘を俺たちに売り込もうとした。そして見習い時代や名人になって間もない頃の工房の、忘れていた細かいことをよみがえらせた。

定規で線を引くとき、舌を頬に――線が右に近づくときは左のほおに、線が左に近づくときは右の頬に――近づけるやぶにらみの絵師がいた。絵の具がはみ出すと「忍耐、忍耐、忍耐」とつぶやいて小さい声でくすくすとひとり笑いする小さいやせこけた絵師がいた。下の階にいた装丁の見習いたちと何時間もおしゃべりしては、額に塗った紅インクが老齢化を止めると主張する七十代の装飾の名人がいた。絵の具の色合いを見るために爪に塗って、自分の両手の爪がいっぱいになると、見習いのひとり、否、誰であれそこに来た者を止めてその爪に色を塗る怒りっぽい名人がいた。装飾で余った金の粉末を集める毛のついたウサギの足であごひげを撫でては、俺たちを笑わせた太った細密画師がいた。皆どこにいったのだろう？

長年の間使われて、見習いたちの体の一部となってしまったが後に捨てられた磨き板、見習いたちがちゃんばら遊びをして傷んでしまった紙用の長い鋏、間違わないようにとその上にえらい名人たちの名が書かれた仕事板、中国のインクの麝香の香り、静寂の中で聞こえるコーヒー沸かしの沸騰する音、毎夏生まれたその子猫の耳の中の毛とうなじの毛で種々の筆が作られた俺たちのぶち猫、無為に過ごさないように書家の様に何か書くようにと沢山与えられたインド紙、重大な誤りを削り取る時、工房全部に教訓となるようにと、頭の許可で使用される鋼の柄のついた教訓用のペンナイフ、そんな儀式は今やどこに行ってしまったのだろう?

スルタン様が名人の細密画師に家で仕事をさせるのは間違いだと俺たちは話し合った。早く暮れる冬の夕方、ランプや蝋燭の光の下で痛む目で働いた後、王宮の台所から届けられるすばらしいヘルヴァのことを話した。震える病にかかって手に紙やペンが持てなくなった年老いて呆けた装飾画師が、月に一度工房を訪れる時もって来る、彼の娘が俺たちのために揚げたドーナツをシロップにつけたものを涙と共に笑いながら思い出した。名人オスマンの前に細密画師の工房の頭であった大名人カラ・メミの葬式のあと何日も空っぽであった部屋を片付けている時、いつもその上で昼寝をしていた薄い布団の下から出てきた紙挟みの紙の間にあったすばらしい絵のことを話した。

名人カラ・メミがしたように、俺たち自身も誇りを感じていて、写しがあったら時々出して見たいような絵はどれだっただろうかと話して名を挙げた。『技能の書』のために描かれた王宮の絵で、上部にある空に金水を塗ると、金のせいではなく、上品な絵にあるべき色合いのせいで、ドームや塔や糸杉の間に世界の最後を思わせるような光景が現れたことを話した。

預言者様がモスクの尖塔のてっぺんから、両腕を天使にひとりずつ支えられて昇天する際に、天使が腋の下を持つので、預言者様が驚きくすぐったがれたところを、ひどく真面目な色合いで描いた絵では、小さい子ですらその聖なる光景を見てまず畏敬の念にうたれ、そのあとで自分もくすぐられたかのように笑うのだと彼らは語った。今の前の大宰相が山に立てこもった謀反人を鎮圧したことを俺が描いた絵の端のほうに、斬首した首に敬意を込めて、心遣いをして、どのように並べたかを、切られた首に紅を塗ったことを、死ぬ前にしかめた眉を、人生の意味を問う悲しげな唇を、絶望的に最後の息をするために開いた鼻孔を、この世に対して閉じた目などをひとつずつ丁寧に、ヨーロッパの肖像画を描くように、一人ずつをただの死人の頭ではなくて、他の者とは異なる顔として心を込めて描いた。こうして頭蓋骨の絵に恐ろしげな神秘的な雰囲気をもたらしたことを俺は話した。

一番好きだった恋と戦の場面を、この上ない美と、涙をもよおす繊細さを思い出して、あたかも自分自身の忘れられぬ、届くことのできない思い出であるかのように、懐かしく語りあった。星降る夜、恋人たちが会う寂しい神秘的な庭園が目の前を過ぎた。春の木々、伝説上の鳥、止まった時間などが……。自らの悪夢のように、恐ろしい身近な血みどろの戦争を想像した。真っ二つになった兵士、武具が血だらけになった馬、短剣で争う古(いにしえ)の美しい人々、起こった出来事を窓の隙間から眺めている小さい口の、小さい釣りあがった目のうつむいた女たち……。誇らしげで楽しそうな美しい少年たち、端麗なシャーや王、彼らが破壊し通っていった、そしてずっと前に歴史に消えた国や城を思い出した。あたかも、彼らのために後宮で泣いている女たちのように、俺たちも自分たちの人生が思い出になったことを知っていた。しかし彼らのように歴史から伝説に移行するのだろうか。死の恐怖よりも恐ろしい、忘れられることの恐怖の影が俺たちを絶望に引っ張っていかないようにと、互いに一番好きな死の場面を訊きあった。

最初に頭に浮かんだのはデフハクが悪魔にだまされて、父親殺しを説得される場面だった。『王書』のはじめに語られている伝説の時代は、この世はまだ創られてまもなくて、全てが単純で説明がいらなかった。ミルクがほしければ、ただ山羊から絞って飲めばよかった。『馬』というとその上に乗って行くのだった。『悪』というと悪魔がきて、父親を殺すことの美しさを説得するのだった。デフハクの、アラブ系の貴族である父親メルダスを殺す場面は、理由がないから美しかった。そして夜半、城の壮麗なる庭園で金の星が糸杉や色とりどりの春の花を微かに照らす中で行われたが故に美しかったのだ。

伝説上のルステムが、敵軍を指令する息子のスフラブと三日間格闘した後で、それが息子であることを知らず殺したことを思い出した。剣に打たれて胸がつぶされたスフラブが自分の息子であることを、何年も前に母親に与えた腕章からわかった場面には、誰をも感動させる何かがある。

それは何であったのか？

雨は館の屋根をまだ物憂げに叩いていた。いったり来たりして歩いていた時、突然こう言ってしまった。

「俺たちの父親、名人オスマンが、俺たちを裏切って殺す。あるいは、俺たちが裏切って彼を。」

俺の言ったことがまちがっていたからではない、正しかったから皆ぞっとして黙ってしまった。行ったり来たりして、すべてを元に戻そうとして自分にこう言った。エフラシャフがシヤヴシュを殺すところを説明しよう。そうすれば話題が変わる。だがそれはある種の裏切りであったが、恐ろしくはなかった。ヒュスレヴが殺されるところを話したら。それはいいが、フィルデウスが『王書』で書いているようにか、あるいはニザーミが『ヒュスレヴとシリン』で書いているようにか？　『王書』の悲しさは殺人者が部屋に入ってきた時、ヒュスレヴが来た者が誰であるかを涙の中で理解したことである。最後の手段として、傍らにいる小間使いの少年を祈祷をするから行って水と石鹸と新しい衣服と祈祷用の絨緞を持ってくるようにと送り出すが、馬鹿な少年はご主人が助けを連れて来るようにと送ったことがわからず、本当に言われたものを持ってくるために行く。ヒュスレヴと二人だけになった殺人者の最初の仕事は、部屋に内側から錠を下ろすことである。『王書』の最後の場面で、フィルデウスは殺人を行った者を、裏切り者と嫌悪を持って記述している。『奴はいやな臭いがして、毛深くて、太鼓腹だ』と。

行ったり来たりして歩いていると、頭の中が言葉でいっぱいになったが、夢の中でのように声が出なかった。

夢の中でのように、彼らが仲間内でささやきあって、俺を敵愾視しているのを感じた。

突然三人が一緒に飛び掛ってきた。そのとき足が突然床から離れて、四人とも一緒に床に転がった。床の上で格闘が始まったが長くは続かなかった。俺は仰向けに下になった。彼らは上にのった。

ひとりが俺のひざの上に座った。もう一人が右腕の上に。

カラは両膝を俺の腕の付け根に置いた。尻を俺の胃と胸の間にしっかりと置いて、座った。これではまったく動けなかった。皆驚いてハアハア言っていた。こんなことを思い出した。

亡くなったおじに俺より二歳年上のいやな息子がいた——奴がずっと前に、隊商が襲撃された際に首を切られたことをねがうのであるが。このワルは、俺が奴より賢く知識があり、しかも奴よりやせているのを見ると、何かにつけてけんかを仕掛けた。でなければレスリングをしようと言って、すぐ俺を押さえ込み、両膝を同じように肩に乗せて、カラが今しているように、目の中をじっと見て、唇の間によだれが溜まり次第に大きくなりゆっくりと俺の目に向かってぶら下がる。今にも落ちるかといやで俺が頭を左右に逃げようとすると奴はひどくおもしろがった。

カラは何も隠すなと言った。最後の絵はどこか正直に言えと。

二つのことで、息が詰まりそうなほど悲しみと憤りを感じていた。彼らが仲間内で了解していたことに俺が気がつかず、無駄に話していたことと、もうひとつは、嫉妬心がここまで来るとは考えられずもっと前に逃げなかったことだった。

最後の絵を出して渡さなければ喉を切るとカラは言った。

馬鹿げたことだ。俺が口を開けば、そこから真実が逃げてしまうかのように、俺は口をきつく閉じていた。同時にもう何もできないとも考えていた。彼らが共謀して俺を殺人犯だとして、近衛兵の隊長に知らせれば彼らは助かる。唯一ののぞみは名人オスマンが他の誰かを、あるいは他のことを指摘することだった。しかし名人オスマンについてカラが言ったことがほんとうだったのだろうか。ここで俺を殺して、罪を俺になすりつけられるだろうか。

短剣を俺ののど元に当てた。カラがそれを楽しんでいるのを隠せないのを見た。俺の顔に平手打ちを食わせた。短剣は切れるだろうか。もうひとつ殴った。

しかしこういう理屈も考えられた。俺が何も言わなければ、何事も起こらない。このことが俺に力を与えた。一生涯、明らかに一番いい色をつけ、一番美しい線を描き、一番いい細密画を描いた俺を、彼らははるか見習い時代から嫉妬していたことをもう隠してはいなかった。俺のことをこれほどまでに嫉妬してくれたことで彼らを愛した。いとしい兄弟たちに微笑んだ。

それから、誰かが、誰がこの下品なことをしたかは知らないでいただきたいが、長い間恋をしていた恋人に口づけをするかのように俺に熱く熱く口づけした。他の者はランプを近づけて眺めていた。俺は愛しい兄弟の口づけに応えた。全てが終わろうとしているならば、一番いい絵を俺が描いたことを皆が知るように。俺が描いた頁を探して、見ればよい。

口づけに口づけをもって応えたことが、あたかも彼をひどく怒らせたかのようだった。彼は俺を殴りはじめた。しかし他の者たちが彼を押さえた。彼らはしばらくためらった。仲間内で押し合うことがカラを怒らせた。あたかも俺に対してではなく、人生の向かう方向に憤っているかのように、従ってその報復は全世界に、全ての人にしなければならないかのように。

カラは帯の間から何かをとり出した。先が尖った長い針だった。突然俺の目に近づけて目につき刺すかのようにした。

「名人中の名人ベフザトは、今から八十年前ヘラトが陥落した際に、全てが終わったことを知り、誰も彼に他の流儀で描くようにと強制させないようにと名誉を持って自らを盲(めしい)にした」と言った。「この羽飾り用の針を自らの目にゆっくり刺して、出してからしばらくして、神の闇が神の愛された僕に、この奇蹟の腕を持った細密画師に、ゆっくりゆっくりゆっくり降りてきた。盲目で酔いどれのベフザトと共にヘラトからタブリーズに行ったこの針は、シャー・タフマスプによってスルタン様の父君にあの伝説的『王書』と共に贈呈された。名人オスマンは最初これがどうして贈られたのかわからなかった。しかしこの残酷な贈り物の背景にある悪意と正当なる理由を今日見たのだ。スルタン様が御自分の肖像画をヨーロッパの手法で描かせたいといい、自分の子供たちよりも愛していたお前たちが全て自分にそむいたのを見たからには名人オスマンは、昨夜宝物殿でベフザトを真似てこの針を自らの目に刺した。名人オスマンが全生涯を捧げて築いた細密画師の工房を破滅に導いたこの犯人を、お前を、今度は俺が盲(めしい)にしてもそれがどうだというのか？」

「俺を盲にしてもしなくても、もはやこの国には俺たちの場所はないだろう」と俺は言った。「名人オスマンが本当に盲目になるとか、死ぬとかして、俺たちもヨーロッパの影響で、思うままに全ての欠陥や個性で絵を描いて、スタイルを持つようになったとしても、自分に似た何かにはなれるが、自分自身にはなれない。否、昔の名人たちの手法で描こうといっても、そう描くことによってのみ自分自身になることができるからといっても、名人オスマンにすら背を向けたスルタン様は、俺たちに代わる誰かをみつけるだろう。誰も俺たちの絵を見ない。ただ憐れむだけだ。コーヒーハウスが襲撃されたことも、傷に塩をかけるようにことをさらに悪くするものだ。なぜならこの事件の半分は説教師を揶揄した細密画師のせいにされるから。」

互いに争うことが役に立たないことを言葉を尽くして説明したが無駄だった。俺の言うことを聞こうともしなかった。彼らは恐怖に駆られていた。朝までに仲間のうちから、間違っていようとなかろうと、犯人を急いで挙げれば、助かって拷問にかけられないだけでなく、工房も元に戻りこれからもずっと続いていくと信じていた。

それでもカラがしようと脅していたことは後の二人の気に入らなかった。もし他の者が犯人であるとわかって俺を無駄に盲目にしたことがスルタン様の耳に入ったら？　カラが名人オスマンに近づいたこと、そして彼らについても悪く言ったことを恐れていた。カラがかっとなって絶えず俺の目の前に持っていた針を遠ざけようとした。

カラは、彼らがあたかも彼の手から羽飾り用の針を奪おうとしているとか、二人の間で了解したとかとか思って、慌てふためいた。三人が争った。俺ができることは目の前で行われる針の争奪戦から逃れるために顎をあげて頭をさげることだけだった。

そのあとで、突然何かがおこった。最初はそれが何であるかもわからなかったが、右の目に鋭いある程度の痛みを感じた。一瞬額がしびれた。それから元の状態に戻った。しかし心の中に恐怖が芽生えた。ランプが遠ざかった。しかしもう一人が断固として針を今度は左目に刺すところを全て見た。カラの手から、少し前に針を奪ったのだった。今度は注意深く、気をつけていた。針が一瞬にして俺の目に入ったのがわかると、俺は身じろぎしなかった。同じような焼けるような痛みを感じた。額の痺れはあたかも頭全体に広がったかのようだった。針を抜くと痛みは止まった。彼らは俺の目と針の先端を交互に見ていた。あたかも起こったことに確信がもてないかのようだった。それから俺の身に起こった恐ろしい出来事を誰もが理解すると、争いは止まって両腕の重みは楽になった。

俺は犬の遠吠えのようにわめき始めた。痛みからではない。起こった恐ろしいことを理解したからだった。どのくらいわめいていたか覚えていない。まず最初俺がわめいたことが彼らをも楽にさせたと感じた。俺の声がお互いを近づけていた。

とはいえ、叫び声が長く続くと彼らがあわてだしたのを見た。もはや痛みは感じなかった。しかし両眼共にあの針が刺しこまれたことが頭から抜けなかった。

しかしまだ盲目にはなっていなかった。彼らが俺を恐怖で痛ましげに眺めていたのや、館の天井をためらいながら動く影を見ることができた、ありがたいことに。このことは俺を喜ばせたと同時に、深い恐怖感をも与えた。「放してくれ」とわめいた。「放してくれ、もっと全てを見たい、お願いだから。」

「すぐ話してしまえ」とカラが言った。「〝優美〟さんとあの晩どうやって出会ったのだ。そうすれば放してやる。」

「コーヒーハウスからうちに帰るところだった。哀れな〝優美〟さんが俺の前に現れた。心配そうでひどく参った状態だった。最初は彼に同情した。しかし今は俺を放してくれ。後で話す。目が暗くなってきた。」

「すぐには暗くならない」とカラは平然と言った。「名人オスマンは、鼻孔が切られた馬を目に針を刺した後で確認した。信じていい。」

「不運な〝優美〟さんは俺と話したいと、俺だけを信頼していると言ったんだ。」

しかし俺は彼を憐れんでいたのではない、いまや自分を憐れんでいたのだった。

「血が目で固まらないうちに話せば、朝にはこの世を最後にもう一度心ゆくまで眺められる」とカラは言った。「ほら、雨も止んだようだ。」

「『戻ってコーヒーハウスに行こう』と俺は〝優美〟さんに言ったが、あそこが気に入らないこと、さらにはそこを怖がっていることがわかった。見習い時代から二十五年間、一緒に細密画を描いてきたが、俺たちとははっきり離れて遠ざかったことをはじめて知った。この七、八年、彼が結婚して以来、彼を工房で見かけたが、何をしているかも知らなかったくらいだ……。俺に最後の絵を見たと言った。それには大きな罪が描いてあったそうだ。俺たち皆をただでは置かない何かが。それ故に、俺たちは皆地獄で焼かれると言った。恐怖に駆られていて怖がっていた。知らずに冒瀆を犯してしまった者の恐怖に憑かれていた。」

「どんな冒瀆だ？」

「それを奴に訊くと、知らないのかというように驚いて目を見開いた。その時俺は、見習い時代の友だちが俺たちと同じく何と年を取ったことかと考えた。不運なエニシテの最後の絵で遠近法の手法を大胆にも使ったと彼は言った。その絵で、ヨーロッパ人がしたように、ものを神の頭における重要さによってではなく、目に見えたように描いたそうだ。これが最初の罪だと言った。イスラムの後継者であるスルタン様の絵を、大きく、したがって細部も全て描いたのだった。偶像崇拝者がしているように……あるいは偶像崇拝の習慣から抜け出せないキリスト教徒が教会の壁に絵を描いて拝んだ肖像画のように。〝優美〟さんはエニシテから肖像画について習ったことをよく知っていたし、肖像画が最大の罪であることも、肖像画によってイスラム教徒の絵画は終焉を告げることも当然信じていた。説教師のだんなや宗教そのものをも揶揄するコーヒーハウスには行かなかったので、これらのことを道を歩きながら話した。時々立ち止まっては、助けてもらいたいかのように、これらのことは正しいことだろうか、何か方法はないだろうか、地獄で焼かれるだろうかと俺に訊いた。後悔の発作を起こしていて、胸を叩いて嘆いていた。しかし俺は彼が自分の言うことを全く信じていないのを感じていた。奴は後悔している振りをしているぺてん師だった。」

「どうしてそれがわかったのか？」

「俺たちは〝優美〟さんを子供の頃から知っている。ひどくきちょうめんだった。しかし寡黙で凡庸で色褪せていた。ちょうど彼の装飾画のように。その時目の前にいた者は、あたかも、俺たちの知っている彼より、さらに愚かで、さらに単純で、信心深いが表面的な者のようだった。」

「エルズルム一派と近づいていたと聞いたが」とカラが言った。

「モスレムは、気がつかないで罪を犯したと言っても、それほど嘆くものではない」と俺は言った。「いいモスレムなら、神が公平で論理的で、その僕がどういうつもりでやったかを考慮してくださることを知っている。知らないうちに豚肉を食べたといって地獄に行くと考えるのは脳みそなしの無知な者だけだ。真のモスレムなら、地獄の恐怖は彼自身をではなく他人を恐れさせるためにあることも知っている。〃優美〃さんはそれを知っていた。つまり俺を怖がらせようとしていたのだ。それが可能であることをお前のエニシテが彼に教えたのだ。そのこともその時にわかった。今正直に言ってくれ。親愛なる細密画師の兄弟たちよ、目に血がかたまってきたか？　瞳の色が変わってきたか？」

彼らはランプを持ってきて俺の顔に近づけて目の中を優しく見た。

「あたかも何もなかったようだ。」

この世で最後に見るものが俺の目の中を見つめるこの三人になるのだろうか？

生きている限り、その瞬間を忘れられないことがわかった。後悔を感じていたものの、希望も感じたためにこう話した。

「お前のエニシテは〃優美〃さんに、禁じられたことをしていると教えた。最後の絵の上を覆って、その絵の四隅を一人ずつに開けて、そこにある絵を描かせた。残りは隠して……。絵に秘密の神秘的雰囲気を与えて罪の意識を仄めかしたのはエニシテだった。それが俺たちにも伝染した。一生涯細密画を見たこともないエルズルムの一派ではなくて、エニシテが最初に心配や、罪の恐怖を引き起こした。良心が潔白な細密画師には恐れるものはないのに。」

「良心が潔白な細密画師が恐れるものはいまや沢山ある」とカラが物知り顔に言った。「確かに挿絵を描くことには誰も異議がないが、絵は俺たちの宗教では禁じられている。ペルシアの名人たちの絵、さらにはヘラト派の最大の名人の傑作も、畢竟は縁飾りの延長とみられるために、字の美しさ、書家の傑作を前面に出して誰も問題にしない。所詮、細密画を見る者が何人いるか。ところがヨーロッパの名人の手法を使うと描かれた細密画は、装飾とか込み入った文様というよりも、むしろ立派な絵になり始める。これがコラーンが禁じているもので預言者様の気に入らないものだ。スルタン様もエニシテもそのことをよく知っていた。エニシテはこのために殺された。」

「エニシテは恐れていたから殺されたのだ」と俺は言った。「お前と同じように、描かれた細密画が宗教にもコラーンにも反しないと主張し始めた……。このことも宗教に反する何かを見つけようと必死になっていたエルズルムの一派の口実となった。〝優美〟さんとエニシテは互いに全くよく合っていた。」

「そして二人ともお前が殺したのだな」とカラが言った。

一瞬俺を殴るかと思った。その瞬間、美しいシェキュレの新しい夫も、エニシテが殺された事には文句がないことに気がついた。殴りはしないだろう。たとえ殴ったとしてももうどうでもよかった。

「本当は、スルタン様がヨーロッパの絵師の影響の下に写本を作らせたいと思われたのと同じくらい」と俺は意地になって言った。「エニシテも全ての人々に挑戦して罪の意識のまとわる、禁じられた本を作りたかったのだ。誇らしげに偉ぶるために。旅行中見たヨーロッパの名人たちの絵を、隷属的な畏敬の念を誰にも何日間も語った絵を——あの遠近法と肖像画の馬鹿話をお前にもしただろうが——最後まで信じていた。俺に言わせれば、俺たちが作った本には、害になるようなものも、宗教に外れることもなかった……。彼もこのことを知っていたので、危険な本を作っているという雰囲気をかもし出していたのだ。そしてそれがひどく気に入っていた。スルタン様の特別な許可でこのような危険なことをすることは、ヨーロッパの名人に傾倒すると同じくらい、彼にとって重要なことだった。壁にかけるような絵を作ることは罪深いことだ、確かに。しかしあの本のために描いた絵のどのひとつも宗教に反したり、異端、冒瀆、さらには微かな違法のにおいすら俺は感じなかった。お前たちは感じたか？」

視力がかすかに失われた。しかし、ありがたいことに、俺の質問が彼らをひどく躊躇させたことがわかるくらいは見えた。

「決められない、そうだろう？」と俺は満足げに言った。「描いた細密画に多少の罪の意識、異端の影があると密かに考えても、このことを決して認められず口にすることもできない。なぜならそうすれば、お前たちを非難する敵のエルズルムの一派を、狂信者たちを認めることになるから。その一方で、降ったばかりの雪のように無垢だとも言うことはできない。なぜなら、秘密の神秘的なことをしているという目くるめく誇りと気取った自惚れをもあきらめることになるのだから。彼がそういう風に振舞っていたことにどうして気がついたかわかるか？　哀れな〝優美〟さんを夜半にここにつれてきたからだ！　長い間道を歩いていたので凍えそうだ、と言ってつれてきた。本当は異端のカレンデル宗派の末裔で、さらに悪いことには、自分がそれに憧れているのを彼に見せるのは俺の気に入っていた。俺が男色、阿片、放浪などあらゆる悪いことをして解散させられた教団の最後の一人であるのを見ると、哀れな〝優美〟さんは俺を余計恐れて、もっと尊敬して、もしかしたら、恐怖で彼の口を封じられると思ったのだ。もちろんその正反対になった。彼はここが気に入らなかったのみならず、この脳みそなしの幼馴染はエニシテから聞いた異端の誹謗が正しかったことを直ちに確信した。こうして最初は、『自分を助けてくれ、地獄に行かないと納得させてくれ、夜安らかに眠れるようにと』と言っていた、いとしい見習い時代の友だちは、新たに見つけた脅しの調子で『このことは最後は悪いことになる！』と言い始めた。最後の絵でスルタン様の命じられたことから遠ざかったこと、このうわさがエルズルムの説教師の耳に入るだろうということを、そしてスルタン様はこのことを許さないだろうということを言った。全てがうまく言っていると説得することは殆んど不可能になった。エニシテが間違ったことをしているのを、宗教を冒瀆したこと、悪魔を愛らしく描いたことなどを、誇張してエルズルムの説教師に従っている全ての脳みそなしどもに言うだろう。そして彼らも讒言を信じるだろう。スルタン様が特に関心をもってくださるといって、芸術家のみならず職人たちも、どんなにか俺たちに嫉妬しているかを知っているだろう？　いまや皆一緒になって『細密画師たちは冒瀆を働いている』というだろう。しかもエニシテと〝優美〟さんが協力したせいで、この讒言は当たっていることになる。讒言と俺は言った。なぜなら、〝優美〟兄弟が本と最後の絵について言ったことを全く信じていなかったから。その時はまだ亡きエニシテを尊敬していたから。それどころか、スルタン様が寵愛を名人オスマンから彼に向けたことを、正しいと思った。そしてヨーロッパの名人や彼らの絵についてエニシテが長々と説明したことを、彼ほどではなくとも、俺も信じていたから。俺たちオスマン・トルコの細密画師は、悪魔と取引することなく、なんらの害ももたらさず、ヨーロッパの様式を、旅行中見たかのように楽しく、ここかしこに好きなだけとっても、悪いことはないと信じていた。人生はたやすかった。亡きエニシテは俺にとって、名人オスマンの後の新しい人生の新しい父親だったのだ。」

「まだそこに行くな」とカラが言った。「その前に〝優美〟をどうやって殺したかを話せ。」

「そのことは」と俺は言った。殺すという言葉を使うことはできないとわかって、「そのことは俺たちのために、俺たち自身のみならず、細密画師の工房全体を救うためにやったのだ。〝優美〟さんは脅迫の武器が手に入ったことに気がついた。この卑劣漢がどれほど惨めな奴かということを示してくれるように神に祈って願った。神はこの祈りを受け入れてくださって、俺に彼がいかに見下げ果てた卑劣な奴であるかを見せてくださった。俺は奴に金をやると言った。頭にはこの金貨のことを思い出していた。しかし神の与えた霊感で、うそを言った。金貨はここ、教団の館ではなくて、ある場所に隠してあると言った。俺たちは外に出て、人通りのない道を、淋しいところをどこに行くとも考えないで目的もなく歩いた。どうしてよいかわからなかった。そしてひどく怖かった。目的もなく、方向も決めずに歩き、一度通った道をまた通ると、一生を同じことを繰り返すことと同じ形を描くことにささげた、俺たちの兄弟である装飾画師の〝優美〟さんは疑い出した。しかし神も、俺たちの前に空っぽの焼け跡とその近くに水の涸れた井戸を出してくれた。」

ここから後は話せそうにないことがわかった。彼らにそう言った。「お前たちも俺の立場にいたら、他の全ての細密画師の兄弟を救うことを考えて同じことをしただろう」と俺は勇気を持って言った。

みなが同意してくれたのを聞くと俺は泣きたくなった。俺に値しないやさしさが俺の心を和らげたからだと言おうとしたが、言わなかった。奴を殺して投げ込んだ井戸の底に体がぶつかったどしんという音を今再び聞いたからだと言おうとしたが、言わなかった。人殺しになる前はどんなにかしあわせだったか、皆と同じだったからだと言おうとしたが、言わなかった。子供の頃、貧しい地区を通る乞食が目の前に見えた。汚らしい服の中から、もっと汚らしい銅の容器を出して、水汲み場で遠くから眺めている俺たち子供に向かって言うのだった、「子供たちよ、誰がこのめくらのコップに泉から水を汲んでくれるかね」と。誰も行かないと、「善行になるよ、善行に！」と言った。黒眼の色がうすくなって白眼と同じような色だった。

その盲のおじさんに似るかもしれないという思いで心が乱れて、エニシテをどう殺ったかを味わうこともせずに急いで説明した。完全には正直ではなかったが全くうそでもなかった。その中間で、胸をあまり苦しくしない程度に話した。エニシテを殺すためにそこに行ったのではなかったことを理解してくれたことに気がついた。俺が前もって意図して、エニシテを殺したわけではないことをわかってくれたが、悪い意図がなければ人は地獄に行かないというと、俺が言い訳と口実を言っていることも彼らはわかった。

「〝優美〟さんをアラーの神の天使たちの手に渡した後で」と俺は考え深げに言った。「死んだ奴が最後に俺に言った言葉が俺の心を蝕み始めた。最後の絵のために手を血で汚したことで、その絵が心の中で必要以上に気になった。あの本のために俺たちの誰をも家によぼうとしないエニシテのところに行って、この最後の絵を俺に見せてくれと言った。彼は絵を見せないばかりか、全てうまく行っているように振舞った。そのために人一人殺すほどの秘密めいた絵も何もないと！　俺をそれほど馬鹿にするなといって、〝優美〟さんを殺して井戸に投げ込んだことを告白した。それで俺を真面目にとったが、まだ馬鹿にし続けた。息子を馬鹿にする父親なんてありえない。大名人オスマンは俺たちを怒ったり殴ったりしたが決して馬鹿にしなかった。彼を裏切ったことは間違っていた、兄弟たちよ。」

死の床での最期の言葉を聴くように、俺の目を注意深く見つめる兄弟たちに微笑んだ。死ぬ者が感じるように、彼らがしだいにぼやけて遠ざかるのを感じた。

「エニシテを二つの理由で殺した。一つは大名人オスマンにヨーロッパの絵描きセバスチアーノの猿真似を強いたために。もうひとつは、俺が弱さに駆られて俺にもスタイルがあるかと訊いたために。」

「何と言った？」

「あると言った。しかし彼にとっては侮辱ではなくて、もちろん褒めてだ。突然恥ずかしくなって俺にとっても褒め言葉なのだろうかと考えたのを覚えている。俺はスタイルを一種の品性のなさ、一種の不名誉とみなす。同時に疑惑が心の中を蝕んだ。俺はスタイルなんぞ欲しいとは思っていなかったが、悪魔が唆すのだ。さらに興味もあるのだ。」

「誰しもひそかにスタイルがあればと望んでいる」とカラは悧巧ぶって言った。「スルタン様の望まれたような肖像画も誰でも欲しいと思う。」

「これは抗い難い病だろうか？」と俺は言った。「この病が拡がると、ヨーロッパの名人たちの手法に誰も逆らえなくなる。」

しかし誰も俺の言うことを聴いていなかった。カラは、シャーの娘に恋していることを尚早に宣言したために十二年間中国に流刑に処された不幸なトルクメンの首長の話をしていた。十二年の間空想していた恋人の肖像画がなかったので中国人の美女たちの中で自分の恋人の顔を忘れてしまい、恋の苦しみはアラーの神の与えた深い試練となったという。しかし彼が話したことが彼自身のことであるのを皆知っていた。

「エニシテのおかげで、この肖像画というものを誰もが習った」と俺は言った。「いつの日か、自分の一生を自分が生きたように恐れずに語ることになるだろう。」

「全ての物語は誰しもの物語だ」とカラが言った。「個人のものではない。」

「全ての細密画もアラーの神の細密画だ」と俺はヘラトの詩人ハティフィの詩を口にした。「しかしヨーロッパの名人たちの手法が拡がると、誰もが、他の人の物語を、自分の物語のように語ることが、特別な才能だと思う。」

「悪魔が望んでいることも正にそれだ。」

「もう俺を放してくれ」と力いっぱいさけんだ。「最後にもう一度この世を見たい。」

彼らが怖がっているのを見て、俺の中に自信が湧いた。

まずカラが気を取り直して、「最後の絵を出すか？」と言った。

俺がカラを見た様子から、出すとわかって、彼は俺を放した。胸がどきどきし始めた。

皆さんはずっと前に、俺が誰であるか、一応は隠そうとはしたが、わかっていらしたことでしょう。とはいえ、ヘラトの昔の名人たちのように振舞っていたと驚かないでいただきたい。なぜなら、彼らが署名をしないでいたのは、誰であるかを隠すためではなくて、師や規範に対する尊敬の念からだったからだ。手にしたランプが館の真っ暗な部屋の間と自分の薄い影法師に道をあけて、俺は興奮して進んだ。目に暗闇の帳が降り始めたのだろうか。あるいは部屋や廊下はこれほど暗かったのだろうか。盲目になるまでにどのくらいの時間が、何日間、何週間があるのだろうか。俺の影法師と俺が台所の幽霊たちの中で止まった。埃をかぶった戸棚のきれいな片隅から紙をとって急いで戻った。カラは念のために、俺の後をついてきた。しかし短剣はもっていなかった。盲目になる前に、俺は短剣を彼から奪って彼をも盲目にしたかったのだろうか？

「盲目になる前に、これをもう一度見られてうれしい」と誇らしげに言った。「お前たちも見て欲しい。これを見てくれ。」

こうして、エニシテを殺した日にその家からもってきた最後の絵をランプの光で彼らに見せた。二頁分の大きさの絵を興味はあるが恐るおそる彼らが眺めたのをまず見た。一回りして、彼らに加わった。彼らと共に絵を見ているとき、俺は微かに震えていた。目に羽飾り用の針が入ったために、あるいは、突然のあまりの喜びで熱が出たのだ。

　この一年間、この二頁の片隅に俺たちの誰もが描いた木、馬、悪魔、死、犬、女の絵は、エニシテの無様な新しい構成方法によって大小に配置されたので、亡き〃優美〃さんの金泥装飾と枠がある本の一頁を見るのではなくて、窓から全世界を見るかのように感じさせた。その世界の中心に、スルタン様の肖像画があるはずの場所に、俺が一瞬誇りを持って眺めた自分の肖像画があった。何日もかけて、描き直した。鏡を見て、消しては書き直して、あれほど努力したにもかかわらず、あまり似ていないのでがっかりした。しかし絵は、頁は世界の中心に俺を置いたからだけではなく、説明できない悪魔的理由から俺をより深みのある、複雑な、神秘的なものにしていたので、俺は抑えがたい興奮を感じていた。細密画師の兄弟たちがこの興奮を見て、理解して同感してほしかった。スルタン、あるいは王様のように全ての中心にあって、同時に自分自身であった。この状態で俺は誇りと共に恥ずかしさを感じた。ついにこの二つの感情が互いにつりあってくると、俺はほっとして絵の中で目くるめく嬉しさを感じた。しかしこの嬉しさが完全であるためには、ヨーロッパの絵描きの技法によって、顔や衣服の全ての皺や、影やほくろやおできや、あごひげから布の折り目に至る、全ての色彩の一番詳らかな点まで完全で完璧であるべきだった。

　絵を見た昔の友人たちの顔に、一種の恐怖と驚きと、誰をも蝕むあのやめることのできない感情、嫉妬を見た。罪深さの一番奥まで入り込んでしまった者に、怒りを含む嫌悪を感じると共に嫉妬していた。

「ここでランプの光でこの絵を見た晩、初めてアラーの神に見捨てられた孤独感の中で、悪魔だけが友情を示してくれるのを感じた」と俺は言った。「本当に俺が世界の中心にいるとしても――絵を見る度にどんなにかそうありたいと思ったが――周囲にある俺の愛したすべてのもの、シェキュレに似た女と、修行団の友人たちと、絵を支配している紅の美しさにもかかわらず、より孤独であった。俺は個性と特徴を持つことをもおそれてはいなかったし、他人が俺に跪くことをも恐れてはいなかった。その反対にそれを望んでいたのだった。」

「つまり後悔していないということか」と〝コウノトリ〟は金曜日の説教から今出てきた者のように言った。

「二人の人間を殺したからではない。こういう絵が描かれたために自分を悪魔のように感じている。この絵ができるために、その二人を殺ったと考えている。しかし新しい状況である孤独感が、俺を怖がらせている。彼らの技を習得せずにヨーロッパの名人を真似ることは細密画師を奴隷にする。この状況から逃げ出したい。本当は細密画師の工房で全てが元通り続くようにと二人を殺ったことをわかってくれたね。もちろん、アラーの神もわかってくださる。」

「だがこのことは俺たち皆により大きな問題を引き起こした」といとしい〝蝶〟が言った。

まだ絵を眺めている馬鹿者のカラの手首を俺は一瞬にして捉えた。渾身の力で爪を、彼の肉にたてた。手首を捩った。しっかり持っていなかった短剣を手から落とした。俺は床からそれを取った。

「しかもその問題から、俺を拷問官に引き渡すことで助かるわけにはいかないのだ」と俺は言った。短剣の尖った先をカラの目に突き刺すように近づけた。「羽飾り用の針をわたたせ。」

彼はいい方の手で出してわたした。俺は帯の間に入れた。仔羊のような彼の目をじっと見た。

「最後にはお前と結婚せざるをえなかった美しいシェキュレをかわいそうに思う」と俺は言った。「お前たちを助けてやろうとして〝優美〟さんを殺さざるをえなくならなければ、彼女は俺と結婚して幸せになっただろう。父親が俺たち皆に説いたヨーロッパの名人たちの物語と技を、俺が一番よく理解した。それゆえに、俺が最後に言うことをよく聴け。――ここイスタンブルには、技と名誉で生きていたい俺たち名人の細密画師の場はもうないのだ。それがわかった。もし亡きエニシテやスルタンの望まれたようにヨーロッパの名人たちの模倣を始めれば、〝優美〟さんのような者たちやエルズルム一派のみならず、自分たちの中の当然なる臆病風が俺たちを止めて、最後まで行き着くことはできない。悪魔にだまされてむなしい努力を続け、全ての過去を裏切ってスタイルとヨーロッパの様式の個性を持とうとしても成功できない。ちょうどそれは、俺がこの自分の肖像画を描くのに、技と知識がどんなにあってもどうしても成功できなかったように、まともに自分に似せることもできなかったようにだ。描いた絵の拙さ、ヨーロッパの名人たちの技をものにするには何百年もかかることを――もともと誰しもが知ってはいたが、認めようとしなかったことを――再確認した。エニシテの本が完成して彼らに贈ったら、ヴェネツィアの名人の絵描きたちは微笑む、彼らの笑みが提督にまでうつる、ただそれだけだ。オスマン・トルコ人はオスマン・トルコ人であることをやめたと言って、彼らはもう俺たちを恐れない。昔の名人たちの道をたどっていたら、どんなにかよかっただろう！　しかしスルタン閣下も、シェキュレの肖像画がないといって嘆いたカラのだんなも、誰もそれを望まない。それならここに座って何百年もヨーロッパの手法を模倣するがいい！　模倣した絵にいばって署名するがいい。ヘラトの昔の名人たちはこの世をアラーの神がご覧になったように描こうと努力して、個性があることを隠すために署名をしなかった。お前たちは個性がないことを隠すために署名することになるのだ。しかしもうひとつ途がある。俺に隠しているのだろうが、多分お前たちも招ばれたはずだ。インドのスルタンのアクバルが、金貨と甘言をふりまいて、世界中の才能ある細密画師を自分の宮殿に集めている。これは確実になったのだが、ここイスタンブルではなく、アグラにある細密画師の工房で、イスラム暦の一千年目のために写本を間に合わせることになった。」

「お前のように、偉そうに威張れるためには、細密画師はまず人殺しにならなければならないのか」と〃コウノトリ〃が訊いた。

「否、最高の才能と技があれば十分だ」と俺は気にせずに言った。

遠くで雄鶏が誇らしげに二度鳴いた。俺は品物と金貨を集めた。規範型の帳面と自分の絵を紙挟みに入れた。尖った先をカラの喉元に当てている短剣で、彼らをひとりずつ殺せることを考えたが、しかし見習い時代から一緒だった子供時代の友達を、俺の目に羽飾りの針をつき刺した〃コウノトリ〃をさえも今は愛していた。

立ち上がった。いとしい〃蝶〃を叫び声で脅して元の場所に座らせた。こうすればこの館から無事に出られる自信がついたので急いだ。まさに戸口から出ようとした時、言いたかったあの言葉を思い出して我慢できずに口にした。

「イスタンブルを俺が発つ様は、蒙古軍に占拠された際にイブン・シャーキルがバグダードを発った様に似ているだろう」と言った。

「それなら東ではなくて、西に行かねばなるまい」と妬み者の〃コウノトリ〃が言った。

「東も西もアラーの神のものだ」と俺は亡きエニシテのようにアラビア語で言った。

「しかし東は東だ、西は西だ」とカラが言った。

「細密画師は傲慢ではいけない」と〃蝶〃が言った。「東だの西だの気にしないで、心に思うように描くべきだ。」

「その言葉はまさに正しい」と俺はいとしい〝蝶〟に言った。「お前の頬に口づけしたい。」

しかし彼に二歩も近づかないうちに、カラが俺にとびかかった。俺は片手に衣服と金貨の詰まった袋、脇に絵の詰まった紙挟みをかかえていたので、それらを守ろうとして自分を守れ切れなかった。短剣をもっていた腕を摑まれた。しかし彼も運が悪く足が書見台に引っかかったので、バランスが崩れて俺の腕を捕らえようとして腕にぶら下がる形になった。同時に俺は渾身の力で蹴り上げて、指を咬んで、振り払った。彼は死ぬかとばかりに呻いた。同じ手を今度は踏みつけるとひどく痛がった。後の二人に短剣を突きつけて俺は喚いた。

「その場にすわっていろ。」

彼らはそこに座った。短剣の先を、伝説でケイカヴスがしたようにカラの鼻の孔に入れた。血が出始めると、嘆願するその目から苦い涙が流れた。

「さあ、言ってみろよ」と俺は言った。「俺は盲目になるのか？」

「伝説によれば、血が凝固することもあればそうでないこともある。もしアラーの神がお前の細密画を気に入っていれば、お前を傍らに呼ぶためにあの壮麗な闇をくださる。そうすればこの惨めな世ではなく、神がご覧になるすばらしい光景を見ることになる。だが、お前の絵が気に入っていなければ、今のように見続けることになる。」

「本当の細密画を、インドの国で俺は描く」と言った。「アラーの神が俺を裁定するための絵はまだ描いていない。」

「ヨーロッパの手法から逃れるといって、あまり空想するな」とカラが言った。「アクバル王が全ての絵師に自分の絵に署名するように勧めていることを知っているか？　ポルトガルのイエズス会の僧たちがヨーロッパの絵の手法をずっと前に伝えていたのだ。彼らはいまやどこにでもいるのだ。」

「純粋でありたいと思う者ができることや、逃げられるところは常にある」と俺は言った。

「そうだ。盲目になることと、存在しない国に逃げることだ」と〝コウノトリ〟。

「どうして純粋でありたいのだ」とカラが言った。「俺たちのようにここにいて、ここで混じり合え。」

「一生涯、個人のスタイルを得るためにといって、ヨーロッパ人の模倣をするのだろう？」と俺は言った。「ヨーロッパ人の模倣をしても個人のスタイルとはならないだろう。」

「それ以外に方法はない」とカラが惨めにいった。

細密画ではなくて美しいシェキュレだった、彼の唯一の幸せというのは。先に血がついている短剣をカラの血の出ている鼻から引いて、頭上に、首を切ろうとしている処刑人のように、構えた。

「今俺がやろうと思えば、お前の首を打てるのだ」と明白なことを宣言した。「シェキュレの子供たちと彼女の幸せのために赦してやることもできる。彼女にやさしくしろ。酷いことや無智なことをするな。約束しろ。」

「約束する」と彼は言った。

「お前をシェキュレに返してやる」と俺は言った。

しかし俺の腕は、口から出た言葉と正反対のことをした。全身の力で短剣をカラの上に打ちおろしたのだ。最後の瞬間に彼が身をかわしたので、また俺も打つ方向を変えたので、短剣は首にではなくて、肩にいった。腕が勝手にしたことを俺は恐怖でもって眺めた。肉に埋まった短剣を抜いた所は純粋な紅で真っ赤になった。恐れたと同時に、したことを恥じた。しかしまもなくアラビア海で船で盲目になれば、細密画師の友だちに復讐できないことも知っている。

順番が自分に来ることを恐れた〝コウノトリ〟が、当然なことではあるが、奥に、暗い部屋に逃げた。手にランプを持って影と一緒にあとを追った。しかしこわくなって戻った。最後にしたことは〝蝶〟の頬に口づけして別れを告げることだった。血の臭いがしたので思ったようには口づけできなかった。俺の目から涙が流れたのを見た。

カラのうめき声だけが聞こえる一種の死の静寂の中で館から出た。濡れて泥だらけの庭を、暗い地区を、走るようにして遠ざかった。俺をアクバル王の細密画師の工房に連れて行く船は、朝の礼拝を告げる呼び声の後出港する。その時刻にガレー船の波止場から最後のはしけが出る。走る時、目から涙が溢れた。

アクサライ地区を盗人のように静かに通り過ぎる時、地平線に曙光が微かに見えた。裏通りの狭い道の壁の間から俺の前に現れた、この地区の最初の水くみ場の向かいに、二十五年前初めてイスタンブルに来た晩、夜を過ごした石の家があった。そこの中庭の門の間から、二十五年前遠い親戚が親切に泊めてくれて、敷いてくれた寝床に十一歳で寝小便をして、夜中に罪悪感で身投げしようとした井戸を再び見た。

バヤジットで壊れた時計の仕掛けを修理に来た時計屋の店や、その上に細密画を描いてこっそり売るためのクリスタルのランプや、シャーベットの器や花を描いた瓶などを買った瓶屋の店や、一時期安くて空いているといって通った蒸し風呂屋などが、俺の涙に恭しく起立の姿勢を取っていた。

破壊されて焼かれたコーヒーハウスのあたりにも誰もいなかった。美しいシェキュレが今頃はもしかしたら死に瀕している新しい夫と幸せになることを心から祈ったその家にも誰もいなかった。手を血で汚してからの日々、道を歩くといつも敵愾心で俺を見るイスタンブル中の犬たちや、暗い木々や鎧戸の落ちた窓や暗い煙突や幽霊や夜明けの礼拝に急ぐ勤勉で不幸な早起きの人々などが、殺人を告白して生涯の町を出る決心をした瞬間からは、俺を友だちのように眺めるのだった。

バヤジット・モスクを過ぎてから、丘のてっぺんから金角湾を見た。水平線が明るくなった。しかし水面はまだ暗かった。漁師の船が二艘と帆を降ろした貨物船や忘れられたガレー船が、目には見えない波でゆっくりゆっくり揺れながら、俺に行くな、行くなと言っていた。目に突き刺された針のせいで、目から涙が流れるのだろうか？　インドですばらしい才能が作り出すすばらしい生活を想像せよと自分に言った。

道を外れて走って、ぬかるみの庭を二つ通って、緑の中の古い石の家に近づいた。見習い時代に、二歩後ろからその鞄や紙挟みや筆箱や書き板を運んで細密画師の工房に行くために、毎火曜日、名人オスマンを迎えに行った家だった、ここは。ここでは何も変わっていなかった。しかし庭と通りのすずかけの木はひどく大きくなっていて、家と通りにスルタン・スレイマンの時代からあった壮麗さと権力と富の雰囲気が宿っていた。

波止場に下りる道に近づいたので、つい誘惑に負けて、二十五年を過ごした工房のアーチを最後にもう一度見たいと思った。こうして見習い時代、火曜日に名人オスマンの後ろから歩いた道をたどった。春にはむせるような菩提樹の香りのする射手通りを、名人がひき肉入りのパイを買ったパン屋の前や、マルメロや栗の木と乞食が並んでいた坂道を、新しい商店街のしまっている鎧戸の前を、名人が毎朝挨拶を交わした床屋の前を、夏には曲芸師が来てテントを張って見世物をやった原っぱの端や、汚い臭いのする独り者の部屋やかび臭いビザンチンの水道橋の下を通って、イブラヒム・パシャの何百回も描いた三匹のとぐろを巻いた蛇の柱と、その度に違った風に描いたすずかけの木のそばからヒポドロウムに出て、朝には雀とかささぎが中に入ってうるさく鳴き交わした栗と桑の木の下を通った。

工房の重い扉は閉まっていた。入り口にも、上のアーチのついた柱廊玄関の下にも誰もいなかった。見習い時代に退屈でどうしようもない時に、外の木々を見た小さな窓の、閉まっている鎧戸をやっと一瞬見たとき、誰かが俺を止めた。

耳をつんざく甲高い声がした。俺が手にしている柄(つか)にルビーのある血のついた短剣が自分の物だと言った。甥のシェヴケトが母親と謀って彼の家から盗んだのだと言った。そしてそれが、俺が昨夜彼の家に押し入り、シェキュレを連れ去ったカラの一味であることの証拠だと言った。カラが細密画の友人や工房に来ることを知っていると言った、この傲慢な甲高い声の怒り狂った男は。妙な紅色にきらきら光る長い刀をふりまわして、なぜか俺との間で片付けなければならない多くの問題があると決め込んでいて、自分からも話すことがたくさんあると言った。何かが間違っていると言おうとしたが、その顔にある信じがたい憤りを見た。憎悪で俺を殺そうとしているのを見た。「どうか待ってくれ」と言いたかったのだが。

彼は既に動きをしていた。

俺はといえば、短剣を構えることもできず、袋を持った手を上げた。

袋が宙に舞った。紅い刀は止まることなく、最初に手を、それから首を真っ直ぐに切って頭が離れた。

頭が切り離されたことは、哀れな胴体がふらふらと二歩妙な動きをしたことと、短剣を馬鹿のようにふりまわしたことと、もう一つは首から噴水のように血が噴出して、地に倒れたことからわかった。勝手に動いた哀れな足は、あたかも死ぬ前に悶える哀れな馬のように、空を蹴っていた。

泥の中に頭が落ちて、俺を殺した者を見ることも、まだしっかりと持っていたかった金貨と絵が詰まっている袋を見ることもできなかった。それらは首の後ろの方の、決して達する事のできないガレー船の波止場に向かって下りていく坂の方にあった。俺の頭は、それらやこの世のほかの部分をもう一度振り返って見ることはないだろう。それらを忘れて、自分の頭がしたいようにさせた。

刀が俺の頭を切る前に考えたことは——船は港を出ていくだろう。頭は急げと言っていた。この声が、小さい時にいつも『急ぎなさい』と言った母の言い方と一つになった。お母ちゃん、首が痛いよ。何も動かない。

つまりこれが皆が死ぬと言っていたことだったのだ。

しかしまだ死んではいないことを知っていた。孔を空けられた瞳は動かなかった。しかし開いている目はよく見えた。

地面の上で見たものが、考えた全てだったようだ。途はゆるい上り坂だ。細密画師の工房の壁とアーチと屋根、空……こうして遠方に退いていく。

あたかも見たこの瞬間がいつまでも続いていくかのようだった、そして見ることが一種の記憶となった。それならば以前、美しい絵を何時間も見ている時感じたことを思い出した。つまりもし十分に長く眺めていれば、あなたの心は絵の時間の中に入っていくのだ。

いまや全ての時間がその時間となった。

あたかも誰も俺を見ていなくて、俺の思考がかすれていきながら、泥だらけの頭がこの悲しげな坂と石の壁と近くにあるが届くことのできない桑と栗の木をいつまでも見ているかのようだった。

この終わることなく待っていることが、突然ひどく辛く耐え難いものに思えた。俺はこの時間から出たいと望んだ。

59　わたしはシェキュレ

カラがわたしたちを隠すために送った遠い親戚の家で、眠れぬ夜を過ごした。ハイリエと子供たちと一緒に寝た寝床で、彼らの鼾や咳の音の中で時々眠ったが、いやな夢の中で、手足を切られてそれをまたばらばらにくっつけられた妙な生き物や女たちがわたしを追いかけてきて、絶えず目を覚まさせた。朝近く寒さで目が覚めた。シェヴケトとオルハンの上に布団をかけた。彼らを抱きしめて頭に口づけをして、アラーの神に、亡き父の家で安らかに寝た幸せな日々のように幸せな夢を与えてくださいと嘆願した。

しかし眠れなかった。早朝の礼拝の後で小さい暗い部屋の窓の鎧戸の間から道を見ていた時、幸せな夢の中で見ていたものを見た——戦争とそこで得た傷とで疲れ果てた幽霊のような男が、手に剣のように持った棒でいつものような歩調でわたしに懐かしげに近づいて来る。その男に抱きつこうとした時に、涙の中で目が覚めるのだったが、道にいる男が血だらけのカラであることがわかると、夢の中では喉からどうしても出なかった叫び声をあげた。

走って行ってドアを開けた。殴り合いで顔は腫れて、痣になっていた。鼻はずたずたに切れて血だらけだった。肩から首にまで大きな刀傷があった。シャツの上方はいたるところ血で真っ赤だった。夢の中での夫のように最後には家に帰れたのでカラは微かに微笑んだ。

「中に入って」とわたしは言った。

「子供たちをよびなさい」と彼は言った。「家に帰る。」

「家に帰れる状態ではないでしょ。」

「もう彼を恐れなくていい」と彼は言った。「犯人はペルシア人のヴェリジャンだった。」

「〝オリーヴ〟……」とわたしは言った。「殺したの？　あの哀れな者を？」

「ガレー船の波止場から出る船でインドに逃げた」と彼は言った。そして最後まで務めを果たせなかった無念さで一瞬わたしの目を避けた。

「家まで歩ける？」とわたしは訊いた。「馬を出してもらうわ。」

家に帰ると彼は死ぬと感じて可哀想に思った。一人ぼっちで死ぬからだけではない、一つも幸せな目をみなかったから。この他人の家で、死にたくないことが、本当はこのひどい状態を誰にも見られずに消えてしまいたいことも、その目の悲しみと決意からわかった。彼をやっと馬に乗せた。

両手に荷物を持って、裏通りを通った帰途で、子供たちは最初は馬上のカラの顔が怖くて見られなかった。しかし祖父を殺した卑劣な殺人犯の奸計を見破り、彼と剣で闘ったことを、カラはゆっくりゆっくり歩く馬の上からそれでも話すことができた。子供たちが彼に少し馴染んだのをみた。カラが死なないようにと神に嘆願した。

家に戻ると、オルハンは喜んで、「うちに着いた！」と叫んだ。死の天使アズラエルがわたしたちを憐れんで、アラーの神がもう少し時間をくれるとその瞬間感じた。それでも偉大なアラーの神が誰の命を、何故、いつとるかということは決してわからないことも経験からわかっていたので、あまり希望は持たなかった。

カラをやっとのことで馬から下ろした。皆で一緒に二階に上げた。父の青いドアの部屋に入れて寝かせた。ハイリエが湯を沸かしてもってきた。肉にくっついた血のついたシャツや、帯や靴や下着や下穿きに至るまで全てをハイリエと一緒に裂いたり鋏で切ったりして脱がせた。鎧戸を開けると庭の木の枝で戯れていた冬の陽が部屋に満ちた。水差し、鍋、糊の箱、インク壺、ガラスの品物、ペン削りなどに反射して、カラの死の色をした青白い肌とさくらんぼう色と肌色の傷を照らした。

敷布の布切れを熱い湯に浸して石鹸を塗ってカラの体を高価な骨董品を拭くかのように気をつけて、息子たちの面倒を見るようにやさしく心を込めて拭いた。顔の青い痣を触らないで、鼻の孔の切られて傷んだところや肩の恐ろしい傷口を医者のようにきれいにした。子供たちが小さい時、体を洗ったように、一方では歌うように優しく話しかけた。胸や両腕にも切り傷があった。左手の指は咬まれて紫色になっていた。手にした布で体を拭くと、布は血まみれになった。胸に触れた。腹の柔らかさを手に感じた。陰茎を長い間眺めた。下から、中庭から子供たちの声がした。どうしてこれを葦のペンと詩人たちは言うのかしら？

新しい知らせがある時の陽気な声と、神秘的な雰囲気でエステルが台所に来たのが聞こえると、下におりた。

エステルはとても興奮していた。わたしに抱きついたり頬に口づけしたりしないで、話し始めた。〝オリーヴ〟の頭が工房の門のところで、それと一緒に、前にやった罪を証明する絵と袋がみつかったこと、インドに逃げようとしたが最後にもう一度工房に行こうとしたことを言った。

見ていた者がいたそうだ。〝オリーヴ〟をそこで見たハッサンが、ルビーの剣を抜いて一刀のもとに倒したそうだ。

彼女が話している時、わたしはかわいそうな父上はどこにいるのかと考えていた。殺人者が正当な罰を受けたということは、まずわたしを恐怖心から解放した。そして復讐が行われたことが人の心の中に安らぎと正義をもたらしたことを感じた。その瞬間、父が今いるところでこの感じを感じることができるかと興味を持った。そして突然、全世界が、扉がお互いに開かれた無数の部屋のある王宮のように思えた。一つの部屋から他の部屋には、思い出し、想像することによって行けるのだ。しかし、わたしたちの大部分の者は、怠惰でこういうことをめったにしないで同じところにとどまっているのだった。

「泣かないでいいよ」とエステルは言った。「ほら、最後には全てがよくなっただろ。」

彼女に金貨を四枚与えた。一枚ずつ嬉しそうに口に入れてみて、粗野に熱心に噛んだが、あまり慣れていないそうだった。

「どこもかしこも、ヴェネツィアの異教徒の贋の金貨でいっぱいだそうだよ」と彼女は微笑みながら言った。

彼女が出て行くとすぐに、ハイリエに子供たちを上に行かせないようにと言った。わたしは二階に行ってドアに錠をかけた。カラの裸の体にぴったりと寄り添って、かわいそうな父が殺された夜、絞首刑になったユダヤ人の家で彼がわたしにするように望んだことを、わたし自身がしたかったというよりはむしろ好奇心から、恐れながらというよりはむしろ気をつけながらやったのだった。

何百年もの間、ペルシアの詩人がどうしてあのものを葦のペンにたとえて、わたしたち女の口をインク壺にたとえたかは、完全にはわかったとは言えない。考えずに繰り返されて、その起源が忘れられてしまったこの比喩の背後には何があるのか――口の小さいことか？　インク壺の神秘的な沈黙か？　アラーの神が絵描きであるのか？　しかし自分を守るために絶えず頭を働かせているわたしのような者にとっては、理屈によってではなく理屈なしで理解されるものに違いない、恋とは。

そうだとしたら皆さんに秘密を言いましょう――あそこで、死の臭いのする部屋で口に入れたものは、わたしを興奮させなかったのです。わたしを興奮させたのは全世界がわたしの口の中で鼓動しているのを感じている時、中庭で互いにののしりながら押し合っている息子たちの陽気な声を聞くことだったのです。

その時、口があれほどせわしいなかで、わたしの目はカラがわたしの顔をまったく違った眼で眺めたのを見た。わたしの顔を、わたしの口を、二度と忘れないと言った。肌は父の本のようにかび臭い紙の臭いがした。髪には宝物殿の埃と布の臭いがしみこんでいた。われを忘れて傷や腫れたところや切り口に手が触れると子供のように呻いた。次第に死から遠ざかる。そしてその時わたしは彼にもっと強く結びつくのがわかった。帆が風でゆっくり膨らむ舟のように、あの厳粛な舟のように次第に早まってくる愛の戯れは、いずことも知れぬ大海に向かって大胆に進んだ。

カラがこの海で、いやらしい女たちと以前色々あったことは、死の床ででも舵を失わないことからわかった。わたしが口づけしたのが自分の腕だったのか、彼の腕だったのか、口に入れたものが自分の指だったのか、あるいはわたしの一生だったのか混乱している時、彼は傷と悦びとで半ば恍惚としながら、この世界がどこに向かっているのかを半ば閉じた目で探っていた。時々両手でそっと挟んで絵を眺めるようにうっとりと見入ったわたしの顔を、すぐ後にはミンゲリア人の娼婦の顔であるかのようにびっくりして眺めるのだった。

歓喜の瞬間に、ペルシアとトゥランの軍隊がぶつかり合う伝説の絵で刀で真っ二つにされた英雄のように叫んで、その声が近所に聞こえることがわたしを心配させた。しかし、真の細密画師は葦のペンを持つその手がアラーの神の命令で動く一番大きな霊感の瞬間にも頁全体の様子と構成を計算できるように、カラも一番興奮した時でも頭の片隅でこの世での自分たちの立場をコントロールできた。

「子供たちにはお前たちのお父さんに薬を塗っていたといえばいい」と喘ぎながら言った。

この言葉は生と死、禁じられたものと天国、絶望と恥辱の隘路に挟まれたわたしたちの愛の色となっただけでなく、その口実にもなった。その後の二十六年間、つまりある朝井戸のほとりで心臓の発作で倒れて彼が死ぬまで、愛しい夫カラと、いつも昼ごろ鎧戸の隙間から部屋に陽の光が入ってくる時、最初の数年はシェヴケトとオルハンの遊んでいる声を聞きながら、愛し合った。それをもいつも『傷に薬を塗る』といった。こうして粗野で憂鬱な父親の要求に応え、嫉妬心で傷つけたくない嫉妬深い息子たちが何年も夜はわたしと同じ寝床で寝ることができた。子供たちと一緒に寝ることが人生に痛みつけられた憂鬱な夫と寝ることよりずっと楽しいことを、少しでも利口な女たちは皆知っている。

わたしと子供たちは幸せになったが、カラはそうならなかった。このことの表立った第一の理由は、肩と首の傷が決して完全には快癒しなくて不具になったことだったが、愛する夫は外観以外には生活に差し障る不具ではなかったし、彼を遠くから見た女たちが夫を男前だと言っているのを聞いたことすらあった。しかしカラの右肩はいつも下がっていて、首も妙な形に曲がっていた。わたしのような女はせいぜい自分より下に見える夫に嫁げるだけだとか、カラが不具者であることは彼の不満の原因であると同時にわたしたちの幸せの隠れた理由だという噂すら、わたしの耳に来た。

うわさの全てがそうであるように、多分これもある程度は事実だっただろう。しかし、この上なく美しい馬に背筋を伸ばして乗って、奴隷女や召使や供のものに囲まれてイスタンブルの通りを闊歩することがわたしにはふさわしいとエステルが言っていたようにはできないので不満と貧しさを感じたように、時には勇ましく元気で、勝利感であたりを見回す獅子のような夫があればと感じたこともあった。

原因は何であれ、カラはいつも憂鬱だった。大抵は悩みが肩とは関係ないことがわかっていたので、一番幸せな愛戯の瞬間ですら、彼を悲しませる悲哀の精霊が彼の魂のどこかに居るのだとわたしは信じた。その精霊を鎮めるために、時には葡萄酒を飲んだり、写本の絵を見て細密画に興味を持ったり、時には細密画師たちと付き合ったり、彼らと一緒にかわいい男の子を追いかけたりした。細密画師や書家や詩人たちの間で、語呂合わせや掛詞(かけことば)や風刺や隠喩の遊びやかわいい男の子や馬鹿騒ぎに熱中したり、芝居を愉しんでやった時期もあったし、せむしのスレイマン・パシャの書庫の仕事や御前会議の書記官の仕事をして、成功して熱中した時期もあった。スルタン様が四年後に亡くなられて、跡を継いだスルタン・メフメットが芸術に背を向けたことと共に、カラの細密画や絵に対する熱意は華やかで有名な趣味から、隠れて一人で秘かに愉しむものとなった。時には、亡き父の遺した写本の一冊を開けて、チムールの息子の時代にヘラトで作られた絵を、そうです、シリンがその絵によってヒュスレヴに恋に落ちるところを、今も王宮で行われている才能の幸せな遊びの一部としてではなく、思い出の中の甘美な秘密を弄んでいるように、罪の意識と憂いとで眺めるのだった。

帝位について三年目に、英国女王がスルタン様にふいごで音楽を鳴らす奇蹟の時計を贈った。この巨大な時計と使節団のために英国から来た船から下ろした様々な部品、歯車、絵、彫刻を、何週間もかけて組み立てて、金角湾に面した王宮のスルタンの私用の庭園の斜面に据え付けた。金角湾の斜面に集まったりボートで見に来た人々は、巨大な時計が騒々しい恐ろしい音楽を奏でると、実物大の彫刻やら絵がお互いの周りを意味のある動作で回ったり、自分でメロディにあわせて優雅に踊ったりするのを見たり、また時計が鐘の音でイスタンブル中に時を告げたりすると、神の僕である人間によってではなく、神によって作られたものであるかのように驚き恐れた。

カラとエステルが別々な時にわたしに話したことによると、時計はイスタンブルの愚かで軽佻な群集の尽きることのない驚きの焦点になったものの、信心深い者やスルタンにとっては明らかに不快の源となった。なぜならそれは異教徒の力を象徴していたから。このうわさが大きくなると、次の支配者であるスルタン・アフメットはある夜アラーの神の教唆で目覚め、大槌を持って後宮から私用庭園に行き、彫刻を粉々にした。この知らせとうわさを語ってくれた人々は、スルタンが寝ている時、聖なる光の中で神の使徒、偉大な預言者様のお顔を見て、警告されたと言った。人間の形をしたものが神の創られたものと競うことを許すならば、アラーの命じられた道から外れるとの警告で、スルタンは大槌を取り上げた時、夢を見ていたと付け加えた。多分これはスルタンが忠実な歴史家にこのように書かせたということだろう。その本、『歴史の真髄』は書家に金貨の詰まった袋を与えてつくられたが、細密画師には挿絵を描かせなかった。

ペルシアの国から来た霊感によって百年を越える間イスタンブルで花開いた絵と細密画の紅い薔薇は、こうして萎れた。細密画師同士の喧嘩や、尽きることのない問題をひきおこした、ヘラトの昔の名人の手法かヨーロッパ人の手法かという議論は結論が出なかった。なぜなら絵そのものが見捨てられたから。絵師は東洋人のようにも西洋人のようにも描かなかった。細密画師は怒りも反抗もしなかった。病を黙って受け入れる老人のように、騒ぎもせず、諦めと悲しみの中でしだいに状況を受け入れた。彼らは一時は感嘆して従っていたヘラトやタブリーズの偉大な名人たちや、嫉妬と憎悪の狭間で決心がつかぬまま、新しい手法だといって憧れたヨーロッパの名人たちが、何をしたかにも関心ももたず、想像しようとさえしなかった。あたかも夜家々が戸を閉ざして、町が真っ暗になったように、絵も見捨てられた。世界がかっては全く違ったように見られたということは、むごくも忘れられたのだった。

父のあの本は残念ながら完成されなかった。完成していた頁は、ハッサンが落としたので宝物殿に移された。ここで有能で几帳面な図書係によって、細密画師の工房に属する他の関係ない絵と一緒に装丁されて、様々のアルバム本に分散された。ハッサンはイスタンブルから逃亡して行方がわからなくなって、その後一度も噂を聞かなかった。しかしシェヴケトとオルハンは、わたしの父の殺人犯を殺したのがカラではなくてこの叔父であることを忘れなかった。盲目になってから二年後に死んだ名人オスマンに代わって〝コウノトリ〟が細密画師の頭となった。亡き父上もその才能に感嘆していた〝蝶〟は、生涯の残りの部分を絨毯や布地や天幕などに装飾画を描くことに専心した。工房の若い職人たちも同じ道を続いた。絵を止めることを、誰も大きな損失とはいわなかった。多分、誰も自分の顔の絵が正しく描かれなかったからだろう。

わたしは一生涯に二枚の絵が描かれることを秘かに心からのぞんでいたが、誰にも言えなかった。

一、自分の肖像画をつくらせたかった。しかしいくら努力しても、誰もできないことはわかっていた。なぜならわたしの美しさはその通りに見ることはできても、残念ながらスルタンの細密画師の誰も、目や唇を中国人のように描かなければ、女の顔が美しいことを信じなかったから。ヘラトの昔の名人たちがしたように、中国人の美女のようにわたしを描けば、もしかしたら、見てわたしであることがわかったら、その中国人の美女の背後にあるわたしの顔がわかっただろう。しかし後の人々にはわたしの目が本当は釣りあがっていないとわかったとしても、わたしの顔が何に似ていたかは決してわからないだろう。今日、息子たちの慰めによって過ごしている老年において、わたしの若い時に描かれた肖像画があったらどんなにか幸せになるだろう！

二、幸せの絵——ランの詩人、金髪のナーズムの韻文の中で考えたものを描かせたい。この絵がどうあるべきかはわかっている。母親と二人の子供を考えて下さい。彼女が腕に抱いて、微笑みながら乳をやっている小さい方の子は、幸せそうに彼女の豊かな乳房を微笑みながら吸っている。それを妬いている上の子の目と母親の目は見つめあっている。この絵の中の母親でありたい。空には鳥が飛んでいるが、また同時にそこに永久にとどめてしまう、あの時を止めてしまうことのできるヘラトの名人の様式で描かせたい。容易でないことはわかっている。

全てのことが論理的だと思うほど愚かなわたしの息子オルハンは、時を止めることのできるヘラトの名人たちはわたしをわたしのようには決して描けないだろうと言う一方で、息子を抱いている美しい母親の絵をいつも描いているヨーロッパの名人たちには決して時を止めることはできないと言って、わたしの幸せな絵は決して描けないのだと長年の間言っていた。

もしかしたら彼は正しかったのかもしれない。もともと人は、幸せの絵の中に微笑を探しはしないで、むしろ人生の幸せそれ自体を求めるのだから。細密画師たちはこのことを知っている。しかしそれは描けないものである。だから人生の幸せの代わりに、見ることの幸せで代用するのだ。

絵には描けないこの物語を、もしかしたら、ことばには書けるかと思ってオルハンに語った。ハッサンやカラがわたしに送った手紙も、かわいそうな〝優美〟さんの死体から出たインクの滲んだ馬の絵も、ためらわずに渡した。あの子はいつもいらいらしていて、機嫌が悪くて、嫌いな者は不当に悪く書く。だから、もしカラを実際よりもぼんやり者だとか、わたしたちの生活を実際よりも大変だったとか、シェヴケトを悪く、わたしを実際よりも美しく恥しらずに語っているとしても、オルハンの言うことを決して信じないでください。なぜなら彼は物語を面白く説得力あるようにと、どんなうそでもためらわないのですから。

1990-92, 1994-98

関連年表

前三三六　**ダリウス王**のペルシア支配（―前三三〇）。アケメネス朝最後の王でアレキサンダーに敗れる。
前三三六　**アレキサンダー大王**が帝国を確立する（―前三二三）。ペルシアを征服し、インドを侵略する。その英雄としての諸業はイスラム世界で近代に至るまで伝説的であった。
六二二　**聖遷**（ヒジュラ）（預言者ムハンマドがメッカからメディナに逃れる。イスラム暦の始まり）。
一〇一〇　ペルシアの詩人**フィルデウス**（九三五―一〇二〇頃）が『王書』を書き、ガズニ朝のマフムウドに献上する。ペルシアの神話と歴史の中のアレキサンダーの侵略、英雄ルステムの物語、ペルシアとトゥランの争いなどのエピソードは十四世紀以来、細密画師の霊感の源となる。
一二〇六　蒙古のチンギス・ハンの支配（―一二二七）。ペルシア、ロシヤ、中国を侵略し、帝国をヨーロッパにまで広げる。
一一四一　ペルシアの詩人の**ニザーミ**が、五行詩の恋愛詩を書く（―一二〇九）。神秘の宝庫、ヒュスレヴとシリン、レイラとメジュヌン、七人の美女、アレキサンダー大王、などについて書かれたものは細密画師に霊感を与える。
一二五八　バグダードの陥落。チンギス・ハンの孫のフラグ（一二五一―一二六五在位）がバグダードを征服する。
一三〇〇　**オスマン・トルコ帝国**（―一九二二）。スンニー派イスラムを奉じ、東南ヨーロッパ、中近東、北アフリカを支配する。最大時にはウィーンからペルシアに至る。

一三七〇　トルコ系の**チムール**の支配（―一四〇五）。黒羊朝がペルシアで支配していた地を征服し、蒙古から地中海に至る、ロシア・インド・アフガニスタン・イラン・イラクおよびアナトリア（一四〇二年にオスマン・トルコのスルタン、バヤジット一世を敗北させた）を含む大帝国を建てる。

一三七〇　**チムール帝国**（―一五二六）。チムールに始まり、芸術と学問の再興につとめ、ペルシア・中央アジア・トランスオクソニアを支配。その下でシーラーズ、タブリーズ、ヘラトなどで細密画の諸派が栄える。十五世紀始めヘラトはイスラム世界の絵画の中心地となり、巨匠ベフザトの本拠地でもあった。

一三七五　トルクメンの諸部族の連合である**黒羊朝**がイラク、東部アナトリアとイランを支配する（―一四六七）。ジハン・シャー（在位一四三八―六七）は最後の支配者で、一四六七年に白羊朝の長身のハッサンに敗北する。

一三七八　トルクメンの諸部族の連合である**白羊朝**がイラク北部、アゼルバイジャン、アナトリア東部を支配（―一五〇二）。その支配者、長身のハッサン（在位一四五二―七八）は西方のオスマン・トルコには敗れるが、一四六七年に黒羊朝のジハン・シャーを、一四六八年にチムール帝国のアブ・サイードをやぶり、その支配をバグダード、ヘラト、ペルシア湾にまで広げる。

一四五三　オスマン・トルコの**スルタン・メフメット**がイスタンブルを獲得。ビザンチン帝国の衰亡。スルタン・メフメットは後にベルリーニに肖像画を描かせる。

一五〇一　**サファヴィー朝**のペルシア支配（―一七三六）。国教としてシーア派のイスラム教を確立する。首都は最初タブリーズ、後にカズヴィンさらにイスファハンに移す。最初の支配者シャー・イスマイル（在位一五〇一―二四）は白羊朝の支配したアゼルバイジャンとペルシアを奪う。シャー・タフマスプ一世（在位一五二四―七六）の時代にかなり弱体化する。

一五一二　**ベフザトの脱出**。細密画の巨匠ベフザトがヘラトからタブリーズに逃れる。

一五一四　**七天宮殿の略奪。**オスマン・トルコのスルタン・セリムはチャルドゥランの戦いでペルシアを敗北せしめ、タブリーズの七天宮殿を奪い、そこにあった細密画や絶妙な写本の蒐集品と共にイスタンブルに帰還する。

一五二〇　**スルタン・スレイマンのオスマン文化の黄金時代**（―一五六六）。オスマン・トルコのスルタン・スレイマンの統治。東西に版図を拡大する。最初のウィーンの包囲（一五二九年）、バグダードをペルシアから奪う（一五三五年）。

一五五六　**アクバルによるインドの帝国**の支配（―一六〇五）、チムールとチンギス・ハンの子孫という。アグラに細密画師の工房を設立する。

一五六六　オスマン・トルコの**スルタン・セリム二世**の統治（―一五七四）。オーストリアおよびペルシアと和平協定を結ぶ。

一五七一　**レパントの戦い。**オスマン・トルコのキプロス侵略（一五七〇年）に基づくキリスト教徒連合軍とオスマン・トルコの間の四時間にわたる海戦。オスマン・トルコは敗北したにもかかわらず、ヴェネツィアはキプロスを譲渡した（一五七三）。この戦いはヨーロッパ人の精神に大きな影響を与え、ティツィアーノ、ティントレート、ヴェロネーゼなどの絵の題材になる。

一五七四　オスマン・トルコの**スルタン・ムラト三世**の統治（―一五九五。この小説の舞台となった）。一五七八―九〇年にわたるペルシアとの戦争がおこる。彼は細密画や写本にもっとも深い関心をもち、『技能の書』、『祝賀本』、『勝利の書』がイスタンブルで作られる。細密画師オスマン（この小説の名人オスマン）やその弟子たちの優れた細密画師が寄与している。

一五七六　**シャー・タフマスプの和平協定提案。**数十年に亘る敵対関係の後、サファヴィー朝のシャー・タフマスプはオスマン・トルコのスルタン・セリム二世に対し、その父親のスルタン・スレイマン大帝の死の際に和平を結ぶべく献上品を贈る。エディルネに送られた献上品の中には、二十五年間で作られた比類なき『王書』があり、その書は後にトプカピ宮殿に移される。

一五八三　ペルシア人の細密画師**ヴェリジャン**（〝**オリーヴ**〟）が、イスタンブルに来てから約十年後オスマン・トルコの宮廷絵師に任命される。

一五八七　ペルシアのサファヴィー朝で**シャー・アッバス一世**の支配（―一六二九）。その父親のムハンマド・ホダバンデを退位せしめ、王位についたシャー・アッバスは首都をカズヴィンからイスファハンに移し、ペルシアでのトルクメンの支配力を減らす。一五九〇年にオスマン・トルコと和平を締結する。

一五九一　**カラとオスマン・トルコの宮廷画家たち**。イスラム暦の一千年目（六二二年のヒジュラから太陰暦で数えられる）の記念の前年、カラが東国からイスタンブルに戻って、この小説で語られる出来事が始まる。

一六〇三　オスマン・トルコの**スルタン・アフメト一世**の統治（―一六一七）。彼は英国女王エリザベス一世の贈った彫刻の付いた大時計を破壊する。

訳者あとがき

二〇〇一年九月十一日事件の数日前の『ニューヨーク・タイムズ』紙の日曜版の書評欄は、現代トルコ文学の第一人者オルハン・パムクの『わたしの名は紅』（一九九八）の英訳版に大きな紙面を割いていた。これは著者の英訳された四冊目の本で、同紙の書評欄はそれまでも常に彼の作品に関心と賛辞を呈していた。この本は十六世紀末のイスタンブル細密画師の世界を扱っていたが、その中に記されたイスラム原理主義者の動静、文明間の衝突と共存、イスラムの役割などが、9・11テロ事件後特別の意義を持ってくるとは知るすべもなかった。

物語は一五九一年の冬、オスマン・トルコ帝国の都イスタンブルでの雪の九日間の出来事である。時代背景は、帝国が十六世紀前半、政治的にも、経済的にも、文化的にも最高の円熟期に達したあとで、色々な面でそろそろ問題が出てき始めた時期である。政治的な腐敗、長く続く泥沼化した戦争、物価高、インフレに悩む市民、疫病の流行、大火、退廃的な風潮、乱れた世相と、これら全ての悪の根源は預言者の言葉にそむいたためであり、葡萄酒の売買を許したためであり、宗教に音楽を取り入れたためであり、異教徒に寛大であったためであったといって、この機会を利用して市民の間に入り込み、広がりつつあるイスラム原理主義者の動きがある。敗北を知らなかったトルコ軍はこの少し前、レパントの海戦（一五七一）でヴェネツィア共和国とスペイン王国のキリスト教連合艦隊に初めて敗北を喫して、西洋の力に対する畏れを身をもって感じ始めた時期でもある。この時期はまたトルコの細密画の技術が、その庇護者ムラト三世の下で本家のペルシアの芸術を凌駕する域に達した時代でもある。

時のスルタン、ムラト三世は、翌年がイスラム暦の一千年目（六二二年のムハンマドの聖遷から始まるが、太陰暦なので太陽暦に比べて一年が約十日少ない）に当たるところから、その在位と帝国の偉容を誇示するための祝賀本の作成を秘かに命じる。元高官で細密画がわかるエニシテが監督するが、彼はかつてヴェネツィアで見た遠近法や陰影、肖像画などの手法を取り込むことをもくろむ。西洋画の技法で細密画を描くことはアラーの神への冒瀆行為と考えられる時代である。物語はやがて殺人事件に発展していく。事件はイスタンブルで起こるが、細密画にまつわる歴史的解説は、アレキサンダー、ダリウス、チンギス・ハンの蒙古、フラグの西アジア、チムールの中央アジア、コーカサス、古代ペルシア、ササン朝ペルシア、インドにまで及ぶ広大な展開を示す。

著者のオルハン・パムクは、一九五二年イスタンブルで経済的に恵まれた環境に生まれ、後年のニューヨークでの三年間を除いて全てイスタンブルで過ごしている。彼にとってイスタンブルは、バルザックのパリ、ジョイスのダブリンのようなものだと語っている。イスタンブル工科大学で建築学を三年間学んだ後で、「建築家にはなりたくない、自分は一生部屋にこもってものを考えたり、読んだり書いたりしたい」と決心する。しかし大学は出ておかねばと、結局、イスタンブル大学のジャーナリズム学科を卒業する。日本語版への序文にも書いているように、七歳から二十二歳までは画家になることを考えていたという。そして二十二歳の時、書くことに専心し始めた。初めて書いた小説『ジェヴデット氏と息子たち』は数年後の一九八二年に出版され、トルコの有力新聞『ミリエット』紙の小説コンテストで一位を獲得し、またトルコ最高の文学賞である「オルハン・ケマル賞」（ケマルはトルコの小説家。一九一四―七〇年）をも受賞する。一九八三年に出版された次作『静かな家』は同年「マダラル賞」を受賞する。その仏訳は一九九一年「ヨーロッパ発見賞」を受賞し、八五年に書かれた『白い城』はほとんどの西欧語に訳され、『ニューヨーク・タイムズ』はその書評で、「東方に輝く星現れる」と絶賛した。この本は九〇年に『インデペンデント』紙から、「インデペンデント外国語小説賞」を得る。さらに、『黒い書』（一九九〇年）、『新しき人生』（一九九四年）は国内でベストセラーになる一方、海外でも評判になった。九八年に出版された『わたしの名は紅』は今まで三十二か国が版権を取り、二十三か国語に翻訳出版されており、英訳だけでも十六万部売れたという。『ニューヨーク・タイムズ』、『ガーディアン』、『デイリイ・テレグラフ』、『タイムズ』、『インデペンデント』、『スコッツマン』、『オブザーバー』などの各紙や雑誌『ニューヨーカー』が書評欄で大きく取り上げた。しばしばウンベルト・エーコの『薔薇の名前』と比べられる。この本はイタリアでグリンザーネ・カヴール市外国語文学賞（二〇〇二年）、フランスでも最優秀海外文学賞（二〇〇二年）をとり、「国際ＩＭＰＡＣダブリン賞」（二〇〇三年六月）を獲得した。この賞は世界中の図書館に投票権があって、賞の質においても賞金の額においてもきわめて注目に値するものである。九八年には二十五年間にわたって書いた評論、随筆をまとめた『他の色』を、二〇〇二年には社会派小説『雪』を書いて注目を集めている。最新作『イスタンブル——街と思い出』（二〇〇三年十二月刊）は国内で大きな話題となった。

オルハン・パムクをカフカ、プルースト、トーマス・マンと比する批評家もある。なに一つ無駄のない緻密な構成、計算し尽くされたディテールは定評がある。またポストモダンの旗手とか前衛とか言われてもいる。常に新しい手法を用い、実験的意欲的な作品を出してきた。トルコ国内では大学生、インテリ層に圧倒的に人気がある。日本では護雅夫先生のナスレディン・ホジャの笑い話などの外にはトルコ文学の作品が紹介されたことはなかった。現代トルコ文学の作家の中で一番著名なのはヤシャル・ケマルとオルハン・パムクであることには、誰も異議がないであろう。前者が農民農村を描きクルド人の肩を持つ政治的発言が多いのに対して、オルハン・パムクはあくまでも都会的で、特定の地域の読者を対象にしない。海外での高い評価を考えると、まさに世界文学の範疇に入るものといえよう。『オブザーバー』紙は二十一世紀を代表する二十一人の世界の文学者の一人に選んでいる。

著者は谷崎、三島、大江、安部、川端、キーンその他かなり多くの日本文学を英訳で読んでいる。特に谷崎とは共鳴するところがあるという。西欧化に賛同し、浸り、やがて西の世界に失望して最後には自国の古典の世界に帰っていく点においてだという。この作品でも『春琴抄』の影が見えるような気がする。そういう意味でも世界中で二十数か国語に翻訳されたこの作品の邦訳がないのを残念がっていた。

著者のトルコ語はしばしばトルコのインテリにとっても難解といわれ、数行にわたる長い文章を書く。この翻訳でもその雰囲気をこわさないように、できるだけ忠実に切らずに訳した。この作品はかなり長いし、読みやすくない部分もあるが、多面的な読み方ができ、読者はたっぷり報われると思う。先ずミステリとして、「犯人は誰か」としてだけでも面白い。第二に、歴史小説・社会小説として読むと、十六世紀のイスラム社会の風俗、若い娘達の行動、狂信的イスラム原理主義者と彼に従うグループ、それを毒舌をもって揶揄嘲笑する非合法コーヒーハウスの舞台に立つ咄し家とそこに集るインテリや芸術家たち、当時の結婚と離婚の手続き、若い男女がおおっぴらに会えない当時のイスラム社会において男女の仲を取り持つ小間物の行商女、スルタンに所属する細密画師の工房とその生活など興味深い。第三にカラとシェキュレの恋の物語としても官能的世界を展開する。さらに、細密画の題材となった中近東文学の上で有名な挿話、例えばヒュスレヴとシリン（ペルシア語ではホスローとシーリーンとして知られている）、フェルハトとシリン、レイラとメジュヌン等の恋物語、ルステムの英雄譚などがここかしこにちりばめられている。最後に、人によってはこの部分が最も注目に値するとしているし、海外でも非常に高く評価されているのが、エニシテがカラに語るルネッサンスの絵を初めて見たときの衝撃、登場人物たちの間で交わされる芸術観、芸術とモラル、東と西のものの見方や考え方の違い、模倣と刷新、個人のスタイル、盲目であることの意味などである。また死後の世界や死んでからの行程の記述は著者の想像力の所産とは知りつつも思わずひきこまれる。

なお、文中にでてくるA、B、J、L、M等のアルファベットは、コラーンにもそのような使い方があり、その謎はまだ解明されていない。著者はその事実を踏まえて、何か神秘的な要素を加味することも意図したという。

主人公の名前カラについて。カラとはトルコ語で黒を意味するが、この小説ではその意味は無いという。しかも主人公カラはチェルケズ人であるという記述からすると、彼は色の白い、髪も明るい色の持ち主と想像される。実際にはカラという名前は聞いたことがない。著者はカフカを愛好するところから、物語を書き始める時、しばしば主人公の名をとりあえずkないしはkaで書き始めて後で名前を考えると話してくれた。

文中に出てくるユダヤ人の行商女エステルの祖母がポルトガルから来たとの記述があるが、一四九二年にユダヤ人がヨーロッパの各地から追放された時に、唯一、オスマン・トルコがうけ入れたことをここに銘記したい。オスマン・トルコは異教徒、異文化に寛大であった。たとえば、宮廷の台所には、イタリア人の料理人もいたという。ドルマ・バフチェ宮殿の完成式典では、フランツ・リストがオーケストラの指揮者として招かれている。その伝統は、今日のトルコにもひきつがれている。

著者は日本語版への序文にも書いているように、物語の中の母子に自分たちのことを投影したという。シェキュレは母親の実名であり、兄のシェヴケト・パムク氏は現在イスタンブルの名門ボアズチ大学の副学長である。父親が長く家を留守にした時期があり、母親は再婚を考えたことがあったという（実際には再婚しなかったが）。しかしこれらの事実以外は、ほとんど作者の作り話であろう。

挨拶の口づけについて少し補足すると、目上に対して敬意を表するために相手（目上）の手の甲に軽く口づけする。親愛の情を示すためには、目上が目下にたいして、あるいは同等の者同士（親族の場合を除いて通常は同性間で）が両頰に軽く口づけする。スルタンなど非常に身分の高い者にたいしては、跪いて彼らの衣服の裾に口づけする。

これはトルコ語版 *BENIM ADIM KIRMIZI*（1998）の完訳である。翻訳にあたってはあくまでも原文に忠実であることに心がけた。内容が正確であることのみならず、著者の意図、その場の雰囲気をも、正確に伝えるべく努力したつもりである。

　註について。「註をつけるとエスニックとかエキゾチックととられる。自分は普通の物語として読んで欲しい。英訳にも仏訳にも註をつけさせなかった」という著者の意向で、註はつけなかった。註なしでわかるような訳語を工夫したり、場合によっては多少の字句を補ったりした。

　この優れた作品が、単にトルコ国内で一番有名だとか、ベストセラーだからとかいうのではなく、オルハン・パムクが現代トルコの最高の作家であり、世界中の新聞雑誌の書評欄で数年来取り上げられているがゆえに、この作品を日本の読者に紹介したいとその梗概を日本で数人の編集者にみせたところ、いずれも「素晴らしい作品だ、是非読みたい」といわれたものの、日本の出版界の不況、特に翻訳文学の不振から、「社の事情を考えると今すぐ出版は」とためらわれた中で、藤原社長の慧眼と英断で出版が実現したことに深く感謝申しあげます。

二〇〇四年七月

和久井路子

著者紹介

オルハン・パムク（Orhan Pamuk）

1952年イスタンブル生。3年間のニューヨーク滞在を除いてイスタンブルに住む。

処女作『ジェヴデット氏と息子たち』（1982）でトルコで最も権威のあるオルハン・ケマル小説賞を受賞。以後、『静かな家』（1983）『白い城』（1985）『黒い書』（1990）『新しき人生』（1994）等の話題作を発表し、国内外で高い評価を獲得する。

初邦訳となる本書は、1998年に刊行され、国際IMPACダブリン文学賞、フランスの最優秀海外文学賞、イタリアのグリンザーネ・カヴール市外国語文学賞等を受賞、世界32か国で版権が取得され、すでに23か国で出版されている。本書以後も随筆集『他の色』（1998）、小説『雪』（2002）などを発表、最新作は『イスタンブル』（2003）。

訳者紹介

和久井路子（わくい・みちこ）

横浜生まれ。アンカラ在住。

フェリス女学院を経て、東京大学文学部言語学科卒業。同大学院修士課程修了（言語学・トルコ語学）。リハイ大学（アメリカ）で博士号取得（外国語教育）。現在、中東工科大学（アンカラ）現代諸語学科に勤務。

わたしの名は紅（あか）

2004年11月30日　初版第1刷発行©
2006年1月30日　初版第3刷発行

訳者　和久井 路子
発行者　藤原 良雄
発行所　株式会社 藤原書店
〒162-0041　東京都新宿区早稲田鶴巻町523
TEL　03（5272）0301
FAX　03（5272）0450
info@fujiwara-shoten.co.jp
振替　00160-4-17013
印刷・製本　中央精版印刷

落丁本・乱丁本はお取り替えします
定価はカバーに表示してあります
Printed in Japan
ISBN4-89434-409-2

西洋・東洋関係五百年史の決定版

西洋の支配とアジア

（1498-1945）

K・M・パニッカル　左久梓訳

「アジア」という歴史的概念を夙に提出し、西洋植民地主義・帝国主義の歴史の大きなうねりを描き出すとともに微細な史実で織り上げられた世界史の基本文献。サイードも『オリエンタリズム』で称えた古典的名著の完訳。

A5上製　五〇四頁　**五八〇〇円**

（二〇〇〇年一一月刊）

◇4-89434-205-7

ASIA AND WESTERN DOMINANCE

K. M. PANIKKAR

中世とは何か

J・ル＝ゴフ

池田健二・菅沼潤訳

商業・大学・芸術の誕生、時間観念の数量化、ユダヤ人排斥など、近代西洋文明の基本要素は、中世に既に形成されていた。「中世からルネサンスへ」という時代区分の通念を覆し、「中世」「近代」「ヨーロッパ」を語り尽くす。

四六上製　二八八頁　**二八〇〇円**

（二〇〇五年三月刊）

◇4-89434-442-4

À LA RECHERCHE DU MOYEN ÂGE

Jacques LE GOFF

世界文学空間

（文学資本と文学革命）

P・カザノヴァ

岩切正一郎訳

世界大の文学場の生成と構造を初めて解析し、文学的反逆・革命の条件と可能性を明るみに出す。文学資本と国民的言語資本に規定されつつも自由の獲得を目指す作家たち（ジョイス、ベケット、カフカ、フォークナー……）。

A5上製　五三六頁　**八八〇〇円**

（二〇〇二年一二月刊）

◇4-89434-313-4

LA RÉPUBLIQUE MONDIALE DES LETTRES

Pascale CASANOVA

「生前の不遇」―「死後の評価」

ゴッホはなぜゴッホになったか

N・エニック

三浦篤訳

現在最も有名な近代画家、ゴッホ。生前不遇だった画家が、死後異常なまでに評価され、聖人のように崇められるようになったのは何故か？　近現代における芸術家神話の典型を気鋭の芸術社会学者が鮮やかに分析する。

A5上製　三五二頁　**三八〇〇円**

（二〇〇五年三月刊）

4-89434-426-2

LA GLOIRE DE VAN GOGH

Nathalie HEINICH

1989年11月創立 1990年4月創刊

一九九五年二月二七日第三種郵便物認可　二〇〇五年一一月一五日発行（毎月一回一五日発行）

月刊
機
2005
11
No. 165

発行所　株式会社 藤原書店 ©
〒一六二―〇〇四一 東京都新宿区早稲田鶴巻町五二三
電話　〇三・五二七二・〇三〇一（代）
FAX　〇三・五二七二・〇四五〇
◎本冊子表示の価格は消費税込の価格です。

編集兼発行人
藤原良雄
頒価 100 円

欧米で「黒いアテナ」論争の一大センセーションを捲き起こした『黒いアテナ』、遂に完結。

古代ギリシアは、諸大陸間の文化の混合から誕生した。

マーティン・バナール

古代ギリシアの女神アテナは、金髪碧眼の白い女神ではなく、黒かった――考古学・言語学・文献・神話すべてを総合した緻密な考証から、古代ギリシアのヨーロッパ起源を否定、そのフェニキア・エジプト起源を立証し、「ヨーロッパ・西洋」の歴史の「捏造」をも暴き、欧米で「黒いアテナ」論争の一大センセーションを捲き起こした『黒いアテナ』（全二巻）の完訳下巻が、今月いよいよ刊行される。

今号では、『黒いアテナI』（一九八七）が出版された後に捲き起こった論争で、著者が批判に対し応えた文章を、抜粋して掲載する。

編集部

● 十一月号 目次 ●

M・バナールは一九八七年、古代ギリシアはエジプトと西セム語系フェニキアの植民地であり、そのルーツはインド＝ヨーロッパよりもむしろ主にアフロ・アジアであるとする『黒いアテナⅠ』を著した。古代ギリシアを自らのルーツに仕立てたのは、近代ヨーロッパの人種差別的歴史観による歴史の捏造だというのだ。

これに対し、ウェルズレー大学のメアリー・レフコヴィッツが『黒いアテナ再訪』（共著）を刊行、『黒いアテナⅠ』の主張に真っ向から反対した。この本では、西洋文明が古代エジプト、フェニキアにルーツをおくことにも、また古代エジプト人を黒人（ブラック）と捉えることにも、また人種差別的歴史観によって歴史が捏造されたという指摘にも疑問が呈されている。

ここに掲載する文章は、バナールがレフコヴィッツに対する反論として掲載した論文の一部である。（全文本書収録）

『黒いアテナ』プロジェクトは全四巻の計画であるが、『黒いアテナⅡ』が一九九一年に出版され、『Ⅲ・Ⅳ』は未刊である。また、『黒いアテナ』への批判への批判として、バナール著『「黒いアテナ」への疑問に答える』（デューク大学出版局、二〇〇一年）がある。

『黒いアテナ』は死んだか

二〇〇一年二月二日付の『タイムズ文芸付録』（以下TLSと略記）にメアリー・レフコヴィッツが寄稿した論文（「現代の寓話――『黒いアテナ』の破壊的遺産」）は、今から四年前、エジプト学者のジョン・レイがTLSに書いた論文（「ソクラテスはどれくらい黒かったか――ヨーロッパ文明の起源とアフリカ中心主義の危険」、一九九七年二月一四日号）の中にある、『黒いアテナ』は死んだ」という文章の引用で始まっている。

しかし、マーク・トウェイン自身の場合がそうだったように、私は『黒いアテナ』の死亡報告は「誇張である」と思う。もちろん、ある考え方や仮説の死をどう定義するのか、これはむずかしい。簡単にいえば、ある種の考え方や仮説を人びとが信じつづけるかぎり、その考え方や仮説は生きつづけているといえる。しかし、「判断するにふさわしい人」や「理性ある人」が誰もそれを信じていないのなら、その考え方は死んだといえるかもしれない。ところが、判断するにふさわしい人や理性ある人が誰も『黒いアテナ』を信じていないという、その〈信じていない〉ということそれ自体が、非合理性の徴候であるとするならば、その主張は循環論になる。この場合、『黒いアテナ』で展開された仮説について、これを刺激的で興味あると考えている学校や大学の教師や研究者たちを無視することはむずかしい。彼らと同じように考えている関連研究分野にいる多くの支持者たちや、古典学分野の少数派の学者たちを無視することもむずかしい。全体として言えば、メアリー・レフコヴィッツが『『黒いアテナ』の遺産』を議論するのは時期尚早であり、そうあって欲しいという願望の結果にすぎない。

「脱中心化した」のはどちらか

ギリシア文明は北方からとギリシアそのものから生まれたと考える〈**アーリア・モデル**〉の考え方は、ギリシア文明についてのオーソドックスな誕生説である。この考え方に私が異を唱え、ギリシア古典研究を「脱中心化」した〔ギリシア文明にアフリカとアジアの影響があったと考えた〕ことは広く知られており、そのため、私の著作はポスト・モダン的だと考えられるのだろう。しかし、私は事態は逆だと考えている。一九世紀前半、ギリシア古典研究という学問分野を確立した人びとは、古代ギリシアの歴史家たちに支配的な考え方、つまり、それ以前の少なくとも二〇〇〇年間受け入れられていた〈**古代モデル**〉を脱中心化した〔ギリシア文明にアフリカとアジアの影響があったという考え方を無視した〕。〈古代モデル〉では、古代ギリシア人たちの先祖が南方と東方からの影響をうけた結果、ギリシア文化が生まれたと考えられていた。

メアリー・レフコヴィッツは「陰謀」という言葉で私をくりかえし非難するが、一九世紀の歴史叙述のラディカリズム、すなわち、脱中心化が「陰謀」だったと、私が説明したことはない。この問題との関連で言えば、私が陰謀という言葉を使ったことはこれまで一度もない。ギリシア古典研究の学問を確立した父祖たちの著作は率直そのものであり、彼らは、人種的本質を不変と考えるロマン主義的信念と結合し、人種差別主義をつよめていた当時の一般的思潮を反映していた。こうしたことは、ヨーロッパの工業化が成功して世界中に拡大した結果であり、人びとは成功に酔いしれていなかったにしても、心はうきうきとはずんでいた。このような雰囲気のなかで、いまではヨーロッパの揺籃の地と目されたギリシアが、古代人が考えたような、アフリ

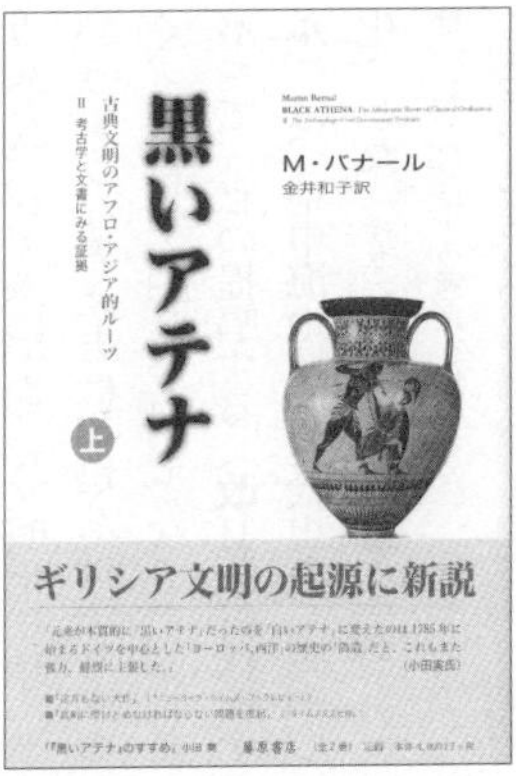

カ人とアジア人によって文明化されたというような考え方は不快なばかりでなく、「非科学的」なものとなった。したがって、私の提唱する〈**改訂版古代モデル**〉は、地中海地域の古代史を「脱中心化」した〔ギリシア文明にアフリカとアジアの影響があったとする考えを無視した〕のではなく、「再中心化」した〔ギリシア文明にたいするアフリカとアジアの影響をふたたび認めた〕と考える。

レフコヴィッツは、古典学者たちのあいだではつねに論争があるので、私が攻撃したようなオーソドクシーなど存在しないと主張している。トマス・クーンが提唱した「パラダイム」でさえ問題はあり、その概念は不正確なものだが、「パラダイム」概念が不正確だからといって、それが役に立たないということではない。大部分の学問は、「学問」であるという性質上、その枠組みのなかで学者たちが研究し、論争するパラダイムをもっている。一八四〇年代から一九八〇年代まで、ギリシア古典学の学問的枠組みの重要な側面は、古代ギリシア人はすべての分野で立派であるが、歴史の分野だけはお粗末だという認識であった。とりわけ、古典学者たちは、ギリシア人たちがそこから大いに学んだエジプトと東方の叡智についての報告をばかげたものと考えていた。

エジプト思想の内実

レフコヴィッツは、「エジプトの思想には、プラトンやアリストテレスの著作と類似した思想は皆無である」と主張する。しかし、私はこの主張にたいして、ジョン・レイの最近の文章（一九九八年版『ルートレッジ哲学事典』のエジプト人の宇宙論についての文章）を引用して応じたい。

> エジプト人が技術的に達成した領域と特質には、ある程度の理論的知識が前提になっている。理論的知識の一部は現在まで残っており、なかにはエジプト語の文書そのものや古典時代の著作家たちの論評から再構成できる知識もある。現代の学者たちの評価も、エジプト思想を高く評価したギリシアの注釈家と同じ方向にますます傾斜している……。イアンブリコス〔二五〇頃～三二五頃、ギリシアの哲学者〕は、……それ〔エジプトの宗教〕がプラトンの〈イデア論〉の原型であったと確信していた。近年このような考え方が信頼を得てきているが、大部分のエジプト学者たちはそれを拒否してきた。

このように、ここでもレフコヴィッツ

の考え方は時代遅れになっている。

異なった大陸の文化の混合

レフコヴィッツは、彼女の考える〈アフリカ中心主義〉と私が密接な関係があると力説している。ほぼ二百年のあいだ、〈アフリカ中心主義者〉たちは彼ら自身の〈古代モデル〉に執着し、白人の学界エスタブリシュメントのみならず、それに適応・順応している黒人からも面と向かって軽蔑されながら、古代エジプト人は黒人であったと考えてきた。私が彼らを尊敬していることは事実である。しかしだからといって、たとえば、クレオパトラが黒人だったとか、創造性には黒色素（メラニン）が必要だというような、何人かの〈アフリカ中心主義者〉が主張している乱暴な見方を私が受け入れているわけではない。

しかし興味深いことに、重要な点で、メアリー・レフコヴィッツの立場は私よりも〈アフリカ中心主義〉に近い。ジョージ・ジェイムスは例外として、大部分の〈アフリカ中心主義〉の著作家は〈古代モデル〉を受け入れてはいるが、〈古代モデル〉にはたいして関心がない。彼らはアフリカが「敵性大陸」ヨーロッパの発祥地であるという〈古代モデル〉の主張について、とりわけ重要だとか望ましいとか考えているわけではない。彼らにとって決定的に重要なのは、〈エジプトがアフリカである〉という論点であり、これについてはレフコヴィッツも進んで完全に受け入れるだろう。彼女と大部分の〈アフリカ中心主義者〉たちは、異なった大陸の文化の混合という考えに反対している。メアリー・レフコヴィッツが忌み嫌っているのは、**大陸間の文化が混じり合った結果、「栄光のギリシア」が生まれた**という『黒いアテナ』の私の主張なのだ。

（金井和子訳）

（*The Times Literary Supplement*, 2001.5.11）

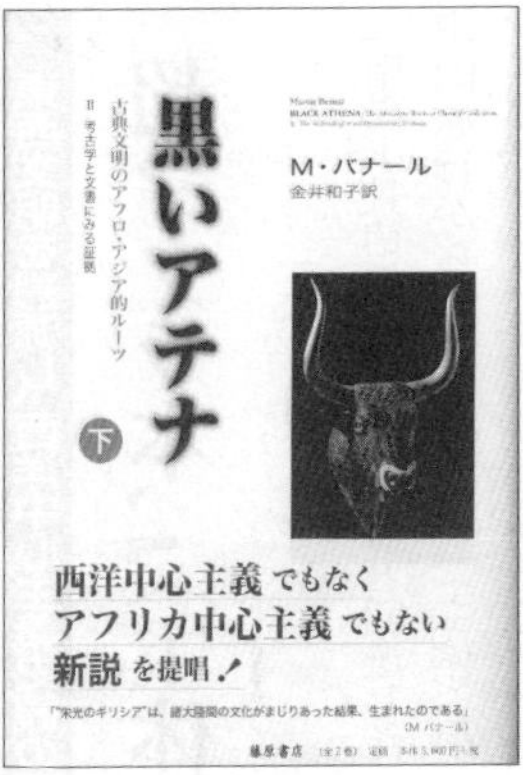

東西文明を遡源し、西洋中心主義史観の顛倒を図る、著者積年のライフワーク！

超マクラ本、『〈主体〉の世界遍歴（ユリシーズ）』の裏話

いいだもも

南昌→景徳鎮→黄山→上海と回遊した中国旅行から帰って来て、『〈主体〉の世界遍歴（ユリシーズ）』の二六〇〇頁を超えるゲラ稿の校正を死力をふりしぼってやっとこさ終えてホッと一息つきながら、厖大な原稿が勿体ないのでその裏にこれを記しているところ。だからこれがホントの裏話。

お代は見てのお帰り

この間、超マクラ本のゲラ稿校正に専念してくれていたのは、いうまでもなく、発行元の藤原書店の藤原良雄、郷間雅俊、久田博幸の三氏、わたし自身の著者校正経験に徴してみても、この間の苦労はたぶん並大抵のものではなく、誇張なしに言って定めし死ぬような毎日の作業であったでしょう。ありがたい話です。

物書きとは内味本位のきびしいものでありますから、物を書いたり創ったりするのにいかに苦労辛酸が要ったかという、日本人好みの美談というか苦労話は、事の本筋にとっては、割り切って言ってしまえば何のカンケイもありませんが、この超マクラ本の内味は、近来世界の書物として圧倒的な濃厚な汗と香りに満ち満ちている、とすくなくとも著者のわたしとしては自負しています。いわゆるノーベル賞ものでしょう、少なくとも重量感としては。お代は見てのお帰り、でかまいません。

それに、藤原書店のお三方のこの半年間の一字一句もおろそかにしない精査校正の甲斐あって、この二六〇〇頁余の超マクラ本には、一つの誤植・誤字もない（？）だろう、と胸を張って請負えます。「校正畏るべし」であまり先立って自慢するものではないとされていますが、いまのわたしの気分としては後生（こうせい）など何ぞ畏るべしや、矢でも鉄砲でも持って来い、くらいの高揚した完全達成の気分でいます。日本での出版物としては珍しい、稀有ともいうべきこの校正モレのない大冊！

グッスリ眠れて、アタマ・ハッキリ

わたしが小学生の時分に、「講談社の絵本」というシリーズが出て、それには「面白くて為になる」本というキャッチ・フレーズがついていました。そして、オ

マケがいつも愉しみだったグリコには、胸を張って百メートル競走のテープを切る「一粒三百メートル」というスローガンがついていましたっけ。

この超マクラ本は、まさに、「面白くて為になる」本を、「一粒三百メートル」の体力で仕上げたものと言えます。子どもの時以来の宿願の達成です。「御民われ生けるしるしあり」で、八十歳になった老翁としては、嬉しい限りです。

▲いいだもも氏

わたしは、先に千頁を超える『二〇世紀の〈社会主義〉とは何であったか？』というマクラ本を論創社の森下紀夫社主に出していただいて、世界でただ一人、一番早く（と思います）ソヴエト連邦をはじめとするスターリン主義体系としての「世界社会主義体制」の世界史的崩壊を、わたしなりのマルクス的分析・考察に基づいて予見して、それがまもなくもののみごとに当たったことにすっかり味をしめて、それから陸続と、『日本共産党はどこへ行く？』、『レーニン、毛（もう）、終わった——党組織論の世界的検証』とマクラ本を連発し、今ここに、藤原良雄社主の奇特なご協力をいただいて『〈主体〉の世界遍歴（ユリシーズ）』の超マクラ本を出させていただき、さらに年内には別に論創社から著者畢生のマルクス経済学的達成である『恐慌論——マルクス的弁証法の検証の場』という、『〈主体〉の世界遍歴（ユリシーズ）』から見ればホンの小冊子のようなマクラ本を出さしていただいて、いよいよめでたくこの世を辞する運びにいたったわけです。

何でもわたしが風の便りに聞くところによれば、わたしが百連発するマクラ本は、読む者は著者ならびに業務上やむなく校正に当たる出版社の校正係の他には読み返した者がなく、したがってマクラ本として現代的不安に悩む万人の安眠用のマクラとして活用されている、という話で、その絶大な効能を買われて小売書店の多くでももっぱら「保健・衛生」のコーナーに並べられているとのこと。たしかに、今日ビマンしている現代的不安を鎮静し、不眠をともなうそれから離脱して、精神的保健・衛生をとり戻すのに、絶大な効能がある点については、すでに幾度かの経験で保証付きであるらしい。ですから、今度の超マクラ本では、これまで以上に「グッスリ眠れて、アタマ・

ハッキリ」といった効果が期待できます。人類のみなさんにとって！

露呈しはじめる戦慄的危機

人類文明史の一口総括と言っても、クレタ＝ミュケーナイ時代の地中海世界文明からはじまる八千年の歴史的・理念的総括ですから、それなりに二六〇〇頁余の咀嚼は入用となる。歯が丈夫でないといけない。しかし、八千年余の人類の営々たる営みの全省察ですから、二六〇〇頁などというのは軽い、カルい。実に簡略な人類文明史のエッセンスです。

わたしが今日、このような簡易の書を志したのは、〈いま・ここ〉の現代資本主義世界システムの全般的危機の開始が露呈しはじめている危機の深さが、原爆・原発にいたった核分裂文明と、クローン人間の人工合成にいたった遺伝子分裂文明との様相に象徴されているように、現代資本主義を変革して、わたしたちの手作りする〈もう一つの世界〉を形成する構想を進捗させないかぎり、越えることのできない戦慄的危機であるという実感が、ヒリヒリと如実にあるからです。

現代思想的遺志の継承

二十世紀初頭にフリードリヒ・ニーチェが「神は死んだ」と呼ばわって、これまでの西洋中心主義的・ロゴス中心主義的な文明的価値からの、根底的な価値転換を号して以来、第二次世界大戦のこの戦後においてミシェル・フーコーがつづけて「人間も死んだ」ことを臨床確認して以来、現代世界史は文字通りカミもホトケもヒトもなければ、あとに残った地球もエコロジカル・クライシスのなかで崩壊しようとしているこの〈いま・ここ〉においては、クレタ＝ミュケーナイ地中海文明以来の八千年余の人類文明史を一口に掴み取って咀嚼することは、この日々を生きてゆくためには必要最小限の食事マナーであると言えます。

その現在的端緒を、本書では学問的端緒として、二十世紀の最大の〈知（エピステーメー）〉の時代的特性である、言語批判を介したいわゆる情報論的転向（ターン）以来の、ウィトゲンシュタインvsメルロ・ポンティの問題構制（プロブレマティーク）の検討から始めました。そして、エドムント・フッサールの二十世紀初頭における「ヨーロッパ諸学の根底的危機」を打開すべくうちだされた〈現象学（フェノメノロギー）〉以来の現代哲学ないしは反哲学の創発の先頭に立って奮闘これつとめてきた、モーリス・メルロ・ポンティ、レヴィ・ストロース、ミシェル・フーコー、そしてジャック・デリダの現代思想の遺志がどこにあり、今日を生きなければならないわたしたちが、その現代思想的遺志をいかに継承してゆくのか？というところに、長い助走路を走り切って高い三段跳びを跳ぶスタート・ラインを設定しました。志たるや、高くかつ大です。

見えないものを「見えるもの」へ

西洋中心主義的思惟の今日的克服は、極東に生きているわたしたちにとっては自明であるように、中華世界・インド世界を中心に価値編成されてきた、東洋的思惟のもつ合理的核心の探り出しならびに復権と、相表裏することになります。

本書冒頭のウィトゲンシュタインの〈独我論〉の典型的命題である、「わたしたちが知りえない事物については沈黙しなければならない」という『論理哲学論考』の有名な命題について、東西比較の〈沈黙考〉を展開してみせたように、わが釈迦牟尼は「拈華微笑(ねんげみしょう)」をもって明確に示しえたのであり、わがメルロ・ポンティにとっては「無言のコギト」を言語化して明視的に自己表示させることが、自らの遺作となった『見えるものと見えないもの』の最大・最後の主題であったわけです。このような無意識界もふくめた潜在化している見えないものを、言語批判の力能によって、可視的形象としての「見えるもの」へと顕在化=現前化させることこそが、古典古代ギリシア文明以来の原幾何学文様の明視的形象・彫塑を、今日に継承するわたしたちの構想力となるのです。

数多の新発見・新知見との出会い

この超マクラ本で最も力を注がれているのは、西洋中心主義的歴史を定位させ定着させるにいたった、ペルシア戦争の世界史的分岐――この世界史的分岐の意義を「驚異」をもって感得したハルカリナッソスの人ヘロドトス『歴史(ヒストリアイ)』こそが、ミレトス派のタレスによる原理(アルケー)の探究(ヒストリアイ)としてのギリシア哲学の創発とともに、古典文明史が後世のわたしたちに遺贈した最大・最高の人類史的遺産となったものでした――以来の古代ギリシア=ローマ史の栄枯盛衰の分析に費やされています。この人類文明の正嫡の了解なしに、今日のわたしたちの世界史把握ができる筈がありません。古代ローマ帝国の帝政の末期における「暴君」ネロと「野蛮」ゲルマーニアについての辛口のタキトゥス『歴史(ヒストリアイ)』叙述にいたるまで、いたるところで数多の、支配的通説・俗説とは全く異なる新発見・新知見に読者が出会うことが必ずできます。

(いいだ・もも/作家・批評家)

日本のメディアでは捉えられない激動する朝鮮半島の真実。著者初の本格評論集！

日韓・日朝のはざまで

朴 一

ナショナル・インタレストの悲劇

戦後処理、竹島（独島）問題、貿易摩擦など、韓日両国の紛争の種はつきない。ある韓国人が「一刻も早く戦後処理に決着を」と叫べば、ある日本人は「日韓条約で戦後処理は解決済み」と答える。一方、日本人が「竹島は江戸時代から日本の領土」と言えば、韓国人は「独島はそれ以前から韓国人が領有していた」と言い返す。さらに韓国人が「対日貿易収支が不均衡なのは、日本が韓国製品を買わないからだ」と対日批判をおこなうと、日本人は「日本市場で売れない製品しかつくれない」韓国の技術水準の低さを問題にする。

こうした不毛の論争を通じて、日本人は嫌韓意識を募らせ、韓国人は反日感情を増幅させてきた。この論争に終止符を打つ方法はないのだろうか。もし日本で在日コリアンが共生社会を創造しようとするなら、まず祖国である韓国と在日が生まれ育った日本との間に横たわるこうした両国民の激しい対立感情をどのように溶解させていくかが、重要なテーマにならざるをえない。

争点の根源はナショナル・インタレスト＝国家利害である。竹島（独島）問題は、この島をどちらの国家に帰属させるかという論争であり、韓日の貿易摩擦は、韓日の輸出企業がどちらの国家により多くの利益をもたらすかという問題である。

そのような意味で、戦後処理問題は国家利害が最も根強くからんだ問題である。韓国人が、従軍慰安婦問題に対して日本側の民間基金の受け取りを非難してきたのは、その典型的な顕れであるといえるだろう。日本国家によって凌辱された従軍慰安婦たちは、日本の民間基金ではなく日本国家によって償われるべき、というのが彼らの言い分である。この主張はとてもクリアーである。しかし残された時間が少なくなった慰安婦たちが生きるためにやむをえず民間基金を受け取ることさえも非難されるとしたら、これはヒトの命よりも国家の面子を優先した論理であると考えざるをえない。私は、国家としての補償を放棄した日本政府がその代わりに差し出した民間基金には決して賛成できない。しかしながらヒトの命よりも国家の論理が優先されるのは、もっとやるせない。ヒトは国家や国籍の呪縛から逃れることはできないのだろうか。

韓国人になりきれない在日韓国人

先年、私は生まれて初めて長期間の母国留学をおこなった。母国留学は長年の夢だった。日本で生れ、日本で育った私は、できるだけほんまもんの韓国人に近づこうと思っていた。しかし韓国語の下手な私は、留学中ほとんどの韓国人から日本人と見做された。いくら「韓国人だ」と説明しても、韓国では韓国語のできない者は韓国人と見做されないのである。最初のうちは、言葉ができないため、よくごまかされることがあった。タクシーで、スーパーで、銭湯で、とにかく釣り銭をごまかされる。でも韓国人という誇りを失いたくない私は、最後までへたくそであっても韓国語で通そうとした。それに対する韓国人の反応は二通りであった。

「日本人なのに韓国語がうまいねー」

「韓国人なのになぜそんなに韓国語がへたなの」

どちらも屈辱的であった。言語障害あるいはコミュニケーション・ギャップによる摩擦と、在日韓国人に対する本国人の無理解は、ますます私をいらだたせた。

▲朴一氏（1956- ）

私が客員教授として赴任した高麗（コリョ）大学には外国から来た教員のためのゲスト・ハウスがある。２ＬＤＫ、家賃五〇万ウォン（当時のレートで七万円ほど）と条件も悪くない。私は早速、日本から来た他のプロフェッサーとともに申し込んだ。ところが私にはゲスト・ハウスは提供されなかった。責任者いわく、

「ここは、外国人教授の宿舎です。韓国人のあなたにはお貸しできません」

韓国まで来て国籍条項の壁にぶちあたるなんて。私はついに切れた。ぶち切れた。

ええーい、もうやめ。韓国人を演じ続けるのはやめ。国を背負うのもやめ。

こう考えるようになってからあまりストレスも無くなり、体重も増え始めた。自分が韓国人になりきれない在日韓国人といなおることで、少しは重しがとれたようである。

日本と韓国のはざまで

私は韓国で日本籍コリアンの問題を考えるようになった。母国留学生の中に何人かの日本籍コリアンの若者たちがいたからである。彼らの多くは、日本国籍を持ちながらも、コリアンとしての出自に思いをはせ、民族的アイデンティティを求めて韓国に渡ってきた者たちである。私は、彼らとよく国家や国籍、民族や出自について語り合った。彼らと話していて気づいたことだが、彼らには韓国人という気負いがない。もうひとつの祖国と肩肘はらず向き合っている、そんな印象を受けた。

同じ日本国籍コリアンにも、彼らのように自らの民族的出自を求めて祖国に渡る者もいれば、自らの出自を隠蔽し民族から逃避し続けた人もいる。民族から完全に逃げとおせる人はいいかもしれないが、大部分の日本籍コリアンは、結婚や就職など人生の節目で得体の知れない民族の圧力をつきつけられるという。

「模範的日本人、新井将敬」の場合

自死の途を選んだ新井将敬代議士の場合はどうか。彼は、少なくとも自分から主体的に民族的出自を語ることはなかった。十六歳で日本国籍を取得してから、最初に立候補した選挙で出自暴きがおこなわれるまで、懸命に「模範的日本人、新井将敬」を演じてきた。しかし彼が当選を果たすと、皮肉なことにマスコミは、彼の政治信条や理念ではなく、彼の民族的出自に注目した。そして彼は一躍「日本の国会に誕生した初の韓国系代議士」としてクローズアップされるようになった。

ところが彼が「日韓新時代の象徴」や「国際社会日本の象徴」として騒がれるにつれ、逆に日本籍コリアンの彼に対する政界の風当たりは強くなっていた。同じ党の同僚から「日韓関係で摩擦が生じたら、いったいどちらの国益を優先するのか」といった批判がでたり、家族には「朝鮮のスパイ」といったデマが飛ばされることもあった。一時は「日韓のパイプ役を担いたい」と言っていた彼も、ある時期から日本の国際化を口にしないようになり、むしろ日本的美意識や日本国家の利益を力説するようになった。

しかし彼が政治改革の旗手として模範的日本人を演じれば演じるほど、金権政治にひたりきった日本人代議士の彼に対するやっかみは強くなり、彼は党内で孤立していくことになる。彼の金融・証券スキャンダルが発覚したとき、だれも彼の行為を弁護する者はいなかった。皆が同じことをしているのにである。これは、はっきりいって「いじめ殺し」（栗本慎一郎「新井将敬の孤独死」『論争』一九九八年五月号）に近いものだった。

国家と国家の狭間で生きる

結局は、新井将敬氏には帰属できる安住の場がなかったのではないか。模範的な日本人になろうとしたが、日本人としては認めてもらえず、祖国のパイプ役を果たそうとすれば「どちらの国益を優先するか」と責められる。彼は、日本も韓国も、さらに同胞社会からも孤立することで、最後の安住の地をあの世に求めたのかもしれない。

悲痛な自死を遂げた新井将敬氏に対し、韓国で出会った日本籍コリアンの学生たちのあのさわやかさは何だったのだろうか。新井将敬氏と差があるとすれば、それは何か。まず韓国に留学してきた日本籍コリアンたちが自分から主体的にルーツ（出自）と向き合おうとしているとすれば、新井氏はいやおうなくルーツ（出自）と向き合うことを余儀なくされてしまったという点で、母国や祖国に対するスタンスが決定的に違っている。そしてこれが最も決定的だと思うが、前者が国家から相対的に解放されているのに対し、後者は明らかに天下、国家を背負って生きている。もちろん政治家の道を選んだ新井氏が国家を背負って生きるのは当たり前といってしまえば、それまでだが……。

しかしそれでもなお、国を背負わずに生きていくことはできないのか。確かにノンポリの学生諸君にはもう少し国や国家のことを考えろと言いたいときもあるが、国家を背負い過ぎるのも厄介なものである。民族的出自を大切にしながら国家と国家のはざまで生きる、どちらの国益を優先させることもできないファジィな立場の人こそが国際紛争を回避できる平和の使者になれるのでは、と考えるのは甘い妄想であろうか。新井氏の死を無駄にせず、在日からそうした志を持った政治家や官僚などが現れれば、韓日の紛争も少しはやわらぐのではないか。

本書『朝鮮半島を見る眼』は、そんな思いから、日韓・日朝のはざまで生きてきた著者が、祖国である南北朝鮮と自らのふるさとである日本との友好を願い書いたものである。少しでも日韓・日朝関係の修復と友好につながれば幸いである。

（パク・イル／大阪市立大学教授）

※全文は『朝鮮半島を見る眼』に掲載

『〈決定版〉正伝　後藤新平　⑥寺内内閣時代』、今月刊！

外相・後藤新平の外交政策とは？

大隈内閣を打倒し、寺内内閣の成立

一九一三（大正二）年に第三次桂太郎内閣が総辞職した後、後藤新平は野に下った。桂を前に立てた超党派的な新党構想を推進するが、桂の死により断念せざるを得なかった。そんな中、一九一四（大正三）年、第一次世界大戦が勃発し、八月には日本も参戦する。翌年、時の大隈内閣は対中二十一カ条の要求を行なうが、後藤はこれを大隈の失政として厳しく批判。その後も大隈への批判を重ね、ついに一九一六（大正五）年十月、後藤は、大隈内閣打倒を果たし、寺内正毅〝超然内閣〟樹立に成功する。（以上、5巻）

本巻は、寺内内閣時代を扱う。寺内内閣では、自ら副総理格の内相兼鉄道院総裁に就任する。大隈前内閣への反省に立ち、対中関係を中心とする外交を刷新する一方、予算編成や財政計画に取り組み、内務省改革や警察官増員などを行った。

第一次大戦と後藤の外交

当初、議会で与党を持たなかった寺内内閣の最大の敵は多数党・憲政会だった。桂新党の挫折以来、後藤とは因縁の深い加藤高明が率いる憲政会は、寺内内閣を攻撃し、ついに内閣不信任案が可決される。しかし後藤は、衆議院解散後の総選挙に、政友会や国民党と結んで勝ちぬき、当時の日本が直面する最大の課題、外交問題に向かう。

一九一七（大正六）年、第一次世界大戦にいよいよ米国が参戦、またロシア革命の勃発とソ連政府の成立など、世界情勢が混迷を深めつつあった。他方、中国大陸では、北京政府と孫文・国民党率いる南方政府との争いが続いている。さらにソ連と結んだドイツの東方への拡大が予想され、シベリアおよび東アジア地域が風雲急を告げるなか、独ソを挟み撃ちしようとする英仏伊三国から、日米両国に対しシベリア出兵への強い要請があったのである。

シベリア出兵

当時の世界情勢を見抜いていた後藤は、すでに一九一七年六月に原敬や犬養毅らとともに臨時外交調査委員会を立ち上げていた。一九一八（大正七）年四月、寺内内閣で外務大臣に転じ、同時に外交調査委員会の幹事長に就いた後藤は、次々に外交政策を打ち出していく。まず北京政府と軍事協定を結んで中ロ国境のおさえとしつつ、米大統領ウィルソンと出兵問題について意見交換を重ねる。そして欧米の利害が東アジア地域に集中しつつある情勢のなか、後藤はシベリア出兵促進の意見書を提出する。米国は、はじめシベリア干渉に反対であったが、露領内にあったチェコ軍が東西に分かれて過激派と戦いはじめたことを知り、最終的にはチェコ軍援助を名目に出兵に賛成する。一九一八（大正七）年八月二日、政府はついにシベリア出兵を宣言する。

▲寺内内閣時代の後藤新平
（右から寺内正毅首相、本野一郎外相、仲小路廉農相、後藤新平内相、加藤友三郎海相）

米騒動と寺内内閣の瓦解

一方、国内ではインフレ政策をとり、米価調節令公布や政府米売渡しなどによって米価を安定させようとしてきたが、外米輸入は大政商の独占となって投機の対象とされ、シベリア出兵を見こした軍用備蓄がそれに拍車をかけ、米価の暴騰と生活の困窮をもたらしつつあった。その結果、シベリア出兵宣言直後から米価はさらに急騰し、八月五日、ついに富山県で米騒動が勃発、全国各地に波及し始める。寺内首相自身の病もあり、九月二十一日、内閣は総辞職し、後藤新平の国務大臣時代は終わりを告げた。

そして一九一八（大正七）年十一月十一日、休戦条約が成立し、第一次大戦は終結する。下野していた後藤新平は、大戦後の世界を見聞するために、約七ヶ月に及ぶ欧米視察の途につくことになる。

シベリア出兵のゆくえ

出兵宣言後ただちに日本の指揮権下に日・米・英・伊・仏の連合軍はウラジオストックに上陸、次々に過激派勢力を掃蕩し、出兵宣言から一年ほどは反過激派勢力に有利となり、オムスク政府はウラル方面に兵を進めたが、一九一九（大正八）年十月ごろ形勢は一変、オムスク政府はチタに撤退、チェコ軍が過激派に投じたため米国は見切りをつけて撤兵、諸国軍もそれにならった。日本軍だけが残ったのであるが、やがて尼港事件などが起こり、一九二二（大正十一）年十月二十五日シベリア派遣軍撤兵を完了した。駐兵四年有余、十億円と三千五百の将兵を失うことになった。

（編集部）

リレー連載　今、なぜ後藤新平か　3

21世紀にこそ求められる真のリーダー、後藤新平

岩手県知事
増田寛也

この十年ほどの間に、中央政府・地方政府を問わず、求められるリーダー像が変容してきた、と感じている。

〝事実前提〟から〝価値前提〟へ

二十世紀は、〝大量生産・大量消費・大量廃棄の時代〟と言われているが、右肩上がりの経済成長の中で、行政においても、予算総額が毎年度増えていき、その増加分をいかに公平に配分していくかが重要な仕事であった。そのため、関係する諸団体から、丁寧に意見や要望を聴いて、様々な利害を上手に調整していくことが何よりも大切であって、そういう時代には「利害調整型」のリーダーが必要とされた。そして、端的に言うとボトムアップ方式により政策決定がなされていた。

これに対して、二十一世紀は、〝有限な資源〟、〝環境重視〟、〝人口減少・少子高齢化社会〟、〝ハードからソフトへ〟などがキーワードの時代である。予算も、増額分をどう配分するかではなく、まず「何かを削る」ことが前提で、それにより財源を生み出し、重要な政策課題に充てることが必要となってくる。極言すれば、実現すべき価値をゼロベースで見直し、一から予算を組み立てることまで考えなければならない時代である。

まさにシステムの根本的な大変革が求められており、こうした時代には、いかに新しい価値を創造していくかが問われてくる。以前は、〝事実前提〟つまり前例に従って物事を決めていくのが行政の典型的な手法であったが、それが今では、〝価値前提〟即ち、どのような価値を実現しようとするのかが問いかけられてくるのである。

後藤の先見性と実行力

このような時代には、〝理念〟や〝目標〟、〝新たな価値〟といったものを自ら提示して、「先導するトップダウン型」のリーダーが求められてくる。

今、日本は、山積する国内外の諸課題に対し、迅速かつ有効な手立てを打ち出せず、〝立ち往生〟しているかのごとき

▲増田寛也氏（1951-　）

状態にある。言い換えると、現在の我が国は、社会経済情勢の変化に対応不能の〝制度疲労〟状態にあって、まさに国家として存立しうるか否かの瀬戸際にあると言えるのではないか。

この日本の危機的状況を克服するためには、既存システムの綻びを取り繕うだけではなく、新しい価値を提案しながら、社会システム全体を根本的に変革していく必要があり、これなくしては、日本は立ち行かない状況にあると考えている。

国民に新しい「この国のかたち」を纏めた鳥瞰図・ビジョンを示し、国民をリードしていくのが政治家の役割である。こういうときにこそ、高邁な理想に燃えて、遠大なビジョンを掲げ、新しい価値を創造していくリーダー、まさに後藤新平のような人物が、我が国には求められている。

今こそ、〝時代の先覚者〟後藤の先見性と実行力に学ぶ必要があると考える所以である。

地方自治の基本精神

二〇〇七年は、後藤の生誕一五〇年目の節目の年に当たる。これを契機に、私は、後藤の足跡を改めて振り返るべく、関係著作を読み直しているところである。彼の残した有名な言葉に「自治三訣」がある。この言葉は、〝自立した個人〟をベースにした〝自助・互助・共助〟の精神とも言い換えられるもので、在るべき地方自治の基本精神を端的に示している。

行政がある意味で〝自助・互助・共助〟の領域にまで足を踏み入れて、その守備範囲が際限なく拡大しつつある現在、私自身、地方自治に携わる者のひとりとして、「自治三訣」の持つ今日的な意味を改めて自らに問い直し、常に地方自治の原点に立ち返りながら、一歩一歩着実に岩手の地域経営を進めていかなければならないと考えているところである。

『自治三訣』

人のお世話にならぬよう
人のお世話をするよう
そして酬（むくい）をもとめぬよう

後藤新平

（ますだ・ひろや）

リレー連載 いのちの叫び 82

つながるいのち

大倉正之助

日本の伝統芸能である能の表現の根本は、一期一会にある。

私は能の大鼓を打つ。

能は四季の変化に富んだ日本の気候風土と密接な関係がある。

檜を材にした舞台、馬の皮から作られた鼓革や桜の木を刳り貫いた胴、そして麻でできた調緒(紐)。すべてが天然素材だ。その自然に囲まれた環境の中で生み出される能の表現には、これらすべての物質が互いに呼応する生命体としてのつながりがある。

だからこそ能のお道具(楽器)は、季節の影響を顕著に受ける。大鼓は演奏の約二時間前から準備にかかる。火鉢に炭をおこし、革を焙じる。よく乾燥させ、その後、鼓の胴を前後二枚の革をもって調緒で挟み込み、じっくりと締め上げてようやく大鼓の形として整えられる。西洋の楽器のように、最初からできているものとは全く違う。

しかも、その音を舞台を前にして出せるのは出演直前のお調べという幕際のほんのわずかの時だけだ。当然作りたての音は固い。稚拙な音だ。それを打ち込んでいくことによって、音が徐々に伸びやかになっていく。

しかし、この音に捉われるのではなく、ただ魂を込めて打ち込むということに専念する。現代人は音がきれいかそうでないかで判断しがちだが、いかに思いが込められているかということにこそ価値がある。そこにはいい音、悪い音という考え方はない。そういった姑息な概念を超えた、まさしく命の叫びとしての音があるだけだ。

打ちたての初々しい、固い稚拙な音はいうなれば生まれたての音だ。そこには純な響きがある。その音はやがて青年期の音になり、壮年期の音になる。さらには晩年期の音となって一曲の演能が終わる。能と共にそこには音の一生が展開されるのだ。

それはまさに、一期一会。唯一無二のこの場に居合わせた人だけが共有しあえる世界なのだ。

(おおくら・しょうのすけ/能楽囃子大倉流大鼓)

リレー連載　いま「アジア」を観る　33

台日間の新関係

許世楷

この八月五日、出入国管理・難民認定法の特例法が、日本の国会で可決され、成立した。それを受けて、九月十六日の閣議では、これまで愛知万博中に限って台湾観光客にビザ免除措置をとっていたのを、万博終了後の九月二十六日からビザ免除を恒久化する政令を決定した。つまりこれからずっと台湾の観光客は、九十日間以内ならノービザで日本に入国できるようになったのである。

台湾は一九九三年から日本の観光客に対して、ノービザの扱いをとっていた。十二年目にして台湾は平等互恵の措置を勝ち取ったわけである。十二年前わたしの今勤務している台北駐日経済文化代表処では、日本の観光客のビザ手続費用収入が年間約六〇億円を数えたという。それを放棄したのは、日本の観光客が増えることと、相対的に日本も台湾の観光客にビザ免除措置をとることを期待したからである。ビザ免除の期待は実現したし、日本からの観光客も、今年はこの十一月に一〇〇万人を越すと予測されている。

ちなみに日本のノービザ免除前、台湾人の多数次観光ビザの手続き費用は一人一九〇〇台湾元で、昨年の来日観光客は一〇八万人であり、その収入は約二〇億台湾元、およそ六〇億円に当たる。しかし今年の来日観光客は約一三〇万人が見込まれるという。すでに終わった万博では台湾観光客の入場者数は、約二〇万人。外国人入場者の第一位を占め、盛況であった。台湾観光客入場者誘致策としてのノービザ措置は、当たったといえよう。しかし台湾館設置は認められず、イラ・フォルモサというレストラン開催と、五回のパフォーマンスだけが認められた状況下でも、この入場者数である。

いずれにしても万博がきっかけで、ノービザが実現できたことは、逆に台日間の関係がよい意味で尋常でないことを示すものである。これが契機となって、いっそう人的交流が増加し、ともなって物的交流を刺激し、相互理解も進むことを願ってやまない。

（コー・セーカイ／台北駐日経済文化代表処代表）

Le Monde

■連載・『ル・モンド』紙から世界を読む 33

NHKへのお願い

加藤晴久

敗戦六〇周年の夏のある日、フランスのTV5（日本でも視聴できる）を何気なく点けてみたら、塹壕から両手を挙げて続々と出てくる老若男女の姿が画面に映った。日本人である。サイパン島陥落のドキュメンタリーだとわかった。『日本語大辞典』（講談社）の「サイパン島戦」の項目には「昭和十九年六月、日本軍の玉砕後、市民・婦女子らも自決」と書いてある。番組では、断崖絶壁から海に飛び込んだり、手榴弾で自爆したりする兵士・一般人が多くいた状況の中で、米軍が説得工作を重ね、多くの人々を救った様子が繰り広げられていた。

昭和二十年三月九日の東京。八月十四日の熊谷。危うく惨禍を生きのびてきたつもりでいたが、とても比ではない。サイパンで生き残った子どもたちは、いま、どこで、どうしているのだろう。知りたい、と思った。

Arte（仏独共同経営のチャンネル）が放送した『東京 戦争が終わった日』（九月二十一日）と『瓦礫の下の日本』（九月二十八日）はSerge Vialetが制作したそれぞれ五十分のドキュメンタリー。『ル・モンド』のテレビ評論担当D・ドンブル記者が推奨している（九月二十三日付）。

アメリカ軍の撮影した映像を使った第一部では、昭和二十年九月二日、東京湾に投錨したアメリカの戦艦ミズーリ号上で、両手をズボンのポケットに突っ込んだ連合軍最高司令官マッカーサーが見守る前で、重光外相、梅津参謀総長が降伏文書に調印する。「上海でテロにより片足を失った」重光、「南京で日本軍が犯した虐殺、強姦など」の残虐行為の責任を問われた梅津の過去が想起される。「この非直線的な構成が番組に強い喚起力を与えている。」第二部では、無名の人々の証言を用いて、「戦時の歳月を沈黙の地中に埋めて再建に邁進する日本」が描かれる。

わたしたち日本人が忘れてはならない歴史を描いた「胸を打つ」ドキュメンタリーを、わたしたちでなくフランス人が見ている。日本のメディアはわたしたちを啓蒙する責任を果たしてもらいたい。いまからでも遅くない。このドキュメンタリー、ぜひ、放送してもらいたい。

（かとう・はるひさ／東京大学名誉教授）

triple 8 vision 54

注意深く目をそらすこと

吉増剛造

『機』前号「キーツの唇（くちびる）」に〝……鎌倉の浜辺に打ち上る口紅貝（くちべにがい）の色を私は添えてみました〟の一行でとじられる、美しい葉書が戻ってきて、なんででしょう、〝添えて、……〟が、隠れた仕種のキーなのか、それが夜の景色、夜の貝のことばのように感じられ、……しばらくぼーっと考えていました。昔、「貝合せ（かいあわせ）」という王朝の遊戯があって、その面白さが少しも判らなかったのだけれども、その〝判らなさの／謎〟の一端がこうしてあらわれて来て、それが夜の貝の濡れた色の光をともなって、次々に、……考えを遊ばせて、不図、身近かの空気とものの声の知らせにも気がつく。わたくしのアパートは佃（つくだ）、月島にあって、高層ビルが建ち、並び、すっかり景色はもう変っているのに、少し心の眼をそらすようにしてみると、小舟が遊んでいて、夜の櫂（かい）の音がする。ディッケンズやキーツやベケットが、その耳の入江の葦はらのようなところで聞いていた、〝*OOZE*［*uːz*］＝（どろ沼、びちゃびちゃ漏れ出し）〟の響きも、英語の芯のような感じもこうして月島、佃にはこぼれて来て、夜の色を僅かに変えているのです、……と〝春はあけぼの〟の清少納言か、〝うらうらに〟の大伴家持に、ホーコクをしている気持になるのも、ごく自然になって来たのではないのでしょうか。

あるいはこれは、小学校二年生か三年生から英語を教えはじめることになるという*News*をみていて、……不図きいた、未来の子等の口唇の波形（波音）だったのでしょうか。

お詫びを。

今月は、ある経験の思い掛けない深みをのぞこうとして、口籠っています。上段の後ろから七行目の傍点を振ったところは、『環』最新刊23号二十八頁の故イバン・イリイチ氏から。

〝注意深く目をそらすこと〟

この稀有の哲人のすぐ近くにいて、その醸しだす空気（肖像写真を通じて、その気力のようなものは、十二分につたわっているのだが、……）とその言葉とを聞きたかった。イバン・イリイチ氏は、こゝフィレンツェで学び、深い言葉を話した筈です。日本で新刊の『生きる意味』（藤原書店）で、記憶と想起することの決定的な違いをプラトン＝ソクラテスを通じて教えられていた。その口調（トーン）の奇蹟的な柔かさ、深さ。イリイチの声の深さに耳を傾けることこそ、いま、わたくしたちには必要なのではないでしょうか、……と二〇〇五年十月二十一日のフィレンツェでの詩の集いで、わたくしは、会場と聴衆に語り掛けていた。

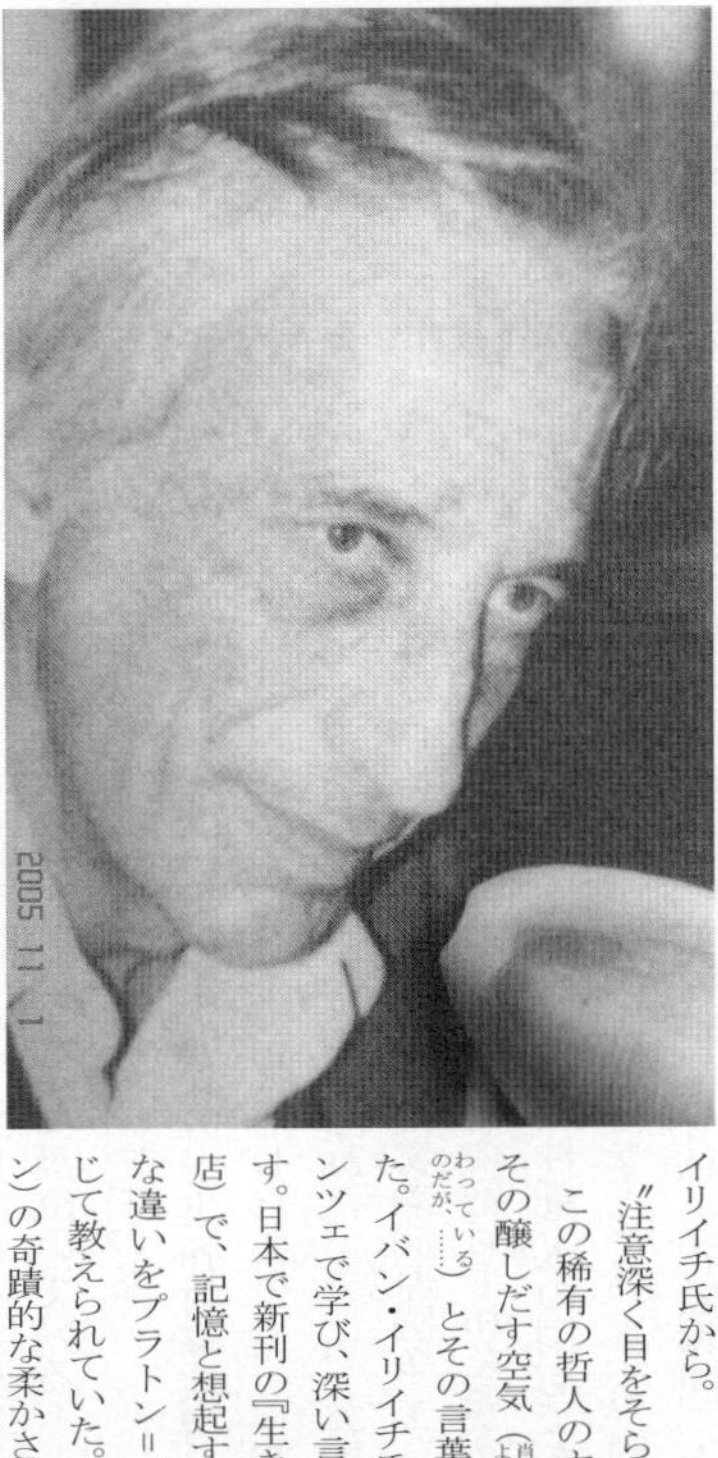

（よします・ごうぞう／詩人）

連載　思いこもる人々　55

「清ら思想」のシンガーソングライター
海勢頭豊氏
うみせど　ゆたか

岡部伊都子

借りマンションに移り住みまして、間もなく、思いがけなく「今名古屋だけれど、これから京都へゆくから、ちょっと寄るよ」と、海勢頭豊氏からのお電話。

京都で催される、夕方からの豊コンサートに出演なさるまでのひとときを「どんな所に移ったのか」見に来て下さったのです。

前の住まいは広い家でしたので、お迎えすると二階で歌ったり踊ったりを楽しませてもらいましたが、そんな生活は終わり。ここの応接室で久しぶりの再会。

こちらは甘えて手をとり合うばかり……。有名な沖縄のシンガーソングライターのお歌は、この狭い空間ではとても無理です。だのに一緒に来られたお嬢さんの愛さんが、ヴァイオリンをひいて下さり、若い女性歌手のお歌もきかせていただきました。

思えば、初めて海勢頭氏のコンサートをきかせてもらったのは一九八八年十一月の大阪公演でした。沖縄の苦しい歴史、土地独特の深い情愛、本土への憤りを含めて作詞作曲された曲にうたれて、幾度も泣かずにいられませんでした。

本島南部に「平和の礎」が創られたあと、沖縄戦で戦死したわが婚約者の名の彫られた碑を求めて行った時も、ずっと一緒に探して下さいました。遂に見当たらず、追刻になりましたが。

喜瀬武原　陽は落ちて　月が昇る頃
君はどこにいるのか　姿もみせず
風が泣いている　山が泣いている
みんなが泣いている
母が泣いている　（一節、後略）

米海兵隊が実弾射撃演習をしつづけ、日本に復帰したあとも、なお沖縄は米軍に苦しめられたことに、労働者も学生も戦い続けた喜瀬武原闘争！

世界人類の絶対平和を願う「清ら思想」。美に敏感な沖縄人の同志でありたく、海勢頭豊氏に学んでいます。同じ志の若い人々が、「月桃の花歌舞団」を創って。

今年も十二月二日、メルパルクホールで「海勢頭豊&ヒゴバレエ団公演　グランド・バレエ『血の婚礼』」があるとのこと。東京の友人たちも、その暖かなお人柄と清ら魂を信じて、その日を楽しみに待っています。

（おかべ・いっこ／随筆家）

連載　帰林閑話　132

以文会友

一海知義

　京都大学文学部同窓会を「以文会」といい、同窓会誌『以文』を発行している。同窓会は戦前「京大倶楽部」といったそうだが、戦後「以文会」と改名された。改名して今年は五十周年に当り、それを記念して『以文』登載の随想三百篇の中から六十七篇を選んで、『以文会友——京大文学部今昔』が京都大学学術出版会から刊行された。

　随想の書き手は、一部の例外を除いて、その時々の現職教員であり、目次を見ると懐かしい名前が並んでいる。

　全体が三章に分かれ、「I哲学の風景」「II史学の律動」「III文学の諧調」というタイトルで、哲学科・史学科・文学科の教員の文章がまとめられているのだが、たとえばIでは、天野貞祐・小島祐馬・臼井二尚・井島勉など。これらの中には、名前だけ知っている有名教授のほか、教室で直接講義を受けた先生方もおられる。

　IIとIIIも同様で、IIには、原随園・神田喜一郎・梅原末治・宮崎市定・井上智勇・林屋辰三郎、そしてIIIには、伊吹武彦・足利惇氏・石田憲次・生島遼一・野上素一・小川環樹など、諸先生の名前が見られる。

　小川先生は私の恩師であり、ここに見える「古い思い出」という文章を書かれた一九七四年には、私は卒業して二十年、神戸大学につとめていた。

　伊吹先生はフランス語の授業のとき、よくシャンソンをうたわれた。その美声は記憶に鮮やかであり、それらのシャンソンは、今も原語でうたうことができる。

　ところでこの本の題名「以文会友」は、『論語』顔淵篇の次の一節からとられている。

　——曾子いわく、君子は文を以て友を会し、友を以て仁を輔（たす）く。

　本書の「編集後記」もそのことにふれているが、典拠の「以文会友」を、「文を以て友と会す」と読んでいるのを見て、『論語』も遠くなりにけり、と思った。

（いっかい・ともよし／神戸大学名誉教授）

（地下宮殿の名がある地下貯水池／トルコ共和国、イスタンブール）

連載・GATI　70

メドゥーサの首から誕生した双子

―― 美神から怪物に貶められた、魔除けの女神／「対なすもの」考 ❹ ――

久田博幸
（スピリチュアル・フォトグラファー）

アジアとヨーロッパを跨ぐトルコ共和国の首都イスタンブールに「地下宮殿」と呼ばれる貯水池がある。湿り気を帯び、不気味さの漂う深奥に意外な光景が浮かび上がる。無数の列柱のなかの二カ所の礎石に「メドゥーサ」の頭像が使われているのだ。その粗雑なこしらえから建設時に余所のローマ遺跡から拝借してきたことが推察できる。

メドゥーサは、大地女神ガイアの孫娘で三人姉妹の一人。頭髪は蛇、猪の歯と黄金の翼を持ち、彼女を視た者は石にされたという。かつて、メドゥーサはアテナと美を競うほどの若くてチャーミングな女神だったが、希臘神話では醜女の怪物として永久に地位を貶められた。その異貌は楯や石棺の「邪視除け」の装飾に用いられている。このメドゥーサを退治したのが英雄ペルセウスである。この時、彼はアテナから銀の盾と大鎌を、ヘルメスから空飛ぶ靴を借りた。そして、眠りに落ちたメドゥーサを慎重に楯に映しながら首を刎ねた。噴き出す血飛沫と共に産まれ出たのが、「（黄金の刃を持つ）クリュサオル」と「（天馬）ペガサス」であった。

『〈中国語対訳〉シカの白ちゃん』刊行記念

李広宏リサイタル 報告

随筆家・岡部伊都子さんの童話『シカの白ちゃん』——額に白い花かんむりのような毛を生やし、奈良公園の人気者だったシカ「白ちゃん」の一生を、愛惜の思いをこめて綴った名作である。

　その珍しさゆえにシカの仲間たちとはなじめず、九歳でようやく初めての子ジカを産むが、その子も生後たった十六日で交通事故死してしまう……この物語に感動したのが、中国人歌手の李広宏さん。

　中国・日本両国の心の架け橋になりたい、と日中両国で活躍する李さんは、この感動を世界中の人々と分かちあいたい、と『シカの白ちゃん』を中国語に翻訳し、自身で作詞・作曲した歌と作品朗読をＣＤ２枚（日本語・中国語）におさめ、『〈中国語対訳〉シカの白ちゃん』として、今年九月に出版した。

　この出版を記念し、去る九月三十日（金）、李広宏さんのリサイタルが開催された（京都）。

　李さんが日本の歌のすばらしさに目覚めた原点である「夏の思い出」で幕が開いた後、主催者側の藤原良雄社主が岡部さん、李さんお二人の魅力と平和への熱意について語り、日中の「心の交流」の一端を担うことのできる喜びを述べた。

　原作者の岡部伊都子さんは、細いながらも強い声で、気高いシカ「白ちゃん」の子ジカへの深い愛とその悲しみを語った。その後、李さんが自ら訳した『シカの白ちゃん』を中国語で朗読し、新曲「シカの白ちゃん」を披露。やさしいメロディーに観客は聴きほれた。

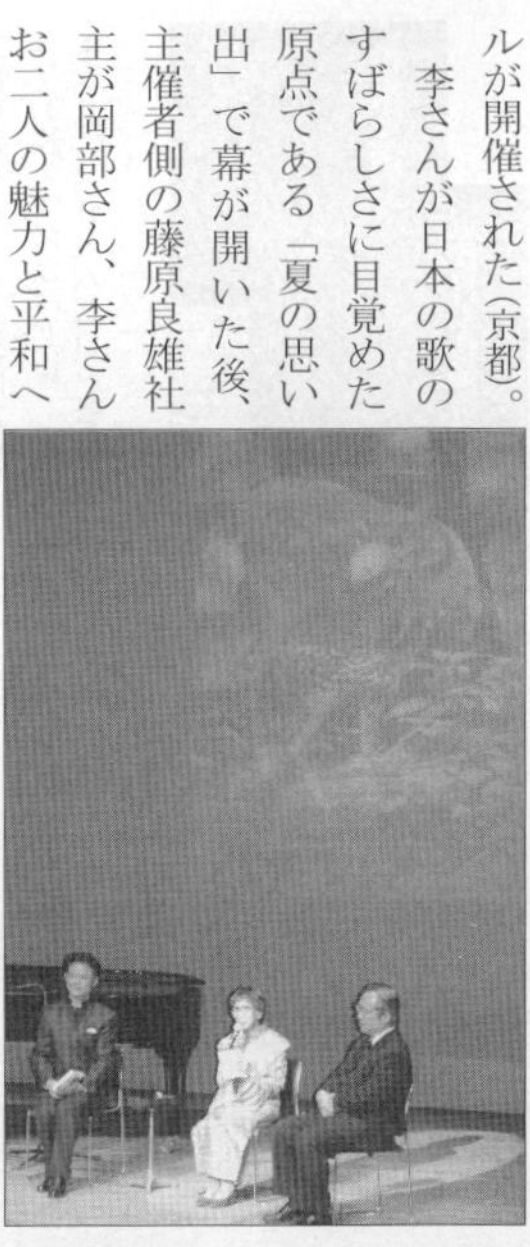

　後半は、李さんのリサイタルである。岡部さんの大好きな曲「夜来香」に二人が声を合わせた後、「月はわが心」「里の秋」「月の砂漠」「宵待草」「さくら貝の歌」「大地」などなど、李さんの華麗な歌声が響きわたった。

　アンコール曲は、平和への祈りをこめた「長崎の鐘」。紛糾する東アジア情勢のなかで、人々の心の交流をまず広げてゆくことの大切さがしみじみ感じられる、感動の一夜となった。（記・編集部）

一〇月新刊

「日韓関係」の歴史から未来を切り拓く

環 学芸総合誌・季刊【歴史・環境・文明】 Vol.23 特別増大号

【特集】「日韓関係」再考 ——過去・現在・未来

〈巻頭詩〉金時鐘
〈鼎談〉高銀＋吉増剛造＋今福龍太
〈座談会〉小倉和夫＋小倉紀蔵＋姜尚中＋高崎宗司
〈寄稿〉姜信子／黄晳暎／金哲央／仲尾宏／井上厚史／子安宣邦／姜錫元／木村直也／西川誠／中野目徹／浦川和也／金應教／崔文衡／上垣外憲一／長田彰文／金昌禄／太田修／裵重度／藤井賢二／石坂浩一／伊藤亜人／鄭敬謨／波佐場清／朴一／姜誠／鄭甲寿
〈小特集〉「なぜ今、水俣に産廃か？」
「水俣産廃反対声明」／石牟礼道子／緒方正人／宮北隆志 ほか
〈寄稿〉B・ドゥーデン／北條ゆかり
〈連載〉鶴見和子／榊原英資／子安宣邦／石牟礼道子
菊大判 四〇〇頁 二九四〇円

サルトルとは何か？ 生誕百年記念！

別冊『環』⑪ サルトル 1905-80 ——他者・言葉・全体性

〈対談〉石崎晴己＋澤田直
【多面体としてのサルトル】F・ヌーデルマン／松葉祥一／合田正人／永井敦子／J-F・ルエット／鈴木道彦
【現代のために書く】澤田直／C・コスト／G・フィリップ／本橋哲也／黒川学／森本和夫
【現代に生きるサルトル】水野浩二／清眞人／的場昭弘／柴田芳幸／若森栄樹／藤本一勇
【附】略年譜／関連文献／サルトルを読むためのキーワード25
菊大判 三〇四頁 三四六五円

急逝した気鋭の思想史家の作品を精選

坂本多加雄選集（全2巻）

【編集・解題】杉原志啓 【序】粕谷一希
Ⅰ 近代日本精神史
【月報】北岡伸一・御厨貴・猪木武徳・東谷暁
Ⅱ 市場と国家
【月報】西尾幹二・山内昌之・梶田明宏・中島修三

「市場と秩序」という普遍的問題を問うた明治思想を現代に甦らせ、今日にまで至る近代日本思想の初の「通史」を描いた、丸山眞男以来の不世出の思想史家の決定版選集。

A5上製クロスカバー装 口絵二頁
Ⅰ六八〇／Ⅱ五六八頁 各八八二〇円

細菌に関する総合的歴史書

人と細菌 一七―二〇世紀

P・ダルモン
寺田光德・田川光照訳

顕微鏡観察から細菌学の確立に至る二〇〇年の「前史」、公衆衛生への適用をめぐる一五〇年の「正史」を、人間の心性から都市計画まで視野に収め論じる、野心的大著。

A5上製 八〇八頁 九九七五円

〝犠牲者は、いつも子どもたちだ。〟

大石芳野写真集 子ども 戦世（いくさよ）のなかで

戦傷や災害で心身に深い傷を負った世界各地の子どもたちの眼を正面からとらえた、待望の最新写真集。

A4変型上製 一三二頁 七一四〇円

読者の声

竹内浩三楽書き詩集■

▼十日ほど前、NHKラジオで編者よしだみどりさんのインタビューを聞きました。それまでは竹内浩三の名前すら聞いたことがありませんでした。番組中よしださんが竹内の詩をいくつか披露して下さったのを聞いて関心を持ち、購入することにしました。入手したその日、一気に通読、すがすがしい気持になりました。「勝手に……した」というよしだみどりさんの彩色が、この本を一層魅力あるものにした、と思います。すてきな本をありがとう。

（宮城　**江刺興次郎**　65歳）

▼待ちに待った本がやっとできた感じ。手に取って見てすべてに満足。マンガによって彼の人間性が一層強調された感じです。

（宮崎　**荒木虎雄**　90歳）

▼同郷人でこのような著名人が存在していたことに、感無量です。

（大阪　**村林治夫**　73歳）

▼竹内浩三さんの人柄がよく分る好企画です。

（会社役員　**大原久道**　69歳）

サルトルの世紀■

▼久々に読み応えのある書物を手にすることができました。退廃の進む世の中にあって、このような書物を出版された貴社に対し、心より敬意を表します。

（愛知　法律事務所　**吉田雅幸**　56歳）

反時代的思索者■

▼戦後、私は岩波よりも筑摩書房の本の方を多く読んだ。その気持が古田晃、臼井吉見、唐木順三の三氏に懐かしいものを感じる。『展望』の創刊当時から記憶にあるので、唐木氏の全集も読んだ。それは信州にも関連しているかもしれない。昭和二十三年大学を出て信州塩尻市のある工場に一年間勤務した。ともあれ、唐木氏は粕谷一希氏というよき語り部を得た。（東京　**豊田世吉郎**　82歳）

▼日本人の情報観を検討するさいに「中世」の鴨長明の方丈記に流れる万物流転の考えは西欧のキリスト教（聖書）的世界観の対極にある。聖書（＝本の中の本）は知の集約の象徴である宗教と万物は流転するがゆえに流れに身を任せると考える立場では基本的に相容れない。これを検証したのが唐木だと以前から考えてきた。戦後思想史の再検討に雑誌の重要性を問い直す、名編集長の「手ぎわ」が楽しみである。

（愛知　大学図書館　**松林正己**　51歳）

▼私は昭和二十二年旧制高校へ入学したので、この本を読みながら、当時購入し知的蓄積をはかった人生をふりかえり、大変参考になった。ただ、戦前・戦直後の知識人の動向については理解不足の点があり、大いに参考になった。それにしても戦後六十年というのに思想家が現われず（小粒）、理想主義の風潮の芽生えもないのは残念である。唐木さんは知っていたが、こんな立派な思索と、生き方をした人とは知らなかった。

（岡山　経営コンサルタント　**薦田永**　77歳）

▼学生時代（昭和三十八年十二月）に『現代史への試み』に感動して唐木順三氏の自宅へ伺ったことがあります。取り付く島もない恐い人物でしたが、近代主義者の軽さに無縁な言動には、その後も関心を持ちつづけています。本書を読了して、粕谷一希氏も中世論の唐木氏の世界を前にしては苦慮しているように受けとりました。当方、六十歳を越えてから少しずつ拙論で唐木氏の世界に入り込めるようになりました。

（神奈川　短大講師　**菅原実**　64歳）

古都ひとり■

▼「加害の女」。このコトバが重く心に残りました。全く、その通りだと思います。戦争はもとより、普段の生活の中でもあてはまることは沢山。まわりに流されないように。〝戦後六十年〟のラジオゲストで岡部さんの話を聞きました。これからも岡部さんの作品を読んでいきたいと思います。

（埼玉　**寺尾町子**　51歳）

曼荼羅の思想■

▼以前から「まんだら」について知りたいと思っていたところ、御社の案内により購入しました。「まんだら」を理解し、深めてゆくためには、たくさんの勉強をしなければなりませんが、この本を読み終えて、おぼろげながらも輪郭がつかめたような気がします。一九九六年亡夫とモスクワを訪れた時、赤の広場はいろいろな国からきた観光客であふれていました。近くの通りでは「帝政ロシアにもどるべき」「共産党こそ正しい」とそれぞれ主張していました。議論し合いケンカになりそうになっても最後は笑い合っていました。私はそれらの人々の中にいて、実に幸せでした。あの時の、私の幸せな気持と「まんだら」とは通じ合うものがあるのではないか、と思っています。

（愛知　**岡本一子**　61歳）

バルザック「人間喜劇」セレクション■

▼一時的なベストセラーになりそうなものを目ざすのではなく、従来通りの地味ではあってもこれこそ真の書物という本の刊行を続けてほしい。

（兵庫　主婦　**小笠原千恵**　64歳）

台湾の歴史■

▼雑誌の特集記事に基づき単行本化したため非常に読み易く、要点を得た内容であり、一般に日本で評価の定まった事項と台湾の目からみると異なる記述がなされ、複眼的に見る面白さがあった。一方、現在大陸側の中国で使用されている教科書や過去日本で教えられた教条的な記述がある事も面白い。

（千葉　職員　**鈴木仙太郎**　44歳）

※みなさまのご感想・お便りをお待ちしています。お気軽に小社「読者の声」係まで、お送り下さい。掲載の方には粗品を進呈いたします。

書評日誌（九・一〜九・三〇）

書 書評　紹 紹介　記 関連記事
TV 紹介、インタビュー

九・一　紹　東京新聞（夕刊）「曼荼羅の思想」（「今週の本棚」／「世界観」）
紹　中外日報「岡部伊都子作品選・美と巡礼」（「〝美〟希求、珠玉の随筆集」／『岡部伊都子作品選・美と巡礼』刊行」／「半世紀の執筆活動円熟期作品を収録〈全五巻〉」／「表現の原点に戦争体験」

九・四　書　東京・中日新聞「サルトルの世紀」（「読書」／「思想家が見せる複数の顔」／宇波彰）

九・一〇　紹　週刊東洋経済「ドキュメント 沖縄 1945」（「短評」）

九・一一　紹　茅ヶ崎教会報 No. 112「聖地アッシジの対話」（織田陽二）

九・一三　紹　週刊ポスト 9／23号「竹内浩三楽書き詩集 まんがのよろづや」（「ポスト・ブック・レビュー」／「この人に訊け！」／「日本よ オレの国よ オレにはお前が見えない なんにも見えない」／香山リカ）

九・一五 (紹) 朝日新聞（大阪本社版・夕刊）「〈中国語対訳〉シカの白ちゃん」（「けなげに生きた『シカの白ちゃん』」／「二〇余年経て中国語版も」／「原作者岡部さん」）

九・一七 (紹) ありれな 第四九号「満洲とは何だったのか」（「図書紹介」）

九・一八 (紹) 毎日新聞「石牟礼道子全集・不知火」「苦海浄土」「神々の村」「天の魚」（「この人・この三冊」／植田和弘／和田誠）

(紹) 朝日新聞「黒いアテナ」（「話題の本棚」／「目からウロコの歴史体験を」／前田浩次）

(記) 京都民報「〈中国語対訳〉シカの白ちゃん」（「中国語訳『シカの白ちゃん』刊行記念」／「岡部伊都子さんの講演と李広宏(T)のリサイタル」／「三〇日、府民ホールアルティ」）

(書) 北海道新聞「サルトルの世紀」（「哲人と二〇世紀の思想史」／宇波彰）

九・二一 (紹) 夕刊フジ「曼荼羅の思想」（「リレーコラム ほんとの話」／「熊楠やドストエフスキーの思想は大賛成だ」／金子兜太）

(紹) 毎日新聞「『アジア』の渚で」（「ブックウォッチング」／「新刊」）

(紹) ダ・カーポ 五六八号「藤原書店関連記事」「サルトルの世紀」「作家の誕生」「歴史学の野心」「地中海」「山」「海」「正伝 後藤新平」「後藤新平の全仕事」「新しい学」「アフター・リベラリズム」「においの歴史」「環」（「いまどきの『教育』の条件」／「藤原書店の図書目録を見ると泣く子も黙りそうな教養本が並んでいますが」／「ずばり、出版理念を教えてください」／「とことん、歴史を『全体』としてとらえる」）

九・二四 (記) 読売新聞「オルハン・パムク関連記事」「わたしの名は紅」（「トルコ、EU加盟に新たな難題」／「人気作家、国家侮辱罪で起訴」／「『アルメニア人虐殺』『クルド人弾圧』発言で」）

九・二五 (紹) 信濃毎日新聞「曼荼羅の思想」（「新刊」）

九・二七 (記) 産経新聞（大阪本社版）「〈中国語対訳〉シカの白ちゃん」「李広宏リサイタル」（「童話『シカの白ちゃん』中国語対訳版が完成」／「テノール歌手・李広宏さん訳」）

(記) 京都新聞「〈中国語対訳〉シカの白ちゃん」「李広宏リサイタル」（「岡部さんの実話からの童話『シカの白ちゃん』感動、中国でも」／「テノール歌手が対訳本出版」／「上京で三十日記念リサイタル」）

九・二九 (紹) 日刊ゲンダイ「サムライに恋した英国娘」（「新刊あらかると」／「サムライと英国女性の恋の記録」）

9月号 (書) クラシックジャーナル〇一五号「マーラー 交響曲のすべて」（中川右介）

(紹) ぶらあぼ「マーラー 交響曲のすべて」（「クラシック新刊書籍情報」）

(記) 経済セミナー No. 608「歴史学の野心 ブローデル歴史集成Ⅱ」（「エコノミストの読書日記 連載一〇二」／「経済が社会を破壊する」／山田鋭夫）

(紹) 産業新潮 Vol. 54 No. 636「竹内浩三楽書き詩集 まんがのよろづや」（「今月の本棚」）

十二月新刊

〝食〞が西洋文明をつくった。

食の歴史 I・II （全二分冊）

J-L・フランドラン／M・モンタナーリ編
宮原信・北代美和子監訳

先史時代から現代まで、西洋における食の全歴史を一望する画期的「通史」。文化・社会・経済と共に変遷してきた食の歴史は、西洋史の根幹を鮮やかに映し出す。食の産業化から、美食やダイエットなど食意識の変化まで、今日における食の問題を考える上でも必須の基礎文献。

〝言葉〞から『論語』を読み解く

論語語論

一海知義

『論語』の〈論〉〈語〉とは何か？ 孔子は〈学〉や〈思〉、〈女〉〈神〉をいかに語ったか？ そして〈仁〉とは？ 中国古典文学の碩学が、永遠のベストセラー『論語』を、その中の〝言葉〞にこだわって横断的に読み解く。逸話・脱線をふんだんに織り交ぜながら、『論語』の新しい読み方を提示する名講義録。

二人の巨人をつなぐものは何か

往復書簡 後藤新平－徳富蘇峰 1895–1929

高野静子編

実物書簡写真収録

幕末から昭和を生きた、稀代の政治家とジャーナリズムの巨頭との往復書簡全七一通を写真版で収録。時には相手を批判し、時には弱みを見せ合う二巨人の知られざる親交を初めて明かし、二人を廻る豊かな人脈と近代日本の新たな一面を照射する。

混沌の中から何が生まれたか!?

ドキュメント 占領の秋 1945

毎日新聞編集局 玉木研二

写真多数

'45年8月30日、連合軍最高司令官マッカーサー厚木着。「戦後」の幕開けである。新聞や日記などの多彩な記録から、混乱と改革、失敗と創造、屈辱と希望の交わる「占領の秋」一日一日の再現ドキュメント。

伊勢湾から日本の環境を考える

環境学研究ソースブック

伊勢湾流域圏の視点から

名古屋大学環境学研究科 編

環境問題に関わるほぼ全分野をカバーし、研究・調査のためのデータソースを提供すると同時に、環境学への多方面からのアプローチを可能にする、最適の入門書。

11月の新刊

タイトルは仮題

黒いアテナ㊦ * 完結
古典文明のアフロ・アジア的ルーツ
II 考古学と文書にみる証拠
M・バナール/金井和子訳
A5上製 六〇〇頁 五八八〇円

朝鮮半島を見る眼 *
「親日と反日」「親米と反米」の構造
朴一
四六上製 三〇四頁 二九四〇円

〈全体〉の世界遍歴(ユリシーズ) I・II・III(全三分冊) *
八千年の人類文明はどこへ行くか
いいだもも
A5上製 全二六八八頁 各八八二〇円

『〈決定版〉正伝・後藤新平』(全8分冊・別巻一)
⑥ **寺内内閣時代** 一九一六〜一八年 *
鶴見祐輔/校訂・一海知義
四六変上製 六一六頁 六五一〇円

近刊

食の歴史 I・II(全二分冊) *
J-L・フランドラン+M・モンタナーリ編
/宮原信・北代美和子監訳

ドキュメント **占領の秋** 1945 * 写真多数
毎日新聞編集局 玉木研二

論語語論 *
一海知義

往復書簡 **後藤新平―徳富蘇峰** 1895-1929 * 書簡実物写真版
高野静子編

環境学研究ソースブック *
伊勢湾流域圏の視点から
名古屋大学環境学研究科編

10月の新刊

学芸総合誌・季刊 特別増大号
『**環** 歴史・環境・文明』㉓ 05・秋号 *
〈特集・「日韓関係」再考――過去・現在・未来〉
菊大判 四〇〇頁 二九四〇円

別冊『環』⑪ サルトル生誕百年記念出版!
サルトル 1905-80 *
他者・言葉・全体性
澤田直/F・ヌーデルマン他
菊大判 三〇四頁 三四六五円

坂本多加雄選集(全二巻) *
[編集・解題]杉原志啓 [序]粕谷一希
I 近代日本精神史
II 市場と国家
A5上製クロス装 各巻口絵・月報付
I 六八〇/II 五六八頁 各八八二〇円

大石芳野写真集 * 2色刷
子ども 戦世(いくさよ)**のなかで**
A4変上製 二三二頁 七一四〇円

人と細菌 一七―二〇世紀 *
P・ダルモン/寺田光徳・田川光照訳
A5上製 八〇八頁 九九七五円

好評既刊書

生きる意味
「システム」「責任」「生命」への批判
I・イリイチ/D・ケイリー編 高島和哉訳
四六上製 四六四頁 三四六五円

トラテロルコの夜
メキシコの一九六八年
E・ポニアトウスカ/北條ゆかり訳
[序]O・パス
四六上製 五二八頁(口絵八頁) 三七八〇円

五つの資本主義
グローバリズム時代における社会経済システムの多様性
B・アマーブル/山田鋭夫・原田裕治ほか訳
A5上製 三六八頁 五〇四〇円

サムライに恋した英国娘
男爵いも、川田龍吉への恋文
伊丹政太郎+A・コビング
四六上製 二八八頁(口絵四頁) 二九四〇円

〈中国語対訳〉
シカの白ちゃん CD&BOOK
岡部伊都子・作/李広宏・訳
A5上製 一四四頁+CD2枚 四八三〇円

〈社会思想史研究〉29号
[特集]**産業社会の倫理と政治**
A5判 二〇八頁 二一〇〇円

*の商品は今号に紹介記事を掲載しております。併せてご覧戴ければ幸いです。

書店様へ

▼いつもお世話になっています。▼**『わたしの名は紅』**のトルコの作家オルハン・パムク氏と**『アジア』**の韓国の詩人、高銀氏がノーベル文学賞の最有力候補として、連日新聞で報道され、現在でも売行良好です。▼岡部伊都子さんの名作と中国語訳を対訳し、日本語と中国語のCD二枚を付した**『〈中国語対訳〉シカの白ちゃん』**が、NHKラジオや『東京・中日新聞』の一面で「日中両国民に共通する愛と感動を伝え合う心」と紹介され、忽ち増刷。クリスマスプレゼントとしても、中国語入門書としても最適な一冊です。▼『サムライに恋した英国娘』も、『毎日』『日経』他で紹介され好調。▼ヨーロッパを代表する歴史家アラン・コルバン氏が来日。『朝日』『読売』の取材も受けました。〈コルバンの本〉既刊一二点の在庫をご確認ください。(営業部)

■「後藤新平の会」発足

昨秋より後藤新平生誕百五十周年記念大企画「後藤新平の全仕事」の刊行を開始し、各方面から予想以上の反響を戴き、着々と読者が広がってきています。

この間、少なからぬ方々から、今の時代にこそ後藤新平のような人物が必要だ、とのご意見も戴きました。それを受け、後藤新平の仕事に関心をもつ人々が出会える「場」を作るべく、有志一同はこのたび「後藤新平の会」を創立しました。

後藤の業績を正しく評価していくための研究活動を行ない、その遺産を継承し発展させてゆく、ゆるやかな結合体を考えております。

【定例行事】年一回の公開シンポジウム　年二回の「会報」発行
【年会費】五〇〇〇円（個人）　五〇〇〇〇円（法人）
【事務局】藤原書店内
＊お問合せ・ご入会資料のご請求は、藤原書店内「後藤新平の会」係まで。

■千麗 舞の夕

■聖フランチェスコと明恵上人■

聖地アッシジの対話

舞・**西川千麗**
fl.・**河合隼雄**（特別出演）

【日時】二〇〇五年十一月十一日（金）午後六時 開場　午後七時〜 開演
【場所】千麗舞山荘（京北・細野）
【参加費】七〇〇〇円　八〇〇〇円（本付）
【お問合せ・お申込】千麗の會　TEL・〇七五・八八二・〇二二七

聖地アッシジの対話
聖フランチェスコと明恵上人
J・ピタウ＋河合隼雄
B6変上製　二三二頁　二三一〇円

出版随想

▼枯れ葉がはらはらと舞い落ちる候になった。いま、旅の途上である。文明の利器を利用して地上はるか上に居る。ひたすら無事に着陸するのを願うばかり。こういう時、自分の無力さを痛感する。天候の異変、機械の故障がないことと操縦者の技能を信頼するだけ、と祈る。「平和な」日常生活を前提にして、人々は日々暮らしているのだが、突然その状態が破壊された時の防禦はなかなか難事である。しかし、この十年の日本及び周辺諸国を見渡しても、地震、津波をはじめとする自然災害から無差別テロをはじめとする社会災害に至るまで、何と多くの事件が起こっていることか。二十世紀は「戦争」の世紀と表現されたが、この二十一世紀は何と表現されるだろう。先日も、「オゾンホール拡大」の情報を見たが、地球環境が年々悪化の途を走っていることは間違いない。これを起こしたのは、生態系の均衡を壊した人間の文明なのか、地球の運命なのかは誰も知る由はないとは思うが、現代人がその崩壊の進行を速めていることは間違いなかろう。

▼来年は、水俣病の公式発見から半世紀が経つ。その水俣の地に、九州一円のゴミが集まる最終処分場が建設されようとしている。今、日々の暮らしの中でどれだけ大量のゴミが放出されていることか。そのゴミはどこにどのように捨てることが生態系を破壊しないことになるのか、何か安価で循環させる方法はないものか。今こそ、叡智を結集して、諸外国に先んじて政策を出したいものだ。（亮）